古希腊神话故事

刘世洁等 编著

图书在版编目（CIP）数据

古希腊神话故事 / 刘世洁等编著 . -- 北京：北京联合出版公司，2015.8（2018.10 重印）
ISBN 978-7-5502-5226-4

Ⅰ . ①古… Ⅱ . ①刘… Ⅲ . ①神话—作品集—古希腊 Ⅳ . ① I545.73

中国版本图书馆 CIP 数据核字（2015）第 087029 号

古希腊神话故事

编　　著：刘世洁等
责任编辑：徐秀琴
封面设计：施凌云
责任校对：徐胜华
美术编辑：盛小云

北京联合出版公司出版
（北京市西城区德外大街 83 号楼 9 层　100088）
北京市松源印刷有限公司　新华书店经销
字数 714 千字　720 毫米 ×1020 毫米　1/16　31 印张
2018 年 10 月第 2 版　2018 年 10 月第 3 次印刷
ISBN 978-7-5502-5226-4
定价：68.00 元

未经许可，不得以任何方式复制或抄袭本书部分或全部内容
版权所有，侵权必究
本书若有质量问题，请与本公司图书销售中心联系调换。电话：（010）58815846

前言 PREFACE

古希腊神话是世界文学艺术宝库里的一朵奇葩,以浪漫史诗的形式再现了古希腊人的社会面貌和精神生活,对西方文学的发展和繁荣产生了深刻而久远的影响。它是古希腊人对远古历史和对自然界斗争的一种艺术回顾,是古希腊人民在同大自然的长期斗争中,在对高尚和文明的不懈追求中,创造出的一系列神的故事传说,反映了古希腊人民在历史蒙昧时期对神秘自然的执著追求,对英雄神圣的信仰崇拜,对和平生活的热情向往以及对美好未来的无限憧憬。

在绚丽多姿的神话世界中,古希腊神话如同一颗璀璨夺目的珍珠。经过漫长岁月的涤荡,抹去历史的尘烟,它仍以奇幻的故事情节、纯真的艺术形象和深邃的思想内涵,吸引我们去倾听古希腊祖先的声音,领略古希腊时代的旖旎风光,欣赏古希腊人民集体创作结晶中的艺术美感。它不仅为我们提供了一个了解古希腊历史的平台,而且能够让我们在感受古希腊神话王国美丽的同时,加深对古希腊传统文化的理解,激发起内心潜藏的想象力和创造力。因此,了解一定的古希腊神话,已成为人们构筑知识结构过程中不可或缺的一环。

本书收录了近百个古希腊神话故事,包括神的出世、神的家庭、神的创造、神的战争、人类世界的起源、英雄传说、人神爱恋、人与神的合作和斗争等,全面展现了古希腊神话的全貌,是了解古希腊神话故事的优秀读本。同时,编者还精心选取了100余幅与情节紧密相关的精美插图,与文字相辅相成,为广大读者全面、具象地理解古希腊神话的丰富内涵提供了有益的帮助,极具阅读价值和收藏价值。

活泼凝练的语言文字、悬念迭起的情节设置、浑融严谨的逻辑结构与别致新颖的版式设计相结合,共同描绘出一幅波澜壮阔的神话画卷。恢弘博大的英雄创世纪场面使你仿佛置身于回归古历史的时空隧道之中,充分领悟其中折射出来的朴素的人文精神。翻开本书,犹如进入一个神奇的世界。历史与想象在这里交织,神秘与浪漫在这里互融。在这里,你可以从精彩生动的神话故事中,找到与自己心灵产生共鸣的情感体验,可以从富有智慧的语言中汲取营养、获得感悟、引发思考,为自己的人生营造一方纯净的圣土。

目录 CONTENTS

欧律诺墨：开天辟地的混沌之神……………………………………… 1

该亚：大地女神…………………………………………………………… 2

乌拉诺斯：第一代天神…………………………………………………… 3

克罗诺斯：第二代天神…………………………………………………… 6

宙斯：第三代天神………………………………………………………… 8

宙斯时代的十二主神……………………………………………………… 10

人类五代：从黄金时代到黑铁时代……………………………………… 12

普罗米修斯………………………………………………………………… 14

潘多拉的盒子……………………………………………………………… 16

大洪水后人类终生的始祖………………………………………………… 18

宙斯微服私访……………………………………………………………… 21

宙斯与欧罗巴……………………………………………………………… 22

宙斯与伊娥………………………………………………………………… 25

大熊星座与小熊星座……………………………………………………… 30

好胜的音乐家阿波罗……………………………………………………… 31

阿波罗与月桂树…………………………………………………………… 33

要爱情不要永生的少女…………………………………………………… 35

美少年与风信子…………………………………………………………… 37

阿波罗的神医儿子………………………………………………………… 39

俄耳甫斯寻妻……………………………………………………………… 41

克瑞乌萨与伊翁…………………………………………………………… 43

驾太阳车的法厄同	47
被神诅咒的尼俄柏	49
天之骄女阿尔忒弥斯	51
变身为鹿的阿克特翁	53
海神之子俄里翁	54
敢跟雅典娜竞技的阿拉克涅	57
得墨忒耳寻女	59
哈里斯与白杨树	61
赫拉造反	62
海王之后安菲特里忒	64
海豚救人	66
神使赫耳墨斯	68
牧神潘的情敌	71
铁匠之神赫菲斯托斯不贞的妻子	73
战神阿瑞斯	75
白头翁花	77
娶雕像为妻的皮格马利翁	79
厄洛斯的爱情	81
白鹤复仇	83
黎明女神厄俄斯的诅咒	85
黎明女神与蝉	88
酒神狄俄尼索斯	89
变成野猪的彭透斯	92
国王迈达斯的金手指与驴耳朵	95
两面神雅努斯	97
果园神讲故事赢爱情	100
水泽女神的回响	102
变为水仙花的那喀索斯	103

救助橡树神的阿尔卡斯	106
翠鸟	107
听懂动物语言的预言家	109
燕子、夜莺、戴胜鸟	112
为什么桑葚是紫红色的	114
不幸的情人：海洛和勒安得	116
帕修斯与默杜萨	119
帕修斯英雄救美	121
帕修斯与情敌菲尼斯	124
囚禁死神的西绪福斯	127
斯库拉复活	129
柏勒洛丰与飞马	131
阿塔兰忒与三只金苹果	133
代达罗斯与伊卡洛斯	135
克里杜鹃	139
生死攸关的木头	141
忘恩负义的伊克西翁	143
盲人先知提瑞西阿斯	145
人间英雄埃阿科斯	147
阿耳戈英雄们的故事	150
伊阿宋和珀利阿斯	150
阿耳戈英雄们踏上征程	153
阿耳戈英雄们在雷姆诺斯岛	155
阿耳戈英雄们与杜利奥纳人	159
赫拉克勒斯被阿耳戈号遗忘了	161
波吕丢刻斯与珀布律喀亚国王的拳击赛	164
为菲纽斯驱逐妇人鸟	166
躲开两座巨大的撞岩	168

伊阿宋认亲 ·············· 170
　　阿耳戈英雄在埃厄忒斯的宫殿里 ·············· 174
　　美狄亚和埃厄忒斯 ·············· 175
　　阿耳戈斯的建议 ·············· 177
　　美狄亚答应帮助阿耳戈英雄 ·············· 180
　　伊阿宋和美狄亚 ·············· 181
　　伊阿宋完成了埃厄忒斯的任务 ·············· 185
　　美狄亚取得金羊毛 ·············· 189
　　阿耳戈英雄们带着美狄亚逃跑 ·············· 192
　　阿耳戈英雄们在归途中 ·············· 194
　　大海、黑夜、星空 ·············· 197
　　科尔喀斯人追击而来 ·············· 198
　　阿耳戈英雄们的最后一次冒险 ·············· 200
　　伊阿宋的结局 ·············· 203

俄狄浦斯的故事 ·············· 206
　　卡德摩斯与底比斯的创建 ·············· 206
　　俄狄浦斯杀害父亲 ·············· 209
　　俄狄浦斯娶母为妻 ·············· 211
　　惊天秘密被揭露 ·············· 213
　　俄狄浦斯对自己的惩罚 ·············· 217
　　俄狄浦斯和安提戈涅 ·············· 218
　　俄狄浦斯在库洛诺斯的圣林 ·············· 219
　　俄狄浦斯和忒修斯 ·············· 223
　　俄狄浦斯拒绝妻弟克瑞翁 ·············· 224
　　俄狄浦斯拒绝大儿子波吕尼刻斯 ·············· 225
　　俄狄浦斯的结局 ·············· 227

特洛伊的故事 ·············· 229
　　特洛伊城的建立 ·············· 229

- 普里阿摩斯,赫卡柏和帕里斯 ········· 231
- 海伦被劫 ········· 233
- 希腊人 ········· 236
- 希腊和平使团造访普里阿摩斯 ········· 239
- 阿伽门农和伊菲革涅亚 ········· 240
- 菲罗克忒忒斯被遗弃 ········· 247
- 希腊人进攻密西埃 ········· 247
- 帕里斯的归来 ········· 249
- 希腊人兵临特洛伊城下 ········· 250
- 战争开始 ········· 251
- 希腊人被偷袭 ········· 252
- 帕拉墨得斯之死 ········· 254
- 阿喀琉斯和埃阿斯各自攻城 ········· 255
- 波吕多洛斯 ········· 256
- 阿喀琉斯的愤怒 ········· 259
- 阿伽门农试探军心 ········· 263
- 帕里斯和墨涅拉奥斯的决斗 ········· 266
- 潘达洛斯射伤墨涅拉奥斯 ········· 270
- 两军血战 ········· 271
- 狄奥墨得斯 ········· 273
- 格劳科斯和狄奥墨得斯 ········· 279
- 赫克托耳在特洛伊城 ········· 280
- 赫克托耳和埃阿斯决战 ········· 282
- 两军休战 ········· 285
- 特洛伊人的胜利 ········· 287
- 希腊人去见阿喀琉斯 ········· 291
- 双方互派探子打探军情 ········· 293
- 希腊人第二次溃败 ········· 297

特洛伊人冲向希腊人的壁垒 …………………………… 301

为战船而战 ………………………………………………… 304

波塞冬激励希腊人 ………………………………………… 309

赫克托耳放火烧船 ………………………………………… 312

帕特洛克罗斯之死 ………………………………………… 317

争夺帕特洛克罗斯遗体之战 ……………………………… 323

阿喀琉斯的悲痛 …………………………………………… 328

阿喀琉斯重新武装 ………………………………………… 330

阿喀琉斯和阿伽门农的和解 ……………………………… 334

奥林匹斯众神各助一方 …………………………………… 336

阿喀琉斯力战河神克珊托斯 ……………………………… 340

神与神的战斗 ……………………………………………… 343

阿喀琉斯和赫克托耳在特洛伊城前 ……………………… 344

赫克托耳之死 ……………………………………………… 346

帕特洛克罗斯的葬礼 ……………………………………… 349

普里阿摩斯去见阿喀琉斯 ………………………………… 351

赫克托耳的遗体在特洛伊城 ……………………………… 356

彭忒西勒亚 ………………………………………………… 358

门农 ………………………………………………………… 361

阿喀琉斯之死 ……………………………………………… 366

大埃阿斯之死 ……………………………………………… 369

预言家的建议 ……………………………………………… 373

涅俄普托勒摩斯 …………………………………………… 374

菲罗克忒忒斯在雷姆诺斯岛 ……………………………… 377

帕里斯之死 ………………………………………………… 380

围攻特洛伊 ………………………………………………… 382

木马计 ……………………………………………………… 384

特洛伊城的毁灭 …………………………………………… 390

墨涅拉奥斯，海伦和波吕克塞娜 …………………………………… 393

　　归途中的灾难 ………………………………………………………… 395

奥德修斯返乡记 …………………………………………………………… 397

　　求婚人大闹奥德修斯家 ……………………………………………… 397

　　忒勒马科斯去找涅斯托尔 …………………………………………… 403

　　忒勒马科斯来到了斯巴达 …………………………………………… 406

　　求婚人制造可怕的阴谋 ……………………………………………… 409

　　奥德修斯离开仙女卡吕普索 ………………………………………… 411

　　瑙西卡 ………………………………………………………………… 415

　　奥德修斯来到淮阿喀亚人的国土 …………………………………… 416

　　宴席上的故事 ………………………………………………………… 419

　　遭遇喀孔涅斯人，食忘忧果的民族，库克罗普斯人，波吕斐摩斯 …… 421

　　埃洛斯的神奇风袋，莱斯特律戈涅斯人，女仙喀耳刻 …………… 425

　　游历阴间 ……………………………………………………………… 430

　　遇见塞壬女仙，怪物斯策拉和卡律布狄斯，太阳神的牛群 ……… 434

　　奥德修斯告别淮阿喀亚人 …………………………………………… 437

　　踏上故土 ……………………………………………………………… 438

　　暗中会见牧猪人 ……………………………………………………… 441

　　忒勒马科斯回家了 …………………………………………………… 445

　　奥德修斯和牧猪人的谈话 …………………………………………… 448

　　忒勒马科斯回到伊塔刻 ……………………………………………… 449

　　父子相认 ……………………………………………………………… 451

　　动乱 …………………………………………………………………… 453

　　忒勒马科斯、奥德修斯和欧迈俄斯来到城里 ……………………… 455

　　奥德修斯成了乞丐 …………………………………………………… 458

　　奥德修斯和乞丐伊洛斯角力 ………………………………………… 460

　　珀涅罗珀面对肆无忌惮的求婚人 …………………………………… 462

　　奥德修斯受到讥讽 …………………………………………………… 464

家人团聚 …………………………………………… 465

黎明前的夜晚 ……………………………………… 468

奥德修斯再次受辱 ………………………………… 469

射箭比赛 …………………………………………… 470

真相 ………………………………………………… 471

复仇开始了 ………………………………………… 473

惩罚不忠的女仆们 ………………………………… 477

爱情的甜蜜 ………………………………………… 478

父亲拉厄耳忒斯 …………………………………… 479

奥德修斯胜利了 …………………………………… 481

欧律诺墨：开天辟地的混沌之神

在希腊神话之中，创世之说很多。下面的这个混沌之神的故事就是其中的一个，也是流传比较广的一个。

太初茫茫之时，世界处于一种杂乱无序的"混沌"状态：太阳尚未出世，月亮也没诞生，大海、陆地、天空纠结在一起，混作一团——陆地尚不坚固，海洋还未起波，天空也没有光明。可是在这一团混沌之中，大海、陆地、天空彼此冲突着，冷热软硬干湿轻重互相斗争。斗争到了一定时候，逐渐地，变化出现了，这些原始物质开始分化：大地和天空被一道地平线分割为二，陆地和海洋互相区别，清虚之气和浑浊之气开始脱离。

世界乱糟糟的面貌改变了，形成了初步的秩序，彼此能够和谐相处了：轻的部分上升为瓦蓝的苍穹，在最高的地方找到了它们的安身之处；沉重的部分聚集在一起，成为沃黑的大地；大地和天空之间是无所不在的空气；回旋流动的水泛起了波涛，将陆地环绕了起来；而在地下的最底层，则是一个最为黑暗的地方，叫作塔耳塔洛斯。

就在天地分开形成海洋陆地的时候，从一片混沌之中出现了开天辟地的天神欧律诺墨。她长发飘飘、赤身裸体，在天地尚未形成的宇宙混沌之中，找不到任何立足之点，于是她用手一挥，划分出天空和海洋。她立在叠浪起伏的波涛之上翩翩起舞，并顺着一股强劲的南风，向前方飞过去。飞到爱琴海上空，女神欧律诺墨渴望能够控制自己的方向，就在急速旋转之中，随手抓住了擦肩而过的北风。一阵揉搓，北风在她充满神力的手中变成了一条河流似的蜿蜒盘旋的大蛇俄菲翁。这个时候的大蛇俄菲翁浑身冰冷、僵硬。女神欧律诺墨抓起大蛇一阵狂舞，大蛇在她的手中弯来

◣ 欧律诺墨与俄菲翁

在希腊神话中，女神欧律诺墨在急速旋转中抓住北风在手中揉搓，造出大蛇俄菲翁，大蛇与女神结合。怀孕的女神产下一枚光闪闪的宇宙卵，这就是世界的开始。

折去，获得了热量。它的身体变得暖和了，就慢慢地新陈代谢，见风就长，皮肤渐渐地变为燃烧的火焰色。它盘绕起身体，在女神的胸脯上纠缠了一圈，扭动着身子和女神结合。有孕的女神摇身变成了一只白色的轻捷的鸽子，在波涛上伏窝，七七四十九天之后产下了一枚光闪闪的宇宙卵。女神命令这只大蛇在这枚卵上盘旋七次，随后宇宙卵一声轰响，裂成两半。裂为两半的宇宙卵在波涛之上翻滚了一阵之后，万物都诞生了：日月星辰、大地山河、花草树木出现在世界上。随后，女神又创造了一对巨人，一男一女。

完成了创世业绩之后，欧律诺墨带着俄菲翁在希腊的奥林匹斯山上安家。他们两个过了一段安稳的日子之后，俄菲翁就不满足了。他自恃功高，以为创世是他一个人的功劳，他才是真正的创世主，女神应该听从他的命令。这让女神欧律诺墨十分恼火，两个人就搏斗起来。在剧烈的打斗之中，欧律诺墨眼疾手快，一腿后撩，脚后跟踢中俄菲翁的头。不一会儿，俄菲翁的头肿成了一个葫芦包。他的牙齿也被踢掉了，从空中落到了地上。斗输了的俄菲翁只能接受失败的结果，被发配到了大地上最黑暗的洞穴——塔耳塔洛斯居住。他跌落的牙齿落入了尘土之中，并慢慢发育成长，成为大地上的第一批人类。这群人类始祖都从土里生出，生活在女神为他们创造的世界里。

该亚：大地女神

很久很久以前，该亚是人们一直崇拜的大地女神。和天庭的主宰众神之父的宙斯相比，她更像是神灵家族之中和蔼可亲的老祖母。

根据古希腊传说，该亚是大地的化身，是从混沌之神欧律诺墨中分离出来的。她一出生，就陷入了昏噩的沉睡之中。她的酣睡之地是奥林匹斯山上一块光秃秃的大石头。她躺在上面一丝不挂，胸脏宽广，双腿叉开。一阵暖风在她双腿之间盘桓片刻，该亚就怀孕了。虽然遭到了暖风的骚扰，该亚却仍然沉睡如泥。在昏睡之中，怀胎十月后的该亚一连产下了三个孩子：天神乌拉诺斯、老海神蓬托斯和时序女神。

刚生下孩子的该亚体质虚弱，仍然神志不清。她的第一个孩子天神乌拉诺斯迎风就长，很快就长成了一个高大的年轻人。他的皮肤颜色随心情而变，可以变出蔚蓝、乌黑或者苍灰之色。他蹦蹦跳跳地在山水之间游玩着，登上了山顶，借着天生的千里眼，他看见了双腿叉开的大地女神该亚。他一阵冲动，该亚又怀孕了。

醒来的该亚感觉到了肚子疼痛。她在地上来回地滚动着，一直转了十二圈，生下了十二个提坦神（又称泰坦神，都是巨大的意思）之后，疼痛才停止。她的丰满的乳房微微地有些胀疼。这十二个提坦神，一生下来就高大健硕。他们咿咿呀呀地爬到了母亲身边，没长牙齿的小嘴巴大张着，本能地摸索吮吸着。这群提坦神之中，最聪明的就是小儿子克罗诺斯。他最先摸索到该亚的乳房处。他含住乳头，一伸一缩地吮吸起来。白色的乳汁流进了嘴里，克罗诺斯满足地发出了幸福的吱吱呜呜之声。这个时候，其他的几个孩子纷纷地伸过头来，要去够那黑泥色的乳头。于是，他们互相争斗起来。他们力量相当，智慧一般，只有喝了乳汁的克罗诺斯，力气大增，其他孩子被他打得鼻青脸肿，倒在一边。克罗诺斯吃饱喝足后，离开母亲四处玩乐，这时候才轮到了他那些嗷嗷待哺的哥哥姐姐们。

孩子们慢慢长大了。十二个孩子之中，克罗诺斯年纪最小，却是最为勇敢而又最有智谋的一个。

这个时候，他们的父亲乌拉诺斯已经战胜大地女神该亚，成为宇宙的主宰，该亚则成为他的王后。这对夫妻又生下了独目巨人和百臂巨人。他们刚生下来就力大无比，乌拉诺斯非常害怕他们会对自己的地位构成威胁，就把他们藏在一个秘密的黑暗之地。作为母亲的该亚非常愤怒，就唆使儿子克罗诺斯阉割了乌拉诺斯。

该亚可以说是一位最受人崇拜的女神。人们在发誓赌咒时，她的名字是最为神圣的，而且，她还被作为一个收成的赐予者被人四处祭祀尊敬。此外，她还被认为是人类的始祖，又是死人的归宿之地，因为死人都一律是埋葬在地下的。

希腊人对该亚的崇拜随着希腊社会由母系氏族进入父系社会发生了一些变化。在母权社会之中，该亚是核心神祇，受到广泛崇拜，而天神乌拉诺斯就没有这个福分。但是随着男性在日常生活之中地位越来越高，天神乌拉诺斯逐渐成长为万事之父，该亚地位下降，成为神族之中年迈而不起决定作用的女神。因为该亚是大地的化身，而大地则是人们的衣食父母、立足之地，所以，尽管天神的主宰者更换了几次，可该亚崇拜还是延续了下来。

乌拉诺斯：第一代天神

天神乌拉诺斯是大地女神该亚的儿子。他出生不久就成长为一个面貌英俊的少年。后来，他又与母亲该亚结婚，并成为天地之间的主宰。乌拉诺斯登上了天神的宝座之后，他就对他所统治的疆域进行了一番改造。首先，他将宇宙分成了许多部分，然后进一步塑造了地球。在山林茂密的地方，他用他的权杖划出了潺潺的泉水；在一望无际的平野，他用脚一顿，出现了一个巨大坑洞，水流涌出，成为波光粼粼的池沼湖泊。雨水从天空降落下来，汇成小溪河流，奔向浩瀚的大海。原野伸展，山谷下陷，峰峦耸立，树木生长……世界变成了与今天类似的样子。接着，他又煞费苦心，让地球上出现了不同的气候带：当中最热的就是热带地区；而两端白雪飘飘、冰雪覆盖的地方，则是寒带；夹在寒热之间的温带地区，气候温和，寒暑交替。

　　在天神乌拉诺斯的统治之下，宇宙变得井然有序：日月交替，星星闪光，鱼翔大海，兽跑南山，昆虫啾啾，百鸟朝凤。而作为主宰者的天神，他和地母该亚生下了一大群儿女。地母该亚两次分娩。第一次她生下了十二个提坦神；第二次生下的，则完完全全是一批怪物，身材高大顶天立地就不说了，力气也大得吓人。其中一个怪物身高臂长，一生下来就是一只独眼，倒竖在额头上，闪闪发出绿光，眼睛上一道又横又直的眉毛，仿佛毛笔画上的。他的样子已经够丑了，可是比起他的三个兄弟来说，他简直可以算得上是一个帅哥。他的三个弟兄比他还高出一倍有余，脖颈上顶着五十个脑袋，而双肩上一共长出了一百只毛茸茸的巨手。他们与人争斗时，头上的百只巨眼发出了火红的怒焰，五十张大嘴吼声震天，一百只巨手张牙舞爪，威势凶猛，锐不可当。

　　天神乌拉诺斯能够预知未来，他察觉到了一种危险：自己的众多孩子之中，那最优秀的一个必然会推翻他。因此，天神乌拉诺斯对孩子又恨又怕。他偷偷地观察这些孩子，尤其让他感觉害怕的就是这些怪物。他利用这些怪物四肢发达、头脑简单的弱点，把他们引诱到一个秘密的洞穴里，偷偷地把他们关闭起来。这件事情激怒了地母该亚。她找遍他们宫殿的附近孩子可能游玩之处也没找到，嗓子也喊哑了，却没有任何回应。问起乌拉诺斯，他就支吾过去，花言巧语逗地母该亚开心。

　　地母该亚找不到她的怪物孩子，就只能更加警惕地守护在这些提坦神身边。他们虽然年纪比怪物弟弟大，可还在摇篮里牙牙学语。对这些手无缚鸡之力的婴儿，乌拉诺斯也不能放下心来，又一个个地把他们偷走，藏在另一个秘密的黑暗之地。只有提坦神中最小的克罗诺斯，由于地母该亚最喜欢他，看护得紧，才没让乌拉诺斯得逞。相反，由于乌拉诺斯最近行踪诡秘，该亚对他产生了怀疑。一天，乌拉诺斯趁该亚不在克罗诺斯身边，蹑手蹑脚走到摇篮边，四面瞅了瞅，见没人，便将孩子抱起来转身就走。这个时候，暗自庆幸的乌拉诺斯根本不知道，自己中了该亚的圈套，她正躲在一边秘密观察着呢。乌拉诺斯一走，该亚就悄悄跟在他身后，一直跟到了乌拉诺斯偷藏提坦神的地方。那是地下一个黑暗的洞穴。乌拉诺斯把克罗诺斯扔下，匆匆离去。该亚在这个地方做了一个标记，急急返回宫殿中。她看到了空空的摇篮，痛哭起来，乌拉诺斯假惺惺地在一边滴下了几颗眼泪。

该亚看穿了乌拉诺斯的诡计，却又没法与之直接相斗。她斗不过残忍蛮横的乌拉诺斯，只有偷偷背着他去看望孩子。那里有克罗诺斯，还有其他的提坦神，可是怪物们却不知道被囚禁在什么地方。孩子们在幽禁的黑暗之地慢慢长大了。当最小的儿子都已经过了十八岁生日的时候，该亚觉得时间到了。她把事情的前前后后都告诉了儿子们，希望他们了解真情以后，能够推翻乌拉诺斯。她找来了灰色的火山石，磨成了一把大镰刀。

她告诉孩子们："孩子们，打倒你们罪恶滔天的负心父亲。这个家伙太可恨了，他害怕你们夺权，就抛弃你们，把你们关在这暗无天日的地方！"

她的儿子个个都很有力，可是却不自知，他们害怕乌拉诺斯。只有小儿子克罗诺斯毫不畏惧，他推开前面沉默不语的哥哥，走到母亲跟前，握着她的手说："母亲，我听你的，我们是应该把这个恶棍赶下天庭的，但怎么对付那个老家伙呢？"

该亚摇了摇手中的大镰刀，说："孩子，有了这个，你就可以去和他一拼高下了。"

克罗诺斯犹豫了一下，摇了摇头说："母亲，光凭力气，我不能百分之百地确保胜利。我们何不这么办呢？"他附在该亚的耳朵边，说了一通。该亚听了很高兴，连连点头。

该亚返回宫殿，对着水池细心地打扮起来，她涂上了香粉，穿上了最美丽的衣服。今天的该亚特别美丽，不但没老，岁月的沧桑反为她添上了一番成熟风韵。夜色很快降临，巡视天庭回来的乌拉诺斯见到妻子，眼前不由一亮。两位天神在寝宫之中卿卿我我，吃饱喝足之后，就上了床。乌拉诺斯满怀激情，俯卧在该亚的身上。这个时候，早在床下埋伏多时的克罗诺斯冲了出来，他左手抓住父亲，右手那把锋利的大镰刀轻轻一挥，就把父亲阉割了。受伤的乌拉诺斯连衣服都来不及穿上，光身往外冲去，可是克罗诺斯的哥哥们已经包围了四周。他们尽管害怕父亲，却不愿意自己的母亲和弟弟有生命危险。无路可逃的乌拉诺斯如同丧家之犬，又被克罗诺斯抓住。克罗诺斯扣住他腰部的要害地方，用力一甩，乌拉诺斯就从天上掉了下去。身负重伤的乌拉诺斯坠落之时，他的伤口滴下了鲜血，溅落在地上，变成了后来的复仇三女神。经过九天九夜，乌拉诺斯坠落到了地下最黑暗的洞穴——塔耳塔洛斯里，永世都不能翻身。

乌拉诺斯的统治结束了。克罗诺斯和他的哥哥们又把怪物弟弟救了出来。在奥林匹斯众神会议中，大家一致推选克罗诺斯成为新一代的主神。就这样，克罗诺斯时代开始了。

克罗诺斯：第二代天神

十二提坦神之一的克罗诺斯推翻了乌拉诺斯之后，成了第二代天神。他能够战胜父亲，是他兄弟姐妹帮的忙。可是，当他登上王位后，却患上了和父亲一样的毛病，担心他的兄弟们窥觑宝座。他知道自己的力气比不上弟弟独目巨人和百臂巨人，于是他找了一个借口，把他们关闭在地下最黑暗的洞穴——塔耳塔洛斯里。可是光囚禁了他的怪物弟弟，他还不放心。他比父亲更为多疑残忍，为了杜绝流言蜚语，他又把提坦神们也给关进去了，只把姐妹中最为漂亮年轻的瑞亚留在了身边。她成了他的妻子。

消灭了所有的潜在敌人，应该说他的地位已经相当巩固了。可是他和父亲一样，有预知未来的能力，也预测到自己将来会被儿子中最为优秀的一个推翻。克罗诺斯食不知味，睡不安寝。怎么才能杜绝这种可能性，永保王位呢？克罗诺斯也曾想和父亲一样，把儿子们囚禁起来。可是前车之鉴，父亲的教训，他是不会忘记的。而且，天下最理想的监狱不过就是塔耳塔洛斯，他关在那里的兄弟姐妹难保不挑拨鼓动自己的儿子来反抗他。

克罗诺斯绞尽脑汁，却没有想到一个妥善完美的办法。把孩子究竟关在什么地方呢？这个问题搅得他不能安宁。一天吃午饭时，因为过于焦虑，他的舌头不小心被烫了一下。他疼痛得来回转圈。这时他的脑海中灵光一闪：是呀，还有比肚子更安全的地方吗？如果把孩子关在肚子里，他有再大的本事也跑不出去了。这样一来，自己的王位不就高枕无忧了吗？

于是，从瑞亚生第一个孩子开始，克罗诺斯就坚守在旁边。瑞亚把刚生下来的孩子细心包好，交给了克罗诺斯，让他抱抱，克罗诺斯却把包好的小孩子放进嘴里，一口吞吃了。瑞亚大哭，可是克罗诺斯却放心地狂笑起来。就这样，瑞亚每生下一个孩子，还没有仔细看上一眼，这个孩子就进了克罗诺斯的肚子里，前前后后，已经有五个了。俗话说十指连心，一连五个，都被残暴的丈夫吞进了肚子里。瑞亚虽然毫无办法，却再也不能忍受了。所以当她再一次怀孕的时候，她决定要有所行动，挽救这个即将诞生的小生命。这个幸运的孩子就是后来的第三代天神宙斯。

宙斯出世的时候，瑞亚强忍着生育之苦，把一块石头包了起来。这块石头是她准备多时，放在枕边备用的，和婴儿大小不差。当克罗诺斯闻讯赶来，瑞亚就把石头递给了他，那个残暴的天神看也不看就一口吞下，然后大笑三声扬长而去。

瑞亚吊着的心放了下来。虽然骗过了丈夫，可是孩子交给谁抚养呢？她想起了小时候捉迷藏时在克里特岛上发现的一个山洞。于是，她将宙斯送到了洞里，并请了两位女神看护他。小婴儿面色红润，很招两位女神的喜欢。她们精心照料他，每天都用母山羊阿玛尔菲亚的奶水和蜂蜜喂养他。为防万一，瑞亚还派了一些武装的卫士守卫在山洞前。每逢小宙斯哭叫的时候，他们就用长矛击地，发出一片响声，以掩盖宙斯的哭声。

◀ 宙斯避难
克罗诺斯担心他的儿女会像他夺父亲的权那样夺他的权。于是就把瑞亚生下的孩子全吃掉。小儿子宙斯出世时，瑞亚将一块石头包起来代替孩子，给克罗诺斯吃了。宙斯幸免于难，在两位女神的看护下长大。

宙斯在两位女神的细心呵护下，长成大人。瑞亚一看是时候了，就把事情的前前后后告诉了宙斯。宙斯又伤心又难过，他决心拯救自己的兄弟姐妹，并且推翻父亲克罗诺斯的残暴统治。

宙斯想了一个巧计，煎了大罐的药，由瑞亚端给生病的克罗诺斯吃。喝下那罐药后，克罗诺斯肚子疼痛起来。他弯下腰，大口地呕吐着。呕吐物中，先是一块大石头，随后是破布。他大吃一惊，意识到了问题的严重性。接着，他吞下去的五个儿女都被他吐了起来。说也奇怪，这五兄妹在父亲的肚子里不但毫发无损，而且都长成了大人，像宙斯一样高大健壮。兄弟们一出来就联合宙斯，一起反抗父亲。双方斗得天昏地暗，却一直没有分出胜负。战争僵持了十多年之久。

克罗诺斯找来朋友帮忙。其中一个就是自己的堂兄，非常聪明的普罗米修斯。他看到双方僵持不下，就建议说：天神呀，我看还是把你的兄弟们从地底下放出来吧。如果有他们帮助你的话，你就赢定了！可是克罗诺斯担心兄弟们怀恨在心，会倒打一耙，帮助宙斯。他拒绝了。

俗话说：得道多助，失道寡助。普罗米修斯看到克罗诺斯不但不听劝告，对待兄弟和孩子还是这样残酷无情，于是，他就站到了宙斯这一边。宙斯正为战争不能取胜着急，就求教于这位聪敏的堂叔。普罗米修斯告诉宙斯，应该解救那些被关押在地底的叔叔伯伯们，有他们的帮助，胜利才有把握。于是，宙斯到了地底，释放出独眼巨人和百臂巨人。独眼巨人送给宙斯一些礼物：雷霆，闪电，霹雳；送给宙斯的一个哥哥哈里斯一顶可以隐身的帽子；送给另一个哥哥波塞冬一支三叉戟。而脾气暴躁的百臂巨人则直接参战，加入宙斯阵营。他们要惩罚他们的兄弟克罗诺斯。在得到了独眼巨人的宝物和百臂巨人的帮助后，宙斯率领大军，开向奥林匹斯山。

双方短兵交接，一场恶战开始了。战斗开始不久，局势偏转。克罗诺斯的部队根本不是对手，开始节节败退，而克罗诺斯也斗不过百臂巨人。克罗诺斯刚抛出一块石头，三个巨人，三百只手就抛出了三百多块石头，仿佛是一场石雨呼啸而来，他只好返身逃跑。这时正埋伏在上空的宙斯投出了闪电、巨雷。一时间雷电大作、风雨交加、海水沸腾、森林起火，整个世界都在颤抖之中。可怜的克罗诺斯失败了，被宙斯用铁索锁拿起来。宙斯以其人之道还治其人之身，将他打入了最黑暗的洞穴——塔耳塔洛斯。洞穴又深又黑，一道又高又厚的大门紧紧地堵在门口，洞门外还有一只嗅觉灵敏的三头巨狗。独眼巨人和百臂巨人则在洞穴外严密地巡逻。此时，就是插上双翅，克罗诺斯也飞不出这个黑暗之地。

克罗诺斯的残暴统治结束了，神界进入了宙斯时代。

宙斯：第三代天神

宙斯是第二代天神克罗诺斯的儿子，他是第三代天神。在希腊神话中，宙斯被尊称为"众神之父"、"万王之王"、我们后面讲到的大多数神和人间英雄都是宙斯的兄弟姐妹或者儿女后裔。他既是整个希腊神话中的主角，也是奥林匹斯山的十二主神之首。

在希腊，尽管宙斯是人们崇奉的最高天神、众神和万民的君父，但他也有自己具体的职责。他首先主宰着整个天空，而他的主要武器则是独眼巨人送给他的雷霆、闪电和霹雳，所以他不仅能抛掷闪电、霹雳，制造雷霆，还能呼风唤雨。宙斯的另外一项本领则是家族遗传的，那就是预知未来。他通过托梦，制造雷电，或借助于禽鸟的飞翔和树叶的沙沙声来宣布人们的命运。

这位第三代天神有着不凡的仪表，他最经典的形象就是高高地坐在主神的宝座上，五官端庄，头发卷曲，长着大胡子，左手持权杖，右手持雷锤，脚下还盘踞着一只神鹰，表情十分威严。宙斯可不是空有其表的天神，他主宰驾驭着自然界的一切，使四时更迭井然有序；他不仅主宰着天庭，还统治着包括人、神万物在内的整个世界。大自然的一切都归他所管，甚至连人间的善与恶都由他说了算。在第三代主神们所居住的奥林匹斯山，宙斯的宫殿前摆着两个特殊的罐子：左边的罐子里装着"善"，右边的罐子里装着"恶"。当有凡人降生的时候，天神宙斯就会从两个坛子里分别取出等量的"善"和"恶"赐给这个凡人,所以,大部分的人在刚出生的时候既说不上善,也说不上恶,都是善恶参半的。但是,宙斯也有忙得没有心情的时候,就随便从两个罐子里抓些"善恶"赐给这个人,所以就有了生性更善良或者凶恶的人。

当然,宙斯的权利也不是无限的。在很多情况下,他也得听从命运女神的安排,没法随心所欲地对一个人的命运做出改变。爱神的力量也是宙斯无法左右的,所以即使是宙斯本人,也常常被爱神的金箭射中,不由自主地爱上一个女神或者人间的美貌女子。当然,由于宙斯生性风流,所以发生在他身上的爱情故事简直数不胜数。

他先后娶过七位女神做妻子。他的第一位正式的妻子是第一代智慧女神墨提斯。墨提斯本来是不愿意嫁给宙斯的,就幻化成各种动物到处躲藏,但是她最后还是没有摆脱宙斯的追逐,只好与他结为夫妻。两个人结婚之后,宙斯从天父乌拉诺斯和地母该亚处得到预言:墨提斯生下的孩子将会比其父亲还要强大。这本来也是家族的命运,但宙斯很害怕,于是将怀孕的妻子墨提斯一口吞下了。但是,不久之后从他的脑袋里生出了一个女神,那就是新的智慧女神雅典娜。而被宙斯吞掉的妻子墨提斯后来一直生活在宙斯的腹中,为宙斯提供智慧。宙斯的第二位妻子是正义女神忒弥斯,忒弥斯是提坦神族中的一员,是宙斯的姑妈。宙斯与她生下了时序三女神和命运三女神。宙斯的第三任妻子是海洋女神欧律诺墨,这是他的堂姐,他与这位堂姐生下了美惠三女神。宙斯的第四任妻子是丰产、农林女神得墨忒耳,得墨忒耳是他的姐姐,与他生有美丽的珀耳塞福涅,后来被冥王哈里斯抢去做了冥后。后来,宙斯又娶了第五位妻子记忆女神摩涅莫绪涅。摩涅莫绪涅也是他的姑姑,她与宙斯生下了九位缪斯女神。暗夜女神勒托是宙斯的堂姐也是他的第六位妻子,她与宙斯生有太阳神阿波罗和月亮与狩猎女神阿尔忒弥斯。赫拉是宙斯的第七位妻子也是最后一位妻子,她本是宙斯的妹妹,代表着女性的美德和尊严。赫拉在宙斯取得统治权后成为宙斯的妻子,并与宙斯结合生下战神阿瑞斯、火与工匠之神赫菲斯托斯和青春女神赫柏。众神在奥林匹斯山为宙斯和赫拉举行了盛大的婚礼。从此之后,赫拉就成了宙斯的正式妻子和第三代天后。

宙斯在与美丽端庄的赫拉正式结婚之后,并没有改掉好色的毛病,依旧到处寻花问柳。不管是天上的女神,还是地上的美貌女子,甚至是人间的美少年都没有逃脱他的纠缠。宙斯与很多凡间女子有过私情,并且生下了很多人间的子女,这些子女大多成了半人半神的大英雄或者是绝世美女。比如大力士赫拉克勒斯就是他与人间女子阿尔克墨涅所生的孩子,而引起了特洛伊战争的美女海伦也是宙斯在人间的女儿。与宙斯的好色无度形成绝配的是天后赫拉的善妒,她对于宙斯婚后的外遇非常不满，经常利用自己的神力报复丈夫的情妇和他的私生子。赫拉曾经将宙斯的情妇卡利斯忒和她的儿子变成熊；在赫拉克勒斯出生时就放出大蛇想咬死他，之后又令他发疯，杀死妻儿，因而他要完成十二项劳动赎罪。

总之，天神宙斯的特点可以概括为两方面：其一是比较公正威严，这也是他作为第三代天神能够维持奥林匹斯山稳定的一个重要原因。宙斯虽然威力强大，但很有民主作风，能尊重别的神和人的自由选择，除了恋爱以外，很少利用自己威力无穷的神力营私舞弊。他为天庭和人间制造的法律和制度都比较严明，并且能够按照神律和人间制度的规定主持正义。其二是好色。宙斯结婚七次，招惹人间女子无数，并且生下了无数的孩子。并且，宙斯在恋爱中坑蒙拐骗，始乱终弃，无所不用其极，很多被宙斯招惹过的凡间女子都在宙斯的好色和赫拉的嫉妒报复下遭到了悲惨的结局。但是，宙斯又不是完全无情的，面对自己的情人和在凡间的后代遭受的来自赫拉的报复，他大多会亲自出面营救或者派别的神灵去引导拯救他们。所以，宙斯在人间的后代大都成了当时的大英雄，在人间建功立业，造福人类。

宙斯时代的十二主神

宙斯在战胜自己的父亲之后，他给全体兄弟姐妹分授了领地。这样，每位神祇都有了一个自己统治的王国：波塞冬主管海洋；哈里斯统治地狱；得墨忒耳掌管农田以及上面生长的树木和花朵；赫斯提亚掌握人们用来取暖的火，是炉灶和火焰女神。至于宙斯自己，娶赫拉为妻，则主宰天空，成为众神和人类之王。自此，天界之间的争斗才相对平静下来。

这些天神们都居住在著名的奥林匹斯山上。那是一座耸立在马其顿地区的雄伟高山。据说，那里是世界最美之地：四季如春，没有严冬，丽日朗照之下，万木竞秀，百花争妍，蝴蝶在花卉上飞舞，鸟儿不分昼夜地啾啾歌唱……可是，景色虽美，天神之间却一直争斗纷扰，没有个停息。宙斯获胜之后，奥林匹斯山获得了多年来少有的安宁。可是，这安宁完全是相对而言的。与人类一样，众神现在不争斗了，可是每天都有说不清的纷争和烦恼，连宙斯都避免不了。

一天，赫拉生下一个驼背的丑孩子，宙斯非常生气，竟然抓住孩子的一条腿，把他扔下了奥林匹斯山。孩子飘荡空中数日，终于落到里木诺岛上。他在那里渐渐长大。由于这次坠落跌坏了腿，他走路蹒跚，再也不能行动自如了，而这个孩子就是人世间不曾有过的最优秀的铁匠赫菲斯托斯。跛足驼背的赫菲斯托斯几经周折，还是返回了奥林匹斯山。可是，他太丑了，一直是众神的取笑对象。相比之下，其他神祇都很漂亮，尤其是海神波塞冬，头发乌黑，浓眉下一双亮眼闪着灵光。

战神阿瑞斯也是宙斯和赫拉之子。他天生好斗，总爱和其他神祇争吵不休。而友善可爱的神祇莫过于爱神阿佛洛狄忒了。她外表年轻，娇嫩如同少女，实际上，她却比其他神祇出生还早。她的出生，可以追溯到宙斯还没出生之时。那时候，克罗诺斯正在与天公乌拉诺斯搏斗。难解难分时，克罗诺斯的镰刀伤了天公的手。天公疼痛得抖动手臂，几滴血滴进了大海。浪花立即被乌拉诺斯的鲜血染红了。顷刻，海水四流。湛蓝的海水深处，一个肌肤雪白的姑娘破浪而出。她就是爱神阿佛洛狄忒。她如此美丽，仿佛白昼闪烁的光芒，粉红的面颊犹如桃花，美丽的大眼里，湛蓝的海水正在起伏。爱神阿佛洛狄忒是最受众神喜爱的神祇。

众神之中，另一位女神也很有名，她叫雅典娜，是智慧女神。她非常热爱人们，是大地上美好事物的庇护神。她教妇女们纺线和织布，同时她还教男人们耕耘土地。她是神祇之中最助人为乐的一个，喜欢把所有技术传授给人们，把一切美好的事物都告诉人们，连她的父亲宙斯也为她的聪慧与博学感到骄傲。可是当初，光辉闪耀的雅典娜是从宙斯头颅中降生出来的。那时，宙斯还没娶赫拉为妻，才刚刚娶了他的第一个妻子墨提斯。她是第一代智慧女神，是理智和知识的化身。但有一个预言，说墨提斯生下的孩子将比宙斯还要强大，宙斯害怕自己也落到父辈们的下场，于是也仿效父亲，吞食了怀孕的妻子，从此他变得异常博学。可过了不久，他的头疼痛得难以忍受。过多的知识涌进了头脑，沉甸甸地让他难以承受。他用双手挤压头颅，以减轻痛苦。但疼痛不断加剧，越来越重，以致宙斯失掉了自制而大声呼喊起来："赫菲斯托斯，拿锤子来，砸开我的头！"

赫菲斯托斯不知所措："让我来打你吗？父亲，你在说什么呀？！"

宙斯大声吼道："如果你爱我，如果你还想继续享受现在的生活和自由，你就这么办！否则，我要把你赶下奥林匹斯山，关到塔耳塔洛斯地狱中去。"

赫菲斯托斯无可奈何地说："诸神为我见证，是他命令我这样做的。"于是举起他那油光闪闪的重锤，朝宙斯的头打去。整个世界都震动了。伴随着这声锤打，宙斯的头裂开了一个口子，一个女孩大喊了一声，跳了出来。这个女孩全身披着闪闪发光的盔甲，头戴战盔，手持盾牌和长矛，她就是宙斯钟爱的女儿雅典娜。

宙斯的另一个孩子赫耳墨斯则是星神迈亚所生。他是众神的使者，为了尽快地传递信息，他长有一双翅膀。他还是商业的庇护神，一只手握有贸易的标志——一根木棒，上面盘绕着两条蛇。他还被称为幽灵的带路者，因为他把死者的灵魂取走，送入地狱。所以古人常在死者的脊背上画上赫耳墨斯的头像或小型的象征他的图像。

宙斯的另外两个孩子是由暗夜女神勒托所生的，即著名的双胞胎兄妹，阿波罗和阿尔忒弥斯。赫拉由于妒忌他们的生母——温柔的勒托，因而虐待他们。宙斯把太阳授给了阿波罗，而把月亮交给阿尔忒弥斯。当她的哥哥驾驭着光芒四射的太阳车，把阳光洒满大地时，阿尔忒弥斯正躲在可爱的群山之中狩猎或与同伴们玩耍。傍晚时分，她登上那银光闪烁的月亮车，驱车出巡。阿波罗为她边弹琴边唱歌，而阿尔忒弥斯则静悄悄地穿越浩瀚无垠的太空。

另一个经常与阿尔忒弥斯混淆的夜神是艾思蒂娅，即三面神。这样称呼她，是因为宙斯赋予她在空中、陆地和海洋活动的能力，而且古希腊的戏剧中一直用三个面孔的形象扮演她。在奥林匹斯山和其他地方，还有很多其他神祇，如九位缪斯女神，她们是宙斯和记忆女神摩涅莫绪涅的女儿，是艺术和科学的庇护神，也是阿波罗的密友；美惠女神，她们把美丽和欢乐散布给周围；还有三位命运女神，她们是宙斯和正义女神忒弥斯之女，主掌人的命运。此外，还有河川神、森林神、海洋神、山神及其他各种把整个世界变得富有生气的神祇们。

但是最重要的神祇一直是奥林匹斯山上的十二位，即天神宙斯、天后赫拉、谷物神与农神得墨忒耳、灶神赫斯提亚、冥神哈里斯、海神波塞冬、神使赫耳墨斯、太阳神阿波罗、月亮女神与狩猎女神阿尔忒弥斯、智慧女神与战争神雅典娜、火神与工匠之神赫菲斯托斯和美与爱的女神阿佛洛狄忒。在奥林匹斯山上，除了住着众神之外，还有半神人，即神祇们在陆地上的后裔。他们生活得很好，为人正直，嫉恶如仇，扶弱济危，为了正义他们甚至准备献出生命。众神把他们带到自己的身旁，使他们生活得幸福，让人们对他们羡慕不已。有时众神也降临人间，来到人们之中，给予帮助，然而他们的降临，也常常并非是好事。

人类五代：从黄金时代到黑铁时代

按照古希腊神话，天神一共创造了五代人。

最早出现的第一代人，由著名的天神普罗米修斯创造，被称为黄金一代。那时候，统治天国的是宙斯的父亲克罗诺斯，而莽莽大地，则是人类的王国。大地之上四季如春，温暖的气候带来了似锦的繁花和累累的硕果，繁茂的草地则繁衍生息着成群的牛羊。这代人劳动不重，衣食无忧，也没有大的苦恼和贫困，生活如同神仙，逍遥自在。最让人惊奇的却是这代人个个长寿不衰老，临死之际，也还满头金发，不显老。相传，到了死神降临的这一天，他们的眼皮直跳，随后就沉入安详的长眠之中。

这种幸福的人间生活持续了一亿多年，黄金一代走到了人类的尽头。这些死去的神灵按照神示从地上消失，飞升为在云雾中来去的仁慈的天神。他们惩恶扬善，维护正义。

黄金时代终结之后，人类迎来了白银时代。这时，统治天空的是第三代天神宙斯，第二代人是诸神用白银塑造的。与第一代人相比，他们要放肆幼稚得多了。孩子娇生惯养，一直躲在家中，十多岁了，个人生活往往还不能自理。他们害怕黑夜，害怕外界，大门之外一步之遥就是生活的最外围。他们爱闹，好哭，即使都已成家立业，可是也和孩子一样，嘻嘻哈哈地逗乐。总而言之，他们不喜欢长大，白胡子飘飘都一百多岁了，却还不如黄金时代八岁的小孩懂事。不成熟和放肆的行为使白银时代的人陷入苦难的深渊中，因为他们没有理智，任性妄为，无法无天地破坏天神秩序。最要命的就是这代人不敬畏神，这让天神宙斯非常恼怒，他又何必要让一个亵渎天神的种族生活在他的花园之中呢？他决定要让把这个种族彻底从地球上消灭。白银时代之人在生命终止之后，幽灵化成了魔鬼在地上漫游。

天父宙斯创造了第三代人，也就是青铜人类了。这代人又是另一种天性，只吃肉，谁都不愿耗费精力去采摘果实。相比前两代，他们的武器更先进了。他们抛弃了石头，一切器具都用青铜制造。他们的刀枪是青铜的，房屋也是青铜的，连他们的日用农具也一律是黑黝黝闪光的青铜。也许是因为吃肉，这代人都高大壮实，意志顽固得如同金刚石，而且性情粗暴、残忍无比。他们精力充沛，每天繁重的农务还是不能让他们安睡。于是他们就互相厮杀，喜欢战争中遍地的鲜血。这样的人实在是无法无天，根本不把天神宙斯放在眼里，当然不中宙斯的意。所以青铜时代很快就结束了。这些人死亡之后，无一例外都被投入阴森可怕的地狱中。

当第三代人还在可怕的冥府之中受刑的时候，第四代人很快就出现在了大地之上，他们也是天神宙斯创造的。他们是神制造的英雄一代，比以前的人类更高尚、更公正和善良，被称为半人半神的英雄。不过，他们高尚也罢、公正也罢、善良也罢，无不卷入了斗争的旋涡之中，命运极其悲惨：他们中的一部分倒在了底比斯的七座城门下，为了争夺国王俄狄浦斯的王国永远地丧身于异国他乡；也有的为了一个绝世美女海伦，跨上了战船，把尸骨埋在了特洛伊城外在荒野上。也许唯一能够安慰他们的，就是死后的生活了。当这英雄的一代结束了在尘世的战争和苦难之后，宙斯就把他们送到快乐的极乐岛上去了。那里风景优美，四季如春，肥沃的土壤给他们源源不断地提供着蜂蜜一般甜美清香的水果，他们在这片人间乐土过着神仙一般的生活。

怎么来描述生活之中的第五代呢？可以说，这一代人是五个时代之中，最为堕落的一代人了。他们因为使用黑铁锻造武器，所以被称为黑铁时代。这一代人彻底堕落，日益败坏。每个人都充满了痛苦和罪孽，终日生活在忧虑和苦恼中，不得安宁。比较起来，这一代人，天神没有少找他们的麻烦，可是他们最大的烦恼却来自自身。他们之间相互倾轧，无法善处，过去的家庭情谊，兄弟友爱，都无法找到。家庭之间，父亲反对儿子，儿子敌视父亲；邻里之内，客人憎恨朋友，朋友互相憎恨，哪里还能找到英雄时代朋友之间那样坦诚相见、充满仁爱的友谊呢？父母不能赡养也还罢了，却要忍受儿女的虐待。处处都是强者得势，伪人横行；人人都在盘算着如何毁灭他人。正直、善良备受践踏；而骗子反而飞黄腾达，备受荣耀。

这样的时代，常常让那些智慧的贤哲们感慨，希望自己能够早点去世或迟点出生，进不了黄金白银时代也就罢了，就是青铜或者英雄时代都比现在好。不幸的是，我们现在的人类还正处在无边无际的黑铁时代呢！

普罗米修斯

在一个晴朗的天气，普罗米修斯来到了蓝天之下、大海中央的大地上。当时，大地上鲜花朵朵，野草丛丛，鱼翔浅底，鸟儿筑巢，万物一派蓬勃，却没有统治地球的人类。普罗米修斯降落到大地上，他是古老的神族的后裔，是地母该亚和被宙斯推翻废黜的乌拉诺斯的后代。

普罗米修斯知道在大地上蕴藏着天神的种子，因此，他来到了河边，抓起一大团泥土，捧水浇在上面，再揉搓几下，泥巴变得软硬适宜。接着，他按照天神的样子用这些泥巴，捏出了很多小泥人。捏完之后，他打量着这些无生命的形体，陷入沉思：怎样才能让他们具有生命呢？

普罗米修斯只见过那些奔跑的动物，因此他摄取了狮子的勇猛、狗的忠诚、马的勤劳、鹰的远见、熊的强壮、鸽子的温顺、狐狸的狡猾、兔子的胆怯和狼的贪婪，杂糅混合，一一注入泥人的胸膛。这样一来，泥人便能像动物一样活动了。不过，他们还缺少神的灵气。诸神当中雅典娜是他的朋友。当她发现普罗米修斯束手无策时，便飞身下来，对着这些泥人吹了一口长气，于是这些泥人获得了理智，成为真正的人。

第一代人被造出来了，却孩子似的乱跑。世上的一切，激起了他们的好奇，却引不出他们的思考。他们根本不知道怎么使用天神赐给他们的这一切。他们有眼睛却不知道用来看东西；他们有耳朵，却什么都听不见。他们住在洞穴里懵懂无知，就像梦中的幽灵一般：星辰的运行让他们茫然，四季的划分他们不会利用，即不知道制造工具，也不懂伐木建房。

还好有伟大的普罗米修斯，他当了第一代人类的老师，教他们计数、写字、观察星象、建房耕田、创造艺术。他还教会了人们驯化动物、驯养牲口，还教他们把骏马套上缰绳，成为在陆地上代步的工具。他还发明了帆和船，用于在海上捕鱼航行。总之，凡是对人类有用的，能够使人类满意和幸福的，他都教给他们。

在普罗米修斯的教育之下，人类变得聪明智慧，这引起了奥林匹斯山上天神宙斯和诸神的注意。于是，诸神要求人类敬奉天神，服从神祇；而作为交换，他可以保护人类，赐福他们。

不过，宙斯非常狡猾，他在赐福人类的同时，有所保留。他这么做，原因很简单：他不满普罗米修斯，怀疑他造人是为了和自己作对。同时，他又害怕人类强大起来，无法控制。后来，诸神和凡人的代表在希腊聚会商议确定诸神和人类的权利和义务。普罗米修斯作为维护人类利益的代表出席了聚会，他希望诸神不要因为凡人是自己创造的而为难人类，提出太苛刻的条件。

在聚会上，凡人需要先向众神献祭，这让刚刚开始耕种放牧的人类苦不堪言。他们希望减少供神的祭品，这个时候，普罗米修斯发挥出他作为提坦神的智慧了。他以人类的名义宰杀了一头公牛，分成碎块摆成两堆，然后找到宙斯，请宙斯选择人类应该把哪堆献给神祇，哪一堆留给自己。其实，这两堆一堆全是好吃的牛肉，只是上面盖着牛皮和牛骨；而另一堆则是全是牛骨头，只是上面浇上了烧过的牛油，冷却之后把里面的骨头包裹起来了，看起来又饱满又有光泽，分外诱人。宙斯果然上当，选择了第二堆。可是当他和众神揭开那板结的牛油之后，却发现那里面全是骨头，一点肉都没有，宙斯明白了过来，愤怒地对普罗米修斯说："提坦巨人的儿子呀，仁慈的朋友，你的分配好公平呀！"

为了报复欺骗众神的普罗米修斯，宙斯拒绝给予人类他们最需要的东西——火。没有火烧烤食物，人类只好吃生的东西；没有火来照明，在无边的黑暗中，人类度过了一个又一个漫长的夜晚。

看到自己创造的人生活得如此痛苦，普罗米修斯非常难受。他决定盗取天火，为人类所用。显然，宙斯也意识到了这一点，就派人看守着天火。普罗米修斯对此无能为力，非常焦虑。他的弟弟厄庇修斯知道情况以后，轻轻一笑，说："哥哥，盗取点天火有什么困难的。你附耳过来，让我告诉你怎么办。"普罗米修斯听了弟弟的话后，不由高兴地拍了拍弟弟的头，夸赞了一番。他折下一根长长的茴香枝，带着它来到天上。当太阳神驾驶烈焰熊熊的太阳车从空中经过时，普罗米修斯把茴香枝伸到火焰里引着，然后举着燃烧的火种迅速降落到大地上。在那里，他用火种点燃了第一堆木柴，大火燃烧起来，火光直冲云霄。

宙斯大怒，将普罗米修斯交给赫菲斯托斯和他的两个仆人。他们把他带到高加索山，用一条永远也挣不断的铁链牢牢地把他缚在一个陡峭的悬崖上。为了惩罚普罗米修斯，宙斯还派出神鹰每天啄食他的肝脏，但这些被吃掉的肝脏随即又会长出来。这样，日复一日，年复一年，普罗米修斯垂吊在陡崖上，身体不能入睡，双膝不能弯曲，忍受着饥渴、炎热、寒冷，还有神鹰啄食肝脏之苦。可是为了人类，普罗米修斯忍受着难以描述的痛苦和折磨，不向宙斯屈服。这种折磨，一忍就是三十年。

潘多拉的盒子

普罗米修斯盗取天火送给人类，这对宙斯绝对是个冒犯。他饱受痛苦，却不服输，更让宙斯恼火，宙斯满腔郁闷需要发泄。追根溯源，整个事情的起因不都是那个冒失鬼厄庇修斯吗？于是，奥林匹斯山上的最高统治者迁怒于他，决定用他来惩罚人类。

宙斯把决定告诉了众神。众神在奥林匹斯山上开了会，然后，他们想出了一个绝妙的办法来对付普罗米修斯的弟弟厄庇修斯和普罗米修斯所创造的人类。火神与工匠之神赫菲斯托斯拥有无与伦比的超人工艺，他把泥土和水混合起来，照着女神们的样子为宙斯赶制了一位美貌绝顶的迷人少女。然后，宙斯又命诸神赋予这个少女各种各样的装饰和天赋：雅典娜本来是普罗米修斯的朋友，现在一半是出于对父亲宙斯的服从，一半是出于对普罗米修斯的不满，为少女披上了一件闪光的白色长裙，蒙上了一面漂亮的面纱，又给她戴上了华美的花环与金项链；赫菲斯托斯为了取悦于父亲，还在雅典娜赠送的金项链上装饰了各种动物造型；阿波罗赐给她婉转如夜莺的歌喉；爱与美的女神阿佛洛狄忒又赐给了少女种种迷人的神态魅力；神使赫耳墨斯又教授了她人间的语言。最后，众神给她起名为"潘多拉"，意思是"有一切天赋的女人"。然后，宙斯让赫耳墨斯把她带到了人间，他得意地说："让厄庇修斯尝试一下潘多拉的魅力吧，她可是诸神送给他和人间的礼物。"

赫耳墨斯把绝美的少女带到了厄庇修斯面前，说这是天神宙斯许配给他的妻子。厄庇修斯一下子被潘多拉迷住了，但是又隐隐地有些担心，于是就前往高加索山，征求被链条锁住的哥哥普罗米修斯的意见。

"你要当心，"普罗米修斯对他说，"众神对你这么关怀，肯定不是好事。"

然而，厄庇修斯这个糊涂蛋嘴上答应，但并没真正听进哥哥的警告。他一见美丽的潘多拉就心花怒放，魂不守舍。哥哥的警告，早就抛到了九霄云外。他对潘多拉一见钟情，迫不及待地答应要娶她为妻。

出嫁之前，宙斯把一只精工制作的镶嵌着珍珠的盒子送给了潘多拉。"你永远也不要把它打开，"宙斯对她说，"如果你不听话，你会后悔莫及的。"其实，宙斯的用心十分恶毒。因为，他十分清楚，在众神把各种天赋赐给潘多拉时，也给了她一个致命的缺点：好奇心强。他知道自己越是这么叮咛，潘多拉就越有可能打开。

潘多拉嫁给了厄庇修斯，两个人过了一段幸福美好的日子，可是漂亮迷人的潘多拉却总是被一件事折磨着，那就是婚前宙斯送给她的那个盒子。一有时间，她就会像小猫围着鱼盘一样在盒子周围转来转去。里面到底装有什么首饰？为什么会让自己后悔？她一次次冲动地要打开，但她想到宙斯的嘱咐，又掐了掐胳膊，忍住了。不过，她总是惦记着这个盒子，吃不好饭、睡不好觉。她时时想着它，夜里做梦也梦见它。她的身体消瘦，脸色憔悴，好奇心苦苦地折磨着她。

厄庇修斯发现了爱妻心中有事，就一再地追问她究竟发生了什么，竟然会憔悴成这个样子。潘多拉把宙斯送给她一个盒子的事情告诉了丈夫。厄庇修斯一听，终于明白了为什么自己心中一直隐隐地不安，他立即猜到了诸神的意图，非常后悔娶了潘多拉做妻子。他立即很严肃地嘱咐妻子一定不要打开那个盒子，因为那个盒子是不祥的，

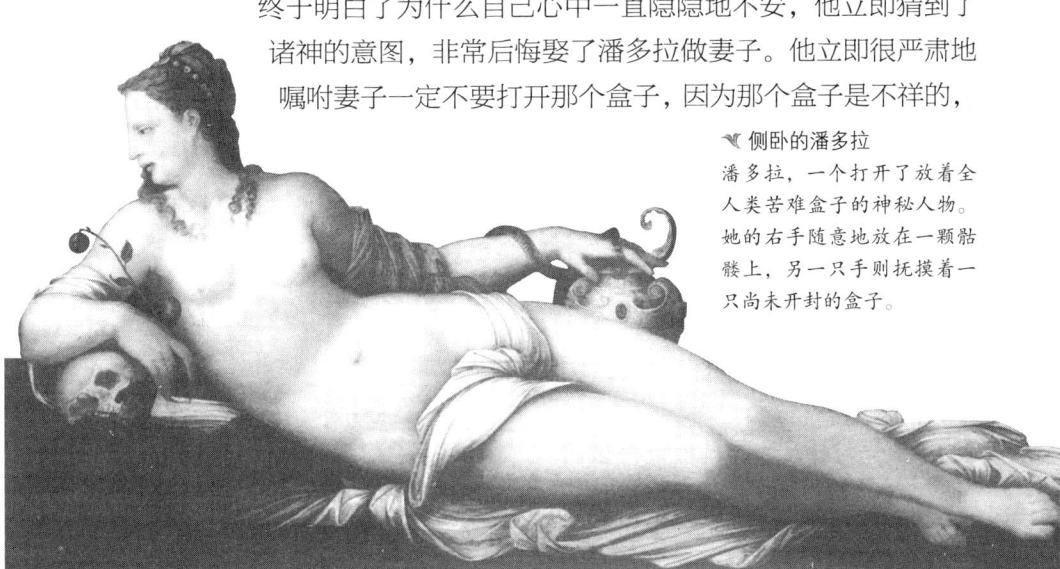

▲ 侧卧的潘多拉
潘多拉，一个打开了放着全人类苦难盒子的神秘人物。她的右手随意地放在一颗骷髅上，另一只手则抚摸着一只尚未开封的盒子。

将会给他们夫妻二人和整个人类带来巨大的灾难。听完丈夫的警告，潘多拉的好奇心被压抑了一段时间。可是慢慢地，那被压抑的好奇心又起来了，并且比以前更加强烈。以后，厄庇修斯每次出门前都会叮嘱妻子不要碰那只盒子，可是他不知道，自己的每一次叮嘱都会让妻子的好奇心进一步增加。很快，潘多拉的整个心就被那只镶嵌着珍珠的盒子占满了。除了这只盒子她的心里不再有任何东西，没有丈夫，也没有自己，更何况是与自己不相干的普罗米修斯创造的人类。

终于有一天，厄庇修斯叮嘱完妻子就离开家打猎去了。潘多拉实在忍不住了，她感觉自己如果再不打开那只盒子就要疯了。于是，她三步并作两步来到卧室，取出了那只盒子。端详了一会儿之后，她猛地把盒子的盖子揭开了。正当潘多拉想仔细看一下盒子里到底是什么精美的礼物时，盒子里升腾起一股难闻的黑烟，迅速地飞舞升腾。很快，黑烟就如乌云般布满了整个天空。阴险的众神藏在盒子里的饥荒、瘟疫、疾病、癫狂、战争、灾难、罪恶、嫉妒、奸淫、偷窃、贪婪等各种灾祸也伴随着黑烟立即飞了出来，迅速散布到整个人间。惊慌失措的潘多拉一看这种情形知道大事不妙了，赶紧关上了盒子的盖子。可是，她不知道，她关在盒子里的是众神给人间的最后一样东西：希望。

从此以后，各种各样的疾病和灾害，不分昼夜地在大地上徘徊。它们无比猖獗却又悄然而至，不容易引起人们的注意，因为宙斯没有赋予它们声音。厄庇修斯陷入了深深的懊悔之中，他痛恨自己给哥哥普罗米修斯所创造和爱护的人类带了这么大的灾难。而普罗米修斯，这位人类的救助者和医生，看人们遭受灾害的袭击，忍受疾病的折磨而死亡，伤心得几乎晕厥过去。

唯一令普罗米修斯欣慰的是，被关在盒子里的希望还留在人间。也就是因为这一点希望，人类在这么多的灾祸中延续了下来。希望成了彼岸的灯塔，照耀着人们生活的路，让人们懂得了坚持，一直到现在。

大洪水后人类终生的始祖

人类曾经有过一个黑铁时代。在这个时代，世界的主宰宙斯老是接到报告，说人类十分邪恶，其行为令人发指。说人类很坏，宙斯并不吃惊，但真的按照报告写的那样的话，他就觉得太夸张了，将信将疑。他决定去人间查看一下。一到地上，他才知道报告上所说的太轻了，实际情况要严重得多。

一天深夜，他走进阿耳卡狄亚国王吕卡翁的大厅。吕卡翁不仅待客冷淡，而且残暴成性。宙斯摇身一变，现出了真身。其他人大惊失色，纷纷下跪，顶礼膜拜，唯有吕卡翁不以为然。

"还不知道是不是个骗子呢？让我们考证一下，"他说，"看他到底是神还是人！"于是，他悄悄地杀了一个战俘，让人剁下四肢，然后扔在滚水里煮，其余部分则用大火烧烤，以此作为晚餐待客。宙斯心里早就一清二楚，他被激怒了，跳了起来，唤来一团怒火，投放在这个家伙的宫殿里。国王大惊，想要逃走。可是，还没走开，宙斯便施法力把他变成了一只嗜血的恶狼。

宙斯回到奥林匹斯山，决定灭绝这一代可耻之人。开始，他想用闪电轰炸大地，但又担心天国也会波及，就作罢了。他想来想去，还是洪水比较稳当。于是，他放下雷电锤，决定降下暴雨，引发洪水来灭绝人类。这时，除了南风，其他的风都被锁在埃俄罗斯的岩洞里。所以，南风接了命令，扇动翅膀直扑地面。南风的脸上长满了茂盛的胡须，好像乌云聚集在那里。雾霭遮着他的前额，滔滔大水从他的胸脯鼓荡而出。一时，雷声隆隆，大雨如注。田野刚刚抽穗的禾苗全部被打折了，人们一年的劳作都付诸东流了。

宙斯的兄弟海神波塞冬也不甘寂寞，匆匆忙忙赶来帮着破坏。他召集了所有的河流，让它们掀起狂澜，吞没房屋，冲垮堤坝。他还亲自上阵，手执三叉戟，为洪水开路。不一会儿，大地之上洪水汹涌，势不可挡。随后洪水就漫上河堤，淹没田野，犹如猛兽，冲倒大树、庙宇和房屋。水势不断上涨，房屋不见了，连教堂的塔尖也卷入湍急的漩涡中。顷刻间，整个大地一片汪洋。

大地上的人们被这突如其来的灾难吓坏了，他们犹如热锅上的蚂蚁一般在滔滔的洪水中到处寻找可能的生存机会：有的人爬上了山顶，但是慢慢地连山顶也被淹没了，这些人被卷入水中，淹死了；有的人坐在木船里逃生，从被水淹没的屋顶上漂过，从被淹没的果园上方漂过，从一具具动物与人的尸体边漂过。可是，他们始终找不到一片没被淹没的陆地，最终还是饿死了。

普罗米修斯的天职，就是反对奥林匹斯山上众神之父滥用权力。潘多拉去世不久，普罗米修斯就得悉宙斯准备用洪水来灭绝人类。于是他把儿子丢卡利翁叫到跟前说："宙斯发怒了，他要让连绵不断的洪水在地球上泛滥，这场洪水将把人类全部淹死。你赶快去造一条大船，然后你和皮拉坐到上面去，这样，你们就可以避过这场灾难。"

丢卡利翁一一照办。他造了一条方舟和妻子皮拉坐在上面。不久，地球上果然发了一场洪水。面对洪水，人类纷纷逃命。但是就是躲过洪水的人也都饿死在光秃秃的山顶上，只剩下丢卡利翁和皮拉，他们的船漂浮了九天九夜以后到了巴拿斯山上。

天神宙斯发现了这一对夫妻，他看出这是两个正直无辜而又虔诚信神的人，就平息了怒火，决定给人类留下最后的种子。于是，他唤来了北风，吹走了乌云，暴雨停止了，天空中又重见光明。海神波赛冬也在宙斯的示意下把奔腾汹涌的大海安抚了下来，又过了一段时间，大洪水也退走了。各种树木渐渐从水中露出了树梢和树干，草地也重新露出了久违的生机，陆地终于重新浮出了水面。

丢卡利翁和皮拉夫妇终于重新回到了陆地上，他们环视这周围，发现世界上只剩下他们两个人，到处都寂静得可怕。看到这一切，丢卡利翁禁不住流下了眼泪，他用低沉的声音对妻子皮拉说："亲爱的，你也看到了，我们朝远处眺望，却看不到一个活人的身影，我们伸耳聆听，却听不到任何其他人类的声音。看来，大地上只有我们两个人还活着，其他人都被洪水吞没了。可是，即使现在洪水退去了，一切危险都过去了，我们也很难生存下去。我们两个孤零零的人在这荒无人烟的世界上，又能做什么呢？没有了整个人类的欢声笑语，喜怒哀愁，我看到的每一朵云彩都使我惊恐，每一片绿叶都让我害怕。唉，要是我那伟大的父亲普罗米修斯教会我用泥土创造人类的本领，教会我把灵魂赋予泥人的技术，那该多好啊！"皮拉听着丈夫的话，觉得这话也说到了自己的心里。两个人越想越悲伤，禁不住抱头痛哭起来。

他们没有了主意，只好找到一座正义女神忒弥斯半荒废的圣坛，给女神做了简单的献祭之后，他们跪下向女神恳求说："神圣的女神啊，请告诉我们，该如何重新创造已经灭亡了的一代人类。慈善的女神呀，帮助沉沦的世界再生吧！"

"你们这个想法太好了，真让我感动，"女神说，"我真心希望你们如愿以偿。想创造新的人类，你们只要带上面纱，放松腰身，把你们母亲的骸骨往肩膀后扔去。"

"扔我们母亲的骸骨？"皮拉惊叫道，"不行，人都死了，移动骸骨是严重的亵渎。"皮拉提出了异议，神沉默不言。但是，经过认真思考正义女神的话后，丢卡利翁终于明白了神所指的母亲是指全人类的母亲，也就是大地。他高兴地对妻子说："我想我明白女神的意思了，女神的话中并没有让我们做亵渎或者不敬的事。大地是我们全人类仁慈的母亲，她的骸骨一定就是石块了。来，皮拉，我们一起把石块扔到肩后去。"

于是，丢卡利翁夫妇遵照神谕的指示蒙上了面纱，又把衣带松开，然后捡起石子往自己的肩后扔去。石块在他们身后发生了神奇的变化：被这对夫妇扔过的石块突然不再僵硬，它们变得又灵活又柔韧。一重新落地，它们就慢慢地变大、长高，慢慢地长出了人的形状。石头上沾着的松散泥土变成了人类的肌肉，坚硬的石头变成了人的骨骼，石块里的纹理变成了人的血管脉络。就这样，丢卡利翁和皮拉扔的石头都变成了人，更奇妙的是，丢卡利翁扔的石子都变成了男人，而皮拉扔的则变成了女人。

新人类所受的苦难并不比以前人类所受的少，他们罪恶的本性也一样存在。忒弥斯主持了新的人类的诞生，她热爱权利和正义。如果想把我们这个新的人类变得和善一些，这是完全可以做得到的。

宙斯微服私访

奥林匹斯山上的神都喜欢乔装打扮到人间察看，宙斯更是如此。为什么他这么喜爱私访呢，一个很大的原因，是因为他风流成性。私访期间，他可以看到人间那些美丽动人的姑娘。除了这个原因之外，他还要打听打听凡人们对于他的统治是如何评价的，而且他也可以看一下人类的状况，是否还像从前一样对他构成威胁。他出访之时，一般都不是自己一个人，总喜欢带上小儿子赫耳墨斯。为什么只带他呢，理由很简单，他的其他儿子个个脾气暴躁，出门在外只能惹事，而小儿子赫耳墨斯则不同，他本来就是信使之神，有一对飞来飞去的大翅膀，而且性子温和，跟在自己身边，跑跑腿的事交给他去办是再放心不过了。

这一天，宙斯和赫耳墨斯乔装打扮，又来到人间私访。他们两位悠悠荡荡，很快一个大白天过去，夜色来临，他们辛苦了一天，这个时候也该歇息歇息，吃点东西了。这时候，他们来到了一个村子的入口处。宙斯就让赫耳墨斯去打前站，叫门。赫耳墨斯跑上前去，敲起了村口第一家人的大门。看起来这一家是个富人，他刚一敲门，狗就吠叫起来。他把自己的手都敲疼了，可是那两扇油漆过的大门却关得紧紧的，压根就没有一点响动。赫耳墨斯猛然踹了一脚大门。这一脚下去，门被踹开了。没想到门内站着几个仆人，人人手里拿着一个大棍。门一开，几个恶仆撵了过来，挥棒就打。几条恶狗更是风一样地窜出来，张开大嘴对准他的小腿肚子就咬。赫耳墨斯赶紧跑，连正奇怪这么长时间还没把事情办好的宙斯也慌慌张张地跑起来。

两位神跑到了一个树林里。赫耳墨斯揉揉自己额头上的大包，还有腿上的狗牙印子，不由得抱怨起宙斯来："好好的天堂不待，却心血来潮搞什么私访，既然如此，那下次敲门，你自己去吧，我再也不干这种无聊的事情了。"宙斯听了抱怨，心里有火，可是他倒要看看这个村庄，是否真的如此不堪教化呢？他决定试验一下。

他们又敲了许多人家的门，希望能歇歇脚，讨点食物。这次打前站的是宙斯自己。他们一敲门，门都开了。可是一看他们这副要饭的模样，还没等他们张口，人家啪的一声闭上了大门。一路上，宙斯满心怒火，决定要毁灭这个小村子。最后他们来到一间简陋的小茅屋前。这间小茅屋是这个小村子最后一所他们还没有敲门的房子。这间茅屋里住着鲍西丝和她的老伴费莱蒙，老两口虽一贫如洗，却也乐天知足，与世无争。他们享尽了生活所赋予的一切，并对上天充满了感激之情。当二神来到他家时，老两口的态度令他们一时难以接受。与村子里的人完全两样，这对老夫妇满怀喜悦，笑逐颜开。他们将两位神视为稀客，并立刻开始为他们准备晚餐。他们点燃火，摘了一棵白菜，又切下一块贮存很久的咸肥肉，放在火上烤。正当他们宰杀仅剩的一只鹅时，客人婉言阻止了他们。餐桌只是临时的代用品，陈旧不堪，到处是修补的痕迹，桌子还用一块砖头撑着。但对他们来说已是最好的了。饭菜非常普通，有鸡蛋、葡萄酒、自制奶酪以及多种新鲜水果。二老笑容可掬、殷勤备至地服侍天神用饭。两位天神被他们的盛情款待所感动，说明了自己的真实身份。"我们是天神，"宙斯说，"你们将脱离不幸，但你们的邻人们将因他们的邪恶受到惩罚。跟我们走吧！"当他们快到奥林匹斯山顶时，鲍西丝和费莱蒙回头看见整个村庄淹没在一片沼泽之中，而他们的旧茅屋却完好无损，并且变成了一座金碧辉煌的神殿。出于二老的要求，他们被指派为宙斯所住宫殿的看护者。后来，他们变成了白蜡树和菩提树，并肩站在神殿前。

宙斯与欧罗巴

腓尼基国国王阿革诺耳的女儿欧罗巴，一直幽居深宫。她天真无邪，什么都不知道，整天在花园里嬉笑玩乐，扑扑蝴蝶，逗逗花猫。这个女孩有个特点，爱笑，一笑起来，脸颊就有两个酒窝儿，格格的笑声银铃一般响彻了后宫，传到云层之上。不想这一天，这个可爱的女孩子的笑声惊动了天上飞行的宙斯。宙斯降下云头，躲在树后一看，就迷上了这个女孩子。他虽然是天神，却也不能硬来，于是飞回奥林匹斯山，找到美神阿佛洛狄忒，如此这般吩咐了一下。

这天深夜，欧罗巴做了个怪梦。她梦见两个女人激烈地争夺她。其中一位，非常陌生，好像是地球的另一个种族之人；而另一位，也不认识，但却相当亲切，长得和当地人一样，金色的卷发，栗子般的深眼睛。这个金发女人十分激动，她温柔而又热情地央求她：孩子，你不认识我了吗？我是从小把你哺养长大的母亲呀！而那个陌生丑女人却强盗般地生拉硬拽。"跟我走！"她说，"宙斯喜欢你，要让你当他的情人。"

眼看就要被那个恶女人带走，欧罗巴惊醒了，心跳个不停。她呆坐了很久，一动不动。"这真是梦吗？那个金发褐眼的妇女是谁呢？她真好，就像我的妈妈一样，我真想再次碰见她。但那个丑女人……"

她胡思乱想，直到清晨的第一缕阳光透窗而过，照在她的脸上。林子里的小鸟唧唧啾啾地叫着，让她马上忘记了这个梦。一会儿，她就和女伴们来到了海边的草地上，这是她们经常聚会唱歌的地方。海边鲜花遍地，美不胜收。姑娘们衣着艳丽，但最出彩的却是欧罗巴，她的衣服是一件用金丝银线织就的拖地长裙，上面织着众神的故事，欧罗巴穿着它简直光彩照人。说起这件衣服，可不是普通的人间之物，它是火神与工匠之神赫菲斯托斯的杰作。海神波赛冬得到了这件衣服，就把它送给了自己当时正在热恋的情人利彼亚。后来，利彼亚把这件衣服当成了传家宝，传给了儿子阿革诺耳，阿革诺耳又传给了自己最心爱的女儿欧罗巴。

穿着神衣的欧罗巴非常高兴，跟姑娘们一起欢笑着、跳跃着，到处采摘鲜花。欧罗巴很快找到了她最喜欢的鲜花。她站在姑娘中间，双手高举着一束红玫瑰。沐浴在清凉的晨光之中，她如同高贵的爱情女神。

宙斯为年轻的欧罗巴的美貌深深地打动了。可是，他害怕妒忌成性的妻子赫拉，同时自己贸然上前，姑娘会不会逃跑呀？为了接近心爱的姑娘，他就想了一个办法，摇身一变，成了一头公牛，混进了牛群里。这头公牛膘肥体壮，牛角晶莹闪亮，犹如精心雕琢的工艺品。它的额前闪烁着银色的新月胎记，毛皮是金黄色的，一双蓝色明亮的眼睛，如同荡漾的大海，露出无尽的眷恋与渴望。

牛群在草地上慢慢散开，宙斯化身的大公牛来到山坡的草地上。公牛晃动着双角，骄傲地穿过草地，到了姑娘们跟前。它突然变得很温顺，很可爱。姑娘们都兴致勃勃地走近公牛，还伸手抚摸它油光闪闪的毛发。而公牛似乎很通人性，在姑娘们身边挨挨擦擦，婉转低回。慢慢地，它向欧罗巴的身旁走去。欧罗巴不禁后退几步。可她看到公牛驯服地站在那里，温柔的大眼睛深情地盯着她时，她不害怕了，壮胆上前，把花束送到公牛的嘴边。公牛的舌头温柔地舐着鲜花和姑娘的手心。姑娘轻轻地抚摸着牛身，越来越喜欢它了，忍不住在牛额上吻了一下。公牛发出了欢快的叫声，那声音简直不像是普通公牛的哞叫，而像是阿波罗的笛声，婉转悠扬，在整个山谷间回荡。

欧罗巴简直被这头公牛迷住了。就在这时，公牛温顺地躺倒在姑娘的脚旁，瞅着她，摆头示意，让她爬上自己宽阔的牛背。欧罗巴太高兴了，她从女伴手上接过花环，挂在牛角上，然后壮着胆子骑上牛背，还喊她的女伴们也骑上来："你们也骑上来吧，你看这公牛多么漂亮呀，它的背是那么的宽阔。我敢打赌，你们全部上来都没问题。为什么还不来呢？它又温顺又可爱，一点都不让人害怕。它的眼睛是那么的美丽又温柔，好像能听懂我们说话呢！"就在欧罗巴的伙伴们还在犹豫不决的时候，公牛一跃而起，迈着轻松的步子开始往前走了。当它走出草地，踏上了绵软的细沙时，突然加快了速度，奔马一样疾驶起来。

欧罗巴还没明白怎么回事，公牛已经纵身跳入了大海。可怜的姑娘除了紧抓牛角抱着牛背以外，还能干什么呢？深海茫茫，喊天不应，只有呼啸的长风拂过身边。姑娘哭了，她回头看了看越来越远的故乡和哭喊着的女伴，知道自己可能要一去不返了。不久海岸消失了，太阳沉入了水面。夜色朦胧中，惊恐不安的欧罗巴除了看到波浪和星星外，什么也看不到，她感到十分孤寂。

公牛驮着姑娘一直往前，在海上迎来了新的一天。周围全是波涛汹涌的海水，可是公牛却十分灵巧，分波破浪，竟没有一点水珠沾在姑娘身上。傍晚时分，它们终于登上了陆地，来到一棵大树旁。姑娘刚从牛背上滑落下来，公牛就消失不见了。姑娘正在诧异，却看到面前站着一个俊逸威严，如天神一般的男子。男子向她解释说，他是克里特岛的主人，如果姑娘愿意嫁给他，他可以保护姑娘。欧罗巴绝望之余便朝他伸出一只手去，答应了他的要求。宙斯实现了愿望……他又像来时一样地消失了。

一轮红日冉冉升起，欧罗巴从昏迷之中渐渐醒了过来。她惊慌失措地望着四周，呼喊着父亲的名字。慢慢地，她想起了发生的事情，想起了昨晚那个男子。他哪里去了呢？难道他是一个卑鄙无耻的骗子，得到了她的身子后就溜走了吗？天呀，她竟然失去了少女的贞洁……但是，一切的一切，都仿佛在梦境，她甚至都不能确定是否是真的？

她用手揉了揉双眼，好证实自己只是在做梦。没有什么公牛，也没有什么男子，而自己好端端地仍在自己熟悉的海边，波涛汹涌澎湃，冲击着峭壁，可是两边的山林却很陌生。绝望之中，姑娘愤恨不已，她不由得怨恨起那头公牛起来："该死的公牛，让我跌落到这个地步。我再也见不到我亲爱的父王和哥哥了。现在，我除了死还有什么出路呢？"

惨遭遗弃的姑娘痛恨万分，她想到了死，可又拿不出死的勇气。突然，她听到背后传来一阵笑声。她惊讶地回过头去，却看到女神阿佛洛狄忒站在面前，浑身闪光。女神旁边则是她顽皮的小儿子，他弯弓搭箭，跃跃欲试。女神微笑地说："美丽的姑娘，你还认识我吗？我就是给你托梦的那位女子。不要急躁，欧罗巴，那头公牛就是伟大的天神宙斯。孩子，你真幸福，你现在因为天神的关系，成了女神，而你的名字欧罗巴将用来命名这快陌生的地方，它将与你的名字共存！"

事已至此，欧罗巴默认了自己的命运。她跟宙斯生了三个强大而睿智的儿子。

大儿子弥诺斯和二儿子拉达曼提斯（后来成为冥界判官）。萨耳佩冬则是一位大英雄，成为小亚细亚吕喀亚王国的统治者。后来，宙斯将其化身的公牛映像送上星夜，成为金牛星座。

宙斯与伊娥

远古时期，希腊的土地上居住的是彼拉斯齐人，他们是古希腊最初的居民。他们的国王伊那科斯有一个如花似玉的女儿伊娥，远近闻名。有一天，伊娥在草地上牧羊。这时，奥林匹斯山的宙斯正经过草原，还在团团云雾之中，他就窥见了她的脸，顿时被电住了。他本来要前往大海，可是心中的情欲正旺，没法挪动步子。于是，他摇身一变，幻化成为一个男人，摇摆到了伊娥的面前。

宙斯走上前去，大肆地挑逗伊娥："哦，美丽的姑娘，谁将有幸成为你的夫婿呢？可是所有的凡人都配不上你，你应该成为神的爱人。你知道吗，我是伟大的天神之父宙斯，嫁给我吧！我会让你幸福的。天太热了，快跟我来吧！到树荫下歇息，为什么要让你娇嫩的面庞遭受烈日的暴晒呢？"

这个人是不是有病呀！满嘴昏话！姑娘非常害怕，转身就跑。但是宙斯得意地大笑三声，袖子一挥，天气立刻就变了。刚才还是万里无云，烈日当空，转眼之间整个地区陷入了茫茫的黑暗之中。伊娥被裹在云雾之中，眼前一片模糊。她担心撞在岩石上或失足落水，因而放慢了脚步，自然落入宙斯的手中。

宙斯的妻子赫拉，她早就熟知丈夫的一切。尽管她拿宙斯的不忠诚没办法，可她还是压不住

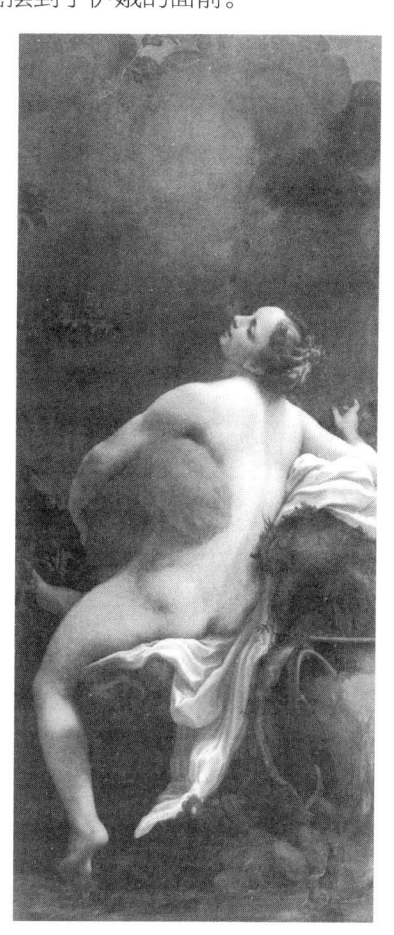

◀ 伊娥　意大利　格雷乔
宙斯爱上了天后赫拉的首席女祭司伊娥，但宙斯担心此事被赫拉发现，于是化为云雨或其他事物来与伊娥相会。在这幅画中，宙斯变成了一团云雾从天而降，悄悄地拥抱伊娥。在这幅画中，格雷乔以非常写实的手法表现了这种想象中的浪漫情景。

炉火。为了捉住宙斯的把柄，她时刻监视着丈夫的一举一动。这天，她突然发现，苍茫的大地上，有个地方就是晴天也云雾迷蒙。再一看云雾的颜色，不是自然形成的。赫拉顿时起疑，四处一看，奥林匹斯山的宫殿里，没有了宙斯的影儿。

"很显然，"她恼怒地自言自语，"宙斯这个该死的一定在干坏事！"于是，她驾云降到地上，施展法术，让浓雾迅速地散开。宙斯预料到妻子来了，为了掩饰自己的偷情，也为了保护心爱的姑娘，就把伊娥变为一头雪白的小母牛。赫拉立即识破了诡计，高声赞美这头母牛，并问："这是谁家的呀？是什么品种的呢？"窘迫的宙斯不得不撒谎："这头母牛很普通呀，只不过是地上的生物。"

"我很喜欢她呢，全身都雪白雪白的。正好过些天就是我的生日了，你把它送给我吧，当作我的生日礼物吧！"赫拉紧逼了上来。

怎么办呢？宙斯左右为难：答应她吧，他就会永远失去了美丽的姑娘；但拒绝的话，肯定会引起赫拉的猜忌和怀疑，最终也会让这个姑娘遭难。思来想去，他还是决定暂时放弃姑娘，佯装高兴地把小母牛赠给了妻子。赫拉装作完全不知情，笑容满面地用一根带子系在小母牛的脖子上，然后得意洋洋地牵着这位遭劫的姑娘走了。

可是，虽然把情敌握在了自己手中，赫拉仍然不太放心。把这个情敌安置在什么地方呢？要知道宙斯可是色胆包天的，他肯定会用尽一切办法找回情人的。怎样才能让那个负心的家伙找不到她呢？她想来想去，终于想到了一个绝妙的看守人。于是，她找到阿利斯多的儿子阿耳戈斯。这个怪物有一百只眼睛，即使入睡了，也只闭上一双，其余的眼睛都睁着，闪闪发光。要说看守人犯，再也没有比他更合适的了。

可怜的伊娥在阿耳戈斯严密的看守下，只能在长满青草的大地上吃草。阿耳戈斯一直跟在她身后，瞪大那一百只眼睛，盯住不放。有时，他转身背对着姑娘，可是他还是能够看到，因为他的额前脑后都有眼睛。伊娥化作母牛无法变回人形了。每天清晨，她被带到草地之上，吞吃着苦草和树叶；到了晚上，太阳下山，阿耳戈斯就用锁链锁住她的脖子，带回牛圈；夜晚，她就睡在坚硬冰凉的地上，饮着污浊的池水。可怜的伊娥常常忘记自己已经被变成一只小母牛了，有时，她想伸出双手来唤起阿耳戈斯的可怜，放她回家，回到自己的亲人身边去。可是，当她伸出来的时候，才发现原来的纤纤玉手已经变成了毛茸茸的前蹄。伊娥痛苦极了，发出了痛苦的叫声，这叫声把她自己都吓到了，因为那完全是牛的哞叫。

伊娥的生活就这么继续着，可是她的生活虽然单调，可是每天吃草的地方，却是流动的。因为赫拉吩咐过阿耳戈斯，要不断地变换伊娥居处，好让宙斯难以发现。一天，伊娥被阿耳戈斯带到了自己故乡的草地上。这是一片生长在小河边的草地，被宙斯劫持之前的伊娥经常跟同伴们一起到这里玩耍。重回故地的伊娥感慨万分，她慢慢地走到了小河旁边，想看看自己现在的样子。她知道自己现在的样子肯定很可怕，可是当水面上那个头长双角的牛头真的映在水面上的时候，她还是大大地抽了一口气，急急地转过头去，再也没有勇气去看了。就在这时，伊娥听到不远处传来一阵熟悉的欢笑声。她扭头一看，原来是昔日的姐妹们正陪着父亲伊那科斯在河边游玩，伊娥高兴极了，走到父亲身边，亲昵地停留在他的身边不肯离去。伊那科斯对这头温顺美丽的小母牛非常有好感，他轻轻地抚摸着伊娥的头，又从旁边的小树上摘了一把鲜嫩的叶子喂到了小母牛的嘴边。小母牛感激地看了伊那科斯一眼，默默地亲吻着父亲的手指。老人的手指被小母牛眼中流出的泪湿润了，在小母牛温柔的亲吻下，他突然有了一种久违了的亲切感觉，这让他突然想起了失踪两年多的女儿伊娥。但是，刚想到这里，他就苦笑着摇了摇头，他觉得自己简直是想女儿想疯了，居然从一头小母牛的身上也会想起伊娥。

　　看着父亲满头的白发，伊娥心中难过极了，她知道一定是自己的失踪让父亲操碎了心，愁白了头。突然，伊娥的心中闪过了一个与父亲相认的办法。原来，伊娥虽然在形体上变成一头小母牛，但是她的灵魂却还是原来伊娥的那个，没有受到丝毫的影响。所以，她以前所学的字还是没有忘记的。于是，伊娥抬起前蹄，在地上写出了一行字："父亲，我是伊娥。"伊那科斯很快就注意到了这行字，他简直呆住了，过了半天，他才惊叫了一声紧紧地抱住了女儿的脖子。他流着眼泪对伊娥说："我可怜的女儿呀！我是一个多么不幸的父亲，自从你失踪之后，我在全希腊到处找你，没睡过一个好觉，吃过一顿好饭。我设想过无数种关于你失踪后的不幸遭遇的场景，可是现在的你比我设想的任何一种都更凄惨！我把你向心肝一样地爱护着，想让你成为最快乐最幸福的女孩子，没想到……"老人说到这里哽咽了，他牵起伊娥就要往王宫里走，他要找最好的巫师把女儿变回原形，他要用最好的照顾来补偿女儿两年来受的苦……

　　可是，阿耳戈斯发现了伊娥这边的情况，他是个冷酷的看守者，没有半点同情心。他一下子从伊那科斯手中夺过拴住伊娥的缰绳，就快步走开了，任悲痛欲绝的老人在身后痛苦哀号。他领着伊娥来到一座隐蔽的高山，同时睁开了一百只眼睛，尽忠职守地看着赫拉的情敌。

　　在这两年的时间里，宙斯也在四处寻找着伊娥的踪迹，却始终没有见到姑娘的影子。如果不是宙斯的小儿子信使之神赫耳墨斯告诉了父亲伊娥的消息，宙斯恐怕是找不到这位因他而遭难的姑娘的。但是，赫耳墨斯又告诉宙斯，他虽然知道伊娥现在正被百眼怪阿耳戈斯看守着，但是自己没有把握能把姑娘救出来，因为那个百眼怪物实在很难对付。

宙斯不管这些，他急切地想救出可怜的姑娘，于是下了死命令，要求赫耳墨斯想想办法，诱使阿耳戈斯闭上所有的眼睛，救出伊娥。父命难违，赫耳墨斯只好带上一根催人昏睡的荆木棍，怀揣着牧笛，来到了人间。他丢下帽子，收起翅膀，只提着木棍，身后一群羊跟着他，看上去像个牧人。不久，他就赶着羊群来到了阿耳戈斯放牧伊娥的山谷。

来到阿耳戈斯附近之后，赫耳墨斯从怀中抽出牧笛，吹出了美妙的乐曲。那笛声优雅婉转，久久地萦绕在山谷之中。阿耳戈斯被赫耳墨斯的笛音迷住了，他站起身来，向笛声传来的地方呼喊："吹笛子的朋友，我热烈地欢迎你。来吧，坐到我身边的岩石上休息一会儿吧！瞧，这儿的树荫下多舒服！"

赫耳墨斯便爬上山坡，来到阿耳戈斯身边，挨着他坐了下来。两个人攀谈起来，越说越投机，一天很快过去了。阿耳戈斯打了几个哈欠，睡意朦胧。赫耳墨斯又吹起了笛子，想催他入梦。可是，阿耳戈斯不敢松懈。尽管他的一百只眼皮都快撑不住了，还是拼命同瞌睡做斗争。每次，总是一部分眼睛先睡，另一部分眼睛大睁着，紧盯小母牛，以防它逃走。

阿耳戈斯虽说有一百只眼睛，但从来没有见过那种牧笛。他感到好奇，便向赫耳墨斯打听这枝牧笛的来历。赫耳墨斯一下子来了精神，想到了一个催阿耳戈斯入眠的好方法。于是，他妙语生花，绘声绘色地给阿耳戈斯编起关于这笛子来历的故事：

"很久很久以前，在风景如画的阿耳卡狄亚的雪山上住着一个美丽而纯洁的山林女神，名叫哈玛得律阿得斯，又叫绪任克斯。那时，森林神和农神萨图恩都十分爱慕她，他们迷恋她的美貌，也迷恋她的纯洁端庄。但是，面对他们的热烈追求，绪任克斯都巧妙地拒绝了，她总是小心翼翼地摆脱他们的追逐。因为她崇拜纯洁的狩猎女神阿尔忒弥斯，非常害怕结婚，一直以来就想效仿这位纯洁的处女神保持独身，过处女生活。

"有一天，强大的牧神潘在森林里漫游时，看到了美丽的绪任克斯，他一下子被这个女神迷住了，便走近她，想凭着自己显赫的地位和神力向她求爱。绪任克斯拒绝了他，夺路而逃，不一会就消失在茫茫的草原上。牧神潘赶紧追去，绪任克斯在前面跑，一直逃到了拉同河边。河水缓缓地流着，并不湍急，可是河水却很深，河面也很宽，美丽的姑娘根本就没法趟过去。这时，后面紧追不舍的牧神潘快要赶过来了，绪任克斯非常焦急，便哀求她的守护女神阿尔忒弥斯同情她，在牧神潘还没追来破坏她的贞洁之前，帮她改变模样。

"就在这时，牧神潘奔到她身后。他以为绪任克斯要跳河，便赶紧张开双臂，一把抱住了站在河岸边的姑娘。但使他吃惊的是，就在他以为抱住了姑娘的一刹那，却感觉自己的怀里很空。他低头一看，才发现抱住的不是绪任克斯，而是一根芦苇。牧神潘一看绪任克斯这么不喜欢自己，为了躲避自己的追逐宁愿变成一根芦苇，感到又伤心又悲痛。他忧郁地悲叹了一声，声音穿过了他怀中的芦苇管，变得又粗又响，长久地回荡在河边。这奇妙的声音是牧神潘以前从来没有听过的，这使他得到了些许的安慰，因为他找到了与变成芦苇的姑娘在一起的方法。"好吧，变了形的情人啊，"他突然高兴地叫起来，"即使你变成了一根芦苇，我们也要结合在一起！"说完，他把怀中的芦苇切成长短不同的小杆，并用蜡把芦苇竿黏接在一起，制成了一种新的乐器：芦笛。为了纪念姑娘哈玛得律阿得斯，他用她的名字为这芦笛命名。从此以后，我们就叫这种牧笛为绪任克斯。我手中的这个就是绪任克斯……"

赫耳墨斯一边讲着这动人的故事，一边注意着阿耳戈斯的动静，他发现故事还没讲完，阿耳戈斯的眼睛就一只只地依次闭上，沉沉睡去了。最后，当看到阿耳戈斯的最后一只眼睛也闭上的时候，赫耳墨斯就停止了讲述，用他的神杖轻触阿耳戈斯，让他睡得更深。阿耳戈斯终于抑制不住开始呼呼大睡，赫耳墨斯迅速抽出上衣口袋里的一把利剑，砍下了他的头颅。赫拉在百眼巨人阿耳戈斯死后，把他的一百只眼睛收集起来，点缀在孔雀的羽毛之上，然后，她将孔雀的映像送上星空，成为孔雀星座。

伊娥终于在赫耳墨斯的帮助下获救了，但她身上的魔法没有解除，只能保持过去母牛的形象。不过，值得高兴的是，她现在自由了。她想去哪里，就去哪里。不过，伊娥最爱逗留的是自己的故乡，虽然人们都不能认出她来。嫉妒的赫拉一直密切地关注着下界。她看到伊娥自由了，心里怒火冲天，正好一只饥饿的牛虻飞到跟前，请求天后赐福，赫拉就把伊娥指给了牛虻。这只牛虻嘤嘤嗡嗡地飞到伊娥的身上，趴在那里，就不飞走了。伊娥的尾巴够不着牛虻，牛虻的叮咬却让伊娥发狂，她四处奔逃。最后，经过长途跋涉，伊娥绝望地来到了埃及。

在尼罗河河岸上，伊娥疲惫万分，实在跑不动了。她不知道自己为什么要遭到这种无妄之灾。可是她知道，要想获得解脱，只能祈求天后赫拉的原谅。她跪下来，对着奥林匹斯山，发出了哀求的声音。宙斯看到了，非常同情。他不想再因为自己的一己之私，让伊娥受苦。他来到赫拉那里，一把抱住赫拉，请她对无辜的伊娥大发慈悲。他向她道歉并对着冥河发誓，他不会再追求伊娥了。赫拉也听到伊娥的哀鸣声。这位天神之母终于心软了，允许宙斯恢复伊娥的原形。

宙斯赶到尼罗河边，手指一动，奇迹出现了：小母牛消失了，伊娥重新恢复了楚楚动人的美丽形象。

大熊星座与小熊星座

卡利斯忒又是一位被宙斯强行非礼生下了孩子的女子。他们之间的事情被赫耳墨斯知道后，迅速传到了赫拉的耳朵里。生性多疑善妒的赫拉自然怒火中烧。可是，她拿丈夫无可奈何，就将责任都推到这个无辜的少女身上。她对儿子赫耳墨斯说："她不是凭借着美丽的脸蛋来勾引人吗？我要把她变成一只丑陋的毛乎乎的大熊，看是不是还能迷住男人？"她用手一指，卡利斯忒的腰身就弯下去，可怜的姑娘想伸出手臂哀求一番，双臂上眨眼之间就长满了寸把长的黑毛。她的手变得圆墩墩的，长出了钩子一样的利爪，只能用来当脚掌走路了。她的美丽曾让宙斯如痴如醉，赞不绝口的小嘴巴，现在却变成了一个铲瓢似的大嘴巴。她的声音本来甜美得如同百灵鸟，现在一开口，却是一阵阵令人心悸的嚎叫。老实说，她现在已经是一只令人恐惧的大熊了。尽管外形已经改变，卡利斯忒的内心还是那颗温柔华贵的纯洁的心。她并没有丧失她固有的气质。她不停地呻吟着，哀叹红颜薄命，挣扎着想站起身来，却一次次地摔倒在地上。她觉得宙斯心太狠了，太薄情了，一旦恩爱之后，就弃之不顾，形同陌路。但是，在这个情况之下，也只有找到他，求他来解救自己了。啊，有多少个夜晚，因为不敢在幽暗的森林里过夜，她四处游荡。又有多少次她被猎人的猎犬惊吓得四处逃窜，生怕自己被猎人捉住。她自己虽幻化为熊，却不敢与之为伍；她害怕野兽，也害怕见人。多年来，她一直过着担惊受怕、孤孤单单的日子。

有一天，一个狩猎的小伙子发现了她，就一直追赶了过来。在逃跑途中频频回望的时候，她却发现那是自己失散多年的儿子。当年他还是一个牙牙学语的儿童，现在已经长成一个风度翩翩的美少年。她不再逃跑，想走过去，把他抱在怀里。她忘记了自己的外表，刚刚迈开步子，那少年马上警惕起来，举起了手中的长矛，就要投向她。

就在这千钧一发之际，宙斯出现了。他历来如此，和女人恩爱之后，就不管不顾，可是一旦他们有了儿子，他又略微有些上心。赫耳墨斯向母亲赫拉告密之后，还是有些害怕父亲的怪罪，又把赫拉的所作所为告诉了宙斯。宙斯一看这样，情妇、儿子都得到了安置，也就作罢，继续他的风流生涯去了。可是，现在这种母子相戕的行为，他却不能坐视不理。他现身之后，就让少年明白了事情的经过。但他担心赫拉闹事，就把两个人带到了天上，放置在一大一小两个相邻的星座上。这两个星座，就是今天我们熟悉的大小熊星座。

什么事情都瞒不过赫耳墨斯，这是一个两边倒的家伙，他又把父亲的行为一五一十地告诉了母亲。赫拉见到自己的情敌获得这样的尊荣，十分气愤，就去找宙斯和自己的长辈评理。这两个长辈就是他们的姑姑海洋女神老特提斯和俄刻阿诺斯。她们刚一开口问她来意。天后赫拉就嚎啕大哭："你们问我为什么来到这里？我知道你们喜欢清静，无事也就不来打搅。宙斯太欺负人了。告诉你们吧，天上已经没有我待的地方了——我的位置被另一个女人给占据了。你们肯定不信我的话，可是等到夜色笼罩大地的时候，你们自己看看吧，就在极圈附近，圈子绕得最小的那一片天上，你们可以看见升到天上的那两个家伙，那就是和宙斯偷情的女人和他们的私生子。想一想，我贵为天后，谁都可以骑在我的头上欺负我。你们看看，我对和他偷情的女人不满，略微惩罚了她一下，可是她竟然被宙斯捧到了这样高的地位。我不就是不让她具有人形而已。可结果呢，她却被弄到了星宿上。他这么做，肯定是想娶她为妻，把我们母子抛弃。你们要是还体恤我，要是都同情我悲惨的遭遇，我请求你们给他们一点厉害看看。不许这对罪人进入你们的海域里。"

老海神自然答应了。他们把宙斯叫来，一顿训斥，宙斯怀恨在心，却只能唯唯诺诺，乖乖听着而已。这样，大小熊星座只能在天上绕来绕去，永远不能像其他的星星一样能够落到海里去。

好胜的音乐家阿波罗

众神都多才多艺。太阳神阿波罗更是才艺双全，他不仅英勇善战，箭法百发百中，能够预示世俗之人的命运，还是一个一流的音乐家。他自诩不凡，非常好胜，只要听到别人自夸才艺，他就非要跟那个人一比高下，而且，比赛的结果要以生死为代价。在这种好胜心的支配下，阿波罗杀死了一个林神。

事情的起因与女神雅典娜有关。一天，雅典娜捕获了一头鹿，就用鹿骨做了一支双管长笛。在众神宴会上她高兴地吹奏起来。她非常满意其他的神灵对她的音乐的称赞，可是一转身却发现自己的死对头赫拉和阿佛洛狄忒都用手捂着嘴偷笑。她当时压下火气，没有发作，私下里却很郁闷，不知道为什么这两位仇敌嘲笑自己，是不是她们心怀妒忌才这样呢？虽然她这样宽慰自己，却始终放不下心。于是，她想出了一个好办法，就独自一人走进弗里吉亚的森林里，在河边吹奏笛子。她一边吹一边低下头来观察自己在水里的倒影。一看到水面映出的形象，她几乎晕倒过去。她发现吹笛子的人脸色发青,双颊肿胀,显得滑稽可笑。她一气之下,扔掉笛子,并且发下了一个恶毒的诅咒:谁如果把笛子捡起,他就会惨遭不幸。

无辜的林神玛息阿——女神库柏勒的随从——便成了咒语的牺牲者。雅典娜刚走,他就经过这里,无意中捡起笛子。他刚把笛子放到唇边,笛子便自动演奏起来,声音美妙动人。他追随女神库柏勒走遍了整个弗里吉亚。他的美妙笛声打动了无知的乡野村民。他们从来没有听见过这样美妙的音乐,于是说就是太阳神阿波罗也未必能用他的里拉琴演奏出比这更动听的乐曲!得到这样奉承与赞扬的玛息阿太高兴了,居然想不到去纠正这种说法。这话不久就传到了阿波罗的耳朵中。阿波罗火冒三丈,马上派自己的仆人去下战书,邀请玛息阿和他进行音乐比赛,并规定胜者可以用任何方式惩罚输者。玛息阿现在长笛在手,谁也不怕,更何况如果战胜了太阳神阿波罗,他就可以成为天庭之中最优秀的音乐家。因此他毫不犹豫地同意了。

比赛开始,由阿波罗组织缪斯们当评审团。两位各自演奏三首乐曲。他们都拿出自己最大的本事,尽力打败对方,可是缪斯们却判双方打成平局。

阿波罗心有不甘,他看了看两人手中的乐器,忽然心生一计。他向玛息阿厉声喝道:"你能不能学我,演奏你的乐器?把它倒过来拿,而且还要边演奏边唱。这样,才叫真本事。"

很明显,笛子不能倒过来吹,更不能边吹边唱,玛息阿拒绝接受这一挑战。但是阿波罗却装着什么也没有听见,自顾倒拿起里拉琴,边奏边唱赞美奥林匹斯山诸神的歌曲,歌声悦耳动听,缪斯们不得不判他为胜方。吃了哑巴亏的玛息阿无奈之下,只能接受了这个判决。赢得胜利的阿波罗尽管表面装得温文尔雅,可是当他说出他的惩罚时,连评审团的缪斯们都惊吓得目瞪口呆,而玛息阿则吓昏了过去。就这样,好胜的太阳神阿波罗就对玛息阿做出了十分残酷的报复:他活生生剥下玛息阿的皮,把他的皮钉在以他命名的河的发源处的一棵松树上。

阿波罗神庙远眺 公元前540年

阿波罗神庙长约40米,宽约16米,外部朴实无华,内部装饰十分精美,立柱很好地体现了多种建筑风格相结合的特点。

同样的事情又一次发生了。在一次宴会上，喝多了美酒的牧神潘非常轻率地夸夸其谈，说他演奏的乐曲可以和阿波罗的媲美，而且借着酒劲，他还向这位奏里拉琴的神祇挑战，要和他一试高低。阿波罗自然接受了挑战，并请山林之神特摩罗斯担任比赛的裁判。这位德高望重的老人在裁判席上安然就座，他撩开耳边的树条，凝神聆听。当比赛的开始信号一发出，醉酒的牧神潘就吹起了排箫。他奏着自己编的乡村小曲，得意非凡，喜气洋洋，也让碰巧在座的忠实门徒弥达斯听得心旷神怡。牧神潘吹奏完毕，便轮到太阳神了。于是，山林之神特摩罗斯便把脸转到阿波罗这边，他身旁所有的树木都随着他一起转动。阿波罗站起身，头戴桂冠，身披拖地的红紫长袍，左手抱着里拉琴，右手五指轻轻拨动琴弦，特摩罗斯不等一首听完，他立刻判演奏里拉琴的阿波罗是这场比赛的优胜者。所有的听众都接受这一裁判，牧神潘低下了脑袋，可是弥达斯不服气。他小声嘀咕，最后干脆大声质问，说裁判山林之神特摩罗斯偏心。阿波罗悄悄走到这个傻瓜国王跟前，揪住他的双耳。他轻轻一提，那两只耳朵变得又长又尖，里外长出灰色绒毛。两只长长的驴耳朵装饰在这个可怜国王的头上，因为这副模样，他只好戴上一条大头巾以遮盖丑态。

阿波罗与月桂树

　　每个人都有自己的初恋，就是贵为天神也一样避免不了。他们和人一样，要吃要喝，有七情六欲，自然也要谈恋爱，也有自己青涩的初恋。太阳神阿波罗就是这样，他的初恋情人是达芙妮。

　　太阳神阿波罗爱上达芙妮，并不是所谓一见钟情，而是小爱神厄洛斯故意捣鬼，精心策划的结果。小爱神厄洛斯之所以故意捣他的鬼，是因为阿波罗说话不太注意，得罪了这个小家伙。事情发生的这一天，阿波罗刚刚斩杀了一条叫作皮同的巨型蟒蛇。正在得意洋洋、不可一世时，他看见了这个小家伙正在弯弓搭箭，跃跃欲试，就非常不屑地说："小家伙，弓箭这种打仗用的武器哪里是你们这样的小孩子玩的？把它交给我，只有我才有资格使用！你看看我，我就是靠弓箭除掉了体积巨大的大毒蛇。小家伙，你要玩的话，还是玩火吧，你不是常说点燃情火吗？你爱在哪儿点火怎么点火都没关系，只是别再摆弄该由大人物使用的武器。"

　　小爱神当然不服气，就和他顶嘴道："你不要吹牛，自以为了不起。虽然你的弓箭可以射中万物，阿波罗，可是我的却能射中你，让你后悔说了刚才的话。"

话刚说完，他就飞身跳到帕尔纳索斯山一块又高又大的岩石上，随手就从白色的箭袋取出两支功能不一的箭，一支尖头金箭，有激发爱情、刺激情欲的功能；另一支钝头铅箭，让人拒绝爱情。他拉弓如满月，簌簌两声，铅头箭射向了正在河里沐浴的河神珀纽斯的女儿、水泽仙女达芙妮；而金头箭如同闪电一样，射向阿波罗，阿波罗闪身躲避，可是箭却如同长了眼睛一样，正好穿心而过。就这样，英勇善战的阿波罗就产生了强烈的爱情，被那位少女折磨得茶饭不思，神魂颠倒。而达芙妮一听人对她说"我爱你"，就深感厌恶。为了躲避人们的苦苦纠缠，她整天在林中打猎逐兽，出没于森林之中。可就是这样，求爱者还是千方百计想接近她，而追求她的人不但不见减少，反而越来越多。水泽仙女达芙妮不管这些，她一一回绝，不予理睬，整日就在树林中徘徊寻猎，压根就没有结婚的打算。她一直这样，倒让她的父亲不放心。父亲常常委婉地规劝她说："女儿，你该为我找个女婿了。"或者就说："女儿，你该为我生个外孙了。"父亲一提这些，水泽仙女达芙妮就羞得满面通红，她讨厌结婚，觉得结婚就是犯罪。可是她又不能直接这么说，只好搂着老父的脖颈半撒娇半认真地说："父亲，请允许我终身不嫁，就跟我们的女神阿尔忒弥斯一样。这样，我才能终身陪伴在你身边。"年迈的父亲没有办法，只好答应了她的要求。不过，他很忧虑地说："女儿，你这么想，可是你的容貌恐怕使你难以独身一辈子。"

阿波罗深爱着达芙妮，并渴望与她结婚。他是天神，有给世人做出神谕的法力，而是轮到自己，他的法力却无处发挥。他经常跑到她出没的森林里，偷偷关注她，他见到她披散在肩头的长发就想："这头发就这么随便披着，已经这么迷人，如果好好梳理一下，还不让我丢掉了魂灵？"他把她明亮的双眼比作天上最亮的明星，见到她的红樱桃一样小嘴，就不能自持。他也暗中赞美她裸到肩头的双臂和双手，常常控制不住自己的想象，那衣服遮盖的部分真不知道要美丽多少倍呢。他老这么贪婪地偷窥，最终被达芙妮发觉了。仙女拔腿就跑，迅疾如风。太阳神跟在后面，结结巴巴地百般请求。"请您停一停，"他说，"达芙妮，我不想伤害你，不要像羊羔见了恶狼，驯鸽见了老鹰似的躲着我。我追你是因为我爱你。我不是小丑，不是乡野村民。我父亲是宙斯，我本人是主管歌舞管弦的神。我射箭百发百中，我司掌医药，我熟悉百草的疗效。可是美丽的天神呀，悲哀的是我自己个人的病痛却找不到药物来治愈。"

他的恳求还没有说完，少女已经跑远了。阿波罗绝望地发现，就连她逃离的姿态也那么令人心醉。她如此美丽，可是却把他的知心话全当耳边风。阿波罗愤怒起来，占有她的欲望更加强烈，他不耐烦了，他要行动。

在爱情力量的鼓动下，他竟然赶了上来。那情景就像猎狗追逐野兔，一个张着大嘴就要下口去咬，而那弱小的动物连蹦带窜，叫它捕追不着。两人就这么一前一后地跑着——他插上的是爱情之翼，她踏着的是恐惧之轮。可是追的比逃的速度要快，眼看就要赶上，他气喘吁吁，呼出来的气已经吹动了她的头发。

她跑得双腿发软，力不从心。万般无奈之下，她只能乞求自己的父亲河神："救救我，父亲，让大地张开口把我吞掉，要不然毁灭我的形体吧，免得再惹来危险。"话刚说完她就四肢发僵，上半身长出一层嫩皮，头发变成绿叶，双臂长出枝叶，两脚钉在地上就像扎在地里的树根，面孔变成了树冠，完全失去了原来的人形，但是优美的仪态犹存。心急如焚的阿波罗愕然不知所措。他只能用手触摸树干，可是感到隐藏在树皮下的肌肉还在瑟瑟发抖。当他把枝干搂在怀里，四处亲吻时，枝条躲闪着他的嘴唇。他实在生气，狠狠地说："既然我不能娶你为妻，我就要你做我的圣树。我将把你戴在头上作王冠，用你装饰竖琴和箭袋。等到伟大的罗马征服军凯旋回到首都，我就用你编成花冠给他们加冕。我的青春常在，你也将四季常青，绿叶永不凋零。"仙女现在变成了一棵月桂树了，它垂下头来，表示了自己的谢意。

要爱情不要永生的少女

太阳神阿波罗不仅是宇宙主宰宙斯的儿子，而且长得英俊潇洒。白天，阿波罗会驾驶着用金子和象牙作成的太阳车穿越天空，给人间带来光明、生命和温暖；黄昏的时候，他在遥远的西海结束了旅行，乘着金船返回奥林匹斯山。他不仅有着普通美男子的风度翩翩，更拥有着一般美男子没有的艺术修养。他不仅是太阳神，还是个艺术家和诗神，能够激发出人们在圣歌中表达的各种情感。他手拿里拉琴，用悦耳的声音指挥着缪斯女神的合唱队。他演奏的乐曲人间天上无人能及。

不管是天上的女神中，还是地上的凡人女子中，都有很多阿波罗的爱慕者。有一位水泽女仙克丽提就深深地爱上了阿波罗，她每天都呆呆地望着空中，等待着阿波罗驾着金碧辉煌的太阳神车从空中飞驰而过的那一刹那。可是，阿波罗对这位美丽的仙女并没有产生爱情。最后，克丽提简直完全被阿波罗的风采迷住了，等待着太阳车风驰电掣驶过成了她每天的主题。她忘记了吃饭，忘记了喝水，忘记了休息。最后，她慢慢地开始憔悴了，但仍然每天目不转睛地盯着天空，追随着阿波罗的轨迹。诸神被她的痴情感动了，把她变成了一株向日葵。从此之后，她可以永远地看着她的太阳，不会错过一分一秒了。可是，即使如阿波罗这般有魅力的天神,也不是任何一个少女都会趋之若鹜的。下面这个故事里的凡人少女玛尔珀萨就对阿波罗的深情款款说了"不"。

玛尔珀萨是一个非常漂亮又有主见的女子,她一头金发,身材苗条,整个人简直如女神一般光彩照人。她身上最美丽的就是那一双贝壳般白嫩秀气的纤足。她常常光着脚,露出了脚腕上的酒窝,非常迷人,当时的人们都叫她"美足的玛尔珀萨"。几乎全希腊的小伙子都知道她的美名,都希望可以得到这位娇媚少女的爱。伊达斯是所有人羡慕的幸运儿,因为玛尔珀萨在众多的追求者当中选择了他作为自己的恋人。与众多的追求者相比,伊达斯并没有什么显赫的家境。他既不是某位神在人间的儿子,也不是哪国国王的王子。但是,他是当时希腊最强壮的英雄,曾经在卡吕冬的狩猎大会上有过不俗的表现。玛尔珀萨爱上了小伙子的英勇威武和对自己的温柔,选择了他作为自己的情人。两个人开始了甜蜜的恋爱。

有一天,伊达斯去打猎了,玛尔珀萨独自一人来到附近的森林里游玩。她来到森林深处最幽静的湖边,把一双美丽的纤足放到湖里嬉水。正在这时候,太阳神阿波罗经过了这里,他看到了少女的一双纤足,被迷住了:晶莹的水珠粘在上面,简直像清晨时还没有盛开的两朵百合花。

阿波罗一见钟情,立马深深地爱上了这个少女。他走过来,向少女表明了自己的身份和对她的爱恋。少女拒绝了光芒四射的太阳神,并告诉他自己已经有了心上人。阿波罗实在太迷恋她了,于是不管少女意见如何,强行把她夺走了。他相信,凭自己的魅力,一定会让玛尔珀萨爱上自己的。

伊达斯打猎回来之后,一看心上人不在,就去玛尔珀萨常去的湖边找寻。到了湖边之后,他没见到玛尔珀萨,却看到湖边有明显的挣扎过的痕迹,于是拿上弓箭乘车追赶。最后,他在墨西拿追到了阿波罗,一神一人展开了殊死搏斗。伊达斯虽然是个凡人,但也是当时的大英雄,又加上情人被劫,简直像一头疯了的雄狮,连阿波罗一时也没法战胜他。

宙斯在奥林匹斯山看到了这一切,他担心自己的儿子吃亏,急忙赶来调停。宙斯毕竟是万神之主,他还是比较公平的,并不偏袒自己的儿子,而

☙ 太阳神的战车
太阳神阿波罗的战车全用金银宝石砌饰而成,显得雄伟威仪。

是十分开明地让少女自己选择——当然了,这位父亲对自己的儿子阿波罗非常有信心,他又英俊又多才多艺,还是个永生的神灵,宙斯还真不相信玛尔珀萨会不选择自己的儿子。

阿波罗来到少女面前,说:"跟我走吧,你是如此的美丽,简直就像是含苞待放的百合花。人间的男子怎么能配得上你的高贵呢?嫁给我吧,你将得到永生,并且,我以父亲宙斯的名义发誓,我会让你成为最快乐幸福的女子,永远都不会让你感到难过和悲伤。我现在就可以向你许诺,许诺给你一个没有眼泪的生活。"少女看了一眼英俊的太阳神,微微一笑,然后把头转向了伊达斯。伊达斯慢慢地走过来,握住了玛尔珀萨的手说:"我爱你,玛尔珀萨。我不仅爱你的美貌、你绝美的双足,还爱你的整个灵魂。我不能让你得到永生,却愿意陪你慢慢变老;我不能保证让你只有快乐,但我敢保证你所有的快乐和悲伤我都会与你一起品尝。"听着恋人的话,玛尔珀萨流出了感动的泪水,她走到宙斯面前,对他说出了自己的选择。

宙斯被少女的选择弄懵了,他问玛尔珀萨:"为什么?为什么你会放弃我英俊潇洒的儿子,选择人间平凡的伊达斯?难道你不渴望得到永生吗?难道你不想得到没有眼泪的生活吗?"姑娘微微一笑,对宙斯说:"我刚才流泪了,可是我的心里充满了甜蜜的感觉。我相信太阳神没有骗我,如果选择了他,我会得到永生。可是,我要那永生干什么呢?正因为人的生命有限,才更会让相爱的人互相珍惜。永生和忠贞的爱情本来就是矛盾的。至于只有快乐没有忧伤的生活,那也不是我想要的。我只是一个普普通通的凡人,需要人间的忧伤。"

说完这番话,玛尔珀萨拉起伊达斯的手离开了。从此之后,两个人相亲相爱,过着有快乐也有忧伤、有欢笑也有泪水的幸福生活。

美少年与风信子

太阳神阿波罗嫉恶如仇。他长长的弓箭、百步穿杨的箭法让每一个和他作对或者心怀怨恨的人或神都胆战心惊、寝食难安。他的火一般的威力让那些夜间出没的恶魔恐惧不已。这只是阿波罗的一面,其实他还有截然相反的一面:他要是和哪个少年小伙攀起交情来,他会亲密无间,好得就像一个人一样。有时他甚至放下神灵的地位,去讨好别人,可他的讨好往往会给别人带来危险。

在希腊的一个山区,有一个美少年,他的名字叫雅辛托斯。有一天,这个少年在河边捉鱼，被太阳神阿波罗发现了。他一下子惊呆了，不相信在这么一个偏僻的地方竟然有这样俊秀的美男子。他被吸引住了，决定无论如何，也要和这个美少年成为朋友。

让他生气的是，他发现不仅仅他一个人想和这个美少年交朋友，西风神仄费洛斯显然也在打他的主意。太阳神就去找西风神。按理说，太阳神是宙斯疼爱的儿子，而且箭法是整个天神界都闻名的，西风这种小神见到他，往往会退避三舍。可是，现在争夺的是一个美男子，西风神坚决不退让。他说是他先看见这个美男子的，阿波罗没权利跟他抢夺。阿波罗一句话也不说，鼻子里冷哼着，意思很明显，是说西风神是在痴心妄想。美男子只有一个，两个神互不退让，怎么办呢？那只有通过比赛定胜负。

比赛什么项目呢？两位神仙都同意比速度，就是说看是阿波罗射的箭快，还是西风神的身形快。比赛开始，阿波罗取下弓箭，笔直地站立着，弓已拉开，箭就在弦，而且正正地对准了西风神的心窝。西风神站在距阿波罗半里路的地方，双腿用力，做逃跑的动作。两人同时数数，一，二，数到三的时候，阿波罗马上松手。刹那之间，箭去如流星，快似闪电，西风神挪动身形，才跑了一步，箭就到了他面前。还好在箭头飞到眼前时，他猛吹了一口西风，对着心窝的箭偏了一点，插在了肩头上，否则就更惨了。西风神输掉了比赛，他不甘心地走掉，心里已经打定主意：既然自己得不到心爱的东西，那别人也休想得到。

取得胜利的阿波罗兴冲冲地赶到了美少年的住处，摇身一变，也幻化成一个少年，出现在雅辛托斯的面前。由于这个山区偏僻，雅辛托斯常常感到非常孤独。现在见到了太阳神，他太高兴了，马上就过去招呼。两个人很快就变成了好朋友，形影不离。当雅辛托斯运动嬉戏时，佩着银弓的阿波罗总要随身陪伴：雅辛托斯去捕鱼，他就拿着网；雅辛托斯去狩猎，他牵着狗；雅辛托斯去爬山，他就跟在左右。阿波罗整日忙着这些事，几乎都顾不上弹奏里拉琴和拉弓射箭。他们两个人都太关注对方了，都没有发现躲藏在附近树林里的偷偷窥视他们的西风神。每次听到他们哈哈大笑的声音，这个偷窥者就愤恨地咬牙切齿。

这一天，太阳神和雅辛托斯跟往常一样，一起玩套圈游戏，这是希腊很流行的一种游戏。首先出场的是阿波罗，他使出了全身力气，铁饼被抛得又高又远，几乎都打中了正在天上飞行的一朵云。雅辛托斯明知道自己没有这么大的力气，却也急不可耐地要一显身手。他朝还在飞着的铁饼奔去，伸手去抓，谁知道铁饼着地后又反弹起来，恰恰击中雅辛托斯的前额，雅辛托斯晕倒在地。太阳神也吓住了，脸上失了血色，变得和雅辛托斯一样惨白。他们两个人谁都不知道，铁饼砸伤了雅辛托斯是西风神暗中捣的鬼。当铁饼落在地上之后弹起，西风神在附近吹出一股强大的西风，让铁饼偏了个方向，打到雅辛托斯的头上。

悲伤的阿波罗托起了雅辛托斯的身躯，想止血，可是伤口太大了，根本不奏效。他没办法留住飞逝的生命。奄奄一息的雅辛托斯的脖子也仿佛折断了一样，丧失了支撑力，脑袋沉重地耷拉在肩膀上。多么像花园中一株被掐断了茎的百合呀，枝头下垂，花朵向地！"雅辛托斯，你怎么死了呢！"阿波罗哀叹道，"是我害了你呀。你还这么年轻，就要离开我们，我真希望我能替你去死！可是显然这个愿望不能实现。既然如此，我将用我的里拉琴悼念你，唱哀歌为你祈祷，你将变为一株鲜花，花瓣上刻着我的悔恨。"这位金光四射的神祇喃喃诉说着，与此同时，刚流在地上染红了草木的鲜血消失了，地里开出一朵花，色泽艳丽，形似百合，所不同的是这朵花呈姹紫色，而百合花大多是银白色的。接着太阳神又赐给它更大的荣耀，在花瓣上划出"AIAI！"的名字，用以表示他的哀思。这种花——风信子——就以"雅辛托斯"为名。每逢春回大地的时节，它就盛开怒放，以纪念这个不幸美少年的遭遇。

阿波罗的神医儿子

在比留山的莽莽丛林之中，居住着学识渊博、为人善良的肯塔夫洛斯。他虽已年迈，却腰腿笔直，精神矍铄。他的面容上满布的皱纹，固然由于衰老，可也是智慧的象征。他以树叶为帽，兽皮为衣，过着简单而又朴素的生活。他常年居住在山上，又熟读医书，是全希腊都闻名的神医。许多人都把自己的孩子送到他那里学习，连太阳神也不例外。

这一天，肯塔夫洛斯正穿过树枝叉结的丛林，忽然有十几个孩子抬着一个痛哭的男孩从树林中跑出来，围在他身旁，大声地喊叫："老师，肯塔夫洛斯，救救他吧，他被蛇咬伤了！"肯塔夫洛斯立即起身，来到那个孩子的身边。

被蛇咬伤还不到一刻工夫，那个孩子的手臂就肿得像水桶一样粗，颜色发黑，而且黑色还在往上蔓延。看来，这条蛇奇毒无比，如果不马上救治的话，孩子就死定了。肯塔夫洛斯托起这只黑臂，立即指示其他孩子到山洞里去生火。他要对他进行火疗。虽然这么吩咐，可是他的心里却一点底都没有。唉，死马当活马医吧！

火疗完毕，正当他阴沉着脸准备走时，耳畔响起了一阵长长的哨声，在一块岩石上，一个孩子露出了一张笑脸。这个孩子欢快地跑过来，大声责怪伙伴，为什么不等等他就跑了呢？等看到那个被蛇咬伤的男孩之后，这个孩子转向肯塔夫洛斯:"老师,您让我来,我能够为他治疗,我说的是实话,请您看着吧!"他从腰上解下一束草,用他那灵敏的手指挑选出了一棵,摘下几片叶子盖在伤口上,用一条带子把草紧紧地捆扎上。过了一分钟,那个被毒蛇咬伤的小男孩已经感觉不到疼痛,而且手臂上黑色的印子开始消退,呼吸也轻松下来,他对救他的小男孩说:"谢谢你,阿斯克利皮奥斯,让神明降福于你。我的手指已能活动了,几乎不疼了。"

肯塔夫洛斯把男孩叫到一边,问他是怎么发现这种珍贵草药的。阿斯克利皮奥斯告诉老师,他是从一只母狼那里发现的。阿斯克利皮奥斯整天在山上游玩,有一天看到一只受伤的母狼嚼了嚼这棵草而后涂抹到伤口上,伤口马上就愈合了。那只母狼逃走后,阿斯克利皮奥斯就采下这种草药放在身边备用。老师了解情况以后,把手放在学生的头上,语重心长地说:"阿斯克利皮奥斯,好好学习,你将会超过老师的。"

这是一句崇高的、分量很重的话语,而且这一预言也实现了。

阿斯克利皮奥斯就是阿波罗寄放在老朋友肯塔夫洛斯这边的儿子。他学完老师的本领之后,告别老师,回到了人世间。在那里,他满怀怜悯,治愈了遇到的每个病人,成为全希腊最有名望的医生。每天,成群结队的病人慕名而来,请他医治。而他也不负众望,让他们健康而归。时光流逝,阿斯克利皮奥斯的医术越来越高超,不仅使久病之人得到治愈,而且能使死者复生。

哈里斯在地狱中感觉到了这一点,因为陆地上已经不再送去幽灵,如今他的地狱空荡荡的。于是,哈里斯跳上那辆吐烟马车,来到奥林匹斯山,径直跪到了宙斯面前,大声对他说:"你现在很舒服吧,我的兄弟。你也不看一看大地上正在发生什么事:那里人都挤成了团,而我的王国却空荡荡的。你看,我把死神派到人类那里去,而死神却被阿斯克利皮奥斯战败。你怎么能够允许这种事情发生呢?"

宙斯听到这一切,深感不安。他已经很长时间不操心地上的事情,几乎忘记人类长期以来造成的威胁了。

他低下头向下俯视,十分惊讶地看到,人类比过去更加强大,更加勤奋。他同意了哈里斯的建议,一声霹雳打下去,击中了正在医治病人的阿斯克利皮奥斯。

阿波罗接到儿子的死讯后非常愤怒,他立即把箭筒挂在肩上,匆匆地离开奥林匹斯山,来到了埃特纳火山口。那里生活着独目巨神,他正围着巨大的铁砧,用重锤敲打着,为宙斯锻雷。阿波罗射出的三支箭呼啸着飞去,紧接着传来一阵巨大的轰隆声,随后一切都陷入寂静。不久,火光熄灭了,火山深处一片漆黑。

阿波罗报完仇,心满意足地走了。可是恼羞成怒的宙斯却一气之下,把他驱逐出了天庭,并惩罚他流浪大地,当凡人的奴仆。阿波罗固执地离开了奥林匹斯山。

惩罚了阿波罗,宙斯稍许平息了怒火,但流放阿波罗却不让独目巨神获得新生。于是这位众神和人类之父被迫与其子阿波罗妥协。"奥林匹斯山将重新为你敞开大门,"宙斯对阿波罗说,"我将让你的儿子和其他神祇一样永生不死。但你得使我的奴仆复活。"

事情就这样结束了,复活的独目巨神们又重新在他们的山中敲敲打打操劳起来。阿斯克利皮奥斯也变成了神,和他的父亲阿波罗一样,被人们当成整个大地的救星,加以顶礼膜拜。

俄耳甫斯寻妻

俄耳甫斯是希腊最有名的音乐家。他家学渊源,因为他的父亲阿波罗和母亲文艺九女神之一卡利俄珀都能歌善舞。他长大成人之后,阿波罗就在他十二岁生日的时候送给了他一把七弦琴当作礼物,并且从那一天开始教他演奏。谁知道,这个小家伙根本不用教,只要他纤细的手指轻轻地拨动那几根细弦,音乐就好像哗哗的流水一样自然流淌了出来。他弹得太好了,神奇美妙,以至于天下万物无不为他的音乐着迷。就连他一向好强的父亲,老是自夸自己的音乐天下无双的阿波罗也公开承认自己的儿子强过自己。

俄耳甫斯和欧里狄克结婚的时候曾经诚心诚意地邀请来了婚姻之神许门,希望借他来给自己的婚姻增添福气。许门出席了婚礼,却没有带来吉兆和吉祥,因为这个老头的铜烟袋冒的火把他们呛得直流眼泪。这显然不是一个好兆头,而且很快应验了。

婚后不久,欧里狄克和她的仙女女伴在山谷里漫步,却被牧羊人阿里斯塔俄斯看见了。这个年青的牧羊人对她一见倾心,双膝跪倒在地上。她告诉对方,她已经结婚,丈夫是音乐家俄耳甫斯。可是被爱情冲昏了头脑的年轻人,依然紧跟在后面,向她求爱。欧里狄克拔腿便逃,慌不择路,跑进一片荒草之中。只顾飞奔的她,突然之间小腿肚子一疼——踩着了草间的一条毒蛇,被咬了一口。她倒在地上,不久毒发身亡。

失去新婚妻子的俄耳甫斯无心其他,整天用哀婉的歌声向天神与世人诉说他心中的悲哀。可是,他呼天天不应,喊地地不灵。虽然许多动植物和天神被他的歌声勾起了心事,痛哭流涕,可是对找回他的妻子却无济于事。万般无奈之下,他决定去冥界寻找妻子。

俄耳甫斯来到了奉那鲁斯海边,从位于海角旁边的洞穴中进入,一直到达冥河斯堤克斯流域。他穿过成群的鬼魂,来到了冥王哈里斯和妻子珀耳塞福涅的宝座前。他一边弹着七弦琴一边歌唱,眼睛里流下了悲哀的泪水。他说:"地狱的主宰,请听一下我的陈述吧,因为我说的都是实话。我并不是为刺探塔耳塔洛斯王国的秘密而来的,我要寻找我的妻子。她中了蛇毒,离开了人间,来到了你们管辖的地方。我,一个活人来到这里,是因为心中熊熊的爱情火焰驱使。我们所有人都命中注定属于你们,迟早我们都要来到你们的王国。她也一样,等她活满了期限,自然也会归你们所有。不过在那以前把她赐给我吧,

赫耳墨斯带走欧里狄克

这件浅浮雕描绘的是俄耳甫斯违反规定致使他与其妻永别的场面。右边,拿着七弦琴的俄耳甫斯向他的妻子道永别,两个人悲伤地对视。左边,赫耳墨斯则等着将欧里狄克带回冥界。

我恳求你们。如果你们拒绝我,我不会单独回去,我只有留下来陪伴我的妻子,省得她在这里孤孤单单的,没有人陪她说话,唱歌给她听。"

一席话,俄耳甫斯说得凄婉动人,连鬼魂们都流下了眼泪,坦塔罗斯尽管口渴难忍,还是暂时停止了喝水的企图;伊克西翁的转轮也静止不动;秃鹰不再撕扯那位巨人的肝脏;达那俄斯的女儿们停下手,不再用筛子汲水;就连西绪福斯都坐在石头上聆听。据说,复仇三女神有史以来第一次泪流满面,珀耳塞福涅为之动容,哈里斯本人也动了恻隐之心。因此,欧里狄克不久就被召了上来。

俄耳甫斯非常痛惜地看见自己心爱的妻子拖着受伤的脚一瘸一拐地从那些新来的鬼魂中走出来。见面以后,俄耳甫斯要求把妻子带走。冥王同意了,可是他们也有一个附加条件:他们回到人间以前,他,俄耳甫斯不得回转身来看自己的妻子,如果违反规定,妻子将永世都待在地狱之中。他们同意了。

冥界的路黑咕隆咚,什么也看不清。俄耳甫斯在前探路,欧里狄克蹒跚在后,在一片寂静中穿过无数陡道,他们就要到达地狱的出口。欢乐冲昏了俄耳甫斯的头脑,他忘记了应遵守的条件,为了弄清欧里狄克是否跟着,就向背后看了一眼。仅仅就这么一眼,她立刻被拖走了。他们俩双双伸出胳臂企图拥抱,但抓到的只是空气!尽管这是她第二次死去,她还是不愿责备自己的丈夫,她怎么能责备由

于等得不耐烦而要看她一眼的丈夫呢！"别了，"她喊，"永别了。"她很快被带走了，他几乎没有听到她的话音。俄耳甫斯力图追上她，并恳求允许他再回冥府，为她的释放再做一次努力，但冥河渡口船夫拒绝了，不让他过河。连续七天七夜，他在冥府与人间的边缘徘徊，不餐不眠。他用歌声控诉阴间权势的残忍，向岩石和山峦诉说自己的哀怨。他的歌声使虎狼听了也于心不忍，感动得橡树都移动了位置。他从此远离女性，久久地沉浸在不幸的回忆中。

色雷斯的少女们竭尽全力地想勾引他，他拒绝了她们的追求。她们一直容忍他，直到发现他根本无动于衷。少女们实在不能忍受这种蔑视，正好，这一天，她们喝多了酒神狄奥尼索斯祭典仪式的美酒，其中的一个少女喊道："瞧，那边就是那个鄙视我们的人！"她的标枪向他掷去。那件武器刚飞近七弦琴的音响范围便落在了他的脚边，同样，向他投去的石块也纷纷落地。可是这些女人们发起一阵狂喊，喊声压倒了乐声，于是石块、标枪就打到他的身上，沾满了他的鲜血。这些疯狂的女子把他的肢体撕碎，把他的头颅和七弦琴扔到赫布鲁斯河。他的头和琴在向下游漂流的时候不断发出低语般的哀鸣，两岸则伴之以凄楚的谐音。缪斯神把俄耳甫斯支离破碎的尸体归拢在一起埋在利柏特，据说夜莺在他的墓前唱得比在希腊任何其他地方都更加婉转动听。他用过的七弦琴被宙斯放到了群星之间。他的身影又一次来到了塔耳塔洛斯。在这里，他找到了欧里狄克，用热情的双臂拥抱她，他们现在可以一起幸福地在田野里漫步了。

克瑞乌萨与伊翁

雅典国王厄瑞克透斯的女儿克瑞乌萨，郊游的时候遇见了太阳神，就爱上了他，还为他生了一个儿子。可是他们两个人的事儿，她父亲一直蒙在鼓里。

儿子生下来了，克瑞乌萨不敢带回家，她害怕父亲生气。没办法，她只能把这个孩子遗弃在两人幽会的山洞里。她希望有谁能够可怜他，领养这个孩子。走的时候，她又把手上的珠串挂在孩子身上，做个标记。

这一切自然瞒不过阿波罗。他既不想辜负情人，又不想让孩子孤苦无依，于是他找到兄弟赫耳墨斯。"兄弟，"阿波罗说，"帮帮我吧，救下这个孩子，他被他母亲放在了山洞里的木箱子中，你把麻布包着的孩子送到我在得尔斐的神殿，放在神殿的门槛上，其他的事情你就不用管了。因为他是我的儿子。"赫耳墨斯按照阿波罗的吩咐，一一照办了。并且，他还打开箱子，以便让人容易发现这个小孩。

　　第二天太阳升起时，得尔斐的女祭司走向神殿，突然发现睡在小箱子里的婴儿。她认为这是一个私生子，便想把他从门槛上搬走。可是太阳神却使她的内心产生了怜悯之情，她就收留了这个孩子，带在身边抚育。孩子终日在神坛前玩耍，却不知道父母是谁。他一天天长大，渐渐长成了一个高大英俊的少年。得尔斐的居民都把他看作神庙的小守护者，让他看管献给神的祭品。

　　这时，雅典人与邻国发生激烈的战事。如果不是因为一个叫苏托斯的外乡人的帮助，结果就不会是雅典人获胜了。苏托斯是丢卡利翁的后代。为了答谢他，国王同意了他向克瑞乌萨的求婚。这件事大大激怒了太阳神，他暗中破坏，所以这对夫妻结婚多年还没有孩子。老国王等不及了，他渴望抱外孙呢。没有办法，克瑞乌萨决定去得尔斐神殿求子。

　　克瑞乌萨公主和她的丈夫带着一群仆人动身了。一行人来到得尔斐神殿时，阿波罗的儿子正跨过门槛，用桂花树枝装饰门框，他看见了这位高贵的夫人。她一见神殿就禁不住掉泪。他小心翼翼地问她为什么悲哀。

　　"我不想了解你的伤心事，"他说，"不过，如果你愿意的话，请告诉我，你是谁，从什么地方来？"

　　"我叫克瑞乌萨，"公主回答说，"我的父亲是厄瑞克透斯，是雅典的国王。"公主沉默了一会，知道年轻人是神殿的守护者，就告诉他："我是苏托斯王子的妻子，同他前来得尔斐，祈求神祇赐给她一个儿子。"

　　"你没有儿子，真是不幸呀！"年轻人同情而又伤心地叹息着。

　　"是啊，太不幸了，"克瑞乌萨回答说，"我非常羡慕你的母亲，能够有你这么一个聪明伶俐的儿子。"

　　"我不知道谁是我的母亲和父亲，"年轻人悲伤地说，"神殿的女祭司抱养了我。所以，我就住在神殿里，成为神的仆人。"

　　公主听到这话，心里怦然一动。她沉思了一会，然后心疼地说："我认识一个妇人，她的命运跟你的母亲一样，我是替她来祈求神谕的。因为你是神的仆人，我就告诉你她的秘密。那位夫人说，在她和现在的丈夫结婚之前曾经跟伟大的阿波罗交往甚密。她没有征求父亲的意见便跟阿波罗生了一个儿子。女人将孩子遗弃了，从此就不知道他的音讯。"

　　"这是多少年前的事情？"年轻人问。

　　"如果他还活着，正好跟你同龄。"克瑞乌萨说。

　　正说着，苏托斯高高兴兴地跨进神殿，向妻子走来。克瑞乌萨便中断了谈话。

　　"太阳神给了我一个吉利的消息，他说我会带着一个孩子回去的。咦！这位年轻人是谁?"苏托斯问。

年轻人走上一步,谦恭地回答:"我只是阿波罗神殿的仆人。这里即是圣地,人们就在这里听取女祭司的神谕。"苏托斯听到这里,便在祭坛前祈祷不已,然后连忙走进圣殿里间听取神谕。年轻人仍在前庭守护着。

不一会儿,圣殿里间的门开启了,苏托斯王子兴冲冲地走了出来。他狂热地抱住年轻人,连声叫他"儿子"。年轻人不知道发生了什么事,以为他疯了,便冷漠地用力将他推开。可是苏托斯并不在乎。"神已给我启示,"他说,"神谕明白地说了:我出门遇到的第一个人,便是我的儿子。什么原因,我并不明白,因为我的妻子从来没有生过孩子,可是我相信神灵。"

听完这话,年轻人也大为高兴,不过他还有些不安,他不知道苏托斯的妻子是否愿意认他为儿子,因为她不认识他,也没生过孩子。此外,雅典城会接受一个不合法的王子吗?但是,苏托斯竭力安慰他,答应不在雅典人和妻子面前认他为子,并给他起了一个新名字:伊翁,即漫游天涯海角的人。

这时,克瑞乌萨还在阿波罗的祭坛前祈祷,非常虔诚。但她的祈祷突然被女仆们打断了,她们跑来抱怨道:"太太,你永远得不到一个抱在怀里的亲生儿子。阿波罗赐给你丈夫一个儿子,一个已经长大成人的儿子。我们都认为那可能是他从前和另外一个女人生的。"

公主为自己悲哀的命运而烦恼。过了一会,她又鼓起勇气,打听这位突如其来的儿子的名字。

"就是守护神殿的那个年轻人,你见过他,"女佣们回答,"他的父亲给他起了个名字叫伊翁。现在,他想悄悄地为儿子给神献祭,举行一个庄严的宴会。他不让我们告诉你,可是太太,我们看不过去!"

这时,众人中走出了一个忠诚的老仆人。他认为苏

阿波罗的宫殿
太阳神阿波罗的宫殿庄严肃穆,镶满黄金和宝石,大门用白银制成,飞檐上嵌着雪白的象牙,十分气派。阿波罗威严地坐在宝座上。

托斯王子不忠实，所以应该消灭这个私生子，以免他继承王位。克瑞乌萨想着自己已被丈夫和情人遗弃，悲愤难忍，就同意了老仆人的阴谋。

苏托斯跟伊翁离开神殿后，他们登上巴那萨斯的山顶祭祀酒神。之后，伊翁在仆人的帮助下在旷野上搭了一座华丽的帐篷。里面摆上长桌，桌上放满了装有丰盛食品的银盘和斟满名酒的金杯，排场豪华。苏托斯则邀请了得尔斐所有的居民前来参加盛宴。

帐篷里欢声笑语。饭后，走出一位老人，为宾客们敬酒。苏托斯认出他是妻子克瑞乌萨的老仆人，于是当着客人的面夸奖他的勤奋和忠诚。等到宴会终席、笛声吹起时，老仆人走近酒柜，满满地倒了一碗酒，趁人不注意时放入毒药，要祝贺小主人。

老人来到伊翁身旁，酒杯倾斜，往地上滴了几滴烈酒，算是祭祀。伊翁却在这时听见旁边站着的一个仆人不知道因为什么，轻声骂了一句。在神殿长大的伊翁知道，在神圣的祭祀仪式中这是一种不祥之兆，于是便把酒全倒在地上，又让人重新换杯斟酒，然后进行隆重的浇祭仪式。客人们一一照做。这时，外面飞进来一群神殿里长大的圣鸽，看到地上全是浇祭的美酒，都争相抢饮。别的鸽子喝过祭酒后都安然无恙，只有饮过伊翁倒掉的第一杯酒的那只鸽子拍扇着翅膀，摇晃着发出一阵哀鸣，不一会儿就抽搐而死。

伊翁愤怒地站了起来，紧握双拳，大声叫道："老头子，你说，怎么回事？是你在酒里下了毒药，把杯子给我。"老人出人意料地承认了这一罪行，但把罪过推在克瑞乌萨的身上。听了这话，伊翁离开帐篷，客人们也个个义愤填膺，一齐跟在他的后面。在外面空地上，他对着天空高举双手，朝着四周围着他的得尔斐贵客说："神圣的大地哟，你可以为我作证，这个异国的女子竟然想用毒药除掉我！"

伊翁率领愤怒的人群包围了克瑞乌萨，他要用石头砸死这个恶毒的女人。克瑞乌萨惊恐万分，紧紧抱着阿波罗的圣坛，这伟大的神曾是她亲爱的丈夫。但在神庙工作的伊翁以为自己有特权，竟然把她从圣坛下揪走。天上的阿波罗终于看不下去了，他向女祭司的头脑中闪电般地注入灵感。女祭司立刻拿出了珍藏多年的褶裾和首饰。亚麻布褶裾上墨杜莎头的图案和珠串表明，伊翁正是克瑞乌萨当初遗弃的儿子。这时天空神光闪烁，智慧女神亲临作证，于是未遂的屠杀陡转为盛大的喜庆。

驾太阳车的法厄同

克吕墨涅是埃及国王米罗普斯的妻子，但她和自己情夫阿波罗依然藕断丝连，关系暧昧。她同阿波罗生了一个儿子名叫法厄同。作为一个私生子，法厄同和其他离婚父母的孩子一样，来往于父母之间。他时而生活在母亲克吕墨涅的宫殿，有时又去父亲阿波罗的王宫。他从小就被父母宠爱纵容，娇生惯养，自己却从不知足，变得越来越任性。当他刚满十八岁的时候，母亲克吕墨涅又一次把他送到他父亲的王宫里。

太阳神宫，屹立在云彩之中，有十二根华丽的圆柱支撑着，殿前镶着黄金和宝石。墙头的飞檐嵌着象牙，银质大门上雕着花纹和神像。法厄同跨进宫殿，要找父亲谈话。但他不敢太靠近，因为父亲身上散发着一股炙人的热光，他受不了。

阿波罗正襟危坐，正要对下属说话，突然看到儿子来了："法厄同，你来了，非常好。我正在想念你呢，你妈妈的身体还好吗？"他亲切地问道。

法厄同看上去十分生气，满面怒容，也不回答父亲的问题，半天才气冲冲地说："父亲，你告诉我，我是不是你的亲生儿子？"

太阳神非常吃惊，不知道儿子为什么会问这个尴尬的问题："法厄同，你怎么胡思乱想呢？你当然是我的儿子。"

"如果我是你的儿子，为什么下面总是有人嘲笑我，说我完全胡扯，说我不是天神的儿子，是一个杂种！再说，我叫你父亲，为什么下面还有一个人，我也叫父亲呢？别人的父母都在一起生活，可你居住在天上，母亲却躺在别人的床上，这是为什么呢？"

法厄同的话，直指太阳神的痛处。太阳神无言以对，只好大声地怒喝道："你这个调皮的孩子，别人胡说，你就相信了。你要不是我儿子，我会让你在宫殿里自由来去吗？"

"父亲，你能证明我是你的儿子吗？"法厄同热切地望着父亲。

阿波罗收敛围绕头颅的万丈光芒，吩咐儿子靠近些。他抱着儿子，说："儿子，你不是从你母亲那里知道事情的真相了吗？为什么还老是要怀疑呢？为了证明你是我儿子，你今天提出什么要求，我都不会拒绝！"

话没说完，法厄同就一下子跳了起来。一大早上，他折腾来折腾去，就是为了这句话。此前的话语是早就编造好了的。因此，父亲话一落地，他立即就说："父亲，你太好了。现在我相信我是你的儿子了。我一直以来都有一个小小的愿望，希望你能给我一天时间，驾驶你的那辆太阳车！"

听了这个只有狂人才会提出的要求以后，阿波罗吓得面如土色。但是，一言既出，驷马难追。他既然作了轻率的许诺，也就不得不满足儿子的欲望了。

炽热的太阳车套上了四匹烈马，法厄同紧握缰绳。

"儿子呀，一定要小心谨慎，"阿波罗叮嘱儿子说，"这几匹公马不好驾驭。要紧握绳子，千万别鞭打马儿。否则，你就会后悔莫及。"

"不会的，父亲。我已经不是一个小孩了。我力大无比，机灵过人。在米罗普斯最近组织的竞技大会上很多竞技名将都不是我的对手。"

"法厄同，我并不怀疑你的力气很大，"阿波罗回答说，"但是，你没有驾过这样一辆车子。你太自信了，要当心！"

不知不觉中，天已破晓，东方露出了一抹朝霞。星星一颗颗隐没，新月的弯角也消失在天边。这个年轻人好像没有听到父亲的话，他嗖的一声跳上车子，兴冲冲地抓住缰绳，朝着忧心忡忡的父亲点点头，飞走了。

马蹄踩动，群马嘶鸣着起程了，奋勇地冲破了拂晓的雾霭。奔跑了一阵，马匹就感觉到了异样，似乎换了一个人。套在颈间的轭具轻了许多，而车身在空中颠簸摇晃。意识到了变化，这些辛劳多日的马早就不耐烦缰绳了，它们离开了轨道，撒欢儿地奔跑起来。

法厄同颠上颠下，感到一阵战栗。他不知道朝哪一边拉绳，也找不到来路，更没法控制撒野的马匹。当他偶尔朝下张望，发现自己高悬在空中时，他紧张得脸色发白，双膝也抖了起来。他不由得松掉了手中的缰绳。马匹非常高兴，漫无边际地在空中乱跑，一会儿高，一会儿低，有时触到了恒星，有时又险坠山谷。

它们掠过云层，低飞在空中。云彩直冒白烟；大地因灼热而龟裂，水分全蒸发了；草原干枯，森林起火，大火蔓延到了平原；耕地成了一片沙漠；大海急剧凝缩，原来的浅海海底成了干巴巴的沙砾；赤道地区居民的皮肤都被烧成了黑色。

陷于困境的人类走投无路，只好求救于宙斯。宙斯接到了各地受害者的报告，发现了灾难的原因。宙斯立即从奥林匹斯山上击出一道电光，法厄同应声落地。他的身躯也着火了，坠落在厄里达诺斯河里。法厄同是头朝下跌落的，燃烧的头发化为流星，掉落的轨迹成了银河，太阳车的两个轮子落下来，变成了南极圈和北极圈。

被神诅咒的尼俄柏

在今天希腊底比斯古城遗址的山坡上，有一尊巨大的岩石样子的女子塑像。这位女子容貌秀丽，长发飘逸。她的面容非常悲伤，而令人惊奇的是，塑像的眼睛断续流出一些清澈的水流，好像人的眼泪一样。

这个雕像就是底比斯王后尼俄柏。传说，流泪的塑像背后有着一个悲哀的故事。

尼俄柏是坦塔罗斯的女儿。父女两个人各有一个缺点：坦塔罗斯的缺点就是爱慕虚荣，常常在人前吹牛，而女儿，则十分骄横。当然了，坦塔罗斯有虚荣的资本：在被打入地狱以前，他经常出入天神宙斯的宴会。尼俄柏也有可以骄傲的权利，要知道，她的丈夫安菲翁是底比斯的国王，统治着一个强大无比的国家；她本人也是有名的美女，当年是许多翩翩少年的偶像。不过，她的七个英俊魁梧的儿子和七个漂亮迷人的女儿，才是她最值得夸耀的。

本来，尼俄柏夸耀儿女，其他人也都纷纷点头。毕竟她的这七对儿女太优秀了，不得不让人羡慕尼俄柏的好福气。可是，时间久了，其他人都烦了。但尼俄柏是一人之下万人之上的王后，她们心里不满，也只能埋在心里，表面上却不免顺着尼俄柏，把她的儿女夸耀得天上少有，地上也无。渐渐地，这些话让尼俄柏如饮醇酒，一天不喝一口心里就郁闷，同时，她自信心大涨，竟然把自己和神仙相提并论，她觉得自己怎么也比勒托那个女人要高贵。

尼俄柏觉得自己最不服气的就是勒托。这个蠢女人，不就是和宙斯结合，生了一对双孪生兄妹阿波罗和阿尔忒弥斯而已。论起来，自己也是神的后裔，宙斯天神不是自己的祖父吗？这个贱女人，当年为了逃脱赫拉的追捕，在陆地上几乎找不到一块生养孩子的地方，只有漂浮的提洛斯岛怜悯她，才给她提供了临时的住处。这个女人，才生了两个子女，可自己却生了

狩猎女神阿尔忒弥斯
她思维敏捷，做事果断，奔跑迅速。据说她会毫不犹豫地把她那能够致死人命的箭射向阻止她前进的人。

七儿七女，男子个个英俊潇洒，女儿则美貌无比。她想不明白，为什么世界上这么多愚蠢的女人竟然祈祷跪拜一个贱女人，竟忽视了她这个高贵端庄的王后。这些人真是瞎了眼！

许多人都知道了王后对勒托的鄙视。安菲翁是一个神祇的信徒，他私下里规劝妻子："亲爱的尼俄柏，你为什么要把自己和女神相比，亵渎神灵呢？你要小心神的惩罚！"

不久，听完丈夫的话，尼俄柏非常恼火，把丈夫大骂了一顿。可是谁知道，安菲翁的话很快就应验了。尼俄柏的狂妄自大传到了女神勒托的耳朵里。这一天，底比斯城祭奠女神勒托和她的子女。女神带着自己的一对儿女，乘坐云团，来到了底比斯城的上空。

底比斯城的妇女都涌了出来，在占卜家提瑞西阿斯的女儿曼托的指引下露天献祭。可是祭祀到了高潮的时候，光彩照人的尼俄柏站了出来，她大声说："你们疯了吗，竟然相信一个无耻的骗子！这一切，真是太愚蠢了。我不知道你们为什么朝拜一个根本不了解的女神勒托，却不相信站在你们面前的这个人。你们与其把献祭品给勒托，为什么不向我顶礼膜拜？我的父亲是赫赫有名的坦塔罗斯。我有七儿七女！那个勒托，一位提坦神的不知名的女儿，一共才生了两个孩子，真可怜啊，才是我的七分之一。我感到自己强大得连命运女神都对我无能为力！你们撤掉祭品！赶紧回家去！伺候丈夫才是你们最正当的工作。再不要让我看见你们做这类蠢事了！"妇女们遵命回去，这场神圣的礼拜被搅乱了。

站在云头的勒托气得浑身发抖，她对自己的儿女说："孩子们，你们看到这个狂妄的女人了吧！你们必须保护我，否则就没人朝拜我了。我走了，至于怎么惩罚那个女人，你们自己决定。"

话一说完，女神掉头走了，留下了这对兄妹面面相觑。太阳神望着妹妹，问道："妹妹，这个坏女人欺负我们的母亲。你打算怎么惩治这个人？"

"这还不好办。她不是夸耀自己有七个儿子，七个女儿吗？把他们杀了，不就一了百了吗？"

太阳神同意了这个安排。兄妹二人都隐身在云层背后，随时等候着机会。

底比斯城门外，一片宽阔的平地里，尼俄柏的七个儿子正在那里嬉戏。有的骑马，有的比武。大儿子正骑着快马绕圈奔驰，突然，他双手一抬，缰绳落了下来，一支飞箭射中他的心脏，他从马上跌落下来。他的一个兄弟看到身后的飞箭正向自己这边飞来，吓得伏鞍就逃，可还是没能逃脱，被飞箭正中后背，当场毙命。另外两个也被飞箭一一穿透射死。老五看到四个哥哥倒地身亡，便惊恐地赶了过来，抱着哥哥冰冷的肢体，不料胸口也遭到阿波罗致命的一箭。第六个儿子是个温柔的、留着长发的青年，他被射中膝盖。当他弯下腰去，准备用手拔出箭镞的时候，第二箭从他口中穿过，他血流如注，倒地而亡。第七个儿子是个小男孩，他目睹了这一切，跪在地上，伸开双手，哀求着。他的哀求声尽管打动了可怕的射手，可是射出的利箭再也收不回来了。男孩扑倒在地上死了。

不幸的消息很快传遍了全城。国王安菲翁听到噩耗，悲伤过度，悲痛之下拔剑自刎而死。受到严重打击的尼俄柏昏了过去，当她清醒过来以后，看到的只有停留在棺材里的七具冷冰冰的尸体。巨大的悲痛，压抑着她的喉咙，她低声地喊道："勒托，你这个恶女人！我的儿子都死了，你该满足了吧？"

尼俄柏明白了神的威严，可是一看到围上来的穿着丧服的七个女儿，她心里的愤怒冒了出来："勒托，你这个恶魔。来吧，我死了七个儿子，可是我还有七个漂亮的女儿。继续杀吧！我们家族的人从来都不害怕。别忘了，我现在就是只有七个女儿，可是还比你多！"

话没说完，一声弓弦急响，站在棺木边的七个女孩子中最高的一个倒下了。随后，又是几声让人惊悚的弓弦之声。她的七个儿女都死了。一个尸体倒在了尼俄柏身边，一个被射倒在逃跑的路上。最小的那个躲在母亲的怀里，死不瞑目。

尼俄柏孤零零地坐在丈夫和儿女的尸体中间。她伤心得都失去了知觉了，两只眼睛直愣愣地注视着灰暗的天空。那里，云朵悠悠，杀人凶手早就不见了。尼俄柏一直注视着天空。她的生命慢慢离开了躯体。躯体僵硬了，她成了一块冰冷的石头，全身完全硬化，只有眼睛里不断地淌着眼泪，倾诉着她心中无尽的悲伤。

天之骄女阿尔忒弥斯

阿波罗的妹妹阿尔忒弥斯和哥哥是一对孪生兄妹。他们出生的时间只有几分钟的差距。两个婴儿落地之后，就能说话，活蹦乱跳的。他们之间还互相争当老大，一个不肯叫对方哥哥，另一个一定要叫对方妹妹。争争吵吵，一直闹到了他们的母亲面前，由母亲发言，才最终确定了他们的关系：阿波罗早生十分钟，是哥哥，而阿尔忒弥斯则是妹妹。

他们长大之后，成为奥林匹斯山上的正神。哥哥阿波罗成为主管白昼的太阳神，而妹妹则是月亮的主宰。她出入随身带着弓箭，而且跟阿波罗一样有本事让凡人暴死或得瘟疫，也有医治他们的妙手回春的手段。她还是幼小儿童和一切哺乳动物的保护神。与女战神雅典娜一样，她酷爱狩猎，尤其喜爱打鹿。

三岁的时候，有一天，她坐在父亲宙斯的腿上玩乐。考虑到她的生日就要来临了，宙斯便问她想要什么样的礼物，阿尔忒弥斯深思熟虑过似的，立刻回答："父亲，我的要求很简单，请赋予我永恒的童贞。我还要有和我哥哥阿波罗一样多的名字，我常去打猎，需要有和他一样的长弓和利箭。哥哥他主管太阳，我也要司光明的职责。一件橘黄色镶红边的、长达膝盖的、打猎时穿的短袖束腰外衣，还要六十个年龄较小的大洋女神当我的侍从，二十个克里特岛阿姆尼苏斯河女神。在我不狩猎的时候，她们替我保管皮靴喂养猎犬。对了，还赐给我世上所有的山峦。最后，随你高兴给我一座城市，一座就够了，因为我打算大部分时间都住在山上。还有，分娩中的妇女常常会祈求我的保佑，我母亲勒托怀我生养我的时候都毫无痛苦，因此让我做分娩妇女的保护神。"

　　她一看自己的父亲宙斯犹豫着，就举起小手去摸他颌下一丛茂密的胡子。宙斯乐了，笑眯眯地说："乖女儿，你真是父亲的骄傲。尽管赫拉会嫉妒你，可是为了你，我不在乎她的怒火了。你的要求会得到满足的。不过，除了这些，我还要赐予你更多的。你得到的城池不是一座，而是三十座，还要分管大陆和群岛，我任命你为大陆和群岛上的道路与港口的保护神。"

　　阿尔忒弥斯听了，从他腿上一跃而下，一下子跪倒在父亲面前，感谢父亲的慷慨。然后，她马上去了克里特岛的琉卡斯岛，辗转到了大洋河，挑选了无数神女当她的侍从，这些神女的母亲欢天喜地送女儿上路。

　　得到了侍女，阿尔忒弥斯就接受赫菲斯托斯的邀请，去利帕拉岛访问独目巨人。到了那儿，才发现他们正在为海神波塞冬锻冶马槽。布戎忒斯已经接到了铁匠之神赫菲斯托斯的指示，要给阿尔忒弥斯制作武器装备。阿尔忒弥斯叫独目巨人们把波塞冬的马槽暂时搁下，先给她做一把银弓和一袋箭。如果他们答应她的要求，作为报酬，他们可以吃到她射倒的第一头猎物。她拿着打好的弓箭又去找了阿卡迪亚。牧神潘送给她三头垂耳狗，两头杂色狗和一头花斑狗，还送她七条迅若疾风的斯巴达狗。

　　阿尔忒弥斯提了两对带角的红色雌鹿，用金嚼子把它们套在一辆金色的车子上，赶着它们向北走，越过色雷斯的哈厄本斯山。她在奥林匹斯山砍削出她的第一根松枝火炬，利用被闪电击过的树的焦炭把火炬点燃了。她四次试用了银弓：头两个目标都是树木，第三次射了一头野兽，第四次对准了一座城市里不正义的人。

　　接着，她回到希腊。阿姆尼苏斯神女为雌鹿卸套，替它们按摩，用赫拉牧场上生长的、宙斯的骏马食用的、能使牲口吃得肥长得快的三叶草喂养它们，并且让它们在金光闪闪的槽子里饮水。

变身为鹿的阿克特翁

底比斯的国王卡德摩斯在建国的过程中，曾经杀死过一条恶龙。他不知道这条恶龙是战神阿瑞斯的宠物。他的这一行为，当然惹怒了一向脾气暴躁且好战成瘾的战神阿瑞斯。他发下神谕：要让卡德摩斯国王全家不得安宁，儿女子孙都要横死。

许多年过去了。当年年轻的国王已经成了老人，而他的儿子阿克特翁已经成长为一个英俊的小伙子。他生性好动，喜欢游山玩水，打猎更是他的一大爱好。他常常呼朋携友，呼啸山林，整天嘻嘻哈哈，根本不知道厄运就要降临到他的头上。

时值正午，赤日当头，阿克特翁和他的朋友追逐了一大群麋鹿之后，都有些疲劳。他对陪着他在山中猎鹿的小伙子们说："朋友们，我们的网袋和弓箭都已被打到的猎物弄得血迹斑斑了，今天玩得够高兴了，明天接着再干。现在天气太热了，地面都晒得滚烫，咱们还是卸下装备，尽情地休息吧！"

这座蜿蜒千里的山脉里，有一座松柏环绕的山谷是女神阿尔忒弥斯的圣地。山谷尽头是个岩洞，岩洞天然自成，岩石在拱形洞顶精巧地排列着，仿佛是能工巧匠雕琢出的拱门。一股温泉从洞的一侧涌出，聚成一个清澈的池塘，塘边碧草如茵。女神狩猎归来，经常到这里休息散心，而晶莹的泉水，更是她沐浴梳妆的最好地方。

就在这天，正当女神痛快淋漓地在温泉的水池子里沐浴梳妆之际，阿克特翁鬼使神差地来到这里——他方才离开了小憩的伙伴独自一人信步闲游。好奇心驱使他跟着一只野兔来到了圣地。他发现了一个山洞，于是弯下腰来直接就往里闯。可他刚进入洞口时，就被水泽仙女们看见了，发现一个个子高大的男人闯了进来，仙女们尖叫着，下意识地扑向女神，想用她们的身子把女神遮住。

可是，阿尔忒弥斯太高大了，要比她们中最高的都高出一头不止。这个鲁莽的男人不告而入，让她羞愧难当。她面红耳赤，就像落日涂染的云朵。她虽然被神女们团团围住，可是她毕竟是勇敢的阿尔忒弥斯，很快就克制住了羞怯，习惯地转身去取挎在腰上的弓箭。但是，她现在赤条条的，一无所有，武器都在岸边的石头上。没有了武器，她便撩起池水朝闯入者脸上泼去，大声说道："你见到了赤身裸体的阿尔忒弥斯！看我怎么处置你！"她口里念念有词，手头一指，说一声"变"，说时迟，那时快，还没明白怎么回事的阿克特翁头上就长出了一对生叉的鹿角，他的脖子拉长了，耳端变尖了，双手变成蹄子，双臂成了长腿，全身长出一层花色斑斓的毛皮。

　　变成了鹿的阿克特翁,又慌又乱,一身的英雄锐气顿时消失。他惊恐万状,掉头便跑,一路逃到了河边,才停下了步子。他大口地喘着气,喝水的时候,在波光粼粼的水面上,他看到了自己长着鹿角的影子。他悲从中来,不由得想痛苦地大喊一声:"上天呀,为什么要这么惩罚我?"可他张开嘴,却发不出人声,而是一连串自己都感到陌生的声音。他痛苦地呻吟着,泪水顺着那已不再是人形的脸淌了下来。

　　他不知道自己该往何处去。回到宫里去吧,他感到羞愧;隐居在树林中吧,他恐惧万分。正在他踌躇不定的时候,却被他带来的那群猎狗发现了。他圈养的那条烈性狗狂吠一声,发出了信号,接着他的朋友帕姆法古斯、多尔科斯、勒拉普斯、塞隆、那佩、提格里斯和其他的猎狗也都迅若疾风地朝他扑来。他在前面逃,狗在后面紧追不放,越过岩石峭壁,穿过峡谷窄径。就在从前他鼓动狗群追逐麋鹿的地方,如今他的伙伴们怂恿着狗群追逐着他。他想高喊:"我是阿克特翁,快认清你们的主人!"但他发不出字音。狗吠声震荡山谷。很快,一条狗扑到他的背上,另一条咬住他的肩膀,它们把主人给擒住了,其余的狗蜂拥而上,在他身上到处撕咬起来。他哀鸣着——发出的不是人的声音,但也绝不是鹿鸣——他跪倒在地,举目向天,他真想伸臂祈求苍天,但他没有了双臂。他的朋友和同来的猎人们一面撺掇着群狗咬他,一面四处寻找阿克特翁,呼唤他来看这场好戏。他听到自己的名字就转过头来,听见朋友们为他不在场而深感遗憾。

　　他多么希望自己真的不在场!看着狗群撕咬猎物是件快事,但挨它们的撕咬却可真要命。直至他被狗群撕成了碎块而呜呼命绝,阿尔忒弥斯的怒气才消了下去。

海神之子俄里翁

　　波塞冬的儿子俄里翁,是个年轻英俊的巨人,他臂力过人,喜欢打猎。由于他是海神之子,因此一生下来,他便有破浪前进的神奇本领,在波涛汹涌的水面上,也能如履平地。靠近海边的居民们,在风平浪静晴朗的日子里,经常会看见一个黑点出现在远方的海面上,越来越近,到了近处,才看清是一个年轻的巨人。他穿着鲸鱼皮质的猎装上衣,牛皮短裤,一根五彩斑斓的水蛇皮腰带,精赤着钢块似的肌肉。他站在水面上,随着微浪一起一伏,朝吓呆了的渔人们轻轻一笑,然后朝森林飞去。

俄里翁已经二十多岁了。他看到人们都成双入对，非常羡慕。可是波塞冬给他提亲的姑娘，他却都一一拒绝了，包括美丽的森林女神。他父亲感到非常奇怪。有一天波塞冬生气了，因为儿子又拒绝了一门亲事。他恼怒地问儿子，说："你这个混蛋小子究竟是怎么回事？你老是拒绝人们的提亲，再这样下去，就再也没有媒人上门来了。这门亲事，我看很合适，我答应了，你不答应也不成。我马上为你办理婚事，你除了接受，没有别的出路，否则我就不当你是我的儿子！"俄里翁一向都很羞涩，可是这次却大胆地说："父亲，我喜欢希俄斯国王俄诺庇翁的女儿墨洛珀，让我娶她为妻吧。"海神一听，不是自己的儿子不喜欢女人，而是已有了心上人，那他就放心了。他说："有了心上人，你为什么不早说呢？你去向俄诺庇翁提亲吧。"儿子点了点头。

俄里翁是如何遇见墨洛珀的呢？相当偶然。那是在一次打猎回来的路上，他在大路边的一棵树下歇息。不一会儿，路上来了一辆华丽的大马车，马车的帘子打开，两个少女坐在前面指指点点，后面则是护卫的士兵。马车经过他身边的时候，两个少女都吃惊地看着这个身材高大、英俊潇洒的猎人，其中一个美丽的少女不由露齿微笑了一下。俄里翁从来没有见过这么漂亮的人儿，他不由得张开了嘴巴，紧盯着她。这副傻样，自然招来了士兵们的嘲笑。马车过去了，他还木立在那儿。过了一会，他反应过来，就紧紧追赶这伙人，发现他们进了王宫，进一步打听才知道那个少女就是国王俄诺庇翁的女儿墨洛珀。

俄里翁知道了墨洛珀的身份，并爱上了她。但他很害羞，不知道怎么办。现在有了父亲的支持，他就壮起了胆子。于是，他去见国王俄诺庇翁，向他的女儿求婚。国王刚开始本能地拒绝了他，可是看到他健壮的肌肉，国王犹豫了，就盘问起他的身世背景。知道他是海神之子之后，国王不由得暗吸了一口冷气，说："你可以娶我的女儿，可是要有代价的。这样吧，你不是一个猎手吗？现在，我们国家西北山区里有猛虎害人，你去帮我消灭它吧。"俄里翁转身就走，不到一天，就提了一只血淋淋的老虎放在国王面前。可是国王还没有答应，又说某地有一条恶龙骚扰百姓，要求他去除害。俄里翁一一照办，希俄斯国的所有的害虫恶兽都消灭在俄里翁的手里。全国上下都知道他的名字，连墨洛珀也知道了整个事情。她已经爱上了他，可是她的父亲却一直拖延着，找各种借口，想否决这门亲事。这件事情连憨直的俄里翁也看出了端倪，不过，他仍然不放弃。这个时候，他已经和墨洛珀相当熟悉了。两个人感情炙热，一天晚上，他就留在了墨洛珀的寝宫里。

这一切没有瞒过国王，有一个多嘴的侍卫告诉了他。他表面不动声色，可是内心里却把女儿恨死了，对俄里翁更是恨得咬牙切齿。第二天天一亮，他就亲自等在女儿的宫殿外。俄里翁一出来，国王就拉他去喝酒，好像他们已经是女婿和岳父的关系了。俄里翁很不好意思，但心里窃喜，以为国王接受了他。喝酒的时候，他杯来必干，不久就喝醉了，趴在桌子上。这个时候，国王脸色一沉，喊来了侍卫。俄里翁的双眼被弄瞎了，然后又被丢在海滩上。

酒醒后的俄里翁眼睛疼痛，双目失明，什么也看不见，他不知道自己该往哪里走。可是，他的耳朵很好，万籁俱寂中，他听见了打铁的声音，于是他顺着打铁的锤声来到利姆诺斯，摸到了铁匠之神赫菲斯托斯的铁匠炉前。

赫菲斯托斯十分同情他的遭遇，就派自己的徒弟铁匠克达利翁做他的向导，去找太阳神求救。俄里翁让克达利翁骑在自己的肩上，朝着东方走去。他找到了太阳神，阳光使他恢复了视觉。太阳神看到俄里翁十分可怜，又精通狩猎，就把他送给了自己的妹妹月亮女神阿尔忒弥斯。

自此以后，俄里翁就做了阿尔忒弥斯的一名猎手。由于他年轻英俊，打猎的本领相当高强，颇得阿尔忒弥斯的宠爱。太阳神听妹妹的侍女说，她准备要嫁给俄里翁，心里感到不舒服。一个瞎子，被好心收留了，竟然敢打自己妹妹的主意！于是，他没事找事，经常劝告妹妹，但阿尔忒弥斯正处于热恋当中，哪里听得进去呢？太阳神觉得只有除掉俄里翁，才能保持妹妹的贞洁。有一天，阿波罗见到俄里翁在水中行走，水面上只露出他的头顶。他就指着这个黑点和阿尔忒弥斯打赌说，她一定无法射中漂在水面上的这个东西。女神箭手当然不服气，射出了万无一失的箭，命中目标。波浪将俄里翁的尸体冲到岸上。阿尔忒弥斯知道自己犯了无可挽回的错误，伤心得痛哭流涕。为了赎罪，她把俄里翁安置到星宿中去，这就是猎户座。

关于俄里翁的死还有另一说法，这一说法与一只蝎子有关。俄里翁成为阿尔忒弥斯的猎手后表现得很好，慢慢地，他就有点得意忘形了，说自己可以杀尽天下猎物。他这话让太阳神阿波罗听到了，非常不满，觉得他简直太狂妄了。而且阿波罗还听说了关于他和自己妹妹的风言风语，他怕身为处女身的妹妹会真的喜欢上这个猎人，决定借刀杀人，除掉这个俄里翁。于是，他就把俄里翁"杀尽天下猎物"的话对大地之母该亚说了。这让大地的保护神很生气，于是派出一只蝎子追赶俄里翁。面对蝎子，俄里翁的箭术毫无用处，反而被蝎子在脚上狠狠地蜇了一口，中毒倒地。这时，神医受月亮女神派遣来到俄里翁身边，踏死蝎子，准备救活他。可是天神宙斯却站在太阳神一边，一个霹雳，把俄里翁送入了冥界，不得复生。月亮女神把俄里翁的映像送上星空，成为猎户座，而毒蝎的映像则成为天蝎座。两星相对，一星出现，另一星就沉落，它们不会同时出现在夜空之中。

敢跟雅典娜竞技的阿拉克涅

阿拉克涅是一个农村普通姑娘。她身材高大，体态庄重。相比普通脸蛋，她有一双灵巧能干的手，最喜欢终日伏在织机上织布。她先纺出细细的带有光泽的线，随后把线引到织机上，开始织布。她用纤细的十指，迅速而又灵活地来往投掷着梭子，于是，一匹匹精致的布在她手下诞生了。她微笑着伸手抚摸柔软而光滑的布匹，得意地欣赏着。一天的劳累烟消云散。显然，没有任何妇女能够织出这样好的布匹，她十分骄傲，都有点得意忘形了。有一天，她甚至大声地说："无论是凡人还是伟大的雅典娜女神，没有谁能在技术上超过我。"

要知道，是雅典娜教会人类织布的，她听到了这句话，当然十分生气。一个普普通通的凡人姑娘胆敢说出这种话！雅典娜有心挫挫她的锐气。她乔装打扮，变成一个扎头巾的老妇人，降落到阿拉克涅居住的村庄里。她来到阿拉克涅家的门口，从阿拉克涅家敞开的门望去，只见姑娘正坐在织布机旁，一边织布一边唱着歌。梭子如风飞舞着，发出和谐的音响。

老妇人走进屋，用老年人沙哑的声音说道："你这活计做得真漂亮，我的姑娘。真是托不朽的雅典娜女神的福啊！是她，雅典娜，把织布机赐给妇女们，并从她所掌握的技艺中，拿出一点点，教给了你们。"

阿拉克涅望着她，撇撇嘴，微微一笑："你是说，这只是她的技艺中的一点点吗？难道雅典娜女神能织出这样好的布来吗？你瞧瞧这活计！"随后她用一个利索的动作抛出梭子，停下工作让老妇人瞧她的活计。但老妇人却摇摇头说："我的姑娘，你可别说这种话！有谁什么时候能够超过众神啊？我不是说了吗，你的活计不错，但怎么能够和那些出自永生的神祇之手的活计相比呢？"

阿拉克涅微微摇了摇头，嘲弄般地竖起了双眉，她几乎不想搭理这个什么也不懂的老家伙。不过，她还是耐心说道：

庄严肃穆的雅典娜塑像

雅典娜是智慧女神，也是象征和平的女战神。

"你这样认为吗,老妈妈?"她重新开始抛梭织布,"遗憾的是,雅典娜听不见我们的谈话,否则让她来和我比一比吧!而我也真想看一看受到人们如此歌颂的雅典娜究竟技艺如何?"

"你真是这样想的吗?"老妇人问道。

"我既然这样对你说,当然不会担心。"姑娘毫不在乎地立即回答。

"我就在这里,"雅典娜说罢,脱掉破衣烂衫,现出了她的真正形象,"现在你还坚持要较量一番吗?"

阿拉克涅面对面地注视着女神,但并未被她那双盛怒的眼睛吓退,而是说:"我还坚持。瞧,这个织机已经上好了线,准备就绪。"

雅典娜坐下来,开始织布。女神在女工活计上,已经达到出神入化的地步了。她双眉紧锁,在织机上操劳着,努力使织出的布完美无缺。在她织出的布上,可以看到协调一致、栩栩如生的画面。这是智慧和劳动的杰作。她织出了大地和大地上盛开着的鲜花和生长着的树木。其中一棵橄榄树,即雅典娜圣树,尤为醒目。她还织出了蔚蓝色的海洋和扬着风帆正在航行的船只。她织出的布越来越长,平展光滑,柔软轻薄,极其美丽:人们在田野里劳动,姑娘们在织布机上操劳着并唱着歌。这件杰作是那样迷人,使你感到仿佛布上会飘出阵阵悠扬的歌声,而织机上的纬纱就是那七弦琴的琴弦。随后,她还织出了战士们正在与侵犯的敌人英勇搏斗的场面。

雅典娜自豪地抬起了头。当然没有比这更美的佳作了。这样的作品,凡人的眼睛是不可能见到的。女神转过身去,望着阿拉克涅,看她的作品给阿拉克涅留下了什么印象。阿拉克涅妒忌雅典娜,顽固地坚持着,不肯认输。她固执地弯身伏在织布机上织了起来。她的双手来往如飞,近乎疯狂。在织出的布上,可以看到战斗、屠杀、燃烧着的火焰。在房子里,在田野上……看到的是由战争带来的恐怖景象。

姑娘微笑着抬起头看着女神,雅典娜心中燃起了怒火。她夺过阿拉克涅的作品,撕成了碎片,然后扔在姑娘的脸上,这种凌辱刺痛了阿拉克涅的自尊心,她不再微笑而是愤怒地跳了起来,示威似的站在雅典娜的面前。

女神迅速地用她的棍棒打在姑娘的肩上,顷刻间,这个漂亮的身躯开始痉挛,开始缩小,开始变黑,最后变成了一只大头细腿的乌黑的小虫子——蜘蛛。"任何个人主义者和任何愚蠢的挑战者,都将受到这种惩罚。"雅典娜大声地宣布,"活着吧,你这个愚蠢自大的女人。你将永远悬在空中,不停地织布,而且你的后代也必须遭受这种惩罚。"

从那时起,蜘蛛就一直不停地织网,而它的网又不断地被毁掉。它躲在角落里或灌木丛中,力求忘掉自己的耻辱。但不幸的境遇使它变得更加残酷,无论是苍蝇或是其他小虫闯进它的网中,它都会毫不怜悯地把它们杀死,吃掉。

得墨忒耳寻女

　　天神宙斯和他的弟兄们打败了那些巨人提坦并把他们一一放逐到塔耳塔洛斯。可是，旧敌刚去，又来新敌。他们是新近崛起的巨人堤丰、布里亚柔斯、恩克拉杜斯等等。他们尽管力大无穷，法力高超，可是却有勇无谋，自然不是宙斯的对手。他们都成了宙斯的俘虏，被残忍的宙斯活埋在埃特纳山下。那些巨人被埋入地下之后，还努力挣扎企图逃跑。他们的力量太大了，大地被震动了；他们的怒气穿过山顶，形成了骇人的火山。

　　当这些妖怪坠落地面时，山河震动，四海翻腾，就是远在地底的冥王哈里斯也吓了一跳。哈里斯觉得这番动静太大了，这样下去，自己的黑暗王国不是要暴露在光天化日之下了吗？他放心不下，停止了饮酒作乐，驾起他的黑马战车，开始巡视疆土，看是否有遭受损毁、难以修复的地方。他光顾着巡视王国，却没有注意到自己的行踪。他飞行时带起的大团黑云，让坐在奥林匹斯山上与儿子厄洛斯玩耍的阿佛洛狄忒女神看见了。

　　阿佛洛狄忒女神对儿子说："儿子，拿起你那征服一切连神都不放过的利箭，射向那一团滚滚而来的黑云，让鲜血流出那位黑暗世界主宰者的胸膛，你要知道，他就是塔耳塔洛斯王国的统治者。为什么单单让他一个人逃脱呢？真是天赐良机，我们可以扩大影响。你难道没有看到天上也还有一些人瞧不起我们吗？智慧女神雅典娜公然蔑视我们就不说了，咱们斗不过她，可是为什么得墨忒耳的女儿也胆敢蔑视我们？如果你还关心你母亲的话，就给她们一点颜色看看，用一支箭把她和冥国君王结为一体！"

　　于是，小爱神解下箭筒，挑出了最锐利、最精致的一支，把带刺的箭对准哈里斯的心窝射去。哈里斯应声中箭，心中爱潮狂涌。他的马车在天空中轰轰隆隆地疾驶而去。

　　恩纳山谷林木深处有一个天然湖泊，景色优美极了。那里，浓荫挡住了烈日，潮湿的地面则为草木所覆盖，那是春神永久统治的地方。珀耳塞福涅正在附近和女伴们玩耍，采摘百合花和紫罗兰，经过此地的哈里斯对她一见倾心。乌云下倾，笼罩住了这个湖泊，等到烈日出现，女伴们发现珀耳塞福涅已经不见了。正是哈里斯把她劫持走了。

　　珀耳塞福涅被哈里斯夹在胳膊之下，她大声呼唤母亲和女伴前来救命，惊骇之中她松开围裙的一角，采得的鲜花纷纷坠落。珀耳塞福涅尽管已经成人，可是却有些孩子气，丢失了鲜花，她呼喊得更凶了，嗓子都嘶哑了。可是劫持她的强盗不管不顾，催马飞奔。他轻声地逐匹呼唤战马，放松缰绳，这些马奔跑得更快了，如同闪电，很快就抵达库阿涅河。滔滔的河水挡住了去路，归心似箭的哈里斯挥动三叉戟猛击河岸，大地为之崩裂，让出一条通往塔耳塔洛斯的道路。

珀耳塞福涅的母亲得墨忒耳发现女儿不见了，就四处寻找，走遍了天涯海角，最后又回到了出发地西西里。她站在库阿涅河边，茫然四顾。当时哈里斯就是在这里打开通道带着战利品返回地狱王国的。水泽女神了解一切，可是她不敢直说，因为她惧怕哈里斯，她只能冒着风险捡起珀耳塞福涅被劫持时丢下的腰带，借浪花把它送到母亲的脚边。看到腰带，得墨忒耳对女儿的丢失不再怀疑，可是她尚未弄清女儿消失的原因，就把罪过归咎于无辜的大地。"没有良心的土地，"她说道，"我一直使你肥沃，用草木和滋补的五谷给你做衣裳。现在你再也别想得到我的恩惠了。"于是，牲畜都死了，犁在地里断裂，种子不再发芽，日照太长，雨水过多，鸟类也把种子偷吃光了，地里只是长蓟和荆棘。

看到这一切，泉神阿瑞托萨就为大地求情。"女神，"她说道，"不要责怪大地。你要知道，它也是被逼迫的，它也是很不情愿让出通道的。我可以把她的遭遇告诉你，因为我看到过她。我在穿过大地的下半部时看到了你的珀耳塞福涅。她很伤心，但不再有惊慌的神色。她已成了哈里斯最心爱的王后，是地狱之国最美丽的新娘。"

得墨忒耳听到这些，目瞪口呆地站了一会儿。然后她调转战车向天国驶去，来到万神之主宙斯的宝座前。她向宙斯叙说了自己的不幸，恳求宙斯过问此事。她声称，如果哈里斯不归还女儿，她就要收回大地的一切生长能力。这使宙斯很担心：人类要是因此灭绝了，那么作为神还有什么意思！于是他答应了，但有个附加条件，即珀耳塞福涅在冥界逗留期间不得吃任何食物，否则命运三女神会禁止释放的。

宙斯派遣使者赫耳墨斯在春神的陪同下去向哈里斯讨还珀耳塞福涅。狡猾的冥王答应了。但糟糕的是，那少女刚刚接过一个哈里斯递给她的石榴，吮吸了果实的甜汁。这就足以使她不能得到彻底的解脱。不过后来双方互相妥协，她可以有一半时间跟她母亲待在一起，一半时间跟她丈夫

阴间之王哈里斯

哈里斯手端酒盅，斜卧在床，同他的妻子珀耳塞福涅（谷神之女）共度着美妙的时光。据说珀耳塞福涅每年都要在冥国与丈夫一起幽会。

哈里斯过日子。

得墨忒耳由于这种安排平静下来，恢复了她对大地的恩宠。珀耳塞福涅是负责谷物种子的女神，种子播到地里，无影无踪了——她被冥界神祇带走了；种子又出现了——她又回到母亲身边，春神把她领回来沐浴人间的阳光。

哈里斯与白杨树

古人认为，人死之后，灵魂进入地狱。地狱的入口相当多，在离开人间进入黑暗王国之前，来历与出生都不重要，所有的人，无论善恶美丑、男女老少，都要经历相同的程序：他们要渡过地狱的四条大河，饮完利锡河的河水之后，他们的肉体就失掉了颜色和重量，只剩下一些缥缈的影子，游荡在一望无际的草原上。地狱之中，过去的生活被遗忘了，理想破灭了，光荣消失了，悲哀和欢乐也不复存在。在那永远暮色一般的光线之中，熟人相见已不相识。不过，各自在人间的行为将影响他们地狱的处境。如果他们在一生中罪恶滔天，那么就会受到惩罚，被关押在地下最深处的塔耳塔洛斯，与提坦神、巨怪以及神祇的其他敌人关在一起。相反，那些善良的、勇敢而又正直的人们，都进入一个较好的地方，在那里他们可以永远幸福地生活。这就是所谓的"极乐世界"。而在这块幸福的草原上生长着一棵高大而又细嫩、笔直而又带有韧性的白杨树。它枝叶繁茂，微风吹来，它随风飘舞，沙沙有声。说起来，这棵树也是很有来历的。

有一天，冥王哈里斯在他的黑暗地狱待腻了，无聊之中，就来到了人间，四处游玩。这个时候，他看到一个身材高大、肌肤细嫩的美少女。这个女孩叫莱夫基。哈里斯一见，就被迷住了。他出现在少女面前，求少女跟他一起，到地府之中去。可是莱夫基一听地府，就拒绝了。

哈里斯跪倒在少女面前："美丽的女孩子呀，跟随我进入那黑暗的王国。如果我能有你这样一个年轻而又快活的少女相伴，如果你这双蓝色的大眼睛能在地下世界闪光，如果能看到你迈出如同波浪起伏的脚步，如果能听到你如同水晶般清脆的说话声，地狱就会改观，沉寂就会被打破，而我，哈里斯那孤独的生活也会变得充实起来。美丽的女孩，救救我吧！"

莱夫基的心被哈里斯所打动，就随他而去。她所到之处，陆地和海洋的全部容光也陪伴着她。她来到了新居，地狱豁然明亮。那些在黑暗之中被痛苦与回忆麻木了的幽灵们惊讶地望着这非同寻常的亮光。哦，女孩子的声音，多动听呀，一下子让他们想起了尘世的欢乐！这个女孩子的出现在幽灵心中唤起了早已死亡了的怀乡之情。他们议论纷纷，为什么让她这个活人来到他们之中呢？

哈里斯就像一个初恋的男孩子，欢喜得都不知道干什么好了。女孩子走到哪里，他就跟到哪里。她有什么要求，他都要不顾一切地满足她。他一天之中，再烦闷，再繁忙，只要能够听到她的笑声，看到她翩翩的身影，感到她那温暖的身体，就心满意足了。可让哈里斯最为伤心的是，他最想送给这个女孩子的珍贵礼物：永生，却无权给她。说到底，莱夫基是个凡人。末日来临时，她就立即死去了，围绕着她的全部光线也随之而去，对往事的回忆已不可能，对未来的憧憬也不存在。暮色重新笼罩了一望无际的草原。

一想到那一天，哈里斯的心就疼痛起来。他实在不忍心让莱夫基与那些毫无欢乐的幽灵们住在一起，就把她送到了伊里西亚。在那里，哈里斯把她变成了一棵像大海一样碧绿、像少女一样灵活、柔软、细嫩的树，并以莱夫基的名字为它命名，叫莱夫卡（即白杨树）。后来，曾经到达地狱的英雄赫拉克勒斯，看到了莱夫卡。他折断了它的一根枝条，做成一个花环戴在头上，并把它随身带回了地面。从此，白杨树的木材被认为是极珍贵的。在奥林匹斯，人们向宙斯进行祭献时，在祭坛中只能燃烧这种木材。

赫拉造反

天后赫拉，大家都知道是宙斯的妹妹，克罗诺斯和瑞亚的女儿。她和宙斯的其他兄弟姐妹刚一出生就被父亲吞下了肚子里。后来宙斯用计下毒，让克罗诺斯呕吐出他吞下的儿女们。这些婴儿并没有死去，而是在父亲的肚子里成长起来。他们一跳出父亲的肚子，就加入了兄弟宙斯一方，反抗自己残暴的父亲。在宙斯成为天神之后，赫拉退居到了克里特的杜鹃山中。宙斯虽然是天上的神灵主宰，却风流好色，对自己的同胞妹妹赫拉念念不忘。他好不容易到了杜鹃山上，跪倒在赫拉面前向他求爱，却遭到了她的断然拒绝。她关上门窗，闭门不出，把满腔热情的宙斯留在门外冰凉的大理石石阶上。宙斯苦苦纠缠，一直逗留在门外，又是诉衷情，又是唱情歌，打口哨，拍窗户，可是却得不到一丝一毫的回应。

宙斯心灰意冷，打算撤退了。在转身的一刹那，他突然记起了赫拉的房间里布满了无数的杜鹃花，而且小动物也不少。看来她是一个热爱鲜花、喜欢动物的人。有了计谋之后，他就摇身一变，扬长而去。

第二年春暖花开的时候，杜鹃花开满了整个山坡，嫣红一片。赫拉提着篮子，带着剪刀来到了山坡上，不一会儿就采满了一篮子的杜鹃花。应该可以够这几天用的了，她想。正准备回家时，突然前方不远处的一棵杜鹃花吸引住了她。那花，碗大的一朵，鲜艳欲滴，挺立在花丛之中，王后似的高贵显眼。她急忙过去，小心翼翼地剪下来，接着又发现了一只杜鹃站在树下。她放下了篮子，很怜爱地把它抱在怀里，温柔呵护着。谁知，这只鸟儿正是狡猾的宙斯变的，他一扑进赫拉的怀里，就现出原形强暴了她。赫拉被逼无奈，只好嫁给了他。他们的新婚之夜是在杜鹃山上度过的。这一夜两个人爱得死去活来，而且似乎天总是亮不起来。实际上，这是宙斯的诡计。因为天上一夜，人间已经过了三百年。

　　婚后的生活并不和谐，夫妻之间，有许多的摩擦和不合。最让赫拉不能忍受的就是丈夫风流成性，拈花惹草，处处都留下了他的私生子。两个人争吵起来，往往以赫拉的失败而告终。尽管赫拉是宙斯唯一的妻子，可是在她一嫁给他之后，好像就丧失了价值。宙斯对她的兴趣大减。一般在小事上，宙斯都含糊过去，处处让着她，但在一些重大的事情，尤其是女人的事情上，他却比较蛮横，根本不把赫拉的话放在心上。惹怒他的话，他甚至都会用手中的霹雳击打她。赫拉没有办法，只能和他争吵，迫害他的情人，同时也还借用美神阿佛洛狄忒的腰带来勾引宙斯的情欲，让他把心思放在她身上。本来赫拉在结婚之前，是一个温柔和顺的女子，可就因为宙斯的好色，她变得脾气暴躁，性情多疑，完完全全成了一个醋坛子。

　　宙斯的傲气和喜怒无常的脾气实在叫人太难以忍受了。有一次，这些饱受他欺压的人：天后赫拉、海神波塞冬、太阳神阿波罗，趁宙斯躺在床上熟睡之际一拥而上，用生牛皮把他捆绑起来并打上一百个绳结，使他动弹不得。他威胁说要把他们立即处死，但他们早把霹雳放在他够不着的地方，因而对他的威胁报以满带嘲弄的大笑。当他们欢庆胜利、头脑清醒之后，麻烦来了。偌大的宫殿里，一张金碧辉煌的宝座空在了那里。谁，能来继承宙斯的位子呢？一触及这个实质性的问题，他们的联盟立即瓦解了。众神互相猜疑妒忌，争争吵吵，难以定夺。

　　最有希望的三个人就是天后赫拉，海神波塞冬，太阳神阿波罗。三个人不相上下，他们的支持者们都快争吵得打起来了。这个时候，异常失望的海上女神特提斯看到奥林匹斯山内战在即，便急匆匆把百臂巨人之一布里亚柔斯找来。这位巨人把一百只手同时用上，迅速解开绳结给主神宙斯以自由。因为赫拉领导了这场阴谋活动，宙斯便用金手镯铐住她的手腕，把她吊在空中，脚踝上还绑上铁砧。别的神气恼万分，但却不敢拯救赫拉，尽管她哭得昏天黑地，异常凄惨。

　　宙斯继续统治众神，但总把赫拉捆绑起来，也不是个长法。他必须平息众神心中的怨恨，毕竟错在于他。于是，他放掉赫拉，同时宣布赫拉是他的合法妻子。不过，在释放赫拉之前，他和众神约定：大家起誓永远不再反叛他，他就既往不咎，当作什么也没有发生。其他神灵已经看到了反对宙斯的后果，那就是除了宙斯，其他的神灵也没有足够的威望来管理其他的神，与其谋反之后一场空，还不如老老实实当自己的神仙，享受凡人的香火祭祀算了。他们也都个个做了保证。

三个谋反的头目之中，赫拉得到了宽恕。恼火的宙斯却不会放过其他两位。他压下心头怒火，佯装着什么也没有发生似的和他们说说笑笑。波塞冬和阿波罗当然了解宙斯，他们以后行事小心翼翼，尽量不让宙斯抓到了把柄，可是在人家的管辖之下，欲加之罪，何患无辞？终于两神被宙斯抓住了一个错误，他们只好接受惩罚，去了凡间，给国王拉俄墨冬当奴隶，修建特洛伊的城墙。

海王之后安菲特里忒

海洋深处，是大海老人涅柔斯的宫殿。那是一个宽敞明亮的岩洞。岩洞里，海水清澈，冲刷着金碧辉煌的宫殿，而高大的厅堂中五彩缤纷的水晶柱闪闪发光。那些生长在岩石周围的海草、珊瑚、海花，装点着入口。毫不夸张地说，这座宫殿不比宙斯的奥林匹斯山逊色。除了居住，宫殿还是涅柔斯财富的贮藏地。那里存放的宝物多得难以想象，让人眼花缭乱。其中有海星、贝壳、珊瑚、成堆的珍珠、金灿灿明光耀眼的各种珍宝等等，不一而足。在他所有的宝物之中，最为宝贵的却是他天真可爱的五十个女儿。

每天，涅柔斯站在他的宫中，手握三叉戟，守卫着他的宝物。他随时警惕可怕的敌人，但是偶尔也会向上望去。那里，是整个大海，海浪翻滚，腾起银色浪花，它们相互冲击搏斗着，溅起无数水珠。而这个时候，隐在暗处的涅柔斯会发现，海草碧绿，一如他郁郁葱葱的头发，而脚下那些鹅卵石，紧靠一起，犹如彩虹一样五彩缤纷。海涛渐息下来，海面上呈现出难得的宁静。这时，涅柔斯就会离开宫殿，出现在海面上。微风吹起他额头的海草，太阳照在双肩上，肩胛上银白色的食盐晶莹闪光。涅柔斯老翁环视着蔚蓝色的大海，脸上露出悠然的笑容。这是他的领地，谁都不能侵犯。

波浪滚滚而来，大海又沸腾起来。海面上突然传来一阵笑声。可是这阵笑声还未休止，一阵笑声又迎风飘来。波浪嬉戏，大海生机盎然。水面上，东边露出一双雪白的肩胛，眨眼之间又没入海里；西边一张脸趁浪涛还未及覆盖，绽开了笑颜；南面一个头颅伸出了海面，并在重新入水之前晃动满头金发；北端两个女孩互相泼水，水珠飞离海面，阳光一照，俨如颗颗宝石，褶褶生光。

这些女孩，就是涅柔斯的五十个宝贝女儿——妮丽伊札美人鱼。她们动作敏捷，时而沉入水中，时而跃出水面，向太阳挥动手臂，随后又欢笑着再钻进波浪。她们手拉着手形成一条长长的链条，劈开蔚蓝色的海水，寻找着海岸。安菲特里忒是涅柔斯的大女儿，这些美人鱼的头领。她引导妹妹们游弋着。前方，她们视野所及之处，纳克索斯岛海岸已经遥遥在望，微风带来了岛上花香。靠近岸边，人链断裂，美人鱼们争先恐后向岸边游去。安菲特里忒首先踏上了陆地，她的妹妹们也一个个欢笑着躺倒在沙滩上。在柔软的沙子上，她们跳起了舞蹈，扭动着柔软灵活的腰肢。她们轻盈地旋转欢跳着，像波浪般起伏荡漾。

可是，突然之间，她们停止欢笑，发出了恐怖的呼喊。这一群美人鱼四处逃散，各奔东西。惊慌的安菲特里忒发现，有人径直地向她冲来，她只好重新跃入大海。可是，来人显然也是游水好手，竟然在深水中尾随而来，时不时地，还伸出手臂要抓她。她鳗鱼似的逃脱开来，十分恐惧地拼命游着，时而钻入深海，时而浮到水面，一转身又游进茂密的海藻中。"救救我吧！"她向从小就爱怜保护她的海洋世界发出了呼救。可是周围的一切都无动于衷。她还发现，海洋已变成了追逐者的同谋：植物伸长枝茎竟挡住她的去路；大贝壳一张一合，威胁着她；不计其数的鱼儿密集在她的前面，阻止她通过；章鱼伸出触手来抓她。她惊慌之下像道闪电游向水面，浪涛犹如座座山峰，向她头上倾泻而来，发出雷鸣般的轰响。没有办法，安菲特里忒只能钻入深水。这种野蛮的追逐持续了很久，安菲特里忒完全陷入惊慌之中，在海中游得更快了。

渐渐地，深海安静了。大海似乎摆脱了敌人，重获自由，安菲特里忒发现自己来到一片陌生的海岸。她吃力地向岸边游去，疲惫不堪地躺倒在沙滩上，闭目休息着。突然远处传来了呼唤声，像高高的云端响

海神与安菲特里忒　荷兰　扬·戈萨尔特　1516年
在这幅著名的画中，海神表现为高大的男性形象，与妻子站在一座传统的有金色装饰的小庙里。墙上的公牛头骨暗示着海神的力量。

起的惊雷,然而她的名字却清晰可闻:"安菲特里忒,安菲特里忒……"

她抬起头,遥望天空,在一个半被烟尘云雾掩蔽的山岩上,站着一个坚强不屈的巨人。

"安菲特里忒!"再次传来了话声,"你怎么来到了这里,到了大地的边缘?"

"你怎么认识我?"安菲特里忒轻声地问道。

"我认识你,就如同我认识整个大海和它的每块礁石、每条鱼一样。几年前,我就认识了你。现在你却被追赶着,逃到了这里。可是安菲特里忒,你为什么不回过头去,看看是谁在追你?难道你不明白,连一向疼你爱你的大海都开始围堵你,你还不明白那是谁吗?难道你不了解海洋之神波塞冬爱上了你,想让你陪伴着他,做他的王后吗?你的命运已决定你要到那里去,坐在他的身旁。欢迎你为了摆脱追逐来到这里,到达大地的边缘。但我的命运却把我安排在这里,要永生永世地用双肩支撑着天空。"

安菲特里忒怯生生地问道:"你是谁?"

"我叫阿特拉斯,是伊阿佩图和克利梅妮之子。"

一阵响声传来。安菲特里忒转过身去,只见大海改变了模样,每层波浪都像是送来的鲜花,每滴海水都闪着五彩的光芒;海豚不时地跃出水面,它们那光滑的脊背在蔚蓝色的大海中闪闪发光。"你的国王在邀请你前往,"再次从远处传采了阿特拉斯的话音,"去吧,安菲特里忒,他在等待着,整个大海都已装饰一新,在迎候你……"于是,安菲特里忒接受了浪花的拥抱,让海豚把她托出水面。在大海的祝福声中,她被送到了海神波塞冬的宫殿。海水在她的周围唱起了歌,海鸥在空中拍击着翅膀,生活在海洋及其围的一切都在参拜光彩夺目的海王后安菲特里忒。

海豚救人

阿利翁——海神波塞冬的一个儿子——演奏七弦竖琴的能手,他为了向狄俄尼索斯表示敬意还创作了酒神赞歌。他与科林斯的国王佩吕安达相处很好。他就住在国王的宫殿里,整日弹琴奏乐,吟咏歌唱。当时,在西西里岛将举行一次盛大的演唱竞赛会,全希腊的著名乐师都将前往参加。阿利翁也很想去夺取那荣誉。他把自己的想法告诉了佩吕安达,但是,待他如同兄弟般的国王却恳求他放弃这一念头。国王说:"我希望你能永远和我在一起,这是我最大的愉快。海上风急浪高,很不安全，你要一走，我会日夜不安的。我总觉得，一个人越是想要得到什么东西，那东西越是不容易得到，甚至连自己的性命都会给葬送掉！"阿利翁却回答道："漫游四方，浪迹天涯，是我们吟游诗人的最高心愿。天神赋予我歌唱的本领，我应该给所有的人带去愉快。再说，如果我真能赢得那崇高的荣誉，我的名声将传遍全球，我也将为此而得到无穷的欢乐。所以，风险再大，我也要不惜一切代价去闯一闯。"

阿利翁打点行装，带上多年的积蓄，告别了国王佩吕安达，离开了科林斯的海岸，乘船踏上旅途。第二天早晨，海上风平浪静，晴空万里，暖暖的东风吹鼓了船帆。可是，正当阿利翁高兴地享受日光的时候，突然发现船上的水手们在交头接耳。他立刻感到他们可能是在密谋劫夺他的财物。果然，他们蜂拥而上，气势汹汹，紧紧地围住了他，高声喊道："阿利翁！你必须死！要是你想在岸上有一个葬身之地的话，那你就得乖乖地让我们宰割，否则，就把你抛到海里去。你自己选择吧！"

"除了要我的命，你们就不想要别的东西吗？"阿利翁说，"你们把我的钱财全都拿去吧，放了我，我情愿拿我的钱财来换我的命。"

"不，不行！我们不能放过你。放了你，对我们来说，那就太危险了。你同国王佩吕安达交好，他要是知道我们抢了你的财物，难道会饶过我们吗？"

"看来你们非得要把我杀了才罢休！"阿利翁预感到末日到了，无可奈何地说，"如果真是这样，那么，请容许我提出一个最后的要求：我是一个游唱诗人，一生都是在吟唱中度过的。在你们动手之前，请让我唱一支哀歌，向我的生命告别。"

对于这一请求，海盗们答应了。于是，按照吟游诗人演唱时的礼仪，阿利翁长发披肩，穿起金紫两色长袍，额头上戴上花环。他左手扶竖琴，右手握弓，面对太阳，慢慢闭起了双眼，奏起了低沉哀婉的乐曲。

他一边唱着，一边走向船侧。突然，他纵身一跳，跳进蔚蓝色的大海。白色的浪花向他卷来，刹那间便淹没了他的躯体。海盗们见此情景，面面相觑，个个都惊呆了。过了好一会儿，他们平静下来，分完了抢得的赃物，继续前行。

然而，阿利翁并没有死。当他在船头唱着那低沉哀婉的歌曲时，那优美的旋律却把附近水域中的大小生物全都引来了。它们围在四周，倾听歌声。所以，当他纵身跳海，一只大海豚立即接住了他，把他驮在自己宽大的背上，载着他游到了岸边。

到了岸上，阿利翁对海豚说："再见了，我亲爱的朋友！只要今后有机会，我一定会好好报答你的。"

送走了海豚，阿利翁回过头来朝四周望去，他很想知道自己究竟到了什么地方。他发现，远处有一座尖塔。原来，海豚驮他上岸的地方，离科林斯已经很近了。

他又返回了自己的故乡。阿利翁心花怒放，拿起竖琴，边走边唱，朝着王宫走去。当他走进巍峨的宫殿时，国王佩吕安达一眼就看见了他，立刻迎上前来，把他紧抱在怀里。

"我的朋友，我又回到了你的身旁！"阿利翁说，"卑鄙的坏蛋抢去了我所有的财物，但是他们却抢不走我的荣誉和名声。正由于这个原因，神灵保佑我不死。"于是他把海上所发生的一切都告诉了国王佩吕安达。这骇人听闻的事件使国王又惊愕又气愤，他说："难道就让这群坏蛋如此猖狂吗？他们早晚会落到我的手中的，看我不狠狠地惩罚他们！你先藏起来，暂时不要露面。他们很快就要返航，到时候一定要把他们的罪行揭发出来。"

过了不到一个月，果然有人前来报告，说那只船已进港靠岸。国王佩吕安达把宫中所有的乐师集合起来，让阿利翁混在其中，然后向着那些前来朝拜的海盗们说："我把阿利翁乐师交给你们，让你们送他到西西里岛去参加音乐竞赛，已经很长时间了，你们在那里可听到什么有关他的消息？我正日夜等待着他带着喜讯回来呢！"

"我们把他送到了西西里岛，听说他在竞赛会上击败了所有的对手，荣获了桂冠。那里的国王挽留他住下，所以他没有同我们一起回来。"

他们刚刚说完这话，阿利翁便走出人群，出现在他们面前。他依然穿着金紫两色的长袍，头戴镶满珠宝的花环，喷香的长发飘拂在他的双肩上。他左手扶琴，右手握弓，边走边唱着。

那些海盗一看见他，真以为阿利翁从地下回到了人间，一个个吓得面如死灰。他们像遭到雷击似的一齐跪倒在地，连声求饶："我们本想害死你，想不到你竟成了一位天神啊！"国王佩吕安达在一旁开口说："你们这些贪婪的畜生！告诉你们，他还活着！他就是鼎鼎大名的阿利翁乐师！对于一个善良、正直的乐师，仁慈的天神们会格外开恩，时时处处保佑着他的。至于你们这些奴才，我根本不想惩罚你们，因为那会弄脏我的手，阿利翁也不想见到你们的污血，还是给我滚开吧！去找一座荒无人烟的海岛，在那里度过你们的余生，然后永远销声匿迹吧！"

神使赫耳墨斯

赫耳墨斯是宙斯与星神迈亚的儿子，出生在库勒涅的山洞里。他的母亲迈亚生下孩子时刚刚黎明，天色微白，公鸡喔喔。孩子一生下来，眼睛就睁开了，灵活地转动着，还眨巴了一个鬼眼，逗得疲惫的母亲大笑起来。很显然，这个孩子很聪明，是一个计谋过人的智多星。他小小年纪，却喜欢恶作剧，常常作弄自己的哥哥姐姐们。有一次，他却惹下了大祸，受到了惩罚。

这一天，他走出了母亲居住的库勒涅高峻的洞穴，一个人在山上漫游着。在一条小溪流的沙滩上，他发现了一只正在晒太阳的大乌龟，龟壳有筛罗大小。乌龟听见有人来了，慌忙爬起来急走，可是乌龟哪里跑得过手脚麻利的赫耳墨斯呢。他一个箭步跑过去，手一掀就把乌龟翻了过来。他找来一块大石头把它砸死，仿照阿波罗里拉琴的样子，在龟壳上装上琴弦和簧片。很快，一把琴就造出来了。

赫耳墨斯真是心灵手巧，这把琴音色美妙，相当称手。他拉起琴为自己伴奏，唱起动听好玩的即兴儿歌。他整整拉了一个上午。当太阳出来顶在头上之时，他已经兴趣索然。他想找点新的乐子。他惘然地抬头四望，群山莽莽，蜿蜒不绝，他看到很远很远的一座山的山坡上，有一些黑点在移动。他睁大了眼睛，运起神力，看清那是自己的异母兄弟阿波罗在皮埃里亚山放牧的牛群。他大喜过望，心里有了点子，快乐地回到了家里。

当天夜里，群星闪耀，四野寂静，赫耳墨斯来到阿波罗在皮埃里亚山放牧的牛厩里。他用柳枝包扎住牛蹄，不让它发出声息，然后把牛偷了出来。走了一阵之后，为了蒙蔽追踪者，他又赶着牛群倒着走，进了皮洛斯山区的一个洞穴。他用折下的月桂树枝，相互一摩擦，生起一堆熊熊大火。两头小母牛被焚化了，作为献给十二天神（他把自己也包括在内）的祭品。

干了这一切以后，赫耳墨斯就心安理得地回家睡觉，俨然是一个纯洁无邪的小孩子。可是他的母亲早就识破了这一切，她警告他："阿波罗可不是好惹的，法力无穷，脾气耿直，连天神宙斯都惧怕他三分。如果他逮住了你，你会被好好地惩罚一顿的。"可是，阿波罗在赫耳墨斯眼里，只不过是一个好勇斗狠的神而已。他

◀ 赫耳墨斯 菲狄亚斯 公元前100年
众神信使赫耳墨斯不像其他诸神那样给人感觉高高在上、神秘又陌生，赫耳墨斯和人间打交道最多，对于地上的人们来说，他是那么平易近人，富有人情味。

得意扬扬地对满心担忧的母亲说:"母亲,你就放一百二十个心吧,我的手法巧妙着呢。"

阿波罗正为自己丢牛的事大伤脑筋。到底是谁偷的呢?跟着牛蹄留下的痕迹,他来到了皮洛斯山区,发现了一堆熄灭的火烬和牛骨头。他终于追查到了这个小孩头上。

阿波罗怒气冲冲地来到了他们居住的地方,大声斥责这位逗人喜爱的孩子。可是这个小调皮鬼压根就不买账,他煞有介事地拿父亲的名字发下重誓,说:"你完全是诬陷,我根本就没偷过牛。牛是什么样子的,我至今都没见过,而'牛'这个词,我还是第一次从你这儿听见的呢。"阿波罗咬牙切齿地怒骂着,小孩子却一口咬定他对偷牛一事一无所知。

口笨舌拙的阿波罗当然不是这个小孩子的对手。他气得面红耳赤,直跺脚,却拿这个小调皮鬼没办法。他总不能对一个小孩动手脚吧。可是,阿波罗是一个认死理的家伙。他好不容易想到了一个办法,那就是让法力无边的天神宙斯前来判决。

兄弟俩来到宙斯跟前。阿波罗狠狠数落赫耳墨斯:他从来没见过也没想过有这样聪慧早熟的偷牛贼、骗子和无赖。赫耳墨斯振振有词地反驳说,自己是个老实孩子,阿波罗才是个懦夫,只会欺侮他这个手无寸铁的、正在睡觉的、从没想过要"偷"牛的小孩。

赫耳墨斯一边冠冕堂皇地大声辩解,一边对父亲眨巴着眼睛。宙斯见了不由得放声大笑。在宙斯的调停之下,双方和解了:赫耳墨斯把新做的里拉琴送给阿波罗;阿波罗则回赠这位神童一条金光闪闪的短鞭,并且任命他为牛群的放牧人。当然啦,赫耳墨斯要指着神圣的斯堤克斯河发誓:自己永远不要诡计向阿波罗行偷盗之术。而阿波罗则回报他一根司财富、幸福和梦想的盘蛇杖,然而,一个附加条件是,赫耳墨斯只能用手势符号来预言未来,像阿波罗那样用言语和歌曲来表达那是不能再想了。赫耳墨斯尽管不情愿,可还是无奈地接受了,因为那根盘蛇杖太吸引人了。但是,这位信使之神对阿波罗强迫他修身正行感到不满,就发泄到其他神身上:他偷过阿佛洛狄忒的腰带,拿走过海神波塞冬的三叉戟,借用过赫菲斯托斯的火钳,还盗窃过阿瑞斯的宝剑。

关于神使赫耳墨斯还有一个很有趣的小故事。赫耳墨斯想知道他在人间受到多大的尊重,就化作凡人,来到一个雕像者的店里。他看见宙斯的雕像,问道:"值多少钱?"雕像者说:"一个银元。"赫耳墨斯又笑着问道:"赫拉的雕像值多少钱?"雕像者说:"还要贵一点。"后来,赫耳墨斯看见自己的雕像,心想自己身为神使,又是商人的庇护神,人们对他应该会更尊重些,于是问道:"这个值多少钱?"

雕像者回答说："假如你买了那两个，这个白送给你。"赫耳墨斯闹了个大红脸，自尊心大受伤害，以后就收敛了许多，不再随便偷诸神的东西寻开心了。

牧神潘的情敌

潘是牧神与森林之神，他的形象令人惊奇：羊脚、羊胡须、鼻子蜷曲，两只弯弯的长角和一条长尾巴。他是赫耳墨斯与仙子珀涅罗珀之子，他可是充分继承了父亲的调皮与诙谐。他出生在阿尔卡札地区的深山之中。初次见到阳光时，他就用他那山羊蹄跳来蹦去，摇摆着他那浅灰色的山羊胡须，竖起尾巴，发出欢快的喊叫声。他的母亲看到他这个怪样子，竟惊恐地抛下他躲进了森林。赫耳墨斯则用兔皮把他包裹上，把他带到了奥林匹斯山上。到了山上，赫耳墨斯打开兔皮，把这个小小的长着山羊蹄的神祇抱出。潘立即开始蹦跳，用两只手敲击着膝盖，翻跟斗和大声喊叫，在众神面前不停地发出洪亮的笑声。这笑声会使人心胸开阔，心里充满幸福感。因此诸神都很喜欢潘，把他当成自己的好朋友，希望他留在奥林匹斯山上。然而潘却讨厌奥林匹斯山。同样是神，他形象丑陋，与其他神祇没有任何相似之处。和他们相处，让潘难以忍受，远没有和人打交道愉快。大概是因为这个原因，潘并不喜欢人们称颂的天堂奥林匹斯山，反而喜欢逗留在人间，四处游荡。要知道整个大自然都是他的漫游之地。相对而言，他总是选择最荒僻的地方，或者山洞，或者山岩，要不就是在茂密的森林。那里，茂密的枝叶把他掩藏起来，他可以尽情展露自己的天性。他动作敏捷、灵活，能用难以想象的高速度奔跑，可以跳到最难攀登的艰险处，像头山羊似的逗留在陡峭的山岩上，登上高峰放声大笑。

不过，牧神潘有一个坏习惯：喜欢恶作剧，经常开玩笑。在这些恶作剧之中，他最经常干的一件事情就是逗山里的动物玩。他常常独自躲藏在枝叶茂密的树林里，一动不动地，屏住呼吸，根本不让经过的动物发现。这个时候，他就能观察那些动物的一举一动。他待的地方不远处有条小溪，牛或者麋鹿漫不经心地走来饮水时，他突然脚踏一下树枝。整棵树摇摆起来，树叶发出沙沙的声响。这些动物都不安地抬头张望。这时他便快速地来回奔跑，忽而左边，又忽而右边，并大声怪叫。要不，他用手围成喇叭，发出受伤野兽样的嗥叫，或者声音突变转成哭泣。他的声音立即在寂静的群山中发出回响，这些野兽被惊呆了。它们不知道发生了什么事情，有些忐忑不安，互相对视着。可是这些莫名其妙的可怕的喊叫声和喧哗声包围了它们，而且越来越近。突然，它们明白了，森林之中存在一个可怕的敌人。由于惊吓，它们盲目地奔跑起来。它们的奔跑声又传到了森林中其他"居民"的耳中。它们不由得慌了，想当然地以为一定是某种危险降临了，它们也变得惊恐万状，开始奔跑起来：麋鹿、兔子、牛、老鼠、鼬和蛇都发疯似的、毫无目的地满山逃跑。到了这个时候，牧神潘才恢复了自己的声调，发出了洪亮的、长时间的笑声。

区别于大多数神祇的傲慢，他与普通的凡人相处得非常愉快。他热爱他们、信任他们，与他们交上了朋友，庇护他们的羊群，帮助他们让羊群兴旺。他十分喜爱动物，不管是野生的，还是驯服的，他都把它们当成是自己的兄弟姐妹。哪里有潘，哪里的动物就会成倍地繁殖起来，甚至树木也会快速生长。尽管牧神潘十分丑陋，他还是与人和动物建立了良好关系，不仅如此，他还与美女神们关系密切，是她们最好的伙伴。他混在她们之中，一起游戏跳舞，还为她们吹奏歌曲，博得了她们的喜欢。不过，这个讨人喜爱的牧神也有一个敌人，这个敌人就是他的情敌。

一次，潘在山中游荡，发现了一个美女皮蒂斯。他爱上了她，就向她求爱。谁知道皮蒂斯听了他的话之后，却惊惶地望了望四周，对他说："我也爱你，但我怕……我害怕北风神。"她激动地说："北风神也爱我，但他粗野、残酷。他一拥抱我，我就周身疼痛。我害怕他那寒冷的突然拥抱。我喜欢你。但他说过，如果我爱上了别人，他就要把我杀死。"

"有我保护你，你谁也不要怕！"潘安慰她说，强行把她拥入怀抱，但皮蒂斯马上挣脱，立即跑开了。"你瞧，他来了，那就是他！"她喊叫着。只见一些枯叶飞腾起来，随即狂风大作，树叶围绕着树干疯狂飘舞着。就像那被掠走的树叶，皮蒂斯也被刮走了。她曾挣扎着，由于恐惧和痛苦而大声呼喊着，然而风却不断推动着她。就像风卷桃花一样，这位轻盈的美女神被风吹得团团旋转，脚离开了地面，头发和手臂在绝望的挣扎中绞在一起。潘在后面一边呼喊着她的名字，一边奋力追赶。然而，不管潘奔跑得多么快，北风神却总是比他更快。北风神用那不可阻挡的风力卷起了这位少女，把她从灌木丛和坚硬的岩石上拖过，推入深渊。潘紧抓住了岩石，才没随她跌入深渊。他看到皮蒂斯犹如被风吹落的一片树叶，向下飘落着，不由得祈求地母该亚救救可怜的女孩子。地母该亚听到了他的呼唤，张开怀抱接住了皮蒂斯，并把她变成了一棵松树。从此以后，牧神潘用树上的软针叶编织了一顶花冠戴在头上，以此怀念这位失去的不幸少女。

铁匠之神赫菲斯托斯不贞的妻子

　　赫菲斯托斯是宙斯和天后赫拉的儿子，由于一生下地来，他就是个跛子，因此被遗弃了，幸好被富有同情心的海洋女神收养长大。在这段时间里，赫菲斯托斯勤习手艺，技艺日渐娴熟，他特意做了一个精美异常的王后宝座，献给赫拉。赫拉非常高兴，一坐上去，突然从宝座里冒出了无数的钢索镣铐把她牢牢地缚住了。很显然，这是他在报复遗弃自己的母亲。众神赶来相助，却对这个精巧的机关无能为力，而脾气暴躁的战神阿瑞斯企图以武力解决，前去挑战，却被火神喷出的真火烧得浑身起泡。最后出来解决问题的是酒神，他去见了火神。两个人一见投缘，喝上了酒神带来的美酒，两人谈谈说说，把酒言欢。酒神折服了这个火神，把他引到了奥林匹斯山上，解除了机关。母子二人化干戈为玉帛，重归于好了。赫拉为了补偿自己对赫菲斯托斯的遗弃，就说服宙斯把爱与美的女神阿佛洛狄忒嫁给了他。

　　阿佛洛狄忒是女神之中最为美丽的一个，可是却经常感叹命运对自己的不公平。她拥有最漂亮的脸蛋，最迷人的魅力，却嫁给了一个最糟糕、最丑陋的丈夫。她一看到赫菲斯托斯一瘸一拐的样子，看到他那张被炭火烫得布满了疤痕，又被黑煤和烈火熏得黑黝黝的脸，就十分不满。后来，他们生下了三个儿子，福波斯、得摩斯和哈尔摩尼亚。三个儿子都是栗黑的卷发，大海似的蓝眼睛，白皙的皮肤有着奶油的光泽，漂亮得与他们丑陋的缺腿父亲几乎是两个极端。神界纷纷谣传着这三个儿子都是野种，闹得谁都知道了，只有整天埋头在炉火边锻打铁器的赫菲斯托斯丝毫不知情，一如既往地喜爱着三个小家伙。

　　这三个漂亮的孩子还真不是赫菲斯托斯的，他们的亲生父亲是身材挺拔、鲁莽野气、好酗酒、爱争吵的战神阿瑞斯。他们的绯闻闹得沸沸扬扬，可是两个人不但不知收敛，反而变本加厉，来往更为频繁。一天晚上，两个人在阿瑞斯的色雷斯宫里欢乐一番后，昏睡过头了。太阳神巡视天庭的时候，看见他们两个人正赤条条地睡在了一起。早就对战神不满的太阳神一看，这是一个报复的好机会，就去找铁匠去了。

　　铁匠表面粗鲁，内心却很精细。他想了想，放弃了直接去找他们算账的念头。他回到了煅炉边，挥动青铜锤，打出一张细如游丝而又坚韧无比的罗网。他悄悄地把网系在婚床的柱子上绕床一周。从色雷斯回来的阿佛洛狄忒，满脸堆笑地告诉他自己到母亲的家里去了。赫菲斯托斯佯装不知，很热情地问岳母的身体如何。

寒暄了一会后,他告诉妻子:"亲爱的,对不起,我要去利姆诺斯岛休息一阵,这几天太疲倦了。"阿佛洛狄忒推说自己要照顾孩子就不去了。等铁匠一走,她马上通知阿瑞斯。阿瑞斯兴冲冲地赶了来,两个人脱衣就寝。可是天亮醒来,两人略一动弹,就发现自己陷入了一张网中。细得肉眼几乎看不见的丝线勒入了肉中,越动弹越缚得紧。缠在网里的这对赤条条的男女正在绝望地挣扎的时候,早就准备好的铁匠闯了进来。他的身后则是他招呼来的奥林匹斯山的众神。捉奸要捉双,他要让众神来见证一下。他扬言,如果妻子的养父宙斯不把当年价值连城的聘礼退还给他,他就绝不释放阿佛洛狄忒。

诸神纷纷赶来观看阿佛洛狄忒的窘态,而那些女神不愿使阿佛洛狄忒太难堪,就留在家里。场面十分尴尬,众神都不愿意第一个开口当出头鸟,但是大家都用眼角来回地在面色铁青的铁匠和面沉似水的宙斯身上转悠着。作为众神之父的宙斯只是围绕着被捆绑的两个神转来转去,谁也不看,也不说一句话。

太阳神一看,这样下去,就没有好戏唱了。他用肘轻轻推了赫耳墨斯一下,故意大声问道:"你要是处在阿瑞斯的地位,赤身裸体地套在网里,你大概也不会在乎吧!"

赫耳墨斯用脑袋作保发誓说,即使他给三张网缠住了,即使全体女神都在一旁责难,他也绝不会计较的。说毕,两位天神放声大笑。然而,宙斯对赫菲斯托斯的行为深恶痛绝,说他是个傻瓜,居然把家丑外扬。宙斯拒绝退还他们的结婚聘礼,也不肯干预这场夫妻间无聊的争吵。波塞冬看到赤条条的阿佛洛狄忒大为倾倒,十分妒忌阿瑞斯,但他表面上不动声色,假惺惺地对赫菲斯托斯表示同情。他说:"既然宙斯拒绝帮忙,我来作保,让阿瑞斯交出跟你聘礼价值一样的东西作为赎身的费用。"

"这个安排倒是不错,"赫菲斯托斯垂头丧气地说,"不过,要是阿瑞斯说话不算数的话,你就要代替他待在网里了。"

"跟阿佛洛狄忒待在

◥ 阿波罗告密

太阳神阿波罗闯进铁匠之神赫菲斯托斯的锻铁坊,并告诉他,他的妻子阿佛洛狄忒正和别人私通。铁匠之神听后,惊愕地愣住了,他的助手也个个惊讶诧异,大家都被这一消息惊得停住了手上的活。

一起吗？"太阳神坏笑着问道。

"我不相信阿瑞斯会言而无信。"波塞冬理直气壮地说，"不过，他真的失约的话，我愿意出这笔赔偿和阿佛洛狄忒结婚。"

于是，阿瑞斯获得了自由，返回他的宫殿。阿佛洛狄忒前去帕福斯，在海水中重新获得了贞洁。

阿佛洛狄忒对赫耳墨斯非常满意，因为他坦然在众神面前承认自己爱她。报答赫耳墨斯的最好的方式对阿佛洛狄忒来说就是一夜欢娱，其结果就是两性同体之神赫耳玛佛洛狄托斯的诞生。波塞冬的慷慨之举换来的就是阿佛洛狄忒生下了他的两个儿子——罗杜斯和希罗菲卢斯。而阿瑞斯当然拒绝支付这笔赔偿，因为连堂堂的众神之父宙斯都不肯退礼，凭什么要由他来支付？再说，也是阿佛洛狄忒首先勾引他的。结果，这场戏不了了之，老实巴交的赫菲斯托斯什么也没有捞到。只有忍下了这份耻辱，跟阿佛洛狄忒过着不开心的婚姻生活。

战神阿瑞斯

可以说，战神阿瑞斯刚一出生，就具有了他性格上的所有优点和缺点。不必夸耀他的英俊了，那金黄的卷发，像大海一样蔚蓝的眼睛，熠熠生辉的古铜肌肤，胳膊和胸脯上隆起的健壮肌肉块兔子似的滚动在皮肤下，都为他赢来了众神的宠爱。作为小儿子，宙斯和赫拉非常娇惯他，说一不二，要什么给什么，俨然是奥林匹斯山上的小皇帝。长期以来，他就逐渐养成了一种鲜明的性格：肝火旺盛，尚武好斗，一听到轰轰的战鼓声，他就激动得手舞足蹈；一嗅到熏人的血腥气，他就心醉神迷，比饮了美酒还要沉迷。哪里有激战，哪里就有他的身影。一听到兵戈碰撞声，就是有再重要的大事，他也要放下，奔赴战场，看见人或神就杀，不问青红皂白。

阿瑞斯出现在战场的时候，雄姿英发，意气飞扬：头戴插翎的铜盔迎着阳光夺目生辉，臂上套着皮护袖子，左手持一恐怖狰狞的盾牌，右手的铜矛咄咄逼人。而且，由于性急，他常常抛掉他那笨重的四驾马车——驾车的四匹马由北风和复仇女神的后裔组成，徒步而行，头上盘旋着几只铁翅苍鹰，身前疾跑如电的是几只牙尖嘴利的猎犬。而跟随他的还有自己的儿子：恐怖、战栗、惊慌和畏惧之神。还有与他臭味相投的女性亲戚：他的姐姐不和女神、他的女儿毁城女神厄倪俄和一群嗜血成性的魔鬼。可以说他所到之处，兵火连天，人哭马叫，城市成为废墟，天空则浓烟滚滚。

战神阿瑞斯喜欢战争，可尽管他得天独厚，身体孔武有力，久战不疲，但是也有败北的时候。最为狼狈的一次就是败在了铁匠之神赫菲斯托斯的手中。由于被母亲赫拉抛弃，铁匠怀恨在心，献一宝座给赫拉。赫拉一坐上去，宝座就弹出无数的镣铐铁索把她捆绑，动弹不得。在众神一筹莫展的时候，阿瑞斯就气冲冲地跑去找铁匠，可是他的长矛还没有抵达铁匠的肩膀，铁匠就拉动风箱，鼓出一股熊熊的烈焰，把他烧得浑身都是水泡，头发更是焦污一片。最为凄惨的一次，则是他被自己的母亲赫拉和妹妹雅典娜欺负得哭诉无门。特洛伊战争的时候，阿瑞斯和母亲、妹妹站在不同的阵营之中。地上，希腊联军和特洛伊的士兵打斗得难解难分；天上，阿瑞斯和母亲也斗得不亦乐乎。可是正在僵持不下的时候，他被偷袭的妹妹打中了后背，当场喷血而逃。回到了神山上，他向宙斯哭诉自己的失败。宙斯一听大怒，骂道："你一个堂堂男子汉，天天以战斗为乐的家伙，竟然连女流之辈都斗不过，还好意思跑到我面前哭哭啼啼，丢死人了。"宙斯把阿瑞斯骂了个狗血喷头。众神也讥笑他是一个逃兵。

和同为神仙的兄弟姐妹们作战，阿瑞斯多次败北，他虽然怀恨在心，但也无可奈何。可是对于凡人，情况就大不一样了。他复仇心切，睚眦必报，不仅让冒犯他的人不得安生，还要祸及全族。卡德摩斯——欧罗巴的哥哥深深领教他这一点。

妹妹欧罗巴被宙斯拐走后，卡德摩斯奉命寻找妹妹。他寻遍了四面八方，持续了两年，还是没有任何讯息。他不敢回家，就求神灵告诉他该去往何处。神指示他要往西，于是他西行经过一个密林。口渴找水喝的时候，他发现泉边伏卧着一只毒蛇。他费尽心力杀死了那条蛇，然后又和随从们开荒，建立了底比斯王国。后来，他娶了阿佛洛狄忒的女儿哈尔摩尼亚。结婚之时，铁匠之神赫菲斯托斯送给了他们一条精美绝伦的项链。新婚燕尔的夫妻沉浸在快乐之中，却不知道他们悲惨的命运正在降临。

卡德摩斯杀死的那条毒蛇是阿瑞斯的圣物，因而得罪了战神阿瑞斯。尽管哈尔摩尼亚实际上是阿瑞斯的女儿，他也不放过他们，整个卡德摩斯家族遭到了他的报复。卡德摩斯的女儿和孙儿死于非命，底比斯城变成了卡德摩斯和哈尔摩尼亚的伤心之地，于是他们逃离了底比斯，投奔安奇里亚人。他在那里受到了热烈欢迎，并被拥戴为王，可是儿孙们的厄运始终缠绕着他。一天，他忍不住哀呼："既然神灵如此眷爱一条蛇，我倒还如当一条蛇吧。"话未说完，他就真的变成了一条大青蛇，而哈尔摩尼亚一看，只好祈求神，把她也变成了一条蛇，白的，两人双双游进了森林。

可是，阿瑞斯这样一个鲁莽好战的家伙，竟然获得了最美丽的阿佛洛狄忒的青睐。在美神阿佛洛狄忒的怀抱里，这位躁动不安的战神似乎才得到了安宁。

白头翁花

俗话说得好："常在河边走，哪有不湿鞋。"爱神阿佛洛狄忒主管天下的婚姻爱情，高高在上，可是一不小心，自己也被爱情捕获了。事情发生得很突然。当时，她和自己的儿子玩得太开心了，一个疏忽，就被儿子厄洛斯的那支箭在胸脯上划了一下。她急急忙忙地推开了厄洛斯，可是伤口还是比她想象得要深得多，沁出的鲜血染红了她的胸衣。她在包扎之中一回头，却看见了自己的儿子眨巴着眼睛，偷着笑呢。她知道了，是儿子的恶作剧。他想让自己也受一受爱情折磨的滋味，所以就用魔箭扎了自己一下。

养伤期间，她一直小心翼翼地避免看见他人，否则自己会坠入情网。可是实在太闷了，整天躺着，无所事事。她忍不住了，就出了宫殿，到一座山林里，漫步散心。就在那里，她遇见了年轻的猎手阿多尼斯，一见倾心。

能让美貌无双的爱神一见倾心的，自然也不是庸碌的男子。阿多尼斯的母亲是阿西利亚的公主密耳拉，她很小的时候母亲就死了。她的父亲塞亚斯深爱着自己的妻子，所以没有再娶妻。慢慢地，密耳拉长大了，越发出落得沉鱼落雁，闭月羞花。她的父亲塞亚斯为她选择了很多的美少年，可是密耳拉一一拒绝了。塞亚斯非常奇怪，追问缘由。女儿一声也不说，他哪里知道，女儿竟然在天长日久中爱上了自己，她的亲生父亲。因爱而丧失理智的密耳拉在一个深夜伪装潜入了父亲的寝宫。第二天早晨，当塞亚斯醒来发现躺在身边的竟然是自己的女儿时，他愤怒地抽出刀来，想杀死她以洗清乱伦的耻辱。就在密耳拉走投无路的时候，智慧女神雅典娜同情地将她变成了一棵没药树。不久以后，这棵树的树干从中间裂开，生下一个漂亮的男孩，众神给他取名叫阿多尼斯。慢慢地，阿多尼斯也长大了，他继承了母亲的美貌，出落成一个翩翩美少年。最神奇的是，这个美少年的身上还总是弥漫着一股没药树的清香。爱神阿佛洛狄忒就是被这个没药树美少年一下子迷住的。

以前，阿佛洛狄忒经常去盛产金属的帕福斯、克尼多斯、阿马托斯等地旅游散心，寻欢作乐。可是突然之间，它们就变得索然无味了。连她金碧辉煌的天宫她都不想回去，因为她觉得阿多尼斯居住的茅草房子要比天宫还要好玩有意思。她太爱

阿佛洛狄忒与阿多尼斯　意大利　提香　1553～1554年

他了,因此他走到哪里,她就影子似的跟到哪里。她给他讲笑话,为他解闷。

这个时候无论谁看见了我们高贵的女神阿佛洛狄忒那副殷切小心的样子,都会诧异:那个高傲的女神哪里去了呢?谈起恋爱来,她也和普通的姑娘一样,变了性格。过去,她整日坐在树荫里,无所事事,专注于自己天仙般的姿容。现在却爱屋及乌,打扮得完全和狩猎女神阿尔忒弥斯一样,呼仆唤犬,穿山越林,追逐野兔麋鹿。不过区别于阿尔忒弥斯的是,她捕猎的对象只是温顺的小动物,像兔子和山鸡呀什么的。而对那些因残杀牲畜浑身散发着血腥气的豺狼熊罴却一直都敬而远之。她不仅自己这样,还告诫阿多尼斯,不要徒逞勇气,去冒犯那些猛兽。

"对胆小的,当然不要客气,你要拿出自己猎手的勇气来,"她说,"可是如果对付那些凶猛的豺狼熊罴,还要硬来,那就太危险了。亲爱的,现在你有了我,就要时时刻刻关心自己的安全,因为你不仅仅属于你自己,你还属于我。你是我的幸福,我不希望你拿生命去冒险。千万注意,不要去招惹大自然赋予利器的野兽。我虽然珍视你们男子汉的荣誉,可是,绝不同意你以生命为代价。你的青春英姿能使我爱神阿佛洛狄忒着迷,可是却不能打动雄狮、箭猪的心,它们的锋牙、利爪、粗鲁蛮劲,想起来就令人胆战。"

嘱咐完毕,她就乘上天鹅驾驶的车,腾空飞去。但是骄傲的阿多尼斯,年轻的阿多尼斯哪里把这些话放在心上。一个猎手的荣誉就是要搏杀这些凶猛的豺狼熊罴,如果只是对付那些可怜的小兔子什么的,有什么意思呢?他进了森林,用他的猎狗将一头野猪赶出了窝。他举手掷出长矛,侧身而进,刺进了野猪的身体。可是,那野兽太狡猾了,用嘴拨出长矛,怒气冲冲向阿多尼斯闪电而来。阿多尼斯扭头便跑,可是来不及了,野猪冲了上来,獠牙刺入他的腰部,他被掀倒在地,血流如注,不久就奄奄一息。

乘着天鹅车还没有驶到塞浦路斯,阿佛洛狄忒就听到半空中传来她意中人痛苦的呻吟。她的心一沉,立即掉转车辕往回赶。远远地,她凌空就看到那卧在血泊中的阿多尼斯，她的爱人。她匆忙跳下车来，匍匐在尸体上号啕大哭，捶胸顿足，乱扯着头发。她怒气冲冲，大声责骂命运女神道："你们不要猖獗。你们只不过取得了一个小小的胜利。因为我要让今天的哀伤与天地共存。阿多尼斯啊，我的心肝，从今往后，每年我都要重温一次你的死亡和我的哀悼。我要让你的鲜血化成花朵，算是对我的慰藉，这一点谁也不能妒忌，谁也阻止不了。"说着，她将神酒洒在血泊里，酒掺和到血里，泛出气泡，仿佛雨滴落入水池。一小时后，一朵殷红犹如石榴花般的鲜花平地而生，但花期不长。据说，经风一吹花苞就吐蕊，再一阵风，花瓣就飘零。所以人们称它为白头翁或风花，因为风能催它生发，又能催它凋谢。

娶雕像为妻的皮格马利翁

很久以前，古希腊有一个全国闻名的大雕刻家皮格马利翁。他的手艺是不用说的了，雕什么是什么，活灵活现，栩栩如生。雕个英雄，那就气宇轩昂，浑身充满了浩然正气，放在哪里，哪里就盗贼绝迹；刻头马吧，似乎四蹄生风，昂昂直吼。他卓越的手艺连火神都妒忌，说：还好他不是一个铁匠。这个皮格马利翁，见到什么就刻什么，鸟兽、人物、蔬菜都能在他手中出现。可是这个人却有一个奇怪的毛病：绝不雕刻女人，哪怕是一个又丑又老的老奶奶。反正只要是女的，他就拒绝。

皮格马利翁不雕刻女人，原因很简单：他的母亲在他出生时就抛弃了他，他一直和自己的石匠父亲相依为命；而他的初恋情人在说了爱他之后，不久就和一个大富人结婚了。而且他所接触到的俗世女人，都神神怪怪的。一句话，皮格马利翁发现女人一无是处，他对她们极为反感，决心终生不娶，投身于雕刻事业。

但是有一天，他做了一个梦，非常奇怪。他醒来之后，就一直回忆这个梦，神情呆呆的。"真奇怪，"他对自己说，"我怎么梦见了一个女人呢。"他被梦中这个女人迷惑住了。他很讨厌自己这个想法，于是就把精力放在雕刻上。

他选择了一块象牙，决定雕刻一个男人，一个抛掷铁饼、肌肉丰满的年轻男人。他一开始压根就工作不进去，但随着雕刻刀在象牙上滑动，他一会儿就沉静了。人物的头像出来了。就在准备雕刻眼睛的时候，他的脑袋嗡了一下，他一下子看见了梦中那双含情脉脉的眼睛，接着，他吃惊地发现自己手中雕刻的竟然是一个女人像。

他疑惑了很久，又仔细地端详了这块不成型的象牙。很久之后，他发现这个女人可能就是他梦中见到的那个女人。他不知道该怎么办了。艺术家都相信神灵的存在，认为不受控制的杰作都是神灵通过他们的手来完成的。在想了半天后，皮格马利翁确信这是神灵的意思。他抛开成见，放心大胆地继续雕刻。很快，这个女人就成型了，站在了皮格马利翁的面前。

　　天啊，皮格马利翁感叹道：人像太美了，婀娜多姿，世上一切女人肯定都望尘莫及。她俨然是个活生生的少女，只是出于礼貌才屏息伫立。皮格马利翁从来没有这么喜爱过自己的作品，他那颗久已麻木的心又开始怦怦跳动，他爱上了这个雕像。他不时摸摸雕像，仿佛要弄明白它究竟是活人还是雕像。他实在不肯相信这只是座象牙人像。他爱抚它，送给它各种少女喜爱的礼物——色彩鲜艳的贝壳，光滑的卵石，小鸟和姹紫嫣红的鲜花，珠子和琥珀。他甚至还给它穿上五颜六色的衣服，戴上宝石戒指，耳上垂了坠子，胸前佩上珍珠项链。裙衫合身得体，更加衬托出它的自然姿色。他珍爱地把它安置在铺了紫色床单的卧榻上，温柔地称它为妻子。

　　爱神节临近了——这是一个隆重的大节日。从四面八方来的人赶到了神庙里，跪倒在女神面前。他们献上自己的供品，在圣坛前焚香供奉，空气中香烟缭绕。皮格马利翁破例参加了今年的庆典仪式。在人散了后，他偷偷来到圣坛前，吞吞吐吐而又害羞地祝祷说："万能的神啊！我祈求你们，赐我一个类似我那象牙雕塑的姑娘为妻吧！"——当然，他没有直接把意思表明白："将我那象牙贞女赐我为妻吧！"阿佛洛狄忒莅临庆典，她听到了这番话。皮格马利翁那曲折的心理，自然也逃脱不了爱神的法眼。圣坛上的香火聚成火苗向空中窜了三次，这是一个暗示，表示她恩准了。

　　回到家后，皮格马利翁一如既往地去看望雕像。他俯下身习惯性地吻了一下卧在床榻上的人像。这嘴怎么是暖烘烘的呢？他奇怪地忍不住又吻了一下，并伸手去摸雕像的胳膊，更大的奇迹发生了，那胳膊软绵绵的，手指一触，就有弹性，像是伊米托斯山脉的蜂蜜蜡。他又惊又喜，站在那里难以相信。他以为自己相思过甚，产生了错觉。

　　那雕像真的活起来了！当他触到有血管的地方时，皮肤凹了下去；他把手挪开后，皮肤又回复了圆鼓鼓的。这个时候，阿佛洛狄忒的信徒才想起来该向女神感谢一番。他又吻了吻那张嘴，那张活人的小红嘴唇。少女已有感觉，羞得两颊绯红，她怯生生地睁开眼睛，注目着她的情郎。阿佛洛狄忒祝福了这段由她促成的姻缘。婚后他们生了一个孩子，取名帕福斯，专门供奉阿佛洛狄忒的这座城也随之取了这个名字。

厄洛斯的爱情

有一个国王，他一共有三个女儿。小女儿叫普绪刻。她不仅是三姐妹中最美的，也是全国女孩子之中最有魅力的。她实在太美了，整个王国的居民心中就只有她，连美神阿佛洛狄忒也被忘却了。阿佛洛狄忒对此气愤，想找事。于是，美神想了一个好办法，让自己的儿子厄洛斯随便找一个山野怪物，设法让普绪刻迷上它。可是，厄洛斯一见普绪刻，马上就被她迷住了。他想娶她为妻。

但是，母亲的命令该怎么办呢？并且，怎么让普绪刻爱上自己呢？认真思考以后，厄洛斯恳求太阳神阿波罗向普绪刻的父亲发出神示：国王必须禁止女儿结婚，并要把她遗弃在荒凉的山谷里，让一条飞龙把她驮走，否则天灾人祸就会降临到国家里。国王没办法，只好遵从。然而，刚把小公主放在山谷的大岩石上，一股和风就把普绪刻吹送到另一个奇妙的山谷里。那里，有座富丽堂皇的宫殿，宫殿的大门上镶饰着七彩宝石，地上铺着金砖。她走进宫里，就有隐形的仆人接待了她。一个声音请她参观宫殿，这个声音和蔼可亲，让她忐忑不安的心完全放下了。

晚上，普绪刻正要上床就寝。厄洛斯突然显出人形，走到普绪刻面前。

"普绪刻，请你不要点灯。千万不要点灯，"厄洛斯对普绪刻说，"我现在就是你的丈夫，只要你不看我的容貌，也不要问我姓甚名谁，那么你就是全世界所有女人中最幸福的一个。如果你不听我的话，你就会后悔莫及。"

在黑暗中讲话的这个人，态度温和文雅，普绪刻感到甜蜜蜜的。自从那天夜晚以后，厄洛斯每天晚上都来到普绪刻身边过夜。普绪刻感到无比幸福，她非常爱自己的丈

▼ 普绪刻第一次接受爱神之吻

此画描绘了普绪刻与爱神的形象，普绪刻充满少女的羞怯与恬美，以清新自然的人间气息激活了幻想的完美的神话世界，把欣赏者带入令人神往的爱的天国。

夫。可是每天拂晓，他就离开她外出了，大白天就剩下她独自一人待在偌大的宫里。过了一段时间，这种寂寞生活就让她不堪忍受了。

"亲爱的，"她对厄洛斯说，"你不在家，我实在难受极了。我想念家里的姐妹们。你能同意我回去看看我的姐姐吗？"

厄洛斯对普绪刻的要求感到不安，但又不愿意让爱妻不快。

"我亲爱的普绪刻，你不能走，"厄洛斯说，"不过，你这样渴望见到她们，那我就通知她们来这里，同你会面好了。但是，你必须答应我，她们如果问到我，你绝不能回答。"

普绪刻同意了。微风按照厄洛斯的命令把普绪刻的两个姐姐吹送到宫里来。

宏伟美丽的宫殿，豪华阔绰的生活，普绪刻拥有的一切一切，都引起了两个姐姐的强烈嫉妒。她们问这问那，问题提出了一大堆。她们尤其关心她的丈夫：他叫什么名字，他的容貌如何……起初，普绪刻守口如瓶，对两个姐姐提出的问题全都避而不答，顾左右而言他。可是她们紧追不放，连一点细节都不放过。她终于承认了她只有在夜里黑暗中才能和丈夫在一块。她压根就没有见过他的体态和相貌。

"如果你丈夫就是神所讲的那样，你怎么办？"两个姐姐叫喊起来，"大概是因为他太丑了，所以他白天不愿给你看见。如果他是一个危险的怪物的话，你怎么办？"

姐姐们走后，普绪刻心绪混乱。她心想，姐姐们的话也不无道理。丈夫的态度是这么温文尔雅，应该不是一个怪物。可他为什么不让见面，夜里又不让点灯呢？是不是他的容貌很古怪，见不得人呢？

普绪刻痛苦不安，她决定解开这个谜，把事情搞个明白。夜晚到了，临睡前她准备了一盏油灯和一把匕首。厄洛斯入睡以后，她就点着灯握紧匕首，把灯照到他脸上。让她奇怪的是，在身边安静地酣睡的不是怪物，而是一个美男子。

普绪刻激动得两手发抖。她一不小心，油灯里的油滴到熟睡的年轻人的肩上。因为油很烫，厄洛斯被惊醒了。

"你太过分了！"厄洛斯叫了起来，"你怀疑我，不听我的劝告。你现在揭开了我的秘密。但是，这对你有什么好处呢？你原来想完全拥有我，现在却会完全失去我。"

厄洛斯讲完这些以后就起床消失了。普绪刻万分悲痛，她到处寻找厄洛斯，但她怎么也找不到。她后悔了，但已晚了。

厄洛斯与普绪刻分手之后，阿佛洛狄忒仍然继续折磨姑娘。她迫使普绪刻做苦工，把混在一起的麦子、豆子、大米等种子分开。还让她去冥界，从冥后那里要来她失去的美貌。普绪刻失去了丈夫，一心想死，倒不怕这些任务。好在天佑好人，总有小生灵帮忙，蚂蚁为她分拣种子，芦苇给她摘取羊毛，神鹰帮她汲水，就连阿佛洛狄忒神殿的石头都指点她冥界的入口。她找到冥后，冥后交给她的只是一个小盒子。她返回地面，非常好奇地打开盒子，盒里的睡眠马上抓住了她，让她昏迷不醒。普绪刻濒临死亡，浑身冰冷。这时候在天上飞翔的厄洛斯看到了她。她的样子唤起了丈夫的同情心。于是他把睡眠赶走，唤醒了妻子，去见宙斯，要众神之王承认他们的婚姻。宙斯不仅为他们的婚姻祝福，而且还把普绪刻留在仙界，赐予她不朽和永生。

白鹤复仇

伊拜卡斯住在希腊的北方，是一个对神虔诚恭敬的音乐师。当时，希腊南方的科林斯每年举行一次盛大的体育竞技和音乐比赛大会。到时，希腊各地的音乐家云集，互相竞技交流，不亦乐乎。音乐之神阿波罗赋予伊拜卡斯一副甜美、圆润的歌喉，伊拜卡斯这年也想一显身手，夺取全希腊瞩目的艺术桂冠。于是，他自家乡起程赶往科林斯。一路上，四轮马车昼夜不停地跑着，很快就到了科林斯的边界，科林斯著名的尖塔遥遥在望，波塞冬的神庙矗立在他的眼前。进城之前，他决定下车祈祷，感谢海神一路保佑，同时恳求他继续赐福。他走进海神庙宇，但见庙内古树参天，殿堂巍峨，却不见一人。他来得太早了，只能看见一群白鹤飞落树上。它们也是刚从北方飞抵南方，到这里过冬。"你们也平安抵达了，我的伙伴们！"伊拜卡斯招招手，朝它们喊道，"你们随我一起翻山越岭，跨河渡湖，你们真是我的好伙伴。你们来到南方寻求温暖，我到南方寻求胜利，海神保佑，希望我们都能如愿以偿！"白鹤咿咿呀呀一阵，算是招呼。

伊拜卡斯继续前行，走过殿堂，最后到了庙宇的后院。这里，野草丛生，古树萧瑟，依然杳无人迹。突然，大树背后闪出两人来，拦住了他的路。他们手里握着明晃晃的匕首，一脸杀气，显然想杀人劫财。他转身想逃，可是他知道，他们马上就会追上的；和他们拼了吧，像他这样一个只会弹琴、手无缚鸡之力的乐师，又怎斗得过手持凶器的歹徒呢！他只能求助他人，狂呼救命了。喊声在殿堂里回响不息，却根本没有见到一个人影。"难道我就这样无声无息地死去吗？"他心想，"在这远离故乡的异土他邦，被这样两个暴徒杀死，没有谁会为我报仇、为我申冤了……"极度的痛苦让他昏倒在地。

昏迷之中，他隐约听见头顶上翅膀狂拍尖叫乱鸣的声音。他拼力睁眼，终于看清了，正是那群与他结伴而行、同来科林斯的白鹤。"噢，是你们啊，我的朋友们！"他有气无力地说，"你们听到了我的呼喊，你们来了，但是，这又有什么用处呢……"话没说完，就再度昏死过去。

　　当伊拜卡斯他的尸体被人们发现之时，已是千疮百孔、血肉模糊，难以辨认了。如果不是他在科林斯的一位好友预先得知他将来比赛的消息，从他到达的日期推断出那可能就是伊拜卡斯，谁也不知道死者是谁。当他通过衣服确认出友人的时候，失声痛哭起来，他哀号道："伊拜卡斯呀！我的好朋友，你怎么以这副模样来和我相见呢！我满心以为你到科林斯来一定会争得无上的荣光，谁会料到，竞赛还没有举行你就离开了人世。这是谁干的好事啊？这样伤天害理，这样凶残无情！"前来参加比赛的选手和乐师们都为这一噩耗感到震惊和悲痛，痛哭流涕。人们聚集到科林斯国王面前，要求他主持正义，缉拿凶手，严加惩办，为死者复仇。可是凶手在哪儿呢？科林斯这么大，且在举行盛况空前的竞技大会的前夕，人群如潮水般从四面八方涌来。在海水一样的人群中去捉拿一两个凶手，真是比大海里捞针还要困难。再说，凶手究竟是谁？他们为什么要杀害伊拜卡斯？是谋财害命，还是由于私仇宿怨？这一切，除了那些居高临下、俯视人间、明察秋毫的天神之外，又有谁能说得清楚呢！

　　竞技大会终于开幕了。这天，一大清早，人们便穿上色彩鲜艳的节日服装，扶老携幼，拥向露天剧场。在这里，将举行隆重的开幕仪式。圆形的剧场依山面海，石砌的阶梯一层高过一层，铺向云端。看台上坐满了人，笑语喧哗，整个剧场呈现出一片异常活跃的气氛。直到科林斯国王宣布竞技大会正式开始，人声才逐渐静下来。只见一队身穿黑裙的妇女，缓步入场，她们步伐一致，节奏整齐地绕场一周。这就是传统的竞技大会的开幕式，她们扮演复仇女神的形象。这些妇女形象非常可怕：全身墨黑，裸露着手臂，擎着浓烟滚滚的火把，面颊惨白，毫无血色，而散乱的长发犹如千百条扭曲、翻滚的毒蛇。她们边走边唱，用凄厉的尖叫声唱起了复仇女神恐怖的歌曲："我们是复仇女神，我们主持正义，也主持公道。对于心地纯洁、善良端正的人，我们从不冒犯他们，而是保佑他们平安和幸福。可是，对于那些心肠狠毒的恶人，我们却会穷追不舍，直到用我们蛇一般的长发，把他们绊倒在地，才会罢休……"

　　凄厉的尖叫声直冲云霄，撕裂着每个人的心，那可怕的唱词似乎表明复仇女神早就看透了每个恶人的罪行，正在对他们进行无情的判决。整个剧场死一般的沉寂，人们吓得浑身发抖，个个气喘吁吁，脸色灰白。就在这时，从人群中爆发出一声呼叫："看呀，快看呀！白鹤飞来了。它们就是伊拜卡斯的白鹤！"果然，从远方，一群白鹤向剧场上空飞来。人们纷纷站立起来，翘首观望。"啊！伊拜卡斯的白鹤飞来了。它们是来寻找杀害它们朋友的凶手的！复仇女神就在这儿，凶手逃不掉了！"人群中又爆发出一声喊叫。这喊声唤起了人们心中的悲哀，也表达了人们胸中的愿望。随着喊声结束，人们不约而同地喊出了伊拜卡斯的名字，还喊出了"凶手逃不掉了"的呼声。这呼声从一群人嘴里传到另一群人嘴里，从剧场的这一头传到了剧场的那一头，顿时传遍了整个剧场。千万人的呼声汇聚成一个巨大的声浪，在剧场上空不停地回荡着。"凶手逃不掉了！逃不掉了！"声浪像山洪暴发，像大海怒涛，震撼着每一个人！突然，在人群中，有两个人扑通跪倒在地，他们双臂伸向天空，嘴里连声高叫："复仇女神啊，饶恕我们吧……"人们看着这两个面如死灰、扑倒在地的人，"哗"的一声朝四面闪开，像躲避瘟疫似的躲开了他们。人们立刻明白了，就是这两个歹徒，用他们罪恶的双手杀害了善良无辜的伊拜卡斯，割断了他那美妙动听的歌喉。

随后，就在这人山人海的剧场里，在科林斯国王的主持下，根据复仇女神的意思，对这两个罪犯进行了审判，并且给了他们最严厉的惩罚。

黎明女神厄俄斯的诅咒

黎明女神厄俄斯爱上了年轻的猎人刻法洛斯。这天清晨，趁刻法洛斯早早起来打猎的时候，她幻化成一只红毛狐狸出现在他的视野里。他看见这只狐狸，马上追赶，可是这只红狐狸太过狡猾，他根本就抓不住它。就这样，红狐狸在前面引导，刻法洛斯在后面追赶，一直把刻法洛斯带到了她的宫殿前。这个时候，红狐狸消失不见了，出现在刻法洛斯面前的是一位楚楚动人的女神。她艳如桃花，美如朝霞，妩媚动人。刻法洛斯一时不知道该怎么办好。黎明女神厄俄斯走上前去，把他领进自己的宫殿。一顿丰盛的早餐过后，喝茶的时候，黎明女神厄俄斯说明了自己对他的绵绵爱意。开始，刻法洛斯有些被周围的环境迷惑住了，现在厄俄斯一说明心意，刻法洛斯便猛地清醒了。他想起了自己深爱着的妻子，便坐不住了，马上要回去。黎明女神厄俄斯百般挽留，想方设法讨他喜欢，可是白费心血。刻法洛斯毫不客气地告诉黎明女神，她的痴心是白费了，他只爱他年轻美貌的妻子普洛克里斯，对于女神，他一个普通凡人不敢高攀。话都说到这份上，厄俄斯恼羞成怒，生气地把他打发走了。走之前，她恨恨地说道："滚吧，没有良心的家伙，守着你的妻子去吧，不过有一天你会为拒绝我而后悔的。终于有一天你会希望不再见到她。"说完，厄俄斯故作诡异地冲着刻法洛斯笑了一下。

刻法洛斯的确是深爱着自己的妻子普洛克里斯的，可是黎明女神的话和她最后那诡异的笑却让他渐渐地产生了一种怀疑：黎明女神厄俄斯为什么会那么诡异地笑呢？难道是普洛克里斯对自己不忠了吗？不会的，他随即否定了自己荒唐的想法，因为两个人自从相识以来一直深深地相爱着，并且从来没有分离过，妻子是绝对不会背叛自己的。可是过了一会儿，他又开始不安了，厄俄斯的笑是什么意思呢？难道是普洛克里斯以后会背叛我？

想到这里，刻法洛斯下定决心想考验一下妻子对自己的忠诚。于是，他故意没有回家，而是离家远走了。他打定主意要在外面待一年，然后回来看看妻子是不是还在等着自己。终于，一年的时间过去了。到了这个时候，他觉得是可以看得出妻子普洛克里斯是否对自己忠诚的好时候了。妻子普洛克里斯如果对自己爱得不深，那么最初的一点爱早就被漫长的等待耗尽了，肯定很容易就会背叛自己。而如果妻子在一年漫无目的的等待之后还能为自己守住贞洁的话，以后也一定不会背叛自己。于是，他乔装打扮了一下，变成一个外乡人，往自己的家里走来。他的邻居们看到来了一个生人，纷纷对他诉说着普洛克里斯的事情，因为他们觉得这个痴情的女人实在是太难得了。一年之前，她的丈夫出去打猎失踪了，普洛克里斯一直默默地等待着他，每天黄昏的时候都会站在家门口往远处张望着，希望能看到丈夫的身影。

刻法洛斯听了邻居们的议论很感动，于是他敲了一下自己的家门，想进普洛克里斯的房间。可是不管他怎么说，普洛克里斯都不开门，只是很有礼貌地说自己的丈夫不在家，不方便接待客人。到这时，刻法洛斯已经感动得流下泪来，他觉得自己简直都没法继续装下去了。他多么想马上告诉妻子真像，然后紧紧地抱

◥ 黎明女神厄俄斯
画面右端的厄俄斯引导着太阳神的马车。拿着火把的小天使是她的儿子晨星波斯波拉司。

住她，给她一个长长的深情的吻。可是就在他想说出真相的时候，黎明女神诡异的笑又一次在他的脑海中浮现，他决定，再最后试探一下，如果妻子还是不变心，自己就说出实情。

于是，他拿出许多奇珍异宝诱惑妻子，并且告诉她自己是刻法洛斯的朋友，刻法洛斯已经在一次打猎中不幸丧生了。普洛克里斯忍受不了一年的苦苦等待却换来的是这样的噩耗，她一下子崩溃了，只想抓住一根救命稻草，于是答应了外乡人的追求，同意了跟他私奔。这时，刻法洛斯恢复了原貌，对妻子痛加指责。普洛克里斯羞愧难当，她一声不响地逃到了克里特岛，成为月亮女神的随从，并且痛恨自己的丈夫和所有的男人，决定一辈子追随着月亮女神阿尔忒弥斯过单身生活。

可是，对刻法洛斯又爱又恨的感情却让她怎么也忘记不了那个屡次考验自己的丈夫。最后，她决定回到家乡，看看这个考验了自己的人是不是真的能经得起那样的考验。她准备返回家乡的时候，月亮女神阿尔忒弥斯送给她两样宝贝：一只每投必中、绝对不会偏离目标的矛和一头奔跑神速的名犬。这一回，普洛克里斯也化了妆，刻法洛斯也没有认出她。普洛克里斯用两件宝贝诱惑刻法洛斯，致使刻法洛斯也说出了变心的话。这个时候，普洛克里斯说出自己的骗局，刻法洛斯非常羞愧，他明白了自己以前的所谓"考验"是多么的荒唐。他立即真诚地向普洛克里斯道歉，请求妻子的原谅。普洛克里斯毕竟还深深地爱着丈夫，她原谅了刻法洛斯，两个人又和好如初了。

经历过这种种的风波之后，刻法洛斯更爱自己的妻子了。他们两个人一起幸福相处了很长的时间，可是还是出事了。这次，还是因为对爱人忠诚的怀疑。

原来，两个人和好之后，普洛克里斯就把月亮女神送给自己的两样宝贝送给了丈夫。因为她更喜欢待在家里，而丈夫比她更爱打猎。问题就出在这两件阿尔忒弥斯送给她的礼物上。先是那只猎狗。一次刻法洛斯狩猎，碰见了一只真正的狐狸。当时，刻法洛斯还没有真正反应过来，那只天生敏捷的猎狗却箭一般窜出去。狗和猎人追赶了好半天，眼看这只狗就要追上狐狸时，突然狗和猎物一起变成了石头。猎狗变成了石头，而那支标枪，却命中注定要为他们带来厄运。

刻法洛斯打猎累了的时候，有个习惯，总要到荫凉处躺下吹吹风。有时候，树荫下没有凉风，刻法洛斯就会大声地说："来吧，温柔的奥拉，甜蜜的微风女神，来消消我身上炙人的热气吧。"他的一个打猎的伙伴听了这话以后，错以为他是在对一个少女讲话，就把这个秘密告诉了普洛克里斯。普洛克里斯不相信，她知道丈夫对自己的忠心。但是到了夜里，打猎的丈夫还没回来，孤单的普洛克里斯就胡思乱想起来。她左思右想放不下心来，所以，一次丈夫出去打猎，她就偷偷地尾随丈夫出来并藏身在告密者指点过的地方。

奔跑了整个上午,刻法洛斯在烈日之下昏昏然了,如同往常一样躺到了绿色的树荫下,呼唤着奥拉的名字。突然他听到了灌木丛中传出的一声呜咽。他以为那是野兽的声音,就一枪掷了过去。一声尖叫使他明白标枪肯定击中了目标。他跑过去,从地上抱起了受伤的普洛克里斯。临终前,她无力地睁开了眼睛,勉强地说出了这番话:"我求求你。如果你爱过我的话,亲爱的,答应我最后的一个请求吧:千万不要跟那个可恶的微风女神结合。"说着,她躺在丈夫的怀抱中死去了。

黎明女神与蝉

拉俄墨冬是著名的特洛伊国王阿里普摩斯的父亲,他非常宠爱小儿子提托诺斯,就把羊群交给他,让他与老迈的祖父一起照看、牧放。实际上看守羊群的都是年迈的老祖父。斯卡曼罗斯河为他们提供了方便,两岸绿草茵茵,根本不用他们操心。所以,放牧的时候,提托诺斯无拘无束,想干什么就干什么。他太喜欢玩了,不是吹奏风笛,引吭高歌;就是睡睡午觉,醒来后与树木闲谈。有时候,他也看护羊群。但他看守羊群,却是与小羊羔发脾气,或者逗乐。在荒无人烟的大自然中,提托诺斯总能够发现新鲜的东西。他甚至能与风儿欢笑,让他的老祖父笑得直摇头。可是,提托诺斯不管这些,他的生活过得如同神话一般美好。

他整天在大自然之中嬉戏打闹,天真无邪的气质吸引了一位美丽的女神。那天,黎明女神厄俄斯外出散步,无意中看到躺在牧场上的提托诺斯,立即被他那纯真气质迷住了。她马上跑到了提托诺斯面前,一神一人,成了形影不离的伴侣。对提托诺斯来说,女神是他的一个伙伴、知己。他什么话都可以说给她听。不过,他丝毫都不懂男女之情,只不过觉得女神,比那些自然万物更可心一点而已。

女神就不一样了。提托诺斯是她的最爱。她整天陪着他嬉戏,陪他哭,陪他乐,忙得不亦乐乎。许多天过去了,提托诺斯欢乐依旧,可是女神脸上在笑,心里却发愁:她太爱他了,简直都不敢想象将来有一天失掉他会怎样。提托诺斯肉体凡胎,死亡是无可避免的。为此,女神离开了提托诺斯,匆忙地跑到众神之父宙斯面前,请求他赐提托诺斯长生不死。

长生不死可是神仙的特权,宙斯不愿意把这种特权当作礼物送给人。厄俄斯执意地恳求他,眼泪汪汪,跪在他的脚下,又是抚摸天神的胡须,又是抱着他的双膝。看样子,他不答应,这个女孩还真不起来了呢。你看都几个小时了,她还痛哭绝望地祈求着。宙斯终于被她那晶莹的泪水打动了，赐予提托诺斯永生不死。临走之前，宙斯警告女神，他只能满足女神的这一个要求。再有什么非分之想，他绝不答应。女神感激得都要哭了，连连点头。

现在，厄俄斯和提托诺斯的幸福是完美的了。每天，天刚放亮，厄俄斯就来了，她坐在青年牧人身旁，如饥似渴地倾听他用洪亮的声音向她讲述的一切，讲他的羊群，讲他挤出的羊奶，讲羊羔滑下河去，讲夜里刮起的风，讲太阳驱散了乌云……就在这种幸福得如同梦境的日子中，一天天过去了，一月月过去了，一年年过去了。

忽然一天，厄俄斯发现提托诺斯的头发开始脱落，变得稀少，皮肤出现了皱纹，就连那让她痴迷的微笑的眼睛也混浊不清了。他说话的声音不再清脆了。厄俄斯非常惊恐。这时候，她才突然想起来，她在宙斯面前为心爱的人所祈求的仅是永生不死，却没保证他青春永驻。提托诺斯是不会死，但却一天天衰老。怪不得宙斯拒绝她的下一次请求呢。原来，他们这些天神早就预料到了。女神气得痛哭起来。日子飞逝，提托诺斯失去了青春活力，他雄狮般的身躯开始萎缩变小，并渐渐发黑。他虽然还保持着说话能力，然而他的说话声已失去了音乐感。

厄俄斯痛苦地看着他的变化。提托诺斯开始驼背，开始萎缩，不久变得如同一个年老的小孩，随后又变得像一个干枯的婴儿，接着他的腿和手臂变得如线一般细弱，身体像一个干瘪的甲虫。现在他已经能在厄俄斯的手掌中走来走去了。

厄俄斯把他放在自己的手里，而他每天清晨仍然对她讲述着他的所见所闻。他的语言如同流水一般无休无止，像在念着单调的经文，让人听不懂。

厄俄斯听着听着，不觉动起怒来。过去她把他的声音当成大自然优美的旋律，而现在听起来，就像是一些缺乏色彩、毫无意义的单调的破裂声。看到她那心爱的人正装模作样地坐在她的手指上，她的眼睛闪出了痛苦的神情。她弯下身去，向他轻轻地吹了一下。提托诺斯展开了翅膀，一边说着，不停地说着，一边跃入高空，躲藏到树枝间去了。他变成了一只蝉。

酒神狄俄尼索斯

酒神狄俄尼索斯并不是奥林匹斯山的十二主神之一，但是他在民间颇受欢迎，他的影响甚至超过了十二主神中的几位。狄俄尼索斯的出生非常有意思，他的父亲是宙斯，母亲塞墨勒是底比斯城的创建者卡德摩斯与哈尔摩尼亚的女儿。塞墨勒美貌端庄，却继承了家族的不幸命运。

　　塞墨勒的不幸是披着爱情的美丽面纱的。万神之王宙斯爱上了她，但是，为了避免赫拉的追踪嫉妒，宙斯总是变幻成一个普通的凡间男子来与她幽会。塞墨勒对这一切完全不知情，她只是喜欢这个与自己幽会的年轻人，对他的来历却一无所知。然而，宙斯的妻子赫拉却知道了丈夫变幻之后与凡间女子约会的事。受到了丈夫宙斯的启发，赫拉以其人之道还治其人之身，也变幻了一种形象来到了情敌塞墨勒面前。原来，她变成了塞墨勒最信任的乳母贝罗厄——那个满头白发、拄着拐杖、一脸慈祥的凡人老婆婆。来到塞墨勒面前之后，赫拉这个"乳母"开始巧妙地煽动着塞墨勒对自己情人的好奇心："亲爱的塞墨勒，我听说跟你约会的年轻人其实是个天神呢！我多希望他真是个天神呀，可是也说不定是个骗子呢，只是看上了你公主的身份。他到底是什么来历呢？我想到了你应该问清楚的时候了，下次你一定要让他现出真身。"塞墨勒本来只想享受爱情的甜蜜，对对方的来历并不在意，可是乳母的一番话一下子勾起了她的好奇心。她决定向自己的情人问个清楚。

　　又到了与年轻人幽会的时候了，塞墨勒握住宙斯的手，深情地说："亲爱的，我们两个也相爱过一段时间了，我并没有向你要求过什么。今天，我想请求你答应我一件事可以吗？"看到恋人既美丽又真诚的样子，宙斯想都没想就满口答应了，他压根不知道赫拉已经找过塞墨勒的事情，以为只是少女对恋人撒娇罢了。所以，他不仅答应了会满足恋人的任何请求，还立即指着人神都要敬畏的斯提克斯河发了誓。塞墨勒高兴极了，她提出了自己的要求："那太好了！我的要求是见识一下你的真面目。"宙斯一听塞墨勒说出的是这个要求，就想捂住少女的嘴阻止她说出来，可是已经来不及了，塞墨勒的话如同生了翅膀，已经从她的口中飞出，抓也抓不住了。宙斯非常懊悔自己答应了情人的要求，因为他非常清楚这个要求将会给少女带来巨大的灾难。然而，作为万神之主的他却绝对不能违背诺言。于是，宙斯最后一次深情地吻了一下姑娘，然后叹了一口气，显出了自己的真面目。一时间，少女的闺房里雷声轰隆，闪电划过，还有一阵阵的霹雳滚滚而来，因为这就是宙斯的真身——雷点神。可怜的塞墨勒只是血肉凡胎，那里禁得住这样近距离的雷电！她在瞬间就被高温和强光化成了灰烬。宙斯看到情人的遭遇悲痛不已，一下子伏在了那堆灰烬上。突然，他从灰烬中发现了一个被炸裂成碎片的婴儿，原来，少女已经开始孕育着自己与他的孩子。宙斯一看这些婴儿的碎块还有些生气，就想救活他。为了救活自己的儿子，宙斯用刀子割开了自己的大腿，将破碎的胎儿缝了进去，以袋鼠一样的方式继续孕育孩子。胎儿就在宙斯的大腿中慢慢成长起来，十个月之后，宙斯再次割开大腿，狄俄尼索斯一下子跳了出来。

　　狄俄尼索斯出生之后，宙斯偷偷地将他托付给倪萨山的仙女们抚养。在仙女们的精心哺育下，狄俄尼索斯慢慢地长大了，变成了一个英俊的少年。他有着长长的棕色卷发，皮肤白皙，生性放浪而又略带忧郁。宙斯的妻子赫拉并没有停止对狄俄尼索斯这个情敌的儿子的迫害，当狄俄尼索斯以一个漂亮少年的样子回到人间时，赫拉动用自己的神力让他发了疯。因此，狄俄尼索斯在埃及、叙利亚等地流浪了很多年。后来，地母该亚治好他了的疯病，但他的身上还是残留了一些放纵与迷狂。

　　由于在物产丰饶的倪萨山森林中长大，所以狄俄尼索斯被封为果实之神。其实，狄俄尼索斯也是第一个种植葡萄和酿造葡萄酒的神，所以他更加广为人知的身份是酒神。狄俄尼索斯之所以能发明葡萄酒这种香甜可口、催人入眠、能够解除人的疲劳与忧愁的神奇液体，与他的一个朋友的死有关。

　　狄俄尼索斯有一个非常好的朋友，他们都是在倪萨山的森林中长大的，从小就经常在一起玩耍。后来这个朋友在一次打猎中不幸去世了，狄俄尼索斯非常悲伤，他经常到朋友的坟前看望他，跟死去的朋友说说话，希望他在另一个世界不会太孤独。有一天，狄俄尼索斯发现在朋友的坟上长出了一种以前从来没有见过的植物，它有着弯弯曲曲的长藤，巴掌大的绿色叶子。在藤上长着些嫩绿色的弯曲的须子，就像是死去伙伴的卷发。最神奇的是上面长出的紫红色果实，它们一串一串地，散发出一种奇异而令人迷醉的香气。连狄俄尼索斯这个果实神都没有见过这种紫红色果实。看着这一颗颗饱满晶莹的果实，狄俄尼索斯仿佛又看到了朋友那双明亮而有神的眼睛，他睹物思人，不禁又流下了伤心的泪水。这时，狄俄尼索斯的手不小心碰到了那果实，果子上薄薄的果皮破了，粘了他一手的紫色汁液。他不自觉地把手放到了嘴边，用舌头轻轻地舔了一下那汁液，顿时，一股醉人的清香在他的口中弥散开来。他这才发现，原来这种紫红色的果实这么甘美，这么令人迷醉。后来，人们就把这种果实叫做葡萄。狄俄尼索斯用葡萄做原料酿造出一种醉人的饮料，那便是酒。从此之后，人们就把狄俄尼索斯认为是酒之神。他的这个名头太大了，以至于掩盖了原来的果实神的身份。

　　作为一个善恶分明的神，狄俄尼索斯总会惩罚那些亵渎神的尊严的人，并且能善待那些曾经帮助过他或者向他显示过善意的人。有一次，第勒尼安的一群海盗看见了长相英俊仪态高贵的狄俄尼索斯，以为他是个王子，可以换取一大笔赎金，就劫持了他。在海盗的船上，那伙强盗对狄俄尼索斯非常粗暴，肆意地侮辱取笑他。只有一个叫做阿克忒斯的水手同情这个漂亮的少年，不忍心欺辱他，并不断地为他求情，请他们放这个年轻人一条生路。海盗们才不管那么多呢，他们非但没有因此放掉狄俄尼索斯，还连阿克忒斯一起嘲笑侮辱。突然，船抛在海上，一动也不动了，好像突然搁浅了一样。狄俄尼索斯微笑地看着目瞪口呆的海盗们，镣铐和绳索从他的手臂和腿上自动脱落了。就在海盗们和阿克忒斯还没有反应过来的时候，更多的奇迹出现了：海上狂风劲吹，海浪翻腾，大船却纹丝不动；一会儿，浓绿的葡萄藤爬上了桅杆和船桨，藤蔓和葡萄叶把整个船帆都变成了绿色的。一股股芳香的葡萄美酒在船上流溢，整个船都仿佛迷醉了。狄俄尼索斯神采奕奕地站在那里，手中握着缠满了葡萄藤的神杖，周围伏着猛虎山豹，低声地咆哮着。水手们明白他们这次不幸劫持了一位神，吓得纷纷跳到海里，变成了有尾巴的鱼。只有阿克忒斯没有受到惩罚，狄俄尼索斯感谢他对自己的善意，让他成为了自己的随从。

酒神狄俄尼索斯的妻子是克里特的公主阿里阿德涅。有一天，狄俄尼索斯看到在纳克索斯岛上，有一个美丽的少女正坐在海边哭泣。原来，少女叫阿里阿德涅，是克里特王国的公主，她为了爱情背叛了自己的父亲，帮助情人忒修斯杀死了克里特迷宫里的妖牛。但是事成之后，却被忒修斯遗弃在纳克索斯岛上。海风吹拂着她海藻一般的长发，流着泪的阿里阿德涅越发显得楚楚可怜。狄俄尼索斯被她的美丽与不幸打动了，他安慰了可怜的姑娘，并把她带在了身边。后来，狄俄尼索斯娶她为妻，并与她生育了一些英雄的儿女。不过，也有的神话认为是狄俄尼索斯凭借自己的神力从忒修斯手中抢走了阿里阿德涅。面对着宙斯的儿子，虔诚信神的忒修斯敢怒不敢言，只得放弃了自己心爱的姑娘，成全了她与酒神的姻缘。

变成野猪的彭透斯

卡德摩斯的外孙狄俄尼索斯，是宙斯和塞墨勒的儿子。由于此神在物产丰饶的森林中长大，宙斯就分封他为果实之神。而天下好酒，其原料都是葡萄之类的水果，所以他又有了一个小小的职位，那就是管理葡萄种植。他成为一个希腊人人敬奉的神灵，其经历是相当曲折的。

狄俄尼索斯十四岁时，他就离开了养育自己的诸位仙女，去各地旅行，向世人传授种植葡萄的技术。当然了，他也要求人们建立神庙来供奉他。随着人们越来越喜欢葡萄酒，狄俄尼索斯的声名传遍了希腊，最后连他的故乡底比斯人都听说了他。

那时候，底比斯国王卡德摩斯已把王位传给了彭透斯——狄俄尼索斯姨妈阿高厄的儿子。狄俄尼索斯这个表弟天生不信神，连天神宙斯都不放在眼里，不过，他最憎恨的却是和他有血缘关系的狄俄尼索斯。什么家伙呀，不过是和自己一样凡人而已，干吗装神弄鬼地把自己当成了一个真神。所以，当酒神狄俄尼索斯带着一群狂热的信徒来到底比斯阐述神道时，彭透斯愤怒极了。

他站在底比斯城的广场上，朝着那些疯狂崇拜酒神的妇女们怒吼了起来："天呀，你们这些愚蠢的傻瓜和疯子，为什么像一群苍蝇，追随一个凡人！睁大你们的眼睛，看清楚这个家伙的底细吧！他头上戴着葡萄藤花环，身上穿的是紫金长袍，而不是铠甲。他还不会骑马，是个战场上的懦夫。你们难道瞎了眼，竟然朝拜一个娘们儿一样的家伙！你们难道忘记你们的英雄祖先了！再说了，这个家伙是我的亲戚，没有人比我更清楚他的底细。他只不过和你们一样，是一个凡人！宙斯是他的亲父——谁没有耳朵竟然相信这种瞎话！他那一套假模假样，都是为了骗住你们！"

他骂骂咧咧地发泄了一通之后，又下令命仆人们把这个新教的教主给抓起来，套上脚镣手铐。

谁都知道酒神对待朋友宽厚大方，可是对待不信他是神祇的人却毫不手软。彭透斯的亲戚和朋友们听了他傲慢的话，大吃一惊，十分害怕。卡德摩斯摇着白发苍苍的头，表示反对，可是他现在已经没有实权了。他的劝说对彭透斯而言，反是火上浇油。

◤ 酒神的狂欢　意大利　提香
此图描绘的是古希腊神话中的酒神狄俄尼索斯。他是宙斯与塞墨勒的儿子，首创用葡萄酿酒。每年春季葡萄发芽和秋收时节，人们都要举行酒神节。

不一会儿，派去抓人的仆人都头破血流地逃了回来，带来了一个人，并不是他表兄。

"人呢？"彭透斯愤怒地大声问道。

"我们根本没有看到狄俄尼索斯。我们抓了他的一个随从，他好像跟随他的时间并不长。"仆人们据实回答。

彭透斯仇恨地瞪着抓来的人，大声问道："该死的家伙，你叫什么名字？为什么要跟随那个醉鬼？"

抓来的人无所畏惧。他是狄俄尼索斯的仆人阿克忒斯。

他告诉彭透斯，酒神救过自己的命。

"我不耐烦听你废话了，"国王彭透斯叫道，"来人，把他抓起来，押在地牢里！"奴仆们遵命把他关进了地牢。可是他却被酒神使了魔法，放走了。

国王十分愤怒，开始大规模地迫害狄俄尼索斯的信徒。他把狄俄尼索斯的信徒统统关进大牢里，连信服酒神的母亲也不放过。但奇怪的是，没有任何人帮助，这些人的手铐脚镣自动脱落，监狱的门也大开。他派去捉拿酒神的仆人惶惑地走了回来，因为狄俄尼索斯让他们自己甘愿套上了枷锁。

现在，狄俄尼索斯站在国王面前。尽管国王不想看，可是表兄的美貌仍然吸引了他的目光，他感到惊讶不已。不过，彭透斯不是一个轻易放弃的人，他要拆穿这个家伙神仙的外衣，让他露出骗子的本质来。他命人给狄俄尼索斯钉上重镣，关在靠近马厩的山洞里。但是酒神一声令下，地动山摇。洞口的砖墙被震塌，手脚上的镣铐也松开了。他安然无恙地走了出来，回到他的追随者中间。

彭透斯实在没有办法，不想再管这些事情了。让那些傻瓜去疯狂吧，让他们去上当受骗吧。他把自己关在了宫殿里。可是厚厚的城墙也阻隔不住那个骗子的消息。又有报信人来到他面前，说那些狂热的妇女正在山林里祈祷，她们只要敲击岩壁，石缝里就会流出清泉与美酒，而旁边的小溪里流淌着白花花的牛奶，空心的树干也滴出了香甜的蜂蜜。国王的母亲和姐妹们是这批妇女的领头人。而最让他生气的还是那个打探消息的人临走之前补充的一句话："陛下，如果你自己在场，一定也会跪拜下去！"

彭透斯怒发如狂，他大声命令，集合军队开赴树林，剿灭那些愚蠢的臣民。可是军队集合完毕正整装待发的时候，狄俄尼索斯却不请自来。他一开口就吓了国王一大跳。他说他可以将他的女信徒一起带来，任凭处置。不过，必须国王亲自前去。而且这些女人都很疯狂，如果她们知道国王不相信酒神，她们会把他撕成碎片的。所以，去的时候，国王必须穿上女人的衣衫。

国王彭透斯非常怀疑，不过，狄俄尼索斯这个提议也太有诱惑力了。他勉强地答应了，跟在酒神的后面，走到城外。附在衣服上的魔法生效了。彭透斯变成了一只气势汹汹、尖嘴獠牙的野猪，可自己却毫不知觉。两个人一会儿就来到了森林里。那里，狄俄尼索斯的信徒们聚拢过来，唱着颂歌。整个基塞龙山到处都是信徒，到处都是酒神领唱的快乐歌声，山路两侧的悬崖回荡着他们的呼喊。彭透斯听到喧闹声之后，一股无名火烧上心头。他快步跑过树林，来到一片开阔的空地，那里正在进行着一次郑重其事的酒神祭祀。妇女们匍匐下拜，高声歌唱。最让彭透斯无法忍受的是，他看见那些疯癫得不可理喻的女人中，领头的竟然是自己的母亲阿高厄，他冲了上去。

那些祈祷的女人们发现了背后的骚动。回过头来，她们发现一头强壮的野猪冲了过来。这些酒神的忠实信徒一个个毫不畏惧，拿起各式武器，扔向野猪。可怜的彭透斯还没来得及说一句话，就被这些妇女撕成了碎片。而那投出枪的人，正是自己的母亲。只见她孩子似的欢跳着，高声喊道："胜利了！胜利了！光荣属于我们！酒神万岁！"

兴奋的欢呼声，不知道为什么听起来，像是一个人的讥讽。

国王迈达斯的金手指与驴耳朵

弗利基亚人要选举新的国王。为了挑选一个合适的国王掌管国家大事，他们进行了热烈的讨论。人选有三个，但是讨论来讨论去，谁都没有说服其余两方。没有法子了，他们只能求助于本国的大法师。法师卜了一卦，然后摇了摇头，争论的三方大为紧张。正在他们不明所以的时候，法师不紧不慢地开口了："如果你们想要遵循神示的话，那么你们都要失望了。将来的国王并不是你们提名的三个人。神示明明白白地显示：你们未来的国王正坐着牛车向这边走来。"

这一消息马上就在城里传开了。弗利基亚人四处搜寻，就看见广场上冒出了一辆破破烂烂的牛车。贫苦农民戈尔迪雅斯和家人坐在牛车上。于是，戈尔迪雅斯受到了热烈欢迎，并立即被拥立为弗利基亚国王。戈尔迪雅斯当了国王后，牛车就成为神庙里祭献宙斯的祭品。他用绳子打成了一个结，车子就紧紧系在神庙的一根柱子上。根据神示，谁要是能解开这个结，他就可以统治整个亚洲。后来，亚历山大解决了这个难题，他并没有慢慢地解结，而是当机立断，拔剑把这个结斩断了。

戈尔迪雅斯是个聪明能干的国王，去世后，他的儿子迈达斯继承了王位，统治弗利基亚。但是，迈达斯远远不如其父精明能干。一天，吕迪亚有几位农民无意中发现西勒诺斯醉倒在河边。西勒诺斯是牧神潘的儿子，又是酒神狄俄尼索斯的师傅。西勒诺斯长着马儿一样的塌鼻子，耳朵竖直，屁股也是直撅撅的。他因常去天神宙斯的葡萄园而闻名，被看作是一个先知。

农民们很高兴发现西勒诺斯，并把他五花大绑捆起来。然后，兴高采烈地把他押送到国王面前。

"真是意想不到的事啊，太好了！"国王高兴得叫起来，"我早就希望见到被人们称为掌握智慧钥匙的人了。"

"迈达斯，你想要智慧的钥匙？"醉醺醺的西勒诺斯问。

"是的。据说你掌握了人类生活的秘密。"

"什么！你想了解人类生活的秘密吗？"西勒诺斯带着讥讽的微笑说。

"西勒诺斯，"迈达斯惊奇地大叫了起来，"那还用说！"

"那么，你想了解人类一般的生活秘密还是你个人的生活秘密？"

不学无术而又妄自尊大的迈达斯立即回答说："当然啦，最使我感兴趣的，是我个人生活的秘密。"

"好，那你就听着！这个秘密就是：对你这样一个人，最好不要出生，如果已经出生了，最好尽快离开人间……"

迈达斯考虑了一阵，才明白西勒诺斯的意思，他恼羞成怒，满脸通红："你这个无耻之徒，快给我滚蛋！伙计们，把这个醉鬼带走，把他送回牧神那里去。我这里，不需要他那样的智慧。"

农夫们暗自高兴，把俘虏带走后，把他交给了狄俄尼索斯。

西勒诺斯失踪后，酒神非常不安，四处寻找。如今听说迈达斯国王下令把他的师傅释放了，就打算重赏迈达斯。

酒神穿云破雾，到了迈达斯国王的宫殿，对迈达斯说："你对西勒诺斯很慷慨，我也要对你慷慨。你有什么愿望告诉我，我一定让你如愿以偿。"

迈达斯是如何把西勒诺斯打发走的，自然心里明白。现在，狄俄尼索斯却表示要帮助他，他大为诧异。可是好事临头，也没必要故作清高去推却。他没有多问，只想着如何利用这个机会。考虑很久以后，他说："这样吧，狄俄尼索斯，我想学点石成金的法术。凡是我摸过的东西都能变成金子。"

酒神盯着迈达斯，即鄙视又可怜他。

"好吧，我答应你的要求。但是，你要知道，你真是个蠢东西。"

说完以后，酒神就腾云而去。

迈达斯非常兴奋。他摸了一下他那把铜剑，铜剑立刻变成金的。他又摸了一下卧室里的毛毯，毛毯也变成了金丝毛毯。他再摸一下餐桌，餐桌也立即闪闪发光，变成一张大金桌。他摸了一下他的椅子和餐盘，这些东西都立即变成金子……不幸的是，仆人端来的羊腿和杯里斟的美酒，他一摸也立即变成金子。这样，迈达斯只好忍饥挨饿了。

几天过去了。迈达斯摸过的东西都变成了金子，他周围的一切都变成了金子。可他却没有什么可以吃喝，他啃不动金子。可怜的国王身体眼看就垮下去了。现在他终于明白了酒神的话，他后悔了，意识到自己干了一件非常愚蠢的事。

最后，他实在饿渴得没法忍受了。他只好谦恭地请求酒神收回原先送给他的赠品。

"那我就把它收回了，"酒神回答说，"但是，你荒谬的贪婪应该受到惩罚。你现在先到帕克多尔河洗个澡吧！"

迈达斯按酒神的吩咐，到了帕克多尔河边，跳进去洗了个澡。自从那时起，帕克多尔河里的沙子就充满细细的金沙。当他回到河岸时，他意识到，他那点石成金的法术已经失去。这时，耳朵有点发痒，他用手摸了一下。谁知两只耳朵马上长得又长又大，长得让他不安。他往河水里一看，吓坏了，发现发怒的酒神竟然让他的耳朵变成了驴耳。

为了不让别人知道自己长了一对奇丑的驴耳，迈达斯总是避开随从，独自洗澡。他长期戴一顶弗利基亚帽子，盖住他那长长的耳朵。

可是，他每次理发都得脱下帽子，理发师自然看得清楚。

"如果你敢告诉别人，说我有两只驴耳朵，我就砍掉你的脑袋。"迈达斯威胁说。可怜的理发师被吓得脸色发青，他赌咒发誓说自己绝对不会声张。

但是，不让一个理发师说闲话，还不如杀了他。这位理发师不知多少次把到了嘴边的话又咽回去。他想到如果讲出国王的丑闻，就会杀头，只好竭力克制自己，不把这个秘密讲出去。

理发师把这个重大秘密埋在心里太久了，他慢慢地感到难以忍受。一天，他实在憋不住了，就跑到田里挖了一个深洞，对着洞口大声喊："迈达斯，国王迈达斯长着一对驴耳朵。"他说完以后，心里轻快多了，便用泥土把洞口封了起来。

迈达斯的奇丑还是传了出来。问题并不是因为有人听见，而是洞口边长出的一丛繁茂的芦苇。每当有风吹过，被吹动的芦苇就发出声音："迈达斯，国王迈达斯长着一对驴耳朵。"

两面神雅努斯

卡尔娜是山林仙女之中最为漂亮、活泼、温柔的。她太迷人了，可以说是人见人爱，神见神爱。她乐意接受男子的求爱，并竭力装出一副情投意合的幸福美满的面孔。但实际上，她看不起男人，往往残忍地把他们引到死亡的路上去。为什么这样呢？是因为她的心还没有被打动的缘故吗？还是因为见惯了不管是神界还是人间的女性都饱受男性欺凌而为她们打抱不平？她的女伴不能完全确定。

"你怎么这样妖艳呢？"其他山林仙女姐妹们问道。

"我要让男人都迷上我。"卡尔娜很坦率地回答。

"让别人爱上你,当然是理所当然的事情。可是,假装着爱上别人,然后又把他人一甩了之,不道德吧!"

"如果这些蠢男人主动上门,大献殷勤让我摆布,那是他们自己愚蠢,他们伤心也只能怨自己。过失在他们,并不是我。"

"你呀,真是一个朝三暮四、见异思迁的小魔女。难道就因为他们愚蠢这个小小的过错就要他们死吗?"

仙女们都指责卡尔娜喜欢玩弄男子取乐的坏习惯。她经常同男子约会,然后把他们引诱到森林里去闲逛。当求爱者稍不注意,身轻如燕的她就闪到树后,无影无踪。年轻的求爱者当然气恼,可是却又更为迷恋。他们立即追寻,顺着她嘲弄嬉戏的笑声,狼狈不堪地搜寻她。不是刚刚看见她那洁白的裙子就在这棵栗树后吗?她刚才不是才跳过这条小溪去吗?他们穷追不舍,但是,卡尔娜灵活机变,求爱者怎么也逮不上她。她就像磷火一样,闪烁在茂密的树林之中,好像就在前方,到了跟前,却又闪烁在更前面。当他们身心疲倦、想要放弃的时候,却发现自己已经迷失在莽莽丛林之中,找不到路了。他们只好孤魂似的游荡在密林里。最后,他们或被猛兽吃掉,或陷进卡尔娜布置的沼泽里。

"我们的妹妹这样做,实在太过分了,太缺德了!"当卡尔娜不在场时,一位仙女说道,"我们不能让她这样继续下去了。"

"是呀,但是有什么办法?"另一位仙女说。

仙女们在她们喜爱的林中空地里围坐着。她们反复地思考这个问题,却一筹莫展。劝她吧,还不是耳边风吗?可是总不能把她捆起来,囚禁起来吧。她们想不出一个好办法来阻止妹妹。

恰好路过的两面神雅努斯偷听了她们的话。他早就听说卡尔娜姿色妖艳而心狠手毒,可是他不是早就希望认识她吗?于是,他躲在一棵树后,静等她回来。

过了不久,卡尔娜回来了。她沿着小道向

◥ 雅努斯石像
两面神雅努斯,年轻的面孔表示新生与未来,衰老的面孔代表死亡与消失。他也是绘画中关于"时间"的众多表现之一,一年之中的最后一个月被赋予他的名字。

林中空地而来。这时，雅努斯故意走了出来。卡尔娜和雅努斯正好迎面相遇，他们都被对方吸引了。雅努斯从来没有见过这么迷人的仙女。卡尔娜也一样，从来没有见过这么英俊的年轻人。

雅努斯不但容貌超人，而且还有两张面孔，能看见两个相反方向的东西。

"这真是一个令人倾倒的女孩，"雅努斯自言自语，"但是据她的姐妹说，她扮得这样妖艳，就是为了玩弄男性。我可要小心，绝不要上了她的圈套。"

"这个人真是英俊，"卡尔娜心想，"但是，尽管他让人动心，我还是要像对待其他男子一样玩弄他。"当然，卡尔娜又玩起了老把戏，她举止潇洒，落落大方，对见到雅努斯表现得非常愉快和高兴。然后，她叫雅努斯第二天在山洞前相会。

当天夜里，她第一次失眠了，翻来覆去无法入睡。"又有一个青年轻率地迷恋我。"卡尔娜想。本来这样她该高兴才是，可是不知道为什么她感到很压抑。"轻率而又糊涂也许要葬送他的命。多么可惜啊！我多么喜欢这个年轻的神。他有两张面孔，两张面孔都很吸引人。但是，有什么办法呢！他活该！我不要在我的指挥棒下来回转悠的丈夫。"

第二天清晨，两个青年如约相会。卡尔娜显得更加妖艳、调皮、富有魅力。这一天，她没有虚饰，她的心确实产生了爱情。因此，她就显得更迷人。

"我必须特别小心，"她一边嬉笑着，一边暗暗地警告自己，"对他不能有偏袒。如果他围着我转，像其他蠢蛋一样，就把他甩掉。他会出现什么问题，那是命运注定的。"

像往常一样，卡尔娜带着雅努斯到密林去。她戏弄地挑逗他、引诱他、让他吻她。但她并没有忘记，随时寻觅逃遁的时机。卡尔娜时而说："给我掐这朵花！"时而说："给我采那朵蘑菇！"时而又说："你看那树枝上的松鼠。"她的这套把戏对其他人是灵验的。但是今天，却失灵了。她怎么也不能麻痹雅努斯的警惕性。雅努斯因为有两张面孔，所以，他在观看仙女指给他看的松鼠时还能同时监视她。

"小仙女，你可别走开呀，"每当卡尔娜要转身逃遁时雅努斯就大声地对她说，"我看见你了。你为什么要离开我？"有一回他对卡尔娜说。

仙女每次想逃都被叫了回来。她只好乖乖地跟着这位与众不同的情人。说来也怪，雅努斯这样做，她并不反感。

"我终于找到了合适的丈夫。"她想，"即使转过身去，他仍然能监视我。他不让我逃遁，也就用不着追逐我了。当我生活在他身边，我就不会做那些使人感到后悔的蠢事了。"

太阳已经西斜。雅努斯和卡尔挪手挽着手回到林中空地，走到正在唱歌跳舞的仙女们面前。"姐妹们，我给你们介绍一下，这就是我的丈夫！"卡尔娜高声说道。

"那实在是太好了！"仙女们齐声说道，"雅努斯，你是怎样征服这位仙女的？"

"我给她证明了爱情是严肃的，并不是儿戏。"

雅努斯十分激动，目不转睛地注视着他的妻子。

果园神讲故事赢爱情

波摩娜是众多森林女神中的一位。相比其他森林女神，她太安静了。其他女神四处游荡，早早地找到了自己的心上人。这些有了男友的女神愿意帮助这位小妹妹，给她介绍一位男朋友。可是这位女神却只是羞怯地笑着，不说一句话，任凭她们怎么规劝。有时候，她的姐妹们太热心了，她就笑一笑，推开她们，去后院。在那里，她种植了无数的果树，还养了说不出名目的花。她的这种举动，让冷在一边的姐妹们非常尴尬。她们注意到了，这位小妹好像就对花草培植、水果栽种方面尤有兴趣。不过，她们也承认，只有她养育种植的花草水果才是最好的。种花养草、管理果树似乎是她的唯一追求，唯一爱好，而阿佛洛狄忒鼓励的七情六欲她都没有。认清了形势的姐妹们不再热心介绍，背后称波摩娜是"冷心肠的人"。

可是，就是这位冷心肠的女神，却让果园神维尔图姆努斯着了谜。他当然知道波摩娜的习性。现在他必须想办法说服这个冷酷的女神。他不是一个果园神，能任意幻化形象吗？这一天，风和日丽，他装成个老妇人。这个老妇人满头白发，走路摇摇晃晃的，似乎一阵风就能把她吹到天上去。她拄着一根大拐杖，一步走一步歇地来到了波摩娜的果园里。在那里，波摩娜正在为她的果树喷洒农药，然后又开始为果树松土。老妇人走到果园门口，一下子跌倒在地上。别看波摩娜对男人不假辞色，对待同性，可热情了。她见一个老太太跌倒在她果园的门口，连忙过来。这个时候，暗中观察的果园神维尔图姆努斯不由得心中窃喜，心想：谁说这位女神心肠冷酷，你看她不是充满同情心嘛！要是这样，就好办了，估计我能成功。

波摩娜小心翼翼地扶着这位老妇人坐到了果园的石凳子上。把老妇人安顿好后，波摩娜就来到果园的另一角，那里桃子正熟着呢。波摩娜从累累果实之中，选择了最大最红的一个，在水井边洗好了，递给老妇人解渴。老妇人二话没说，几口就把桃子吃完了。

吃完了桃子的老妇人来了精神。她摸着波摩娜的手，对她说："闺女，你可要记住，神祇惩治残酷的行动，阿佛洛狄忒讨厌心肠太硬的人，迟早会来对付违背她意愿的人的。你心肠这么好，阿佛洛狄忒会赏赐给你一个英俊的男子汉的。"

波摩娜羞红了脸，她对老妇人说："老奶奶，看你说的，都是什么呀，阿佛洛狄忒为什么要惩治冷心肠的人呀？"

老妇人就对波摩娜说："孩子，你不相信？为了证明这一点，让我给你讲一个曾经发生在我们这里的真实故事吧。你知道，伊菲斯是透克的一位出身贫苦的年轻人，可是爱情是不分等级贫贱的。有一次，他上街的时候，碰到了当地古老世家的一位高贵的女士，这位小姐叫安娜克萨瑞忒。伊菲斯爱上了她，为了能够看上她一眼，他天天等在她的大宅前。这样持续了大半年，他认识了这位小姐的奶妈。有一次借酒壮胆，他把爱慕之心扭扭捏捏地告诉她的奶妈，求她赞成他的求婚。然后，他又想尽一切办法，努力争取她的仆人支持他。有时他把对她的深情厚爱写了出来。他没有钱，就累死累活苦干一阵，赚了钱去买花，编成花环。他把被他泪水湿润的花环悬挂在她门口。可是，这个女人铁石心肠，根本就不把他放在眼里。这个男孩为了自己的心上人，甚至匍匐在她门槛上对着冷酷无情的插销门闩倾诉哀怨。这个冷酷的女人不但不为所动，反而嘲笑他，挖苦他，用冷酷的言语和粗暴的态度对待他，连一丝希望都不给他。伊菲斯忍受不了毫无希望的爱情的折磨，他决定寻死。临死之前，他站在她门前，说了最后几句话：'安娜克萨瑞忒，你胜利了。你以后不必再听取我的恳求了。享受你的胜利吧！我死了，铁石心肠的人，欢呼吧！'他说完这番话，转过苍白的面颊，透过带泪的双眼望着她的大宅。他在通常挂花环的门柱上系了根绳子，他把头伸进绳套时喃喃道：'冷酷的姑娘，这个花环至少能讨你的喜欢了。'仆人打开大门发现他死了，把他抬回家交给他母亲。安娜克萨瑞忒的家正好在送葬队伍通过的那条街上，送丧人的哀哀哭泣声传到了她的耳中。这个时候，怀有报仇雪耻之心的阿佛洛狄忒早就锁定她为惩处的目标。回到家中的安娜克萨瑞忒走上闺房，打开窗户向外俯望。安娜克萨瑞忒的眼光刚落到躺在棺柩上的伊菲斯时，她的双眼就变得僵硬，体内的热血逐渐冷却。最后，她的四肢变得像她的心肠一样又冷又硬，变成了一尊石像。波摩娜，你要是不相信的话，这尊石像还存在，就在萨拉米斯的阿佛洛狄忒庙里，跟这位小姐的真人一模一样。亲爱的，好好考虑这些事情，撇开你的蔑视和迟疑，接受一个情人吧。"

老妇人的一番话，说得波摩娜低头沉思起来。维尔图姆努斯一看是时候了。他摇身一变，就现出了自己的真身——一个英俊潇洒、健壮魁梧的男子汉。这个男子跪倒在她面前："波摩娜，我是果园之神维尔图姆努斯，我爱上了你，希望你不拒绝我的求爱。"

羞怯的女神这一次尽管脸红了，但是没有逃跑。她犹豫了一阵之后，抬起了头来，重重地点了点头。

水泽女神的回响

很久以前,有一位名叫厄科的美丽的水泽女神,这位美丽的女神爱在山林中逐猎嬉戏,山谷中留有她的倩影和银铃般的笑声。她不但美貌出众还伶牙俐齿。她也是女神雅典娜的宠信,经常随雅典娜女神出猎游玩。可是人无完人,厄科有个不好的毛病,就是总喜欢多嘴多舌,不论大家是闲谈还是争论,她总爱接话茬,有时甚至拨弄是非。

一天,女神赫拉发现丈夫不见了,到处都找不到,她怀疑他在跟一个水泽女神鬼混,便去水泽女神那里找他。厄科用绵长的闲话缠住赫拉,使那个水泽女神趁机溜掉。当一切真相大白以后,赫拉便对厄科作了冷酷的判决:"你用伶牙俐齿哄骗了我,我要你今后丧失说话的本领。只有在一种情况下——就是遇到你喜欢的人时,你可以开口说话,但你只可以应声,这本来是你平时最爱干的事。我要你能接别人的话茬,但永远不能先说出自己的意思。这是对你的惩罚。"从此,厄科就不能说话。她等待着心爱的人出现。她也没少见到人,但没有她喜欢的。她一直等着。她相信自己喜欢的人一定会出现的。

终于有一天,风度翩翩的英俊少年那喀索斯在山上打猎时遇上了厄科女神。少年英俊而勇猛,她一见便倾心于他,于是到处跟着他。她真想轻轻地唤他一声,向他倾诉对他的爱慕之情,心想要是能款款地和他交谈,携手漫步在林间该有多好啊。但这样简单的事情她却做不到。要是以前她早就搭讪了,现在的她却不能够先说话,心中很后悔以前的过错。她心急如焚地等着他先开口,自己的答话倒是早就在唇边。但是,她跟在他后面很久了,却一直没有机会。

有一天,英俊少年跟同伴失散迷路了。厄科很高兴,心想这回机会来了。当他大声喊道:"你们在哪里啊?可有人在这里呀?"厄科焦急地回答:"这里呀!"那喀索斯四处张望,不见人影,就又喊道:"在哪?过来吧。"厄科应声说:"来……"那喀索斯不见有人出现,便再次呼喊:"你是谁?你在哪?你为什么藏起来了?咱们会合吧?"厄科也这么发问:"咱们会合吧?"少年又喊。少女厄科发出同样的、来自她心底的呼声。她急忙赶到那喀索斯跟前,伸出柔软的双臂想去搂抱他的脖颈。他惊得倒退了几步,以为她是学人话的妖精,大声喊道:"你别碰我!我宁可死也不愿让你占有我!"

"占有我。"她说。她只能说这样重复而简单的话。她不明白自己这样的美貌怎么不能打动少年,她伤心透了,但一切都是白费心机。她焦急地想表白心迹,可是张嘴却无言。那喀索斯转身愤愤地走开，羞得她逃进林子深处。

从此，厄科就在岩洞与峭壁之间徘徊。伤心之下，她形耗神散。终于她的骨头化为山岩。她的形体时隐时现在山岩上，她的神情忧郁，但她的声音仍然存在。至今要是有人唤她，她总会回应——她始终保持着原来应声的习惯，重复而简单地应声。

变为水仙花的那喀索斯

河神刻非索斯与水泽仙女利里俄珀结婚之后，生了一个儿子，他们为他取名为那喀索斯。那喀索斯一生下来就非常漂亮，他的父母很喜欢他，所以就抱着他去找有名的盲人预言家提瑞西阿斯，让预言家为孩子祈求神谕，想要知道这孩子将来的命运如何。提瑞西阿斯把神谕的内容告诉了这对父母："不可使他认识自己，否则他将不会长寿。"得到这则神谕之后，两人都感到非常迷惑，怎么能让他不认识自己呢？这神谕到底想说什么？他们简直百思不得其解。但是，为了防止儿子不能长寿，他们就不让他接近河流湖泊，这样他就没法看到自己，也就可以说是"不认识自己"了。这对父母不知道这样理解神谕是否正确，但是他们也只能这么做了，因为他们实在太爱自己的儿子了，不愿意让他经受任何可能会短命的危险。

时光如白驹过隙，转眼间十六年过去了，那喀索斯由一个襁褓中的婴儿长成了一个翩翩美少年。所有见过他的人都会为他的美貌所吸引，连那些被称为美女的妙龄少女们在他的面前也会自惭形秽。有一次，他去森林里采摘草药，当时正是春天，草地上到处长满了怒放的野花。可是，当他走过去的时候，那些花儿都羞涩地合上了它们的花瓣。因为这个少年实在是太美丽了，他的面庞就是最美的花瓣，他的双唇就是最馨香的花蕊。于是，那些花儿就羞愧地合上了自己相形见绌的花瓣。

可是，那喀索斯对自己的美貌一无所知。因为他的父母因记住了那句神示，一直避免让他看见自己的影子。那喀索斯并不知道自己长得到底是什么模样，对相貌也就不太在意，他反而更喜欢打猎。他常常骑着一匹骏马，手持弯弓从早到晚地在树林里打猎，他就是喜欢那种骑马奔驰时被风吹过的感觉。那喀索斯无与伦比的美貌自然引起了树林中那些女仙的注意。她们都很喜欢那喀索斯，每天都守在林子林等着看这个美少年。其中有一个名叫厄科的仙女尤其喜欢他，经常紧紧地追随在他的左右。但美少年那喀索斯对厄科却没有半点爱意，他的心思全在打猎上，他对那些美丽姑娘还不如对奔跑在林中的小动物感兴趣呢。

后来，遭到那喀索斯拒绝的厄科飞快地逃入林中，从此以后整天藏在山洞和峡谷里，忧伤充满了她的心。她一天天憔悴下去，变得身形消瘦，面容枯槁。其实，那喀索斯不仅对厄科不感兴趣，他对森林中所有的女仙都很冷淡，拒绝了所有向他求爱的女仙。渐渐地，森林里越来越多的女仙变得没精打采起来，她们都为那喀索斯害了相思病，连森林都不像以前那么青翠，开始有些发黄了。

最后，被他伤害过的女仙们跪在一起向众神祈祷说："但愿有朝一日，高傲的那喀索斯也会爱上一个人，但是他却永远得不到她的爱！"命运女神涅墨西斯听到了森林女仙们的祷告，她深深地同情他们，便答应了她们的请求。她决定以一种特殊的方式来惩罚那喀索斯。

有一天，那喀索斯又到林中打猎了，在命运女神的指引下，他越走越远，来到了一个以前从来没有见过的湖边。这个湖在森林的环抱之中，湖水非常的清澈。湖水的位置非常隐蔽，所以还没有一个牧羊人发现过，也从来不曾有家畜在湖边游玩，也没有鸟雀从湖面飞过。湖面上非常的平静和干净，甚至没有枯枝败叶破坏它的整体美感。湖的四周长满了绿茵茵的细草，高大的岩石矗立在湖边，遮蔽着太阳的光和热，使这个湖如同一个世外桃源，既幽静又凉爽。

那喀索斯一看这个湖非常高兴，这时他正好打猎打得又热又渴，便来到湖边，想去喝几口清凉的水。当他低下身去，正准备喝水的时候，突然在水中看到了一个绝美的影子。这影子是多么迷人呀：一双明亮的眸子如同夜空里最亮的两颗星星，那金色的卷发简直比太阳神阿波罗的还要柔顺有光泽，那红润的双颊有着世界上最美丽的轮廓和线条，再加上那象牙似的颈项，微微开启、大小恰到好处的朱唇，简直如同最醇香的美酒，让人离得老远都要醉了。

◥ 回声女神与那喀索斯　法国　尼古拉斯·普桑
美少年那喀索斯生性孤僻，回声女神向他求爱，遭到拒绝。命运女神便对他进行惩罚，让他爱恋自己在水中的倒影。那喀索斯死后变成了水仙花。

那喀索斯从来没有见过自己，所以没有想到这正是他自己在水中的倒影，他认为这一定是水中的某位神在看着他。

　　他的心中充满着迷醉般的狂喜，对于他来说，这种感觉是那么的陌生，又那么的美好。他第一次产生了爱情，深深地爱上了水中的那个倒影。他就那么一动不动地坐在湖边，痴痴地看着水中的倒影。他喃喃地赞美着水中神灵的美丽，那水中的神灵也跟他说着什么，他觉得自己就像在与恋人私语。他深情地看着那影子，那影子也同样深情地凝视着他。那喀索斯感觉自己的心中充满了幸福，因为那么美的神灵居然也会喜欢自己，也会那么深情地看着自己。他心中一激动，抑制不住自己的感情，向那水中的影子伸出了自己的双手，想要自己的情人，可是，当他的手一接触到水面，那绝美的影子便悄然不见了；他又把嘴向那影子的双唇伸去，想吻一吻那软玉一般的朱唇，可是，当他的嘴一接触到水面，那个影子便化作一片漪涟。

　　那喀索斯难过极了，他不知道那影子为什么可以深情地看着自己，却不愿意与自己亲近。只有自己没有碰触到他的时候，他才愿意出现在自己的面前。可是即使是这样，他也不愿意离开水边半步，他就这样在湖边流连忘返，一直盯着湖中的影子看。他站得远，影子也站得远；他站得近，影子也站得近。但是如果他想再进一步，想拥抱或者亲吻那影子，它就会立即消失得无影无踪。他痛苦极了，伸开双臂向空中喊道："我到底犯了什么错？是因为辜负了那许多的女仙吗？如果是的话，那现在我也尝到了这苦恋的滋味。我深深地爱上了他，可是我却得不到他的爱。我本以为我们是心心相印的，因为我哭的时候你也会哭，我笑的时候你也会笑，我说话的时候你也会跟我说话。可是，你为什么拒绝我的拥抱呢？你就这么躲在水里，深情地看着我，让我看得见却摸不到，这是多么大的痛苦呀！"

　　时光一天又一天地流逝，那喀索斯一直坐在湖边，望着水里的影子。他忘记了吃饭，也忘记了喝水，但他不觉得累，也不觉得饿，只觉得心中既幸福又痛苦。这幸福和痛苦都是那么的强烈，都是他以前所未曾经历过的。慢慢地，他的体能和精力被灼烧的爱情之火烤干了，他面颊上的红润渐渐消褪了，他的青春活力也慢慢地枯竭了。最后，他终于耗尽了最后一丝活力，轻轻地倒在湖边。他永远地闭上了那双如寒星一般明亮的眼睛，那双眼睛曾经让那么多女仙为他痴狂，也曾被他自己凝视过，深爱过。

　　森林里的女仙们得知了那喀索斯的死讯悲痛欲绝，她们非常后悔，后悔因为一时的愤怒而祈祷命运女神用这么残酷的方式惩罚这个绝世美少年。现在，那喀索斯死了，可是她们的心中没有半点快意，反而被彻骨的悲痛占领了。她们是多么希望他还活着呀，哪怕只是远远地看一眼也好呀！她们的悲痛感动了天神宙斯。几天之后，在那喀索斯倒下的地方，长出一株株绝美的花，它瘦瘦高高的，散发出淡淡的幽香。它有着细细的光滑的茎，细长的绿叶，花瓣是白色的，中间装点着金黄色的花蕊。它斜斜地生在湖边，清澈的湖面上清晰地映照出它美丽的影子。每当有微风吹过，它就会低下头去亲吻自己在水中的倒影。后来，人们把这种花称作水仙花。

它就是那喀索斯的化身，是宙斯为了抚慰那些深情的女仙们而创造出来的。直到今天，在希腊水仙花都有一个别名，叫那喀索斯。

救助橡树神的阿尔卡斯

除了奥林匹斯山的十二主神和一些相当重要的次神之外，大自然的万事万物，都有赋予它们生气的小神。这些小神，大多都是美丽的女神。比如藏在深山中的女神被称为奥雷阿札；大海中，隐在浪花下面的女神叫妮丽伊札；驾驭着惊涛骇浪的海洋女神叫奥凯阿妮札斯；河流和泉水中居住的是娜伊阿札女神；而森林中居住的则是兹丽阿札女神。部分女神能够永生不死，可多数女神属于凡间，和人一样总有一天会死亡。

兹丽阿札是森林女神。她们伴树而生，又随着树木的枯萎而消亡。树木种类不同因而这些兹丽阿札女神也各有自己的名字。白腊树女神就叫梅丽阿札。此树是由天公乌拉诺斯的血生成的。神祇混战时，克罗诺斯砍伤了天公，伤口沁出的几滴血落地上，就产生了梅丽阿札女神。

阿玛丽娅札则是生活在橡树林中的女神。橡树可活几百年，因此阿玛丽娅札几乎是永生的。只要这种树生长着，阿玛丽娅札就能青春依旧。可是树木的危险，也威胁着她们的生命。雷电轰鸣或者人工砍伐，这些女神也感同身受，仿佛击打在她们身上，因此她们常用哭泣来感化路人。如果有谁偶然听从了树木的哭诉，那么此人是不会被忘记的。而阿尔卡斯就是听从了树木的哭述的人。

有一天他出外狩猎，天气非常寒冷，大雨持续了一夜，树枝上还不时落着水滴。他来到一条涨水的河边。河水混浊，水流湍急，大块岩石和树干被冲得顺流而下。他正在犹疑之间，突然听到有个声音在呼唤他，声音颤抖，好像是在呼救。阿尔卡斯追寻声音，停在一棵橡树前。这是一棵坚实的充满着生机的幼树。但是，泛滥的河水已涨到了它的面前。河水由于受到阻挡，突然改变流向，凶猛地冲刷着树根，带走一些泥土。树身仍然挺立着。可是水流不停地侵蚀和松动着土地。这棵橡树预感到危险，树叶沙沙作响，树身落着绝望的眼泪。

"救救我，阿尔卡斯，救救我吧！"声音充满着痛苦和忧愁。

阿尔卡斯深为震惊："你是谁？让我如何帮助你？"

"我叫赫里索佩里娅，是阿玛丽娅札女神。救救我吧！这条河是我的敌人，它想把我连根拔掉。救救我吧！阿尔卡斯。"

阿尔卡斯朝树的周围看了看。怎样救它呢？他不知如何是好。突然他发现在稍微高一点的地方有一块巨石，水从那里流下来冲刷着树根。如果把它推进水里，也许能改变水的流向。于是，他竭尽全力去推这块石头，石块很重，他未能推动。已经筋疲力尽的阿尔卡斯几乎要放弃了，可是阿玛丽娅札正在哭泣。她的呼救声回响在耳边。于是，他把背靠在岩石上，站牢双脚，猛然发力，岩石晃了一下。他稍稍休息了片刻，集中全力又推了一次。巨石倾斜了，滚动着落入河中。

完成了工作之后的阿尔卡斯转身想走，可是阿玛丽娅札又哭了起来。这次的哭诉，已经不再惊慌不安了，但仍未停止。"阿尔卡斯，你能不能救人救到底，把树围挡好！"

乐于助人的阿尔卡斯集中了很多石块，用石块和树枝修筑起一道坚固的防水堤。河水虽然还企图冲垮它，但从上游冲下来的石块和树枝，堆在小防水堤上，它越来越坚固了。河水无法冲垮它，只得沿着原来的河床向下流去。这样，橡树就保住了生命，能在陆地上继续生长了。

阿尔卡斯走近这棵树，哭泣声已经停止，絮语声依稀可闻。声音仍很激动，但已是甜美欢快的了。"你救了我。我的树得救了。我的生命是属于你的！是你重新赋予了我生活的能力，感觉到树叶上的阳光，树根的雨水和流遍我全身的汁液。你，你的子孙们都将受到祝福，阿尔卡斯，谢谢你！"

果真如此，树木对阿尔卡斯的祝福兑现了。阿尔卡斯当上了伯罗奔尼撒半岛佩拉斯戈人的国王。这个地区也以他的名字命名，叫作阿尔卡季亚。他是一个热爱和平的国王，他教人们保护森林、种植小麦、烤制面包、纺线织布。从他和他的后代起，阿尔卡季亚变成了希腊世界最幸福的国度之一。

翠鸟

色萨利的国王刻宇克斯的妻子是埃俄罗斯的女儿哈尔库俄涅。夫妻俩感情深厚。结婚以后，他们两人几乎没有分开过一天。现在，刻宇克斯准备去伊奥尼亚的克拉洛斯走一趟，请教阿波罗的神谕。因为他病死的弟弟昨天出现在他的梦中，张开嘴巴想和他说话，可是嘴巴张开了，却没有任何声音。他为之悲痛万分却又困惑不解。也许弟弟是想告诉自己什么却说不出来。但是什么呢？只有神明知道。

刻宇克斯把想法跟妻子哈尔库俄涅说了。谁知道刚一说出口，她就浑身战栗，面如土色。她脸色苍白地说："亲爱的，不要远行，不过是一个梦罢了，何必这么认真呢？如果你不听我的，非要去的话，我跟你一起去吧。否则，我将痛苦万分，不仅为你要面临的灾难担忧，而且还要为我所担心发生的灾难而难以承受。"哈尔库俄涅如此深情，这让刻宇克斯国王的心头沉甸甸的，但是弟弟严肃的脸却让他下定决心。带妻子去，这怎么可能呢？海上太凶险了。于是他说："我以我的父亲太白星的名义起誓，如果命运允许，我保证在月亮第一次盈亏复圆以前赶回来。"说完，他下令将船只拖出船厂，配备桨橹帆篷，准备出发。哈尔库俄涅看到这些准备工作不寒而栗，充满了不祥的预感。她泪流满面，哭哭啼啼地道了别便倒在地上不省人事。

刻宇克斯一行驶出港口，微风阵阵掠过绳缆。海员们收桨挂帆，往前航行。夜晚来临的时候，他们已走了将近一半的路程，也许明天就会赶到目的地。上半夜，风平浪静，可以看见月光在水面上，起起伏伏，仿佛万道银蛇，起伏跌宕；夜空之上，星光点点，无比璀璨。可是谁知道，海上的天气就像女人的情绪，变幻无穷。到了下半夜，东风越刮越紧，海面泛白，掀起阵阵狂澜。大雨倾盆，仿佛天要塌下来。到了这个时候，一切努力都无济于事，所有人的勇气胆量消失殆尽。阵阵波墙带来的仿佛只是死亡，人人吓得目瞪口呆。不久，闪电劈断了桅杆，船舵也给扭断了，海浪高高地翻卷着，波涛把船击成碎片。掉落在大海之中的刻宇克斯使劲抓着一块木板，大声呼喊自己万能的父亲和岳父前来救援。可惜，茫茫大海之上，除了呼啸的狂风暴雨之外，毫无回音。刻宇克斯濒临绝境，可是却不想放弃，因为他想到了自己亲爱的妻子。他大声呼唤哈尔库俄涅的名字。他祈求上苍让波涛把他的尸体送回她那里，让她亲手埋葬他。他苦苦挣扎，但是无情的海浪吞没了他，他沉了下去。

守在家里的哈尔库俄涅对海难一无所知，只是紧紧盯着门口，计算着丈夫该归来的日子。她经常给所有的神祇烧香，尤其祭奉天后赫拉。她无休无止地为已不在人间的丈夫祈祷，终于连铁石心肠的赫拉女神也不忍心再听了。于是她召来彩虹女神伊里斯，下令道："伊里斯，快去叫索莫诺斯派个幻象去，化成刻宇克斯，给哈尔库俄涅显灵，让她知道事故真情。"索莫诺斯马上就派遣了他众多儿子中最善于伪装男人的形象的一个——莫耳甫斯——去执行伊里斯的命令。

莫耳甫斯来到海摩尼亚城。他化成刻宇克斯，苍白得犹如死人，赤身裸体地站在可怜的妻子的床前。他俯下身子，泪如泉涌，说道："亲爱的，你认出你的刻宇克斯了吗？哈尔库俄涅，你的祷告没有给我带来好处。我死了，不要再欺骗自己了，不要妄想我还会归来。"

哈尔库俄涅在睡梦中呻吟着，伸出双臂企图拥抱他的躯体，但扑了空。"别走！"她高声喊着惊醒了。她跳起来，急切四顾寻找他的身影。她找不到他，只好捶打胸部，撕扯长袍。奶妈问她为什么如此悲伤。她回答说："刻宇克斯的船失事了，他死了。哈尔库俄涅活不下去了。"

天色大亮，她来到海边丈夫出发时她最后一次看见他的地方。她向海面望去，发现水面上模模糊糊漂着一样东西，原来那是她丈夫的尸体。她哆嗦着伸出手臂，高喊一声："啊，亲爱的，难道你就是这样回到我的身边？"

她纵身跃上海岸外侧的防波堤。身体跃在空中的时候，她的两个肩膀长出一对尺来长的翅膀。她的双翅拍打着飞起来。她一边飞一边悲鸣，发出犹如哀哀哭泣的声音。她落在无声无息、生气全无的尸体上，用新长出的翅膀去拥抱亲人的肢体，用粗硬的鸟喙亲吻他。怜悯的神祇把他俩都变成了海边经常可以看见的翠鸟。

在希腊神话中，关于这对夫妻变成翠鸟还有不同的说法。国王刻宇克斯和妻子哈尔库俄涅感情深厚，夫唱妇随。在他们结婚十周年纪念日，几杯酒下肚之后，刻宇克斯回忆过去，对妻子说："你看，我们夫妇生活多么美满。你爱我，我也爱你，这样的日子让我做神仙我也不干！你想想，就说那天神宙斯吧，权力很大，可是每天寻花问柳，却又害怕妻子吃醋，常常遮遮掩掩。赫拉也是这样，丈夫不忠心，老是疑神疑鬼，多不开心。"他的妻子非常同意这话。可是谁知道隔墙有耳，这话进了宙斯夫妇的耳朵。两人勃然大怒，为了惩罚他们就把他们都变成了小鸟。这对鸟夫妻就只能互相哀叫抱怨了。

听懂动物语言的预言家

墨拉波斯出生在色萨里亚。作为一位预言家和行医者，他的名声传遍了整个希腊，甚至在他死后，对他的崇拜活动还继续在各地进行着。

墨拉波斯的童年在约尔科斯度过，与兄弟维亚斯一起长大。这对兄弟长相一致，都是身强力壮的美男子，也一样可爱，可是在性格上却天差地别。维亚斯轻率易怒，喜欢大喊大叫，而墨拉波斯却严肃而又文静，理智公正。可以说，打小起，墨拉波斯就是他兄弟的庇护人与引路人。不过，墨拉波斯不仅对兄弟，对任何人，他都非常热心，帮助他们或者提出忠告。这份宽广的爱心，不仅泽及众人，还普及到那些动植物身上。他常常独自一人远离人群，在田野或在森林中徜徉徘徊，听风吹树叶、鸟儿呼唤同伴；或者观察草儿长叶、野鸽子孵蛋。可以说，他与大自然已融为一体。他十分热爱大自然。因此，当他偶尔在一条被杀的蛇旁发现两条刚刚出生的小蛇时，他忍不住同情起来。墨拉波斯找来了干柴，把死蛇火化，把小蛇放在自己怀中，温暖它们。它们失去了母亲，而他就承担起责任，时时刻刻把它们带在身旁，和它们建立了友谊，成为亲密无间的朋友。有天夜里，他醒来时，大吃一惊，两条小蛇正用它们那冰凉的身躯缠绕在他的脖颈上，蛇头紧靠着他的脸，它们的红色的信子舔着他的眼睛。墨拉波斯听到轻微的吱吱声振动着他的耳鼓。他渐渐地分辨出是蛇的语言。它们感谢他的照顾。现在，它们已经长大，要离开他到田野之中生活去了。为了酬谢他的好心，它们会报答他的。两条和自己长相依伴的蛇走了。墨拉波斯坐了起来。天亮了，他感到整个世界都发生了变化。他明白了：鸟儿的每声啼叫，苍蝇的每次嗡营声，动物的每一吼叫声，都是有意义的，都是在讲他已能知晓的语言！原来蛇在离开他之前，送给了他明白动物语言和预知未来、医治疾病的能力。

不久，墨拉波斯能够治病和预言未来的消息就传到了人们的耳中，人们纷纷赶来求他帮助。对这些人，墨拉波斯从不拒绝，所以当他兄弟来求他帮助的时候，墨拉波斯当然答应了。

情况是这样的，兄弟二人在皮洛斯国的国王尼莱阿斯家中做客。维亚斯爱上了国王的独生女皮罗，想娶她为妻。可是尼莱阿斯不愿意，他提出条件说，想娶女儿的小伙子，必须首先表明自己拥有多少财产。他甚至声称，只能把姑娘嫁给为他带来菲拉科斯牛群的人。菲拉科斯是色萨里亚的国王，以饲养优良母牛而著名。为他看护牛群的，是一头令人生畏的大狗。这头狗力大无比，且从不入睡，没有人能轻易地靠近它。因此，尼莱阿斯这么说，等于拒绝任何向姑娘求婚的人。维亚斯和皮罗相互爱恋，但无法实现他们共同生活的美好愿望。现在，维亚斯来求神通广大的哥哥。

墨拉波斯想了想，对弟弟说："我会为你带来菲拉科斯牛群的。"不过他又补充说："你要知道，我将被他们捉住当成贼关上一年。一年之后，我才能成功。"

预言相当准确。墨拉波斯刚一接近饲养着牛群的牧场，便被发现了。墨拉波斯被当做一个普通窃贼，关进了茅草屋里。他在这里被关押了好几个月，几乎被人忘却，唯一与他为伴的是周围的声音。对于明白动物语言的墨拉波斯，这些声音就是谈话，通过这些"谈话"，他了解了周围的情况。

一天夜里，他躺在麦秸上倾听着周围细碎的声音。从屋顶上蛀食梁木的虫子正在进行的"谈话"中，他得知：自己待着的这个小茅草屋，最多能撑到天亮。

到时候，整个屋顶就会塌落下去。墨拉波斯听到这里，立即跳起来，呼喊警卫。警卫们并不相信这些话，哈哈大笑起来。但墨拉波斯不让他们走开。警卫们因他顽强地坚持己见而发生了动摇。通过之前几个月的接触，警卫们都喜欢上了墨拉波斯，所以决定对他照顾一次。他们打开了门，让墨拉波斯在外面等到天亮。墨拉波斯耐心地在外面等着。不到一个时辰，群星失辉，鸟儿鸣叫，天亮了，天空呈现出玫瑰色。突然一声巨响，屋顶塌落下来，随即整座房屋倒塌了。

警卫们大吃一惊，立即跑到国王那里，对他说，关在监狱里的那个盗贼，竟是一位伟大的预言家！

菲拉科斯甚为怀疑，让人把墨拉波斯带来。墨拉波斯告诉他自己为什么要偷盗他的牛群，还告诉他自己不仅是个预言家，还是一个医术高超之人。

听到墨拉波斯最后一句话，菲拉科斯惊动了。他问墨拉波斯能不能拯救自己的孩子。他的儿子，叫伊菲克勒斯。他曾是一个勇敢而身强力壮、疾步如飞的孩子。可是一种不知名的疾病把他击倒了，至今已有好几年了，谁也不知道他患了什么病。菲拉科斯曾多次求神祇保佑，敬献了牲畜，送去了祭礼，但神没有给予任何帮助。现在孩子快不行了，墨拉波斯能否帮助他呢？

墨拉波斯没有立即回答。他闭上眼睛，运用了预言能力。一刻钟后他对国王说："请给我两头公牛，向神明敬献祭礼，伊菲克勒斯的病我会治好的！"

菲拉科斯立即命人拉来了两头幼牛，墨拉波斯担任祭司，隆重地进行了宰杀公牛祭祀的活动。牛被切成碎块，抛洒到田里，而他躲藏到近处等待着。不久，很多猛禽嗅到了鲜肉的气味，从远处飞来觅食。首先拍打着沉重的翅膀飞来的是兀鹰，它们欢叫着扑向这些肉块，抢夺着，用利爪把肉块撕碎，贪婪地吞食。当吃得半饱不再饥饿难忍时，它们开始"谈话"了。

"为了伊菲克勒斯恢复健康又献了一次祭品！"一个雄兀鹰嘲笑地说。

"你不了解，"一个最年轻的鹰不安地说，"这话可别传到神的耳朵里，真的让他病愈。那时我们可就失掉菲拉科斯献的祭品了。"

一个年长的兀鹰发出了刺耳的笑声："你不要担心！就是有十个药方能够治好伊菲克勒斯的病，这些笨蛋也不知道。如果伊菲克勒斯找不到那把刀，并服用那上面的铁锈，他就不能病愈！"

"什么刀？"那只最年幼的鹰又问道。

"这是菲拉科斯一次宰杀绵羊时用过的刀。当时伊菲克勒斯正站在父亲的身旁，一见到鲜血，他就全身颤抖，好像要杀死他本人似的。他和我们不同，他不愿看见血。那天，菲拉科斯刚刚操刀，就被伊菲克勒斯抢过去。他非常害怕地跑去把刀藏了起来，把刀插入了一棵橡树的树干里，从此他就被一种莫名其妙的疾病缠住了。如果不从橡树上把刀取出，用上面的铁锈当药服用，伊菲克勒斯就不能恢复健康。而菲拉科斯就将永远奉献祭品，使我们快活！"

知道了王子得病的前因后果，墨拉波斯来到了菲拉科斯的住处，要求病人同行。国王与伊菲克勒斯共同引导墨拉波斯来到那棵最古老的橡树前。墨拉波斯在这棵巨大的橡树前一动不动地站立了片刻，之后走到伊菲克勒斯面前，要他把他藏起来的刀找出来。年轻人颤抖了一下，走到树前，伸出手在树干上摸索片刻，然后拿一把小斧头，在树皮上砍开了一个切口，伸手拉出一把刀。这是一把长满了锈的大刀。找到了刀，药方子就不成问题了。十天后，王子重新恢复了健康和气力，奔跑起来，再次像风一样快。

为了酬谢墨拉波斯，菲拉科斯送给他最好的牛群。当墨拉波斯赶着牲口返回皮洛斯交给弟弟时，时间恰好过去了一年。国王无可推脱，只得答应维亚斯和皮罗的婚事。

燕子、夜莺、戴胜鸟

战神阿瑞斯曾经和一位公主生下了一个儿子忒瑞俄斯。忒瑞俄斯是色雷西亚国的国王。这个人作战勇敢，常常赤膊上阵，杀起敌人来，不把对方杀得屁滚尿流，绝不罢休。而且，他和父亲一样，残暴凶狠，暴躁的脾气也是很有名气。在一次边界争端中，雅典国王潘狄翁与人争斗。忒瑞俄斯成功地调停这件事。于是，雅典便和色雷西亚就结成了盟国，共抗强敌。一方面是为了感激他，同时也是为了加强两国的联系，雅典国王潘狄翁就把自己的女儿普洛克涅嫁给了忒瑞俄斯。两

◀ 战神　法国　德拉克洛瓦
战神阿瑞斯英俊、威武、血气方刚，但他性格暴躁又嗜好杀戮，因此不讨奥林匹斯山上众神的喜欢。

个人一起生活了三年，生下儿子伊提斯。应该说，两个人的生活相当美满，平静无波。可是事情坏就坏在这一年，夫妻二人去拜望雅典国王潘狄翁。

到了雅典之后，国王潘狄翁亲切地接见了自己的女儿女婿。晚宴的时候，全家人聚集一起说说笑笑，好不快乐。就在这个时候，忒瑞俄斯见到了普洛克涅的妹妹，潘狄翁的小女儿菲罗墨拉，一下子就被迷住了。这位少女不仅长得比她姐姐美貌，而且说话的嗓音清脆动听。他爱上了她。可是，他不敢轻举妄动。在雅典待了几天，他们夫妻二人就回到了色雷西亚。

回到了色雷西亚之后，忒瑞俄斯心中一直念念不忘自己的小姨子，却一直没有什么好办法。一年以后，他已经迫不及待了，不再苦等机会，决定硬来。他先把与自己生活多年的妻子普洛克涅藏在王宫附近的一所乡村小屋里，派人秘密看守。然后，忒瑞俄斯向潘狄翁报告说她死了，希望能娶她的妹妹菲罗墨拉为妻。雅典国王潘狄翁表示了慰问，同意把自己的小女儿许配给他。本来他准备亲自护送女儿到色雷西亚完婚，可是正碰上国事繁忙，就派其他人护送女儿。这队雅典卫队还没到都城，忒瑞俄斯就派出一队人马把他们全部杀死，而菲罗墨拉则被他抢到了宫殿里。在婚礼还没进行之前，色胆包天的忒瑞俄斯就已经把她强奸了。

事情发展到了这种地步，已经无法控制。忒瑞俄斯一不做，二不休，为了以防万一，就把普洛克涅的舌头剪掉，把她关在奴隶们居住的地方，严密看守。丢掉了舌头的普洛克涅只能在奴隶的房间里，终日以泪洗面。她的悲惨境况打动了一个女奴，女奴悄悄地告诉普洛克涅，说她妹妹菲罗墨拉马上就要嫁给她的丈夫，婚礼一个月后举行。

普洛克涅是一个坚强的女性。她不再哭了。她要想方设法把信息传给妹妹，揭露这个暴君的真面目。于是普洛克涅让这个女奴把忒瑞俄斯叫来，她打着手势，向忒瑞俄斯祝贺他的新婚。不过，她准备给自己的妹妹送一件新婚礼物——一件嫁衣。到时候，只要忒瑞俄斯让人把嫁衣给妹妹送过去就行了，不必说是谁的礼物。这样，忒瑞俄斯也不必担心泄露秘密。

忒瑞俄斯想了想就同意了。于是普洛克涅就整天坐在女奴的房间里，对着窗口的光线，缝制嫁衣，终于在妹妹结婚前三天，把嫁衣赶完了。衣服送到了菲罗墨拉的房间里。菲罗墨拉打开衣服，总觉得这衣服的针线非常熟悉。她把衣服拿在手上，翻来覆去地翻看着，她突然发现衣服的图案之上有一些字。她把衣服摊在床上，仔细辨认，发现了普洛克涅要传达给她的秘密。话中的信息很简单："普洛克涅在奴隶之中。"

忒瑞俄斯，新婚在即，他兴奋得怎么也睡不着。于是跑到神庙祈祷，可是得到的神谕却让他感觉到非常不安。神谕警告忒瑞俄斯，伊提斯将死于亲人之手。

忒瑞俄斯疑神疑鬼，他觉得只有自己的兄弟德律阿斯最有可能。因为他杀了自己王位的继承人，那么自己一死，就有可能夺取王位。忒瑞俄斯是一个心狠手辣的人，一旦认定了，就毫不犹豫地提起斧子砍死了无提防之心的弟弟。他杀弟弟的时候，菲罗墨拉正赶到奴隶的房子里寻找姐姐。可是找来找去，都不见姐姐。正着急的时候，发现走廊尽头一个房间上了闩，她破门而入。屋子里，一个长发女人好像疯了一样，绕着屋子转圈奔跑，正在唠叨着谁也听不懂的话。她仔细一看，不正是自己可怜的姐姐吗？

姐妹相见，抱头痛哭。借着纸笔，普洛克涅叙述了自己的悲惨遭遇。她劝告妹妹，趁现在还没结婚，赶紧逃跑。"忒瑞俄斯，这个混蛋。他假装说你死了，还诱奸了我！"大为震惊的菲罗墨拉哭道。普洛克涅的心凉了。这个野兽，不仅害了自己，连可爱的妹妹都不放过。她不再犹豫了，她要复仇。她抛开哭哭啼啼的妹妹，飞步冲出去，抓起儿子伊提斯，杀死了他，取出内脏，然后在铜锅里烘熟，等忒瑞俄斯回来，让妹妹端给这个野兽吃。

忒瑞俄斯心满意足，因为心腹大敌已除。新娘子对他温柔款款，一进屋，就让他吃香喷喷的肉。肉一入口，他意识到吃的是儿子的肉。他抓起杀死德律阿斯的斧子，紧紧追逐逃出王宫的两姐妹，很快就追上她们。正要杀掉这两个女人的时候，已经观看这场人间悲剧多时的宙斯出面了。他手指一点，三个人都变成了鸟：普洛克涅变成燕子，菲罗墨拉成了夜莺，忒瑞俄斯是戴胜鸟。

现在，福克斯人都说，没有一只燕子敢在道里斯或附近地区筑窝，没有夜莺敢唱歌，因为它们惧怕忒瑞俄斯。燕子没有舌头，总是尖声叫喊，绕圈飞行；戴胜鸟总拍打翅膀追逐燕子，叫着"普？普？"（即"哪儿？哪儿？"之意）。夜莺飞回雅典，永不停歇地为无辜的伊提斯哀悼，总是唱着："伊提！伊提！"

为什么桑葚是紫红色的

在古代巴比伦尼亚地区，有两个年轻人。皮拉姆斯是个英俊男子，满头金发，双目炯炯；而提斯柏则是该村庄的最美丽的少女。他们两家是邻居，房屋毗连，位于一个山腰的平坡上。两个人常在一起干活，女孩割牛草，男孩就打柴跟着。女孩去挑水，男青年马上就拿起了扁担。天长日久，他们两个人互相爱慕，成了一对形影不离的恋人。他们期望能高高兴兴地结婚，可是却遭到了双方父母的一致反对。因为一只丢失的母鸡双方父母多年邻里反目成仇，自然不希望自己的子女与对方通婚。父母不仅口头反对，还下了死命令，不允许与对方见面，还把他们关起来。同时，双方父母又赶紧找媒婆，想让他们各自早早成家，杜绝他们的幻想。被囚禁在屋子里的男女无法见面，焦躁不安。他们心中都燃烧着炽烈的爱情，却没了倾诉的对象。

可是，凭着爱情的力量，没有什么解决不了的问题。痛哭了很多天的少女在屋子里走来走去，她突然眼前一亮。由于建筑结构上的缺陷，两家房屋之间的那堵墙上有一道裂缝。它从未引起人们的注意，可是现在这条裂缝却成了传话的通道。每天大人不在身边的时候，皮拉姆斯站在墙这边，提斯柏在墙那边，他们呼吸相通，双目对视。到了夜幕降临的时候，这对情人便将嘴唇贴在墙上，一边一个，他们没法挨得更近了。能够每天见到心爱的人儿，他们已经很幸运了。但是对于一对热恋中的男女来说，双目对视，身体之间却隔着一堵厚墙，口不能言，却更是一种煎熬。第二天早晨，晨光女神厄俄斯吹灭群星，草叶上的白霜溶化后，一对情人又来到老地方。他们叹息着双方的厄运，就相互约定，等夜深人静家人入睡的时刻，他们悄悄地走出家门到田野里倾诉衷肠。约会的地点就在村子外面，山林里面的一个墓地。墓边有清泉一道，清泉旁一棵遮天蔽日的白桑树，谁先到，谁就先在树下等候着。

这对热恋中的男女急不可待地等着太阳落山，期盼着黑夜早早降临。他们吃饭时也没有什么胃口，推辞着头疼要睡觉早早地进了卧室。好不容易等到父母都入睡了，提斯柏踮着脚，轻手轻脚地走过了父母的屋门口，偷偷溜出家门。来到墓碑前，她发现自己到早了，就面纱遮脸，坐在大树下。月色中，她正在独自静坐浮想联翩，突然发现一头身躯肥大的母狮。很显然，它刚刚饱餐过猎物，满嘴都是鲜血，在月色下发黑。它身躯摇摆，心满意足地向着泉水走来，打算饮水止渴。提斯柏见到狮子瞪着一双碧油油的眼睛望过来，吓得拔腿就逃，躲进一块岩石后的洞穴里藏身。由于奔跑过急，面纱被树枝一挂，掉在了地上。母狮饮完水，懒洋洋地返回林中。它经过地上的面纱，用沾满鲜血的嘴来回地嗅弄着，用爪子好奇地拨弄，把它撕碎，然后大摇大摆地进入树林深处不见了。

皮拉姆斯因为父母不急于睡觉，晚来了一步。他来到约会处，见不到人，却看到沙地上狮子凌乱的脚印，吓得面无人色。接着，提斯柏那块他买给她的，沾满血迹、撕破了的面纱映入眼帘。他不由得痛苦地喊了起来："可怜的姑娘，是我害了你。我为什么要来这么晚呢。如果没有我的话，你本来可以过上最幸福的生活。现在，你却成了狮子的猎物，抛弃我去了另一个地方。没有你，我活着还有什么意思呢？你等等我，我这就跟你来。到那个地方，我们将相亲相爱，做一对最最幸福美满的夫妻。在那里，将没有人再来阻碍我们相爱。等等我！"他捡起面纱，来到树下，不断亲吻面纱，泪水浸透了面纱。"面纱啊，你也将沾上我的鲜血。"说毕，他拔出剑，向心窝刺去。鲜血从伤口喷射出来，把桑树都染红了，鲜血渗入土壤，到达树的根部，血红的颜色从树干一直传到果实。

这个时候，提斯柏怦怦直跳的心现在还没完全平息下去。她担心自己的情人，就躲躲闪闪地走出来，焦急地寻找皮拉姆斯。她来到约会地点，最先看到的是桑葚的颜色大不一样了，她就怀疑自己是否走错了地方。犹疑的时候，又发现一个垂死的人痛苦挣扎的身影。她吓了一跳，浑身战栗，就像微风掠过水面出现涟漪一样。她一下子就认出那垂死的人正是她的心上人。她紧紧地搂住他无声无息的身体，不断亲吻他冰凉的嘴唇，伤心的泪水纷纷洒入他的伤口。她捶胸顿足，放声哭喊："啊！皮拉姆斯，这是怎么回事？回答我啊，皮拉姆斯。是提斯柏在跟你讲话。"听到提斯柏的名字，迷迷糊糊的皮拉姆斯强行睁开的眼睛却又闭上了。当提斯柏看到自己沾满血迹的面纱和空剑鞘的时候，她明白了。

"你为了我亲手杀死了自己，"她说，"你爱我，我要你知道，我爱你一样深。我害了你，我要跟你一起死。只有死亡能拆散我们，可是死亡却不能阻挠我和你同赴黄泉。我们两家不幸的父母啊，不要拒绝我们俩共同的要求。爱情和死亡把我们结合在一起了，请把我们合葬在一座坟墓里。大树啊，保留我们惨死的痕迹吧。让桑葚做我们流血的证物吧。"说着，她把剑刺进了自己的胸膛。

她的父母在他们死后，非常痛苦地意识到自己的错误。父母都尊重她的遗愿，连神祇们也被感动了，认可了他们的行为。两人合葬在同一座坟墓里。从此以后，桑树结的果实便是紫红色的。

不幸的情人：海洛和勒安得

希腊神话中，除了上面这对不幸的恋人，还有一对，结局同样悲惨。在土耳其的西边，有一个达达尼尔海峡，将亚洲和欧洲一分为二。海峡两岸，各有一座城市，欧洲的赛斯托斯城和亚洲的阿拜多斯城，它们整日遥遥相望。在海峡这边的赛斯托斯城有一个端庄美丽的姑娘叫做海洛，她是城中的爱神阿佛洛狄忒神庙里的女祭司；在海峡那边的阿拜多斯城则生活着一个勇敢的年轻猎人，他的名字是勒安得。

海洛和勒安得一个是正当妙龄的美貌少女，一个是青春年少的翩翩美少年，只是被一个达达尼尔海峡隔开，一直没有见过面。终于，命运女神给了他们相识的机会。赛斯托斯城一年一度的为爱神阿佛洛狄忒庆祝生日的盛大集会快要开始了。生性喜欢热闹的阿拜多斯小伙子勒安得早就听说过这个集会，但是一直没有机会去，这次，他决定无论如何不能再错过了。所以，到了集会这天，勒安得一大早就起床了，简单地收拾了一下就往达达尼尔海峡赶去。到了水边，他把右手搭在额前往海峡对面一看，赛斯托斯城已经是热热闹闹、熙熙攘攘了。小伙子心里一急，一下子就跳进了海峡里，游了好久之后，他终于游到了海峡对岸，到达了赛斯托斯城。

勒安得来到爱神阿佛洛狄忒的神庙时，庆祝仪式刚刚开始，他一下子就被那个主持仪式的年轻女祭司吸引了。她身着一袭白色的长裙，头戴橄榄枝做成的花冠，正手持火把点燃祭坛前的圣火。她的眼睛像湖水一样幽深而又清澈，她的嘴唇像初生的婴儿一样红润，她的一头金发在阳光下发出柔和的光芒，把她整个人都笼罩在一种既神秘又高贵的气氛里。在勒安得看来，站在祭台上的海洛简直向爱神本人一样美丽。小伙子的心猛烈地跳动着，像是一只调皮的小鹿在不停地乱撞。祭台上的女祭司海洛也感受到了来自台下的一道灼灼的目光，这目光让她的脸烧了起来，她不禁往那目光的来处瞥了一眼。她的目光与勒安得的相遇了，两人都深深被对方吸引，决定情定终身。还有什么好说的呢，一个是妙龄的少女，一个是钟情的少年，厄洛斯的金箭一下子射穿了两个年轻人的心。

为爱神庆祝生日的仪式结束之后，两个人心照不宣地走到了一起，互相倾诉热烈的爱慕之情。勒安得感到自己简直是世界上最幸福的人，跟女神一样漂亮的女子居然会钟情自己。他激动地说："亲爱的海洛，我不是在梦里吧？你这么好的女子，却可以让我拥有你。嫁给我吧，以后我想每天都看到你！"可是，听到他的求婚，海洛非但没有感到高兴，反而一下子变得脸色煞白，整个人瘫坐在了地上。勒安得简直吓坏了，他急忙扶起心爱的姑娘，问她究竟是怎么了。姑娘深深地叹了一口气，然后才说出了事情的缘由：原来，刚成为祭祀的时候，海洛就发誓要把自己的贞洁献给爱神阿佛洛狄忒。这么多年来，她一直贞洁自守，在神庙里做一个不食人间烟火的女祭司。可是，刚才碰到勒安得那灼灼的目光后，一下子方寸大失，甚至都忘记了自己曾经向爱神发誓的事情。直到听到他求婚的话，海洛才一下子想起她是永远都不能跟任何一个男子结婚的。

听完海洛的诉说，勒安得也非常难过。可是，两个年轻人的心里已经燃烧起爱情的烈焰，又怎么能够这么容易就熄灭呢？于是，一对相爱的年轻人约定，即使不能结婚，也要每天都能见到彼此，否则简直没法再活下去。从此之后，勒安得每天晚上都会泅过达达尼尔海峡前来与海洛相会，而海洛则在海峡的这岸高举着一个熊熊燃着的火把，以便于心上人能在深夜的海面上找到方向。于是，两个人开始了既艰辛又甜蜜的约会。对于勒安得来说，每天晚上在达达尼尔海峡里的泅渡简直是一种享受，因为喜爱的姑娘就在对岸举着火把等着自己，只要看着对岸那一团温暖的火焰，他的全身就充满了幸福与力量。而对于海洛来说，与勒安得的约会既让她感到无上的幸福，又让她时时悬着一颗心。因为自己是跟爱神发过誓的，她怕爱神知道她跟勒安得相爱的事情之后会降罪于自己的心上人，她是多么怕自己的爱人受到伤害呀。如果可以选择，她宁愿受到惩罚的是自己。

　　爱神阿佛洛狄忒终于发现了自己的女祭司偷偷恋爱并且约会心上人的事情。几年前海洛的誓言仿佛还在爱神的耳边回响，她愤怒了，决定报复这个抢走自己女祭司的男人。这天晚上，勒安得又像往常一样跳进了达达尼尔海峡，满怀着甜蜜与幸福准备游到对面去会见心爱的姑娘海洛。可是当他游到一半的时候，空中突然毫无预兆地下起来瓢泼大雨，对岸那团火也一下子不见了影踪。勒安得一下子失去了方向，又加上海面上狂风暴雨，他很快就感到体力不支了。但是，他没有放弃，还是拼着最后的力气勇敢地泅渡着。最终，他在波涛汹涌的海峡中挣扎了一个晚上，等到黎明女神把第一丝微弱的光照到海面上的时候，他才发现原来自己一直在海峡的中间转圈。这时的他又累又饿又冷，已经完全没有力气游到对岸了。他绝望地朝赛斯托斯城的方向看了一眼，就永远地闭上了眼睛。

　　同样绝望的海洛在海峡的对岸等待了整整一个晚上，夜里，她的火把被暴雨浇灭了。任她用尽了各种办法都无法再将它点燃。她明白是爱神的惩罚降临了，感到万箭穿心一样的痛苦，因为这惩罚不是降到了自己的身上，而是全都给了她的心上人。她绝望地跪倒在地上，祈求爱神的谅解，并发誓，如果勒安得平安上岸，自己愿意一生守在阿佛洛狄忒神庙里，不再踏出神庙的大门一步。天一点一点地亮了起来，勒安得还是没有平安上岸，海洛的心慢慢地变冷了……她疯了一般地冲向海峡，想去找回自己的恋人，根本就忘了自己不会游泳的事情。这时，她突然看到不远处飘着什么东西……原来，是勒安得的尸体被海浪冲到了赛斯托斯城这边的海岸。海洛一看到勒安得的尸体，反而平静了，她整理了一下自己被海风吹乱的头发和衣裙，毅然跳到了海里，追随自己的心上人

◀ 阿佛洛狄忒神庙的女祭司海洛最后的眺望
海洛等待着她的勒安得游过达达尼尔海峡来与她相会。在一个暴风雨之夜，勒安得溺水而死。

去了。

跳进海里的那一刹那,她喃喃地说:"他在那里等着我呢,我要做他最美丽的新娘……"

帕修斯与默杜萨

阿克里西俄斯是亚各斯的国王,他有一个如花似玉的美丽女儿,名叫达那厄。达那厄慢慢地长大了,求婚的人也挤破了门槛。为了找一个好女婿,阿克里西俄斯亲自来到了得尔斐神庙祈求神谕。可是,神谕的内容让他大吃一惊:达那厄将会生下一个伟大的儿子,这个孩子长大后将会杀死他的外公,夺取他的王位。

国王暗自庆幸达那厄还没有结婚生子。但是,他又非常惶恐,达那厄已经到了谈婚论嫁的年龄了,并且她偏偏又生得国色天香,这该怎么办呢?阿克里西俄斯非常恐慌,为了防患于未然,他婉言拒绝了所有向女儿求婚的人。可是这样还不保险,万一女儿有了心上人,偷偷与别人幽会呢?想到这里,他简直怕得发抖。最后,他终于想到了一个自认为万无一失的好办法:他把达那厄幽闭在一座坚固铜塔里,并指派了一位老妇人与她住在一起监视她。铜塔完全与世隔绝,没有门,只在高高的塔顶留了一个小小的天窗,好通风通气并给里面的达那厄和老妇人送生活必需品。这下,阿克里西俄斯终于放心了,可以踏踏实实地睡个安稳觉了,要知道,自从得到那则神谕之后,他就吃不香睡不稳了。

这下,那些追求达那厄的人终于完全没有跟她来往的可能了。没有人能同她来往,也就没有任何人能得到她的爱,他自然也就不用担心有那个来杀他并争夺王位的外孙了。可是,阿克里西俄斯千算万算,也没有算到天神宙斯也喜欢上了他的女儿。当这位万神之父巡视人间的时候,从开着的天窗看见了这位被囚禁的美丽姑娘,他深深地爱上了她。为了接近她,宙斯每晚都会化作一阵金雨,飘落到达那厄身上与她相会。很快,达那厄怀孕了,生下了一个儿子,她给孩子取名为帕修斯。

阿克里西俄斯知道了女儿生下孩子的消息大吃一惊,他简直想不明白自己那么严密的防护措施还是没能阻止外孙的到来。他想过杀掉这个孩子永绝后患,可是面对着无辜的婴儿和女儿的苦苦哀求他实在是下不了手。最后,他决定把自己的女儿和刚刚出生的婴儿扔到大海里,让他们自生自灭。这样,即使他们幸运地逃生了,也已经离开了亚各斯,就能够避免神谕的实现。于是,他把这母子二人塞进一只木箱里，投入苍茫的大海之中。但是高高在上的天神宙斯一直跟在后面，保护着自己的情人和儿子，引导箱子乘风破浪，平安地抵达塞里福斯岛，靠近了海岸。

岛上有两位兄弟，狄克提斯和波吕得克忒斯，他们统治着塞里福斯岛。狄克提斯正在海边捕鱼，他看到水里漂来一只木箱，连忙把它拉上海岸。回到家中，兄弟二人对遭遗弃的落难人十分同情，便收留了他们。

帕修斯逐渐长大。与此同时，波吕得克忒斯爱上了达那厄，想娶她为妻。达那厄还念念不忘宙斯，拒绝了他的要求。但波吕得克忒斯毫不气馁，仍然向她大献殷勤。帕修斯对此非常不满，日夜护卫在母亲身边。波吕得克忒斯十分讨厌这个"粘皮糖"，千方百计要甩掉他。终于，他想出了一条妙计：他要求岛上的居民一律用马匹交税。帕修斯没有马匹，处于非常被动的地位。因此波吕得克忒斯召见了他。

"你能交税吗？"国王眉头紧皱，"不能的话，就麻烦了。你打算怎样偿清这笔债？"

"你看我应该干些什么来抵偿欠您的债务呢？"帕修斯很严肃地说。波吕得克忒斯正想把这个不知好歹的家伙遣走。他想了想，故意说："你提出的解决办法很好。戈耳工女妖默杜萨危害我们的国家。那么，我要求你把她的头取来。"

这件差事根本就是无法办到的，因为谁要是看见戈耳工三个女妖之一的默杜萨，就会立即变成石头。但年轻的帕修斯不知道这回事，他毫不犹豫地答应了。天真的帕修斯满怀信心地同泪流满面的母亲拥抱告别，义无反顾地走了。这位年轻人逢人便问，打听默杜萨。一天，他遇到了美丽迷人的女神雅典娜。

"默杜萨是个讨厌的家伙，她玷污了我的圣殿，她罪该万死！"她说，"可是，她也很危险。我给你这块铜盾吧，以后你会用上的。你还需要我的朋友仙女的帮助。但是，所有这些神的地址，都必须找非洲大山上的，名叫格赖埃的三个白发女妖。"说完，女神就不见了。

年轻的帕修斯充满信心，朝着她指引的方向走去。他来到了非洲大山的一个洞里，那是可怕的众怪之父福耳库斯居住的地方。帕修斯在那里遇到了福耳库斯的三个女儿：格赖埃。她们生下来就是满头白发，三个人只有一只眼睛，一颗牙齿，彼此轮流使用。她们也是默杜萨的姐妹。

帕修斯问她们到什么地方去才能找到戈耳工女妖。白发女妖们一句话也不说。她们迅速地传递着共用的一只眼，怀疑地打量着帕修斯。正当她们准备诅咒和漫骂帕修斯时，帕修斯遵照女神吩咐，一下子把她们的眼睛夺过来。

三个老妖精马上改变了表情。她们甜言蜜语，拼命奉承帕修斯，拍起了他的马屁，说他前途一片光明。但帕修斯不为所动，坚持要知道女妖和仙女的地址。

她们只好屈服了。帕修斯犹豫着是否该把眼睛还给她们。但是雅典娜已经警告过他：无论如何，不能同情和可怜她们。如果她们收回眼睛，就会立即向戈耳工女妖们报警。于是，帕修斯把她们的眼睛扔到特里多尼斯湖里去。

帕修斯要找的诸仙女就在山洞附近，他对付完三个老妖精之后就来到了仙女们这里。仙女们一听是雅典娜让他来找她们的，非常高兴，她们送给了帕修斯三件法宝：一顶能够隐身的狗皮帽子，一双可以自由飞翔的飞鞋，还有一个特制的皮囊，能装默杜萨的头。帕修斯在途中又遇到了信使之神赫耳墨斯。赫耳墨斯送给他一把弯刀。

帕修斯背上皮囊，手持弯刀，穿着飞行鞋，戴着隐身帽，纵身一跃飞了起来。他按照仙女们的指示来到了戈耳工女妖们居住的海边。

戈耳工三女妖是福耳库斯的另外三位女儿。在三个女儿中，年长的两个戈耳工分别叫斯戏诺和欧里亚律，她们是永生不死的。但老三默杜萨却是肉体凡胎，帕修斯这次的任务就是来取她的头颅。可是，虽然她不像两个姐姐那样永生不死，可是要取她的头也绝不是一件简单的事情。因为她有个可怕的本领：谁要是看她的面孔和目光就会立即变成石头。

当帕修斯接近戈耳工三女妖时，她们正在熟睡。三人的头上布满了鳞甲，没有头发，头上盘着一条条毒蛇。她们长着公猪的獠牙和铁手，还有金色的翅膀。要接近斯戏诺和欧里亚律不是件困难的事。可是，怎么样才能接近默杜萨呢？雅典娜送的礼物现在派上用场了，她那光亮的铜质盾牌如镜子一样，能够反照出默杜萨的形象。这样，帕修斯就用不着面对面地看她了。当帕修斯接近这个怪物时，他随即用赫耳墨斯送给他的随身弯刀割下了她的头，放进腰边的皮囊里。

等到其他两个女妖苏醒过来，发现了妹妹已经被砍掉头的躯体时，帕修斯早已不见了踪影。他早就戴着隐身帽、穿着飞行鞋飞走了。

帕修斯英雄救美

逃离了戈耳工三女妖的地盘之后，帕修斯继续飞行着，过了一段时间，他觉得有些累了，就降落在了地面上。这里是阿特拉斯国王的地盘。帕修斯降落的地方正好是一片果园，这里的树上结的不是普通的水果，而是黄金的果子。一条巨大的恶龙守在旁边，不时吐出长长的舌头。帕修斯这个时候又累又饿，他请求阿特拉斯国王允许他在这里休息一会儿，并能给自己一些东西吃。可是，阿特拉斯

神庙装饰——默杜萨的头

国怕自己的金果子被偷走,他非但没有给帕修斯任何吃的,并且连停都不允许他停。他呼唤着那条恶龙,叫它把这个年轻人赶出去。帕修斯被国王这种极不友善的行为激怒了,他当场从身边的皮囊中拿出了默杜萨的首级,自己背过身去,却把这首级朝王国面前递去。可怜的阿特拉斯看到默杜萨的头后,立即变成了石头。由于他身材非常高大,所以他变成石头后简直像一座大山。他的胡须和头发好像山上的森林,而肩膀和四肢则像是大山的山脊。而他的脑袋就是那最高的山峰,直直地指向天空。

在果园里休息了一会儿之后,帕修斯重新穿上飞鞋,戴上狗皮头盔,背上装着默杜萨首级的皮囊飞上了高空。他一路飞行,飞过埃及,来到埃塞俄比亚的海岸边,这是国王刻甫斯治理的地方。突然,帕修斯看到耸立在大海之中的山岩上捆绑着一个年轻的姑娘。海风吹乱了她的头发,姑娘泪流不止。帕修斯被她的年轻美貌和可怜处境打动了,便跟她打起招呼:"年轻的姑娘,你为什么被捆绑在这里?你叫什么名字,你的家人呢?"

听到帕修斯的话,姑娘起初沉默不语,因为她生性腼腆内向,害怕同陌生人说话。在这样的境况下碰到一个外乡人,她感到非常羞愧,可惜自己的双手被反绑着不能动弹。假如她能动弹的话,真想用双手蒙住脸,不让人看到自己的样子。最后,她噙着眼泪说出了实情:"我叫安德洛墨达,是埃塞俄比亚国王刻甫斯的女儿。我之所以被绑在这里,只是因为我母亲的一句话。她曾公开夸耀我,说我是最漂亮的女孩,比海神涅柔斯的女儿,也就是海洋里的女仙们更漂亮。她的这句话惹怒了海洋女仙们。她们共有姐妹五十人,一起请海神发大水淹没了整个埃塞俄比亚。海神涅柔斯还派了一个妖怪,吞食陆地上的动物和平民。我的父亲无奈之下去得尔斐神庙求得了一个神谕:如果想使他的国家得到解救,必须把我丢给海怪,让它吞食。国民顿时闹得沸沸扬扬,说所有的祸事都是由我和我的母亲引起的,要求我的父亲必须按照神谕的启示把我献出来,拯救全国。绝望之余,父亲只好下令将我锁在这里,等待着海怪的吞食。"

安德洛墨达的话音还没有落下,海面上便波涛汹涌,一浪一浪滚滚而来。过了一会儿,海浪中冒出了一个妖怪。它的身形无比巨大,宽宽的胸膛简直能盖住整个水面。它吼了一声,张开的大嘴里全是锋利的巨齿。姑娘一见这水怪如此凶猛,吓得发出了一声尖叫,正在这时,她的父母亲也赶过来了。他们看到女儿大祸临头,感到万分绝望,她的母亲更是因为内疚和悔恨而流露出非常痛苦的神情。他们紧紧地抱着捆绑着的女儿，失声痛哭，这世上最令人伤心的事情莫过于白发人送黑发人了，还要这么眼睁睁地看着她被妖怪吞食，却什么也做不了。

这时站在一边的帕修斯看不下去了，他昂起头来，朗声说道："你们先不要哭，如果实在想哭以后有的是时间；眼下，我们的当务之急是救出你们的女儿。我叫帕修斯，是宙斯和达那厄的儿子。我刚刚战胜了女妖默杜萨，神赠予我的飞鞋带我飞越了高空，把我带到了你们美丽的女儿身边。坦诚地跟你们说，我爱上了你们的女儿，我相信如果这位姑娘是自由的，可以根据自己的意愿挑选配偶的话，她也一定会看中我的。现在，在安德洛墨达最危险的时候，我愿意正式向她求婚，并愿意尽我的全力去搭救她。安德洛墨达，你接受我的求婚吗？这不是我搭救你的条件，无论你是否答应我，我都会竭尽全力营救你的，所以，我只要你说真心话。"安德洛墨达早就被帕修斯的英俊潇洒和英雄气概吸引了，现在，听到这个年轻人向自己求婚，她羞红了脸。然而，心中的热情还是战胜了羞涩，她终于朝帕修斯微微地点了点头，说："不管今日是生是死，我都愿意成为你的妻子。"刻甫斯和他的王后一听简直高兴坏了，他们庆幸遇到了救星，也赶紧连连点头，表示非常赞同两人的婚事。并且，他们不仅答应把女儿许配给他，还答应把王国作为嫁妆送给他。

说话间，那只巨大的海怪已经游了过来，距离安德洛墨达只有一步之遥了。勇敢的帕修斯见状猛地把脚往地上一蹬，腾空而起。妖怪看到空中的帕修斯在海面上投下的身影，以为这就是自己要对付的敌人，便狂怒地向那影子追去，好像怕这影子要抢走它的猎物似的。帕修斯在空中左右飞腾着，如同一只矫健的雄鹰，让那只海怪不断地追逐着他的影子。过了一会儿，愚蠢的海怪已经有些疲倦了。就在这时，帕修斯看准一个机会，从空中猛扑下来，用杀死默杜萨的弯刀狠狠地砍向妖怪的背部，弯刀深深地砍进了海怪的体内，只有刀剑柄还露在外面。帕修斯猛地把刀拔出来，妖怪疼得蹿到了空中，然后又沉入水底，伤口中流出的血染红了一片海水。海怪疯狂地挣扎着，而帕修斯又在它身上砍了好多下，直到它的口中猛地喷出一股黑血，不再挣扎了。

这时，帕修斯的飞鞋的翅膀也被怪兽激起的浪花沾湿了，他不敢在空中久留。恰好看见水面上有一块露出的大礁石，他轻轻地落在了上面，然后又用那把弯刀在海怪的肚子里搅动了三四次。海怪彻底地死了，卷过来的一个海浪带走了它的尸体，不久它就从众人的视线里消失了。接着，帕修斯飞到捆绑安德洛墨达的岩石边，亲自解了开她身上的锁链，把姑娘交给她已经喜极而泣的父母。

回到王宫后，他受到了国王一家的盛情款待。很快，刻甫斯国王为他的女儿和英勇无敌的佳婿举行了一场盛大的婚礼。

帕修斯与情敌菲尼斯

帕修斯从海怪的口中救下了刻甫斯国王的女儿安德洛墨达,回到王宫后,国王为他们举行了一场盛大的婚礼,正当婚礼在欢乐地举行时,王宫的前厅里突然骚动起来,并传来一声沉闷的吼声。原来,国王刻甫斯的弟弟菲尼斯带着一批武士闯了进来。菲尼斯从前曾经追求过安德洛墨达,并且向她提出求婚。但是,安德洛墨达还没有答复他,就因为母亲一句夸耀的话被海神怪罪,被当作祭品送往了海边。在公主遭难的时候,菲尼斯生怕牵连到自己,躲得远远地,舍弃了她。现在,他看到安德洛墨达安全了,就来重提自己的要求了。

菲尼斯挥舞着长矛一下子闯进正在举行婚礼的大厅,并朝着惊讶万分的帕修斯大声叫喊道:"我是安德洛墨达的未婚夫菲尼斯,你抢走了我的未婚妻,我要找你报仇!无论是你的宝物还是你的父亲宙斯都无法保护你!"这时的帕修斯还不知道到底发生了什么事,菲尼斯已经摆开了架势,准备与帕修斯决一死战,争夺安德洛墨达。

就在这时,国王刻甫斯猛地从席间站起来,朝着菲尼斯说:"住手!菲尼斯,你这个无耻的懦夫。当我们被迫牺牲安德洛墨达的时候,你到那里去了?看着她被绑在那里,你为什么不亲自去救她,却袖手旁观呢?你大概早就吓得躲到什么地方瑟瑟发抖去了吧,别说安德洛墨达压根就没有答应过你的求婚,就算她答应过你,你这个无耻的懦夫也休想得到她。明明是帕修斯救了安德洛墨达,并且他们两情相悦,你却跑来自取其辱!就算我允许你跟帕修斯决斗,你能打得过战胜了海怪的

帕修斯将菲尼斯与他的追随者变成了石头 意大利 卢卡

埃塞俄比亚国王将公主安德洛墨达嫁给帕修斯,毁弃了公主与菲尼斯的婚约,因为菲尼斯任凭公主被海怪吃掉也不肯去搭救她。在婚宴期间,菲尼斯因遭拒绝而自作聪明,急欲杀死帕修斯以抢回安德洛墨达。画面表现了菲尼斯的随从们变成石头前的一瞬间。

年轻英雄吗？"

菲尼斯被国王刻甫斯问住了，他又羞又气，无话可说，只是反复地打量他的兄弟刻甫斯和情敌帕修斯，好像在思考应该先从哪一个下手。终于，他在疯狂中用尽全力，朝帕修斯掷出了他的长矛。可是他的投矛相当不准，那长矛出手之后软弱无力，晃晃悠悠地一下子扎进了帕修斯脚下的垫子里。帕修斯一看菲尼斯来者不善，赶紧趁机跳了起来，朝着敌人投出了他的标枪，标枪朝着菲尼斯直直地飞去。要不是菲尼斯赶紧躲到了祭坛后面，肯定已经被帕修斯的标枪刺透胸膛了。

菲尼斯的随从们一看主人和帕修斯打了起来，一下子全拥了上来，和国王刻甫斯的侍卫们以及参加婚礼的客人们打成了一团。菲尼斯有备而来，就是冲着抢新娘来的，所以他带来的武士人多势盛，很快就把王宫里的侍卫都杀死，把国王夫妇和帕修斯的新婚妻子团团围住了。只有帕修斯一个人还在孤军奋战，他背靠着大厅里的一根柱子，奋力阻止敌人的进逼，杀死了一个又一个敌人。菲尼斯一看只剩下帕修斯一个人还在抵抗，就命人把国王夫妇和安德洛墨达公主绑了，然后带着所有的人往帕修斯这边杀来。顿时，所有的人都冲着帕修斯挥剑，帕修斯感觉自己一个人快要招架不住了。他明白单凭自己的勇气和力量已经不起作用了，就决定使出自己的最后一招。他冲着菲尼斯大喊道："你们人多势众，我也是被逼得没有办法了，只好请出我过去的仇敌来帮我打败你们了。"说完，他朝着岳父岳母和妻子喊道："请我的亲人们都转过脸去！"

接着，他从身后的皮囊中取出了默杜萨的头，背过身子，朝着正在逼近的对手们伸了过去。菲尼斯正疯了一样地领人朝帕修斯砍杀，他一边冲，一边轻蔑地大喊："拿你的小把戏去吓唬别人吧，我才不会被你的鬼话吓倒呢。今天，我要把你……"可是，还没等他说完，他那举到半空中的手臂就僵住了。他身边的武士们也一下子停住了脚步，开始变得僵硬。帕修斯一看敌人已经中计，干脆把默杜萨的首级高高地举起在半空里，让所有的敌人都能立即看见。就这样，菲尼斯身后的一批人也变成了僵硬的石块。直到这时，狂妄的菲尼斯才后悔自己的鲁莽行为。他看着身边姿态各异的石像，拼命地呼喊着朋友们和仆人们的名字，但他们的嘴唇已经变成了石头，没有一个人对他的呼喊做出回应。菲尼斯吓坏了，他不相信似的用手去触摸昔日战友们的身体，却发现他们原本温热柔软的肌肉都已经变成了坚硬冰凉的花岗岩。他惊恐万分，一改刚才的凶狠骄横，哀求着自己的情敌："伟大的宙斯的儿子呀，你饶了我吧，什么都给你！饶我的命吧！王国我不要了，安德洛墨达也是你的！"

说完，他赶紧转过还有一点点灵活的身子，朝大厅外跑去。可是帕修斯不想宽恕这个既胆怯又卑劣的小人。他大喝道："你的同伙都死了，你还想活着走出这个大厅吗？我将在我岳父的宫殿里为你树一座永远的纪念雕像！"说着，他穿上了飞鞋，朝菲尼斯追去。菲尼斯左躲右闪，再也不想看到那可怕的头颅，他终于躲过穿飞鞋的帕修斯，可还是迎面碰上了那个他最不想看到的头颅。顿时，菲尼斯变成了石头，站在那里，双手下垂，脸上还是一副惊恐万分的样子。

战胜了自己的情敌之后，帕修斯婉言谢绝了岳父要送给他王国的诺言，带着年轻美丽的妻子安德洛墨达回到母亲达那厄所在的塞里福斯岛，来向波吕得克忒斯复命。

帕修斯离开之后，波吕得克忒斯觉得帕修斯肯定会被默杜萨变成一块大石头，所以更肆无忌惮地骚扰帕修斯的母亲达那厄。他的弟弟狄克提斯对他的这种行为很看不惯，就经常为达那厄解围。波吕得克忒斯非但没有因此有所收敛，反而连他的弟弟也一起虐待了。由于受不了这位残暴的国王的打骂，达那厄和狄克提斯只好躲到了修道院去避难。

当帕修斯来到了宫殿时，波吕得克忒斯感到非常惊讶，他觉得帕修斯一定没有去找默杜萨，而是躲到什么地方避难去了。这时，帕修斯跟他说："陛下，我现在已偿清我欠的债务。"波吕得克忒斯大声地嘲笑道："你是不是在戏弄我？你说，这段时间你到底躲到哪里去了？"他认定帕修斯一定没去找默杜萨，要不然早变成大石头了，还说自己已经杀掉了女妖，更是在吹牛了。

帕修斯虽然了解这位国王的坏脾气，但是他没有料到国王会这样对他。他立即把皮囊从腰上放下，然后把目光转开，拿出默杜萨的头给国王看。波吕得克忒斯被吓呆了，他睁大眼盯着默杜萨的头，变成了石头。

波吕得克忒斯死了之后，帕修斯从修道院中救出了达那厄和狄克提斯。他和众人把狄克提斯推举为塞里福斯岛新的国王，并促成了他与母亲的婚事。母亲结婚之后，他就带着自己的妻子安德洛墨达一同回到了外祖父的国家亚各斯，准备拜访一下这位从未谋面的亲人。可是还没等他到亚各斯，他的外祖父阿里克西俄斯就听说了自己外孙已经长大成人并且马上要来找自己的事。他非常害怕早年的那则神谕会变成事实，就悄悄地逃亡外地，到了他的朋友彼拉斯齐国王那儿。

而帕修斯来到亚各斯之后，没有找到外祖父，就来到了亚各斯的邻国彼拉斯齐，因为那里的国王正在举办一场盛大的运动会。帕修斯一向喜欢掷铁饼，所以看到运动会上有这个项目非常高兴，他抓过一块铁饼就扔出去，却不小心砸中了一个正好从运动场上经过的老人。十几年前的神谕应验了，这个老人正是逃到彼拉斯齐避难的阿里克西俄斯，达那厄的父亲，帕修斯的外祖父。

很快，帕修斯就从彼拉斯齐国王口中就知道了被他误杀的人正是他的外祖父。

他感到非常悲痛，把外祖父的尸体运回亚各斯安葬了，并且继承了他的王国。从此之后，命运之神再也不折磨他了。他与安德洛墨达幸福地生活了几十年，他们生了一群可爱的孩子，并且他一直没有损害他的父亲宙斯的荣誉。

囚禁死神的西绪福斯

西绪福斯是风神埃俄罗斯的儿子。风神埃俄罗斯聪明而有创造性，船上用的风帆就是他发明的，而且他还虔信神灵。西绪福斯继承了父亲的智慧，却没继承他的虔诚心。这个狡猾的家伙，无所不为，只要有利可图，不惜偷窃，甚至敢欺骗天神。宙斯偷走河神阿索波斯的女儿——美丽的神女埃癸娜，藏了起来，大地上只有西绪福斯一个人知道她的藏身之所。他向宙斯保证，说他会保守秘密。他管理的科林斯城土质坚硬，无水可用。当阿索波斯找到他，要他告诉女儿的藏身之所时，西绪福斯要求他为科林斯城打出一口清水不断的井。河神答应了，他就把藏身的秘密告诉了河神。阿索波斯果真在科林斯城的山崖中为西绪福斯打了一眼著名的波林娜井。河神找到宙斯，要求归还女儿。恼羞成怒的宙斯一个霹雳打死了河神。

打死河神后，宙斯对西绪福斯非常恼怒：小小一个国王，不就是千千万万凡人中的一个吗？竟敢插手神的纠葛，这还了得？他马上下令给死神，要他马上把这个不知天高地厚的凡人送进地狱里。

"怎么啦，时辰还没到，你就来找我了？"西绪福斯很不友好地责怪死神。

"我是不该来的，"死神抱怨说，"可这是宙斯的命令呀！"

"宙斯的命令？"西绪福斯说，"这完完全全是出于个人恩怨。"

"就算是这样又能怎么样，"死神说，"我来这里，不是和你讨论宙斯的命令的，我只是个小神，我是来执行命令的。"

西绪福斯是个精明的人，当然不愿现在就死。他眉头一皱，计上心头，想出了一个避开死神的好办法。

"看来我只有跟你走了，"他对死神说，"其实，我早就等你来了。我一离开宙斯，就知道我死定了。我已经在宫殿里建了一座塔，又让人在塔下挖了一个洞穴，准备当我的坟墓。我带你去石穴吧……"

死神相信了他的话，紧紧地跟在西绪福斯后面，走进塔下的墓穴。笨重的用来覆盖墓穴的大石板横跨在墓穴上，可以看见墓里也铺了一层大理石板。

"我的天啊！"西绪福斯故意长叹一声，"这个洞穴太小了。"

"我看不会太小。"死神说道。

"是太小了，太小了！这个墓穴埋不下我，这实在令人遗憾！你能不能躺到里面去，让我看看洞穴大小是否合适？"

死神太天真了，她照国王的话办了。她真像个死人样笔直地躺在墓穴里。西绪福斯闪电般推下大石板，把死神封盖在墓穴里。然后他走出墓塔，一把大铁锁牢牢地锁住塔门。

宙斯很繁忙，一方面他要处理政务，另一方面他更要寻欢作乐，所以西绪福斯这件事情他早就忘记了。想想也是，一个神灵去逮捕一个凡人，还不是手到擒来吗？西绪福斯现在肯定被关在地狱里和其他幽灵一起。可是，好多年过去了，宙斯又记起了这个人。他派人到地狱里一查，不仅没有西绪福斯这个人，可怕的是地狱里，这几年竟然没有一个死人进来。

宙斯焦躁不安，立即派了信使之神赫耳墨斯前去调查。

"死神失踪了，"赫耳墨斯报告说，"看来是西绪福斯把她关闭在他的墓塔里。"

"什么？"宙斯咆哮起来，"气死我了！气死我了！"他来回地转着，怒吼的声音很远都可以听见："这个无耻的家伙冒犯了我，现在竟然还敢糊弄我！我非要把他碎尸万段才解恨。"

宙斯把战神阿瑞斯叫来，命令他立即去释放死神。战神立刻把墓塔的铁锁炸开，揭开大石板把死神放了出来。死神从墓穴里爬出来，脸色铁青，牙齿格格作响，浑身霉气。

这次，死神再也不上西绪福斯的当了。她把西绪福斯逮住，接着就把他的幽灵交给了地狱的老船工卡隆。卡隆又把他的幽灵渡过西梯克斯河送到冥王府去。

但是，精明的西绪福斯早就做了准备。他要求妻子不要按习俗掩埋尸体，而是要弃尸荒野，并且嘱咐她千万不要作任何祭献。

西绪福斯到了冥王府，马上就去拜见地狱之王哈里斯。"我妻子太粗心大意！"西绪福斯高声喊道，"秃鹰将要啄食我的遗体，而你也不会得到你应得的祭品。"

"这真是闻所未闻！"哈里斯慷慨地说，"你可以回到人间去惩罚你那忘恩负义的妻子，要她把你的遗体掩埋好。"

哈里斯同意他回家一趟，这正中西绪福斯的下怀。他一到人间就恢复了人形。但他回家以后并没有责罚妻子。他仿佛没有发生任何事情一样，仍然统治着他的国家。

受骗的诸神这次干脆让他平静地生活到老死。西绪福斯最终没有逃脱人类共同的命运。他渡过西梯克斯河到冥王府去，这一次是因为年老去世的。这一回他没有希望回到地面了。

就在这个时候,诸神们的怒气发作了,对他进行一次狠毒的惩罚。

他们说他大逆不道,把他送到了塔耳塔洛斯地狱去服苦役。西绪福斯只好无休止地把一块大岩石往陡峭的山坡上推。可是,每当他把岩石快要推到山顶,岩石就从另一面滚下去,直到山脚。据说,这一徒劳无益的劳动就是要使他记得:人们可以施用妙计在一段时间避过死神,但是人们最终不能战胜死神。

斯库拉复活

格劳科斯是个渔夫。有一天他打鱼起网,把网内的鱼全倒在岸上,开始在草地上分门别类地挑选。突然,躺在草地上的鱼开始活动,像在水中一样摆动着鱼鳍。他正看得发呆时,它们一个个全都跳到河里游走了。他不知道怎么解释这个现象,于是就摘了一些草尝了尝。草的浆汁刚一入口,顿时,他觉得有一股酸涩的味道直往喉咙钻去,接着便感到舌麻口燥,干渴难熬。他非常想喝水,竟一头栽进河里,拼命地喝了起来。水中的神灵和仙女见他干渴成这副样子,十分可怜他,便调集了五湖四海的水来供他痛饮,可他还是喝不够。于是,他们干脆让他生活在水中,成为水中的一个成员。他们让他长出鱼儿似的鳞、鳍和尾,让他的头发变成海绿色,只是他的头部和上身保持着人的模样。神灵和仙女们对他的模样非常赞赏,因为在水里还从未有过这样的生物呢!而他自己,也为这不同寻常的模样感到自豪。

有位美丽的少女名叫斯库拉,很得水中仙女的宠爱,常陪伴她们在各处游玩。一天,她正在湖边洗澡,格劳科斯看见并立刻爱上了她,便轻轻地向她游去,想跟她说几句知心话。可是,当他游到她的身边,刚刚露出身子,斯库拉转身匆匆跑掉了。格劳科斯绝望之际,突然想到应向女巫喀耳刻求教。于是,他就来到了喀耳刻所在的岛屿。

相互问候之后,他说道:"女神,我请求你发发善心,只有你才能解除我蒙受的痛苦。我爱斯库拉。我真不好意思对你讲我是如何向她求婚和做出许诺的,她又是如何轻蔑地对待我的,我请求你利用你的咒语或神草,不是用来医治我的单相思,而是让她也爱上我,并对我回报以爱。"

格劳科斯的话叫喀耳刻非常感动,她不知不觉地喜欢上这个披着一头深绿头发半人半鱼的神灵。怎样才能使他回心转意,把他的满腔热情从斯库拉身上转移到自己身上来呢？她想了好半天，终于说道："你的感情热烈而纯真，每一个天神或凡人都会被你所感动。不过，爱情从来都是双方自愿的，与其追求一个可望而不可即的目标，不如追求一个唾手可得的，同样值得你爱的对象。不要灰心，我的朋友，对自己要有信心，因为你是一个高贵的人。不瞒你说，就连我这样一个女巫，懂得各种妖术和魔法，如果你把感情给了我，我也绝对不会拒绝的。如果有人蔑视你，你也应该同样地蔑视她。还是去爱一个已经准备与你相爱的人吧！这样，幸福的爱情就会降临。"

尽管喀耳刻这番话说得委婉曲折，格劳科斯还是听出了她的真意。不过，他回答说："我对斯库拉的爱是不会转移的，除非从海底的深处立即长出一棵参天大树，除非海里的水草全都爬到高山顶上，否则我就要永远追求她！"

听到这样的话，喀耳刻心里很恼怒，却拿他没办法，因为她由衷地喜欢他，不想加害于他。于是，她把怒火转向了她的敌手——可怜的斯库拉。她把各种有毒的植物采集起来，用妖术和魔法把它们混合在一起，然后，她漂洋过海，翻山越岭，来到西西里岛，这里正是斯库拉居住的地方。

西西里岛有绵延不断的海岸，斯库拉常到海边来散步，在天热的时候，还下到水里洗澡。这天，喀耳刻估计斯库拉会来洗澡，便把她带来的毒物放到海里，并且轻声地念了一番咒语。果然，斯库拉来了。她下到齐腰深的水里准备洗澡，突然发现四周全是昂着黑头、吐着细舌的毒蛇，便大声惊呼起来。起先，她想摆脱它们，赶走它们，但是它们紧紧地追着她，一步也不放过，她用手狂乱地击打它们，但是她的手脚却被咬得鲜血直淌。她在水中一步也动弹不得，她用尽了气力，最后还是被毒蛇拖进了深水中。

斯库拉不幸遇难的消息，很快传到了格劳科斯的耳中。他悲痛异常，来到西西里岛，希望能见她一面。果然，从海里浮起了斯库拉雪白的尸体。格劳科斯抱起她，痛哭不已。天神们见此情景，无不深受感动，他们决定让斯库拉复活过来。不过，他们向格劳科斯提出了一个条件，那就是如果他能在一千年之内把所有落入海中溺死的人全都打捞起来，那么，就让他与斯库拉团聚。格劳科斯照办了，整整一千年，他昼夜不停地巡游在海上，打捞着一个又一个的溺死者。其中有船翻落海的水手，也有失足落水的儿童，还有在爱情中遭遇不幸而投海自尽的姑娘。他把他们一一捞起，送上岸去交给他们的亲人。最后，神灵们的诺言实现了，他们果然让斯库拉复活，并让格劳科斯恢复了人形，他仍然是一个健壮的青年。自此，他们生活在一起，相亲相爱，永远不再分离。

柏勒洛丰与飞马

吕基亚有一头怪物喀迈拉，它是巨人堤丰与巨蛇厄喀德那所生的儿子。它上半身像狮子，下半身像恶龙，中间像山羊，口中喷着火苗，烈焰腾腾，委实可怕。它在吕基亚大肆骚扰，当地的居民苦不堪言。国王伊娥巴托斯寻求能杀死它的英雄。许多人前来应征，可是无一例外地，都被那头怪物吞吃了，先后死了二十多个人。再也没有人前来应征了，国王伊娥巴托斯非常苦恼。

过了一段时间，他的女婿普洛托斯派人给他送来一封信。这个带信人，英俊潇洒的年轻人柏勒洛丰，正是他女婿推荐给他消灭喀迈拉的无敌英雄。老国王非常高兴，热情款待了这个年轻人。然后他进了内室，看女婿的来信。刚开始时，这封信的确是在夸这个年轻人英勇无敌。可是到了末尾，却让老国王倒吸了一口冷气，原来女婿要求岳父设法把他处死。因为这个年轻人在提任斯国王普洛托斯那里做客的时候，企图勾引他的妻子，老国王的女儿。

事实并非如此。柏勒洛丰是那个被天神宙斯惩罚不停滚动石头的西绪福斯的孙子，即科任托斯国王格劳科斯的儿子。他因为过失杀人，被迫逃亡，来到提任斯，受到国王普洛托斯的热情接待。柏勒洛丰长相英俊，仪表堂堂。普洛托斯的妻子安忒亚一见倾心，企图引诱他。可是心地善良的柏勒洛丰拒绝了她。普洛托斯的妻子恼羞成怒，反在丈夫面前倒打一耙，说柏勒洛丰企图引诱她。国王轻信了她的话，心里满是怒火，当即就想杀掉他。但长久相处下来，他已经非常赏识年轻的柏勒洛丰，不忍心下手，正好他的岳父吕基亚国王伊娥巴托斯不正为那个怪物烦恼吗？这不一举两得，即解决了自己的困惑，也助了老岳父一臂之力吗？

伊娥巴托斯读了信，并不知实情，就要求柏勒洛丰去和喀迈拉搏斗。柏勒洛丰是个虔诚的人，所以在出征前，他找到预言家波吕伊多斯求助。波吕伊多斯为他求得了一则神谕，那就是，只有借助飞马珀伽索斯的帮助，他才能战胜怪物喀迈拉。提到珀伽索斯这匹神奇的马，就不得不说说它的来历了。

大英雄帕修斯砍下默杜萨脑袋的时候，血滴入土中，结果生出了飞马珀伽索斯。它飞扬跳脱，伤害临近居民，整夜在月光之下奔跑游荡，发出叫声。它的叫声又响又尖，直抵奥林匹斯山众神的耳朵里，搅得他们尤其是天神宙斯无法安眠。于是，智慧女神雅典娜就被派了出去，制止住这匹马。

雅典娜来到了飞马的跟前。它正准备扬蹄飞奔的时候，她跑上前去，抓住了它的鼻子。雅典娜捉住它，加以驯服，赠送给缪斯女神。有一天，缪斯女神们举行聚会。其中一位弹琴,一位歌唱,其他几位或歌或舞,敲打节拍,浑然忘我。这个时候,她们居住的赫利孔山听得心旷神怡,无意之中渐渐上升。歌声继续,山尖慢升,转瞬之间,山峰的尖顶几乎要把天穹扎穿了。天神宙斯一看不好,赶紧命令海神波塞冬制止这场事故。波塞冬又把命令下给正好也在赫利孔山的飞马珀伽索斯。于是,珀伽索斯遵照波塞冬的命令,飞上山腰,一阵踩踏,把赫利孔山踩得两肩冒血,赫利孔山这才从迷狂之中惊醒过来,又降下去回到地面。可是被踩伤的肩膀伤口,喷出了水流,这样马泉就形成了。

　　珀伽索斯制止了赫利孔山上的这场事故之后,为了奖励它,缪斯女神们又让它恢复了自由。现在,柏勒洛丰可犯起愁来了,怎样才能抓住飞马让它帮助自己战胜喀迈拉呢?它从来没有让人骑过,十分狂野撒泼,又长着翅膀,快得像风一样,根本就无法抓住和驯服。柏勒洛丰努力了一阵,累得精疲力竭,最后竟在皮勒内河边智慧女神雅典娜的神庙里睡着了。他做了一个梦,梦见他的保护神雅典娜。她交给他一副壮丽的带有金色饰物的辔头,对他说:"你怎么睡着了?带上它吧!"柏勒洛丰突然从梦中醒来。他跳起身,看到手上果然有一副金光闪闪的辔头。

　　他赶紧跑出神庙,可是却找不到那匹四蹄飞扬、毛发闪亮的飞马了。正在他茫然无措的时候,智慧女神雅典娜把他带到了夜空之中,指点给他看正在希伯克林泉边饮水的珀伽索斯。柏勒洛丰便摇动手中金灿灿的辔头。飞马一见到辔子,就乖乖地跑过来让人骑。柏勒洛丰毫不费力地把双翼飞马驯服了,他把辔头套在马头上,然后穿上盔甲,骑马腾空而行,弯弓搭箭,射死了怪物喀迈拉。

　　柏勒洛丰征服喀迈拉以后又被不友好的主人派去经受新的考验,执行别的使命。伊娥巴托斯先派柏勒洛丰去攻打索吕默人。索吕默人蛮勇好战。可是柏勒洛丰靠着珀伽索斯,取得了胜利。一计不成,国王伊娥巴托斯又生一计,派他去跟亚马逊人作战。这也难不倒柏勒洛丰,他安然无恙地得胜回来。伊娥巴托斯于是在柏勒洛丰归途中设置埋伏,但可悲的是袭击柏勒洛丰的士兵全被消灭,无一生还。直到这时,伊娥巴托斯才明白这个年轻人根本不是罪人,而是神的宠儿,再也不敢杀害他了。他把柏勒洛丰接回

◤ 飞马珀伽索斯雕塑
海神的宝马珀伽索斯后来成为罗马人心目中为荣誉而奋发的象征物。

宫中，把美丽的女儿菲罗诺厄嫁他为妻，而且柏勒洛丰成了他王位的合法继承人。

柏勒洛丰取得了很多的胜利，变得日益骄傲和自以为是，终于得罪众神。据说，他甚至企图驾着飞马闯入天国。宙斯派出一只牛虻去叮珀伽索斯，飞马失蹄，把柏勒洛丰从马背上摔了下来，变得又瞎又瘸。从此，柏勒洛丰避开一切行人来往的道路，独自一人在阿莱恩的田野里漂泊流浪，悲惨地了结一生。

阿塔兰忒与三只金苹果

阿卡迪亚的国王伊阿索斯年事渐高，非常渴望他的王后为他生一个儿子，好继承王位。但事与愿违，王后的肚子确实大了，生下的却是一个哇哇大哭的女孩子。王后充满了慈母情怀，给女孩取了一个好听的名字阿塔兰忒。国王伊阿索斯一听是女孩，又失望又气恼，马上让人把这个女婴抛弃在树林里。他对人说，王宫里地方虽大，可是却容不下这样一个无用的丫头。

小小的婴儿饿得直哭，却没有一个人经过这片幽静的林子。碰巧有只刚失去儿子的母熊觅食的时候看见了，便把阿塔兰忒衔回去喂养。不久，婴儿又被猎人发现，把她带回家抚育。随着时光的流逝，阿塔兰忒在大自然中成长为一名好猎手。她四肢强健有力，行动敏捷，可以同当时最优秀的竞技者较量。竞技的时候，阿塔兰忒曾经击败了英雄珀琉斯，这一胜利使她名扬全希腊。阿塔兰忒的名声也传到了她父亲的耳朵里。既然年轻力壮的男英雄都不是她的对手，那么……伊阿索斯后悔了，就派人把她叫来向她保证，从此以后要对她关心和爱护。阿塔兰忒并不记恨，她回到阿卡迪亚与父母住在一块。她对亲爱的母亲丝毫也不提起以前的狩猎生活，更不用说她的父亲。伊阿索斯想弥补自己的过失，关心地问这问那，想给她找一个丈夫。

伊阿索斯一提及婚事，阿塔兰忒立即拒绝说："父亲，您实在太轻率了！我小时候您就把我抛弃了。而现在，我胜过任何一个年轻人。您对这些轻浮的青年关怀备至，难道您想把那些多嘴多舌、一切依赖丈夫、对丈夫百依百顺的女人的命运强加给我吗？"

"阿塔兰忒，我错了，不应该在你小的时候抛弃你。因为我没有儿子，而你又胜于儿子。你是我唯一的孩子，如果你不结婚，谁来给我们家接续香火呢？"

父亲的话也不无道理，阿塔兰忒要好好想想。过了几天，她告诉伊阿索斯："好吧，父亲，我同意结婚。但是，我有个条件。谁要想娶我，他必须在赛跑中战胜我，并且，赛不过我的人就要被处死。"

伊阿索斯听了女儿的话，脸色变得深沉。他知道，在赛跑中简直没有人能战胜阿塔兰忒，因为人们都知道阿塔兰忒跑起步来有着"伊菲克勒斯的速度"。伊菲克勒斯是半人半神的大力士赫拉克勒斯的弟弟。他身体强壮，力气很大，当然，跟他的哥哥大英雄赫拉克勒斯一比，那就是大巫见小巫了。不过，他有一项特长，却是别人赶不上的，连他的哥哥赫拉克勒斯都比不他，那就是速度。他一旦发力，奔跑起来，就跟一阵风一样。最能说明他这一点的有两件事：一个就是他在长满麦穗的农田里跑过去，眨眼间就到了田埂上，而他跑过去的地方，麦穗坚挺，根本没有一棵被踩伤；他在水面上也一样，跑过宽阔的河面，不但不掉落水中，连鞋面都不沾湿。因此希腊人形容动作快，常常说，就跟伊菲克勒斯的速度一样。既然阿塔兰忒拥有"伊菲克勒斯的速度"，那同她比赛，肯定是必败无疑了。如果这样的话，哪里还有年轻人敢同这位公主比赛呢？他试图说服阿塔兰忒，但阿塔兰忒怎么也不答应。于是，无奈的国王伊阿索斯抱着试试看的心情，向全希腊人宣布了女儿的征婚条件。

姿色超人的阿塔兰忒对小伙子有着强大的吸引力。出乎伊阿索斯的意料之外，求婚者络绎不绝，四面八方汇集到王宫前。可是，人虽多，他们的命运却像飞蛾扑火一样。尽管阿塔兰忒穿着长衣、背着武器，她仍然比那些不穿上衣不带武器的青年跑得快。不少求婚者因此被处死了。

伊阿索斯是一个铁石心肠的人，但杀死那么多无辜的青年，也让他感到悲伤。很多人认为阿塔兰忒实在是太过分了。专司爱情与婚姻的爱神阿佛洛狄忒得知此事后非常恼火。这么一个年轻貌美的女子拒绝别人求爱，甚至把追求她的人推向死亡。怎么回事？她决定让这样的事不再继续下去。

所以，在温文尔雅的米拉尼翁同阿塔兰忒比赛的那天，爱神突然出现在他面前。她凑近他的耳边，给他出了个主意。她还把三个从塞浦路斯

☙ 阿塔兰忒与米拉尼翁
在这幅优美的画上，阿塔兰忒俯身拾取极富魔力的金苹果，美少年米拉尼翁迅速扔下第二个金苹果并赶上阿塔兰忒。

带来的金苹果送给了他。米拉尼翁拿着这三个金苹果走向起跑线。他已经抱定决心，以死挑战阿塔兰忒。也不知道阿佛洛狄忒是不是对阿塔兰忒做了手脚，让一向对男人不假辞色的阿塔兰忒对米拉尼翁产生了感情。还在起跑之前，米拉尼翁温和的态度和文雅的举止就令阿塔兰忒倾倒。她出神地凝视着米拉尼翁，一连三次都没有按号令起跑。裁判重重地警告了她。这两位年轻人终于飞跑起来，他们越过田野，穿过树林往前奔跑。

同其他求婚者一样，米拉尼翁也跑不过阿塔兰忒。但是，他不怕，他有爱神阿佛洛狄忒的苹果。一旦阿塔兰忒就要超过他时，他就拿出一个金苹果，扔在地上。也不知道是金苹果太好看，引起了阿塔兰忒的食欲，还是阿佛洛狄忒在作怪，反正，只要阿塔兰忒看见地上的苹果，她便俯身去捡拾，然后，阿塔兰忒又继续追赶。一连三次，每次都是她快要领先，她又因拾苹果而落后。最后她只有追赶米拉尼翁的力气，而没有超过他。

出乎所有人的意料，米拉尼翁居然第一个越过终点线。米拉尼翁的胜利使竞技场上的年轻人欢喜如狂。国王吃惊之余，心里窃喜，但不敢把高兴露出来，他怕女儿发脾气。阿塔兰忒会承认自己失败吗？她对这次赛跑会不会提出异议？不，阿塔兰忒没有食言。她承认了自己的失败。她走到米拉尼翁面前，啃了半个苹果，她又微笑着把另外半个送到小伙子米拉尼翁的嘴边。看到这一幕，国王一颗悬着的心终于落下来了。

比赛结束后，国王给唯一的女儿阿塔兰忒和米拉尼翁举行了一个盛大的婚礼，两个人开始了幸福的生活，并且生了一个儿子帕耳忒诺派俄斯。米拉尼翁能迎娶阿塔兰忒，还要感谢爱神阿佛洛狄忒的帮助。所以，这对甜蜜的小夫妻为了表示谢意，每天都要给爱神阿佛洛狄忒献祭。可是有一天，阿塔兰忒因为打了一天猎太累了，所以很快睡去，忘了献祭。而米拉尼翁喝醉了，也把这事忘得一干二净了。等到第二天，两个人却根本记不起昨天忘记献祭了，这让阿佛洛狄忒大怒。有一天，乘夫妻两人在山中打猎，阿佛洛狄忒把他们两人变成了狮子。

代达罗斯与伊卡洛斯

雅典的代达罗斯是墨提翁的儿子，厄瑞克透斯的曾孙。他生下来就是一个艺术家的料子，心灵手巧，做什么成什么。长大以后，不负众望，成为全雅典最有名的建筑师和雕刻家。他刀下的雕像，惟妙惟肖。更难得的是活灵活现，好像有生命似的。先前的雕刻师笔下的石像，双目紧闭，两只贴着身子的胳膊无力地垂下。但代达罗斯却一反常规，让石像的双眼睁开，双手前伸，有一种迈开双腿大步走路的虎虎生气。

不过，天才总是和嫉妒相伴而生，代达罗斯也不例外。雕塑之时，他天赋惊人，可他和大多数人一样，爱慕虚荣，容不下他人。他的外甥塔洛斯，跟他学艺。让代达罗斯不能忍受的是，这个黄毛小孩天分竟比他还高，而且雄心勃勃，对代达罗斯的作品并不完全信服。还是一个小小的孩童，他就发明了陶工旋盘。后来，他又成为锯子的发明者，圆规也是他一次心血来潮的产物。他做出了这，发明了那，可这一切的一切，都没有他代达罗斯指点。这还了得！现在塔洛斯的名声已经不小了，再过几年，别人还会想起他代达罗斯吗？想到这里，代达罗斯嫉妒得头发昏、眼发红。有一天，散步的时候，他一下子把塔洛斯从雅典城墙上推了下来，当场摔死。但是，女神雅典娜十分爱护心灵手巧的塔洛斯。当她看见他从城墙上掉下时，立即把他的灵魂变成了一只山鹑。惊恐的代达罗斯埋葬尸体时，慌里慌张，被人发现了。罪行败露，他被雅典最高法院传唤和审讯。结果被判有罪，流放到了克里特岛，为国王服役。

希腊英雄忒修斯在杀了牛头怪物之后，凿沉了克里特国王的全部船只，接着，又带走了他女儿阿里阿德涅。国王弥诺斯获悉这一情况以后，压不住心头的怒火。他很快就查清了巧匠代达罗斯曾经参与救助雅典少年忒修斯。

于是，弥诺斯亲自传讯了代达罗斯及其儿子伊卡洛斯，对代达罗斯严厉地说："你知道这班雅典人给我的舰队造成的灾难有多大吗？"

"陛下，我知道。"代达罗斯回答说。

"你知道忒修斯拐了我的爱女吧！"

"陛下，我听说了。"

"听说你帮助了那个雅典人——你的老乡忒修斯？"

"陛下，我没有呀。"代达罗斯惊讶得叫起来。

"难道不是你把那个线团交给了我的女儿，她又把那个线团给了忒修斯，他靠那个线团在迷宫里找到出口的？你帮助了一个罪犯，还不知罪？"

"陛下，"代达罗斯注重地说，"在阿里阿德涅让我给她线团的时候，忒修斯并没有犯你今天对他所控之罪呀。他当时正准备为克里特岛除害，杀弥诺陶洛斯这个牛头怪物，你当时也答应把你的女儿嫁给他。这件事很好嘛。我认为我们应该成全年轻人的好事，使他们能结婚成亲。再说，阿里阿德涅已经深深地爱上了忒修斯。"

"你有什么权利管我家里的事？你这个无赖！"盛怒的国王狂叫起来。

"陛下，我同意你的说法。但是，我是凭我的理智与心愿行事的。"

"你这个叛徒，还敢狡辩！"

站在弥诺斯国王周围的文武百官都交头接耳。国王失去了女儿，这对他们无关紧要。可是，克里特岛失去了整个舰队，却让他们怒发冲冠。他们都说国王说得有理。

弥诺斯冷静下来，又问："我问你，你为什么把那个线团交给我女儿，而不是把迷宫的图纸交给她呢？"

"国王，难道你忘了吗，很久以前你就命令我把迷宫的图纸销毁？"代达罗斯回答说。

"是的。我不愿意这些图纸落到弥诺陶洛斯手里。你已经把这些图纸全销毁了吗？"

"陛下，我是您驯服的仆人，哪敢违命？"

"你没有保留一部分吗？"

"陛下，我一张也没有保留。"

"那么，如果我把你和你的儿子关进迷宫里，你们就找不到出口了吧？"

"陛下，您不能这么做。这样做是毫无道理的。"代达罗斯惊慌地说。

"对变节者不能判其他刑，只能判以死刑。也许你没有图纸而能凭记忆找到迷宫的进出口，我叫人把迷宫的进出口堵死。这样，我就可以绝对肯定你会死在里面了。"

"望国王能饶了这个孩子。他并没有罪过。"代达罗斯一看国王一定要让自己当这个替死鬼，没办法了。现在只求保住骨肉。他一边叫喊一边指着伊卡洛斯说："他是无辜的。"

"我失去了心爱的阿里阿德涅。对我来说，她现在等于死了。侍从们，马上把这两个可怜虫带进去。"

卫士们强行把他们二人连拉带拽地拖押到迷宫里，并放出凶猛的恶狗追赶代达罗斯和伊卡洛斯，把他们追进弯曲复杂的迷宫通道里。恶狗在回头时，靠其灵敏的嗅觉很容易找到了出口，可是代达罗斯只能在迷宫里转来转去。为了安全起见，卫士们把迷宫进出口堵死了。看来，代达罗斯和伊卡洛斯就再也别想出来了。

迷宫里的通道时而是弯曲的地道，时而是深深的隧道，两边悬崖绝壁。代达罗斯父子在迷宫里游荡了很久，筋疲力尽，于是，在一个隧道停了下来。隧道很热，他们口干舌燥，饥肠辘辘。但他们宁愿在露天的隧道暴晒死去也不愿困在幽暗的地通里。

"国王这个老头真残忍！"伊卡洛斯悲叹道，"我们明明清白无辜，可是，他要我们死。"

"你是无辜的。"代达罗斯回答说,"至于我呢,我是有罪的。"

"什么,你有罪?"

"不是弥诺斯惩罚我,而是众神惩罚我。我现在是清偿旧债。我暗害我的外甥,被流放到这里来为克里特岛国王做劳役。可是,看来众神还没有宽恕我。"

"那么,他们为什么把气发到我身上呢?父亲,你是桅帆的发明者,你又为人们发明了粘合剂,还有各种木工工具,你还设计了迷宫图纸。我可以肯定,你是有办法的,你一定能想办法离开这个鬼地方。"

"我的孩子,在这里能干些什么呢?我们在这里就像被活埋了一样。我在这里什么工具也没有。"

代达罗斯扫视了一下周围。两道玄武岩绝壁在隧道两边拔地而起。绝壁光滑得发亮,往上爬是不可能的事。在不远的地方,通道又伸进地下去。无数鸟儿在岩石上空飞来飞去。地上落满了它们脱落的五颜六色的羽毛。

"唉,我们要是能像鸟儿一样飞翔该多好!"代达罗斯叹息道。突然之间,好像想到了什么,他陷入深深的沉思之中。伊卡洛斯一声不吭,他懂得,当父亲思考问题时,不要去打扰他。他们周围是一片安静,只听见小鸟的叫声和野蜂的嗡嗡声,野蜂就在岩石缝里构筑蜂窝。代达罗斯开始注视其中的一只小蜜蜂。

"我的老天爷,"他低声说道,"我不是可以试试看吗?伊卡洛斯,过来帮我的忙。"久经考虑后,他高兴地说:"国王虽然从陆上和水上封住我们的去路,难道我们不能从空中飞走吗?"

他收集干柴,放到一个野蜂窝下,然后敲石点火,烧着木材上面的干草,火烟驱散了蜂群。代达罗斯摘取了蜂巢。接着,他又照样办理,直至获得足够的蜂蜡。他又开始收集整理大大小小的羽毛,把最小最短的羽毛拼成长毛,看上去像天生的一般。他把羽毛用麻线在中间捆住,在末端用腊封牢。最后,把羽毛微微弯曲,看起来完全像鸟翼一样。

伊卡洛斯欢喜地站在身旁,一双小手帮父亲劳动。终于一切都完成了。代达罗斯把翅膀缚在身上试了试。他像鸟一样飞了起来,轻轻地升上云天,然后重新降落下来。然后,他又教儿子伊卡洛斯学习操纵。他还给儿子做了一对小羽翼。

"你要当心,"他叮嘱道,"必须在半空中飞行。你如果飞得太低,羽翼会碰到海水,沾湿了会变重,就会被拽在大海里;要是飞得太高,翅膀上的羽毛会因靠近太阳而散落。"代达罗斯一边说,一边把羽翼给儿子缚在双肩上,但他的手却在微微地发抖。最后,他拥抱着儿子,还给了他一个鼓励的吻。

伊卡洛斯答应父亲小心行事。他开始扑打翅膀,离开地面往上升起,他是多么高兴啊。他父亲接着也腾空起飞。他们两人像信天翁一样很快就飞越了悬崖峭壁，把关闭他们的阴森可怖的迷宫远远抛在后面。

他们面前是浩瀚的大海。他们向东北方向飞行，飞越了巴罗斯岛、萨莫斯岛和德罗斯岛。伊卡洛斯高兴得得意忘形。他为自由和幸福所陶醉，忘了死亡的威胁。他把起飞前父亲对他的嘱咐抛到九霄云外。飞高些，再飞高些！强烈的阳光使他目眩，他径直往太阳飞去……糟啦！他飞近了太阳，太阳强烈的阳光融化了封蜡，羽毛开始松动。伊卡洛斯还没有发现，羽翼已完全散开。不幸的孩子只得用两手在空中绝望地划动，可是他飞不起来，一头栽落下去，最后掉进汪洋大海中，万顷碧波把他淹没了。这一切发生得很突然，瞬间便结束了。代达罗斯看见儿子掉进海里，却无能为力。他降落到一个小岛上。

克里杜鹃

墨伽拉国王尼索斯正在和克里特岛的弥诺斯二世交战。双方打了好几仗，互有死伤。很多将领和士兵都成为了战争的牺牲品。整个战场之上，血流成河，到处都是断尸，支离破碎的肢体随处可见。野狗和兀鹰跟在双方的军队之后，吞吃死尸。大约打了四个月，弥诺斯二世占了上风，墨伽拉国王尼索斯节节败退。弥诺斯二世的四十万大军团团包围了墨伽拉的都城，跟铁桶一样，水泄不通。可是都城毕竟是都城，城墙坚固，固若金汤。城墙里面，储存有足够支撑整个城池里的所有人的口粮大半年的食物。可是弥诺斯二世就不行了，远离国土，粮草不足，天气又渐渐寒冷，士兵的衣服都不足以抗寒。怎么办呢？这样僵持下去，弥诺斯二世担心士兵会造反。没有法子，他每天骑着自己的白马，围绕着城池来回地转悠着，并且派人骂阵，说墨伽拉国王尼索斯是个缩头乌龟，不敢出战，还是什么阿瑞斯的后代，真是丢人，哪里有什么神祇的威风？可是墨伽拉国王尼索斯老于世故，当然不会上当。就这样，两个人一个站在城墙下，一个站在城墙头，互相对骂，战局却没有什么进展。

事情终于有了转机，转机来自墨伽拉国王尼索斯的女儿斯库拉。弥诺斯二世困城期间，她浑身披挂跟在父亲身后。她是全国有名的美女，很多年轻人拜倒在她的石榴裙下，斯库拉都置之不理。她看不上他们。她心中的偶像是自己的父亲。她觉得要找丈夫的话，这个男人必须和父亲一样，是个顶天立地的男子汉。可是，这些天跟随着父亲转悠，父亲英勇善战的形象在她的心中倒塌了。她发现父亲完完全全是一个忍辱负重的懦夫。人家弥诺斯二世都站在城门下，指着他的鼻尖骂，他却不出战。她当然知道实际情况就是这样，城门紧闭，就是胜利，可是父亲的做法却让她不满。她在鄙薄父亲的同时绝望地发现自己爱上了那个骑白马整天绕着城池喝骂的敌人弥诺斯二世。这个人才是她心目中的最爱。你看看，他在城墙下的样子，威武英俊，简直要把斯库拉的魂都给勾走了。

战争还在僵持着，斯库拉备受煎熬，她疯狂地爱上了弥诺斯二世。不管外面发生什么，她现在的想法就是怎么能够见上弥诺斯二世一面，让他爱上自己。可是找什么借口呢？她每天神魂颠倒，茶饭不思。这一天吃饭的时候，她猛然看见耷拉在饭桌上父亲的头发，一下子知道了自己想干什么。她的父亲尼索斯满头黑发，在黑发之中很扎眼地有一撮紫红色的头发。根据神谕，他的这撮紫红色的头发，能够主宰他的命运。

当天夜里，斯库拉几次偷偷地溜进父亲的卧室，又懊悔地返了回去。她一直在犹豫，深陷在两难的境地。她躺在床上，弥诺斯二世的形象越来越清晰地出现在黑黑的屋顶之下，他正对着自己微笑呢。斯库拉咬咬牙，狠狠心，决定坚持下去。于是，她再一次溜进父亲的卧室。卧室里静悄悄的，除了父亲响亮的鼾声。她小声地喊父亲的名字，一连叫了三声，都没有回应。斯库拉放下心来。她拿起剪子，咔嚓一声，剪掉那撮著名的红头发。然后，她拿走城门的钥匙，打开城门，偷偷溜了出去。她径直来到弥诺斯的营帐。当着他的面，她呈出那撮头发，而条件是她希望能够换取他的爱情。斯库拉的到来，对于正犹豫的弥诺斯二世来说，无异是雪中送炭。"好合算的一桩买卖啊！"弥诺斯二世心里想，他很爽快地答应了斯库拉的要求。当天夜里，利用斯库拉手中的钥匙，他派兵遣将偷偷进城。墨伽拉国沦陷了，城市呻吟在克里特士兵的铁骑之下。

进驻城市后，弥诺斯二世就把斯库拉变成了他的情妇。不过，他是在玩弄斯库拉，因为这个女人为了欲望，竟然把生身父亲送到敌人的刀下，他觉得太匪夷所思了，他对之深恶痛绝，也不肯把她带回克里特岛。凯旋这天，他们的船只刚刚脱离开港口，他看见被自己欺骗的斯库拉出现在码头之上。她二话不说，跳下水里，游过来。弥诺斯二世命令舵手赶紧划船摆脱这个女人。谁知道她的速度如此惊人，竟然赶了过来。她追赶上他的船只，抓住船舵不肯撒手。弥诺斯二世正在左右为难，斯库拉的父亲报仇来了。尼索斯的阴魂化成海鹰俯冲下来，用爪及钩喙袭击斯库拉。惊慌万状的斯库拉一松手，淹死在海里。她的灵魂变成小鸟飞走了，这种鸟叫克里杜鹃，胸脯发紫，腿是红色的。

生死攸关的木头

伴随伊阿宋觅取金羊毛的阿耳戈远征队里，有一位英勇善战的英雄叫墨勒阿格。他是一位王子，卡利敦国王俄纽斯和王后阿尔泰亚的儿子。就在墨勒阿格呱呱落地之时，他的母亲阿尔泰亚在神殿里祈祷着，偷偷窥视命运三女神纺织出的命运之线，祈祷道："天神呀，保佑我的孩子长生不老吧。"命运女神谕示她："只要火炉中那块木头烧成灰炭时，她儿子的寿命也就随之告终。"于是，阿尔泰亚从炉火中抽出木头，浇灭了它，小心翼翼地藏起来。她以为这样，儿子就可以长命百岁，永远不死。

许多年过去了，墨勒阿格成长为一个英俊少年。事有凑巧，有一次，国王俄纽斯祭祀众神，一时疏忽，竟忘记给雅典娜献上祭品。这种怠慢的行径让雅典娜十分愤怒。她马上差遣一头硕大无比的野猪来践踏卡利敦的田园。这头野兽太大了，普通的陷阱或者夹子根本不管用。它落进陷阱，一个纵身就跳了出来；夹子夹脚，它浑身一抖，夹子就碎成了粉末。而且，每次遭到人们的陷害，它就要肆意报复一下，把整个卡利敦王国搅得天翻地覆。危难之际，墨勒阿格站了出来，他号召全希腊的英雄们联合起来，围捕这头恶兽。忒修斯、伊阿宋、还有珀琉斯、忒拉蒙、小青年涅斯托耳都参加了这次的行动。同来的还有阿卡迪亚国王的女儿阿塔兰忒，她眉宇间凝聚着女性之美，浑身又闪现出武士的俊秀，让正处于青春期间的墨勒阿格一见倾心。

这批武士们在老猎手的带领下，靠近兽穴。那头巨大的野猪正安卧在坡下的芦苇中，追捕之声把它吵醒了。虽然猎人很多，可是这头野猪却毫不畏惧，径直朝向猎人们冲过去。一个又一个的猎手被掀倒在地。伊阿宋边祈祷雅典娜保佑他成功，边投出长矛。但是雅典娜接受了他的祈祷，允许他击中目标

命运女神
命运女神掌管大地上所有人的命运——克罗托纺织生命之线，拉克罗斯决定生命之线的长度，阿特洛波斯切断生命之线。

却不准杀伤。掷出的矛还在空中时就掉了铁尖。野猪向涅斯托耳冲来，他爬上了一棵树才得脱险。忒拉蒙向恶兽扑去，但却被露在地面的一条树根绊倒。倒是阿塔兰忒射出的箭第一次使那恶魔流了血。这时，英勇的墨勒阿格挥起长矛，第一下扑了空，第二下扎进了恶魔的腰部，他跑上去又连刺几下，终于把那怪物击毙。

周围的猎人们爆发出一阵欢呼声，向胜利者祝贺。武士们拥上来，抚摸着墨勒阿格的手。墨勒阿格用脚踩着那死猪的头，转脸向着阿塔兰忒，将自己的战利品猪头和生猪皮呈献给她。这一举动引起了其他猎人的嫉妒和非难。墨勒阿格的两个舅舅，普莱西蒲斯和陶休斯尤为不满。他们依仗自己的姐姐是王后，墨勒阿格是自己的外甥，从姑娘手中抢走了她已接受的赠礼。

年轻的墨勒阿格不能忍受了，认为这是对他，特别是对意中人的侮辱。愤怒之中，他忘掉了亲戚关系，拔出剑来刺进了挑衅者的胸膛。普莱西蒲斯和陶休斯躺倒在地，鲜血流了一地，很快就死掉了。

王后阿尔泰亚接到了消息，知道自己儿子杀掉了那头怪兽。为了感谢神明保佑儿子取得胜利，仆人们正抬着礼物往庙宇走，半路上她遇到了抬着她兄弟尸体的人群。了解情况之后，她捶着胸脯，号啕大哭，喜庆的艳服替换成丧服。可是她还不知道谁是凶手，一直追问，那些猎人都支支吾吾。最后她发火了，伊阿宋才告诉她事实的真相。听了凶手的姓名，她仿佛中了雷击一样，半天都没有反应过来。但等明白过来之后，她的悲伤转化成了愤怒：为什么这个孽障在拔剑之前，就没有想一想自己的母亲呢？这两个人，可是他的舅舅，母亲的亲兄弟，她现在仅存的两个亲人呀。阿尔泰亚在愤怒之中失去了理智，决定严惩儿子。她找出那块从火堆里抽出来的木头，就是命运女神所说的决定墨勒阿格性命的那块木头。她命人点燃一堆火，她闭上眼睛，背过身去，将那命运之木投进了燃烧着的柴堆。

那木头噼啪一声裂开了，仿佛临终前的呻吟。墨勒阿格这时不在城中，也不知道他母亲干的这些事情，只是莫明其妙地突然觉得一阵疼痛，身体里像烧着一把火。他只是凭着勇气和骄傲才抵住焚烧的痛楚，懊悔不如当初体面地死在浴血奋战中。临终前，他呼唤父亲、弟弟、亲爱的姐妹们、意中人阿塔兰忒，还呼唤着母亲——他厄运的幕后主谋。那一把火越烧越大，英雄的痛楚也随之加剧。渐渐地两者都减弱，终于熄灭了。木头烧成了灰，墨勒阿格的性命也烟消云散。

阿尔泰亚烧完木头以后，才明白自己究竟干了些什么，懊悔之下自刎身亡了。墨勒阿格的死和母亲阿尔泰亚的自刎使墨勒阿格的姐妹们悲痛欲绝。她们极度悲伤，大哭不止，哭声传到了女神雅典娜的耳朵之中。这家人的惨状让雅典娜产生了深深的怜悯，她要惩罚这个家族的心也变软了，就把这些女孩变成了飞鸟。

忘恩负义的伊克西翁

佛勒古阿斯是拉庇泰国王,也是战神阿瑞斯的儿子。这位国王生有一儿一女,儿子就是伊克西翁,女儿名叫科洛尼斯。科洛尼斯长大成人,美貌无比,被太阳神阿波罗看中了。并且与他相好,生下了一个儿子。这件事让佛勒古阿斯义愤填膺,一气之下,他来到得尔斐,一把大火,把该地的太阳神庙变成了焦地废墟。众神勃然大怒,因为佛勒古阿斯作为一个凡人竟敢烧掉神的庙宇,这简直是对所有神的侮辱。于是,所有的神祇公决,佛勒古阿斯被立即处死。进入地狱之中,他也永受磨难:他坐在一块摇摇欲坠的石头下,时刻都有被砸烂的危险。

佛勒古阿斯的性格和不幸的命运也传给了他的儿子伊克西翁。在父亲死后,伊克西翁继承了拉庇泰国的王位。后来,他看上了邻国国王伊娥纽斯的女儿,漂亮的狄阿,他简直不能相信世界上还有这么美丽的女孩子。可是,他怎么才能够把这位千娇百媚的美女娶回家里来呢?要知道,这位美女的求婚者都可以排上长长的一队,站满整整一条街道都不止。再说了,这些人和他一样,不是王子就是国王,谁的地位都不比他差多少,而且人家能够拿得出手的东西很多,只有自己,可怜的拉庇泰国王伊克西翁,一个大穷鬼,没有什么东西能够让老国王满意,把女儿嫁给自己。可是要放手,他显然不甘心。有一天,他实在没有办法,就派人把老国王的一个贴身仆人叫了过来。他买通了这个仆人,然后跟他打听这个老国王有什么特殊的嗜好。仆人告诉他,这个老国王为人正直,生活也比较严谨。苍蝇总不能叮无缝隙的蛋吧。拉庇泰国王伊克西翁还能怎么样呢,他只能放这个仆人回去。这个仆人走出了门口的时候,突然回过头来,对垂头丧气的国王说:"伊克西翁,你知道老国王最想要什么东西吗?他最喜欢的是天神宙斯的一件袍子。"说完这个人就走了。

本来就垂头丧气的伊克西翁听了这句话更加没精打采了,他到哪里弄天神宙斯的袍子呀。他憋屈了整整一天,忽然大声地笑起来,拍打着自己的大腿,这让一边伺候他吃饭的随从吓坏了。还以为他们的主人为了国王的女儿,单相思煎熬成了神经病呢。

过了几天,整个城市都在轰传着一个新闻,那就是拉庇泰国王伊克西翁拥有天神宙斯的一件袍子,那是他的先祖流传下来的。这个消息越传越广,一直传到伊娥纽斯国王的耳朵里。老国王不由得心动了。他马上派人叫来了伊克西翁,问他是否拥有天神的一件袍子。伊克西翁点了点头。老国王让他拿出来看一看,伊克西翁说这是他的传家之宝，不会随便拿出来给人看的。老国王急得团团转，于是就问伊克西翁有什么要求，他可以用来和他的袍子交换。伊克西翁摇摇头，就回去了。

焦虑的老国王这几天火气大旺。就在这个时候，他的贴身仆人走上前去，对老国王说："国王呀，你不用担心，你不是也有一件世人瞩目的珍宝吗？"老国王奇怪地说："胡说，我哪有什么珍宝呀！"仆人说："我尊敬的国王，难道你忘记了你自己的女儿吗？难道你没有听说伊克西翁曾经因为你的女儿，患上单相思，几乎要死掉吗？"老国王一下子笑出来，他就派这个仆人去办这件事情。如果能得到那件袍子，他除了女儿之外，还可以奉送一些珠宝，作为自己女儿的嫁妆。

仆人过去交涉的结果是：老国王必须先把他的女儿嫁给他，他的袍子还在他的国家一个谁也不知道的地方。老国王求宝心切，答应了。于是伊克西翁就带着老国王举世无双的女儿狄阿回到了拉庇泰。两人新婚不久，伊娥纽斯就迫不及待了，他开始写信催伊克西翁兑现诺言。伊克西翁给他回了一封信，说自从自己和他女儿结了婚之后，伊娥纽斯还没有来过，所以他不妨来一次，顺便带走该属于他的东西。

老国王兴冲冲地赶往女婿的领地。他歇息在贵宾馆里，等待着赶赴晚宴。好不容易天色黑下来，他被人领进了宫殿。宫殿里，火焰熊熊，照耀得跟白天一样。他可以看见自己的女婿正站在台阶上，恭候自己。他加快脚步，往前赶去，谁知道呢，陷阱就在眼前！他落入了宫殿前面伊克西翁故意挖下的陷坑，坑下点燃熊熊的炭火。毫无提防的伊娥纽斯掉进陷坑给烧死了。

伊克西翁的行为让天神们看不过去了。那些神议论纷纷，认为这是滔天大罪，坚决要求审讯这个罪大恶极的家伙。可是宙斯就不一样了，他非常非常喜欢这个人，因为这个人竟然为了自己心爱的女人无所不为，想尽一切办法也要把她搞到手，这种行径不是跟自己一模一样吗？在某些方面，甚至可以说，他比自己还要出色。自己因为是天神，许多事不能放开脸皮去做。因此，宙斯不仅为他开脱，还派自己的儿子赫耳墨斯去把他领来奥林匹斯山同桌共餐。

宴席之上，众神都只顾低头吃饭，没谁管理伊克西翁。只有天神宙斯和他聊起天来。作为女主人的赫拉不时起身为他们倒酒。她的脸色崩紧，冷如冰霜，可是在伊克西翁眼里显得更美丽了。刚刚逃脱罪责的伊克西翁心神荡漾，谋划勾引赫拉。然而宙斯看透了伊克西翁的用心，把一朵云彩化为假赫拉。伊克西翁喝得醉醺醺的，没有发现这是一场骗局，高高兴兴地寻欢作乐。他正搂搂抱抱得高兴时，突然宙斯出现在面前，命令赫耳墨斯无情地鞭笞他，打得他连声直说："恩人应该受尊敬。"

后来，宙斯一个雷霆把伊克西翁直接从奥林匹斯山打到地狱，并且让赫耳墨斯把他绑在一个火焰熊熊的轮子上，不停地忍受烈火的炙烤；此外，宙斯还给他吃下一种魔药，让他双倍地感受到那种痛苦。

盲人先知提瑞西阿斯

盲人提瑞西阿斯是希腊最著名的先知。他双目失明，却能听懂鸟儿们的语言，因而能够预言未来。有关他双目失明却又能预测未来，一直以来有两种迥异的说法，但是这两种说法都与神有关。

第一个说法和女神雅典娜有关，事情是这样的：与自己母亲相依为命的提瑞西阿斯年轻的时候，生活在希腊的一个偏僻的山区里。他们家非常穷困，住在一间非常破旧的茅草屋里。提瑞西阿斯的母亲全身瘫痪，只能躺在床上，吃饭方便都要靠提瑞西阿斯帮助。提瑞西阿斯以砍柴为生，换取些粮食供娘俩儿糊口。这一天，也是合该提瑞西阿斯倒霉，他砍倒一棵松树正坐在一边歇息的时候，忽然从林子里窜出来一只野兔子。这只野兔不知道被什么惊吓了，猛然窜出来，速度太快，撞在提瑞西阿斯身旁的一个树桩上，撞昏了。提瑞西阿斯心中大喜：捡回这只兔子，就能煮上一锅野兔肉，给自己这几天感冒的母亲解解馋。他们母子俩有多少天不曾闻过肉味了呀！说起来，他倒无所谓，可他特别想让母亲好好吃一顿。想到这里，他走过去，拣起兔子，倒拎着。正往回走，兔子突然一动，一下子挣脱了提瑞西阿斯的手，落到地上。它爬起身，跳跃着往前跑去。这个兔子太狡猾了，醒了有一阵，还在装死，等休息过来，一个用力，就脱出了提瑞西阿斯的手心。提瑞西阿斯非常懊恼，到手的野兔又跑了，他再一看，野兔奔跑的速度并不是很快，显然受有重伤。他决定去追赶一下。他放下砍柴的刀，追赶过去。一人一兔，就这么在密密的树林里你追我赶，跑得不亦乐乎。翻过一个山岭，又是一个山岭。野兔跑得越来越慢。提瑞西阿斯也是气喘吁吁，几乎要放弃。现在，这只野兔跑进一个深谷，钻进一片密林。提瑞西阿斯不愿放弃，也跟了过去。

穿过密林，野兔不见了。年轻的提瑞西阿斯却被眼前的景象惊呆了。树林前面是一个碧水清澈的湖泊，湖泊之中，竟然有一个身材高挑的美女，全身赤裸，正用手撩起水，轻轻地擦洗丰腴的乳房。提瑞西阿斯不说话，傻呆呆地望着，半天都不知道退让和躲避。这个洗浴的美女一下子躲进湖水里。这个时候，提瑞西阿斯才明白过来。

回到家里，他赶紧做饭给妈妈吃，可是妈妈的饭碗刚端到手里，就有个女人的声音在门外叫骂。他出去一看，一个金光闪闪、全身披挂的女神出现在面前。她就是女神雅典娜，那个在湖水中洗浴的美女。她一见提瑞西阿斯，大喝一声"歹徒，看箭"，射瞎了提瑞西阿斯的眼睛。提瑞西阿斯疼得大叫，鲜血从眼眶里流下来。他大声地责骂这个心狠手辣的女神，并说他不是故意的。雅典娜根本不相信，转身要走。这时，提瑞西阿斯的瘫痪的母亲爬了出来。她哭着祈求女神，救救自己的孩子。因为如果他瞎了眼睛，不能打柴的话，那她这个半死的老太太也就完了。提瑞西阿斯母亲的哀求打动了雅典娜，她想了想说："他的眼睛是不能治好的了，谁叫他看了不该看的东西呢？但是，他可以获得一种谋生本领。"她从神盾上取下神蛇，发布命令说："用你的舌头舐干净提瑞西阿斯的耳朵，让他能听懂预言未来的鸟儿们的语言。"就这样，提瑞西阿斯就成了盲人先知。

　　另一个说法更离奇一些：有一天，年少的提瑞西阿斯在库列涅山的山路上看见两条蛇在交配。他的出现让这对交配的蛇非常恼火，就游过来袭击他。提瑞西阿斯举杖还击，一杖下去，打死了雌蛇。另一条蛇马上跑了。提瑞西阿斯的举动不知道得罪了哪位神灵，马上被变成了女人。一开始，提瑞西阿斯也非常不习惯，但是后来慢慢适应了作为一个女人的生活，还嫁给了一个男人，过起了恩爱的小生活。

　　转眼七年过去了，已经变成女人嫁作人妇的提瑞西阿斯恰好又一次在同一个地点看见两条蛇交配。她想，再开个玩笑吧，看看会发生什么。于是，这次她打死了那条雄蛇，马上又变回男性。他的这种变化为两性的特点，天神们都有耳闻。

　　这一天，赫拉和宙斯闲聊，无意之中，责怪起宙斯来，一五一十道出他不可计数的花心事；宙斯辩解说，无论如何，他与她同床共衾时，赫拉得到的乐趣比他要大得多。他怒冲冲地说："在云雨交欢中，女的要比男的获得不知大多少的欢乐。"

　　"胡说八道，"赫拉嚷道，"情况跟你说的正好相反，你心里完全明白。"

　　两个人争来吵去，没有什么结果，都同意把提瑞西阿斯找来，让他根据亲身经历来判断他们俩谁是谁非。因为只有他既做过女人，又做过男人。提瑞西阿斯老老实实地回答道："如果交欢之乐可以分成十分，九分归于女子，男人仅得其中一分。"宙斯得意扬扬的笑容惹得赫拉火冒三丈，她弄瞎了提瑞西阿斯的眼睛，然后扬长而去。但是宙斯很同情他，于是赋予他未卜先知的预言能力，还赐予他相当于七代人生命的长寿。

　　所以，在希腊神话中，提瑞西阿斯寿命很长，从卡摩德拉修建底比斯城，一直到底比斯城沦陷为止一直存在。并且，他作为古希腊最有名的预言家曾经做出了很多准确的预言。他在大英雄赫拉克勒斯还是婴儿时就预言了他一生的命运，他还预言了彭透斯的惨死，揭开了俄狄浦斯的身世。当波吕尼刻斯等七英雄攻打底比斯的时候，这位预言家又指出，底比斯人要想获得胜利，必须把国王克瑞翁的儿子墨诺叩斯献祭众神。

经过上面这些事情之后，提瑞西阿斯作为一个预言家的声望越来越大了，几乎所有人都知道他的预言是无比灵验的。连神使赫耳墨斯都听到了人们的议论，就想考验一下提瑞西阿斯到底是不是真有这么大的本领。于是，他便从提瑞西阿斯家的牧场偷走了两头牛，再化作凡人样子，进城来到他家作客。提瑞西阿斯从仆人的报告中，得知牛被偷，便带化成凡人的赫耳墨斯来到郊外，观察有关偷盗的征兆，并对赫耳墨斯说，如过看见了什么鸟就赶紧告诉他。当赫耳墨斯看见一只鹰从左边飞到右边去，便马上报告他。提瑞西阿斯却说，这毫不相干。随后赫耳墨斯又看见一只乌鸦飞到一棵树上，时而往上看，时而低头向下看，又跑去报告他。提瑞西阿斯于是说："乌鸦向天地神发誓说，只要赫耳墨斯愿意，我的牛就可以找回来。"这下，连赫耳墨斯都不得不佩服这个盲人预言家了。

提瑞西阿斯最终死于亚各斯人第二次攻打底比斯的战争中，但是，即使在死后，他那高超的预言本领也还相当高明。他预言奥德修斯要经过十年的漂泊才能返回家乡，最后他的死将与海洋有关，但又不是死于海洋。事实证明他的预言又一次应验了：奥德修斯的确是经过十年漂泊才回到家乡的，并且他最终死于一根尖部用海鱼骨制成的长矛。

人间英雄埃阿科斯

河神阿索波斯一共有二十个女儿，个个都长得娇嫩美艳，纯净可爱。其中最漂亮的一个叫做埃葵娜，她的美貌曾令无数人为之倾倒。有一天，宙斯发现了在野外散步游玩的埃葵娜，少女的一颦一笑都深深地印在这位天神的心里，宙斯对她产生了强烈的爱情。于是，宙斯摇身一变，化作一只矫健的苍鹰从高空飞来，把埃葵娜携裹到一个叫做安诺纳的岛屿上。这座岛屿自此以后改名为埃葵娜。河神阿索波斯到处寻觅失踪的女儿。有一天暴君西绪福斯告诉他是宙斯抢走了他的女儿，他不禁大为恼火，和宙斯大干了一场，但是老河神力量有限，斗不过宙斯，只得忍气吞声回到自己的家园。

宙斯和埃葵娜在安诺纳岛上生下了儿子埃阿科斯。埃阿科斯从小就十分聪明伶俐，虔诚仁厚，深得宙斯与众神的喜爱。等他长大成人以后，宙斯命令他管理埃葵娜岛，埃阿科斯非常能干，在他的统领下，整个岛屿上的人民过着幸福富足的生活。

　　有一年，灾难降临到了希腊。整整一年，希腊基本上没有降下雨水，土地龟裂，农田得不到灌溉，颗粒无收，就连平时人们的饮用水也供给不上了。在烈日的暴晒下，人们奄奄一息，牲畜和庄稼都死了，病人也多了起来，人也开始死了，到处一片哀号声。希腊人前往得尔斐神庙请求神谕，女祭司告诉他们说如果想消除这场灾难，就要到埃葵娜岛寻找那里的国王埃阿科斯，天神十分宠幸这位英雄，一定会让他的请求如愿。于是众人来到了埃葵娜岛，请求埃阿科斯出岛为希腊人向众神祈福。在众人的簇拥下，埃阿科斯登上了高高的山峰。他跪下来，张开手臂，虔诚地向宙斯及众神明祈祷。神明们听见了他的祷告，就在他结束祷告的时候，天边飘来一层厚厚的乌云遮住了炎热的太阳，云层越来越厚，白天都变得像黑夜一样了。还没等人们反应过来，一场瓢泼大雨就如注般倾倒下来。大家欢喜地在雨中跳舞歌唱，感谢神明的拯救，也感激埃阿科斯的祈祷。自此以后，人们更加尊重埃阿科斯了，认为他身上有着凡人不具备的神奇力量。于是，所有人都推崇他为神圣祭司，因为凡人和神灵都很喜欢他，凡人通过他可以与神明沟通。

　　埃阿科斯在希腊树立了声望，过着幸福而有尊严的生活。后来，他娶了一个名叫恩达埃斯的女子为妻子，妻子为他生下了两个儿子：柏琉斯和忒拉蒙。他还有一个儿子，是他和海中女仙所生的，名叫福克斯。埃阿科斯一家子其乐融融地生活在埃葵娜岛上，成为世人羡慕和尊敬的对象。

　　可是好景不长，善于嫉妒的天后赫拉开始了她对情敌的报复。丈夫宙斯贪图凡间女子的美貌，曾经无数次和凡间女子成欢，赫拉实在无法忍受，于是心生强烈的嫉妒。当她看到宙斯的新宠埃葵娜一家子生活得那么愉快，她决定制造点苦难，于是她给全岛带来一场惨绝人寰的瘟疫，因为这座岛是以她情敌的名字命名的。瘟疫袭来，所到之处，人畜相继死去，家破人亡，妻离子散。街道上到处布满了死去的尸体，脓水流得满地都是，苍蝇嗡嗡地飞来飞去，人们沉浸在失去亲人的悲痛之中。面对不可预料的死神的来临，大家人心惶惶，不可终日。凄惨的迷雾笼罩着整个岛屿，田野里爬满了毒蛇，庄稼早被野鼠啃食殆尽，河流里浮尸无数，到处一片悲鸣一片恶臭。毒素渗透到井水中，人们没有办法喝到干净的水。就这样，埃葵娜岛的人民整整忍受了四个月的酷刑。在这四个月中，人数减少了三分之二，整个国家面临着毁灭性的打击。

　　埃阿科斯看见他的臣民遭受着如此巨大的灾难而自己却束手无策，不禁悲从中来。听到别人失去了亲人，他感觉就像自己的亲人去世了一样，他恨不得自己一个人承受起这天大的灾祸。他寝食难安，向上天苦苦哀求道："宙斯啊，万能的天神！要是您现在看到这一切了，请您用您的同情心来拯救我们。如果我真是您的儿子，如传闻中所言，请您将我原来的幸福赐予我，而不要将它们从我手中夺走啊！或者您拿走我的性命，不要让我每天忍受着这酷刑！"

宙斯听到了他的呼喊，于是抛下一道闪电和霹雳，雷声轰轰作响。埃阿科斯看见了父亲的预示，感到希望的来临，他终于又振奋起来。他来到了一个巨大的栎树旁，这是宙斯的神谕之树，是由宙斯的多度那圣栎树的种子长出来的。埃阿科斯想得到更多的神谕，于是他站在栎树旁等待。忽然，发现树干上爬满了蚂蚁，黑压压的一片。它们排成一长串的队伍，搬运着一颗硕大的米粒。"就赐给我像这蚂蚁一般多的臣民吧，赐给我们谷物，让大家过上安稳的生活吧！"埃阿科斯呼喊着跪了下来，亲吻着土地和栎树的根部，并允诺给神明丰盛的祭品当做回报。这时候栎树沙沙作响起来，树冠开始摆动，像是听懂了埃阿科斯的请求，叶子在风中翩翩起舞，犹如一曲神圣的赞歌。埃阿科斯虔诚地跪倒在栎树旁久久地哭泣着。直到夜色来临，他才拖着疲惫的身体回到了宫殿休息。

天神宙斯
宙斯是众神和人类之父。在画中，他端坐在奥林匹斯山上，对忒提斯海神女的苦苦哀求毫不动心，保持着威严庄重的神情。

这一夜，埃阿科斯做了一个奇怪的梦，他又梦见了那棵巨大的栎树，上面还是爬满了蚂蚁，在搬运着米粒。忽然间，这些蚂蚁不动了，它们越长越大，四只脚也变成了两只，最后都像人一样站立起来，他们围在埃阿科斯的身边称呼他为国王。埃阿科斯纳闷不已，正在这时，他突然被一阵嘈杂的吵闹声惊醒了，这才发现原来自己在做梦呢。他的儿子忒拉蒙打开房门大声叫道："父亲快起来吧，你看看外面出了什么奇迹！"埃阿科斯来到了阳台上，他看见城墙外四周涌过来无数的人，黑压压的，就像梦中他看见的蚂蚁一样。迷雾已经消退了，天空飘满了云彩，凉风袭来，仿佛头天晚上下过雨一样，瘟疫终于结束了。他高兴地大声呼喊道："我亲爱的臣民们，你们将要像蚂蚁一样勤劳勇敢，你们以后就叫做弥尔弥杜亚人吧，幸福的日子属于你们！"人们也跟着欢快地呼喊起来，举国上下一片节日的气氛，仿佛新世界来临了一样。

弥尔弥杜亚人真的就像蚂蚁一样勤劳。埃阿科斯把没有领主的国土平均分配给他们耕种。在他们的辛勤耕作下，收成一年比一年好，但他们从来不浪费一粒粮食，懂得勤俭节约。这个民族一直保有这种良好的习性。在埃阿科斯的领导下，在众人的勤奋劳动下，埃葵娜岛重新恢复了生机，人民也渐渐过上了他们想要的生活。他们也非常敬重埃阿科斯。在埃阿科斯死去的时候，众神将他奉为冥界的判官。埃阿科斯的儿子们和孙子们都是出类拔萃的人，比如柏琉斯的儿子阿喀琉斯，就在后来在特洛伊战争中战胜了勇猛无敌的半人半神的英雄，忒拉蒙的儿子则是强大的埃阿斯。

阿耳戈英雄们的故事

伊阿宋和珀利阿斯

克瑞透斯是爱俄尔卡斯王国的国王和创建者，他把自己的国家建在了忒萨利亚的海港上。克瑞透斯与妻子堤洛生有两个儿子，大儿子埃宋和小儿子珀利阿斯。在临死前，克瑞透斯把王位传给了自己的大儿子埃宋，这让一直觊觎着父亲王位的珀利阿斯感到非常不快。但是，他没有声张，而是暗暗地做好了篡位的打算，悄悄地等待着一个合适的机会。

终于，珀利阿斯等到了一个好机会：埃宋得了一场重病，而自己为篡位所做的准备也已经比较成熟了。于是，他发动政变篡夺了哥哥的王位。为了斩草除根，珀利阿斯还处死所有他能够找到的埃宋后裔。但是当他准备杀死埃宋本人的时候，他们的母亲堤洛拦住了他。她不愿意看到自己的两个儿子自相残杀，苦苦地哀求着自己的小儿子。在母亲的哀求下，珀利阿斯终于没有下得了手，只是把埃宋囚禁起来，并逼迫他主动声明放弃自己的王位。

后来，埃宋与阿凯美迪结了婚，还生了一个男婴，取名为伊阿宋。为了避免婴儿被珀利阿斯杀害，伊阿宋一生下来，阿凯美迪就带着一群妇女聚在男婴周围大哭，装作他刚生下来就已经死了。为了让珀利阿斯派出的密探不产生任何怀疑，她还派人假装去埋葬了婴儿，然后悄悄地把他送到珀利翁山，交给了半人马喀戎，让他帮他们将伊阿宋抚养长大。喀戎是个富有传奇色彩的人，他不仅本人多才多艺，而且还培养出了许多远近闻名的大英雄。同样，他也把伊阿宋训练成了一个英雄，但这花去了他整整二十年的艰辛时光。喀戎按希腊人心目中的英雄形象严格训练着伊阿宋。伊阿宋也不负众望，经过了二十年的艰难求学之后，他终于由一个懵懂少年长成了健壮的青年，由一个淘气的小王子变成了英姿飒爽的勇士。

篡夺了长兄王位的珀利阿斯也没有完全心安理得，他经常为自己的罪行感到惶恐。到了年迈的时候，他突然得到了一则神谕，这让他更加不安了。原来，神谕警告他要提防一个只穿一只鞋子的人，并且说这个人将夺走他的一切。他一听这个神谕非常害怕，反复思忖着它的含义，可是任他抓破了脑袋也猜不透这话的确切含义。就在珀利阿斯为了这个神谕而伤透了脑筋的时候，二十岁的伊阿宋离开了自己的启蒙恩师喀戎，要动身返回故乡了，他要向可耻的叔叔珀利阿斯讨回王位继承权。根据神使的指示，伊阿宋装扮成了马格尼西亚人，他还随身带了两根长矛，分别用来投掷和刺杀。

在途中，伊阿宋经过了一条水流湍急的阿纳乌洛斯河，河岸边一位端庄的老妇人喊住了他："喂！年轻人，帮我渡过河去吧，水流实在是太急了，我自己不敢过。"实际上，这个老妇人是国王珀利阿斯的仇人——众神之母赫拉，赫拉恨珀利阿斯，因为他从未向赫拉献祭，也没有向她表示过应有的敬意。现在赫拉要进行报复。伊阿宋听到有人叫自己就回过身去，看到了赫拉，因为她是作了伪装的，所以伊阿宋并不知道这就是大名鼎鼎的女神赫拉。但是，他一向是个热心而善良的年轻人，所以答应了老妇人的请求，用双手举着老妇人过河。快要到岸的时候，伊阿宋只觉得脚下一沉，一只脚便陷进了河底的污泥里，他使劲一拔，脚是出来了，可是一只鞋却被粘在污泥里了。他顾及老妇人的安全，并没有弯腰去取，而是举着她登岸了。渡河后，赫拉向伊阿宋现出了真身，并答应庇佑他并帮助他夺回王位。由于丢失了一只鞋子，伊阿宋只好一只脚穿着鞋子一只脚赤着继续赶路。最后，他来到了爱俄尔卡斯的市场上，看见一群人正在忙忙碌碌地干着什么。跟周围的人一打听，伊阿宋知道这群人的首领就是自己无耻的叔父珀利阿斯，他正带领着人们虔诚地向海神波塞冬献祭。

市场上的人们看到伊阿宋这个英俊而魁伟的年轻人，他们纷纷议论着，以为是太阳神阿波罗或者

◥ 伊阿宋雕像
青年伊阿宋是美狄亚心中的至爱，他的形象其实是凡人中的阿波罗，俊美和神武相交融。

是战神阿瑞斯降临到了人间。正在指挥着仆从们摆设祭品的国王珀利阿斯看到正往祭台走来的伊阿宋，也不禁大吃了一惊。因为他惊恐地发现这个披头散发、身着豹皮的外乡年轻人只穿了一只鞋子。他的心情一下子变得七上八下，他非常恐惧，因为他明白了这个年轻人就是神谕中所说的那个"只穿一只鞋子的人"。所以，当神圣的祭祀仪式一结束，他就立即朝这个外乡人走去，问他是谁，从哪里来。尽管珀利阿斯在问话的时候极力装出一副若无其事的样子，但他的内心却被恐惧填得满满的。

伊阿宋用平静的语气回答说，他是埃宋的儿子，跟随着马人喀戎在山洞里长大。他跟着喀戎受到了良好的教育，现在他回来是想看看父亲的旧居。珀利阿斯是个十分狡猾的人，他不动声色，面露微笑地听着自己这个侄子的诉说，还热情地接待了他，不让丝毫的惊恐与憎恨的情绪流露出来。不知道的人还以为他真的对这个从未谋面的侄子有什么深厚的感情呢。他慷慨地答应了伊阿宋看父亲故居的要求，派人带伊阿宋在宫殿内四处参观。伊阿宋环视着父亲的旧居，不觉思绪万千起来。依稀记得，在这座宫殿里父亲曾抱着自己、把自己举得老高，而那些欢声笑语就在这巨大的穹窿里响起、扩散、再响起……依稀记得，丝丝缕缕的光穿透穹窿的巨大阴影在门口那儿白得刺眼，从内往外望去，恍如隔世……接连五天，珀利阿斯都安排自己的儿子也就是伊阿宋的堂兄弟们和伊阿宋一起饮酒欢宴，说是为侄儿接风洗尘，庆祝他们堂兄弟的重逢。

伊阿宋没有被珀利阿斯的"热情"接待弄晕头脑。第六天，他离开了特意为欢迎他而搭建的帐篷，来到自己的叔父、篡位者珀利阿斯的面前说："国王哟，我的叔父。你非常清楚，我才是合法的王位继承人，你现在所占据的一切都本应是属于我的，是你用不光彩的手段从我父王那儿夺去的。现在，我愿意把羊群、牛群和你从我父亲手中夺得的土地都留给你，但是我要讨回我父王的权杖和王位。"

珀利阿斯早就预料到伊阿宋会来跟自己要回王位，他在短暂的激动之后很快就镇定了下来，想到了一个绝妙的办法。于是，他和颜悦色地说："我可以满足你的要求，但你必须先答应我替我去做一件事。长久以来，我夜里老是梦到佛里克索斯的阴魂，他请求我让他的灵魂得到安宁。我要你做的事就是到科尔喀斯的国王埃厄忒斯那儿去，取回佛里克索斯的遗骸和金羊毛，让他的阴灵得到安宁。照理我该亲自去做，但我已经年迈，无力做这件事了，我现在把这件光荣的使命交给你。你还年轻，正需要这样的功绩来树立自己的威望。当你带着这宝贵的战利品凯旋时，你将会成为一位万众瞩目的英雄，我将把权杖和王位还给你，同时，你还会得到无上的荣誉。"然后，珀利阿斯当着宙斯的面发誓，说若伊阿宋能完成任务归来，他便会交还王位。其实，他明白此行凶险非常，实际上是他借刀杀人给伊阿宋设的一个陷阱，他相信伊阿宋必定会在这次行动中丧命的。伊阿宋不知道珀利阿斯的真正意图，爽快地答应了。

为什么说珀利阿斯交给伊阿宋的任务非常凶险呢？原来，珀利阿斯让伊阿宋取回的金羊毛可不是什么等闲之物，要想夺取金羊毛是一件无比艰难的事情。要说这些，可就要从金羊毛的来历说起了。

阿耳戈英雄们踏上征程

金羊毛的来历是这样的：很久以前，色萨利的国王阿塔玛斯娶了年轻美貌的涅斐勒，并生了一子一女。开始的时候，他们俩过得十分幸福快乐。但是光阴似箭，一晃许多年过去了。阿塔玛斯的心慢慢地变了，涅斐勒日渐衰老的容颜再也激不起他心中的激情，于是他遗弃了涅斐勒，另娶了一个年轻貌美的女孩子。面对丈夫的薄情，涅斐勒非常伤心，可是作为一位母亲，涅斐勒更担心的不是自己而是自己的一对儿女：他们的继母会不会加害他们呢？涅斐勒明白，以丈夫的薄情，既然能抛弃自己，肯定也不能很好地保护两个年幼还没有完全成人的孩子。与其让他们在王宫之中寄人篱下，看继母的白眼，还不如把他们送到继母的势力所达不到的地方去呢，涅斐勒暗暗地在心中打定了主意。可是，她一个妇道人家，怎样才能做到这一点呢？

正在涅斐勒为这件事发愁的时候，信使之神赫耳墨斯出现了。他带来了一只长着金毛的公羊，说这只羊将把两个孩子送到该到的地方去。涅斐勒听从神的旨意让两个孩子骑到了羊背上；并且赫耳墨斯告诉涅斐勒，公羊自会把他们送到一个安全的处所。弟弟佛里克索斯年龄幼小，懂事的姐姐赫勒帮助他骑上了公羊，并告诉他要紧紧抓住两只羊角。弟弟和姐姐一前一后刚坐稳，公羊便腾空而起，呼啸着向东方飞去。在越过亚欧两洲分界的海峡时，姐姐赫勒一阵头晕，从羊背上坠落下去，掉在海里淹死了。那海从此就称为赫勒海，又称赫勒斯蓬托。弟弟哭着大喊姐姐的名字，彻骨的悲号在呼啸的风中颤抖着飘散开来，然而公羊仿佛没有听见，继续向前飞奔。

最后，公羊来到了黑海东岸的科尔喀斯王国，并把男孩佛里克索斯平稳地放到地上。佛里克索斯受到了国王埃厄忒斯的热情接待，还娶了国王漂亮的女儿卡尔契俄柏为妻。为了感谢神灵帮助自己逃离了继母的加害，佛里克索斯宰杀了自己骑坐的金羊来祭献宙斯。他还把珍贵的金羊毛作为礼物献给了自己的岳父国王埃厄忒斯，来感谢他的庇护，同时也作为自己给卡尔契俄柏的聘礼。国王非常喜欢这闪闪发光的金羊毛，他将它转献给战神阿瑞斯，以求得阿瑞斯的庇护。国王命人把金羊毛钉在了敬奉阿瑞斯的圣林里，还派了一条威武的毒龙寸步不离地看守着金羊毛。因为神谕告诉他，他的生命和王位将与这金羊毛密切地联系在一起，只要这金羊毛安安稳稳地待在阿瑞斯的圣林里，他的生命和王位就无比安全，但是只要他失去了金羊毛，就非常危险了。

后来，整个希腊都把金羊毛被看作是稀世珍宝。许多君主王侯和大英雄都想得到它，但却没有一个人能够成功，因为要想得到它需要经历很多的考验。所以，珀利阿斯国王理所当然地认为，让伊阿宋去取回这件宝物是个绝妙的主意。他觉得，伊阿宋肯定会因此丧命，就算他侥幸捡回一条命来，也肯定得不到金羊毛，那也就不好意思再提要回王位的事了。伊阿宋竟然真的同意了，他果真没有看出叔父的真正用意是要他冒险身亡，而欣然答应完成这次冒险事业吗？抑或者是伊阿宋骨子里的英雄气概在作祟？毕竟，英雄需要去冒险去成就一番伟业方可成为真正的英雄！

伊阿宋接到这个任务后，邀请了很多希腊著名的英雄们参加这一英勇的行动。为了这次盛举，伊阿宋请阿利斯多的儿子阿耳戈为他们造了一艘战船。阿耳戈是一位聪明绝顶的工匠，他也是当时全希腊最好的造船工匠。在雅典娜的指导下，阿耳戈在佩利翁山脚下，用在海水里不会腐烂的坚木造了一条五十桨的华丽大船，大船以制造者的名字命名为"阿耳戈号"，而跟伊阿宋一起去夺取金羊毛的英雄们则被统称为"阿耳戈英雄"。在这艘船的船壁上，有一块神奇的木板，是女神雅典娜赠送的。它是用多多那神殿前的一棵会说话的栎树的木料制成的，可以为船上的人宣示神谕。这条华丽的大船两侧都装饰着富丽的雕刻作品，是希腊人在海上航行的最大的一艘船，但船体又很轻，英雄们甚至可以把它扛在肩上运走。

当大船造好并将一些航行所需的水、蔬菜、食品等一些生活必需品以及一些器械、武器等装备停当后，伊阿宋被推举担任了船上的指挥，而其他的英雄们则抽签决定自己在船上的位置。力大无比的提费斯成了掌舵手，眼力敏锐的林扣斯成为了阿耳戈号的领航人，大英雄赫拉克勒斯威风凛凛地坐在船的前舱，负责后舱是阿喀琉斯的父亲珀琉斯和埃阿斯的父亲忒拉蒙。其余的英雄们则负责大船的内舱，他们是赫拉克勒斯的朋友许拉斯，宙斯的双胞胎儿子卡斯托耳和波吕丢刻斯，忠贞的尔刻提斯的丈夫阿德墨托斯，阿波罗的儿子、天才的歌手俄耳甫斯，后来成为雅典国王的英雄忒修斯和他的挚交好友庇里托俄斯，皮罗斯国王涅斯托耳的父亲涅琉斯，曾经杀死过卡吕冬野猪的墨勒阿革洛斯，海神波塞冬的儿子奥宇弗莫斯以及小埃阿斯的父亲俄琉斯等。

起航前，伊阿宋带领着所有的英雄给波塞冬和众海神们献祭了供品，他们虔诚地祈祷海神们保佑他们接下来的航行平安、祈祷能顺利拿到金羊毛、祈祷能带着英雄的荣光重回这片土地。

献祭结束之后，英雄们很快地各归各位，做好了出发的准备。伊阿宋站在船首，一声令下，大船便拔锚起航了。只见五十支巨大的船桨一起在水中划动起来，海面上泛起了一阵阵洁白的浪花。大船在英雄们的欢呼声中快速地前进着，不久就把爱俄尔卡斯港远远地抛在了后面。阿耳戈英雄们意气风发，谈笑风生，不知不觉中大船已经飞一般地驶过了无数的海岛和山峦。第二天，海上狂风大作，把阿耳戈号的帆鼓得满满的，很快就把英雄们送到了雷姆诺斯岛。

阿耳戈英雄们在雷姆诺斯岛

英雄们起航后首先到达的是雷姆诺斯岛，岛上有一个繁盛的国家。可奇怪的是这个国家却全是女人，连一个男人都见不到。原来，在一年之前，雷姆诺斯岛上的妇女们杀光了岛上所有的男人。这一切是因为她们的丈夫从附近的色雷斯岛带回了许多外乡女子作为他们的小妾。更让雷姆诺斯的女人们接受不了的是，从此之后，她们的丈夫都被色雷斯岛来的小妾迷得神魂颠倒，再也不答理她们了。

爱神阿佛洛狄忒也被雷姆诺斯岛的男人们激怒了，她激起了女人们可怕的妒火，这妒火让她们陷入了疯狂之中。于是，她们疯狂地杀死了各自的丈夫，又一不做二不休杀死了岛上所有的男子，连头发花白的老人和哇哇啼哭的婴儿都没有放过。当然，色雷斯岛来的所有的小妾也被一起杀死了。这群疯狂的女人把自己的丈夫的尸骨埋在了岛上，又把色雷斯岛的女人们尸骨扔到海里喂鱼了。整个雷姆诺斯岛上只有一个男人幸免于难，那就是国王托阿斯。托阿斯的妻子早已经去世，他的女儿许珀茜柏勒不忍心杀死自己的父亲，就偷偷地将他藏在一个木箱中抛到了大海里，想借此救父亲一命。杀掉男人们之后，雷姆诺斯岛上的女人们便推举老国王的女儿许珀茜柏勒当了她们的女王。

因为杀死了色雷斯岛来的所有女人，所以雷姆诺斯岛上的女人们总是担心色雷斯人会突然袭击雷姆诺斯。她们常常充满警惕地站在岸边观察着海上的动静，提防她们情敌的亲属们会来找她们复仇。因此，当她们看到阿耳戈号大船正在快速地靠近海岸，不由得惊恐起来。号角声在整个岛上响起，"呜呜……"的低沉的声音响彻岛屿。女人们听到号角声迅速而有序地冲出城门，她们全副武装，在海岸上盯着已经快要靠岸的阿耳戈号。伊阿宋他们看到海岸上突然聚集了一群英姿飒爽的女战士，却连一个男人都没有，感到十分惊奇。他们没有轻举妄动，而是派出了一位手持和平节杖的使者乘一只小船向岸上靠去。使者上岸后，被这只奇异的队伍里的女人们押解着，带到了她们的女王许珀茜柏勒面前。使者向女王行了礼，然后以谦恭的语气传达了阿耳戈英雄们的意思和请求："我们只是路过的外乡人，决没有半点要冒犯贵国的意思。请让我们进港休息一下吧，我们将十分感谢您的盛情款待。"

女王没有立刻答复他，沉吟了一下后，她命人把岛上所有的女人都召集到城中的集市广场上。许珀茜柏勒穿一身白色的长裙，束一条金色的发带，稳稳地端坐在自己的父亲曾经坐过的大理石王座上，王座两边各站着一个美貌的少女。女王向众人告知了阿耳戈英雄们的来意和要求。接着，她站起身来，朗声说道："亲爱的姐妹们，我的子民。我们曾经在疯狂的情绪中犯下了极大的罪过，愚蠢地杀死了我们的丈夫、父兄和男孩子，灭绝了岛上所有的男子。现在，阿耳戈英雄们路过了我们的国家，央求我们的盛情款待。我们不能再拒绝向我们表示友好的朋友了，否则，我们将陷入彻底的孤立境况。但是，我们也一定要对他们有所提防，千万不能让他们知道我们所犯的罪行。因此，我建议不要让他们进入我们的城市，而是让这批异乡人继续待在他们的船上，由我们把食物、美酒和其他一切生活必需品送上船去。这样，我们既能保持一种友好的姿态，又能保证我们的安全，不让我们曾经犯下的罪行暴露。大家有什么意见吗？"

说完，女王又端坐到宝座上了。这时，人群中传来了一个苍老的声音。原来是一个老得连说话都十分困难的老妇人，她颤巍巍地站起来说："对表示友好的人保持礼节，给经过的外乡人送上食物和美酒，这种做法自然很对。但是我们是不是一定要拒人于千里之外，不让异乡人进入我们的城池呢？我想诸位也明白，我们整日如此守御也不是长久之计，因为所有人都会一天天老去，老得像我一样，可是整个岛上却没有一个新生儿降生。到那时，我们就没有防御的力量了，色雷斯人一定会冲过来报仇的，那时该我们怎么办呢？当然，像我这么老的老妇人倒是没什么好害怕的，在灾难降临之前我们就已经死去了。但你们这些年轻一些的可怎么办呢？即使色雷斯人没有来复仇，你们也没法安稳和美地生活下去呀。春天，耕牛不会自己套上牛轭，在田里耕地的；夏天过去之后，它们也不会在丰收的秋季替你们去收割庄稼。你们是不愿意干这种苦活的，并且这种活终究也不是只靠女人就干得好的。所以，作为一个稍微有些生活阅历的老人，我劝你们珍惜神送给我们的这个绝好的礼物，千万不要错过了。这艘大船上的男子可都是英勇魁梧的当世大英雄，赶快把一切的财产、土地和你们自己交给这些高贵的异乡人吧，让他们与我们来共同治理我们这座美丽的城市吧！从此之后，你们再也不用担心来自色雷斯人的侵犯，这些英雄们很轻易就能打得他们落花流水；也不用担心我们的国家后继无人，你们与这些人生下的后代一定是比他们的父辈还要勇猛的英雄。当然，我们曾经犯下的罪行还是应该隐瞒的。这倒也简单，只说我们岛上的男人都跟色雷斯女人私奔了就行了。"

老妇人的建议打动了女王，也赢得了所有女人的赞同，因为她们也早已隐约意识到只有女人没有男人的种种不便和潜在的危险。于是，女王便派出身边站着的少女作为使者随阿耳戈号的使者一起回到船上，向阿耳戈的英雄们表达了她们欢迎英雄们进入她们的城市并且会盛情款待他们。当然，对于希望留下他们一起生活、繁衍后代的想法，少女听从了女王的吩咐，绝口不提。英雄们听了少女的话都很高兴，他们对此没有丝毫的怀疑，还以为许珀茜柏勒是在她父亲死后正常地继承王位的。于是，伊阿宋披上雅典娜赠送的紫色斗篷，英雄们也都穿戴整齐，一行人便动身进城了。当阿耳戈英雄们穿过城门的时候，发现女人们都已经涌出门来，夹道欢迎他们了。对这些远道而来的客人，雷姆诺斯岛的女人们感到非常满意，纷纷在心底里默默感谢着神的恩赐。当一行人到达国王的宫殿门口时，女人们阻止了其他英雄们的步伐，只邀请伊阿宋一人进入女王的宫殿。

　　伊阿宋不敢放肆，按照礼仪双目注视地上，在少女使者的引导下向女王的居室走去。宫女们打开层层的宫门，热情地欢迎这位远道而来的贵客。年轻貌美的女使者把伊阿宋领进许珀茜柏勒的内室后，便转身出去了。屋里只剩下女王许珀茜柏勒和伊阿宋了，女王便请他在自己面前的一把华丽的椅子上坐了下来。许珀茜柏勒目光低垂，脸颊泛着迷人的红晕，完全不像是一个高高在上的女王，倒像是一个情窦初开的妙龄少女。她缓缓地转向伊阿宋，开口说话了，她的声音既温柔又羞涩，像是深林里的一条清澈又柔长的小溪："异乡人，你们不必待在城外，进城吧。雷姆诺斯城里已经没有男人了，你们一点也不用害怕。我们的男人不讲信义，他们对我们不忠，把战争中抢来的色雷斯女人纳为小妾，并且跟着她们私奔，迁到她们的故乡去了。为了让我们绝后，他们还带走了所有的男孩和男佣，甚至连老翁都被他们带走了，把我们抛在这里，孤独无依。所以，我们十分希望你们能留在这里，在我们美丽的岛上住下来。我们会把所有的土地和财产交给你们管理。如果你愿意，你可以取代我坐上我父亲托阿斯的王位，成为我们的新国王。雷姆诺斯岛是这片大海中最富饶的岛屿，你们留在这里将会得到最安逸的生活，你和你的同伴们一定会喜欢留在这里的。希望你回去把我的建议告诉你的伙伴们，别再犹豫了，都进城吧！不要再在海上漂泊了，停下歇歇吧，这里有热腾腾的饭菜和温柔如水的女人在等着你们。"

　　伊阿宋听了女王的话大吃一惊，因为他们只是想在岛上休息一下，然后继续踏上夺取金羊毛的征程。但他还是很有礼貌地回答说："敬爱的女王，我们怀着感激的心情接受你们对我们这些漂泊在海上的人的帮助。我会把你的建议告诉我的同伴们，我也愿意重新回到城里来。至于您尊贵的王位和美丽的岛屿，还是请你自己执掌吧！请您相信，我之所以拒绝这一切绝对不是看不起它们，而是因为我们是为了一个神圣的使命而来的，在遥远的远方还有激烈的战争还在等待着我们。"说完,伊阿宋伸出双手向女王告别。出了宫殿,便与英雄们一起匆匆忙忙地回到了大船上。

很快,女人们乘着快船,载着许多食物美酒和精美的礼物赶来了。此时,所有的英雄都听了伊阿宋转述的女王的话,因此,女人们很容易地说服了他们进城并分别住进了她们的家里。伊阿宋就直接住在了宫里,成为了女王的伴侣,其他人则分住在城中各个女人的家里,每个人各得其所,都很高兴。阿耳戈英雄们当中,只有大力士赫拉克勒斯生来憎恶女色,所以他没有为女人们的热情所俘虏,仍然坚持跟很少的几个伙伴留在了大船上。

很快,雷姆诺斯城内便热闹非常了,女人们穿上了自己最漂亮的衣服,戴上了珍藏的首饰,在来到自己家的英雄面前跳起了最动人的舞。家家欢声笑语,处处美酒飘香,一派全城狂欢的景象。为了感谢诸神对自己的恩赐,他们还在城外进行了盛大的献祭,一时间烟火缭绕,股股香烟袅袅地飘上云端。女人们同阿耳戈英雄们一起虔诚地祭拜雷姆诺斯岛的保护神赫菲斯托斯和他的妻子阿佛洛狄忒。在美酒和美女构筑的温柔乡里,城中的阿耳戈英雄们渐渐有些乐不思蜀了,出航的行期被一天天拖延了。他们几乎要忘记了自己出航的目的了。

这时,等在船上的赫拉克勒斯再也忍不住了,他从大船上下来,来到城中,把伙伴们召集了起来,催促他们立刻动身。"你们这些愚蠢的人!难道你们已经忘了是为什么出来的吗?多么可耻呀,你们的父母妻儿孩子在家中苦苦地期盼着你们的归来,而你们却沉醉在异乡女子的温柔乡中乐不思蜀了!"赫拉克勒斯愤愤地说,"难道你们是为美色和享乐才到这里的?难道你们自己国家的女人还不够你们消受吗?多么可笑呀,阿耳戈号刚刚开始航行的时候,你们还一个个斗志昂扬,发誓要带着胜利的荣光返回家乡,可是这才过了多长时间呀,你们就想留在雷姆诺斯过着像农人一样的日子了。你们是不是以为只要你们在这里喝酒享乐,天上的诸神就会取来金羊毛,放在你们的脚下。如果是这样的话,那我们干脆各自回家乡吧!让伊阿宋留在这里娶许珀茜柏勒女王为妻吧,生一大堆儿子,终身居住在这弹丸之地,只能在年老的时候去听听别人创建的丰功伟绩!"

赫拉克勒斯生性倔强、刚毅,并且在登上阿耳戈号之前

赫拉克勒斯的战斗

就立下了几件伟大的功业，所以在众人当中比较有威信，没有人敢违抗他。并且，他的这番话句句有理，一下子点醒了沉醉在温柔乡中多时的英雄们。他们为自己的行为感到羞耻，向赫拉克勒斯道歉并表示会立即离开。于是，众人纷纷表示要立即离开女人们的家，准备出航。城里的女人们看到了他们的行为已经明白了他们的意图，她们从各自的家中涌出来，拉住英雄们的衣角，又是抱怨，又是撒娇，想为挽留英雄们做最后的努力。但此时的英雄们去意已决，眼泪和撒娇已经不能再阻碍他们前进的步伐了。女人们看到英雄们坚毅的眼神，明白大势已去，她们只能听从命运的安排，放英雄们离去了。许珀茜柏勒满含热泪地走到伊阿宋面前，深情地握住他的手说："我是多么不舍的你离去呀，可是我明白远方有一个声音在召唤着你。去吧，亲爱的伊阿宋，愿赫菲斯托斯保佑你和你的伙伴，让你们得偿所愿，顺利地取得金羊毛！当你们凯旋的时候，如果你还愿意回来，雷姆诺斯的大门永远向你敞开着，我和我父亲的王杖也将永远地等着你。我明白，这可能只是我的一相情愿，你也许是永远也不准备回来了，那么，当你在远方的时候，我希望你能偶尔地想起我！"

听了女王的话，伊阿宋感慨不已，他压抑着激动的情绪，感谢了许珀茜柏勒这段时间以来的盛情款待，然后毅然决然地转身离开，第一个回到了阿耳戈船上。其他人一看伊阿宋上了船，也纷纷告别了身边的女人，也跟着上了船。英雄们上船之后就重新解开缆绳，升起船帆，开始摇动着五十对船桨，在雷姆诺斯女人的目送中离开了。很快，大船就风驰电掣般行驶起来，身后的雷姆诺斯岛渐渐地变小，变成了一个小黑点，最后完全消失了。

阿耳戈英雄们与杜利奥纳人

很快，阿耳戈英雄们家驾着大船就驶到了雷姆诺斯女人们的仇敌的地盘，色雷斯岛。这时，突然从色雷斯吹来了一阵狂风，把阿耳戈号吹到了夫利基亚海岸。这里有一座叫岛屿，岛上住着杜利奥纳人和野蛮的土著巨人。巨人们长着六条手臂：宽阔的肩膀两边上各长一条，腰的两侧又各长着两条。

由于杜利奥纳人是海神的子孙，所以海神保护他们免于遭受可怕的巨人们的侵犯，并且让虔诚的杜利奥纳人基奇科斯做了这座岛屿的国王。数月之前，基奇科斯国王曾经得到过一则神谕：有一队英雄即将乘着一艘华丽的大船前来，他应该热情地接待远道而来的英雄们，千万不能与他们发生冲突。自从得到这则神谕之后，基奇科斯就已经命人做好了迎接贵客的准备。所以，当他听说海上驶来了一艘华丽的大船后，便马上带领着全城人出来迎接了。他请阿耳戈号上的英雄们把大船停泊在他们的海港，又把他们迎接到城内，用美酒和牲口热情地款待了他们。

基奇科斯国王非常懂得待客之礼。阿耳戈英雄们到来的时候，他恰巧新婚燕尔，刚刚娶了自己娇美的妻子克利特两三天。此时，为了陪伴客人，他离开了恋恋不舍的妻子，与阿耳戈英雄们一起欢笑宴饮。英雄们被主人的热情好客感染了，他们欢乐地享用着醉人的葡萄酒和美味的菜肴，不断地向年轻的主人敬酒，感谢他的热情接待。在宴饮的过程中，阿耳戈英雄们告诉了基奇科斯他们出航的目的，而基奇科斯国王也给他们详细地指点了路程，告诉他们怎样才能更快地到达他们的目的地。酒席结束之后，国王命人把英雄们带到了早已准备好的客房，好生招待。

　　第二天一早，英雄们就与基奇科斯国王一起登上岛上最高的山峰，观察这岛在海上的确切方位。就在这时，离他们不远的港口处发生了一件事情：一群六条手臂的土著巨人从四处涌来，用巨大的石块堵住了港口，让船只无法进出。这时，阿耳戈船正停留在港口，由不愿意上岸的赫勒克勒斯守卫着。他看到来了一批六手巨人捣乱，怒上心头，随即便持弓搭箭，射死了许多巨人。很快，在城中山峰上的其他英雄们也听到了巨人们侵犯港口的消息，他们也赶过来了，加入到赫拉克勒斯的战斗之中，纷纷用矛和弓箭朝巨人们打去。这些巨人们哪是阿耳戈英雄的对手，一场激战过后，便被打得纷纷溃逃。阿耳戈英雄们怕给热情好客的杜利奥纳人留下隐患，就乘胜追击，彻底消灭了巨人们。

　　阿耳戈英雄们取得了胜利之后，便辞别了再三挽留的基奇科斯国王，又扬帆起锚，向着大海出发了。夜里，海上风向突变，又把大船往白天出发的地方吹去，身处一片黑漆漆海面的阿耳戈英雄们对这一切并没有丝毫的察觉，以为船还是按照原来的方向行进的。他们没有察觉自己又被海风送回了夫利基亚海岸，他们也没有察觉即将到来的危险和悲剧的结局……

　　阿耳戈英雄意识到船到了一处海岸，但不知道到了夫利基亚海岸！黑黢黢的大地就在眼前，万物无言，只有海浪在拍击着沙滩和礁石。远处的那座城，灯火昏沉，似乎也沉睡在了这深夜里。但英雄们知道，这城里的兵士和居民不会那么巧也像杜利奥纳人那样欢迎他们的到来；来自希腊的阿耳戈英雄们在茫茫大海上漂泊了这么久，是该占领一座城池，好好休整一下啦。于是，英雄欢呼着冲出阿耳戈号，带着武器欢呼着涌向海岸；此时杜利奥纳人被登陆的嘈杂声从睡梦中惊醒，战斗的号角声响彻夜空，惊醒了沉睡的海、沉睡的城和城里的人。杜利奥纳人急忙穿好衣服，匆匆拿起武器，便涌向了岸边，阻击深夜来犯的敌人。他们根本没有认清这些"敌人"原来就是他们在一天前还相谈甚欢、依依不舍的朋友。

　　杜利奥纳人纷纷向远处看不清面貌的敌人投出了手中的投枪，射出了一支支的利箭，扔出了一块块巨大的石块。有许多阿耳戈英雄被射伤了，但他们训练有素，纷纷拿起了盾牌护住了头脸和身体；同时，压低身子开始冲着阻击自己的城里涌出的人全速冲击，眼见一个个同伴被飞来的投枪、利箭、石块击中、击伤，阿耳戈英雄们的胸中已经燃烧起了熊熊的复仇的火焰。当他们冲进人群的时候，双方展开了不幸而惨烈的厮杀！劈砍的利剑，猛刺的投枪，挥舞的战斧、钉头槌……飞舞的断臂残肢、滚落在地的头颅、殷红的四处泼洒的鲜血……这里是人间地狱，惨烈的厮杀使天地变色、星辰暗淡。阿耳戈英雄们毕竟训练有素，并且是有备而来，岛上的居民很快就被杀得四处逃散。最后，更大的悲剧发生了——英勇无比的伊阿宋一马当先，把自己手中的长矛刺入了热情好客的国王基奇科斯的胸膛。长矛一下子穿透了基奇科斯的身体，可怜的国王当场毙命了。杜利奥纳一看连国王都被杀死了，赶紧纷纷逃回城内，关紧城门，任凭阿耳戈英雄们怎样攻打和叫骂，他们就是不出来迎战。

  第二天，太阳又一次升起来了，光明又一次洒向了大地。在夜里战斗的双方这才发现原来是一场可怕的误会。城门外一片血泊，到处都是杜利奥纳人的尸体，如同被砍倒的一片树林。看到连年轻好客的国王基奇科斯也死在了血泊里，阿耳戈英雄的心中充满了无限的悔恨与悲痛。当看到还插在国王前胸的长矛正是自己的武器时，伊阿宋更是悲痛悔恨得说不出话来。

  一连三天，阿耳戈英雄们和杜利奥纳人一起举行了隆重的祭奠仪式，哀悼所有逝者的灵魂。三天过后，英雄们又扬帆出海了。国王新婚的娇妻克利特本来就体弱多病，经历了这次混战后，更是因为受不了丈夫死去的悲痛，因忧伤过度而死了。

赫拉克勒斯被阿耳戈号遗忘了

  怀着沉痛的心情离开杜利奥纳人之后，阿耳戈英雄们在暴风雨中航行了一整天，最后，他们在喀奥斯城的比斯尼亚海湾登陆了。居住在这个地区的是密西埃人，他们非常好客，热情地接待了阿耳戈英雄们。为了帮远道而来的客人们驱除长期在海上航行带来的寒气，他们燃起了熊熊的篝火。密西埃人还在蒙蒙的夜色当中为英雄们准备了丰盛的宴席，用美酒和佳肴来款待他们的客人。

  大英雄赫拉克勒斯生性坚毅刚强，一向不习惯享受太过舒适惬意的生活。这次，他同样又离开了正在举杯畅饮的同伴们，独自走进离比斯尼亚海湾不远处的茂密树林。原来，他发现经过了这么长时间的航行之后，阿耳戈号大船上的几根桨有些腐烂了。他想去森林中寻找一棵结实的松树，来做几把更好的船桨，因为松树的木质不容易在水中腐烂。一进入树林，赫拉克勒斯就四处搜寻着，很快他就发现了一棵参天的古松，那枝干足有一抱粗。赫拉克勒斯一见有这么合适的松树，立即解下披在身上的狮皮，又把随身背着的弓箭放在一边，然后走上前去，一把抱住大树干，一用力，猛地叫了一声，已将大松树连根拔起了。

就在同时，在密西埃人的餐桌上饮酒的许拉斯突然发现赫拉克勒斯已经不在了，就离开餐桌出来寻找赫拉克勒斯。这个许拉斯是赫拉克勒斯的朋友。赫拉克勒斯在征战德律约时，曾经因口角不小心打死了许拉斯的父亲。万般后悔的大英雄见死者留下一个儿子年龄尚小的许拉斯，就把他带在自己的身边抚养，让他成为了自己的仆人和朋友。当年的小孩子慢慢地长大了，长成了一个既英俊又威武的英雄少年，跟随着赫拉克勒斯一起登上了阿耳戈号，成为了阿耳戈英雄中的一员。许拉斯离开餐桌之后，在附近到处寻找着赫拉克勒斯，但是没有找到。于是，他就带着一只水罐到泉边去为主人汲水。当时正是夜晚，一轮明月高高地挂在空中，发出迷人的清辉。当年轻的许拉斯到达泉边俯身取水的时候，他那英俊迷人的身影映到了泉水中，在月光下简直如神一般美丽。泉水中的女仙被这个美丽的身影迷住了，她呆呆地注视着这个身影，生怕一眨眼他就会不见了。突然，女仙伸出左手环住了许拉斯的脖子，又用右手抓着他的手臂把他拉到水下去了。

此时，还有一个阿耳戈英雄在这个泉的附近，那就是波吕斐摩斯。他也是出来寻找赫拉克勒斯的，走到泉水附近的时候，他突然听到了一阵呼救声，仔细一听，原来是年轻的许拉斯的声音。他赶紧朝声音发出的地方紧跑了几步，却只看到了泛着涟漪的泉水，根本不见许拉斯的身影。他又朝四周望了一下，便看到赫拉克勒斯正拖着一棵巨大的松树从不远处的树林里走出来。波吕斐摩斯一看见赫拉克勒斯，急忙对他说："唉！有一个不幸的消息，我必须第一个告诉你。刚才，你的朋友与仆人许拉斯去泉边为你打水，却没能回来。我只听到了他恐惧的呼救声，跑到泉边时却已经不见了他的身影，所以也不知道具体发生了什么。我想，不是被强盗劫走了，就是被野兽吃掉了。"赫拉克勒斯把许拉斯抚养长大，对他的感情一向深厚，现在听到了波吕斐摩斯这番话，禁不住冷汗直冒。他感到胸中一阵剧痛，猛地扔下了大松树，

◥ 赫拉克勒斯扼杀毒蛇

赫拉克勒斯自小便有惊人的力量，此后经历诸种考验成为全岛的英雄与崇敬对象。雅典人与其他希腊人不同，他们的英雄忒修斯智勇双全，体现了雅典人重视思想与理性的特征。赫拉克勒斯与忒修斯除了无上的勇气之外，有许多显著的不同，前者是一般意义上的英雄形象，后者则具有雅典文明的诸种特点。

朝着许拉斯出事的那眼泉大步跑去。

夜渐渐地深了，众星高高地悬挂在空中，向大地撒播着清辉。海面上突然起了一阵微风，正好是朝着阿耳戈号要去的方向吹的。阿耳戈英雄们一看出现了这么难得的顺风，便辞别了热情的密西埃人，决定立即起航，趁着明亮的月光和难得的顺风航行一程。阿耳戈英雄们在微风习习的海面上行进着，享受着这夏日夜晚的惬意。突然，有人大喊一声："坏了！我们是不是把三位伙伴给忘了？船上怎么没有赫拉克勒斯、波吕斐摩斯和许拉斯？我们应该回去找他们还是继续航行？"到这时，阿耳戈英雄们才发现他们把三个伙伴遗忘在喀奥斯城了，是回去还是继续航行的问题引起了英雄们激烈的争执。两种意见各执一词，互不相让。主张回去的人认为赫拉克勒斯是他们最英勇的伙伴，他们显然不能丢下他走掉；而主张继续航行的人认为，阿耳戈号已经在顺风中航行了这么久，离喀奥斯城已经很远了，如果回去的话，将会耽搁太多的时间，并且回去的路是逆风的，很难行进。最后，双方的英雄都要求他们的总指挥伊阿宋做出决定。此时，伊阿宋正坐在船上静静地听着双方的争辩，一言不发。主张回去的英雄忒拉蒙是个急性子，他沉不住气了，大声地对伊阿宋说："我们的三位伙伴被遗忘在喀奥斯城了，你身为总指挥怎么还可以这么若无其事地坐在这里？难道你想丢下他们不管吗？或者你根本就是故意把赫拉克勒斯留下的吧？你是怕赫拉克勒夺去你的荣誉和权威吗？即使所有的人都支持你，我也要孤身一人返回喀奥斯城去寻找被遗忘的朋友。"

说着，他用手揪住了舵手提费斯的衣服，要他立即调转方向驶回去。众英雄一看他发了火，赶紧纷纷过来，把他的手从舵手身上拉开。忒拉蒙的眼里射出愤怒的火焰，想要动手打人，就在这时，本来平静的海面上突然涌起了一阵巨大的波浪。海神格劳科斯从波涛滚滚的海面上冒了出来。他用强有力的双手拖住船尾，对吵成一片的英雄们叫道："英雄们，你们有什么好吵的呢？为什么非要违背宙斯诸神的愿望把勇敢的赫拉克勒斯带往埃厄忒斯？命运已经为他安排了别的英雄事业，正在等着他去完成呢；许拉斯是被爱恋他的泉中水仙抢去了，她绝不会伤害他，因为她被厄洛斯的金箭射中了，爱他还来不及呢。"说完，格劳科斯突然又沉入水中了，海面上只留下了一个黑色的漩涡，在打着转咆哮着。

听了海神格劳科斯的话，忒拉蒙为自己的鲁莽感到十分羞愧，他红着脸走到伊阿宋面前，握住他的手说："伊阿宋，我向你道歉。别生我的气吧，失去朋友的痛苦让我丧失了理智，我是昏了头才说了那么多伤害你的话。让海风把我的伤人的话和粗暴的行为吹走吧，让我们和好如初，一起去夺取金羊毛吧！"伊阿宋对忒拉蒙笑了一下，表示原谅了他的过失。于是，阿耳戈英雄们趁着顺风重新高高兴兴地重新起程了。

波吕斐摩斯留在了密西埃人那里，他在那里生活得很好，还为密西埃人修建了一座城池。而大英雄赫拉克勒斯则回到了欧律斯透斯那里，继续完成交给他的任务。

波吕丢刻斯与珀布律喀亚国王的拳击赛

阿耳戈号在海面上顺风航行了一夜，到第二天早上太阳升起的时候，他们已经来到了一个伸入大海的半岛，在这里抛锚停靠，上岸休息。这里是珀布律喀亚人的王国，这里的人非常野蛮，他们的国王阿密科斯更是凶狠而好斗。他为来到他的国土的异乡人制定了一条可恶的规定：外乡人必须和他进行较量拳击，如果赢了他，就可以平安地离开。如果打不过他，就只能留在岛上做他的奴隶了，并且终生都不许离开他的王国。阿密科斯身强力壮又精于拳击，因此极少有人是他的对手，所以许多异乡人都被迫留在岛上做了他的奴隶，过着悲惨的生活。

阿耳戈号刚一靠岸，残暴的国王就已经盯上了他们。因此，英雄刚一踏上珀布律喀亚的土地，阿密科斯就朝他们走去。他用轻蔑和挑衅的口气说："听着，你们这些海上的流浪汉，作为这里的国王，我必须告诉你们一件事。我这里有个规矩：外乡人如果不能在赛拳中打败我，就必须留下来做我的奴隶。你们赶快挑一个最能打的人跟我比赛，否则我要叫你们好看！"

阿耳戈英雄中的波吕丢刻斯一听国王的话就被激怒了，原来，他是勒达与宙斯的儿子，是当时全希腊最优秀的拳击手。他一下子跳出人群，冲着阿密科斯大声喊道："我是宙斯的儿子波吕丢刻斯，有什么本事使出来吧！"珀布律喀亚国王阿密科斯吃了一惊，这还是第一次有人敢主动跟自己打拳呢。于是，他骨碌碌地转动着眼珠子，仔细打量着这个从人群中跳出来的勇士。只见波吕丢刻斯神情镇定，目光有神，冲着国王满不在乎地笑了一下，完全没有把他放在眼里。他伸出双手，甩了几下，又试着握了几次拳，想看看它们是否在长时间的摇桨之后变得不灵活了。他发现自己的双手依然灵活有力，便满意地点了点头，径直走到阿密科斯面前，站住了。然后，国王的一个侍从便取出两副拳击用的皮手套，放在两个人面前。

凶残的国王指了指两副手套，对波吕丢刻斯说道："不知道天高地厚的毛头小子，你随便挑一副手套吧，看哪一双更合你的心意。这两副手套可都是我亲手做的，我敢打赌，你想像不到我是个多么了不起的鞣皮匠。戴上它吧，你马上就能亲身体验到我精湛的技艺了。"阿密科斯狂妄地笑了几声，接着说："不过，我用不了多久就会把你打趴在地！可惜这么好的皮手套了，你却享受不了太久。"

波吕丢刻斯并没有被国王的话激怒，他不动声色，默默地拿起离他比较近的一副手套，然后让朋友们把它套紧在自己的双手上，试着握了几下拳头。与此同时，珀布律喀亚国王也命仆人给自己戴上了另外一副手套。于是，拳击比赛正式开始了。国王先发制人，一下子举起拳头朝波吕丢刻斯冲过来，他连连地使出重拳狠拳，朝波吕丢刻斯的要害部位打去，想速战速决，不给对手留下还手的机会。但波吕丢刻斯也不是庸碌之辈，他真不愧是全希腊最好的拳击手，很巧妙地躲过国王的一连串攻击，没有让自己受到伤害。并且，他在这个过程中仔细观察着国王的一招一式，寻找着他出拳的漏洞。他很快发现了对手的弱点，于是看准机会，给了他几记重拳。阿密科斯一开始有些轻敌，此时吃了亏才明白波吕丢刻斯绝非庸常之辈，知道自己终于遇到了对手。于是他出拳便不再那么浮躁了，屏气凝神集中精力跟对手周旋了起来。两人你一拳，我一拳地打斗起来，可以说是棋逢对手，难分上下。过了半天，两个人都气喘吁吁，有些体力不支了，便都跳到一边，擦去满头大汗，透一口气，准备休息一会儿之后继续比赛。

过了一阵儿，两人又重新交手了。只见阿密科斯一拳朝波吕丢刻斯的头击去，不料波吕丢刻斯反应迅速、身手敏捷，将身子一歪头一偏便躲过了这记重拳。阿密科斯这拳打空，打中了对方的肩膀，而波吕丢刻斯却立即抓住这个难得的机会，挥出一记大力的右勾拳，击中的是国王的左耳根。这一下出力非常猛，把国王的头骨都打碎了，阿密科斯立刻痛得翻倒在地，爬不起来了。

阿耳戈英雄们一看同伴取得了胜利，高兴地齐声欢呼起来。而珀布律喀亚人看到他们战无不胜的国王倒在了一个年轻的异乡人拳下，都急忙跑到国王身边。他们一看国王痛倒在地，立即挥舞着手中的棒棍和长矛，朝波吕丢刻斯冲了过来。阿耳戈英雄们也拔刀迎战，护住了自己的朋友。一场血战杀得天昏地暗……很快，珀布律喀亚人便抵挡不住了，他们赶紧逃进城中，紧紧地关上城门，不敢出来应战了。于是英雄们涌入国王在城门外的畜栏，那里面有成百上千的牛羊，英雄们得到了数量可观的战利品。夜幕降临，阿耳戈英雄们也感到有些累了，于是他们就在城门外的空地上停留下来，燃起了几堆大大的篝火，烧烤这新鲜肥美的牛羊肉，畅饮着船上带着的美酒。为了感谢诸神保佑他们取得胜利，他们还用新抢来的牲畜做了盛大的献祭仪式。在仪式上，他们每个人都按照传统戴上了月桂花枝编成的花冠，来庆祝胜利。仪式结束之后，众英雄围着最大的一堆篝火坐了下来，伴着俄耳甫斯优美的琴声一起唱起了赞美的歌。他们一会儿赞颂诸神的慷慨帮助，一会儿赞扬阿耳戈号大船的华美，一会儿又赞美已经离开了的伙伴赫拉克勒斯的英勇。当他们唱起赞颂宙斯的儿子波吕丢刻斯取得的胜利的歌时，这个年轻人不好意思地笑了。赞美的歌声伴随着海浪和微风传播开来，整个夜空里都弥漫着一股欢乐的气息……

为菲纽斯驱逐妇人鸟

阿耳戈英雄们有说有唱，直到天色发亮时才意犹未尽地结束了他们在珀布律喀亚人城门外的饮宴，开始继续他们的航行。一路上，他们又经历了几次冒险，后来便来到一处幽静的海岸停船靠岸。英雄们刚一下船，便看到一个瘦得皮包骨头的人晃晃悠悠地朝他们快步走来，嘴里喊着："你们终于来了！"阿耳戈英雄感到非常诧异，便仔细询问这个人，终于搞清了情况。

原来，这里是俾斯尼亚的对岸，这个瘦得皮包骨头的人是英雄阿革诺耳的儿子菲纽斯，他就住在这附近。在他年轻的时候，太阳神阿波罗曾经赋予他语言的本领，但是年少气盛的菲纽斯滥用了自己的这种本领。他这种狂妄的行为惹怒了众神，神便在他晚年的时候给了他严酷的惩罚：有一天，菲纽斯正在炫耀自己的预言本领时，突然双目失明了。接着，更严厉的惩罚降临了，诸神派了一群既丑陋又可怕的人头鸟身的妇人鸟天天围着他，不让他安安稳稳地吃一点东西，喝一口水。每当菲纽斯要吃饭的时候，这群妇人鸟就会一拥而上，把他所有的食物抢夺一空。即使这群鸟不能把所有的食物都吃完，她们也不让他安安静静地用餐，而是想尽办法地把桌子上的饭菜弄脏，使菲纽斯无法食用。菲纽斯本来就失明了，又整天被这群怪鸟折磨，很快就心力交瘁、骨瘦如柴了。就在他陷入绝望，想要结束自己的生命的时候，他突然得到了一则来自宙斯的神谕：当北风神波瑞阿斯的儿子们和希腊水手到来时，他就可以安静地饮食了。这则神谕成了菲纽斯的精神支柱，他天天朝着海岸翘首张望，希望能给他带来福音的水手们早日到来。

所以，当可怜的老人听说海上驶来了一条华丽的大船时，便急忙双腿颤抖、趔趔趄趄地赶到岸边。对阿耳戈英雄们讲述完自己的经历之后，菲纽斯已经累得精疲力竭了，他支持不住，倒在了地上。阿耳戈英雄们赶紧把老人抬到了一棵大树下，让可怜的老人休息了一会儿。过了好一会儿，老人缓过神来，用虚弱的声音向阿耳戈英雄们恳求道："为了惩罚我滥用预言能力的过失，诸神不仅让我双目失明，还派这些可恶的妇人鸟来抢夺我的食物，即使它们吃不了的，也要糟蹋掉，不然我的嘴唇粘到一粒米。高贵的英雄们，如果你们真如神谕所说是我的救星，那就请赶紧救救我吧。你们也看到我的情况了，幸亏你们来得及时，如果你们再晚来哪怕一天，恐怕我也要饿死了。要知道，你们要援助的不是一个毫不相干的外乡人，因为我也是一个希腊人。我是阿革诺耳的儿子，我的妻子科勒俄帕特拉是北风神波瑞阿斯的女儿。"菲纽斯所说的都是实情。当初，北风神波瑞阿斯爱上了雅典国王厄瑞克透斯的女儿奥律蒂里阿，他向公主求婚，却遭到了国王的拒绝和嘲笑。波瑞阿斯发怒了，卷起来一阵飞沙走石的大风，把奥律蒂里阿裹挟到了遥远的色雷斯。在那里，北风神与奥律蒂里阿生了两儿两女，儿子们是仄忒斯和卡雷斯，两个女儿分别叫做科勒俄帕特拉和茜欧纳。后来，大女儿科勒俄帕特拉嫁给了菲纽斯。

　　北风神波瑞阿斯的儿子仄忒斯和卡雷斯听完菲纽斯的话，才明白面前这个双目失明、骨瘦如柴的老人就是他们失踪多时的姐夫。他们想到在家中苦苦等候的姐姐科勒俄帕特拉，不禁悲从中来，感慨万分，紧紧地抱住了菲纽斯，答应立即请他们的同伴们为他驱除这些可怕的妇人鸟。接着，阿耳戈英雄特意为菲纽斯预备了一桌丰盛的食物。可是，食物一摆放好，菲纽斯刚拿起一块烤肉，一只妇人鸟便飞了过来，用巨大的翅膀把老人手中的烤肉打在了地上。这时，另一只妇人鸟飞来，一口就衔起了这块烤肉，吞下去了。接着，怪鸟们纷纷赶来，黑压压地扑在了餐桌上，肆意地啄食、糟蹋着食物。阿耳戈英雄们大声呼喝着，想把这群丑陋的怪鸟赶走。可是它们就像没听到一样，不拿阿耳戈英雄们当回事儿。她们继续在餐桌上啄食着，直到把桌子上搞得一片狼藉，才拍拍翅膀风一般地飞上了天空。空气中弥漫着一股怪鸟的排泄物的恶臭味。当这些巨人鸟还在桌子上糟蹋着食物的时候，阿耳戈英雄们就搭弓射箭想把这些可恶的鸟儿射杀，可是只见怪鸟扇动了几下巨大的翅膀，那射出的箭就纷纷落地了。这时，宙斯突然借给了北风神的儿子仄忒斯和卡雷斯每人一对有力的翅膀，于是，二人挥动着翅膀飞上天去，拔剑朝妇人鸟的颈部砍去。就在二人锋利的宝剑要砍上怪鸟的脖颈时，宙斯的使者伊里斯出现了。他朝着两个英雄呼唤道："波瑞阿斯的儿子们，快住手！这些妇人鸟是伟大的宙斯的猎犬，她们之所以在这里干扰菲纽斯的进食，完全是因为众神要惩罚他的缘故。所以，千万不要用你们的宝剑杀死这些妇人鸟，她们的使命已经完成了。我可以代表宙斯指着斯提克斯河发誓：这些妇人鸟将再也不会折磨菲纽斯了。"仄忒斯和卡雷斯兄弟二人一听是宙斯的意思，也就不再继续追杀怪鸟了，返回到船上。

　　同时，别的阿耳戈英雄们已经为可怜的菲纽斯重新准备好了宴席。怪鸟赶走了，奄奄一息的国王终于可以安心地享受食物了，他大口大口地吞咽着美味的食物，感受着这种已经失去太久的幸福。他似乎已经忘记了上一次这样惬意地享用食物是何时何地了，安安心心地吃一顿饭的感觉真好，不用在吃饭的时候遇到那讨厌的妇人鸟的感觉真好，一切真是太好了，难道我是在做梦吗？英雄阿革诺耳的儿子菲纽斯产生了一种恍如隔世的感觉。到夜晚，在英雄们期待着波瑞阿斯的儿子回来的时候，满怀感激的菲纽斯为感谢英雄们的帮助，便给他们留了这样一个预言："下面，你们遇到的第一个挑战是两块巨大的岩石。它们将出现在塞诺斯那里的狭窄海峡中，这是两块陡峭的巨岩，足足有两座小山那么大。更可怕的是，它们不是从海底长出来的，而是从遥远的西方漂来的，所以，它们不是固定地待在那里的,而是在水上不停地移动着。有时,急促的海流将它们快速地聚拢在一起,发出巨大的相撞声。有时,又会将它们分开,形成巨大的空隙。由于海峡很窄,你们无法绕过两座巨岩,所以只有从撞岩的中间穿过,才能到达埃厄忒斯国王的宏伟的城堡。如果你们不想被挤扁,就要看准,当两山之间出现了空隙时,要用尽你们所有的力气飞快地划桨,让船像射出的箭一样迅速地穿过。在船通过巨岩之前,你们要先放飞一只鸽子,如果鸽子能够顺利地穿过巨岩,你们就可以放心地通过了。穿过两座巨岩之后,你们将会到达玛丽安迪那海滨。在那里你们也要小心,因为那是通往地狱的入口。此后,你们将经过亚马逊女人国,那里有骁勇善战的女人,还有卡律贝尔人的国家,那里的人们终日汗流满面地从地下挖掘铁矿。接着,你们将到达科尔喀斯海滨,过了那里,你们将到达此行的目的地:埃厄忒斯国王的城堡。但是,金羊毛也不是那么容易就能得到的,它悬挂在一棵栎树的树冠上,一条从不睡觉的巨龙死死地看守着栎树。你们将会面临严峻的考验,但爱神阿佛洛狄忒将会帮助你们取得最终的胜利,得到金羊毛。"

他们一听老人的话,就明白了后面还有很多考验在等待着自己。正当他们想询问得详细一点时,波瑞阿斯的两个儿子已经从空中降落在他们中间,两人的翅膀已经被宙斯收回了。他们向菲纽斯传达了宙斯的使者伊里斯的口信,告诉他诸神对他的惩罚已经结束了,从此之后他再也不会受到妇人鸟的折磨了。菲纽斯听了,留下了感激和高兴的泪水。

躲开两座巨大的撞岩

阿耳戈的英雄们又要踏上新的冒险征程了。菲纽斯对英雄们,尤其是北风神波瑞阿斯的两个儿子充满了感激之情,他命令国人把阿耳戈号船上装满了食物和美酒,然后恋恋不舍地送别了恩人们,又真诚地为他们祝福。

阿耳戈英雄们在祝福声中起航了,航行了没一会儿,海上就刮起了猛烈的西北风。大船在风中摇摇晃晃,没法继续航行。这样的情况持续了十天,在第十一天的时

奥林匹斯山上的众神

候,阿耳戈英雄们用美酒和食物向奥林匹斯山的十二名主神进行了虔诚的祭献。献祭一结束,海上突然变得风平浪静了,于是,阿耳戈号继续加速航行。船在海上航行了几个时辰之后,他们突然听到了很远的前方传来了雷鸣般的巨响,英雄们感到非常奇怪:现在的海面风平浪静,那这巨大的声音从何而来呢?等到船又航行了一小段距离之后,英雄们终于明白了事情的真相。原来,他们已经来到了塞诺斯狭窄的海峡,这雷鸣般的巨响正是海峡上浮动的两座巨大岩石互相撞时发出的声音。看来,菲纽斯说得没错,他们遇到了可怕的撞岩。

  英雄们丝毫不敢大意,都紧紧地守在自己的岗位上,舵手提费斯在舵旁仔细地观察了一下,确认没有问题之后,牢牢地把船舵把稳。负责划桨的五十个英雄更是严阵以待,双手握紧了船桨,只待一声令下就尽全力划桨。当然了,伊阿宋没有忘记菲纽斯的预言,他让年轻的奥宇弗莫斯手捧一只白鸽从船舱里走了出来,静静地站在了甲板上。这只白鸽是菲纽斯在英雄们临走之前送给他们的,因为他曾经预言,如果鸽子能够顺利地从两座撞岩的空隙间飞过,那么阿耳戈号就可以成功地通过。

  奥宇弗莫斯站在甲板上,紧紧地盯着两座巨岩,就在巨岩之间出现缝隙的时候,他立刻张开双手放出了洁白的鸽子。所有人的目光都紧紧地跟随着鸽子的身影,只见那鸽子刚飞到两座巨岩之间,两座漂浮的巨岩就在海流的作用下又开始互相迅速靠近了。这只洁白的鸽子毫不畏惧,在奋力地往前飞着。英雄们都在心中暗暗为白鸽捏了一把汗,眼看两块巨岩就要靠在一起了,中间只留下了一条极细的缝隙,鸽子仍在努力地挥动着翅膀。就在两座巨大的岩石碰在一起之前,鸽子扇动着翅膀飞了过去,但是,岩石在碰撞中仍然夹掉了白鸽的几根尾羽。提费斯高声地向全船的英雄们通报了鸽子已经飞过去的喜讯,于是,伊阿宋一声令下,命令英雄们乘巨岩再次分开之机把船朝着那空隙中划去。在大家的共同用力下,大船就如同一支离弦的箭,呼啸着向巨岩之间划去。顿时,大船置身于极大的危险之中,一阵巨浪排山倒海般地卷来,阿耳戈号大船在这巨浪与巨石间显得那么小,像一片随风飘摇的小树叶。英雄们没有时间惊叹,急忙强按下惊骇的情绪,冷静应对。伊阿宋赶紧下令停止摇桨,于是,巨浪一下子冲入船底,把船高高地托起,托到了正在合拢的巨岩之上。伊阿宋见机赶紧命众人拼尽全力划桨,连他自己也握起了一把桨,拼命地划着,船桨在英雄们的掌控下有力地划动着。突然,巨浪落下,一个巨大的漩涡又把阿耳戈号拉进了巨岩中间。眼看岩石就要碰到船身了,阿耳戈号似乎马上就要被撞得粉碎了。就在这时,智慧女神雅典娜在暗中悄悄地推了一把船尾,船终于有惊无险地穿过了撞岩。但是,碰撞中的岩石还是夹碎了船尾的几块木板,掉到海里,瞬间就被海浪带走了。

当他们冲出了巨岩的庞大阴影，重新见到蔚蓝的天和平静宽阔的大海时，都不由得松了一口气。刚才的紧张、激烈和恐惧、危险想想真是可怕，他们甚至觉得自己简直是刚刚从地狱里捡回了一条命。

站在甲板上的提费斯似乎察觉到了雅典娜的帮助，他大声地说："我们不是只凭自己的力量取得成功的！是仁慈的女神雅典娜在暗中帮助了我们。连这么危险的撞岩我们都通过了，以后就更不用担心害怕了。根据菲纽斯的预言，我们以后碰到的任何其他困难都能最终解决！"这时，英雄们的统领伊阿宋却悲伤地摇了摇头说："善良而天真的提费斯啊，如果刚才不是女神的帮助，我们已经被两座巨岩挤成肉末了。以后还有很多的冒险在等待着我们，我们真的每次都能逢凶化吉吗？现在，我非常为你们的生命担忧，你们的家中还有妻子儿女在等待着你们的归来。我愿意用我的生命来使你们免除危险，平安地回到家乡。可我真的能做到吗？"

伊阿宋说这话，只是试试他的同伴们的心，看看他们是否被旅途上的艰难所吓倒了，看看他们是否有着一颗勇敢的心。他们不愧希腊英雄的称号，哪里会因为这点危险就退缩甚至放弃呢？英雄们都热烈地向伊阿宋欢呼起来，要求伊阿宋不要气馁和妥协，带领大家继续前进，不取得金羊毛誓不罢休。伊阿宋一看同伴们都如此英勇无畏，非常高兴，更加坚定了夺取金羊毛的信心。

伊阿宋认亲

阿耳戈英雄们又精神饱满地继续航行，他们一路上战胜了狂暴的飓风、翻滚的海浪和巨大的海兽的攻击……终于平安抵达了忒耳莫冬河的入海口。这条河有一个非同寻常之处，它发源于深山茂林之中的一眼泉水，流出之后分成九十六条支流，各自奔流入海。

菲纽斯所说的亚马逊人就住在这九十六条支流中最大的那条的入海处。亚马逊这个民族非常奇特，整个族中没有男人，全是妇女。更让人称奇的是，这些女人全是战神阿瑞斯的后裔，所以生性好战，全民皆兵。亚马逊人有两个女王，一个负责打仗，一个负责内政，一同管理国家。她们的国家体制简单到几乎只有两个功能：战争和吃饭。这群勇猛的女人们端起碗来吃饭，放下碗来杀人，战斗在她们的生活中成为了绝对的重头戏，甚至成了她们的一种生活方式。

阿耳戈英雄们如果从这条支流的入海口登陆，那么显然会跟好斗的亚马逊女人们有一场血战。要知道，如果真的与亚马逊女人们打起来，阿耳戈英雄们的胜算并不大，因为亚马逊女战士的战斗力完全可以与英雄们匹敌。此外，她们没有修筑高大的城，不是住在城里而是分成许多部落，散居在全国，这就更增加了与她们战斗的难度。

　　好在，就在阿耳戈号眼看就要在这里登陆的时候，一阵强劲的西风吹来，改变了船的航向，阿耳戈英雄们总算避开了难缠的亚马逊女人。又经过一天一夜的航行之后，阿耳戈号到达了卡律贝尔王国。正如菲纽斯预言的那样，这里的人既不种田，也不放牧，而是整天在荒凉的土地下面开采铁矿。他们终日在阴暗潮湿的地下艰苦地劳动，以地里开采的铁矿石与邻国的人交换生活必需品。他们极少见到阳光，也没有什么娱乐活动，生活中没有欢乐，只有枯燥和乏味。

　　离开了卡律贝尔王国之后，阿耳戈英雄们航行了两天之后到达了阿瑞岛附近。大船刚来到这座岛附近，就有一只巨大的鸟儿扇动翅膀飞到了大船上空。只见它突然挥动了一下翅膀，冷不丁地射出一支锐利的羽毛箭，这支羽毛箭射中了正站在甲板上的英雄俄琉斯的胳膊。俄琉斯的胳膊顿时血流如注，痛得倒在了甲板上。同伴们赶紧围了过来，拔出了他胳膊上的羽毛，又为他包扎好伤口。就在这时，又飞来了一只同样的巨鸟。克吕蒂沃斯一看这种巨鸟居然敢一再侵犯，气愤不已，立即弯弓搭箭，朝巨鸟射去。这箭一下子射中了飞鸟的心脏，它怪叫一声，落在了船上。

　　"既然这里有鸟，附近肯定有它们栖息的地方，看来前方不远有个岛屿，我们可以停下来休息一下了！"安菲达姆斯说。他有着丰富的航海经验，一向善于通过海上的一些蛛丝马迹来判断将会遇到的情况。他沉吟了一下，接着说："根据我的经验，这是一种群居的海鸟，所以后面还会有很多。所以我们不能用箭来射杀它们，我们可没有这么多的箭。我想到了一个好办法来驱逐这些好斗的巨大海鸟，这样既能节省箭，也能节省力气。我建议大家都戴上插有长长的羽毛的头盔，再把我们闪亮的长矛和盾牌等金属物品挂在船上的各处。然后，我们一边敲击铁器，一边大声吼叫，一定能把这些海鸟赶跑。"

　　英雄们听完安菲达姆斯的话，都觉得非常有道理。他们对他的主意也非常赞同，马上按照他的建议做了。他们戴头盔的戴头盔，挂长矛的挂长矛，很快就把阿耳戈号装饰起来。在接下来的航行中，再也没有一只海鸟敢靠近他们的大船了。航行了一小会儿，他们果然看到了一座海岛，他们把船停靠在海岛边，然后带着盾牌和长矛上了岛。一来到岛上，他们就使劲地把长矛和盾牌相互撞击，发出一阵阵金属相撞的声音。顿时，无数受了惊吓的鸟儿从岛上的各处飞起，遮天蔽日，像空中突然飘来了一片乌云。阿耳戈英雄们见状连忙靠在一起，把盾牌高高地举起，形成了一道坚固的屏障。受到惊吓的鸟儿纷纷挥动着翅膀，射下来一支支尖锐的羽毛箭。但是，这些羽毛箭碰到盾牌组成的屏障之后都落在地上，根本就伤不到阿耳戈英雄们。海鸟们射完羽毛箭之后，就惊恐万分地飞离了海岛。它们越过海面，飞了很长时间，最后落在了另外一处海岛上。阿耳戈的英雄们眼见鸟儿飞尽，才放心地朝海岛内部走去。

他们上岸后没走几步，就看见迎面走来了四个破衣烂衫的年轻人。这四人不仅衣衫褴褛，而且面黄肌瘦，头发一绺一绺地贴在额头上。这四人看到阿耳戈英雄之后都面露喜色，其中一个快步向他们走来，用颤巍巍的声音说："慷慨的英雄们呀，不论你们是谁，来自何方，都请帮帮我们吧！我们在这座岛上落了难，已经很久没有吃饭了，给我们一点食物充饥吧！"

伊阿宋和众英雄友好地答应了四个落难者的请求，从船上拿下来一些食物和衣服送给了他们。然后，跟他们聊了起来，并问起了他们的姓名和来历。为首的年轻人咽了一口食物，回答道："我叫阿耳戈斯。不知道你们听说过佛里克索斯的故事没有？他是玻俄提亚国王阿塔玛斯和涅斐勒的儿子，为了躲避父亲宠妾的迫害，他的母亲涅斐勒设法把他送出了王宫。后来，他骑着云神送给他的金羊逃到了科尔喀斯。科尔喀斯国王埃厄忒斯收留了他，并把大女儿卡尔契俄珀嫁给了他。为了感激国王的好意，他把羊身上的金羊毛献给了埃厄忒斯。我们就是佛里克索斯和卡尔契俄珀的儿子。我们的父亲佛里克索斯在不久前去世了，临死前他给我们兄弟四人留下了一份遗嘱，要求我们航海去俄耳科墨诺斯城取他留在那里的宝物。我们这次就是为了履行父亲的遗嘱出来的，却不料在这岛上遇难了。"

听完阿耳戈斯的讲述，伊阿宋既吃惊又高兴，其他知情的阿耳戈英雄也感叹了起来。他们感到非常高兴，原来闹了半天在这海岛上碰到亲人了！原来，伊阿宋的祖父克瑞透斯是阿塔玛斯的亲兄弟，而面前的这几个年轻人是阿塔玛斯的孙子，所以他们和伊阿宋应该是堂兄弟！四兄弟听到伊阿宋这样说也非常高兴，当即与这个堂兄弟认了亲。接着，小伙子们向阿耳戈英雄们诉说了自己遇难的经过：出航不久之后，他们就遇到了极大的风浪。他们的船承受不了狂风巨浪的打击，很快就被吹折了桅杆，吹破了风帆。于是，他们只能随着海流毫无目的地漂流。不幸的是，很快这艘失去了航向的船就触礁沉没了，四人赶紧死死地抱住了一块船板，随着海流漂到了这座无人烟的荒岛。兄弟四人再次表达了对阿耳戈英雄们的谢意，说如果没有他们的帮助，他们恐怕要饿死在这座荒岛上了。

伊阿宋也向自己的四个堂兄弟说明了他们此行的目的，他邀请阿耳戈斯兄弟也加入他们的行列中，跟他们一起去夺回金羊毛。没想到四兄弟一听伊阿宋的话就惊恐万分，说："我们的外祖父埃厄忒斯可不是好对付的。据说，他是太阳神阿波罗在凡间的儿子，具有非凡的力量，而且他是个残酷而好战的人，绝不是好惹的。他统治着的科尔喀斯人口众多、国家富庶，有着很强的实力。最重要的是，在金羊毛旁边有一条可怕的巨龙看守着，日夜不睡。"听到这些，英雄们不禁也担心起来，明白更为艰辛的考验正等待着他们。这时，埃阿科斯的儿子珀琉斯突然站起身来，说："非常感谢你们的提醒，但是，我们也不是吃素的。既然能够在经历了重重困难之后来到这里，我们就绝不会乖乖地败在科尔喀斯国王埃厄忒斯的手下。或许他真的是阿波罗的儿子，那又有什么可怕的呢？要知道我们也是神的子孙！如果他乖乖地把金羊毛交给我们还好，如果他不愿意，我们就只能动用武力把金羊毛抢走了！"这时，天色也已经晚了，阿耳戈英雄们为了庆祝与阿耳戈斯兄弟的相遇，举行了丰盛的晚宴。在用餐时，众英雄互相激励、互相打气，更觉得浑身充满了用不完的勇气和力量。第二天清晨，装扮一新的阿耳戈斯兄弟随着英雄们一起登上了阿耳戈号。很快，大船又扬帆起航了。在经历了一天一夜的航行之后，他们来到了高加索山附近的海面上。在海上的苍茫暮色中，他们听到空中有鸟儿急飞而过的声音。抬头看时，见是一只苍鹰，它在船上方的空中飞翔而过。那苍鹰身形巨大，扇动着的巨大翅膀掀起了一阵阵大风，把阿耳戈号的船帆鼓得满满的。苍鹰飞过去一会儿之后，众人听到高加索山方向传来了一阵阵痛苦的呻吟声。原来，那是为人类盗取了天火的普罗米修斯，那只雄鹰正是宙斯派去啄食他的肝脏的。过了很长一段时间之后，那呻吟声才渐渐消失了。苍鹰又挥动着巨大的翅膀飞过阿耳戈号的上空，往来处飞去。

当天夜晚，阿耳戈号就到达了目的地——法瑞斯河的出海口。阿耳戈英雄们非常高兴，有几个人更是兴奋地攀上桅杆，卸下了船帆，大大地松了一口气。这时，英雄们才开始仔细地打量考察四周的环境：船的左边是巍峨的高加索山，山下面就是科尔喀斯国的都城基泰阿；右边是一片广袤的田野，供放金羊毛的阿瑞斯圣林就在这片田野中间。金羊毛挂在圣林中的一棵栎树上，一条巨龙守在树下，瞪大双眼看守着，一时一刻也不闭眼。终于到达目的地了，伊阿宋带领着众英雄站了起来，端起盛满的美酒浇在大地和河流上，以此来献祭河流和大地母亲，祭奠自己在途中死去的同伴。此外，他们还为诸神举行了虔诚的献祭仪式，请求他们保护阿耳戈号和阿耳戈英雄们。

献祭完毕之后，舵手安克奥斯说："既然我们已经顺利地来到科尔喀斯，现在该认真地商量一下了。接下来，我们到底要以怎样的方式来获得金羊毛呢？是和平地央求埃厄忒斯，还是用武力来夺取？"

英雄们在经历了长时间的海上航行之后，已经精疲力竭了，于是纷纷表示这个问题最好放在第二天讨论。伊阿宋听取了大家的意见，当即吩咐舵手把船停靠岸边。英雄们美美地睡了一觉，第二天早晨，清晨的阳光照到了大船里，把他们从睡梦中唤醒了。

阿耳戈英雄在埃厄忒斯的宫殿里

起床之后，阿耳戈英雄们正在商量要采取什么方式取得金羊毛，伊阿宋站起来说："我有个建议：大家都安静地留在船上，但一定要提高警惕、握紧武器，随时作好攻打王宫的准备。我将带着我的堂兄弟，也就是埃厄忒斯的四个外孙，另外再从你们当中挑选两人，一起去埃厄忒斯的宫殿。我想我们应该先礼后兵，到了那里之后，我会婉言试探埃厄忒斯的意思，看他是否愿意把金羊毛交给我们。当然了，他极有可能会拒绝我的要求，但这样做之后，我们就已经做到礼节周全了，如果以后发生什么严重后果，也只能由他自己负责了。当然了，也不是完全没有希望，说不定我们的劝说能够使他改变主意呢。毕竟，我的堂兄弟们可是他的亲外孙。他也不是完全冷酷无情的，他不是也曾同意收留从本国逃出来的佛里克索斯吗？"

阿耳戈英雄们都觉得伊阿宋说得很有道理，所以一致通过了他的建议，决定让他带领几个人先去试一试。于是，手持赫耳墨斯的和平杖的伊阿宋带着佛里克索斯的四个儿子和阿耳戈英雄中的忒拉蒙和奥革阿斯离开了阿耳戈号。下船之后，他们踏上一块长满柳树的田地。只见一棵棵的柳树苍老虬结，古怪地向着天空生长着，仿佛是地狱生长出来的痛苦的魂灵的挣扎。虬结的枝枝权权上，一具具的尸体用链子捆缚着吊在那里。风吹过，纷纷飘荡起来，和着铁链的声响，活像一个个被缚的灵魂在痛苦地挣扎——茫然而邪恶。晴天，太阳晃得有些刺眼，从此经过的异乡人们却感觉到了自心底冒起了丝丝的凉气，浑身起了一层的鸡皮疙瘩。他们不知道，这些死者生前既不是罪犯，也不是被残忍杀害的外乡人，这些只是按照当地风俗挂上去的普通科尔喀斯人。原来，在科尔喀斯有个古怪的风俗，死去的男人既不许被火化，也不能被土葬，而要用生牛皮把他们的尸体裹起来，吊在树上，让它们风干，只有女人们死后才可以埋葬入土。

科尔喀斯是一个人数众多的国家，人多必然眼杂。为了防止伊阿宋和他的同伴们被当地的居民发现，阿耳戈英雄的保护女神在科尔喀斯降下了一阵浓雾。在这样的浓雾里，人们甚至连自己对面的人长的什么样都看不清楚，所以伊阿宋一行七人很顺利地到达了王宫。在他们进入宫殿之后，女神才让浓雾消散了。当阿耳戈英雄们进入科尔喀斯的王宫时，都被这座建筑吸引了：厚实的宫墙把整个宫殿围了起来，巍峨的大门和雄伟的立柱增加了整个王宫的威严气息。他们悄悄地越过王宫的前院，看到更让他们震撼的一幕：出现在他们面前的是四股常流不息的喷泉。喷泉当然没什么稀奇的，令人惊奇的是这喷泉里喷出来的东西。第一股中喷出的是乳白色、香喷喷的牛奶；第二股中喷出的是醉人的葡萄酒；第三股中不断地喷出香油；而第四股喷出的是冬暖夏凉的清水。这巧夺天工的四股喷泉是铁匠之神赫菲斯托斯特意为国王建造的。此外，他还制造了一头口中喷火的铜牛和一张坚固的铁犁。在众神与巨人战斗的时候，太阳神阿波罗曾经让赫菲斯托斯躲进自己的太阳车里，救了他一条命。赫菲斯托斯之所以把这些工艺品送给埃厄忒斯，就是为了表达对他的父亲太阳神阿波罗的感谢。

伊阿宋他们继续前行，看到了几座相对的巍峨宫殿。正殿里住着国王埃厄忒斯和他的王后厄伊底伊亚，东边的宫殿里住着他们的儿子阿布绪米托斯，西边的宫殿里住着国王和王后的两个女儿，大女儿卡尔契俄珀和小女儿美狄亚。其实，平时西殿里只有阿耳戈斯兄弟的母亲卡尔契俄珀一位公主，因为小公主美狄亚是赫卡忒神庙的女祭司，她平常都住在神庙里，很少在王宫中露面。但就在伊阿宋来到王宫的这天早晨，希腊人的保护女神赫拉却使她鬼使神差地留在了宫殿里。美狄亚一个人在自己的房间待着，觉得有些无聊，就起身往姐姐那里走去。就在快走到姐姐的院子时，她突然遇上了伊阿宋他们七人。看到许久没有音信的四个外甥，她禁不住惊叫起来。在房间里的卡尔契俄珀听到妹妹的惊叫声，急忙开门，看看到底发生了什么事。眼前的一幕却让她也欢呼起来，因为站在她面前的除了几个陌生人之外，还有音讯全无、朝思暮想的四个儿子。兄弟四人看到母亲也非常激动，他们一下子扑入母亲的怀抱中。卡尔契俄珀抱抱这个，看看那个，沉浸在巨大的快乐当中。当她发觉四个儿子都瘦了一大圈时，又禁不住流下心疼的泪水来。

美狄亚和埃厄忒斯

不一会儿，国王埃厄忒斯和王后厄伊底伊亚也闻讯赶来了。很快，卡尔契俄珀的大院里就挤满了人，对于佛里克索斯的儿子们的归来，大家都感到十分高兴，整个院子里洋溢着一股喜气。为了款待送他们归来的客人们，奴仆们有的忙着宰杀一头大公牛，有的劈木柴、生火，有的忙着烧水。正当大家都忙忙碌碌地准备招待客人的时候，爱神厄洛斯飞进了这个院子里。他在院中高高地飞翔了一圈之后，就飞到了伊阿宋的身后。他悄无声息地蹲在伊阿宋的身后，从箭袋中抽出一支使人产生爱情的金箭，然后瞄准了国王的小女儿美狄亚。"嗖"的一声，一支箭便离弦而出，射向了美狄亚。大家都专心于各自的事物，谁也没有发现飞箭，连美狄亚也没看见。她只是觉得心口突然一阵灼痛，然后不自觉地抬头注视着伊阿宋，只觉得这个年轻人在人群中分外引人注目。此刻的她不再想别的事，心中充满甜蜜的痛苦，脸上羞得绯红。

在一片欢声笑语之中，除了她自己，没有人发现美狄亚的心事。阿耳戈英雄们已经沐浴更衣，高高兴兴地在餐桌旁坐下。很快仆人们就端上了佳肴美酒，他们便享用丰盛的美食，并且畅饮起来。席间，埃厄忒斯的外孙阿耳戈斯叙述了他们兄弟四人在海上的遭遇。突然，国王像想到了什么似的，悄悄向外孙打听这帮外乡人的底细和来历。阿耳戈斯想了一下，在外公的耳边低声说："好吧，我亲爱的外祖父。这些人是为了得到金羊毛才来到您的王宫的。为首的人叫做伊阿宋，他的叔父篡夺了他父亲的王位，为了把他也永远赶出自己的国土，便派他来完成这个任务。他希望自己侄子的在这次冒险中永远地消失在他乡。伊阿宋答应了叔叔的请求，召集了这帮英雄跟自己一起冒险。雅典娜女神帮助他们建造了这条坚固无比的阿耳戈号，使他们可以经得起惊涛骇浪的冲击；并在他们经过危险的撞岩时推了他们的船一把，使他们脱离危险。全希腊的英雄们几乎都集合在这条船上，现在它就停泊在宫门外的河面上，英雄们随时准备冲进您的王宫与您战斗。"

　　国王听到外孙的话大吃一惊，他一向把金羊毛看作是整个国家的至宝，把它看得比自己的生命还要重要。另外，他还曾得到过一则神谕，说金羊毛与他的生命和权威息息相关，因此他才小心翼翼地对待金羊毛，还派了一条恶龙日夜不息地守护着它。一听这些人是为了金羊毛而来的，他便连自己的亲外孙也很厌恶了。他认为一定是他们四个把这群外乡人引来的，是他们挑唆外乡人来夺取自己的金羊毛。他愤怒地拍了一下桌子，大声对自己的外孙们说："滚出去！赶紧离开我的王宫，你们这些叛徒，最好别再让我看到你们！这些人一定是你们引来夺取我的金羊毛的，恐怕你们不只是想要金羊毛，还想要夺取我的王杖和王位吧！我简直想现在就给你们点颜色看看，但是看在你们远道而来，今天就暂且不与你们计较了。但是，最好赶紧离开我的国家，离我的金羊毛远远地，否则我可就不客气了！"

　　跟随伊阿宋而来的忒拉蒙就坐在国王旁边，他听到国王的话十分生气，正要发作，被伊阿宋及时阻止了。伊阿宋转向国王，用温和平缓的语气对他说："你错怪你的这几个外孙了，我们只是在一个荒岛上偶遇的。请你放心，我们来到你富庶的国家，进入你华美的王宫，绝不是为了抢劫。又有谁愿意漂泊过海，冒着失去生命的危险，只是为了夺取别人的财产，只是为了让自己变得更富有呢？是可怜的命运和我的暴君叔父的命令使我走上了这条路。如果你能心甘情愿地把金羊毛送给我们，那么全希腊人都会因为你的仁慈和慷慨而称赞你。我们也不会忘记你的善意施予，一定会报答你的。如果你和你的国家遇上战事，我和我的同伴们将是你最忠实的盟友，我们将为你而战！就像为自己的国家而战一样。"

　　伊阿宋本来就对和平取得金羊毛抱有一丝希望，此时他对国王说这番话就是想与他和解。国王不动神色地听着伊阿宋的话，却在暗地里考虑是马上把这几个人杀死，还是先不轻举妄动，想个办法试探一下这帮异乡人的实力。他略微考虑了一下，一个办法浮现在他的脑海，他努力让自己平静下来，说："你们又何必如此谦虚呢？金羊毛属于勇敢和有力量的人，如果你们真是神的后裔，那么我相信你们一定有本事靠自己的力量把金羊毛取回去。我欣赏敢作敢为的男子汉，愿意把自己最珍贵的东西赏赐给他们。如果你们相信自己是勇敢、有力量的，那么现在我有一个机会让你们展示。现在，在阿瑞斯的田地里有两头正在吃草的牛。它们可不是普通的牛，而是我最珍贵的神牛：它们的蹄子和角都是铜的，坚硬无比；它们的鼻子中能喷出熊熊燃烧的烈焰。每天清晨，我都会亲自驾驭这两头牛来耕地，并且在它们耕好的土地中撒播下种子。当然，这些种子不是普通的谷物，而是可怕的龙牙。这些龙牙会在神牛耕耘过的土地中孕育出一群精壮的武士，它们披挂盔甲地破土而出之后，会从四面八方朝我攻击。我会挥动着我的长矛刺向他们，直到杀死所有的龙牙武士，这场战争才算结束，我才能得到休息。外乡人，如果真如你所说，你是神的后裔，是经历了重重考验之后才来到这里的，那么你一定能够像我一样，在一天之内播种出龙牙武士并把他们全部杀死。那时，我会将金羊毛双手奉送给你，否则你们马上离开我的国土，永远不要再踏到我的土地一步！因为如果你不能战胜龙牙武士，就说明你不是一个真正的英雄，不配拥有至高无上的金羊毛。"

伊阿宋默默地听着国王的要求，心中一时拿不定主意。对于国王所说的任务，他本人并不畏惧，但他实在不敢一下子就答应下来。因为他对神牛和龙牙武士并不了解，万一失败了，将会使自己和同伴们声名扫地、无功而返。但是，他一想到科尔喀斯的富庶与强盛，又觉得这次任务是一个难得的机会，因此，他认真地对国王说："尊敬的国王，我愿意接受你的任务，经受考验。既然残酷的命运和残忍的暴君把我送到了这里，我愿意听从命运的安排，愿意用自己的勇气和力量为阿耳戈英雄争得荣誉。"

"很好，果然有勇气，"埃厄忒斯面无表情地说，"不过，不要这么快做决定，你可以先回船上与你的同伴们商量一下。慎重考虑一下吧！那些龙牙武士可不是闹着玩的，如果你没有完成任务的本事，还是乖乖打道回府吧，永远不要再踏上我的国土！"

❀ 阿耳戈斯的建议

听到这里，伊阿宋对国王说："不用商量了，等着我完成任务的消息吧！希望到那时你将兑现你的承诺。"说完，伊阿宋和其他两位阿耳戈英雄就从座位上站起身来，准备离开。到此时，佛里克索斯的四个儿子中只有阿耳戈斯还愿意跟他们走，另外三个决定站到外祖父的一边。因此，伊阿宋、忒拉蒙、奥革阿斯和阿耳戈斯便一起离开了王宫。这时，谁也没有注意到独自待在一个角落里的美狄亚，没有注意到她的目光一直透过面纱注视着伊阿宋。当伊阿宋离开王宫的时候,她那少女的心也跟着他一起去了。众人散去之后,美狄亚恍恍惚惚地回到了自己的房间时,一路上像踩在云朵上一样。想到伊阿宋将要面对可怕的龙牙武士,她不自觉地留下眼泪来。突然,她好像清醒了一些一样,自言自语地说:"我又是在为什么担忧和悲伤呢?他是死是活跟我有什么相干呢?无论他是最勇猛的英雄,还是最懦弱的胆小鬼,都与我无关呀。我甚至应该祈祷他的失败,因为他是我父亲的敌人。可是,为什么我如此希望他能够活下去,能够战胜厄运?仁慈的赫卡忒女神呀,保佑这个年轻人平安地回到故乡吧。我到底是怎么了?居然会希望一个毫不相干的陌生人战胜父亲的神牛,居然会为一个异乡人的命运感到担心!"

女祭司
科尔喀斯国公主美狄亚曾是赫卡忒神庙的女祭司,在伊阿宋出现之前,她的所有时间几乎都在神庙里度过。

当美狄亚正愁肠百转的时候,伊阿宋他们四人正走在回阿耳戈号的路上。埃厄忒斯的外孙阿耳戈斯对伊阿宋说:"我有一个办法,可以帮助你完成我的外祖父交给你的任务。或许你并不认同我的办法,但我还是希望你能够考虑一下。我的外祖父有一个懂得巫术的小女儿叫美狄亚,她是从地狱女神赫卡忒那里学来的。如果我们能得到她的帮助,那你肯定能顺利地播下龙牙,杀死龙牙武士。她是我母亲的妹妹,如果你们愿意,我就去向她请求援助,有了她的支持,我们一定会取得胜利的。"

伊阿宋对阿耳戈斯所说的办法有些意外,他回答说:"如果你愿意去的话,我的堂兄,我不会阻止你,可是我不太喜欢这样的方式。如果让别人知道我这个大男人要依靠一个女人的力量才能完成任务,那将多么地难堪呀。"

说话间,四个人已经回到了船上,伊阿宋把在国王那里发生的事情告诉了在船上等消息的同伴们。他跟同伴们说自己已经答应了国王的要求,要去驾驭那铜蹄喷火的神牛来播种龙牙,并且杀死龙牙长出的武士。听完伊阿宋的话,大船中沉默了好一会儿。最后,珀琉斯站了起来,率先打破了沉默,他说:"伊阿宋,如果你相信自己可以战胜那些龙牙武士,那就请你做好充分的准备吧!可是如果你觉得没把握,那就干脆别去做。因为,如果你没有成功或者临阵脱逃了,我们面临的就只有死亡了。"

这时，急脾气的忒拉蒙和他的另外四个伙伴跳了起来，喊道："杀什么龙牙武士！我们直接杀到埃厄忒斯的圣林里，砍了那恶龙，夺了金羊毛得了，那该多痛快！想一下都会觉得亢奋！"他的话音一落，另外几个人也应和起来。阿耳戈斯站了出来，让众人安静下来，然后把自己的建议当着大家的面提了出来："直接闯圣林恐怕不行，科尔喀斯国家富庶，兵力强大，如果真的打起来我们不一定能取胜。我倒觉得我的外祖父提出的这个任务是个机会。我的外祖父有一个擅长魔法的女儿叫美狄亚，她是我母亲的妹妹。让我去说服我的母亲帮我们争得她的支持吧。有了她的帮助，伊阿宋一定能顺利地完成任务。"

他的话音刚落，神奇的大自然突然出现了这样一个预兆：高空中一只被秃鹰死死追赶的鸽子，一头扎进了伊阿宋的怀里，而追着鸽子俯冲下来的秃鹰却一头栽到了船尾的甲板上，死了。看到这个情景，英雄们突然想起了年迈的菲纽斯的预言：无论经历多少艰难险阻，最终阿佛洛狄忒将会帮助他们完成任务，取得金羊毛。因此，英雄们纷纷议论起阿耳戈斯的计划来，觉得或许这正是一个不错的办法，也许就是阿佛洛狄忒引导着他们求助于美狄亚的呢。可是阿法洛宇斯的儿子伊达斯却坚决不同意，他青筋暴突地吼道："天哪，难道你们都是一群懦夫吗？难道我们千里迢迢地来到这里就是为了给一个女人当奴仆的吗？我们是男人，该去找战神阿瑞斯，为什么却要找主管爱情的阿佛洛狄忒呢？"持两种意见的英雄们各不相让，争论起来。这时，同样想起了预言的伊阿宋却改变了自己先前的主意，表示自己坚决地支持阿耳戈斯的意见，同意让阿耳戈斯去找自己的母亲争取那位会魔法的美狄亚的帮助。于是，阿耳戈斯又一次离开大船，朝母亲的住处走去。

阿耳戈斯见到母亲卡尔契俄珀后跟她说明了来意，请她说服妹妹美狄亚帮助伊阿宋完成任务。卡尔契俄珀本就十分感谢这些救了自己的儿子们的外乡人，对他们历尽千难万险的航行也充满了钦佩之情。现在，听到自己最喜欢的大儿子也帮他们求情，就答应了请美狄亚帮助他们。

这时夜已经深了，满怀心事的美狄亚却躺在床上翻来覆去的，心里十分烦躁不安。她刚刚做了一个奇怪的梦，梦见伊阿宋正准备跟铜蹄喷火的神牛搏斗，但却不是为了金羊毛，而是因为他爱上了自己，想娶自己为妻，把她带回家乡希腊去。但不知怎的，跟公牛搏斗的却换成了她自己，为了让伊阿宋能够娶到自己，她奋力地与神牛搏斗，最终战胜了它们。但她的父亲埃厄忒斯却失信了，拒绝履行事先对伊阿宋许下的诺言，因为神牛是美狄亚制服的，而不是伊阿宋。为此，伊阿宋和她的父亲埃厄忒斯发生了激烈的争执，最后，双方让她做出一个判断。她内心充满了挣扎，却选择了袒护自己爱慕的伊阿宋。她的父母听了她的判断痛哭起来，还大声地叫喊着……就在这时，美狄亚从梦中惊醒了。

醒后，她的心里更是乱成了一团麻，自己怎么都理不清头绪，就急急忙忙地穿好了衣服，想去找姐姐卡尔契俄珀说说话。可是，刚走到姐姐所住的院子的大门前，少女的羞涩又让她犹豫不决起来，在门前徘徊了好长时间。她往前走几步，又往后退几步，几次伸出手想敲门却又收了回去。最后，她的小脸憋得通红，一下子转过身去，朝自己的住处跑去。回到自己的卧室之后，她一下子扑倒在床上，痛苦地哭了起来。她的奶妈看到她流泪的样子十分心疼，便急忙跑去告诉了她的姐姐卡尔契俄珀。卡尔契俄珀一听，连忙赶来，看到妹妹正扑倒在床上哭泣，便关切地问："亲爱的妹妹，你怎么了？有什么心事吗？"

美狄亚答应帮助阿耳戈英雄

听到姐姐关切的声音，美狄亚刚要跟她吐露实情，又羞得满脸通红。最后，她突然想到了一个好的托词，这样既能隐瞒自己的心事，又可以帮助伊阿宋。于是，她绕了一个弯子，对姐姐说："卡尔契俄珀，我非常为你的儿子们担忧。刚才，我做了一个可怕的梦，给了我不好的预感。我非常害怕父亲会把他们和那些外乡人一起杀掉，要知道，金羊毛可是他的命根子。但愿仁慈的地狱女神赫卡忒能够保佑他们，不让我梦中的事实现。你才刚刚跟儿子们重逢呀，怎么能够承受得起再一次失去的打击。"

卡尔契俄珀听了美狄亚的话既害怕又感动。她一把抱住妹妹，两个人悲伤地哭泣起来。过了一会儿，姐姐卡尔契俄珀说："我刚才正想为了此事来找你的。我希望你能够站在阿耳戈斯和伊阿宋他们那边，帮助他们反对我们的父亲！"美狄亚听到"伊阿宋"三个字时简直要晕过去了，她镇静了一下，郑重地说："亲爱的姐姐，我指着地狱女神赫卡忒对你起誓：只要我能够帮得到的，我一定会不遗余力地去做，哪怕失去我自己的生命也在所不惜。可是，现在我能为他们做点什么呢？"

卡尔契俄珀赶紧说："刚才，我的大儿子阿耳戈斯请求我劝你帮助他们。你不是会熬制魔药嘛，就给那位异乡人一些，帮他在与龙牙武士的可怕战斗中保全生命吧，就当是为了我那可怜的孩子。"

美狄亚一听姐姐的请求正是自己非常想做的，脸上不由得泛出了激动的红晕，她向姐姐发誓说："卡尔契俄珀，我以赫卡忒女神的名义发誓：我一定把保全你的儿子和那个外乡人的性命当作我最关心的事，否则，就让我活不到明早！明天一早我就赶回赫卡忒神殿，取一些能够制服那两头铜蹄喷火神牛的魔药，送给那个外乡人。有了这魔药，他一定能够完成父亲交给的任务。现在，你去通知阿耳戈斯吧，让他明天把那个外乡人带到神殿去。"卡尔契俄珀一看妹妹这么热心非常高兴，赶紧离开了妹妹的住处，给阿耳戈斯他们送去了这个喜讯。

可是姐姐刚一走，美狄亚又陷入了矛盾与纠结之中，她不断地追问着自己："我是不是做得有些过分了？他只是个毫不相干的外乡人呀，我为什么要费这么大的精力来帮助他？就算我顺利地救了他一命，让他可以带着金羊毛顺利风光地返回故乡，这些荣耀与喜悦又与我有什么关系呢？他庆祝自己胜利的时刻，说不定正是我凄惨的死期。到那时，恶毒的像利箭一样的流言将会从四面八方攻击我，说我不惜背叛自己的父母，一相情愿地为一个异乡人殉情。那样的流言将会多么可怕呀！它们将刺得我体无完肤。"

心中的矛盾让美狄亚痛苦不堪，她突然想到了死，想用死把自己从这种矛盾的境况中解脱出来。于是，她从一个隐秘的小抽屉里取出了一只放着还魂药和致死药的小盒子。她把小盒子放在膝盖上，慢慢地打开了盖子，取出了装着致死药的小瓶子。瓶子里的毒药在眼光下发着幽蓝的微光。就在她把打开的瓶子放到嘴边，想尝尝自己亲手熬制的毒药的滋味时，却突然想到了以往生活中的快乐和甜美，那是只有生命才能带来的欢畅。突然，她觉得窗外的阳光是那样的光辉和美丽，心里一下子充满了对死亡的恐惧。就在这时，伊阿宋的保护神赫拉使美狄亚的心重新被初恋的甜蜜占据，放弃了死亡的少女被爱情的烈焰燃烧着。她甚至等不到天亮了，迫切地希望能马上就赶去神殿取到自己许诺的魔药，然后把它送给自己心仪的那个少年英雄。但她还是努力地克制着自己的情绪，兴奋地等待着曙光女神的来临。

伊阿宋和美狄亚

天刚蒙蒙亮，美狄亚就从床上爬起来了。她仔细地梳理了自己一头凌乱披散着的金发，又用一根蓝色的丝带仔细地把它们扎好。然后，她洗净脸上的泪痕，涂上自己亲手用花蜜制作的香膏。她穿上一袭漂亮的长裙，又用精致的胸针将它别住。所有的悲痛和矛盾都已消失得无影无踪。现在，她的整个心都被爱情的甜蜜浸泡着。她静悄悄地穿过大厅，吩咐女仆们给她套马车，把她送到地狱女神赫卡忒的神庙。马车准备好之后，两个贴身的侍女走到美狄亚之前，把女主人请到了车上，然后也一起上了车，其余的侍女们徒步跟在马车后面。一路上，行人们都恭恭敬敬地站在一边，为公主让路。

到了神庙之后，她独自一人进入一间密室，从里面拿出了一个小盒子，在这个盒子里装着一种叫做普罗米修斯油的黑色药膏。在高加索山下面有一棵大树，不断地被苍鹰啄食的普罗米修斯的血滴入土地里，因此，它的根部的汁液是黑色的。

普罗米修斯油就是用这树根中黑色汁液制成的。普罗米修斯油有着非常神奇的功效，人们只要在祈求了地狱女神赫卡忒之后，用这种药膏涂抹全身，就可以在一天之内刀枪不入，火烧不伤，拥有能够战胜任何敌人的力量。美狄亚许诺的就是这种药膏。现在，她小心翼翼地从小盒子里取了一些宝贵的普罗米修斯油，把它盛在贝壳里藏在了身上。

美狄亚走出密室，来到神殿门口，对等在外面的侍女们说："由于没有避开那些外乡人，我想我犯下了错误。现在，是我弥补自己错误的时候了。昨天，我姐姐的儿子阿耳戈斯来请求我帮助他那个外乡人，给他一些魔药使他免遭伤害，好制服神牛，杀死龙牙武士，完成父亲交给他的任务。我假装被他带来的礼物打动了，就收下了礼物并假装答应帮助他们。我要求那个外乡人到这个神殿来与我单独会面，一会儿他就来了，我将给他一些致命的毒药，让他一命呜呼。至于那些礼物嘛，事后我会全部分给你们的。现在，你们赶紧躲到一边去吧，省得那狡猾的外乡人产生怀疑。"

侍女们对这公主狡黠的计划佩服万分，一边称赞着一边遵照吩咐躲开了。过了一会儿，阿耳戈斯带领着他的堂兄伊阿宋来到了赫卡忒神殿。此时的美狄亚正独自一人坐在神殿里面，她的目光一刻也没有停留在屋里，而是不时地越过神殿的大门往外张望。任何一阵脚步声都会让她那一颗少女的心怦怦乱跳，她都会急忙抬起头，看看是不是她日思夜盼的人来了。伊阿宋和阿耳戈斯终于跨进了神殿的大门，今天，保护神赫位让伊阿宋更加英俊非凡。他神采奕奕、英气逼人，简直就像是太阳神阿波罗来到了人间。姑娘猛地看到日思夜想的英雄，连呼吸都要忘记了。她只觉得双颊一阵发烫，整个世界都消失了，只剩下了太阳般明亮的伊阿宋，照得她心慌意乱，手足无措。两个人面对面地站着，默默地对看着，好长时间都没说话。最后，伊阿宋首先打破了沉默，他对美狄亚说："尊敬的公主，为什么你见到我会这么紧张呢？我到这里来是请求你的援助的，请把神奇的魔药给我吧。不过请不要用欺骗来对待我们，这是在一个神圣的地方，任何的欺骗在这里都是对神灵的亵渎。所有的阿耳戈英雄的父母妻儿都在焦急地等待着我们，担心着我们的命运，你慷慨无私的援助将会使我们尽快完成使命，早日踏上回家的旅程。到那时，你将成为希腊人的恩人，将会受到全部希腊人的尊重。而我本人，也不会忘记你的善意，以后如果你有什么需要我帮忙的，只要一个口信，我就会以最快的速度赶到你的面前。"

美狄亚一直静静地听着伊阿宋的话，她的内心被幸福充满着，脸上挂着甜蜜的微笑。当听到他的赞美的时候，她的心充满了无限的喜悦，恨不得把所有心事都一股脑儿地告诉他！但少女的矜持还是使她克制了自己，她一句话都没有说，只是慢慢地从宽大的衣袖中取出了盛有魔药的贝壳，伸手递了出去。伊阿宋非常高兴，连忙接了过去。爱神阿佛洛狄忒正在向她的心里吹着神奇的风，她是多么希望乘机将自己的一颗心也一起交给他啊！伊阿宋似乎也感受到了美狄亚的灼灼爱意，害羞地垂下眼帘，瞅着地面。很快，两人又不自觉地抬起头来四目相对，温柔的目光纠缠在一起，整个房间里充满了醉人心脾的柔情蜜意。

过了许久，美狄亚似乎稍微回过点神来，她尽了最大的努力说出话来："听着英雄，接下来我将告诉你如何做。千万不要小看这些龙牙，我先给你讲一下我父亲将要交给你的龙牙的来历吧。你肯定听说过宙斯怎样化成一头公牛驮走了腓尼基国王阿革诺耳的女儿欧罗巴的事情。失去了爱女欧罗巴之后，阿革诺耳大为苦恼，责令儿子卡德摩斯去把妹妹寻回来。卡德摩斯走遍四面八方，找了很久也找不到妹妹的踪迹。他不敢空着手回家，就到阿波罗庙中乞求神谕指示他到哪里安身。在神谕的指示下，他来到了一个美丽的地方。

"为了感谢神的垂爱，他决定祭祀宙斯，便打发随从去寻找净水做祭奠。附近有一片老林，还从未遭受过斧头的蹂躏。林子深处有一个岩洞，完全被茂密的树丛遮住。洞顶微呈拱形，洞的下处涌出一道清澈无比的泉水。洞穴里盘踞着一条恶龙，它的头冠和身上的鳞片像金子似的熠熠发光。它的双眼像火焰似的闪耀，浑身上下毒液欲滴。那龙摇动着分成了三叉的舌头，龇出三排牙齿。当太尔人把水罐浸到泉水中，水流入罐咕嘟嘟地响起来的时候，那闪着青光的龙立即从穴中探出头来，发出嘶嘶的可怖的鸣声。他们吓得扔了水罐，一个个面如死灰，浑身发抖。那条龙盘起长满鳞片的身躯，把头举过了至高的树，那些太尔人给吓得瘫软了，既不能战，又不能逃。有些人被咬死，有些人被勒死，其余的被龙的毒气熏死了。

"卡德摩斯等到中午不见他的仆从的踪影，就去寻找他们。他身披狮皮，一手拿矛，一手持镖，但他胸中的那颗勇者之心是比这两件利器还要可靠的必胜的依据。他走进树林，发现了随丛们的尸体，见到那条恶龙还在舐着嘴角上的血汁，他高呼道：'忠诚的朋友们，我誓死也要替你们报仇。'说着他举起一块巨石，用尽全身气力朝大蛇砸去。这一击也许能震撼城堡的围墙，但落到那龙身上，却没有什么作用。卡德摩斯紧接着投出了长矛。这一投倒还奏效，长矛穿过鳞片刺入了龙的内脏。疼痛使得那怪物暴躁不安，它扭过头来察看伤口，并用牙齿去拔那长矛，但只是把矛咬断了，铁矛尖扎在肉里更加疼痛难熬。它气得脖子发胀，嘴角冒着血沫，鼻中喷出一股股的毒气。它先把身子缩成一团，然后又伸长，活像一截伐倒在地的树桩。它朝卡德摩斯一点点地逼过来，卡德摩斯边退却边用长矛在那怪物的大嘴前挑逗，卡德摩斯伺机行动。待到那龙仰着的头移到一棵大树干旁时，他猛力一刺，将那龙头横钉在树上，那龙临死前痛苦地挣扎着，沉重的身躯把大树都压弯了。

"正当卡德摩斯站到他已打倒的大敌前面,打量着这个硕大的尸体时,有个声音向他发话了,命令他拔掉毒龙的牙齿,把它们播种在地里。他遵命行事,挖了一条垄,把龙牙洒在其中,天意决定了这些牙会滋生出一茬人。他刚刚填平了垄,土块就松动起来,许多长矛尖拱出了地面,接着就露出了头盔及其上插着的半折的羽饰,然后是手持武器的士兵的肩膀、胸膛、四肢。不一会儿工夫,一群全身披挂的武士长了出来。卡德摩斯惊恐万状,准备迎战这群敌人。但是其中的一个武士向他说:'不要插手我们的内战。'说毕就挥剑刺死一个同他一起从土中长出来的兄弟。但他却中了另一个武士射出的箭,倒地死去。射箭的那个又被另一个武士杀死。就这样,这一群人自相残杀着,最后只剩下了五个。其中的一个扔下了武器说:'弟兄们,我们讲和吧!'就是在他们的协助下卡德摩斯建造底比斯城。

"我父亲要交给你的龙牙就是上面所说的这条毒龙的牙齿,你已经知道它们的厉害了。所以千万不要掉以轻心。在我父亲交给你龙牙之后,不要急着去播种,你要先独自一人去河水里沐浴全身,然后穿上一身洁净的黑色袍子。接下来,你就可以在地上挖一个圆形的坑,在里面堆满木柴,然后杀一只羊羔,把它放在木柴烧成灰。在这个过程中,你还要往燃烧的木柴上洒甜甜的蜂蜜,以此作为给地狱女神赫卡忒的献祭。做完这些,你就可以离开了,但是千万记住,如果你听见身后有脚步声或者狗叫声,一定不要回头。否则之前的献祭就起不了任何的作用了。第二天早上,用我刚才给你的普罗米修斯油涂抹全身,这样你就会拥有无穷的力量,能战胜任何敌人。除了要涂抹你自己的身体之外,你的长矛和盾牌也要抹上这魔药,这样的话,就算神牛鼻子里喷出的火焰也无法抵抗你的进攻了。当然,魔药的神奇效用只能维持一天,所以你一定要在一天之内去播种并杀死所有的龙牙武士斗。不用太担心,我还可以告诉你一个对付龙牙武士的好办法:当你耕完土地,种下龙牙之后,仔细地观察地面上的情况,当你看到那些龙牙破土而出,长出武士的时候,一定要记住往地里扔一块巨石。这样,从地里冒出来的武士们将会像群狗争食一样争夺那块石头,你就可以乘乱冲进去,把他们一个个杀死。这样你就可以完成我父亲交给你的任务了,然后就可以顺理成章地取回金羊毛,带着荣誉离开我们的国土……离开,离开这里所有的人,从此以后想到哪里就到哪里去。"

说到这里,她忍不住流下了伤感的泪水,一想到这位年轻英俊的英雄在拿到金羊毛之后就会离去,她就感到悲痛欲绝。悲伤使她忘记了自己的身份与少女的矜持,她伸出纤细的手握住了伊阿宋的右手说:"但愿你离开以后,不要忘记我的名字。不管你走到哪里,我都会在这里想念你的。告诉我,你的家乡在哪里?

你将和你的伙伴们乘着这美丽的大船回到什么地方去?"

伊阿宋其实也已经爱上了美狄亚,此刻,听着姑娘感人的话语,他再也控制不住了,他动情地说:"尊贵的公主,请相信我!只要我还活着,我就会时时刻刻地记着你,不管是白天还是黑夜。我的故乡在爱俄尔卡斯,普罗米修斯的儿子丢卡利翁在那里建造了许多城市和神庙。那里离你的国家非常遥远,人们甚至还不知道你们国家的名字。"

"啊,这么说你的故乡是希腊,你们那里的人可要比我们这里的人慷慨大方多了。因此,别对他们讲你们在这里受到了什么样的接待吧,只要你能在孤独时默默地想念我,我就知足了!我也会在这里默默地想念你的,即使这里所有的人都把你忘掉了,我也不会。假如你忘记了我,那么就让一只小鸟飞到你的窗边吧,我会通过它使你记起我对你的深情与帮助!唉,你知道吗,其实我多么想亲自去你的家乡,提醒你一声啊!"说到这里,姑娘的眼泪又一次忍不住从眼中滑落,滴在伊阿宋的手上,晶莹剔透,像一粒粒细碎的钻石。

"不要说这样的话了,美丽的姑娘,我是永远都不会忘记你的,"伊阿宋回答说,"让你的鸟飞走吧,我只希望你能跟我一起回到我的故乡。如果你真到了希腊,将会得到那里的男男女女的尊重,人们将会把你当成神一样礼拜,因为你的聪明才智让他们的儿子、兄弟和丈夫逃脱了命运的魔爪,顺利地完成使命回到故乡。而你和我,将永远在一起,就连死神也别想让我们分开,天地间没有任何一种东西能够战胜你我的爱情!"

听了伊阿宋的话,美狄亚简直要幸福地晕过去了。但是,一想到要离开自己的祖国去一个遥远的国度,又感到隐隐的害怕。但是,对伊阿宋炽热的爱还是战胜了她心中的恐惧,她虽然嘴上没说,但心里却渴望能跟随心上人一起回到他的家乡。因为伊阿宋的保护神赫拉已经在她的心里撒上了这种渴望的种子。女神希望美狄亚能够跟随伊阿宋离开科尔喀斯到爱俄尔卡斯去,因为她可以帮助伊阿宋战胜阴险的珀利阿斯。

就在美狄亚和伊阿宋正在互诉衷肠的时候,美狄亚的侍女们正按照主人的吩咐在另外一个隐蔽的房间里焦急地等待着。细心的伊阿宋意识到了这一点,提醒美狄亚说:"亲爱的美狄亚,你该回去了,否则那些侍女会怀疑的。你看,时间过的是多么的快呀,太阳已经高高地挂在空中了,我们以后有的是机会见面,现在我们都必须得离开了。"

伊阿宋完成了埃厄忒斯的任务

目送着伊阿宋离开之后,美狄亚朝侍女们走去,她整个人轻飘飘的,像漂浮在云雾中一般。她让侍女们把马车备好，然后轻快地登上马车，亲自赶着马儿回到了王宫。一回到王宫，美狄亚就往姐姐卡尔契俄珀的住处走去。到了姐姐所住的院子之后，美狄亚发现她正坐在一张小椅子上，呆呆地盯着眼前的土地出神呢。美狄亚知道姐姐是正在为儿子的命运担忧，就赶紧把神殿中发生的一切告诉了她。

伊阿宋在与美狄亚分开之后，高兴地找到了在神庙的大门口等待的阿耳戈斯，与他一起回到阿耳戈号上。他兴奋地告诉同伴们，美狄亚已经把令人刀枪不入的普罗米修斯油交给了他，并且告诉了他给地狱女神献祭的具体方法。听完伊阿宋的叙述，阿耳戈英雄们都很高兴，因为这样的话他们马上就可以得到金羊毛然后顺利返乡了。只有伊达斯坐在一边不说话，他认为这是一种耻辱，在那里气得直咬牙。

到了夜里，伊阿宋就按照美狄亚的嘱咐独自一人来到附近的河里沐浴了全身，并穿上了黑色的长袍。接着他又挖了圆坑堆上木柴把一头小羊羔夹在上面烧了起来，并且用甜甜的蜂蜜不断地洒在上面来给地狱女神献祭。等到羊羔烧成了灰之后，伊阿宋便转身离开了木柴堆朝阿耳戈号走去。地狱女神赫卡忒知道了伊阿宋的献祭，便从地下的洞府中走出来了。她的样子十分的可怕，头上盘着一堆丑恶的毒龙，龙嘴里全是熊熊燃烧的栎树枝。一群地狱的猎犬围在她的身边，大声地狂吠着。伊阿宋听到了背后的脚步声和狗叫声非常害怕，就在他想回过头去看一眼究竟的时候想起了美狄亚的话，于是头也不回地朝阿耳戈号走去。他一回到船上，又跟同伴们在一起高声庆贺，跳起了战士出征前的舞蹈，慷慨而悲壮。

第二天早上，伊阿宋派了两个人到王宫去找埃厄忒斯国王领取龙牙。埃厄忒斯把几颗龙牙交给了这两个人，确实如美狄亚所言，它们正是被底比斯的创建者卡德摩斯杀死的那条毒龙的牙齿。国王在把龙牙交给伊阿宋的使者时毫不担心，面露喜色，因为他对美狄亚和伊阿宋之间发生的事一无所知。他觉得单凭伊阿宋怎么都对付不了他那两头铜蹄喷火的神牛，说不定连播种龙牙他都做不到呢，更何况杀死那么多凶悍的龙牙武士了。至于圣林里的金羊毛，这帮异乡人就更是想都不用想了，他们的首领都被龙牙武士杀死了，他们还不得灰溜溜地离开科尔喀斯？想到这里，埃厄忒斯的脸上不禁浮现出得意的笑容。这次，他虽然只是作为一个旁观者去的，但还是决定像亲自临阵一样穿戴起全身的披挂。于是，他吩咐仆人们给他穿上与巨人作战时穿过的结实铠甲，又拿起了由四层牛皮制成的盾牌，戴上了插着四根金质羽毛的金盔。这四层牛皮的盾牌非常沉重，世上只有他和赫拉克勒斯两个人能够举地起来。接着，他的儿子把他的骏马牵过来了，他纵身一跃跳上了马背，然后飞也似的疾驰出城，后面紧紧地跟着一大批武士，道路两旁都是毕恭毕敬的人民。

出征之前，伊阿宋按照美狄亚的盼咐，用普罗米修斯油把自己的全身都涂抹了一遍，又把自己的宝剑、长矛和盾牌也涂抹了一遍。顿时，他感到自己的全身都充满了无穷无尽的力量，急切地渴望能够投入激烈的战斗。同伴们也被伊阿宋的激情鼓舞了，他们在他的周围舞弄着各自的武器，朝伊阿宋的长矛砍去，他们想试试魔药的效果到底如何。一试之下他们更有信心了，因为伊阿宋被魔药涂抹过的长矛非常坚硬，他们用尽了力气都无法使它丝毫损坏。只有伊达斯还不服，他举起自己最心爱的锋利宝剑，然后用尽全身的力气朝着伊阿宋的长矛奋力砍去。只听"铛"的一声，他的宝剑已经断成了两截，而伊阿宋的长矛依然闪着锋利的光，没有丝毫损坏。阿耳戈英雄们看到这一幕之后都欢呼雀跃起来，他们仿佛已经看到了毒龙武士正在伊阿宋的长矛下一个个倒下。

伊阿宋左手提长矛剑、右手执盾牌，信心十足地朝着阿瑞斯田野走去，身后跟着其他的阿耳戈英雄们。国王埃厄忒斯正率领着一群人等待着他们，伊阿宋二话不说，直接大步上前，接过了装着龙牙的头盔，然后威风凛凛朝朝着田地走去，就像战神阿瑞斯本人一样无所畏惧。来到田地里之后，伊阿宋环视四周，很快就发现了放在不远处地上的巨大的轭和犁。轭是用来驾驭神牛的，犁是用来耕地的，这两种农具都是用铁铸就的，在阳光中闪着微微的光泽。伊阿宋正想看个究竟，就听见传来了两声惊天动地的怒吼，不远处的地洞里金光一闪，两头神牛已经从洞中奔了出来。它们鼻孔喷着烈焰，八条铜蹄踏在地上，远方的田野都在随之震颤。

伊阿宋来不及细看，赶紧放下盛着龙牙的头盔，提起长矛，手持盾牌，朝神牛走去。只见两只神牛怒吼了一声，朝伊阿宋冲了过来。它们的铜蹄踏在土地上，发出沉闷的声响，鼻孔里不断喷射着熊熊的火焰，简直就是两只凶神恶煞的夺命符。最可怕的是，两头神牛的周身都笼罩着一股浓浓的烟雾，让人无法判断它们的准确位置和确切部位。

伊阿宋的同伴们看到这凶神恶煞的神牛，都不由暗暗为伊阿宋捏了一把汗。但是伊阿宋却镇定自若，张开双腿站稳，一手提着长矛，一手把盾牌支在身前，肖然不动地等待神牛的进攻，就像是岸边一块坚硬的岩石正在等待着海浪的冲击。神牛没有停下步伐，它们摇晃着铜角，迈着铜蹄低吼着朝伊阿宋冲来，两只神牛的角撞在了伊阿宋的盾牌上，却没有使他后退哪怕一小步。神牛又羞又怒，便后退了几步，怒吼着发起了又一次冲击。这次，它们使出了鼻孔喷火的本领，那熊熊的燃烧的火苗向伊阿宋的身上脸上扑去，让周围围观的阿耳戈英雄们紧张起来。可是，火苗也没有伤到伊阿宋，他依旧如岩石一般肖然不动地站立在那里。一边旁观的埃厄忒斯看到神牛鼻子里喷出的火焰都无法伤害伊阿宋，感到非常不解，却不知道是他的女儿美狄亚的魔药保护了这个年轻人。

两只神牛在连续发起了十数次进攻之后，终于有些体力不支了。伊阿宋看准了机会，猛地扔下了手中的盾牌和长矛，纵身一跳，一把抓住了其中一头神牛的双角，使出全身的力气把它拖到了放着铁轭和巨犁的地方。到了农具旁边之后，伊阿宋狠狠地踢着它的前蹄，让它跪倒在了地上。然后他又用同样的方法把第二头牛也拖过

◀ 金牛的崇拜　法国　普桑
古欧洲人，尤其是希腊人和罗马人崇拜金牛，也许与宙斯曾化身金牛诱使欧罗巴有关吧。

来，使它与先前的那头并排跪倒在一起。两头神牛在做着最后的抵抗，奋力地从鼻子中喷出了烈火，他飞起一脚把它们踢倒在地。这时，两头牛终于彻底没有了力气，伊阿宋用双手死死按住那两头神牛，让它们完全不能动弹。这时，连在一旁围观的埃厄忒斯也不禁暗暗赞叹这位年轻人的膂力。卡斯托尔和波吕丢刻斯两兄弟一看伊阿宋已经按住了两头神牛，赶紧按照事先的约定把地上的铁轭递到了伊阿宋手中。伊阿宋接过来，飞快地将它紧紧地套在了两头神牛的脖子上，然后又接过两兄弟递过来的铁犁，把它套在铁轭的环中。

卡斯托尔和波吕丢刻斯俩兄弟把农具递到伊阿宋手中之后就赶紧离开了，因为他们并没有涂抹普罗米修斯油，怕那两头神牛会突然喷火。伊阿宋则又重新拾起了地上的长矛，又拿起了装满龙牙的头盔。然后，伊阿宋跟在神牛后面，一手用长矛锋利的尖抵着两头神牛，迫使它们拉着巨大的铁犁在天地中往前走，一手不断地在地上犁出的深沟里播种下龙牙。伊阿宋一边播种，一边不时回头注意着身后的动静，看看毒龙的那些子孙们是否孕育成熟，破土而出。不过龙牙的孕育速度似乎没有那么快，一整个上午过去了，整块土地全部都耕种完了，还是没有龙牙武士从土地里生长出来。耕种完之后，伊阿宋便从神牛身上解下了沉重的铁轭，然后扬起长矛朝着它们猛地一挥，两头神牛如蒙大赦，一溜烟地逃回了地洞，转眼间就不见了。

伊阿宋又观察了一下垄沟，看到整块土地都静悄悄的，还没有长出龙牙武士，就暂时离开了这片土地，来到了同伴们中间，准备休息一下。同伴们纷纷称赞伊阿宋的神勇，可伊阿宋他一直默不作声，因为任务只完成了一半，他的心里还紧绷着一根弦。他用头盔盛起了满满的河水，然后一口气喝了下去，只觉得胸头顿

时清凉无比，被神牛喷出的火焰炙烤得干裂的嗓子也得到了滋润，无比的舒畅。他活动了一下胳膊和双腿，顿时感到它们都充满了力量，胸中又涌起了斗争的强烈欲望。

时间流逝，很快便夕阳西下，伊阿宋播种在田里的"庄稼"长成了。这哪是什么庄稼呀，全都是面目狰狞的武士，个个身披铠甲，手中的盾牌长枪闪耀着刺眼的光芒。整个阿瑞斯的田野里都闪耀着长枪和盾牌的银光。伊阿宋没有忘记恋人美狄亚的话，早已举起一块巨石，远远地扔在巨人的中间。然后，他用盾牌掩护住自己，悄悄地蹲在一旁，等待着看他们自相残杀。而埃厄忒斯和其他的科尔喀斯人却还没有明白伊阿宋这么做的意图，他们只是被伊阿宋的力大无穷震撼了，不由得发出一声惊叹——因为伊阿宋扔到武士们中间的这块巨石，四个身强力壮的大力士共同用力也未必移得动，可伊阿宋居然用一只手就把它举起来了。

等他们看到巨石激起的反应时更是目瞪口呆：土地里生长出来的毒龙的后代开始像恶狗争食一样争夺起那块石头来，他们呜呜地怒吼着互相残杀、互相撕咬起来。一时间，大批的龙牙武士倒在了地上。就在他们拼杀得筋疲力尽、两败俱伤的时候，伊阿宋一手提矛一手执剑扑了过去，他左刺右杀，一会儿工夫便把这批巨人全部砍杀在地了。

国王埃厄忒斯怎么也没有想到伊阿宋能够这么容易就制服了龙牙武士，要知道，连他本人也没有想出扔一块石头让他们自相残杀的办法呢！他又气又怒，一言不发地转身离开，回到王宫去了。他没有兑现诺言把金羊毛拱手送上，而是在一路上都不停地琢磨着该如何杀死伊阿宋，杀除掉这群胆敢觊觎他的金羊毛的外乡人。

美狄亚取得金羊毛

回到王宫之后，埃厄忒斯连夜召集了所有的长老和贵族到宫中商议，怎样才能战胜阿耳戈英雄们，阻止他们把金羊毛夺走。此时的埃厄忒斯已经有些怀疑他的女儿美狄亚在暗中帮助了伊阿宋，因为伊阿宋居然可以不被神牛鼻子中喷出的火焰烧伤，肯定是涂抹了什么魔药，而熬制魔药正是美狄亚的拿手好戏。再联想一下美狄亚今日魂不守舍的样子，跟她身边的侍女打听一下她这两天的行踪，埃厄忒斯更是确定伊阿宋正是在女儿的帮助下才能顺利地播种龙牙，杀死龙牙武士的。伊阿宋的保护女神赫拉看到埃厄忒斯正在召集人马准备对付伊阿宋，便想通过美狄亚让他尽早完成任务，离开兵强马壮的科尔喀斯。因此，她使美狄亚的内心充满疑惧，使她预感到父亲已经知道她的所作所为。她叫来侍女们询问，知道父亲的确向她们询问过她这几天行踪，更是明白了自己的秘密已经泄露了。她又急又怕，觉得科尔喀斯的王宫再也不是自己能待的地方，众人的流言和父亲的惩罚将会要了她的命！

　　她突然想起了伊阿宋让她同回希腊的邀请，那时候她就对这个提议蠢蠢欲动。现在，在这种危急的情况下更觉得这已经是唯一的出路了。她决定逃离科尔喀斯，逃离这个生养了自己的地方，离开自己的亲人们。想到这里，她的心如同刀割一般难受，流着泪在心里默默地同亲人们告别："永别了，慈爱的母亲，你视我为珍宝，而我却要永远地离开你了，可能今生都无缘再相见；永别了，卡尔契俄珀姐姐，对不起，我欺骗了你，但好在我的所作所为也的确换得了你的儿子们的平安；永别了，我的父亲！我最对不起的就是您，我帮助伊阿宋战胜了你的神牛，我让你在一群外乡人面前尊严扫地，我是多么的不应该呀！唉，伊阿宋，我现在真希望从来就没有遇见你，那样我也就不用承受背叛亲人和祖国的痛苦！"赫拉一看少女的心中又有动摇，赶紧让阿佛洛狄忒又往她心中吹入了一股猛烈的爱情的风，少女一下子又陷入到爱情的甜蜜之中，坚定了出逃的决心。她穿好衣服，还没来得及穿鞋子，就如同逃犯一般匆匆忙忙地离开了她的家。来到宫殿的大门时，她发现厚重的铁门已经提前关闭了，就知道是父亲怕她会连夜逃跑。可这小小的铁门又怎么挡得住美狄亚呢，她念起了咒语，大门就自动打开了。她左手拉着面纱蒙住脸，右手提住拖在地上的长裙，赤着脚穿过一条条小巷。不一会儿，她就来到城外，沿着一条小路向地狱女神赫卡忒的神殿走去。到了神殿之后，美狄亚取回了自己采集的用来制作魔药的树根和草药，又急匆匆地朝着阿耳戈号所在的方向走去。月光女神阿尔忒弥斯看到了美狄亚光着脚的狼狈样子，不禁感叹道："想不到凡间也有像我一样为爱痴狂的女子，我为了英俊的安迪米恩离开了天空，这个女子也要为了心爱的小伙子离开自己的家朝着心上人奔去。姑娘，想去就去吧，但是要记住，爱情的本质就是痛苦，别指望你千辛万苦追求来的爱情能给你带来永恒的幸福。"美狄亚对阿尔忒弥斯的所感所想完全不知情，她还在朝着自己的爱情匆匆奔去。终于，她看到不远处的海岸边正燃烧着一堆巨大的篝火，聪明的美狄亚明白，这一定是阿耳戈英雄们为庆祝伊阿宋的胜利点燃的。当她兴奋地急走到篝火旁边的时候，发现英雄们已经散去了，他们已经庆祝完毕回到了阿耳戈号大船上。于是，她走到河岸，朝着大船的方向大声呼喊着姐姐的大儿子阿耳戈斯的名字。其实，此时她最想呼喊的是伊阿宋的名字呀，可是少女的矜持又使她没有勇气在大庭广众之下呼喊，于是只好呼喊起外甥的名字。当她喊到第三声的时候，阿耳戈斯听到了她的声音，接着，所有的英雄都听到了美狄亚的呼喊。英雄们吃了一惊，赶紧把船摇到岸边。船还没有完全靠岸，伊阿宋就一步跳上了岸，关切地看着美狄亚。其他人也纷纷跳上岸来。

"你们赶紧逃走吧,把我也带上!"美狄亚一见到伊阿宋就如此叫道,"我的父亲已经知道了我帮助你的事情,现在正在商量办法对付你们呢。他肯定也不会饶了我的,在他派出抓我的人到来之前,就带我一起驾着这大船逃跑吧!"

"连累你了,美狄亚。可是我们历经了重重的磨难就是为了金羊毛而来的,我们是绝不能就这样空手而归的,那样的话不但希腊不会欢迎我们,连我们自己也会看不起自己的!"伊阿宋说。美狄亚沉吟了一下,狠了狠心说:"既然已经帮助你们了,就让我再帮你们一把,弄到金羊毛吧。现在你们就跟我往阿瑞斯的圣林去吧,到了那里之后,我会用催眠术将那条看护金羊毛的恶龙催眠,你们就可以乘机从大栎树上取走金羊毛了。我这算彻底地背叛父母了,伊阿宋呀,你可要当着众英雄的面发个誓:当我孤身一人跟随你到了你们的国土时,你会誓死保护我的性命,维护我的尊严!"

伊阿宋深情地看了一眼狼狈出逃的姑娘,抱住她流血的双脚,说:"你为了我付出了这么多,我会一生对你好。跟我一起回家乡吧,从现在开始,你就是我合法的妻子,就让我的保护神,主宰婚姻的赫拉女神来作证吧!"美狄亚闻言露出甜蜜的微笑,她接着建议英雄们立即行动,把船直接摇到了圣林边。靠岸之后,美狄亚率先跳下船来,带领着众英雄以最快的速度穿过一条草原中的小道来到了圣林。刚走到圣林边上,他们就看见在圣林深处有一片灿烂的金色光芒,那就是挂在栎树上的金羊毛发出来的。于是,他们朝着金光的方向以更快的速度赶去。到了离大栎树不远的地方,他们发现树的下面果然有一条恶龙瞪着一对凶悍有神的大眼看守着,眼睛眨都不眨一下。恶龙也已经发现了这群闯入圣林的人,它立即一仰头,发出了一阵可怕的怒吼,整个圣林中都笼罩在恐怖的回声之中。接着,恶龙以极快的速度朝他们袭来,走在最前面的美狄亚毫无畏惧地迎上前去,她面露迷人的微笑,唱起了魔幻的催眠曲。她在心里祈求睡神斯拉芙显灵,让这条恶龙马上入睡。同时,她也祈求地狱女神赫卡忒继续赐福给她,帮助她实现自己的心愿。很快,恶龙就在美狄亚的催眠歌中昏昏欲睡,高昂的头慢慢地垂了下去,弯曲的身子也渐渐放松起来。但是,它那一双闪闪发光的大眼睛却依然睁着,警惕地看着面前的人。美狄亚见状取出怀中的一个小瓶,捡起了地上的一根小树枝,然后往前一步,用树枝把瓶子里的魔液洒向恶龙的眼睛。恶龙在这股奇异的药水中终于失去了意识,它慢慢地闭上了眼睛,躺在大栎树下睡着了。

跟在美狄亚身后的伊阿宋一看恶龙睡了,赶紧冲过去,踩在巨龙的身上取下了挂在栎树上的金羊毛。然后,伊阿宋把金羊毛挂在肩膀上,拉起美狄亚一起快速地逃离了圣林,往阿耳戈号跑去。金羊毛从伊阿宋的肩膀上垂下来,一直挂到脚跟,金光闪闪的,在黑夜显得格外耀眼。美狄亚注意到了金羊毛的夺目之处,赶紧让伊阿宋把金羊毛卷起来藏好，否则如果让路过的神看到了，难免不被夺去。

天还没完全亮，两人就带着金羊毛回到了船上，伊阿宋把金羊毛从自己的斗篷中取出来。众人见了，都欣赏赞叹了一番。伊阿宋亲自到阿耳戈号的后舱给恋人美狄亚准备了一张华美舒服的床，又回到前舱，对着所有的阿耳戈英雄说："亲爱的伙伴们，我们终于完成了此行的使命，现在就开始起航，回到阔别已久的故乡去吧！我身边的姑娘是这次取得金羊毛的大功臣，没有她的帮助，我们还不知道要多费多少周折呢。我要带着她一起回乡，娶她为妻。你们肯定也明白，我们夺走了金羊毛，埃厄忒斯一定不会善罢甘休的，他肯定会派人来追击我们，接下来的旅程将会充满艰辛。但是不管出现了什么情况，我们都要好好保护美狄亚，一定不能让她因我们之故受到伤害。为了防止敌人突然追来，我们一半人开船划桨，另一半人拿好长矛和盾牌，随时做好迎敌的准备。"说完话，他一剑挥向了缆绳，阿耳戈号如离弦的箭，飞速地朝着前方驶去。

这是法国象征主义绘画大师居斯塔夫·莫罗所绘的关于伊阿宋与美狄亚合力取得金羊毛的画作。

阿耳戈英雄们带着美狄亚逃跑

伊阿宋说得没错，埃厄忒斯发现了美狄亚逃出王宫并帮阿耳戈英雄们取得金羊毛的事，他简直气坏了。再一想到她由于爱上了异乡人，而帮助他制服神牛、播种龙牙的事更是恨不得立即把这个背叛父母和国家的女子抓到面前来。他立即驾着父亲太阳神给他的四马战车向海岸边驰骋，并且把武士们也召集到海岸边的广场上。等他们赶到的时候，阿耳戈船早已经带着美狄亚和金羊毛箭一般的驶入了大海。埃厄忒斯把双手举向天空，请诸神来证明是敌人先以不义的手段偷走了他们的金羊毛，然后愤怒地对广场上的所有武士宣布：立即驾驶着战船去追赶那些可耻的敌人们，如果他们不能捉住美狄亚，夺回金羊毛，就会全部被砍头。科尔喀斯人对国王埃厄忒斯的残暴自然非常清楚，明白他这句话可不是说着玩儿的，都吓得战战兢兢的。于是他们立即整顿队伍，登上战船，朝着远处的阿耳戈号追去。

埃厄忒斯任命自己的儿子阿布绪耳托斯为整只船队的首领，并嘱咐他要不惜一切代价把美狄亚和金羊毛带回来。

　　阿耳戈英雄们非常幸运，他们在海上顺风航行了两天，大船在第三天早晨就到了达巴夫拉哥尼亚海岸。在海岸上停靠好大船之后，阿耳戈英雄们在美狄亚的吩咐下宰杀牛羊，为地狱女神赫卡忒做了盛大的献祭。英雄们回到大船上准备重新起航时，突然想起了年迈的菲纽斯曾经留给他们一条预言：取得金羊毛踏上归程的时候要走另一条路。阿耳戈英雄们都不知道这条路到底指的是哪条，这时，阿耳戈斯说话了："我曾经看到过祭司们的记载，知道我们将要到达的伊斯河发源于律珀恩山，它有两条支流，一条流入西西里海，另一条流入爱奥尼亚海。你们来的时候应该走的是流入西西里海的那条直流，那么现在我们往另一条支流行驶应该就对了。"他的话音刚落，天空中就突然出现了美丽的彩虹，正好横跨在远处注入爱奥尼亚海的支流上。看到这明显的征兆之后，阿耳戈英雄更是对阿耳戈斯的话深信不疑，毫不犹豫地向爱奥尼亚海的入海口驶去。入海口的海面上正风平浪静，似乎在等待着阿耳戈号的到来。

　　就在阿耳戈号在海面上行驶的同时，阿布绪耳托斯率领的科尔喀斯人的船队也没有停止对大船的追赶。他们对这一带的海面更加熟悉，在看到阿耳戈号行驶的方向之后，就驾着小船抢在敌人的前面到达了伊斯河的注入爱奥尼亚海的入海口，封住了他们的必经之路。阿耳戈英雄们远远看到人多势众的科尔喀斯人堵在了入海口处，急忙停止了行驶，准备商量一下对策。这时，跟在后面的科尔喀斯人也赶上来了，被前后包围的阿耳戈英雄焦急万分，已经有人提出来要与科尔喀斯人谈和，把美狄亚交给他们好换得大家的安全。听到这个消息之后，美狄亚流着泪来到伊阿宋面前，避开其他人对他说："伊阿宋，你准备怎么处置我呢？你也认同你那个同伴的意见，要拿我作为与我弟弟和谈的条件吗？我爱你，相信你，才背叛了自己的父母和祖国跟你一起离开。你是对着众神发过誓要对我好的，所以千万别把我交给我的弟弟吧！你知道我的父亲有多么的恨我，如过我被带回科尔喀斯，肯定会被处死的。即便我的父亲没有判我死刑，我也会被全国人的流言伤得体无完肤。假如你真的听信了别人的话离弃了我，你的良心永远都不会放过你的，众神也会惩罚你的不忠；我帮你取得的金羊毛也会离开你，我的灵魂也将搅得你永世不得安宁！"说完之后，她平息了一下自己激动的情绪，望着伊阿宋，看看他是什么反应。伊阿宋抱住了美狄亚，对她说："美狄亚，我的爱人，你尽管放心吧！我怎么会听信别人的话，忘恩负义地对待你呢。我的同伴之所以说要把你交出去也只是一个缓兵之计吧。现在我们两面受敌，如果真的与他们打起来了，恐怕很快就失败了，到那时你还是免不了被他们抓回去。我的同伴的话只是一种策略，想尽量拖延时间以商量对策而已。"

听到伊阿宋的话，美狄亚稍稍有些放心了，她想了一下，对伊阿宋说："我已经背叛父母亲了，不能回头了，就再作一次孽吧。我已经想到了一个绝妙的办法来你打败我弟弟率领的科尔喀斯人。你赶紧命人去准备好华美的礼物和丰盛的酒席，我将编造一个谎言把我的弟弟引诱过来，然后再说服跟随他的随从离开他，这样你就有机会趁他不备将他杀死了。他是科尔喀斯人的首领，失去了首领之后他们群龙无首，你就可以轻易地把他们击败了。"

伊阿宋听了美狄亚的计策非常满意，他吩咐人按照美狄亚的意思给阿布绪耳托斯送去许多华贵的礼物，其中就有雷姆诺斯女王送给伊阿宋的华丽金袍子。美狄亚用科尔喀斯地区的土语写了一封信让使者带给阿布绪耳托斯。信中说自己并非心甘情愿帮助伊阿宋他们，而是被阿耳戈斯用暴力从王宫劫持出去，被外乡人强迫取得金羊毛的。她还要弟弟在当天夜里前往不远处的一座孤岛上，去那里的阿尔忒弥斯神庙与她偷偷会和，她将把金羊毛偷出来，在那里交给他，让他带回去交差。阿布绪耳托斯相信了姐姐美狄亚天衣无缝的谎言，在当天夜里就带着几个随从摇着一艘小船来到孤岛上的阿尔忒弥斯神庙。按照姐姐在信上的嘱咐，他孤身一人走进了神庙，让随从们在大门外等候。可是他刚一踏进神庙的大门时，躲在门后的伊阿宋就挥着锋利的宝剑朝他的头颅砍去。美狄亚见状拉上面纱遮住了自己的眼睛，因为她实在不忍心看到自己的亲弟弟在自己的面前被杀害。

阿布绪耳托斯进门之后突然听到耳后传来一个异样的声音，本能地一避，躲过了被一下斩掉头颅的厄运。可是，他的身体却没有完全躲过伊阿宋的宝剑，剑锋划过了他的大腿，鲜血喷涌而出。阿布绪耳托斯赶紧后退一步，想拔出自己随身携带的宝剑，可是伊阿宋接着挥手又是一剑，不给他任何喘息的机会……阿布绪耳托斯心口中了一剑，慢慢地倒在了地上，临时之前，他朝蒙着面纱的姐姐看去，眼神中充满了怨恨之意。与此同时，复仇女神也看到了神庙中发生的这一幕，流露出了冰冷的神情。

伊阿宋一看阿布绪耳托斯已经死了，赶紧举起火把，向其他的阿耳戈英雄们发出了进攻的信号。英雄们饿虎扑食一般冲向阿尔忒弥斯岛，很快就把阿布绪耳托斯的几个随从全部杀死了。

阿耳戈英雄们在归途中

珀琉斯见已经杀死了科尔喀斯人的首领，劝他们赶紧趁乱离开河口。可是，科尔喀斯人没有因为阿布绪耳托斯死了就乱成一盘散沙，他们不愧是训练有素的士兵，立即又整顿了队伍追了上来。伊阿宋的保护神赫拉在天上看到了这一切，在科尔喀斯人头顶上方的天空中响起了轰隆隆的雷鸣声,科尔喀斯人被这突如其来的雷鸣声镇住了,不敢继续朝阿耳戈号追去了。不过,他们可是清楚明白地记着临行前国王的话,如果不能把美狄亚和金羊毛带回去,所有的人都要被砍头。现在,他们非但没有抓到美狄亚,连阿布绪耳托斯也被伊阿宋杀死了,国王更是不会放过他们了。他们越想越害怕,最后决定留在了有阿尔忒弥斯神庙的那座孤岛上。

　　阿耳戈英雄们离开河口之后继续前行,又经过了许多海湾和岛屿之后,他们已经离故乡越来越近了,锐眼的林扣斯甚至已经可以看到故乡的山峰了。可是,赫拉不断偏袒阿耳戈英雄,她帮助伊阿宋的举动惹恼了宙斯,他在海上刮起了一阵飓风,将阿耳戈号大船吹到了荒无人烟的埃莱克特律斯岛。英雄们被这突如其来的变故弄懵了,不知道自己在哪里得罪了神灵。就在这时,船壁上那块雅典娜女神赠送的会说话的木板开口说道:"你们的罪孽惹怒了主神宙斯,刚才的飓风就是他对你们的惩罚。你们只能在海上漫无目的地漂泊了,除非魔法女神喀耳刻能够为你们洗去谋杀阿布绪耳托斯的罪孽!"

　　阿耳戈英雄们听到这个预言都感到非常害怕,只有卡斯托耳和波吕丢刻斯这对孪生兄弟勇敢地站了出来,他们走向船头向众神祈祷,希望他们可以引导阿耳戈号找到魔法女神喀耳刻。但是,大船却被另一阵风吹到了埃利达努斯河口,那里是阿波罗在人间的儿子法厄同驾着太阳车烧毁坠海的地方,所以直到现在,水中还不断地翻滚着热浪,冒着热气。埃利达努斯河的两岸上长着几棵高高的白杨树,每当有风吹来,它们就会发出阵阵的叹息。这是法厄同的几个姐妹,她们在弟弟死后由于悲伤过度而变成了白杨树。英雄们来到这个地方之后感到非常厌烦,因为埋葬过法厄同尸体的埃利达努斯河经常会飘来一阵阵令人作呕的恶臭气。到了夜晚,英雄们又不得不听着法厄同那几个已经化为白杨树的姐妹们的哭声和她们的眼泪滴进海里的声音,这让每个英雄的心里都涌起了难言的悲痛。几天之后,阿耳戈号大船又被吹到了罗达诺斯河的入海口,就在大船将要从入海口驶入的时候,女神赫拉突然出现了。她叫阿耳戈英雄们赶紧离开这个地方,千万不能驶入河内,否则一定会遭到彻底的毁灭。阿耳戈英雄听了赫拉的话感到非常庆幸,立即用尽全力调转了船行驶的方向。几天之后,他们终于在赫拉的指引下到达了第勒尼安海岸,登上了一座陌生的岛屿。

　　在这座岛上,他们找到了预言中所说的魔法女神喀耳刻,她是太阳神阿波罗和珀耳塞的女儿,这时正伏在岸边用海水洗头。原来,她刚刚做了一个噩梦:她的房子着火了,大火吞食了她所炼制的所有魔药,整个房间里血流成河。于是,她不断地用手捧起地上的血水浇向火焰,想把它们扑灭……就在这时,她从噩梦中惊醒了，她想到梦中的场景感到一阵阵恐惧，赶紧跑到海边洗手洗头发，好像上面真的如梦中一般沾满了鲜血。

阿耳戈英雄们一登上小岛就发现了正在海边洗头洗手的喀耳刻，她的身后围绕着成群的怪兽，就好像牧人的身后跟着一群牲畜一样。阿耳戈英雄们知道她是残暴的埃厄忒斯的妹妹，都有些心慌，不知道她会不会愿意帮他们洗清罪孽。此时的喀耳刻也已经摆脱了噩梦的阴影，她镇静了下来，转过身去抚摸着身边的那群怪兽，就像抚摸温顺的宠物似的。

为了洗清罪孽，摆脱宙斯的惩罚，伊阿宋和美狄亚朝喀耳刻走去，其他人则在大船上等待着他们的消息。喀耳刻并不认识伊阿宋和美狄亚，也不知道这两个年轻人的来意。她请两人坐下，又仔细地打量他们，发现美狄亚低着头，用面纱遮着脸，而伊阿宋则用双手紧紧地握着杀害了阿布绪尔托斯的宝剑，闭着眼睛，神情紧张。喀耳刻是魔法女神，已经从两个人的神情中明白他们是来请自己为他们洗清罪孽的。喀耳刻对万神之父宙斯非常敬畏，所以用一只狗向宙斯献祭，祈求宙斯允许她为伊阿宋和美狄亚洗清罪孽。接着，她又走到火炉旁焚烧了一些圣饼，祈求复仇女神能够赦免这两个犯有罪孽的人。为宙斯和复仇女神祭祀完毕之后，喀耳刻重新在两个人的面前坐下，让他们详细地讲述一下他们的来历和来意。美狄亚闻言就抬起头来回答她的问题，喀耳刻吃了一惊，因为她看到美狄亚跟自己一样长着一双金光闪闪的眼睛。一看美狄亚的眼睛，喀耳刻就明白美狄亚一定也是太阳神的后代，因为只有阿波罗的后代才会拥有这样的眼睛。于是，她要求美狄亚用家乡的语言来回答她刚才的问题。于是，美狄亚用科尔喀斯地方的语言讲了自己帮助阿耳戈英雄从父亲埃厄忒斯那里夺得了金羊毛，但是，她隐瞒了伙同伊阿宋谋杀亲弟弟的罪孽。

魔法女神喀耳刻知道美狄亚隐瞒了杀害阿布绪尔托斯的事，但是她在心里却十分同情这位为了爱情背叛父母的侄女。她对美狄亚说："可怜的侄女呀，为什么不用光明正大的手段获得爱情呢？你得到了爱情，却犯下了巨大的罪孽，还要永远地离开生养了自己的家乡。我不会惩罚你的，因为你虔诚地来寻求我的保护，而且你还是我的亲戚。可是，我也不会帮助你和你身边的这个年轻人，我既不认同你们已经做过的事，也不赞同你们接下来的继续逃亡。你们赶紧离开吧！你的父亲不会善罢甘休的，即使你们逃回了希腊，他也会追到那里为他被谋杀的儿子报仇。"听完女神喀耳刻的话，美狄亚心中痛苦极了，她用面纱遮住脸，流下了伤心的泪水。伊阿宋见状拉起她的手，牵着她走出了喀耳刻的房子。

赫拉对伊阿宋和全体阿耳戈英雄的遭遇感到非常同情，她派伊里斯作为使者去找大海女神忒提斯，希望她能保护阿耳戈号大船，使阿耳戈英雄们能够早日结束在海上的漂泊。伊阿宋和美狄亚从喀耳刻那离开之后回到了阿耳戈号大船。他们两个刚登上船，海面上突然吹来了一股西风。这可是大家盼望已久的呢，于是英雄们高兴地扬帆起航，趁着顺风把大船驶入了海中。航行了一段时间之后，他们发现了前方的海面上有一座郁郁葱葱的美丽岛屿，那就是塞壬女妖的居住地。

大海、黑夜、星空

这么长时间以来，阿耳戈号一直在孤独地航行。在这黑暗而深邃的夜里，只有船员们沉重的呼吸。他们遥望着远方，思念着故国和家乡的亲人。伊阿宋心怀忧愁，因为前面就是那传说中恐怖的小岛了，他想起了关于塞壬女妖的传说：她们是河神埃克罗厄斯的女儿，从他的血液中诞生。一半像鸟、一半像女人的塞壬女妖们总是蹲在海岸上，张望远方。她们拥有美丽的歌喉，常用歌声诱惑过路的航海者。谁要是不加防范，接近她们，聆听她们的歌声，就会使航船触礁沉没。她们的四周经常会堆满了受害者的白骨，死烂的骨架上挂着皱缩的皮肤。

海风徐徐，船正在接近塞壬的海滩。突然，风停了。英雄们收下船帆，挥动船桨，蓝色的海面泛起雪白的水线。船逐渐接近了海岸，塞壬看见了渐近的船，传出了优美的歌声：

过来吧，尊贵的异乡人。
停住你的海船，来聆听我们的歌唱。
谁也不曾驾着乌黑的海船，穿过这片海域，
蜜一样甜美的歌声，正飞出我们的唇沿——
听罢之后，他会知晓更多的世事，心满意足，驱船向前。
我们知道阿耳吉维人和特洛伊人的战事，所有的一切，
他们经受的苦难，出于神的意志，在广阔的特洛伊地面；
我们无事不晓，所有的事情，蕴发在丰产的大地上。

英雄们被美妙的歌声迷住了，当他们正要准备靠岸的时候，阿波罗的儿子俄耳甫斯突然开始弹奏起古琴，他的琴声是那么的美妙悠扬，很快就胜过了女妖们的歌声。英雄们被俄耳甫斯的琴声拉回来了，都定了定心神，不再被女妖的歌声所引诱。只有来自雅典的波忒斯实在抵制不了女妖们甜美歌声的诱惑，他一下子跳进了大海，去追逐那令人神魂颠倒的歌声了。

英雄们为波忒斯默哀了一会儿，然后继续前进，很快便来到了一个狭窄的海峡。这个海峡非常危险，海峡的一边是著名的卡利布提斯大漩涡，另一边是一面峻峭

的陡岩，这面陡岩已经把无数的过往船只撞得船毁人亡。除了两边隐藏的危险之外，海峡里的海水也非常不平静，这里的海面总是急速地旋转，像一只巨兽张开的大嘴，随时都会把经过的船只吞没。此外，海峡的海面下还有无数的暗礁，任何一个不小心都能让触碰到它们的船只死无葬身之地。

  以前，这里是火神赫菲斯托斯的冶炼场，所以直到现在还有滚滚的浓烟不断从海中冒出，把这里的天空染成了暗黑色。赫拉知道阿耳戈英雄将要经历一次大的冒险，便请来海洋女仙们，帮助他们渡过难关。当阿耳戈号驶入海峡之后，她们在大船的周围围了一圈，每当遇到海底有暗礁的时候，她们就会把船托起来，把它传递到暗礁的前方。阿耳戈船上的舵手们紧紧地把着舵，让大船沿着海峡笔直前行，既不让它划到海峡旁边的卡利布提斯大漩涡里，也努力避免大船撞到海峡另一侧的陡岩。赫拉在空中紧张地关注着阿耳戈号的行进，这时的空中正闪烁着无数的晨星。看了一会儿，赫拉便紧紧地抓住了身边的雅典娜女神的手，因为她已经看得有些晕眩了。火神赫菲斯托斯也站在远处一块巨大的礁石上，观赏着这惊心动魄的一幕。最后，在海洋女神的帮助下，阿耳戈英雄终于克服了重重险阻，平安地穿过了狭窄的海峡，驶入了辽阔的大海，继续在海面上航行着。几天之后，他们来到了淮阿喀亚人居住的岛屿上。这个小岛上的居民都很善良热情，他们的国王是虔诚正直的阿尔喀诺俄斯。

科尔喀斯人追击而来

  在淮阿喀亚人的岛屿上，阿耳戈英雄们受到了非常热情的接待，可是，还没等他们好好享受一下主人的盛情，埃厄忒斯派出的第二批船队又追来了。他们来到了阿尔喀诺俄斯的宫殿，对国王说："尊敬的国王，您可能还不知道被你们奉为上宾的这些人是什么来历，他们都是些卑劣的贼，用无耻的手段窃取了我们科尔喀斯人的金羊毛。而跟他们在一起的那个女子叫美狄亚，她本是我们的国王埃厄忒斯的女儿，却在伊阿宋的引诱下背叛了她的父母和国家，帮助她窃取了金羊毛。我们到这里来就是要带她回去的，如果那群窃贼不答应，我们将与他们决一死战。"

  阿耳戈英雄们听到科尔喀斯使者的话非常愤怒，他们纷纷提起长矛，拿起盾牌，要与追来的敌人决斗。这时，善良、不喜杀戮的淮阿喀亚国王阿尔喀诺俄斯制止了双方的举动。美狄亚看到这种情形有些害怕了，她一下子扑倒在地上，抱住淮阿喀亚王后阿瑞忒的双膝说："善良的王后呀，千万别听信使者的话。我并不是一个轻浮恶毒的女子，我实在是因为畏惧父亲的凶悍和强权，才愿意跟伊阿宋出走，到他的家乡去的。我们并不是不光彩的私奔，他已经向主管婚姻的赫拉女神发誓了，这次是把我作为合法的妻子带回家乡的。千万不要把我交给这群追兵吧，如果他们把我押送回科尔喀斯，我会被处死的。请您救救我吧，神会因为你的善良而保佑你和你的子孙们，你的城市也会因此获得不朽的荣誉。"接着，她又向阿耳戈英雄们一一恳求，恳求他们保护自己这个随他们出逃的弱女子。每一个英雄都答应了她的请求并向她保证，他们会誓死保卫她的安全，绝不会让那些科尔喀斯人把她抓回去受苦。阿尔喀诺俄斯让众人先都散去，说自己会认真地考虑双方的意见，并且会在第二天给双方一个答复。

　　回到寝宫之后，阿尔喀诺俄斯便与阿瑞忒商议该怎样处置科尔喀斯人的逃亡公主美狄亚。阿瑞忒深深地同情美狄亚的遭遇，也被美狄亚的痴情感动了，她为美狄亚向自己的丈夫求情。阿尔喀诺俄斯本来也是心肠特别软的人，听完妻子阿瑞忒的话之后，他沉吟了一下说："这的确是个可怜的姑娘，在这个时候把她推出去太残忍了。可是，被她背叛了的父亲埃厄忒斯可拥有着一个强大的王国，贸然得罪他似乎也不是闹着玩儿的，我实在不想为了庇护一个异乡的女子而给我们本国的人民带来灾难。再说了，科尔喀斯并没有一来就动用武力，如果我们没有任何理由地与他们开战恐怕会违背以礼待人的神训。我看就这样吧：我们先判断一下美狄亚是已婚的还是未婚的，如果她是位未婚的姑娘，那么于情于理我们都应该把她交给她的父亲；如果她已经与伊阿宋正式结婚了，那么即使是神灵也不能破坏这神圣的爱情与婚姻。任何人都无权让她离开自己的丈夫，因为一个已婚的女子是属于丈夫而非父亲的。"

　　听到丈夫的话，阿瑞忒在心中暗暗吃了一惊，为了保证美狄亚的安全，她暗地里偷偷派出一名使者，连夜把国王的这个决定通知了伊阿宋。得到消息之后，伊阿宋把美狄亚和所有的阿耳戈英雄都召集了过来，大家一起商量对策。所有人都建议伊阿宋和美狄亚赶紧正式结婚，在天亮之前成为真正的夫妻，以赢得阿尔喀诺俄斯的支持。于是，众人为二人选择了一处隐蔽而圣洁的山洞，为他们举行了正式的婚礼。之后，众人离开了，美狄亚成为伊阿宋真正的妻子。

　　第二天一早，所有的人都聚集在洒满了阳光的海岸上，海岸的一头站着科尔喀斯人，一头站着阿耳戈英雄们。不一会儿，头戴王冠的阿尔喀诺俄斯从宫殿中走了出来，他来到海岸上，手握金杖站在科尔喀斯人和阿耳戈英雄之间，准备宣布自己对姑娘归属的裁决。在他的身后站满了淮阿喀亚人的贵族，他们想看看自己的国王到底会不会给出一个令人信服的裁决。淮阿喀亚的妇女们也从小岛的四面八方聚集过来，她们都想看看大名鼎鼎的阿耳戈英雄到底有着怎样的风采。

　　在宣布裁决之前，国王先命人进行了简单的献祭。等供品的香气弥漫在空气当中的时候，他开始进行裁决了。首先，他向阿耳戈英雄们询问："美狄亚与伊阿宋正式结为夫妻了吗？她是否已经成为伊阿宋的妻子？"听到国王的问话，伊阿宋径直走向前去，向众人发誓，埃厄忒斯的小女儿美狄亚已经是他真正的妻子了。阿尔喀诺俄斯闻言，传来了参加两人婚礼的证人，证明伊阿宋所说确实符合实情。接着，国王进行了最后的裁决：美狄亚已经是伊阿宋的妻子了，一个已婚的女子是属于他的丈夫的，她的父亲也无权把她从丈夫身边夺走。因此，他把美狄亚判给了伊阿宋，说自己不会把她交给科尔喀斯人。围观的科尔喀斯人听到国王的裁决合情合理，一时间也无话可说了。

国王接着声明说，这些追赶而来的科尔喀斯人仍然是受到岛民欢迎的，他们可以自由选择自己的去向，或者作为永守和平居民留下来，或者自行驾船离开，回到科尔喀斯。科尔喀斯人畏惧埃厄忒斯，害怕失去了儿子和女儿的国王会在一怒之下把他们统统杀掉，因此就决定留在岛上。阿耳戈英雄们在岛上享受了淮阿喀亚人的盛情款待。几天之后，他们恋恋不舍地告别了国王阿尔喀诺俄斯，带着满船的美酒和食物继续朝着家乡的方向航行。

阿耳戈英雄们的最后一次冒险

航行了三天三夜之后，阿耳戈号离英雄们的故乡越来越近了。现在，站在船头的英雄们已经可以隐约看到故乡伯罗奔尼撒的海岸了。可是，就在英雄为了即将结束海上漂泊欢欣雀跃的时候，海面上突然刮起了一阵狂暴的北风。阿耳戈号在这阵飓风的席卷下就如同一片树叶，在海上晃晃悠悠地漂了九天九夜，飘过了利比亚海，飘到了瑟堤斯海湾，这里已经是遥远的非洲了。粘稠的大叶藻平铺在地上，犹如一片绿色的沼泽地。阿耳戈船已经被海浪冲上了一片沙滩，搁浅在了沙滩上。这片沙滩非常大，一眼望去看不到尽头，沙滩上没有任何飞禽走兽，更不用说人类的痕迹了。英雄们被眼前的景象弄懵了，他们纷纷跳下船来，四处转转，看看周围有没有什么可以补给淡水和食物的地方。很快，英雄们就纷纷悻悻而归了。沙滩前面只有无边的湿泥地，没有泉水，也没有食物，连道路也没有一条，天地间只有死一般的寂静。

阿耳戈英雄一路上经历了各种各样的考验，比这艰险十倍的都碰到过，可是这次的情况让他们差点崩溃了。"神啊！怎么会把我们送到这个如地狱一般沉闷的地方？我们宁愿被恶龙吃掉，被巨岩砸碎，也不愿意在这无边的荒漠里慢慢等死，等着自己的肌肉慢慢萎缩，血液慢慢枯竭，看着生命的活力从我们曾经强壮的身上一点一点地逝去……我是多么地希望已经在以往的壮烈事业中牺牲了呀！"舵手安克奥斯说。其他的英雄们听了他的话都沉默不语，因为他说出了所有人的心声。

很快，颓废的情绪像瘟疫一样在阿耳戈英雄中间流行开来，他们饿着肚子横七竖八地躺在沙滩上，眼睁睁地等待着死神的降临。在离开淮阿喀亚人的岛屿时，阿尔喀诺俄斯国王曾经送给了美狄亚几名侍女。现在,她们围住女主人,惊恐不已。

就在这群人快要在绝望中悲惨地死去时,三位半人半神的女仙在一个炎热的中午披着山羊皮来到了他们中间。三位女仙悄悄地来到了躺在沙滩上的伊阿宋身旁,揭开了盖在他脸上的斗篷。伊阿宋看到身边站了三位女仙,连忙从地上跳起来,恭敬地站在那里,等待着她们说话。三位女仙中为首的那位开口道:"我们非常清楚你们现在的困境,眼看着自己的生命力一天天逝去,却无法做任何事情。可是,不要这么颓废下去了,打起精神吧。当海洋女神驾起波塞冬的马车时,你们感谢长期以来孕育着你们的母亲吧。这已经是你们的最后一次磨难了。此后,你们就可以带着荣誉顺利地返回故乡了。"说完这番话之后,三位女仙突然不见了。

伊阿宋简直高兴坏了,他本来以为他们要被困死在这片沙滩了,没想到女仙又给他们带来了胜利的希望。女仙所说的话虽然隐晦,但其中蕴含的深意他还是能够体悟到的。就在这时,远处的海面上出现了神奇的一幕:本来平静的海面上突然翻起了一个巨大的浪,一匹身形庞大的海马从海里冒出来,快速地跳到岸上,然后抖落了身上的水,穿过英雄们之间的空隙,向远处飞奔而去,沙滩上留下了一行清晰的马蹄踏过的痕迹。珀琉斯高兴地说:"看来这就是女仙们所说的'海洋女神驾起波塞冬的马车'了,可是,'长期以来孕育着我们的母亲'又是指什么呢?是了,肯定是指我们在冒险的过程中乘坐的阿耳戈号大船了。让我们把它放在肩上扛起来顺着海马的足迹向前走吧,以这种方式来表示我们对她的感谢。海马和我们的'母亲'一定会引导着我们走出这片让人窒息的沙滩的。"

英雄们都认为珀琉斯的看法很有道理,于是按照他的说法扛起大船沿着海马的足迹走去。在沙滩中走了十二天之后,他们终于来到了忒律托尼的海湾。这时,大家都已经口干舌燥、体力匮乏了。于是,他们把大船从肩膀上放下来,分散开来找水喝。

俄耳甫斯独自一人往一条小路走去,在找水的途中碰到了夜神赫斯珀洛斯的四个女儿。她们住在载有金苹果树的圣园里,和巨龙拉冬一起看守着金苹果。四个女仙都非常喜欢唱歌,所以当她们看到远处走来一个年轻人的时候就用歌声询问他的来意。俄耳甫斯最擅长的就是唱歌了,于是,

守护金苹果

他用美妙的歌声告诉了女仙们阿耳戈英雄的经历，并且向她们询问附近哪里有水源。四位女仙被阿耳戈英雄的冒险故事和俄耳甫斯举世无双的美妙嗓音吸引了，告诉了他水源的所在。最年长的女仙说："昨天，我们看守的这个圣园里来了一个勇敢的野蛮人，他力大无比，眼睛又大又亮，身上披着一张巨大的狮子皮，头上带着用狮子的头颅做成的头盔。昨天他走到这里的时候也到处找不到水源，一气之下他便抬起脚来冲着身边的一块大岩石踢了一脚，硬是把一块坚硬无比的岩石踢出了一条缝隙。奇怪的是，大岩石被他踢了一脚之后就像中了魔一样，从那隙缝中流出了清凉的泉水。这个大力士就用这清泉的水解了渴。"

说完，女仙为俄耳甫斯指了指那眼清泉的位置。俄耳甫斯高兴极了，赶紧把所有的英雄都叫了过来，饱饱地喝了一顿清凉的山泉水。畅饮完山泉水之后，他们又开始讨论起那个一脚踢出一眼清泉的大力士来。"那个人就是赫拉克勒斯呀，当时的英雄中只有他才有这么大的力气！"一个阿耳戈英雄突然想到了什么似的，大声说。大家一听，也都觉得那个大力士就是赫拉克勒斯无疑，于是，便分头去寻找。可是，天黑时候所有人都垂头丧气地回来了，因为没有人能够找到赫拉克勒斯并把他带过来。只有锐眼的林扣斯说远远地看到了赫拉克勒斯的一个背影，但由于离得太远，他又走得太快，最终也没有把他追回来。

大家感叹了一番之后，突然发现了一件不幸的事：有两位去寻找赫拉克勒斯的同伴走失了，没有回来。阿耳戈英雄在为这两位走失的英雄默哀之后，上船准备继续航行了。英雄们把大船推入忒律托尼海湾，想将它驶入无垠的大海。可是，就在这时海面上突然刮起了逆风，大船一下子横在了港口里，怎么也驶不出去了。于是，英雄们带着船上最大的三脚鼎上了岸，把它献祭给了当地的神。在回到阿耳戈号的途中，英雄们遇到了海神忒律托尼。他扮成了一个普通少年的模样，从地上拾起一块泥土送给了阿耳戈英雄里的奥宇弗莫斯。奥宇弗莫斯并没有嫌弃这礼物，将它接过来藏在了胸前的衣服里。

这时，海神忒律托尼显出了他的本来面目，说："我就是这个地方的保护神，谢谢你们的礼物。你们回到船上去吧，我会给你们送上一阵顺风的。你们很快就可以回到故乡伯罗奔尼撒了。"说完之后，忒律托尼拎起了阿耳戈英雄献祭的三脚鼎，消失在远处的海面上。

英雄们满心欢喜地上了船，这时，果然刮起了一阵顺风，船顺利地驶入了大海。几天之后，阿耳戈英雄来到了喀耳巴托斯岛。这座岛上有一个可怕的巨人塔洛斯。他的身体是青铜的，因此刀枪不入，不会受伤。但是，他的身上却也有一个可以致命的部位，那就是他的脚踝，因为这脚踝不是青铜的，而是由筋脉和血管组成的。只有击中他的脚踝的人才能够把他杀死。阿耳戈英雄登上喀耳巴托斯岛的时候，塔洛斯正坐在一块巨大的礁石上，生性凶残的他一见有陌生人来，便抓起巨石朝他们扔去。英雄们吃了一惊，急忙后退，这时美狄亚站出来说："不用慌，我知道怎样除掉这怪物。"说完，她开始小声地念起了魔咒，召唤命运女神和地狱猎狗的帮助。接着，她又用魔药使塔洛斯昏昏沉沉地睡去。在睡梦中，塔洛斯在美狄亚的诱导下抬起肉脚蹬在了一块尖尖的石头上，脚踝被碰破了，顿时流血如注、剧痛难忍。巨人痛醒了，想站起身来，却没有了任何力气，摇晃了几下，一头栽进了海里。

除掉巨人后，阿耳戈英雄们在岛上舒舒服服地待到了第二天早晨。可是，刚登上大船准备继续航行，他们就碰到了新的危险。本来阳光普照的天空突然变得一片漆黑。伊阿宋赶紧带领着众英雄高举起双手，向太阳神阿波罗祈求光明。太阳神听到了英雄们的祈求，手执金弓，从奥林匹斯圣山上射下来一支亮闪闪的银箭。英雄们在这一丝光明中看到了前方的一座名为阿娜弗的小岛，于是便把大船划到小岛边停下来，上岸等待着天明。终于，阳光又一次普照大地，英雄们在灿烂的阳光中继续航行。这时，奥宇弗莫斯向大家讲起了他夜间做的一个怪梦：化身为普通少年的海神忒律托尼送给他的那块土在他的胸间有了生命，长成一个美貌的少女，她对奥宇弗莫斯说："我是忒律托尼和利彼亚的女儿，让我靠近阿娜弗吧。我会在阳光中快乐地成长，并将供养你的子孙后代。"聪明的伊阿宋明白了梦中的意思，他劝奥宇弗莫斯把怀里的那块泥土扔进靠近阿娜弗岛的大海里。奥宇弗莫斯刚一把泥土扔进海里，眼前就出现了令人惊讶的一幕：在靠近阿娜弗岛的地方，一个草木繁盛的岛屿慢慢浮出了海面。英雄们为她取名为"卡里斯特"，意为"最漂亮的岛"。后来，奥宇弗莫斯同他的后代住在了这座岛上，世世代代都在这里繁衍生息。

这是阿耳戈英雄们最后一次的冒险。在这之后不久，他们就平安地进入了爱俄尔卡斯海湾，回到了阔别已久的故乡。伊阿宋和其他英雄们把阿耳戈号献祭给了海神波塞冬。许多年之后，大船在风吹日晒中化为了灰烬，可诸神把它的幻像放在天上，它成了南方的天空中闪闪发光的一颗星星。

❖ 伊阿宋的结局

伊阿宋历经艰险，取得了金羊毛，还是没能得到爱俄尔卡斯的王位。他不得不把王国让给珀利阿斯的儿子阿卡斯托斯，自己带着年轻的妻子美狄亚逃往科任托斯。

到了异国他乡，他的父亲埃宋因为年迈体弱，奄奄一息。伊阿宋请求法力无边的美狄亚，施展魔法，减掉自己的年龄而相应延长他父亲的寿命。美狄亚想了想说:"好吧。也许我能施展魔法让他多活几年而你又不必减寿。"这天深夜万籁俱寂,她只身来到荒野之中,诵读咒文,祈祷女神。随着她的祷告声,群星越发灿烂,一辆蛇车从天而降。她登车腾空而起,飞往奇花异草生长的远方。九天九夜,她采集好了草药。接着她搭起祭坛两座:一座祭祀大地女神该亚,一座祭祀青春女神赫柏,一头黑羊当做祭品,而牛奶美酒泼到地上。然后她派人将埃宋带到祭坛,用法术使他昏睡过去,平卧在香草上。她散开长发,绕着祭坛急转三圈,用树枝蘸羊血做香火,放到祭坛上去焚烧。同时她还准备了大锅一口,里面放好了原料和碎龟壳片,几页鹿肝,乌鸦的头和喙——龟和鹿都是长寿动物,而鸦的寿命有九代人那么长。她手持干枯的橄榄枝一根,搅拌药汤,当橄榄枝刚从锅里被拿出来,顿时枝干碧绿,眨眼工夫长出了叶子和嫩橄榄。一切就绪,美狄亚就割开了老人的喉管,放干全身的败血。煮好的汤汁被灌到嘴里和割开的喉管中。汁液慢慢渗了进去,满头霜白的老人醒来竟变为头发乌黑的青年人,一改苍老憔悴而变得容光焕发,精力充沛。

在这里,他们住了十年,美狄亚给他生下三个儿子,前两个是双胞胎,名叫忒萨罗斯和阿耳奇墨纳斯,第三个儿子叫蒂桑特洛斯,年龄尚小。美狄亚由于年轻美貌,品格高尚,举止得当,深得丈夫的宠爱和尊重。但是后来,她年龄渐大魅力日减,伊阿宋又迷上了科任托斯国王克雷翁漂亮的女儿格劳克。伊阿宋瞒着美狄亚向她求婚。当国王答应婚事择定日期之时,他才婉转劝说妻子美狄亚解除婚约。他对天发誓说,并不是他厌恶她,而是为孩子们的前途着想,他不得不和王室结亲,好有一个稳定的靠山。美狄亚一听,怒不可遏,指责他忘恩负义,可伊阿宋一意孤行。

绝望的美狄亚,在丈夫的屋里急得团团转。她怨天恨地,大声诅咒丈夫和勾引他的女人。这些话却被伊阿宋的新岳父,国王克雷翁听到了。克雷翁命令美狄亚:"立即带着你的儿子,离开我的国家。"美狄亚压住怒火,请求他延缓一天,以便她为孩子们找一个去处。国王考虑了一下,同意了。

美狄亚早就对丈夫死了心,可是在走出最后一步之前,她又好言规劝丈夫,希望他回心转意。可是伊阿宋无动于衷,儿女他才不放在心上呢,他只想着他的新娘。但他答应给她和孩子们一笔钱,并写信给朋友,希望他们收留她们母子。

美狄亚勃然大怒,转念一想,就和颜悦色地说:"你想通过新的婚姻为你的孩子谋求幸福。好吧,今后你可以把孩子接回去,让他们跟继母的孩子们一起生活。"美狄亚显得宽宏大度,甚至取出许多珍贵的金袍,交给伊阿宋,当是给新娘的贺礼。伊阿宋真的以为她原谅了他,喜出望外,同意把孩子留在宫殿里,让她一人离开。他派了一个仆人,将礼物送给新娘。可是谁能知道这些珍贵的衣袍是美狄亚用浸透了魔药的料子缝制的呢?

丈夫告别之后,美狄亚时时刻刻等待着消息。终于,她可靠的仆人气喘吁吁地奔了过来,嚷道:"美狄亚,快上船,快逃走!你的情敌和她父亲都已死去。你知道,当你的儿子和伊阿宋走进新房时,国王的女儿不想答理孩子。可是伊阿宋竭力安慰她,还为你说了不少好话,拿给她看你的礼物。她一看到金袍,满心欢喜,马上答应新郎的一切要求。你丈夫和儿子一离开,她就迫不及待地将斗篷披在身上,又把金色的花环套在头上,喜不自胜。她还高兴地在房间里走来走去,像一个小姑娘似的为新装扬扬得意。可是突然她面色苍白,四肢痉挛,摇晃着往后退,还没到椅子跟前,就栽倒在地上,口吐白沫死掉了。大家都惊住了。仆人赶紧去找国王,另外

▽ 美狄亚杀子
美狄亚杀死儿子是为了报复丈夫,让他痛苦。画中的美狄亚在杀子前,还抱有一丝希望转过头来望着,希望丈夫回心转意。

几个仆人赶紧去喊您的丈夫。可是谁知道她头上的花环喷出了火焰。当国王赶到时,他只看见女儿的尸体已烧得变形。国王扑向女儿拥抱她,却中了女儿身上衣服的剧毒,也死了。伊阿宋的情况怎么样,我还不知道。"

美狄亚听了之后,还不解恨,复仇的怒火更加旺盛。她如同复仇女神一样,急忙奔出去,准备给她丈夫一个致命的打击。她来到儿子的卧室门前。天色已晚,她自言自语地说:"我的心啊,不要软。为什么现在如此犹豫呢?忘掉他们是你的孩子,忘掉你是生养他们的母亲,忘记他们吧!你不杀死他们,他们也会死在仇人的手里。"

当伊阿宋急忙赶回家中,要为新妇向美狄亚报仇时,却听到里面传来孩子们的惨叫声。他奔到住房里,看见儿子倒在血泊中,像献祭的供品一样被杀害了。他满屋找美狄亚,却没有找到。伊阿宋绝望地离开了自己的家,听到空中传来阵阵声响。他抬头一看,看到了可怕的杀人凶手。她坐在用魔法召来的龙车上,升上天空,离开了她用一切手段复仇的人间。伊阿宋无法惩罚她,陷于绝望中。他没有其他选择,拔剑自刎,死在自家的门槛上。

俄狄浦斯的故事

卡德摩斯与底比斯的创建

路边的一棵大柳树下,一群人正在聊天,他们不时地议论几句天气,或者议论一下各自的庄稼。这个时候,一个老头忽然对其他人说:"你们看,前面路上是什么呀?"

一群人抬头看着路面,干燥的路面上,横着一个黑乎乎的包裹一样的东西。其中一个年轻人眼睛尖,看清楚了,是一个昏倒在地的人。

这群人围过去一看,还真是一个饿昏的男子,二十多岁。一个年轻人扶起这个昏倒的人,把他背到了树荫下,然后蘸了一点凉水,滴在这个年轻男人的额头上。年轻男人醒了过来。他张开眼睛,想说话,却声音嘶哑,发不出声来。村头的老人连忙叫人把这个年轻人扶到自己的屋子里,自己则烧水煮粥。一碗稀粥灌下去,年轻男人的眼睛里有了活力,身体慢慢活泛起来。他一回过身来,就抓住老头问道:"您见没见一个年轻的女孩子,眼睛大大的,穿着红色的纱裙子,叫欧罗巴?"老头摇摇头,让他坐下,再歇息一阵。可是青年看到他摇头,拼死拼活地要走,也不管自己身体虚弱,老头如何苦劝。老头无奈之下,只好放行。不过,他把自己家里剩下的一个冷馒头给年轻人当了干粮。年轻人眼里含泪,捏着这块馒头,踏着月色,走上了前行的道路。

这个年轻男人,叫卡德摩斯,是腓尼基国王阿革诺耳的儿子,欧罗巴的哥哥。宙斯带走欧罗巴后,阿革诺耳痛苦万分,急忙派卡德摩斯其他的三个儿子福尼克斯、基立克斯和菲纽斯外出寻找,并下了死命令:必须找到欧罗巴。如果找不到欧罗巴的话,他们也就不用回来了!可怜的卡德摩斯东寻西找,逢人就问。

一年过去了,卡德摩斯找了很多地方,饱受磨难和风吹雨打,却毫无结果,好像是妹妹彻底从这个世界上蒸发了。找不到

卡德摩斯正是在一头母牛的引领下,找到了太阳神赐福的地方。

人，他又不敢回乡。无可奈何，卡德摩斯只有向太阳神阿波罗求助，希望他能告诉自己该到哪里去是好。

太阳神阿波罗说："卡德摩斯，你不要灰心，继续前行。将来有一天，你会在一块孤寂的牧场上遇到一头还没套上轭具的牛，它会为你指引方向。跟着它走，一旦它躺下歇息，那它的歇息之地，就是你的安身之所，你可以在那里造座城市，把它命名为底比斯。"

卡德摩斯继续流浪，四处追问，这天到了阿波罗赐福的卡斯泰利阿圣泉附近，突然看到前面一片偌大的绿色草地上，一头母牛正在静静地啃草。卡德摩斯大喜过望，仰望着天空，谢过正从头顶上经过的太阳神，按照神谕，紧跟着母牛。母牛领着他趟过了凯菲索斯浅流后就站在岸边不走了。它朝着远方发出了欢快的叫声，满意地躺在绿草深软的草地里。卡德摩斯一下子就知道了，这个地方，就是太阳神赐福的地方，是他建城立命、繁衍后代的福地。他怀着感激之情跪在地上，亲吻着这块陌生的土地。

在这块母牛躺倒的地方，卡德摩斯一待就是十年。十年下来，他已经盖了一些小房子。遮身之地是有了，可是距离建城发展还远得很呢？就是这样，卡德摩斯已很满足了。饮水思源，卡德摩斯非常感谢神灵，想给宙斯献一份祭品，而祭品之中，最好有杯清水，以供神祇品饮。房屋四周水井较多，水质苦涩，给人饮用还勉强凑合，但是用之祭奠则就不行了。相传，城边的原始森林里有清泉一泓，水质晶莹甜蜜。于是，卡德摩斯就派人前去取水，以供神祇品饮。

一个星期过去了，仆人们还无消息。卡德摩斯不知道是怎么回事，决定亲自去寻找他们。他披上狮皮，手执长矛和标枪，还有他那颗比任何武器都坚强勇敢的心。刚一进树林，他就看见一大堆尸体，原来他的仆人全死了。很快他就发现了一条毒龙，紫红的龙冠闪闪发光，眼睛赤红如火。它正吞吐出血红的信子，满口毒烟臭气，舔食着遍地的尸体。

"可怜的人啊！"卡德摩斯痛苦万分，大叫起来，"我要为你们复仇！"他抓起一块大石头朝着巨龙投去。但是石头打在身上，那条皮粗肉厚的毒龙却蹭痒一样，坚硬的鳞皮没有划伤，只有一道白印子。卡德摩斯一看不好，心慌之下，狠狠地投出标枪。枪尖透喉而入，深入龙的内脏。巨龙疼痛难熬，狂暴地咬断标枪，尾巴卷着标枪甩来甩去，把枪杆弄得粉碎。可是，留在体内的枪尖嵌在恶龙的喉咙里，吞不下去，吐不出来，折腾了半天，还是毫无办法。恶龙被激怒了，箭似的冲过来，喷吐着剧毒的白沫。卡德摩斯连忙后退一步，用狮皮裹身，再次把长矛刺进龙口。谁想这只恶龙嘴巴一合，咬住了长矛。卡德摩斯拼命用力抵住长矛，缓慢地搅动，恶龙的牙齿纷纷掉落，脖子上也流出了血水，但伤势并不严重，还能躲避攻击。卡德摩斯很难一下子置它于死地。不过，卡德摩斯越斗越勇，提着宝剑，看准机会，一剑刺去。这一剑刺得又狠又重，不仅刺穿恶龙的脖颈，还扎进后面的一棵大栎树里，把恶龙紧钉在树身上。恶龙被制服了。

卡德摩斯久久地凝视着被刺死的恶龙。正在他转身准备离开的时候，却看见女战神雅典娜不知什么时候站在他的身旁。女神摆摆手，制止了准备下拜的卡德摩斯："卡德摩斯，恶龙杀死了。你能取回圣水。你杀死的这条龙是战神阿瑞斯的宠物，你看没看见，那些掉在地上的龙牙？要知道，这些都是神物。听我的话，把这些牙埋在泥土里，这将你是未来发展壮大的力量，也是你未来种族的种子。"话一说完，女神就消失了。

卡德摩斯收集了这些龙牙。他并没有把这些龙牙埋在一处，而是像播种庄稼一样，在地上开了一条宽沟，然后把龙牙纷撒入土内。不一会儿，奇迹就发生了，埋下龙牙的新土活动起来。卡德摩斯首先看到一杆长矛的枪尖露出来，然后冒出一顶武士的头盔。整片树林都在晃动。又过一会儿，泥土下面又露出了肩膀、胸脯和四肢，最后一个全副武装的武士从土里站起来。不，不是一个。片刻之间，地下长出一整队武士。

卡德摩斯吃了一惊，准备投入新的战斗。他摆开架势，可是泥土中生出的一个武士对他喊道："不要害怕，别拿武器反对我们。千万不要参加我们兄死之间的战争。"他一边说着，一边抽出腰上的剑对准刚从泥土中生长出来的一位兄弟狠狠地挥去，那个刚生出来的武士瞬间就又失去了生命。而杀人的武士本人又被别人用标枪刺倒在地，立时毙命了。一时间，一整队人厮杀起来，直杀得天昏地暗、难解难分。大地母亲在吞饮着她所生的第一批儿子的鲜血。最后，这群武士中只剩下了五个人，其中后来取名为厄喀翁的一个武士首先响应了雅典娜女神的建议，放下武器愿意和解，其他的四个人也同意了。这五个武士成了卡德摩斯的士兵。

于是，在五位武士的帮助下，腓尼基王子卡德摩斯建立了一座新城。根据太阳神的旨意，他把这座城市叫作底比斯。诸神为嘉奖卡德摩斯，便把女神阿佛洛狄忒美丽的女儿哈墨尼亚嫁给他为妻，并参加了他们的婚礼，还送了不少的礼物。女神阿佛洛狄忒也送给他们一条贵重的项链和一条做工精致的丝面纱。它们出自匠神赫菲斯托斯之手，具有神秘的魔力。谁戴上这宝物，就会招来不幸。因为这个项链和面纱，卡德摩斯家族曾经有不少人死于非命。

由于卡德摩斯杀了战神阿瑞斯的宠物，从此之后便得罪了战神，他们的城邦底比斯长期战火绵延，百姓生灵涂炭。而这对不幸的夫妇偏偏活得很长久，他们眼睁睁地看着自己的子孙互相残杀，被弃尸荒野，尝尽了白发人送黑发人的伤痛。有一次，他们忍不住感叹说："战神竟然爱龙而多于爱人，那自己还不如也变成龙呢。"话音刚落,两人便双双变成了龙。不过这两个心地善良,完全不像阿瑞斯养的那条毒龙,他们从不伤害人类。他的后代继续在底比斯繁衍生息,著名的酒神狄俄尼索斯就是他的外孙,底比斯不幸的国王俄狄浦斯也是他们的后裔。

俄狄浦斯杀害父亲

拉伊俄斯是底比斯城的创建者卡德摩斯的后裔。他的老父亲拉布达科斯,底比斯的老国王心地善良,待人和善,却对儿子要求很严厉,稍不如意,就是一顿责骂,因此拉伊俄斯非常害怕父亲。平时,拉伊俄斯小心翼翼,在父亲面前毕恭毕敬,虽然被狠骂过多次,父子两人也还相安无事。但是现在,他却倒了霉,犯了禁。拉伊俄斯因和国王宠爱的臣子争吵失去冷静,便拔出剑来刺进了对方的心脏,对方躺在地上,身体抽搐着,鲜血淌了一地。拉伊俄斯失手杀死了对方,想到父亲严厉的面容,他慌里慌张地,也不收拾行李,只身逃离底比斯。一路上,拉伊俄斯惶惶如惊弓之鸟,来到伯罗奔尼撒半岛,不想却受到当地国王珀罗普斯的礼遇。珀罗普斯将他迎到宫里,好生伺候着,让小儿子克律西波斯拜其为师。克律西波斯是珀罗普斯和女神阿刻西俄刻的私生子,长得漂亮,却命运不幸。拉伊俄斯临走时,却恩将仇报,拐走了克律西波斯。

珀罗普斯非常愤怒,带领军队,包围了拉伊俄斯,救出克律西波斯,由他的异母兄弟阿特柔斯和提厄斯忒斯看护。克律西波斯最受父王的宠爱,一直为两兄弟嫉恨。现在他被救了,阿特柔斯兄弟的王位继承权就非常危险。在母亲希波达弥亚的唆使下,混战中兄弟俩杀害了克律西波斯。痛失爱子的珀罗普斯,满腔怒火无处发泄,就怪罪到拉伊俄斯的头上。临死的时候,他跪倒在宙斯的神坛面前,祈求道:"天神呀,可怜可怜我这个失去了儿子的老头子吧。当年,我对拉伊俄斯如同兄弟般热情款待,谁知道这个家伙,却抢走了我的儿子!我就要死去了,天神,你就可怜可怜一个老头子,满足他临死前的要求,惩治惩治这个恶人吧!"祈祷完毕,珀罗普斯筋疲力尽,含恨死去。

拉伊俄斯逃脱了珀罗普斯的追捕,流浪在外。十多年过去,他的父亲拉布达科斯已经垂垂老矣,非常想念儿子,就找回了拉伊俄斯。一年后,老人去世,拉伊俄斯继承了王位,娶底比斯人伊俄卡斯特为妻。婚后的日子非常幸福,一晃,七八年过去,两人感情好得跟新婚一样。不过,幸福的生活中,国王拉伊俄斯心里还有一丝阴影:他不知道,为什么这么多年了,自己还没有一个孩子!他非常渴求一个孩子能继承王位,于是来到阿波罗神庙,祈求神谕。

神谕告诉他:"拉伊俄斯,你不要急躁,将来你会有一个儿子。可是你要知道,如果他长大成人,你会死在自己的儿子手里。你当年得罪了珀罗普斯,宙斯因为你抢去珀罗普斯的儿子,所以惩罚你遭受厄运!"

拉伊俄斯非常清楚自己做过的事情,也知道自己罪孽深重,所以对这个神谕深信不疑。他追悔莫及,想不到年轻时候犯下的错误,却要遭到报应。现在,怎么避免这一厄运呢?为了防止怀孕,他一直跟妻子分居。可是夫妻毕竟情深,他顾不上神谕的警告,又与妻子同床共寝,结果伊俄卡斯特为丈夫生了一个儿子。

孩子的啼哭,让这对夫妻非常恐惧,看着这个初生的婴儿,他们又想起了那则可怕的神谕。对他们来说,儿子就是一个大包袱,杀掉他才是上上之策。于是,为了防止神谕的实现,他们在孩子生下的第三天,就派人用钉子刺穿婴儿双脚,捆绑起来,丢弃在喀泰戎的荒山下。如果没人施救,孩子不是活活饿死,就是让野兽吞吃。

执行这一命令的牧人是个老头,婴儿的啼哭声让他下不了手,婴儿纯真的小眼睛,更让他产生同情。收养婴儿,他又害怕泄漏出去惹来杀身之祸。他想了想,连夜赶到一个朋友家里。这个朋友常和他一起牧羊。他是邻国科任托斯国王波吕玻斯的牧羊人。老头把孩子交给朋友,自己赶紧回去报告国王孩子已死。一直忐忑不安的夫妇放下了心。儿子已死,神谕将不会实现。他们相互宽慰,过着平静的日子。

再说国王波吕玻斯的牧人,他解开孩子脚上的绳索,给孩子起了个名,叫俄狄浦斯,意为肿疼的脚。他把孩子带到科任托斯,交给国王波吕玻斯。国王可怜这个弃婴,自己又没有子女,就把孩子交给妻子墨洛柏抚养。可怜的俄狄浦斯渐渐长大,墨洛柏夫妇待他如亲生儿子,他也深信自己是国王波吕玻斯的儿子和继承人。可是偶然的一件事却戳破了他的自信心,他一下子从希望的顶峰上跌到绝望的深渊。那是在一次宴会上,一个嫉妒他地位的科任托斯人喝醉了酒,大声叫着:"俄狄浦斯,你有什么……骄横的。你根本就不是……什么王子,你是从山上拣来的。你根本没什么成绩,不像我……靠自己的军功……当了……"

话没说完,这个家伙已经醉得扶都扶不住,躺在地上,泥也似的,发出了鼾声。

俄狄浦斯大怒,挽起袖子,要打这个没大没小的家伙,却被人拦下了。他愤愤地回到家里,难以入眠。天一亮,他就跑到父母面前询问这件事。波吕玻斯夫妻非常生气,为什么总有些人喜爱搬弄是非呢?他们故意用话排解儿子的疑虑,说他当然是他们的亲生儿子。

父母的话充满爱心,令俄狄浦斯非常感动,可是怀疑仍在折磨他,因为那个人所说的话太让他难受。没有办法,他只好求助于太阳神,他来到得尔斐神庙,祈求神谕,希望太阳神证明他所听到的话完全是诽谤。可是阿波罗不但不给他满意的答复,相反,一个新的更为可怕的预言出现在他面前:"俄狄浦斯,你将会杀死你的父亲，你将娶你的生母为妻，并生下可恶的子孙。"

俄狄浦斯脑子里一片空白，出了神庙，没有知觉一样往前走去。他无意识地来到宫殿门口，正要进门的时候，神谕闪现在脑海里。连太阳神都这么说，看来不假，难道自己真要杀掉慈祥的波吕玻斯父亲，迎娶母亲墨洛柏吗？他为这个可怕的神谕所恐吓，他再也不敢回家去，害怕自己将会干下十恶不赦的罪行。太可怕了！为了杜绝惨剧，他决定到俾俄喜阿去。于是，俄狄浦斯逃离故乡，流浪在外。

这天，他来到得尔斐和道里阿城之间的十字路口。一辆马车朝他驶来，车上坐着一个陌生的老人，一个使者，一个车夫和两个仆人。车夫一看路面上有人，就粗暴地让对方让路。俄狄浦斯生性急躁，挥手朝无礼的车夫打了一拳。车上的老人脾气也不小，一看这个蛮横的年轻人，竟敢打他的车夫，便举起鞭子狠狠打在俄狄浦斯头上。俄狄浦斯怒不可遏，他挥起手杖朝老人打去。老人一跤跌到马车下。一场格斗发生了，英勇的俄狄浦斯抵挡三个人。他年轻有力，把那伙人打倒在地，扬长而去。

他想自己只是自卫才打了那个卑鄙的俾俄喜阿人，谁叫那个家伙仗着人多势众企图伤害他呢？他哪里知道，命运的诅咒已经降临到他头上，那个被俄狄浦斯打下马车而死的老人正是底比斯国王拉伊俄斯，他的生身父亲。当时，底比斯国王正要前往皮提亚神庙。真是造化弄人，父亲和儿子都竭尽全力小心回避的神谕，还是悲惨地应验了。

俄狄浦斯娶母为妻

四处流浪的俄狄浦斯路遇老人之后，来到通往底比斯城的大道之上。在那里，他碰到了一个带翼的人头狮身的怪物斯芬克斯。这个怪物是巨人堤丰和蛇怪厄喀德娜所生的女儿之一。蛇怪厄喀德娜生了许多有名的怪物，如地狱三头狗刻耳柏洛斯，九头蛇许德拉，口中喷火的喀迈拉等。斯芬克斯也是他们中的一个，她长着美女的头，狮子的身子，凶残而又狡猾，盘坐在路口的巨石上。凡是经过这里的底比斯居民，斯芬克斯都要他们猜一个谜语。猜不中的人都会成为她的腹中物。

这个凶残的怪物出现的时候，正好赶上底比斯全城都在哀悼被不知名的路人杀害的老国王。老国王遇难后，现在正在执政的是国王的妻弟、王后伊俄卡斯特的兄弟克瑞翁。他的执政本来就很不得民心，现在斯芬克斯到处肆虐，恰好说明了克瑞翁的无能。克瑞翁迫于民众舆论压力，急需马上解决斯芬克斯危害民众的问题。恰好在这个时候，连执政王克瑞翁自己的儿子也给怪物吞食了，因为他经过时也未能猜中谜底。这下克瑞翁更是坚定了不惜一切代价除掉怪物的想法，于是，他张贴了这样一个告示：谁能除掉城外的怪物斯芬克斯，就可以成为底比斯新的国王，并且可娶他的姐姐，老国王的妻子伊俄卡斯特为妻。

恰好在这个时候，俄狄浦斯来到了底比斯。他看到了克瑞翁贴的这张告示，俄狄浦斯生性勇敢、喜欢冒险，所以在知道了这件事情的危险之后，他反而更想去会会这个让人闻风丧胆的怪物了。此外，他的心里一直记着那个不祥的神谕，非常害怕自己真的会做出杀父娶母的事情，所以也十分不看重自己的生命。于是，他爬上高高的山岩，来到斯芬克斯盘坐的地方，准备主动要求解答她的谜语。斯芬克斯一见有人过来，还没等俄狄浦斯开口，就朝着他喊道："年轻人，过来，猜一个谜语！你要知道，你猜不中谜语，就要被我吃掉。猜中了，你就可以走人！"

俄狄浦斯微微一笑，对怪物说："猜谜语吗？这太简单了。请你出谜！"

斯芬克斯非常奇怪，不知道这个年轻人为什么这么安静，还微微地笑着，一点也不知道害怕。要知道，在此之前，多少人被吓得屁滚尿流呀。她想：小子，你现在得意，到时候成为我牙缝里的食物，后悔可就来不及了。于是，她挑了一个她认为十分难猜的谜语，然后张开血盆大口，瓮声瓮气地喊道："什么动物在早上用四条腿走路，中午用两条腿，晚上用三条腿？在一切动物之中，这是唯一一个用不同数目的腿走路的。用腿最多的时候，正是力量和速度最小的时候。这是什么动物呢？年轻人，说！"

俄狄浦斯听到这谜语，微微一笑，毫不犹豫地说："你这个谜语太简单了，连三岁的小孩都知道。这个动物不是人吗？"接着，他解释说："人在幼年，是人生的早晨，比较软弱，只能在地上手脚并用地爬行；到了壮年，正是生命的中午，当然可以用两条腿走路；但老年是生命的迟暮，他们那时候只好拄着拐杖，好像三条腿走路。"

说完谜底，他还不忘嘲讽一下："老怪物，就凭这

▼ 俄狄浦斯和斯芬克斯　法国　莫罗
《俄狄浦斯与斯芬克斯》是莫罗在艺术史上有重要影响的象征主义画作之一。画面上，俄狄浦斯已经站在了生与死的交接点上，这时他发现了常出谜语吃人、人首狮身的女怪斯芬克斯。在这幅画中，几乎每一个细节都寓有一定的象征意义。

个谜语,你就敢在这里耀武扬威?"俄狄浦斯的一番话,让心高气傲的斯芬克斯羞愧难当,绝望之下从山岩上跳下去,摔死了。

  底比斯人民十分感激俄狄浦斯为他们除去祸害,克瑞翁也兑现了自己在告示中的承诺,把底比斯王国交给了俄狄浦斯,并把老国王的王后伊俄卡斯特许配给他为妻。俄狄浦斯当然不知道她是自己的生母,但是还是在不知不觉中让神谕兑现了。

  婚后,伊俄卡斯特给俄狄浦斯生下了四个儿女,先是双生子厄忒俄克勒斯和波吕尼刻斯,然后是两个女儿,大女儿叫安提戈涅,小女儿叫伊斯墨涅。俄狄浦斯非常高兴,以为自己终于摆脱了杀父娶母的神谕,在其他的国家逃避了悲惨的命运,找到了自己的幸福。然而他不知道,冥冥之中的命运有着令人恐惧的强大力量,就像是一个巨大的泥潭,他越挣扎就陷得越深。他称之为儿女的这四个人,其实既是他的子女,也是他的弟妹。所有的人都不知道命运所开的这个巨大的玩笑,所以一切似乎都很平静。俄狄浦斯本来就是善良、正直、能干的,现在在伊俄卡斯特的辅佐下,把底比斯治理得井井有条,深受民众的爱戴和尊敬。

惊天秘密被揭露

  然而,秘密总有被揭露的那一天,俄狄浦斯身上这个可怕的秘密也不例外。一场突如其来的瘟疫成为揭开这个秘密的序曲。

  在俄狄浦斯成为底比斯的国王三年后,底比斯城天降瘟疫,药物无能为力,祈祷也没有作用。底比斯人一致认为,这场可怕的灾难是天谴。他们相信国王是神祇的宠儿,一定会有办法的。于是,祭司们手拿着橄榄树的枝条,带领着大队的男女老少,涌到王宫前,坐在神坛周围和台阶上,要求国王接见他们。

  俄狄浦斯听到了王宫外面的喧闹声,从宫里面走了出来,来到了神坛,询问为何到处香烟缭绕,怨声震天。一位年老的祭司回答说:"尊贵的国王啊,你可曾看到你的子民正在遭受着怎样的灾难?瘟疫四处流行,干旱烧焦了牧场、田地和山林。我们眼看着身边的亲人一个个离开了我们,实在受不了这折磨了。我们来找你是来请求你的帮助的,你肯定是众神的宠儿,所以众神让你把我们从残酷的斯芬克斯的口下解救出来。所以我们信任你,这一次一定也会有神暗中帮助你,你一定能够再次拯救我们于水火之中的。"

  "可怜的人们哪,"俄狄浦斯语重心长地说,"我怎么会看不到我的子民正在经受的苦难呢?看到瘟疫肆虐、众生遭殃,我比谁都要难过,因为没有人比我更关心这些了。我要关心的不只是身边的三两个人,我还要关心整个城市的命运!我也觉得这场瘟疫来得蹊跷,所以想看看众神的意思。其实在你们来之前,我已经派我的妻弟克瑞翁到得尔斐去寻找阿波罗的神谕了,我想请神给我们指点一下怎样做才能解救我们自己,解救这座城市。"

恰好在这时,俄狄浦斯派去请求神谕的克瑞翁回来了。于是,俄狄浦斯让他当着神坛前男女老少的面报告神谕的内容。克瑞翁说:"尊敬的国王呀,整个城市陷于毁灭,是因为老国王拉伊俄斯的血债还没有偿还。神祇吩咐,只有我们找到凶手并把他驱逐出去,底比斯城才能平安。否则,我们将永远摆脱不了苦难的惩罚,因为杀害老国王拉伊俄斯的血债将会使整个城市陷于毁灭。"

俄狄浦斯压根就想不到正是自己杀害了国王,他要求克瑞翁把杀害国王的事讲给他听。听克瑞翁讲完事情的经过之后,俄狄浦斯也只是把它当成了一件普通的拦路抢劫案,丝毫没有跟自己联系在一起。他当众发誓,一定要亲自处理这桩杀人案,找到杀人凶手,即使那个凶手是隐藏在王宫的,也不会让他逃脱重责。并且,他还立即当众发布了一条命令,规定所有底比斯的国民无论谁只要知道杀害拉伊俄斯的凶手的情况,就必须立即前来报告。如果有人胆敢知情不报,或者窝藏凶手,那么一定会受到严厉的惩罚。被发现以后,将被剥夺参加祭祀神灵仪式的权利,并且不得享受圣餐,也不得跟国人有任何来往。最后,他还发誓表示自己要诅咒杀害老国王的杀人凶手,诅咒那个凶手的一生都会被痛苦和不幸折磨。此外,他还派出了两位使者去邀请盲人预言家提瑞西阿斯,因为这个预言家预测事情的能力简直不亚于阿波罗本人。

提瑞西阿斯这位远近闻名的盲人预言家在一名男孩的引导下过来了,他来到国王俄狄浦斯和底比斯的居民面前就停住了。俄狄浦斯把底比斯国人正在遭受的灾祸告诉了他,说这场瘟疫不仅像一座山一样压在他的心头,而且也压在所有底比斯人民的心头。他请提瑞西阿斯运用他神异的能力,帮助底比斯人找出杀害老国王的凶手,好让他们早日从瘟疫中解脱出来。听完俄狄浦斯的诉说,提瑞西阿斯发出了一声长长的悲叹,他避开了国王正朝着他伸过来的双手,像躲避毒蛇猛兽一般。他推辞说:"如果神灵给我一次重新选择的机会,我宁愿现在的我不再具有神异的能力,因为这种能力是多么可怕呀,它将给他知情的主人带来杀身之祸!国王呀,让我回去吧!你承受你的重担,让我也承受我的重担!咱们各自做各自的事情吧!"

俄狄浦斯听了盲人先知提瑞西阿斯的这番话,便明白他已经找出了杀害老国王的凶手,于是命令他不应含糊其辞,把凶手的名字说出来。围在周围的居民们也纷纷跪在他的面前,请求他帮助被瘟疫横扫的底比斯脱离苦海。可是,提瑞西阿斯仍然不肯回答,只是更加坚决地摇了摇头。急于平息瘟疫的俄狄浦斯勃然大怒,忍不住大声地呵斥他:"提瑞西阿斯,你不是先知吗?现在底比斯陷入困境,需要你的帮助，你怎么一句话也不说。你对得起别人的尊敬吗？你知情不报，我会好好地惩治你的！"国王的指责逼得提瑞西阿斯不得不说出真相了。"俄狄浦斯，"他说，"你没有权利指责我。你不是说无论如何也要找到这个杀人凶手吗？我告诉你，这个凶手，远在天边，近在眼前。这个人就是你，是你罪恶累累，让整个城市遭殃！你就是杀害国王的凶手，又是你，把自己的母亲当作妻子一起生活。"

先知的话一出口，全场哗然。人们都很尊敬先知，却无法接受这个结论。俄狄浦斯压根都不相信这些话，他愤怒之中，大骂预言家是个骗子和恶棍，和克瑞翁一起编造了这个谎言来合谋篡夺他的王位。提瑞西阿斯闻言更是毫不含糊地说："你就是杀父的刽子手和娶母为妻的人，你将会面临巨大的灾难。"他一边说，一边牵着孩子的手，面无表情地离开了国王。克瑞翁也怀着委屈，他激烈地指责俄狄浦斯毁谤他。愤怒中的俄狄浦斯毫不示弱，于是两个人激烈地争吵起来。伊俄卡斯特则劝着他俩，但是她竭尽了全力也无法使他们平静下来。最后，克瑞翁愤愤不平地离开了俄狄浦斯。

王后伊俄卡斯特比俄狄浦斯更不明白事情的真相，她满怀着嘲讽的语气说："这个先知是不是老糊涂了？我的前夫拉伊俄斯当年曾经得到过一则神谕，神谕里说拉伊俄斯将死在自己亲生儿子的手里。可事实呢，我们唯一的儿子在刚出生后就被绑住双脚，扔在荒山上，出世还没有三天就死了；而拉伊俄斯也被陌生的强盗打死在十字路口。"

王后说这番话本来是想为丈夫辩护的，却没想到正是这番嘲讽的话，使俄狄浦斯听了大受震动。他满脸惶恐地问："拉伊俄斯死在十字路口？告诉我，他是什么模样，他有多大岁数？"

伊俄卡斯特并没有注意到俄狄浦斯的情绪变化，她不假思索地说："他个子高大，头发灰白。至于模样嘛，说起来跟你还非常像呢。"果然是自己打死的那个老头，俄狄浦斯心中那个不祥的预感被证实了。他感到说不出的惊恐："天哪！提瑞西阿斯并不是瞎子，提瑞西阿斯是眼睛最明亮的人！"俄狄浦斯大声说。他明白提瑞西阿斯的话没有说错，是自己杀害了老国王拉伊俄斯，是自己让整个底比斯城市陷入了瘟疫。他虽然知道了自己杀害老国王的可怕事实，但还是对各个细节问了又问，因为他是多么希望能找出一些蛛丝马迹证明这只是一场巧合和误会呀。可是，问完之后俄狄浦斯陷入了更加绝望的境地，一切细节都与他在十字路口杀掉老人之事吻合。最后，他听说当时曾经有一个仆人逃了回来，报告国王被杀害的消息。但是这个仆人赶回来的时候，正好碰到俄狄浦斯登上王位的登基仪式，他看到俄狄浦斯之后就恳求离开底比斯，到最远的牧场上去为国王放牧了。当时，人们正在忙着新国王的登基，所以就没顾得上详细地问这个仆人相关细节，让他按照自己的意思去牧场放牧了。俄狄浦斯想亲自盘问一下这个仆人，看看自己在十字路口碰到的那帮人是不是确实就是老国王和他的仆人，于是就派人把他召回来。

把人派出去之后，俄狄浦斯又被另外一个问题搞得迷惑不已。就算老国王确实是自己杀的，可为什么盲人先知提瑞西阿斯还说王后是自己的母亲呢？怎么可能呢？我的母亲不是墨洛柏吗？他是不是在胡说？我还是详细地问个清楚！

正在这个时候，宫殿里来了一批客人。他们是科任托斯的使者，他到宫殿后告诉俄狄浦斯说他父亲波吕玻斯去世了，要他回去继承王位。

王后听到这个消息如释重负，她禁不住得意地说："尊贵的神灵啊！看来你给我们的神谕并不总是会应验呀！你刚才还借盲人先知提瑞西阿斯之口说俄狄浦斯会杀掉自己的父亲，可是现在，应该被俄狄浦斯杀死的父亲现在却寿终正寝了！"但敬畏神的俄狄浦斯听了这话却是另外一种想法。他一直就相信波吕玻斯是他的父亲，因此对父亲不是死在自己手中也感到庆幸。但是，这只是神谕的一部分，他不能不相信神谕是灵验的，因此不愿回到科任托斯去。因为他的母亲墨洛柏还在科任托斯，而神谕的另一半内容，说他将会娶母亲为妻。他十分害怕这一点，所以非常忌讳，坚决不愿意回去继位。但他的这种疑虑很快被科任托斯来的使者打消了，因为他刚巧是多年以前在喀泰戎山上从拉伊俄斯的仆人手中接过婴儿的另一位牧人。他对俄狄浦斯说："你完全不用担心这一点，既然现在老国王已经不在了，急需你继位，我就不妨跟你说实话吧，你虽然是我们科任托斯国王波吕玻斯的合法王位继承人，但是你只是国王夫妇的养子。当年，是一位牧人把你交给我的，是我把你带到了科任托斯，交给了波吕玻斯国王。"俄狄浦斯闻言大惊，赶紧追问把自己送给他的那位牧人是谁，现在在哪里。这个仆人告诉他，那个人就是在底比斯的老国王被害时逃出来的仆人，现在正在边境放牧。

这时，一直在一边听着的王后伊俄卡斯特脸色越来越苍白，最后绝望地大叫了一声，绝望地跑了，离开了俄狄浦斯和聚在宫门口的众人。俄狄浦斯的心不由得紧了一下，似乎预感到了什么，但是他还是对众人也对自己解释说："呵呵，真是个爱慕虚荣的女人，她知道了我低贱的出身所以羞愤而走了。我不是科任托斯国王的亲生儿子，只是一个被遗弃的婴儿。可是，我不会为自己低贱的出身而感到羞耻的，因为我相信我是幸运之神的儿子。"其实，在说这番话的时候俄狄浦斯是忐忑不安的，与其说这番话是说给众人听的，不如说这是俄狄浦斯对自己的劝慰。他宁愿自己真的出身低贱，也不愿意面对那个越来越近的巨大而可怕的事实。俄狄浦斯的话音刚落，那个在边境放牧的年老的牧人就从遥远的地方被召回来了。他一进门，科任托斯的使者就认出了他，说就是他把那个婴儿交给自己的。

老牧人吓得面如土色,他极力地否认这一切,说自己对使者所说的一切一无所知。俄狄浦斯从他的神态和语气中看到了恐惧和隐瞒,其实这也是他自己的恐惧,但是他还是想得到一个确定的答案。于是,俄狄浦斯愤怒地威胁他说出事情的真相。老牧人叹了一口气,鼓起勇气说出了真相:俄狄浦斯是国王拉伊俄斯和王后伊俄卡斯特的亲生儿子,他们曾经得到过一则神谕说他们生下的孩子将会杀父娶母,就派我用钉子刺穿婴儿的双脚,捆绑起来,丢弃在喀泰戎的荒山下。我出于同情偷偷救下了这个婴儿,交给了科任托斯的使者。

现在,一切都清楚了。可怕的神谕已经应验:他杀死了亲生父亲,并娶了自己的母亲为妻。

俄狄浦斯对自己的惩罚

面对可怕的事实,俄狄浦斯狂叫一声,冲出了人群。他在王宫中狂奔着,从侍卫手中夺出一把宝剑就朝着自己和伊俄卡斯特的卧室跑去,他要除掉那个曾经抛弃了他的女人,那个既是他母亲,又是他妻子的妖怪。所有人都被他疯狂的样子吓坏了,都远远地避开,没有人敢阻止他的任何行为。最后,他跑到了自己的卧室门前,一脚踢开紧锁着的房门,就冲了进去。他刚举起宝剑,就被眼前的一副悲惨景象震惊了:他的母亲与妻子伊俄卡斯特高高地吊在床的上方,头发披散下来遮住了脸,绳索紧紧地勒进了她的脖子里。俄狄浦斯痛苦地盯着伊俄卡斯特的尸体,不动也不说话。过了很长时间,他突然爆发出一阵撕心裂肺的哭声,踉跄着走上前去,解开绳索,把伊俄卡斯特的尸体放在了地上。然后,他从她胸前的衣服上扯下了他送给她的那枚金胸针,用右手紧紧抓住、高高地举起,诅咒自己的眼睛永远不要再看到这样悲惨和罪恶的景象,然后用尽全力朝着自己的眼睛刺去……一下、两下,转眼间金胸针刺穿了俄狄浦斯的两只眼睛,剧烈的疼痛从双目传来,但是这疼痛却不及他心中痛苦的万分之一。

命运女神　圭多·雷尼

无定的飞行喻示了命运的不可把握,暗示了主题,天空、球体、女神、天使之组合,将个人命运引向人类共同的命运。后世心理学大师弗洛伊德将俄狄浦斯杀父娶母的行为方式,归纳为人类"恋母情结"的表现,从新的角度对这一神话做了阐释。

双眼流血的俄狄浦斯走到广场，来到底比斯市民面前，宣布自己就是神祇诅咒的恶徒，愿意接受神灵的惩罚。但是，底比斯人一点也不嫌弃这位他们从前爱戴和尊敬的国王。他们对他表示同情，连被他责骂过的克瑞翁也不嘲笑他，而是连忙把这位遭到神灵惩罚的人带进皇宫内室，把这个被神灵诅咒了的人交给他的孩子们照看。心灵破碎的俄狄浦斯被这种宽容善良的举动深深地感动了，他把底比斯的王位交给了克瑞翁，让他代替自己的两个年幼的儿子执掌王权。此外，他又吩咐孩子们好好埋葬他可怜的母亲，让她在地下得到安息。最后，他还把两个无人照应的女儿托付给新国王克瑞翁照料。

　　至于他本人，俄狄浦斯表示不能原谅自己，他将离开底比斯四处漂泊，因为他以杀父娶母的双重罪孽玷污了这块土地，给底比斯人带来了可怕的瘟疫。他说，自己将会到喀泰戎山上去寻找自己的归宿，那里是他的父母曾经遗弃他的地方。最后，他又一次把两个女儿叫了过来，想最后听听她们的声音。当俄狄浦斯的手在两个女儿的头顶轻轻抚过、同她们诀别的时候，泪水和着血水从他的双目中流了出来。他再一次感谢了克瑞翁的宽容和深情厚谊，并祈求神灵保护克瑞翁，希望瘟疫能够早日从底比斯离开，底比斯的人民在新国王的领导下能够永远受到神灵的庇护。

俄狄浦斯和安提戈涅

　　在俄狄浦斯知道了关于自己杀父娶母的可怕真相的那一刻，他完全无力承受这残酷的命运，只求速死。他甚至觉得如果全体底比斯人民起来反抗他，用石块把他砸死，那对他真是一件大好事，是一种最好的解脱方式。因为是自己杀父娶母的行为给底比斯带来了可怕的瘟疫，并且自己也觉得活着原来比死去更难。但是他的请求落空了，因为底比斯人非但没有群起用石块打死他，反而纷纷表达了对他的同情。于是，求死不能的俄狄浦斯又请求将他放逐出底比斯，并且认为这样已经是底比斯人送给自己的厚礼。但是，当他自怨自艾的狂乱心情慢慢平静下来之后，眼前的一片黑暗突然让他产生了极大的恐惧心理。他开始感到双目失明之后漂泊异乡实在是件可怕的事，并且在心中重新泛起了对底比斯的深深的眷恋。他想，自己毕竟是无意中犯下杀父娶母的罪孽的，并且他和母亲也已经受到了足够的惩罚，伊俄卡斯特悬梁自尽了，他也用金胸针刺瞎了自己的眼睛。因此，孤独而又恐惧的他又想留在底比斯了，因为这里有他的家，有他的儿女，能给他极大的安全感。可是，当他把这个心愿对新国王克瑞翁和自己的双生子厄忒俄克勒斯和波吕尼刻斯说了之后，克瑞翁对他的态度好像突然发生了一百八十度的大转变，他的两个儿子也变得自私无情。克瑞翁一改先前对他的热情和宽容，强迫他离开。他的两个双生子也不支持他留下，他们塞给他一根讨饭棒，逼他离开王宫，没有给他一丝一毫的安慰。

跟克瑞翁和两个儿子的态度完全不同的是他的两个女儿，她们都爱他、同情他。大女儿安提戈涅决定陪着已经成为盲人的父亲一起流放，而小女儿伊斯墨涅则留在两个哥哥的家中，好借以维护被赶走的父亲应有的权益。被克瑞翁和两个儿子的所作所为伤透了心的俄狄浦斯被两个女儿深深地感动了，但是，他还是不愿意大女儿安提戈涅跟他一起受流亡之苦。安提戈涅什么也没说，她只是牵着父亲的手就往王宫外走去。从此之后，她陪着父亲受尽了苦难。她成了俄狄浦斯的眼睛，牵着父亲，四处漂泊。后来，他们的鞋子都磨破了，他们就赤着双脚、风餐露宿，穿过了无数的森林，翻过了无数的高山。经受了无数忍饥挨饿、日晒雨淋的日子的安提戈涅却从来没有后悔过自己的选择，从来没有再想过要回到王宫里过那种锦衣玉食的舒适生活。

一开始，俄狄浦斯打算到喀泰戎的荒野上，他的父母曾经把他遗弃在那里，他也想在那里找到自己的归宿。但是，虽然神谕赋予了他残酷的命运，但他却依然非常敬畏神灵，一切都听命于神的意志。因为没有得到神的吩咐，他不敢擅自这样做。于是，他来到阿波罗神庙，请求神谕的指示。在这里，他得到了一则使他感到安慰的神谕。神们知道，俄狄浦斯虽然触犯了自然界的神圣法则，违犯了最基本的人伦道德，但他却是在完全不知情的情况下做这一切的，并非出于自己的意愿。不过，这个罪孽太沉重了，尽管是误犯也必须受到惩罚。然而惩罚并不是永久的、不会永无止境。神灵们通过神谕告诉他：经过一段长时间的磨难后，俄狄浦斯可以等到赎罪的那一天。到了那个时候，命运女神将会把他引导到一个国家，严厉的复仇女神将会在那里帮助他获得解脱。这则神谕像谜一般含混不清，俄狄浦斯还是琢磨不清自己会不会得到复仇女神的饶恕。但是他笃信神谕，自己的前半生就是因为想逃离神谕所说的残酷命运反而更快地促成了神谕的实现，现在，他要把自己的未来交给命运女神来安排。于是，他遵从了神谕的指示，在女儿安提戈涅的陪伴下在整个希腊到处流浪，乞讨度日。他生活节俭，需求极微，但却感到心满意足，获得了内心的宁静。因为在长期的放逐中，生活中的苦难和与生俱来的高贵精神已经教会他如何从苦难中获得快乐与宁静。

俄狄浦斯在库洛诺斯的圣林

经过了漫长的流亡漂泊后，俄狄浦斯和他的女儿安提戈涅在一个宁静的夜晚来到一个绿树成荫的美丽村庄。夜莺在树林里浅吟低唱，正在开花的葡萄藤上散发着阵阵怡人的清香。一阵微风吹过，橄榄树和桂花树的叶子发出了沙沙的声音，给炎热的夏夜带来了丝丝的凉意。俄狄浦斯虽然眼睛看不见，但他听到了也感受到了这里的平和与安详。听了女儿安提戈涅的描述后，他更确信这儿一定是个神圣的地方。俄狄浦斯想起了神谕，心中不由得一震，让安提戈涅打听一下这是什么地方。在前面不远处的地平线上，一座城市的城堡高高矗立着，安提戈涅打听后知道，那座城市就是雅典城，他们现在所处的地方也属于雅典的管辖范围。

经过了一天的奔波，俄狄浦斯感到有些疲倦了，便坐树林里的一块石头上休息。过了一会儿，一个正好路过此地的村民看见了俄狄浦斯与安提戈涅，他走过来叫他们离开这里，因为这是祭神的圣地，是任何人的足迹都不能玷污的。直到这时，这两个流亡的人才知道，他们到了雅典人敬奉复仇女神欧墨尼得斯的库洛诺斯，而他们感受到了无限魅力与静谧的地方正是复仇女神的圣林。听到复仇女神这几个字，俄狄浦斯心中十分高兴，因为他牢牢地记着那则神谕，明白他已经到达流亡的终点，自己困厄的命运将得到解脱，深爱着自己的女儿也终于可以得到休息了。心中高兴的俄狄浦斯不禁抬起了刚才一直低着的头，双手向上天举起感谢命运女神对自己的指引。月光下的俄狄浦斯显得既高贵又虔诚，刚才还让那个他们离开的库洛诺斯人见了他的风采大吃一惊。他明白眼前的这个人肯定不是一个普通的乞丐，不敢再把这位坐在石头上的外乡人赶走，只想马上去向国王报告。

"你们的国王是谁？"俄狄浦斯问道。长期的流浪漂泊生涯已经让他变得不问世事，对这种大事都感到陌生了。"我们的国王就是强大而高贵的英雄忒修斯呀，"村民自豪地说，"难道你连他都没有听说过吗？他的声名都已经传遍全世界了"

"如果你们的国王真的如此高贵，"俄狄浦斯说，"那么请你给他带个口信，请他到这儿来一趟。如果他肯屈尊过来，我将以最大的报酬回报他的好意。"

"一位双目失明的人能给我们伟大的国王什么回报呢？"村民半是同情半是嘲讽地说。俄狄浦斯没有说话，村民看了他一眼，觉得这个人既威严又高贵，有一股凛然不可侵犯之气。于是，他小心翼翼地说："如果你不是双目失明的话，你的仪容还真是又威武又高贵呢。我由衷地尊敬你，所以我愿意把你的要求告诉我们的国王和我的同胞们。留在这里吧，不要乱动，我马上去叫大家过来，让众人决定你的去留。"说完，这个村民就一溜烟地走了。

现在，圣林里只剩下俄狄浦斯和他的女儿安提戈涅了，他从石头上站起身来，然后伏在地上，捧着心口虔诚地向复仇女神祈求道："威严而又仁慈的女神呀，请实现阿波罗的预言吧！请告诉我对我的惩罚是不是到了终点。请告诉我我人生的结局！悲悯的女神，黑夜的女儿呀，请可怜我吧！伟大的雅典城呀，请可怜可怜站在你面前的俄狄浦斯的影子吧！虽然他人还站在你们面前，但他的肉体早已经不复存在了！"

俄狄浦斯祈求完没多久，就有一群人来到了他们所处的圣林，围聚在父女俩的身边。原来，那位村民在去向国王忒修斯禀报情况的途中，他向村里人先说了自己的所见所闻。于是，一位神态高贵的盲人坐在复仇女神的圣林里的消息在村子里传开后，村里的老人们吃了一惊，因为他们这个村的人就是负责看守复仇女林的圣林的。看到俄狄浦斯之后，村民们之中最年长的那个对他说："外乡人，你知道这是哪里吗？这里是复仇女神的圣林呀！还从来没有哪个凡人像你这么大胆地公然坐在里面呢。赶快离开这里吧，否则你会受到女神的惩罚的。"俄狄浦斯闻言向他们讲述了自己的事情，告诉他们自己是在命运女神的指引下来到这里的，他将在这里等到自己命运的终点。当村民们知道这个盲人是被神谕所诅咒、犯了杀父娶母大罪的人时，他们更是恐惧万分。他们害怕众神会迁怒于他们，所以不敢让这个遭到神惩罚的人继续留在圣地，要求他立即离开。俄狄浦斯请求他们不要把他赶走，因为这的确是神为他指定的流亡的终点。安提戈涅也一再哀求道："不要赶走我们吧！如果你们因为我的父亲曾经犯过大罪而不肯相信他，也不肯同情这个白发苍苍的老人，那么就请相信我吧，我是无辜的。我敢向宙斯起誓，我的父亲所说的一切都是真的，的确是神指示他到这里来的。"

听完俄狄浦斯和安提戈涅的话，村民们既同情俄狄浦斯的不幸命运，又佩服这位年轻姑娘的善良坚韧。但是，他们又十分敬畏复仇女神，正在他们踌躇不定的时候，一位姑娘骑着一匹小马向他们走来。她头上戴了一顶遮阳草帽，一身赶路人的打扮，后面跟着一个仆人，也骑着马。安提戈涅惊喜地对着俄狄浦斯叫起来："父亲，这是我的妹妹伊斯墨涅呀，她一定给我们带来了家乡的消息！"

就在这时，那位姑娘下了马，站在了众人面前，的确是俄狄浦斯的小女儿伊斯墨涅。她带了一名忠实的仆人，离开底比斯出来寻找父亲，就是想来告诉父亲他走之后国内发生的一些情况。原来，俄狄浦斯的两个双生儿子现在正处在灾难之中，而这灾难完全是他们自己招来的。起初，他们因为害怕家族的厄运和父亲的罪孽会威胁他们，所以愿意听从父亲的意思把底比斯的王位让给舅父克瑞翁。但是后来他们渐渐淡忘了对父亲和父亲的所作所为的记忆，后悔了当初的决定，又渴望重新拥有统治权和作为国王的威仪。克瑞翁让出王位后，波吕尼刻斯和厄忒俄克勒斯兄弟两人谁也不愿意把王位让给对方，于是两人共同治理国家。但是，一山不容二虎，两人执政，下属听谁的命令呢？于是兄弟俩商量，两人轮流执政，任期两年。先上任的是次子厄忒俄克勒斯。两年任期很快就过去了，到了年末政权交接的时候，厄忒俄克勒斯却拒绝放弃王位，并以波吕尼刻斯禀性恶劣为由，煽动民众叛乱把自己的哥哥逐出了底比斯。据说，哥哥波吕尼刻斯被驱逐后逃亡到了伯罗奔尼撒半岛的亚各斯，并在那里娶了亚各斯国王阿德拉斯托斯的女儿。

婚后，他还赢得了阿德拉斯托斯和其他一些朋友和盟国的帮助，准备兴兵报复，夺回底比斯的王位。就在兄弟两人的战争一触即发的时候，又流传了另外一则神谕：国王俄狄浦斯的儿子们如果离开自己的父亲将会一事无成。假如他们想得到一切，获得幸福，就必须找回俄狄浦斯，无论他是死是活。

这就是伊斯墨涅带给父亲俄狄浦斯的消息，安提戈涅和在场的库洛诺斯人听到这个消息都惊讶不已。俄狄浦斯静静地听完了小女儿的诉说，缓缓地从石头上站起身来，脸上有着不可侵犯的王者威仪。

"原来如此，这就是你带来的全部消息吗？他们要向一个瞎眼的流亡者和不名一文的乞丐寻求帮助？你确定我就是他们需要的人吗？"

"是的，父亲，正是这样，"伊斯墨涅继续说，"凭借神的指示，我的舅父克瑞翁也会马上来到这里，我是马不停蹄地赶路才赶在他前面过来的。他想要说服你，把你劝回底比斯，这样他和我的哥哥厄忒俄克勒斯就会获得战争的胜利了——现在他们俩是一伙儿的。如果不能说服你，他会用武力劫持你回到底比斯的，因为只有得到你才能满足神谕的要求，使他和厄忒俄克勒斯既能够长久地占有底比斯的王权，又不致亵渎底比斯城。"

"孩子，你怎么知道我们在这里的呢？"俄狄浦斯关切地询问风尘仆仆的小女儿伊斯墨涅。

"那是去得尔斐神庙祭拜的人告诉我们的。"

"如果我死在底比斯的境内，你的舅父和哥哥会把我葬在底比斯的土地上吗？"俄狄浦斯继续问。

"不！"伊斯墨涅回答说，"我曾经听到他们说过这个问题，他们说你身上血腥的罪恶会连累到他们，所以他们不会把你埋葬在底比斯的土地上的。"

俄狄浦斯听到这里，刚才平静的神色也不禁变为了极大的愤怒，他大声地说："他们永远不会得到我了！如果我的儿子们对权利和地位的欲望大于对自己父亲的感情，神将永远使他们成为死敌。如果真的要我裁定他们的争端，那么，现在正在执掌权杖的厄忒俄克勒斯应该让出王位，被驱逐出去的波吕尼刻斯也不应该重新回到故土执掌王权！只有两个女儿才是我真正的孩子，只有她们善良而忠诚，不应该受到我的罪孽的牵累。我要为她们向神灵祈祷，并为她们请求神灵的保护。"说完这番话之后，俄狄浦斯又向围聚在旁边的村民请求道："雅典的仁慈的朋友们呀，向我的两个女儿和我伸出援助的手吧，你们自己的城市也将会得到有力的保护！"

俄狄浦斯和忒修斯

俄狄浦斯的所作所为让在场的库洛诺斯人见识到了这个流放国王的威严，俄狄浦斯请求雅典人保护的一番话更是深深地打动了他们。他们对这位饱经风霜的坚毅老人充满了敬畏，都好心地劝他举行灌礼以求得复仇女神的宽恕。村中的长老们更是改变了之前要赶走这父女俩的态度，他们知道站在面前的就是俄狄浦斯。虽然他在不可改变的命运中犯下了大罪，但是这一切都是在他不知情的状态下发生的。正在这时，远处过来了一队人马，为首的是一个高贵而威严的中年男人。等这队人马走近之后，库洛诺斯人发现，这是他们伟大的国王忒修斯。

忒修斯还没到圣林就下了马，然后怀着尊敬而又友好的心情走近这位年长的外乡盲人，握住他的双手，对他说："可怜的俄狄浦斯呀，我知道，知道命运带给你的残酷人生。你在不知情的情况下犯了大错，但是你戳瞎自己的眼睛、流放自己的行为已经告诉了世人也告诉了我，你是一个什么样的人。你的不幸使我伤感，你的坚韧使我感动。现在，既然你在命运的引导下来到了雅典，我会像对待一个最尊贵的客人那样对待你。说吧，令人敬佩的外乡人，你对这个城市有什么要求？对我个人有什么要求？不管你要求什么，只要我做得到就一定不会拒绝，请你尽管说吧。我完全理解你现在的处境，因为我也曾经遭受过苦难和不幸。"

"尊敬的国王，你的这一番真诚的话，已经让我看到了你高尚的心灵。"俄狄浦斯仰起头，他那一双已经快要完全干涸的眼睛里流出了两行晶莹的泪水。他接着说："我对你有一个请求，同时这也是我送你的一件礼物。我想把自己老弱而疲倦的身体送给你。这是一件微不足道，却又十分宝贵的礼物。请你把我埋葬掉吧，你将会因为自己的仁慈而得到丰裕的回报。"

"不行的俄狄浦斯呀，你的要求是多么的小呀，"忒修斯惊讶地说，"再要求一点呀，要求一些更好更高的吧！让我多为你做些事，你会得到满足的。"

"其实，这个要求并不像你想象的那么容易满足，"俄狄浦斯继续说，"埋葬我这具老朽的躯体自然是很容易的，可是你却可能会因此而卷入一场与我的妻弟和两个儿子的战争中。"于是，他向忒修斯讲述了自己被放逐的具体经过以及自私自利的儿子们为了自己的利益要逼他回去的事情。然后，他恳请忒修斯能够给予他帮助，不要让克瑞翁他们凭借武力将自己劫持回去，也不要让他们伤害到自己的两个女儿。

忒修斯聚精会神地听完俄狄浦斯的叙述，然后严肃地回答说："我的王国对每一位朋友敞开大门，我更不会将你这样一位坚毅的人驱赶出去。何况，是命运女神引你来到我的国家的，我怎么会抛弃你这个能给我的国家和人民带来福音的人呢？"在向俄狄浦斯承诺了一定会保护他和他的女儿之后，忒修斯就要回去了。

他问俄狄浦斯,是跟他一起回雅典,还是继续留在库洛诺斯。俄狄浦斯选择了留下,因为命运女神指引他来到了这里,他一到这个地方就获得了内心的宁静和直面自己的勇气与力量。他决定留在这里,在这里战胜敌人,然后在这里结束自己的生命。雅典国王忒修斯为俄狄浦斯安排了一些保护的人,然后回雅典城去了。

俄狄浦斯拒绝妻弟克瑞翁

忒修斯刚刚离开不久,俄狄浦斯的妻弟,底比斯的执政者克瑞翁就带着全副武装的随从们侵入了库洛诺斯。

克瑞翁一边走向俄狄浦斯,一边对他周围的库洛诺斯村民说:"我的部队来到阿提咯地区,你们一定会感到惊讶。可是,请千万不要愤怒,也不要发火。我再怎么幼稚,再怎么大胆,也还不至于傻到向希腊最强大的王国雅典挑起战事,这对我们底比斯可没有半点好处。你们也看到了,我只是一位老人,并且是俄狄浦斯的亲戚,底比斯的人民派我来是为了说服这个执意要流放自己的人,让他跟我一起回底比斯去。"

他无耻地编造着谎言,完全不提当初强迫俄狄浦斯离开的事情,也不提他们到底是为了什么要把俄狄浦斯带回底比斯。对库洛诺斯人说完那番话之后,他又转向俄狄浦斯,假惺惺地对这位老国王和他女儿的命运表示同情。

俄狄浦斯举起那根从底比斯带出来的行乞棒,愤怒地挥舞着,示意克瑞翁不要向他靠近哪怕一步。他愤怒地大声说:"无耻的骗子,你还嫌我遭受的折磨不够吗?如果你要把我抢走,那就是在我的伤口上撒盐。放弃你荒唐的幻想吧,休想利用我来帮你免除即将到来的灾难!我是不会跟你走的,我只会派复仇的妖魔与你同去。我那两个不争气的儿子,别指望我会庇佑他们,除了在底比斯有两块墓地葬身外,其余的任何东西都不会属于他们!"

克瑞翁一看来软的已经没有指望了,一下子收起了他那虚伪的笑脸,恶狠狠地命令他手下的随从们用武力劫走这个瞎眼的老国王。库洛诺斯的村民们当然不会袖手旁观,他们一下子围在俄狄浦斯身边,不让克瑞翁他们把他劫走。克瑞翁一看劫走俄狄浦斯没指望了,就趁库洛诺斯人的注意力都在俄狄浦斯身上的时候示意他的随从把伊斯墨涅和安提戈涅从俄狄浦斯身边抢走了。库洛诺斯人手有限,等他们发现了克瑞翁的意图时已经晚了,克瑞翁的随从们不顾库洛诺斯人的强烈抗议,把两位姑娘拖走了。克瑞翁一看抢到了两位姑娘非常得意,他对着俄狄浦斯嘲弄地说:"我夺走了你的眼睛和精神支柱。你这个瞎子,现在一个人去四处流浪吧!"

说完这句话之后,克瑞翁更加胆大包天了,想像抢走两位姑娘一样抢走俄狄浦斯。于是，他再次带领着随从走近俄狄浦斯，亲自动手想把可怜的老人劫持走。他正想动手的时候，却听到了一个惊雷般的声音："住手！"他被这威严的声音吓了一跳，转过身一看，是雅典国王忒修斯带着人马赶回来了。原来，忒修斯带着人马离开后，走了没多远，就听说了克瑞翁带领武装了的底比斯人侵入库洛诺斯的消息，立即赶回来了。忒修斯听在场的库洛诺斯人诉说完刚才发生的事情之后，非常生气，立即派人骑马去追赶那群劫走两位姑娘的底比斯人。然后，他很严肃地对克瑞翁说："你现在在我们雅典的土地上，俄狄浦斯和那两位姑娘是我们尊贵的客人。你竟敢在我们的土地上公然劫持我们的客人，是要向雅典人挑战吗？你必须立即把俄狄浦斯的两个女儿放回来，否则恐怕我们也不能放你离开这里了。"

克瑞翁听了忒修斯这番义正词严的话不禁心虚起来，他一脸谄媚地对忒修斯说："埃勾斯的儿子，我到这里来绝对不是来跟你、跟你的城市打仗的。我想请俄狄浦斯回去原本是一番好意，他毕竟是我的亲戚，我不想看他一直漂泊在外。我不知道你和你的人民竟会如此热情地对待我的这位瞎眼的亲戚，不知道他们竟会如此地庇护一个娶母的罪人而不愿将他送回国去。"

忒修斯命令他闭嘴，停止那无耻的谎言，并要求他立即说出俄狄浦斯的两个女儿被藏匿的地点，否则将会对他不客气。克瑞翁迫于忒修斯的威武和雅典的强大屈服了，很不情愿地说出了她们被藏的地方。过了一会儿，安提戈涅和伊斯墨涅被救回来了，她们终于能够重新和俄狄浦斯聚在一起。克瑞翁一看大势已去，带着他的随从们悻悻地离开了众人，回底比斯去了。

俄狄浦斯拒绝大儿子波吕尼刻斯

克瑞翁走了之后，俄狄浦斯感谢了忒修斯的及时营救，之后就和两个女儿在库洛诺斯留了下来。但是，没等过几天安宁的日子，又有人来找他了。一天，忒修斯派人给俄狄浦斯带来消息说，他的一个亲人来到了库洛诺斯，但他不是从底比斯来的。现在，他正在波塞冬神庙的圣坛前祈求神灵的保护，可能过不了多久他就会来找俄狄浦斯了。

俄狄浦斯闻言愤怒地喊道："这一定是我的大儿子波吕尼刻斯，他一定也是来寻求我的帮助的，也是跟他的弟弟和舅父一样自私自利的人。他只会给我带来灾难，我不愿跟他讲话！"但是，善良温柔的安提戈涅跟哥哥波吕尼刻斯的感情却非常好。她一向喜欢这个哥哥，因为他是两个哥哥中比较文雅、善良的。她实在不忍心看到哥哥大老远地白跑一趟，连父亲的面也见不上。于是，安提戈涅便竭力地安慰父亲，让他平静下来，并劝他至少听听波吕尼刻斯的来意。俄狄浦斯已经被两个儿子伤透了心，但是，他实在不忍心伤害安提戈涅的感情，于是答应见见波吕尼刻斯。但是，在见大儿子之前，他再次请求忒修斯保护他，因为他担心儿子也会像克瑞翁一样动用武力劫持他。在作好了充分的准备后，他才让安提戈涅把等在门外的波吕尼刻斯叫了进来。

波吕尼刻斯进来时的样子跟他的舅父克瑞翁完全不一样，他是只身一人前来的，一个随从都没带。这也表明他压根就没想像克瑞翁那样对父亲动用武力。安提戈涅一看这种情形心中松了一口气，她高兴地把看到的一切告诉了瞎眼的父亲："我看到他没有带任何随从，是孤身一人来的。而且，现在的哥哥正泪流满面。"

"真是他吗？"俄狄浦斯缓缓地转过身来，一双瞎了的眼睛空洞无物，散发出让人悲悯的哀愁。

"是的，父亲，"安提戈涅回答说，"现在站在你面前的正是你的大儿子波吕尼刻斯呀。"

没等安提戈涅的话说完，波吕尼刻斯就一下子跪倒在父亲的脚下，伸出双手紧紧地抱住了他的双膝。他抬起头来仔细地看着父亲，看到父亲穿着褴褛的衣服，两个黝黑的、深陷的眼窝里蕴含着无尽的哀愁，皱纹爬满了他的整个面庞，一头凌乱的头发在微微地颤抖着，已经变成了苍老的灰白色……看到原本威武俊朗的父亲变成这样，波吕尼刻斯的心一下子就被悔恨和悲痛占得满满的。他仰头望着父亲那双不再有神的眼睛满含忏悔地说："直到现在我才意识到我有多么的罪孽深重，我知道我是很难得到你的宽恕了，父亲！但我还是用我最后一丝勇气祈求你的原谅。否则我到死都不会安心。你能原谅我吗父亲？哦，我最亲爱的妹妹呀，帮帮我吧，让父亲饶恕我吧！"

"哥哥，先别着急，告诉父亲也告诉我们，你为什么到这里来？"安提戈涅温柔地提醒他说，"也许你的话会打动父亲，让他原谅你以前的过失呢。"

于是，波吕尼刻斯慢慢地叙述了俄狄浦斯和安提戈涅离开之后发生在他身上的一切：他跟弟弟厄忒俄克勒斯怎样从舅父克瑞翁那里要回了王位；弟弟怎样背信弃义把他驱逐出底比斯；他流亡到亚各斯之后，那里的国王阿德拉斯托斯怎样收留了他，并把女儿嫁给了他；他在那里怎样联合了七个英雄和他们的军队向底比斯进军，他们怎样围困了底比斯……说完这一切之后，他请求父亲俄狄浦斯跟他一起回去，并承诺在推翻骄横的弟弟和与他联手的克瑞翁之后，把王冠奉还给父亲。

俄狄浦斯平静地听着大儿子波吕尼刻斯的叙述，此时的他已经领略了命运的残酷，看透了人世间虚妄的权利与地位。所以，大儿子最后的承诺显然不能打动他，反而让他想起了当初他和弟弟把一根乞讨棍塞到自己手，把自己赶出底比斯的场景。儿子这时的悔悟已经太晚了，俄狄浦斯的一颗心已经被他的这个儿子伤透了。

他用忧伤的语气回答说："当权力和地位在你手上的时候，你毫不留情地亲自驱逐了你的父亲。你和你的弟弟，都不是我真正的孩子。我如果等着你们的悔悟，早已经死过无数次了。幸亏有了两个女儿的贴心照顾和真挚的亲情，我才支持着活到今天。现在，你的手中没有权力，又来找我帮你夺回来，还说是为我夺回的，我还敢相信你吗？你和你的弟弟应该受到神的惩罚，因为你们为了自己的私欲竟然会那么残忍地对待自己亲生父亲。让我告诉你吧，你无法毁灭你的先祖所创建的城市，你和你的弟弟必将会在自相残杀中双双躺在你们自己的血泊里。这就是我对你的回答，你回去吧，回去告诉你的同盟者们。"

父亲的一番话震撼了波吕尼刻斯，每一个字都像是一把重重的锤子，敲在了他的心上，又像是一枚枚锋利的针，刺得他全身不舒服，并且无处可藏。波吕尼刻斯终于受不了这种悔恨和愧疚交加在一起的折磨了，他惶恐地从地上站起来，跟跟跄跄地倒退了几步。安提戈涅看到这一幕非常痛心，她看到父亲不肯原谅哥哥，就转而劝哥哥放弃攻打底比斯，因为底比斯是她和她所有亲人的家，他不想看到亲爱的哥哥带着一群异乡人攻向自己的家园。于是，安提戈涅走了几步，来到波吕尼刻斯的面前，拥抱住自己的哥哥对他说："亲爱的哥哥呀，听我一句劝告吧。带着你的军队撤回亚各斯，你怎么能够给父亲的城市带来战争和灾难呢！"

波吕尼刻斯踌躇了一会儿，但是一想到弟弟把自己驱逐出去的场景他的眼神又变得坚定了，并且刚才对父亲的那种又愧又悔的感情也转化成了对弟弟的憎恨。他大声地说："这是不可能的！如果我真的撤退了，那对我来说不仅是一种耻辱，而且是毁灭！我的心将永远被仇恨所浸泡，永世不得安宁。我宁可两败俱伤、同归于尽，也不向我那卑劣的孪生弟弟妥协。"说完，他挣脱了妹妹的拥抱，绝望地跑了出去。

❋ 俄狄浦斯的结局

俄狄浦斯在历经了多年的流浪生涯后，抵挡住了来自曾经背叛过他的亲人的种种诱惑，他诅咒他们必将遭到神的报复。在做这些的时候，俄狄浦斯已经意识到，他自己的命数也将终止了，他终于等到了自己命运的终结。

一天，俄狄浦斯突然听到天空中响起了阵阵雷声，老人明白这是天神在召唤自己。于是，他让安提戈涅去找忒修斯，说自己想见他最后一面。这位双目失明的国王非常希望在自己活着的时候能够再见仁厚的朋友忒修斯一面，因为他有许多话想要跟忒修斯讲，他要最后一次亲自感谢他善意的保护。安提戈涅出门之后，发现整个大地都已经笼罩在黑暗之中了。她跌跌撞撞地来到雅典的王宫，对忒修斯禀报了父亲的情况并转达了父亲的意思。忒修斯一听，马上跟安提戈涅马不停蹄地来到了库洛诺斯，与俄狄浦斯相见了。俄狄浦斯激动地抓住了忒修斯的胳膊，然后很真诚地表达了对他的感谢，并郑重地衷心地为雅典城祝福。最后，他请求忒修斯遵从神灵的召唤，送他到一个他可以死去的地方，那个地方必须从来没有凡人的足迹到达过，并且他死时不容任何凡人的手指碰到他身体的任何地方。他还要求自己死后，忒修斯不能把他死去的地方告诉任何人，更不能说出他的墓地在什么地方。这样可以保护雅典城，抵御敌人的入侵。忒修斯答应了他的请求，允许他往命运女神指引下的圣林的最深处走去，寻找自己最后的归宿。俄狄浦斯允许他的女儿和忒修斯以及库洛诺斯的村民们送他走一段路程，于是，一队人陪着俄狄浦斯蜿蜒走进复仇女神的圣林，在行进的过程中任何人都没有用手指碰他一下。说也奇怪，这个一直靠女儿引路的盲人好像突然恢复了视力一样，昂然阔步走在这一队人的最前面，朝命运女神指引的道路走去。快走到圣林的最深处时，俄狄浦斯停了下来，示意女儿和库洛诺斯的村民们停下，因为他生命中的最后一段路程只能由他一个人完成。安提戈涅姐妹依依不舍地看了父亲最后一眼，然后跟库洛诺斯的村民们一起停下了，站在那里目送着俄狄浦斯孤身一人继续往圣林深处前行。

在走到复仇女神圣林的最深处的时候，俄狄浦斯像受到了什么感召一样停了下来。就在这时，轰隆一声，大地突然开裂了，开裂的洞口有一道铜制的门槛，有许多弯弯曲曲的小道都通到这里。站在不远处的忒修斯等人看到这一幕都被震撼了。在远古的传说中，说圣林中有一个地洞，这地洞是通向地府的一处入口。俄狄浦斯仿佛也看到了这个洞口，他微微一笑，然后在一棵空心的树前停下来。他坐在树下的一块石头上，脱下了一身肮脏破旧的乞丐衣服，然后从面前的小溪中舀了一些洁净的溪水，洗去了在长期的流亡生涯中积在身上的污垢，并穿上了女儿为自己准备的整洁的长袍。做完这一切之后，他焕然一新地站在那里，全身散发着柔和的光芒。这时，那个裂开的洞口中突然传来阵阵隆隆的雷声。俄狄浦斯听到之后，转过身去朝着两个女儿喊道："永别了，孩子们！从今以后你们就成了没有父亲的孩子了！"

就在这时，又一阵隆隆的雷声响起，大家不知道这响声是来自天空，还是来自地狱，它仿佛在喊："俄狄浦斯，怎么还不过来？你还犹豫什么？不要耽搁！"

双目失明的俄狄浦斯似乎听懂了这些话，他知道神灵正向他发出最后的召唤。他吩咐所有的人都转过身去，并且回去，然后他一个人走向了铜门槛……忒修斯和安提戈涅他们依照俄狄浦斯的吩咐背过身去，往回走去。走了没几步，他们就发现本来被黑暗笼罩的大地又恢复了光明。回头一望，他们的眼前出现了奇迹，那个大地的巨大裂口不见了，俄狄浦斯也已经无影无踪。天空中既没有闪电，也没有雷声，甚至连一丝风都没有。周围出奇地安静，刚才发生的一切都似乎只是个梦。可他们明白，这不是梦，他们明白俄狄浦斯被命运折磨的一生终于结束了，他最终从痛苦和悔恨中解脱出来了，他的灵魂终于以一种洁净的状态进入了大地深处。忒修斯往前走了几步，独自一人久久地站在那里，他甚至用双手掩住了眼睛，好像刚才那神奇的情景现在还使他睁不开眼似的。最后，他举起双手朝着奥林匹斯山祈祷。做完祈祷后，他来到俄狄浦斯的两个女儿身边，向她们保证永远保护她们，然后带着她们一起回到了雅典。

特洛伊的故事

特洛伊城的建立

远古的时候，爱琴海的撒摩特刺岛由两兄弟伊阿西翁和达耳达诺斯统治着，他们是宙斯与海洋女神普勒阿得斯所生的儿子。伊阿西翁自以为是神的儿子，窥视上了奥林匹斯圣山上的一位女子，狂热地追求着女神得墨忒耳。为了惩罚他这种胆大妄为的行为，他的亲生父亲宙斯用雷电将他击死。得知亲兄弟的死讯后，达耳达诺斯十分悲伤和难过，于是他义无反顾地离开了自己的家乡。他越过了亚细亚大陆，来到了密西埃海湾，那是西莫伊斯河和斯康曼特尔河入海的汇合处。这儿的统治者是透克洛斯，土著的克里特人，所以这个地区的牧民也被称为透克里亚人。

达耳达诺斯在这儿受到了国王透克洛斯热情的接待。他享受了当地的美味佳肴，得到了国王赏赐的一块土地。不仅如此，国王还把自己的女儿许配给了他。于是，这块地方根据他的名字而被称为达耳达尼亚，居住在这个地区的透克里亚人从此改称达耳达尼亚人，后来又根据他孙子的名字特洛斯而称为特洛伊人。达耳达诺斯的儿子厄里克托尼俄斯在他死后继承了王位，后来特洛斯又继承了父亲厄里克托尼俄斯的王位。从此以后，特洛斯统治的地区称为特罗阿斯，特罗阿斯的都城则称为特洛伊。现在人们把透克里亚人和达耳达尼亚人都称为特洛伊人，或称为特洛埃人。

长子伊罗斯在父亲特洛斯死后继承了王位。有一回，他到邻国夫利基阿访问，国王热情地邀请他参加一场正在举行的角力竞赛。伊罗斯取得了胜利，他的奖赏是五十名男孩，五十名女孩以及一头色彩斑斓的母牛。国王把奖赏赐给他的同时，告诉了他与之相关的一则神谕：他必须在母牛躺下休息的地方建好一座城堡。

伊罗斯赶着母牛回去，母牛在特洛阿斯的都城特洛伊躺了下来。于是，伊罗斯就依照那儿的山建起一座坚固的城堡，这个城堡有着很多的名字：伊利阿姆、伊利阿斯，或者柏加马斯。后来，这个地方有时称为特洛伊，有时称为伊利阿姆，有时又称为柏加马斯。在建城之前，伊罗斯祈求先祖宙斯赐以征兆，看看神是否同意他的建城计划。第二天，伊罗斯高兴地发现：从天上落下的女神雅典娜的神像掉在了他的帐篷外面。这个神像被称为帕拉斯神像。它高六尺，双脚合拢，左手拿着纺线杆和纺锤，右手执一长矛。

这副神像有着这样的传说：女神雅典娜出生后由海神特里同养育，特里同有一个名叫帕拉斯的女儿，正好和雅典娜差不多年纪，两个女孩经常一块儿玩耍，成了要好的朋友。一天，两位年轻的姑娘玩起了战争的游戏，两人想要比试比试，看看谁的武艺更强一些。正当帕拉斯摆好刺杀她的玩伴的姿态时，担心女儿受伤的宙斯迅速在雅典娜面前挡了一面由山羊皮做的神盾，坚实牢固的神盾让毫无准备的帕拉斯吃了一惊。就在这一瞬间，她遭到了雅典娜的致命一击。雅典娜对好友的死十分悲痛，为了表示对好友的纪念，她为帕拉斯造了一尊逼真的神像，并把和山羊皮盾一样质地的胸甲穿在神像上。雅典娜把这个神像放在宙斯的神像前，以此表示她崇高的敬意和尊重。与此同时，她本人自称为帕拉斯·雅典娜。现在，宙斯征得他女儿的同意，把帕拉斯神像从天空降落下来，表明伊利阿姆城堡将在他和他女儿的保护之下。

伊罗斯死后，他的儿子拉俄墨冬继承了王位。拉俄墨冬生性乖僻暴戾，专横武断。他不但欺骗国人，也欺骗众神。他想在特洛伊城周围建造一堵城墙，把城围住，这样就有了牢固的防守，从而成为一座真正的城池。那个时候，太阳神阿波罗和海神波塞冬因反抗宙斯而被逐出天国，在人间四处游荡。宙斯的想法是让两个神帮助拉俄墨冬国王建造城墙，让他和他的女儿所保护的城市有一座坚不可摧的城墙。命运女神把阿波罗和波塞冬送到特罗伊城区，他们向拉俄墨冬自荐，愿意为国王做一年的重活，报酬谈妥后，他们开始工作了。在波塞冬的领导下，城墙拔地而起，它被造得高大，宽阔，坚固无比。与此同时，阿波罗在爱达山丛林密布的山谷和蜿蜒起伏的河岸间为国王辛勤地放牧。一年过去了，雄伟的城墙已经建成，可是狡诈的国王拉俄墨冬赖账，拒绝付给他们此前谈妥的报酬。为此，两个神和国王激烈地争论起来。阿波罗愤怒地斥责国王不守信义，但是无耻和无知的国王不讲道理，下令把他们驱逐出境，并放出威胁：要把阿波罗的手脚捆住，并把两人的耳朵割下来。两个神因此发下毒誓，此后与国王结下不共戴天的大仇，从此他们成了国王和特洛伊人的死敌。一直是该城的保护神的雅典娜也不再保护这座城市，后来赫拉也参加进来，众神共同反对这座城市。在宙斯的默许下，这座刚建好高大城墙的城市将由诸神去毁灭，特洛伊人民也将因此领受悲惨的命运。

普里阿摩斯，赫卡柏和帕里斯

国王拉俄墨冬的王位继承人是他的儿子普里阿摩斯。普里阿摩斯娶的第二个妻子是夫利基阿国王迪马斯的女儿赫卡柏，他们生了第一个儿子，名叫赫克托耳。当第二个孩子即将诞生时，王后做了一个奇怪的梦，她梦见自己生下一只熊熊燃烧的火炬，火炬把整个特洛伊城烧成了一片火海，所有的一切变成灰烬。

赫卡柏惊恐不安，她赶紧把这个梦详细地告诉了她的丈夫。普里阿摩斯疑惑不解，他马上叫来前妻的儿子埃萨库斯。他是个预言家，从外祖父迈罗浦斯那儿学到了精湛的解梦技艺。听了父亲的叙述后，他开始解释说，他的继母赫卡柏将生下一个儿子，这个儿子将会给特洛伊城带来灾难，因为他的原因，特洛伊城将会遭到毁灭。他劝告父亲把这个新生儿丢弃。

王后赫卡柏果然生了一个儿子。对国家的爱胜过了母子之情，她让丈夫把婴儿交给一个仆人，让他把孩子扔到爱达山上。这个名叫阿革拉俄斯的仆人按照命令把孩子丢弃在山上。但一只母熊却收留并哺乳了这个婴孩。五天以后，阿革拉俄斯看到孩子仍躺在森林里，完好无损，健康活泼，便决定把婴儿带回自己的土地上，并把他抚养成人，还为这个孩子取名为帕里斯。

帕里斯在这片自由开阔的土地上渐渐长成为一个健壮有力、英俊潇洒的小伙子。

一天，帕里斯来到了幽深的峡谷里放牧。这里的山路崎岖难行，树木高大繁茂，野花姹紫嫣红。他透过树林缝隙，看到了特洛伊的宫殿和远处的大海。忽然间他听到了神的脚步声，这使他周围的大地震动起来。他还来不及思考的时候，众神的使者赫耳墨斯已来到他的身旁。奥林匹斯圣山上的三位女神跟在赫耳墨斯的后面，她们轻盈地踏过柔软芬芳的草地，面带微笑地看着帕里斯。这个年轻的小伙子顿时大吃一惊。那个带着翅膀的众神的使者赫耳墨斯对他喊道："年轻人，你别害怕，三位女神来找你，是神的旨意，她们选择了你作为评判，你要做的只是评一

帕里斯的审判　德国　老卢卡斯·克拉纳赫
帕里斯不会想到自己轻率的一个判决给祖国特洛伊带来了亡国的浩劫，而自己也未终生拥有海伦——这个世界上最美的女人。

评她们中谁最漂亮。这个使命是宙斯的旨意,宙斯会给你应有的保护和帮助的。"

赫耳墨斯说完话就振起双翼,飞出狭窄的山谷,消失在远方的天空。赫耳墨斯刚才的那番话使得这个年轻人鼓起勇气,刚才他还低垂着头,眼里满是胆怯,现在已经能够大胆地抬起头,用炯炯有神的目光去欣赏站在他面前的三位女神。她们都貌美如花,美艳绝伦。第一眼看时,他就想说他觉得三个女神都一样美貌,无法分出哪一位最美。可是仔细端详,他时而觉得这个最美,时而又觉得另一个更漂亮。最后,他发觉其中一个女神比另外两个更年轻,更温柔,更迷人。

这时,她们中最骄傲的一个,也是身材最高大的一个开口说话了:"我是赫拉,宙斯的妻子。这个金苹果是不和女神厄里斯在珀琉斯与海洋女神忒提斯的婚礼上掷给宾客的礼物,上面写着'送给最美的人',你把他拿去吧,如果你愿意把它判给我,尽管你曾是一个被遗弃的牧人,你也可以统治地面上最富有的国家。"

"我是智慧女神帕拉斯·雅典娜,"第二个女神接着发话,她有着宽阔的额头,美丽而妩媚的脸上有双蔚蓝色的明眸,"如果你判定我是胜利者,那么,你将赢得人世间最有智慧的美誉。"

这时,一直用美丽的眼睛说话的第三位女神,她看着帕里斯,神态甜美诱人,她微笑着开了口:"你不要被这些许诺所诱惑,它们不可靠,充满了危险。我愿意送给你一样礼物,它会带给你快乐,让你享受爱情的甜蜜和幸福。如果你把它判给我,我将把世界上最漂亮的女子送到你的怀中,让她成为你的妻子。我是阿佛洛狄忒,专司爱情的女神!"

当阿佛洛狄忒说这番话时,她正束着那条赋予她迷人魅力的魔力腰带,腰带使她看起来是那样的光彩照人、妩媚动人,其他两个女神在她的对比下显得黯然失色。昏昏然地,帕里斯把那个从赫拉的手里得到的金苹果毫不犹豫地递给爱情之神阿佛洛狄忒。赫拉和帕拉斯·雅典娜恼怒地转过身去,发誓不忘今天的耻辱,一定要向他、向他的父亲和所有的特洛伊人报复,直至他们彻底毁灭。尤其是一向心高气傲的赫拉,从此以后成了特洛伊人的最势不两立的敌人。阿佛洛狄忒又庄严地重申了她许下的诺言,并深深地向他祝福,然后也离开了他。

帕里斯作为一个不知名的牧人住在爱达山上,他娶了一个漂亮的姑娘俄诺涅为妻,她是河神与一个仙女所生的女儿。婚后,帕里斯与妻子厮守在一起,生活得很幸福,可是帕里斯在心里依然惦记着女神给他许下的诺言。有一天,帕里斯听说国王普里阿摩斯为一位死去的亲戚举办殡仪赛会,他被吸引着前去参加,他终于踏进了特洛伊这片土地。国王为这场比赛设立的奖品是一头从爱达山牧群里牵来的公牛,这头公牛正好是帕里斯最喜爱的,可是他却无法阻止主人和国王把它牵走。他决心在比赛中赢得这头牛。帕里斯机敏灵活,战胜了所有的对手,其至战胜了他的同胞兄弟——英勇无敌的赫克托耳。在几个兄弟中，赫克托耳最勇敢，最威猛。普里阿摩斯的另一个儿子得伊福玻斯为自己的失败感到愤怒和羞辱，他冲向这个牧人，想把他刺死。帕里斯惊慌地逃到宙斯的神坛边，在那儿遇到普里阿摩斯的女儿卡珊德拉。她是一位预言家，她的预言本领是神传授给她的，她立刻认出眼前的牧人正是从前被遗弃的哥哥。父母亲听到女儿的话后，高兴地拥抱这个失散多年的儿子。在欣喜中，他们早已忘记了他出生时神谕的警告，收留了这个失而复得的儿子。

帕里斯高兴地回到了妻子和牧群那里，回到了爱达山上，在那里他享受到王子的礼遇，他拥有了一座富丽堂皇的住房。不久，国王委托他去完成一件事。于是他踏上旅途，但他还不知道此番出行将会得到爱情女神许给他的礼物。

海伦被劫

有一天，国王普里阿摩斯在宫里和大臣们议论起往事，说起自己远方的姐姐时，国王忍不住热泪盈眶。原来在普里阿摩斯年幼的时候，赫拉克勒斯攻占了特洛伊城，杀死了他的父亲拉俄墨冬，抢去了他的姐姐赫西俄涅，然后把赫西俄涅赠予他的朋友忒拉蒙为妻。虽然忒拉蒙使她升格成为统治萨拉密斯的王后，可是国王普里阿摩斯家族始终对这场抢劫耿耿于怀。听到这个令人愤愤不平的故事时，帕里斯忽然站起来说，如果给他一支舰队前往希腊，借助神的帮助，他一定能用武力把父亲的姐姐从敌人的手中夺回。帕里斯没有忘记爱情女神阿佛洛狄忒给他的许诺，因此他对此事表现得信心十足。为了获得众人的信任，他向父亲和兄弟们叙述了那天在放牧时遇见女神的所见所闻。这样，普里阿摩斯毫不怀疑他的儿子帕里斯受到了上天的特别庇护，相信当帕里斯带着舰队到希腊时，他一定能够把赫西俄涅顺利带回。

但是此时，赫勒诺斯站起来，说了一通预言：如果帕里斯从希腊带回一个女人的话，那么希腊人就会前来特洛伊，把这座城市踏平，国王和他所有的儿子都将被杀死。赫勒诺斯是普里阿摩斯的另一个儿子，他是个预言家，精通占卜之术。他的预言引起了他的弟弟，普里阿摩斯的小儿子特洛伊罗斯的嘲笑：他认为这位哥哥胆小怕事，劝大家不要因为胆怯而停止了伟大的举动。正当其他人还犹豫不决的时候，普里阿摩斯表示支持帕里斯远赴希腊，因为他是如此地思念姐姐。

于是，国王召集市民，发表演说，他告知民众，他的儿子帕里斯将率领一支强大的舰队，用武力来解决数年前受到的侮辱。他的这番言论获得了人们的支持，人群中开始骚动，大家都狂热起来，他们一致要求战争，要求希腊把赫西俄涅无条件归还。普里阿摩斯却显得特别冷静，他知道不能够草率地做出战争的决定，他试图倾听大家的意见。于是，他要求众人说出内心的忧虑，要求大家充分考虑到战争可能带来的种种不良后果。这时特洛伊一位年长的老人潘托俄斯站了出来，他大声地说道："我的父亲曾接受过神谕的暗示，在我幼年的时候我的父亲就把这个神谕告诉了我，如果将来拉俄墨冬家族中有一位王子从希腊带回一个妻子到家时，那么特洛伊将面临毁灭的威胁。因此，我们不要被战斗的荣誉所迷惑。朋友们，我们应当珍惜和平和安宁的生活，不要做战争的冒险者，不然，到了最后，也许自由也将丧失。"但是狂热的人们并不听从老人的建议，他们要求国王普里阿摩斯不要听信一位老人的胆怯言辞，而应该大胆地把心中决定的事付诸实施。

于是普里阿摩斯下令准备战船，同时派儿子赫克托耳到夫利基阿去，派帕里斯和得伊福玻斯到邻国珀契尼亚去，争取众多王国的支持和结盟。特洛伊的青壮年男子纷纷入伍，随时准备为国家的荣誉战斗。帕里斯被任命为军队的统帅，他的兄弟得伊福玻斯、潘托斯的儿子波吕达玛斯以及埃涅阿斯被拜为参将。这支强大的舰队出发了，朝着希腊的方向航行，帕里斯想在希腊岛屿库忒拉登陆。在路上，他们遇到了前往波罗斯访问的斯巴达国王墨涅拉奥斯的船队，他们对这位国王装饰豪华的大船非常惊奇，他们基本上能够断定大船上乘坐的一定是希腊显赫的王侯。而对方也对特洛伊人壮观有序的舰队表示出不住地赞赏。双方互不认识，两支船队在海面上擦肩而过。

特洛伊的战船顺利抵达锡西拉岛。帕里斯准备从这里向斯巴达进发，并将与宙斯的双生儿子卡斯托耳和波吕丢刻斯进行交涉，要求他们归还赫西俄涅。如果希腊人拒绝归还，帕里斯将执行父亲的命令，把舰队开往萨拉密斯湾，用武力夺回王后。

在动身前往斯巴达之前，帕里斯打算在爱神阿佛洛狄忒、月亮以及狩猎女神阿尔忒弥斯的神庙里献上祭品。而这时，这支浩浩荡荡的船队抵达锡西拉岛的消息已经在第一时间被岛上的居民传到了斯巴达。因为墨涅拉奥斯已经外出访问，政事由斯巴达王后海伦主持。海伦是宙斯和勒达的女儿，卡斯托耳和波吕丢刻斯的妹妹，她是那个时候世界上最美丽的女子。她还是个少女的时候，就被忒修斯抢走，后来又被她的哥哥夺了回来，在继父斯巴达国王廷达瑞俄斯的宫中长大后，由于她举世无双的美貌而吸引了大批求婚者。国王害怕如果挑中其中一个作为女婿，其他的求婚者会不高兴而与之为敌，于是希腊英雄中最聪明的一个，伊塔刻国王奥德修斯出了个主意，他让所有的求婚者都发誓，与将来被选中的女婿建立同盟，共同反对因没被选中而怀恨在心、不怀好意的人。廷达瑞俄斯接受了他的建议。于是所有的求婚者都当众发誓。后来，国王选中了阿特柔斯的儿子阿伽门农的兄弟墨涅拉奥斯作他的女婿，并把他的王位交给了他。海伦和墨涅拉奥斯生

◀ 抢劫海伦　列尼　1631年
迷人的海伦露出娇羞的神态，特洛伊的王子帕里斯挽着海伦的手，一副志满意得的表情，殊不知这将给特洛伊带来毁灭的灾难。

了一个女儿名叫赫耳弥俄涅。当帕里斯向希腊靠近时，赫耳弥俄涅还只是一个躺在摇篮里的婴儿。

丈夫外出访问的日子里，海伦一个人孤单地住在宫殿里，百无聊赖地打发着时间。当她听说有一位异国王子正率领着舰队来到锡西拉岛的时候，受好奇心驱使，她想去看看这位王子和他的武装随从。于是她动身前往锡西拉岛，准备在阿尔忒弥斯神庙里举行隆重的献祭。当她走进神庙时，帕里斯刚好完成他的献祭。他抬起头迎面看到走进来的美丽端庄的王后，心儿忍不住怦怦直跳，他以为又见到了曾经被自己认定为最美丽的女神阿佛洛狄忒。虽然早就听说过海伦美貌无双的传闻，但他没想到眼前的美女海伦比他想象中的还要美丽，并且他原以为爱情女神许诺给他的美女应当是一个处女，而不是别人的妻子。现在，看着眼前完全能与爱情女神媲美的海伦，他顿时忘记一切，他觉得此次远征的目的似乎全是为了遇见海伦而来，父亲的委托顷刻间早已被他抛到九霄云外。而海伦此时也在打量着这位从亚细亚来的英俊王子，他有着一头飘逸的卷发，身穿一件闪亮的东方色调的华丽长袍，身材挺拔有力。刹那间，她的意识里，丈夫的模样渐渐淡去，取而代之的是这位年轻俊美的异国王子的形象。

海伦回到斯巴达的宫中，对帕里斯的相貌久久不能忘怀，她努力强迫自己思念外出访问的丈夫墨涅拉奥斯，以此来忘记那个外乡人英俊的容貌。但是很快，帕里斯带着几个随从出现在王宫，国王出门在外，王后海伦按照礼仪殷勤地接待了这位造访的王子。帕里斯王子谈吐优雅，琴艺高超，眼神又频频流露出对王后的爱慕之情，这些都打动着海伦那颗不设防的芳心。帕里斯见到海伦更是心旌摇荡，他忘记了父亲的委托和自己的使命，心中想的念的全是这个爱情女神许诺的最有诱惑力的礼物。于是他召集自己带来的全副武装的士兵，说服他们帮助他达到目的。然后他带领着这些士兵冲进王宫，把希腊国王的财富掠夺一空，并劫走了半是反抗半是依从的海伦。

当他带着他梦寐以求的战利品驶过爱琴海时,风突然停了下来,船只前面,波浪自动分开。年老的海神涅柔斯从水中伸出他的头,他头戴芦苇花冠,胡须和头发上滴着水,而船只好似钉在水面一样,老人向舰船喊出一个可怕的预言:"不祥之鸟将伴随你们的行程!希腊人很快将带着大军赶来,他们将誓死拆散你们,摧毁普里阿摩斯的古老王国!看呀,雅典娜已经戴上了她的头盔!多少特洛伊人将因为你们而付出无辜的生命!这一场血战要经历多年,只有一位英雄的愤怒才能阻挡你们的城市的毁灭!一旦那天来临时,特洛伊人将被希腊人彻底蹂躏。"

海神说完了他的预言,潜入海中。听了这些预言,帕里斯心里非常恐惧。不一会儿,海面上恢复了宁静,海风习习,海伦拥在他的怀里,这些诅咒也就随风而去。后来战船来到克拉纳岛,在岛上登陆,墨涅拉奥斯轻薄的妻子海伦与帕里斯举行了隆重的婚礼。他们深深地沉浸在新婚的快乐中,他们依靠带来的财宝,在岛上过着豪华奢侈的生活,故乡和祖国早已被两人抛到脑后。多年之后,他们才航行回到特洛伊。

希腊人

帕里斯这次前往斯巴达,抢劫财富,夺走王后的行为已严重地违背了宾主之道,造成了严重的结果,他激怒了古希腊最有权势的家族。斯巴达国王墨涅拉奥斯和他的哥哥迈锡尼的国王阿伽门农——希腊英雄中最强大的王室王族。他俩都是宙斯的儿子坦塔罗斯的后裔,是珀罗普斯的孙子、阿特柔斯的儿子。他们不仅统治着亚各斯、斯巴达,还主宰着伯罗奔尼撒的其他王国,其余的希腊君主都是他们的盟友。

当墨涅拉奥斯听到妻子被劫走的消息后,这位义愤填膺的国王立刻赶到迈锡尼,把事情告诉了哥哥阿伽门农。阿伽门农和海伦的异父姐妹克吕泰涅斯特拉是这儿的统治者,他们分担了他的痛苦与屈辱,并安慰他,许诺让那些曾向海伦求婚的王子履行他们的誓言。两兄弟走遍希腊各地,力邀所有的王子共同讨伐特洛伊。特勒泊勒摩斯率先答应了他们的要求,他是赫拉克勒斯的一个儿子,现在是罗德岛上有名的国王,他提供了九十只战船出征。其次是神堤丢斯的儿子狄奥墨得斯,亚各斯国王,他提供了八十条海船参战。海伦的两位兄长卡斯托耳和波吕丢刻斯听到妹妹被劫的消息后便立刻扬帆出海。在靠近特洛伊海岸的列斯堡岛,他们遇到风暴,失去消息。传说,他们被父亲宙斯召回天上,变作两颗星星,从此成为海上水手的保护神。

现在,全希腊的男子几乎都响应阿伽门农兄弟的号召,最后还有两个国王犹豫不决,一个是狡黠的奥德修斯,另一个是阿喀琉斯。

伊塔刻国王奥德修斯是珀涅罗珀的丈夫，他不愿因为斯巴达王后的不忠而离开自己年轻的妻子和他襁褓中的儿子忒勒马科斯。因此，当他看到帕拉墨得斯与斯巴达国王前来访问时，他就装疯卖傻起来，他驾着一头驴而不是一头牛到田里耕地，他还特意把盐当作种子撒在田里。这些都骗不过能够识破一切诡计的帕拉墨得斯。他偷偷地走进奥德修斯的宫殿，把奥德修斯的儿子忒勒马科斯抱走，放在奥德修斯正要犁的田埂里。只见这位父亲小心翼翼地把犁头提起来，从他儿子身边绕过，两位英雄见了，立刻大叫起来，这证明了奥德修斯神智完全清醒。奥德修斯的计谋被识破了，他只得同意参加这次征战，并且献出伊塔刻及其邻近岛屿的八条战船，但从此他的心里埋下了对帕拉墨得斯不满的情绪。

另一个还没有答应参战的是阿喀琉斯。他是阿耳戈英雄珀琉斯和海洋女神忒提斯的儿子。当他刚刚降临在这个世上的时候，母亲忒提斯希望他能成为神人，于是把小阿喀琉斯带到冥河边上。在那里，她提起小阿喀琉斯，把他的全身都浸泡在河水之中。经过冥河之水的浸泡，小阿喀琉斯全身上下刀枪不入。不过，女神也有一个疏忽，那就是小阿喀琉斯的脚踵。那里是她浸泡时用手握持的地方，水流没有浸湿，所以只有这个地方，才是阿喀流斯的致命处。此外，忒提斯还在夜里背着丈夫把儿子放在天火中燃烧，以便把他父亲遗传给他的非神的身份烧掉。白天她则用神药治愈烧灼的部位，她每天都这样做。直到有一天，珀琉斯意外发现他的儿子在烈火中发抖，不禁吓得大叫起来，这一来忒提斯就无法顺利完成她的秘密使命。她沮丧地离开了她那没有成为神祇的儿子，离开了丈夫的王宫，躲回自己的海洋王国，和仙女涅瑞伊得斯住在一起。以为儿子受到重伤的珀琉斯慌忙把儿子送到著名的医生喀戎那里医治。半人半马的喀戎是个聪明的肯陶洛斯人，他曾收留和教育过许多英雄，他慈爱地接受了这个孩子，并努力地把阿喀琉斯培育成一个英雄。喀戎喂他狮子和野猪的内脏，同时把医术和其他技艺也一一传授给他。长者福克斯教他辩论术和武功。阿喀琉斯六岁就杀死了一头野猪和狮子，奔跑起来，可以追赶上麋鹿。他的好友帕特洛克罗斯陪他一起，共受教育。当他的老师，让他在庸碌长寿和建功立业但短命两者之间抉择时，他毫不犹豫地选择了后者。

当阿喀琉斯九岁的时候，希腊预言家卡尔卡斯预言，远在亚细亚的特洛伊城，希腊人要用武力把他们毁灭，但如果没有珀琉斯的儿子参战，希腊人将无法占领这个城市。这个预言传到了孩子母亲的耳朵里，忒提斯知道这场征战将会夺去她儿子的生命。于是她从自己潮湿的海洋里出来，潜入丈夫的宫殿，把儿子送到斯库洛斯岛，并给他穿上女孩的服装，交给了国王吕科墨得斯。于是阿喀琉斯便以女孩的身份和吕科墨得斯的女儿们一起生活。当这个青年的下颌长出髭须的时候，阿喀琉斯向国王的女儿得伊达弥亚说出了自己男扮女装的秘密。两人之间渐渐产生了爱情。岛上的居民把还他当成是国王的一个女眷，实际上他已成为得伊达弥亚的丈夫了。

这个神之子是特洛伊征战取胜的关键人物，预言家卡尔卡斯发现了阿喀琉斯居住的地方，于是奥德修斯和狄奥墨得斯亲自去请他参战。两位英雄到达斯库洛斯岛后，被引见给国王和他的一群女儿。可是，这位未来的英雄此时正以女子的装扮混迹于姑娘之中，尽管两位英雄眼力敏锐，仍是无法一眼认出。聪明的奥德修斯想出了一个计策，他把一个长矛和一个盾牌放在姑娘们聚集的屋子里，然后命令人们吹起战斗的号角，仿佛敌人已经逼近。姑娘们大惊失色，逃出了屋子，只有阿喀琉斯一人伫立不动，他毫不迟疑地拿起矛和盾，做出准备迎战的样子。这一下结果不言自明。阿喀琉斯同意率领密耳弥冬和帖撒利人出征，并带着他的教师福克斯和朋友帕特洛克罗斯同行。他们率领五十只战船驶入希腊海，前往俾俄喜阿国的港口城市奥里斯，那里是阿伽门农为所有的希腊王子和战船选定的集合地点。阿伽门农被推选为联军统帅，奥里斯港聚集的英雄还有：忒拉蒙和厄里玻亚的儿子大埃阿斯；他的异母兄弟，著名的弓箭手透克洛斯；从洛克里斯来的俄琉斯的儿子小埃阿斯；雅典的梅纳斯透斯；战神的儿子阿斯卡拉福斯和伊阿尔梅诺斯；从俾俄喜阿来的几位英雄；从佛西斯和攸俾阿来的几位英雄；亚各斯和伯罗奔尼撒人中有斯忒涅罗斯、卡帕纽斯和欧阿德涅以及墨喀斯透斯的儿子欧律阿罗斯；从皮洛斯来的三朝元老；年老的涅斯托耳；从亚加狄亚来的安刻俄斯的儿子阿伽帕诺耳；从厄利斯和其他城市来的安菲玛库斯、塔耳庇俄斯、迪俄瑞斯和波吕克珊诺斯；尼利斯国王奥革阿斯的孙子梅革斯；和埃托利亚人一起来的托阿斯；从克里特来的伊多墨纽斯和迈里俄纳斯；从罗德岛来的赫拉克勒斯的后裔特勒帕勒摩斯；从西马岛来的希腊将士中最英俊的男子尼瑞乌斯；从卡吕冬来的赫拉克勒斯的后裔菲迪普斯和安底福斯；从菲拉克来的伊菲克洛斯的儿子帕达尔克斯和帕洛特西拉俄斯；从弗赖来的阿德墨托斯和贞洁的妻子阿尔刻提斯的儿子奥宇梅洛斯；从特里卡来的两兄弟帕达里律奥斯和马哈翁，兄弟两人医术高明；从奥尔门尼翁来的欧律皮罗斯；从阿格律萨来的波吕帕特斯，他是庇里托俄斯的儿子，忒修斯的好友；从克福斯来的古诺宇斯以及从马克纳西亚来的帕洛托乌斯。

他们就是除了阿特柔斯的儿子奥德修斯和阿喀琉斯以外的希腊王子和国王。他们每人率领一支战船在奥里斯港集合，随时准备为这场荣誉之战而贡献力量。那时希腊人之所以被称为称为希腊人，是因为丢卡利翁和皮拉的儿子名叫希腊的缘故。

希腊和平使团造访普里阿摩斯

希腊人在紧张备战的同时，又在阿伽门农主持下召开的会议上做出决定，不放弃采用和平的方式解决问题。于是，他们派出和平使团前往特洛伊，谴责特洛伊王子违反民法，劫掠希腊财富，劫持斯巴达王后的行为，使团将要求归还墨涅拉奥斯国王的妻子以及一切被掠夺的财物。会议推选帕拉墨得斯、奥德修斯和墨涅拉奥斯为使团代表。奥德修斯尽管在心底里怨恨帕拉墨得斯，可是为了他们共同的利益，还是服从这位国王的见解。帕拉墨得斯毕竟经验丰富，阅历广泛，在希腊军队中深得民心。因此，奥德修斯还是同意由他担任发言人，一同前往普里阿摩斯国王的宫殿。

特洛伊人和他们的国王看到从华丽的战船上走下来的仪表堂堂的使节们，都感到惊慌失措，他们还不明白发生了什么事，因为帕里斯和他抢来的妻子仍住在克拉纳岛，特洛伊人以为帕里斯率领的军队在希腊遭到了进攻，全军覆没了。他本来应该接回姑母赫西俄涅，现在却完全没有音讯。姑母没有接回来，希腊人却全副武装地过来了。因此，希腊使团到来的消息使宫殿中的人都感到紧张不安，但他们依然开了城门，三个威风凛凛的使节被引进宫殿，面见普里阿摩斯国王。国王已经召集他的儿子和城里的有识之士共商大计。

帕拉墨得斯的发言义愤填膺，充满感情，他以全体希腊人的名义谴责普里阿摩斯的儿子帕里斯，认为他劫走王后海伦，是伤天害理，违犯民法和宾主礼节的行为。他希望和平解决这次事端，希望对方立刻归还被抢走的王后。接着，他告诫普里阿摩斯，如果和平的方式不能解决问题的话，他将采用最严酷的手段——战争来摆平一切，而战争将给普里阿摩斯的王国造成无可挽回、不可估量的损失。他高傲地列举出希腊所有强国的王子的名字，说他们将率领一千多条战船远征特洛伊。"啊，国王，"他说，"希腊人宁愿死，也不能够让同胞忍受任何侮辱和欺凌。他们现在都怒火中烧，随时准备拿起手中的武器洗雪他们国家所遭受到的耻辱。全希腊最有名的王子，我们国家的最高统帅，强大的迈锡尼国王阿伽门农，以及所有的希腊英雄和王子都委托我们转告你交出你们劫走的希腊女人，否则你们将自取灭亡！"

听了这一番极具挑衅色彩的外交话语，普里阿摩斯的儿子们早已怒气冲冲，他们拔出宝剑，用剑敲击着盾牌，响声阵阵，大家都异常激动，连长老们都显得斗志昂扬。普里阿摩斯从座位上站起来，用手示意大家安静下来，对这个言辞凿凿的发言人说道："陌生人，你的这一番咄咄逼人的言辞使我感到异常惊讶，到目前为止，我们对你们指控的罪行毫不知情。相反，我们应该谴责你们刚刚列举的这种罪行。你们的同乡赫拉克勒斯在我们双方和平相处的时候袭击了我们的城市，把我无辜的姐姐赫西俄涅像俘虏一样带走，又把她赠送给忒拉蒙为女奴，感谢忒拉蒙的好意，他使我的姐姐成为他合法的妻子，还把她封王后，可这些都挽回不了它作为抢劫的罪行。过去我们派了使节，现在又派我的儿子帕里斯到你们的国家，要求归还我的姐姐。至于我的儿子帕里斯如何执行我的任务，他在你们国家做了些什么，现在他身在何处，我现在毫不知晓。在我的宫殿和城市里没有一个希腊女子，对于这一点，我作为一个国王，非常清楚。对你们无理的要求，我无法答应。如果我的儿子能平安回到特洛伊，真的带回如你们所说的被他劫持的希腊女子，我可以把她交还给你们，如果她不需要我们的庇护的话。可是，不管怎样，条件是按照礼节，你们先要把我的姐姐赫西俄涅送回来！"

国王温和而有尊严的讲话得到了与会的所有特洛伊人的一致赞同，但是帕拉墨得斯却顽固地坚持说："实现我们的要求是没有任何先决条件的。我们父辈赫拉克勒斯干的事情，我们没有必要对它负责，赫西俄涅是自愿跟忒拉蒙结合的，她这次还派儿子大埃阿斯来参战。我愿意相信你的话，墨涅拉奥斯的妻子还没有来到你的城市。可是，我敢肯定，她会回来的。你那个沽名钓誉的儿子抢走了她，这是事实。他的做法严重侮辱了我们，我们要你满足我们的要求！要知道，海伦被劫并非自愿。你们感谢神吧，它让你的儿子还逗留在外面，这样你们还有时间做迎战准备，但奉劝你们早做明智的决定，好避免你们的彻底毁灭！"

普里阿摩斯和特洛伊人对帕拉墨得斯的狂妄自大表示出强烈的愤怒，但他们依然保持着国家与国家之间应有的礼仪。会议结束后，特洛伊城的一位长者，贤明的安忒诺尔保护使者们离开，以防止他们被愤怒的市民袭击。他还把使者带回家，按照客人的礼节款待他们。次日清晨，老人送他们来到海滩，看着他们登上华丽的战船，扬帆前行。

阿伽门农和伊菲革涅亚

奥里斯港口聚集着上千条船只，整装待发。战前的阿伽门农百无聊赖，以狩猎来打发时光。一天，一头献给女神阿尔忒弥斯的梅花鹿进入他的射程，国王围猎兴致勃勃，一箭打下了这只雄壮的动物，他还不无得意地说，即使是狩猎女神阿尔忒弥斯本人的水平也不一定比他高。女神听到他如此无礼的话十分生气，决心给希腊人一些教训。她让奥里斯港口风平浪静，缺少了风的推助，船只无法从海湾开出去，可是战争即将开始。

希腊人束手无策，只好去找大预言家忒斯托耳的儿子卡尔卡斯，向他请教如何摆脱困境的办法。随军的祭司和占卜人卡尔卡斯想了想，说："现在的唯一办法只有让希腊人最高统帅，即阿伽门农把他和克吕泰涅斯特拉所生的女儿伊菲革涅亚献祭给阿尔忒弥斯女神,这样女神才肯宽恕我们。到那时,海面上将会刮起顺风,也就没有什么会阻碍你们攻占特洛伊城了。"

预言家的话让阿伽门农陷入绝望,他的良心怎么也无法允许他亲手杀害自己的女儿。于是他派来自斯巴达的传令官塔耳堤皮奥斯向全体参战的希腊人宣布,阿伽门农放弃希腊军队最高统帅的职务。希腊人听到这个决定,群情激愤,一时间军心大乱。墨涅拉奥斯急忙奔到他的住处,警告他这个决定可能产生严重的后果。经过劝说,阿伽门农只得同意把女儿献祭给女神。这件事情如此可怕,以至于他根本无法把实情告诉妻子。他写了一封信给迈锡尼的妻子克吕泰涅斯特拉,他在信里撒了谎,说他想让女儿跟珀琉斯的小儿子、光荣的英雄阿喀琉斯订婚,而阿喀琉斯与得伊达弥亚的秘密婚事此时还没有人知道。因此让妻子把女儿伊菲革涅亚送到奥里斯来。可是,送信的使者刚出发,父女感情又在阿伽门农的心里占了上风。他痛苦万分,后悔不迭,觉得自己做的决定太轻率。于是他在当天夜晚叫来可靠的老仆人,要老仆人另送一封信给他的妻子,信上叮嘱她一定不要把女儿送到奥里斯来,因为他另有打算,把女儿订婚的事推迟到明年春天。

忠诚的仆人拿着信不敢耽搁,立刻动身,但他没能顺利到达目的地,因为早有察觉的墨涅拉奥斯对哥哥的犹豫不决不太放心,并暗中密切地注视着他的一切行动。清晨,当老仆人刚起程,还没离开大营多远,手中的信就被墨涅拉奥斯搜去。读完信,他便风风火火地跨进哥哥的营帐。

"真见鬼,你又动摇了!"墨涅拉奥斯不由地大声呵斥起哥哥来,"你可曾记得,当时你是多么渴望能够争取到这个远征军的统帅?当时的你显得多么谦恭,多么亲切地跟每个人握手。当时你的大门向每一个愿意进来的人敞开着,这些友好的表示只是为了得到指挥权,现在,指挥权就在你的手上,你却不再像从前那样,把大家当作你的朋友了。你在军中很少露面,大家要见到你的人影多么困难!因为你的原因,奥里斯港的军队遭到神的阻挠,当我们的人开始抱怨,并且说:'我们不愿老守在奥里斯港,我们要扬帆远航!'你看看,你在做什么?你在举棋不定,你希望能有顺风,我们好尽快起程,你来找我,要我想办法,找出路,我们找到了预言家卡尔卡斯,要你向阿尔忒弥斯献祭你的女儿时,你勉强答应了。可是现在,你却无法兑现你的诺言。像你这样畏缩胆怯不敢前行的人,是不配统率一支军队的,更不配掌管一个国家!"

阿伽门农也不相让:"你何以如此激动?是谁惹了你呢?你为什么这样恼怒?是因为你那美丽的妻子海伦吗?你怎么连自己的妻子都看管不住?我不能亲手杀死我的亲生骨肉,我意识到了自己的错误并理智地纠正因为轻率而做的决定,难道这是愚蠢的?我认为世上没有人比你更愚蠢了,因为我们所做的一切,只为替你追回一个不忠实的妻子！你应该感到高兴，你终于幸运地摆脱了这样一个水性杨花的女人！"

兄弟两人争执起来，互不相让。突然一名仆人进来向阿伽门农报告，说他的女儿伊菲革涅亚已经来到，她的母亲和弟弟俄瑞斯忒斯也陪同前来。阿伽门农突然觉得天旋地转，万分绝望。墨涅拉奥斯连忙上前，握住他的手表示理解和安慰。阿伽门农痛苦地说："你获得了胜利，你把她带走吧！"

墨涅拉奥斯却改变了主意。他的良心上也无法答应，为了海伦而杀死伊菲革涅亚。"如果神谕让我决定你女儿的命运，"他大声对哥哥说道，"那么我愿意放弃她，并把我的那位拿来取代伊菲革涅亚。"

阿伽门农感动地上前拥抱他的兄弟。"我感谢你，"他说，"亲爱的兄弟，咱们兄弟俩这一推心置腹的谈话使我们重归于好。这是我的命运，女儿的惨死是无法避免的，全希腊要求这样做。卡尔卡斯和狡诈的奥德修斯已达成默契，他们要牺牲伊菲革涅亚。他们在争夺人民，甚至要谋害你和我，即便我们逃到迈锡尼，他们还是会追来，把我们从城中抓走，最后还会踏平古老的希腊城。现在让我请求你，千万别让克吕泰涅斯特拉知道这件事，保证神谕能够顺利实现。"

正在这时，伊菲革涅亚进来热烈地拥抱了许久未见的父亲，墨涅拉奥斯心情忧郁地走开了。阿伽门农心事重重，和妻子略微寒暄了几句，场面既冷淡又尴尬。心细的伊菲革涅亚看到父亲脸上愁云满面，便关切地问道："父亲，为什么你的眼光如此不安？难道你对我的到来感到不高兴？"

"不，我亲爱的孩子，"国王心情沉重无比，"一个国王责任重大，有许多事情需要烦恼。"

"可你为什么眼睛里含着泪水，父亲？"伊菲革涅亚不解。

"因为我们将要长久分别！"父亲答道。

"呵，如果我能够跟你一起去，"女儿高兴地叫喊起来，"那是多么幸福的事！"

"是的，你也要作一次远行，"阿伽门农神情严峻地说，"首先我们必须做一次隆重的献祭……亲爱的女儿，这次献祭，你是必不可少的！"他说话时，眼泪几乎要掉了下来，当然所有的一切她还蒙在鼓里。最后他让女儿住到为她准备好的帐篷里去。他的女儿和一批随从先行离开了。阿伽门农使出浑身解数来应付妻子克吕泰涅斯特拉，向她介绍新郎的身世和命运，终于把妻子打发走，然后他赶忙去找卡尔卡斯，和他商量献祭的具体细节。

然而，事情正在发生变化。一件偶然的事使得克吕泰涅斯特拉和年轻的王子阿喀琉斯碰了面。阿喀琉斯的士兵早已不耐烦连日干等，所以他代表士兵前来找阿伽门农商量未来的作战计划。克吕泰涅斯特拉见到未来的女婿十分关切，甚至谈到了他和女儿的订婚事宜。阿喀琉斯听到这个毫无准备的消息后，惊讶得连连退后，他赶忙问道："你说的是谁的婚姻大事啊，王后？我从未追求过你的女儿，而且，统帅阿伽门农从来没有和我提起过这方面的事情！"

克吕泰涅斯特拉这才恍然大悟，自己上当受骗了。她站在阿喀琉斯的面前，满脸羞愧，心神不宁。阿喀琉斯展示了他善良的一面，他安慰王后："请不要难过，一定是有人拿我跟您开玩笑。别把它放在心上。如果刚才我率直的话伤害了您，请多多包容，见谅！"说完，他正准备着离开，这时，阿伽门农的那个忠实的老仆人过来禀告克吕泰涅斯特拉，把那天早晨被墨涅拉奥斯抢去信函的事情告诉了王后，他悄悄地说："阿伽门农想要亲手杀死你们的女儿！"现在母亲终于知道了事实的真相。她痛不欲生，转过身扑在阿喀琉斯脚下，大声地哭诉起来："哦，女神的儿子，求求你，救救我，救救我可怜的孩子！我以为你将成为她的未婚夫，所以我替你帮女儿戴上花冠，还一直送她到军前营帐。我虽然已被蒙蔽，可是仍愿意把你当作她的新郎！当着一切神，当着你的女神母亲的面，我请求你，帮助我救下我的女儿。向我们伸出双手吧，只有你能够援救我们！"

阿喀琉斯满怀敬意地扶起了跪在面前的王后，对他说："请放心，王后！我是在一个虔诚而乐于助人的家庭里长大的人，我向喀戎学会了朴实而又灵活的思考方式。我愿意服从阿特柔斯儿子们的指挥，如果他将我引导到光荣之路的话，但我不愿听从罪恶的命令。因此，我愿意保护你和你的女儿。我会尽我的力量，把你的女儿从这个阴险的诡计中救出。既然是因为关于我的谣传，才把她骗来这儿，而这将把她引向不归之路，那我感到自己负有责任，如果我不能救出你的孩子，那就让我自己去死！"

阿喀琉斯对伊菲革涅亚的母亲作了庄严的许诺后离开了。克吕泰涅斯特拉怀着满腔的怨恨来到了她丈夫阿伽门农的面前。丈夫一语双关地对着妻子她说："把我们的女儿叫出来吧，面粉、水和婚宴前的祭品都全部准备妥当。"阿伽门农还不知道妻子已经知晓所有的秘密。

克吕泰涅斯特拉眼睛里充满仇视怨恨的光，她大声地喊叫："出来吧，女儿，把你的弟弟俄瑞斯忒斯一起带出来！"女儿伊菲革涅亚从内室出来时，她又冷冷地接着对丈夫说："看吧，她就站在这里，准备为你贡献一切。现在，我要你回答我，诚实大胆地告诉我，你真的要杀害我们的女儿吗？"国王听到这些时，沉默许久，最后他终于绝望地叫起来："啊，命运之神啊！我的秘密全泄露了，一切都完了！"

克吕泰涅斯特拉非常愤慨地对阿伽门农喊道："我们的婚姻一开始就以罪恶开始。那时候，你用武力把我夺走，你杀死我的前夫，又把我的孩子从怀中抢走，残酷地把他杀害了。我的哥哥卡斯托耳和波吕丢刻斯带兵追击你,你向我年迈的父亲廷达瑞俄斯请求保护,他不知怎的可怜你,救你保护了你,还让你成了我的丈夫。婚后,我一直努力做一个忠诚贤惠的妻子,使你在家感到幸福,在外感到骄傲。我为你生下了三个女儿和一个儿子。现在你却要亲手杀死我们的大女儿,是吗?为什么?就为了让墨涅拉奥斯能重新夺回他那不忠实的妻子!这时候的祈祷是为什么?杀害自己的女儿这样伤天害理的事,你都能够做出来!你还指望从祈祷中得到什么吗?祈求不幸地返回故乡,就像你出发时一样,是吗?你要我为你祈福吗?哦,众神作证,我绝不会为一个谋杀者祈福!我不明白,为什么非要拿你自己的亲生女儿去充当牺牲品?为什么你不去对希腊人说:'为了能够如愿征服特洛伊,抓阄决定谁家的女儿该死。'墨涅拉奥斯是怎么想的?难道为了保全他的女儿赫耳弥俄涅,就要我们牺牲自己的女儿?我不知道,我究竟哪里做错了,你要这样凶狠地对待我!"

伊菲革涅亚听到这些话早已泣不成声,她跪倒在父亲的脚下,用哽咽的声音说道:"父亲,假如我有俄耳甫斯的竖琴的魔音,假如我的声音可以感动顽石,那么我就能说出雄辩的话使你产生怜悯。但是我现在什么都没有,唯一拥有的只有难过的泪水。父亲,看到光明是多么幸福的事!别让我这么年纪轻轻就投入黑夜的怀抱!我还记得您讲过的话,你说,当你从战场上返回时,看到我长成一个亭亭玉立的女子,你将为我挑选一位高贵的丈夫。难道您将这一切全都忘记了吗?我无法想象您真的要让我这样死去!您再想想母亲吧,她十月怀胎生下了我,现在却在这里眼睁睁地看着自己的女儿去赴死,她内心要承受怎样巨大的痛苦?海伦与帕里斯的事与我有什么相干?帕里斯带走海伦,为什么我就该死?啊,父亲,当着母亲的面,请您看着我的眼睛,可怜可怜我吧!"

但阿伽门农主意已定,他站在那里,冷酷得像一块石头,他只是冷静地说:"在我可以同情的时候,我会同情。因为我爱自己的孩子。哦,我的爱妻,你以为我是铁石心肠吗?做这样可怕的事情我的心情是多么沉重,可我必须这样。你们看到了,我统率的是怎样一支舰队,有多少王子身披盔甲环绕在我的周围。孩子,如果不遵照神谕的指示牺牲你,我们就无法占领特洛伊。要知道,全希腊的英雄们为了希腊的妇女今后再也不会遭到特洛伊人的劫持,他们才舍得离开家园,英勇为国效力。这场战争中,我并不是听命于墨涅拉奥斯,而是服从整个希腊。我的权力也是有限的,如果我不遵照神谕的指示,他们会杀掉你们,然后杀掉我。"

国王不再听她们的哭诉,说完便离开了。没过多长时间,珀琉斯的儿子阿喀琉斯大踏步地跨进来,身后跟着一群随从。"全军骚乱起来,现在乱哄哄的,他们要求牺牲你的女儿,"他大声地对王后说,"我过去阻止他们,差点被他们用石头砸死。"

"那么,我家乡的士兵呢?"克吕泰涅斯特拉抬起头问道。

"是他们带头起哄的,"阿喀琉斯继续说,"他们骂我是个害相思病的饶舌者。我带着这些伙伴来保护你们,他们是我忠实的朋友,我不会让奥德修斯他们伤害你们的,我会如我承诺的那样,用生命保护你们。我倒要看看,他们是否真的敢对一个与特洛伊的命运密切相关的女神的儿子下手。"说完这些话,克吕泰涅斯特拉松了一口气,仿佛抓住一根救命稻草。

但现在伊菲革涅亚挣脱出母亲的怀里。她抬起头,勇敢地站在王后和阿喀琉斯的面前:"听我说吧!"她沉着而坚定地表示,"亲爱的母亲,别再因为我而与父亲作对了,他的确不能因为私人感情而违抗这必然要发生的事情。这位陌生朋友的高尚勇敢使我的内心充满感激,可他将为此付出代价,他将永久地遭受众人的侮辱。现在我已经做好决定,我将驱逐内心的胆怯,领受神赐予的死亡。你们瞧,全希腊人的眼睛都在看着我,舰队的出发起航、特洛伊的攻陷全都系于我,希腊女人们的荣誉都决定于我,我的名字将赢得声誉、永留史册,我将成为希腊人的拯救者。作为一个普通的女子,女神阿尔忒弥斯要我为祖国奉献生命,我不能够拒绝。为了全希腊人的幸福和荣誉,我愿意献出自己的生命,牺牲我,征服特洛伊,这就是我的纪念碑,是我的婚礼盛典。"

伊菲革涅亚目光坚定有神,丝毫没有任何畏惧,她好似一个女神那般站在母亲和阿喀琉斯面前。这时,阿喀琉斯突然跪在她的脚下,说:"阿伽门农的女儿,美丽和高尚的姑娘,如果你能成为我的新娘,那么众神就使我成了天底下最幸福的人。我由衷地感谢希腊养育了你这样的女子,对你的爱慕使我鼓起勇气告诉你,死亡是可怕的!做出决定必须慎重再慎重,请你再好好考虑吧!我愿意用我的生命帮助你,保护你,让我带你回到你的家乡,

◥ 伊菲革涅亚

阿伽门农最喜爱的女儿。他曾许诺将这个如花似玉的女儿嫁给一个高贵的男人。但是为了整个希腊联军的利益,阿伽门农不得不忍痛将其送上祭坛。这个女孩子强忍着巨大的悲痛,愿意为希腊、为父亲的错误而牺牲自己。

去过幸福自由的生活吧！"

伊菲革涅亚微笑着摇头，回答他说："在海伦身上，我们都看到了女人的美貌能够引起战争和残杀。我亲爱的朋友，你不要为我而死，也不要为我而去杀害别人。让我来拯救希腊吧，我是心甘情愿的！"

"高尚的灵魂啊，"阿喀琉斯大声地说，"跟随你的心吧！但我仍然要手拿武器赶到祭坛，去阻止你的死亡。但愿你在临死前能够回心转意。"说完，阿喀琉斯大步流星地朝祭坛走去。可怜的母亲此时早已承受不住，悲恸地倒在地上，她无法接受这即将到来的悲惨一幕。

位于奥里斯城外的女神阿尔忒弥斯的圣林里聚集了希腊所有的士兵，祭祀的一切早已准备妥当，站在祭坛旁边的是祭司和预言家卡尔卡斯。当人们看见伊菲革涅亚在使女的陪伴下踏进圣林朝她父亲坚定走去时，军队中响起一阵惊异和同情的呼声。阿伽门农深深地叹了口气，背过脸去，强忍住泪水，勇敢的女子走到他面前说："亲爱的父亲，我来到了这儿。我自愿服从神谕，为了全希腊的胜利，我愿意在女神的祭坛前献出我的生命。但愿你们都能幸运而又胜利地返回故乡，那样我在天国也会为你们高兴！"说完这些，她便迈着坚定的步伐朝祭坛走去。预言家卡尔卡斯抽出一把锋利而雪亮的钢刀，将它放在祭坛前的金匣子里。此时，阿喀琉斯挥着宝剑走上祭坛，但女子勇敢无畏的目光使他改变了主意。他把宝剑掷在地上，用圣水浇洒祭坛，然后双手捧起金匣，绕着神坛走动，一边虔诚地祈祷说："啊，高贵的女神阿尔忒弥斯，请接受这个自愿而又神圣的祭礼吧！阿伽门农和全希腊现在郑重地把她献祭给你，让我们的军队一帆风顺吧，让特洛伊落败于我们的长矛之下！"

阿特柔斯的两个儿子和整个军队全都低头致敬，默默无声。祭司卡尔卡斯拿起钢刀，念着祷词，准备行礼。人们清楚地听到他挥刀的声音。然而，奇迹出现了，就在这一瞬间，姑娘在全军的视线中消失了，出现在刀下的是一只高大美丽的牝鹿，它躺在地上挣扎着，鲜血溅满了祭坛。原来，阿尔忒弥斯生了怜悯之心，将她带走了。

"希腊联军的首领们，"卡尔卡斯从惊喜中恢复过来，他喊道，"你们看吧，这里的祭品是女神阿尔忒弥斯送来的，她用牝鹿代替了我们希腊勇敢无畏的少女。女神原谅了我们，她将使我们的舰船顺利航行，并将护送我们征服特洛伊。奋勇向前吧，战士们，今天我们就要离开奥里斯港！"当献祭的牝鹿在火中烧成灰烬，直到最后一点火星熄灭的时候，呼啸的风声打破了祭坛的宁静，船只在海面上随风晃动，士兵们发出欢呼声，他们都高兴地奔回了帐篷，整装待发。

阿伽门农回到住处，但妻子克吕泰涅斯特拉早已经不在了。伊菲革涅亚一被救下祭坛，好心的仆人就赶来把女儿获救的好消息告诉了王后。怀着一种解脱的心情，克吕泰涅斯特拉擦干眼泪，举起双手，痛苦地向上天号叫："我的孩子被抢走了！他是造成这一切的凶手。我再也不愿看见这个杀害无辜孩子的罪犯！我要离开这里。"于是她坐上马车，带着随从离开了。等到阿伽门农完成了祭礼回来时，他的妻子早已经离开，往迈锡尼去了。

菲罗克忒忒斯被遗弃

当天希腊人就扬帆起航，一阵顺风将他们送到卡律塞岛，他们在岛上登陆，以便补充水源。在岛上，墨里波阿国王珀阿斯的儿子，赫拉克勒斯的战友，有着百发百中的箭术的菲罗克忒忒斯发现一个废弃的祭坛，这是阿耳戈英雄伊阿宋在航行途中为女神雅典娜建立的。这位虔诚的英雄对自己的发现十分高兴，他准备给希腊人的保护女神献上祭品。正在这时，一条毒蛇窜了上来，在英雄的脚跟上咬了一口，英雄立刻倒下，被人们慌忙抬回战船，船照常起航了。可是菲罗克忒忒斯的伤口越来越严重，他常常疼痛难忍得大叫起来。同船的士兵渐渐无法忍受化脓伤口的散发出的恶臭和他痛苦不堪的号叫声。

终于，阿特柔斯的儿子们和诡计多端的奥德修斯聚在一起，共同商议解决的办法。因为病人周围的士兵早已把怨言传播到全军，不安的情绪已扩散到全军上下。大家现在担心的是：受伤的菲罗克忒忒斯会在他们到达特洛伊前传播瘟疫，而他不定时的惨叫则会扰乱希腊人的军心，削弱他们的斗志。所以军队的首领做出残忍的决定，他们要把可怜的英雄遗弃在雷姆诺斯岛的荒无人烟的海滩上，他们可不会想到，失掉了这个英雄，就等于失掉了一位无人能敌的弓箭手。

狡猾的奥德修斯被派去执行这项阴谋。当菲罗克忒忒斯睡着后，奥德修斯悄悄地把他装上一条小船，把船划到了很远的雷姆诺斯岛海滩边，然后把病人扔在了一个幽僻的岩洞里。留下了少许的衣服和食物后，奥德修斯便驾着小船追上了前面的大队战船，接着大部队继续航行。就这样，可怜的菲罗克忒忒斯被他的同胞们遗弃在荒凉的岛上。

希腊人进攻密西埃

希腊人的船队让一阵顺风带到了密西埃湾，这里远离了特洛伊的方向。他们在这里抛锚登陆，沿岸地区到处都有武装士兵守卫。士兵们以当地国王的名义禁止希腊人登陆，要求他们派代表觐见国王，禀告他们的具体情况。巧合的是，密西埃的国王忒勒福斯也是希腊人，他是赫拉克勒斯和奥革的儿子。经过种种奇遇后他来到了密西埃国王忒宇特拉斯的宫中，与国王的女儿阿尔基俄珀成亲，并在国王去世后，继承了王位，成为密西埃的统治者。

希腊的士兵根本不打算遵守这儿的外交礼仪，他们遭受到阻拦后直接拿起武器进攻沿岸守卫的士兵，试图占领这个国家的海岸。有几个逃脱的士兵匆忙地向国王忒勒福斯报告沿岸遭遇强敌的情况。国王闻讯，立即召集军队，抵御外乡人的进攻。他本人就是一位骁勇善战的英雄，不愧为赫拉克勒斯的儿子，他按照希腊人的方式训练他的军队。因此希腊人遭到了对方顽强的抵抗，双方展开了一场难分难解的殊死搏斗。希腊人著名的国王俄狄浦斯的孙子，波吕尼刻斯的儿子，狄奥墨得斯的忠实战友忒耳珊得耳冲锋在前，把国王的将领和亲密的战友们都杀死了。为此，国王怒不可遏，他迅速地和忒耳珊得耳展开激烈的对阵。一阵厮杀后，国王忒勒福斯赢得了胜利，忒耳珊得耳被一枪刺倒在地。狄奥墨得斯从远处看到他的朋友倒下，急忙奔了过去，一把抢过战友的尸体，把他扛在肩上，以最快的速度逃离了厮杀得天昏地暗的战场。他背着尸体经过埃阿斯和阿喀琉斯大部队的面前。忒耳珊得耳的死激起队友们因悲愤而带来的狂怒。很快，希腊人集合溃散的军队，兵分两路，运用巧妙战术出击，扭转了战局，取得了优势。

忒勒福斯的异母兄弟忒宇脱朗堤俄斯被埃阿斯一箭射中倒地。忒勒福斯见到他的兄弟遇险，连忙过来帮助，不料被希腊人事先埋伏好的葡萄藤绊了一跤，阿喀琉斯见状，把手中的长矛抛向国王，刺中了他的左腿。忒勒福斯坚持着站起来，强忍疼痛，拔出了腿上的矛，并在赶来的士兵的掩护下逃脱了。

夜幕降临，双方的激战无法继续，现在他们只得撤离战场。第二天，双方互派使者，要求暂时休战，以便寻找各自阵亡的将士并将他们掩埋。直到这时，希腊人才惊讶地了解到，这位英勇保卫自己国土的国王忒勒福斯乃是他们的同乡，是伟大的半神赫拉克勒斯的儿子。忒勒福斯这才知道自己手上也沾满了同乡的鲜血。希腊人的军队中有三个王子是忒勒福斯的亲戚，他们是赫拉克勒斯的儿子特勒帕勒摩斯，赫拉克勒斯的孙子菲迪普斯和安底福斯。在密西埃使者的带领下，他们到国王忒勒福斯那儿，向他解释说明在海岸上登陆的是什么人，他们为什么来到亚细亚。忒勒福斯友好地接待了远道而来的亲戚，饶有兴致地倾听他们的叙述。由此，他才知道帕里斯侮辱希腊人的行为，也知道了墨涅拉奥斯和他的兄长阿伽门农以及其他希腊王子前去讨伐特洛伊的情况。特勒帕勒摩斯作为国王的异母兄弟，代表他们发言："亲爱的兄弟和同胞，你也是希腊人，请不要离开你的同乡，我们的父亲赫拉克勒斯在世界的许多地方为我们的人民而战，全希腊因为他爱国的英勇行为建造了许多的纪念碑。请加入我们的军队，和我们共同征讨特洛伊吧，以此来弥补你给希腊人造成的伤害！"

受伤在床的忒勒福斯费力地站起身来，平静地回答说："你们的责难是不公正的，我的同胞，你们从朋友和亲戚变成我在战场上凶恶的敌人，那是你们的过错。我守护海岸的士兵问你们是什么人，从哪里来，他们对待你们并不是用野蛮的方式相反是遵照友好的外交礼节，可是你们，却像对待野蛮人那样，不回答我士兵们的询问，不听他们的劝告，直接冲上岸来杀死他们。你们也在我的身上……"他指了指自己的伤口，"留下了永恒的纪念。我一定不会忘记昨日的血战。可是我却没有记恨你们，现在不是很高兴地在我的国家里接待你们了吗？"

国王继续说道："但是我不会答应跟你们一起讨伐普里阿摩斯的，我的后妻阿斯堤俄刻是他的女儿。他是一位虔诚的老人，就我所知，他的其余的几个儿子都是品德高尚的人，轻率的帕里斯犯下的罪过与他们没有任何关系。你们看，那是我的儿子欧律皮罗斯，我怎能让幼小的他看到，他的父亲去毁灭他外祖父的王国？正如我不反对普里阿摩斯一样，我的同胞们，我也不会反对你们。我愿意给你们准备一点粮草，以此作为同乡的薄礼。然后请你们出发，由神来决定胜负吧。这是一场我无法参与的战争。"

三位王子对这番中肯的回答表示满意，他们回到希腊人的军营中，向阿伽门农和其他首领报告已和忒勒福斯建立了友谊。英雄们召开军事会议，决定派埃阿斯和阿喀琉斯去谒见国王，慰问他的伤情。阿喀琉斯看到赫拉克勒斯的这位儿子忍受着极度的痛苦，感到了悔恨，他后悔在无意中伤了一位希腊同乡，于是他要求派出两名举世闻名的医生帕达里律奥斯和马卡昂去为国王治疗。而国王也友好地挽留他们住在岛上，为他们提供生活用品和食物，直到严冬过去。国王还向他们详细介绍了特洛伊的地理位置，告诉他们该怎样到达那里，并向他们透露了唯一的登陆地点斯康曼特尔河的河岸口。

帕里斯的归来

帕里斯终于决定率领船队返回家乡特洛伊了。当他带着众多劫掠回来的财物和美丽的新婚妻子海伦回到故乡时，父亲普里阿摩斯并不高兴。看到儿子果然带着一名希腊女子回到家里，他想起了先前对希腊使团做出的承诺，于是他立即召集儿子们和贵族举行紧急会议。这时，国王的儿子们早已经接受了帕里斯赠送的大量金银财宝，那些尚未成婚的男子还得到了海伦带来的希腊美女作为礼物，这使得他们完全沉醉于现有的祥和气氛之中。再加上这些年轻人多数喜欢争强斗勇，在这样的情况下，会议做出的结果是以王家的力量保护这位外乡女子，绝不把她交给希腊人。

可是城里的居民们却对这个决定表示出深深不满。虽然他们还不清楚庞大的训练有素的希腊舰队已经逼近他们的国土，但是自从希腊使节离开以后，全国人民都处在一种惶惶不安的状态之中,他们十分害怕希腊人会大肆攻城。在帕里斯王子和海伦穿过大街时,经常能听到沿街群众的怒骂,有时民众甚至拿起石头掷向这位给人民带来焦虑的王子,只是出于对年迈的国王的敬畏,人们才没有采用激烈的方式反对这位新来的女子。

在会议上做出了收留海伦的决定后,普里阿摩斯派王后赫卡柏到海伦那里,以证实她是否真的是自愿跟随帕里斯到特洛伊来的。海伦声称,她的身世可以表明她是希腊人,同时也是特洛伊人,因为丹内阿斯和阿革诺尔是她的祖先,也是特洛伊王室的祖先。她说被抢走虽然并非自愿,但现在她已深深爱上自己的丈夫,她是自愿成为他的妻子的,现在她愿意与他生死与共,紧密相连。并且,海伦不无担忧地说,在发生这件事后,她是不可能获得前夫和希腊人的原谅的。如果她被国王驱逐出去,交给希腊人处置的话,那么等待她的命运将只有耻辱和死亡。

海伦声泪俱下地说完这一切后,含着眼泪跪倒在王后赫卡柏的面前,她楚楚可怜的样子博得了王后赫卡柏的同情。王后把她扶起来,告诉她国王和所有的儿子都已做出保护她的决定,国家随时准备抵抗希腊人的攻击。

希腊人兵临特洛伊城下

这样海伦在特洛伊顺利地住了下来,后来又随她的新婚丈夫帕里斯移居到他们的宫殿里。民众也逐渐适应了她的存在,并且日益喜欢上了她的风姿绰约和希腊式的美丽可爱。因此,城里的居民那恐惧不安的心也逐渐平复下来。

希腊人的战船已经到达特洛伊的海岸。首领们开始了作战准备。通过调查发现,他们参战的市民和援助的同盟军在数量和力量上都超过了希腊人。因此特洛伊人显得信心十足。他们还知道,众神之中爱神阿佛洛狄忒、战神阿瑞斯、太阳神阿波罗还有万神之父宙斯都站在他们这一边。他们相信凭借众神的力量他们能够战胜敌人,保卫家园。

国王普里阿摩斯虽然年迈得不能作战,但他有五十个年轻有为的儿子,其中十九个儿子是赫卡柏所生。还有四个可爱的女儿,即克瑞乌萨、劳迪克、卡珊德拉和波吕克塞娜。他的儿子们个个骁勇善战。他们当中最出色的是赫克托耳,其次是得伊福玻斯。此外还有预言家赫勒诺斯、帕蒙、波吕忒斯、安提福斯、希波诺斯和特洛伊罗斯。军队早已做好了战斗的准备,赫克托耳担任最高统帅,率领全军迎敌,辅佐他的是国王普里阿摩斯的女婿,克瑞乌萨的丈夫,女神阿佛洛狄忒和老英雄安喀塞斯的儿子埃涅阿斯。另外一支部队由吕卡翁的儿子潘达洛斯统帅,他曾经得到阿波罗赠送的神箭,以善射著称;前来援助的特洛伊的军队首领有阿德拉斯托斯及其兄弟安菲俄斯;阿西奥斯及其儿子阿达玛斯和弗诺珀斯;来自拉里萨的战神的后裔希珀托乌斯和彼勒俄斯；安忒诺尔和伊庇玛达斯的儿子阿革诺耳、阿尔席洛库斯和阿卡玛斯；皮赖克墨斯、弗莱迈纳斯、荷迪奥斯及其兄弟埃庇斯特洛福斯；密西埃也派来援军并派克洛密斯和恩诺摩斯作为军队首领；福耳库斯和阿斯卡尼俄斯是夫利基阿援军的首领；墨斯忒勒斯和安提福斯是梅俄尼恩援军的首领；纳斯忒斯和安菲玛库斯兄弟是加里亚援军的首领；吕喀亚人萨耳佩冬和格劳库斯也领兵前来援助，他们是英雄柏勒洛丰的两个孙子。特洛伊人在最短的时间里部属好他们的军队。与此同时，希腊人已经登陆，他们沿着海岸安营扎寨，一座座连绵的营房有序地排成一条线，看上去非常有气势；他们还把拉上岸的战车整齐地排列成行；各支军队的战船也被编排成纵队，船只的底下用石块垫着以防止船底受潮腐烂。这样希腊人也在第一时间里把他们的军队井然有序地部属妥当。

　　双方交战之前，希腊人惊喜地接待了一位朋友，就是密西埃国王忒勒福斯。原来，自从被阿喀琉斯用矛刺伤后，他的伤口一直愈合不了，即使是希腊医术高明的两位医生帕达里律奥斯和马卡昂给他的药也不能奏效。于是他虔诚地求助于阿波罗的神谕，阿波罗给的答复是：只有刺中他的矛才能治愈他的伤口。虽然并不十分明白神的回答，忒勒福斯还是勇敢地追到了希腊船队的所在地。在斯卡曼德罗斯河口，他被随从抬上岸，来到阿喀琉斯的营帐。年轻的阿喀琉斯看到国王痛苦的样子，不知所措，他把他的矛拿来放在国王的脚边，但他不知道具体应该怎样做，英雄们围着国王也都不知如何是好，还是聪慧的奥德修斯有办法。他连忙请来随军的两位医生，向他们请教神谕的内涵。帕达里律奥斯和马卡昂应召赶来，他们听到阿波罗的神谕，不愧是阿斯克勒庇俄斯的富有智慧的两个儿子，他们很快明白应该如何处置伤口。只见他们从阿喀琉斯的矛上刮下一点铁屑，小心翼翼地敷在伤口上，顿时奇迹出现了：铁屑刚刚撒入化脓的伤口，伤口便在英雄们的眼前愈合了。没过几个小时，刚才还是重伤的国王现在已经能够正常走路。忒勒福斯十分感激，向几位英雄再三道谢，并祝希腊人战事顺利，然后登上自己的船，离开了他们。因为他不想亲眼看到这场在他亲密的朋友和他所拥戴的亲戚之间爆发的战争。

战争开始

　　正当希腊人和国王忒勒福斯告别时，特洛伊城的几座城门突然大开，全副武装的特洛伊士兵在赫克托耳的率领下像潮水似的冲击希腊人的前方。他们几乎没有遭遇到任何抵抗。希腊士兵始料未及，根本还没有做好准备。挡在最前面的希腊士兵急忙拿起武器抵抗，但终究是寡不敌众，他们招架不住了。等到营帐里的

▲ 奔跑中的雅典重装步兵

其余的希腊人也武装集合起来，摆开阵势朝对方进攻，战争正式开始了。

战争形成了多种战局：赫克托耳所到的地方，特洛伊人就占优势；在离他很远的地方，特洛伊人则被希腊人击败。在希腊人中，最先阵亡的是伊菲克洛斯的儿子帕洛特西拉俄斯，他被特洛伊英雄强悍的埃涅阿斯杀死。他在希腊刚订婚就被派出远征特洛伊，他漂亮的未婚妻拉俄达弥亚将永远见不到他的新郎了。

战火已经开始蔓延。但阿喀琉斯还远离战场，他把国王忒勒福斯一直送上船，怀着依依惜别的心情目送船只远去，直到船只在海面上消失。忽然克罗斯急匆匆赶到他跟前，着急地对他喝道："你到哪里去了？我们非常需要你！战争的号角已经吹响，特洛伊统帅赫克托耳凶猛得像头狮子，他们国王的女婿埃涅阿斯还杀死了我们的帕洛特西拉俄斯。请你赶快披挂上阵吧！"

阿喀琉斯急忙回到营房，拿起武器，奔赴战场。阿喀琉斯一上场便显示了他的威猛作风，他接连杀死普里阿摩斯的两个儿子，他的攻击连赫克托耳也抵挡不住。此外，和他并肩作战的还有忒拉蒙的儿子大埃阿斯，他身材高大，在人群中显得十分突出。在两位英雄猛烈的攻击下，特洛伊人如同鹿群遇到了凶猛的狮子，他们只得落荒而逃，逃回城里。就这样，特洛伊人慌忙地关上了城门。

希腊人从容地回到船边，继续建设他们的营房，接受教训后的阿伽门农指派阿喀琉斯和埃阿斯守卫船只。他们又派了其他英雄分别守护各自的战船，加强防备。帕洛特西拉俄斯被希腊人隆重安葬，他们将他放在高大的柴堆上火化，然后把他的骨灰埋在海湾半岛上的一株枝叶繁茂的榆树下。葬礼还没有结束，特洛伊人又发起第二次攻击，他们又紧张地投入战斗。

希腊人被偷袭

在特洛伊附近有个科罗奈王国，国王库克诺斯是海神波塞冬和一个女仙所生的儿子。国王从小在忒纳杜斯岛长大，是一只通人性的天鹅把他抚育成人，为了纪念这段奇异的经历，他取名为库克诺斯，意思是天鹅。他是特洛伊人忠实的盟友。当库克诺斯看到希腊人的军队在特洛伊登陆时，他便暗自在国内召集了一支精兵强队，还没来得及通知他的好朋友普里阿摩斯，他就开始了自己的突袭计划。

夜晚时分，希腊人开始追悼他们的阵亡英雄，他们非常哀伤地站在火堆旁边，为帕洛特西拉俄斯举行简短而又隆重的火化仪式。他们每个人手里都拿着白色的蜡烛，为英雄默默地哀悼，都没有任何武器在手，全然没有注意到营地早已经被全副武装的敌军包围。当战车驶入营地时，他们才醒悟过来，但是库克诺斯没有给他们思考的时间，便率领他的军队与此时手无寸铁的希腊人展开了一场血腥的搏斗。幸运的是，参加帕洛特西拉俄斯的葬礼的只是一小部分亚各斯人，其他士兵都还待在船上和营帐里。当他们听到杀戮声时，连忙拿起武器，冲了出来，而军队的将领阿喀琉斯也闻讯赶来。只见阿喀琉斯威风凛凛地站在战车上，手舞长矛，奋勇地刺杀敌人。他的出现使得科罗奈人个个抱头鼠窜，落荒而逃。两军混战中，阿喀琉斯发现远处敌人的统帅正在追杀自己的士兵，他赶忙用鞭子催动战马拖动马车，朝库克诺斯奔去。他举起手中的长矛，面对着库尔诺斯大声喊道："年轻人，让你看看女神忒提斯的儿子的厉害！你将死得其所！"他一边说着一边把标枪用力地掷出去。尽管他瞄得很准，但奇怪的是，标枪落在库克诺斯的胸膛上又弹了回来，阿喀琉斯心下一惊。

"不用奇怪，女神的儿子，"对方得意并且微笑地说，"不是我的盔甲，也不是我的盾挡住了你的标枪，这些东西对我而言只是一种装饰，就如同战神阿瑞斯有时拿着武器只是一种摆设一样，阿瑞斯根本不需要任何武器保护自己的身体。我的身体如钢铁一般坚硬，即便我脱下盔甲，你的标枪也伤害不到我的身体。要知道我不是一般的女神的儿子，我是海神波塞冬的儿子，我的父亲统治着海神涅柔斯和他的女儿们。"说着，他毫不犹豫地把长矛朝阿喀琉斯掷去，矛尖刺穿了他的青铜盾面，但是没有真正刺到阿喀琉斯。阿喀琉斯见状，赶忙从盾中拔出长矛，准确地朝对方投去，但是对方还是安然无恙。紧接的第三枪还是无法刺伤神的儿子，阿喀琉斯发怒了，他索性直接冲过去，希望能够近距离地制服这个强大的对手，可是他每次都扑空。忽然，他逮着个时机，用木削制的标枪狠狠地往前投，击中了对方的左肩，肩上顿时出现一片血迹，库克诺斯不由地大叫起来。可是，阿喀琉斯高兴得太早了，这不是库克诺斯的血，而是库克诺斯身边的战友被击中，血飞溅到了他的肩头。阿喀琉斯愤怒得咬牙切齿，他跳下战车，拿着宝剑，朝库克诺斯刺去。可是库克诺斯身体如钢一般坚硬，宝剑都砍断了，他还是没有受到任何损伤。阿喀琉斯几乎绝望了，最后他冲到对方面前，朝他的太阳穴猛砸了三四次，这猛烈的击打使得库克诺斯脑袋一片空白，眼前天昏地暗，他痛得无法自持，连连后退，不幸绊到一块石头上，摔倒了。阿喀琉斯见状，冲了过去，抓住库克诺斯的颈子，将他按在地上，用盾牌压住无法动弹的库尔诺斯，并用膝盖抵住他的胸口，用盔甲的皮带勒住他的喉咙，将他勒死了。科罗奈人见他们的国王已经倒地身亡，大家都惊慌失措，纷纷丢盔弃甲，四处逃窜。

　　这次袭击的结果是，可怜的库克诺斯被杀死，他的儿子被希腊人从都城墨托拉带走了，他的王国的财物也被希腊人夺走。最后，希腊人还趁机进攻邻近的基拉国，占领了这座坚固的城池，满载着战利品回到他们的营地。

帕拉墨得斯之死

　　帕拉墨得斯是希腊军队中最受欢迎的英雄之一。他为人聪明正直、勤劳诚恳，并且他长相俊美，多才多艺，还能言善辩，正是他的游说使得全希腊的大多数王子赞同远征特洛伊。他才智过人，识破了拉厄耳忒斯的儿子奥德修斯的诡计，也因此他得罪了奥德修斯。奥德修斯一直对他的行为耿耿于怀，试图伺机报复。

　　现在，阿波罗的神谕又启示希腊人，要他们向阿波罗，即斯明透斯献上一百头牲口作为祭品。斯明透斯是特洛伊地区尊称阿波罗所用的别名，这个尊称有着一段奇特的来历：远古的时候，国王透克洛斯为寻找驻地率领着透克洛斯人从克里特来到小亚细亚海湾，神谕启示他说，将来可以驻扎在从地下钻出敌人来的地方。当他们到达本地的哈马克西托斯城时，许多老鼠从地底下钻出，夜里把他们的盾牌全都咬坏。他们认为神谕应验了，便驻扎在那儿，并为阿波罗建了神像。他的脚边还伏着一只老鼠，在当地伊俄利斯方言中，斯明透斯就是老鼠的意思。

　　神选中帕拉墨得斯作为押送祭品的人，他把祭品放在神庙和神像前面，阿波罗的祭司克律塞斯将在那里接受祭品，并主持隆重的献祭仪式。祭司接受了一百只圣羊向太阳神献祭。但是，阿波罗神不知道选定帕拉墨得斯操办祭品，非但没给他至高无上的荣誉，反而导致了他的死亡。因为奥德修斯对他更加妒嫉，已经在设计陷害他。奥德修斯偷偷地把一盒黄金埋在帕拉墨得斯的营帐内，然后他又以普里阿摩斯国王的名义写了一封信给帕拉墨得斯，信中感谢帕拉墨得斯透露了希腊人的军事秘密，并谈到那盒黄金是对他的回报。奥德修斯故意把信落到一个俘虏手上，然后假装被他发现了，他马上下令杀死这个收信人，最后他召集希腊王子们，在会议上公布了这封信。

　　希腊的英雄们得到了消息都非常愤怒，他们决定审判帕拉墨得斯。显赫的奥德修斯被阿伽门农委任担任主审官，他当即下令搜查帕拉墨得斯的住处，结果那盒预先埋在床下的黄金给挖出来了。在奥德修斯的主使下，审判官们不问清事情的真相，一致同意判处帕拉墨得斯死刑。帕拉墨得斯看出了其中的阴谋，明白这是奥德修斯的陷害，但他却不想为自己申辩，因为他找不出被人陷害的有力证据，因此他只能坐以待毙。当审判的最终结果是用乱石击死时，他只是说："啊，希腊人啊，你们杀死的是一个博学、无辜、歌声最优美的夜莺！"可是他的这番临终遗言没有得到在场的王子们的理会，这位希腊军队中最有见识的英雄便这样接受了残酷的命运。当一阵雨点般密集的乱石朝帕拉墨得斯砸来，他只是从容而勇敢地对天呼喊："真理啊，你应当欢呼，因为你死在我的前面。"他的话音刚落，奥德修斯用尽全力将一块大石头砸向他的脑袋，他倒在地上，死了。正义女神涅墨西斯从天上看到了这一切，她决定给希腊人以惩罚，尤其是导致这一切局面出现的奥德修斯，她将让他们遭受灾难。

阿喀琉斯和埃阿斯各自攻城

以后几年围攻特洛伊的情况，人们无从知晓，因为传说中没有详细说明。

希腊人驻扎在特洛伊城的那段时间里，特洛伊城内的居民养精蓄锐，从不放松警惕，所以希腊人很少有机会正面进攻。但是，希腊人没有就此罢休，他们组织兵力，袭击特洛伊附近的地区。他们的英雄阿喀琉斯率领船队从海上攻破了十二个城市，还从陆上占领了十一座城池。讨伐密西埃时，他劫持了祭司克律塞斯的美丽的女儿克律塞伊斯。攻占吕耳纳索斯时，他们攻占了王宫，逼得国王兼祭司勃里塞斯走投无路，自杀身亡。他们劫走了国王的女儿布里塞伊斯，也叫布洛达弥亚，把她作为女奴使唤。列斯堡岛和位于密西埃的普拉科斯山麓的底比斯城也没能逃脱被劫掠的命运，底比斯国王厄厄提翁是普里阿摩斯的亲家，他的女儿安德洛玛刻嫁给了特洛伊著名的英雄赫克托耳。阿喀琉斯攻进王宫时，杀掉了厄厄提翁和他的七个儿子。厄厄提翁身材高大，容貌威严，年轻的阿喀琉斯在他的尸体前感到恐惧，他不敢摘下死者的武器作为战利品，于是他派人把国王的尸体火化，并造了一座巨大的坟墓将他埋葬。阿喀琉斯还掳走国王厄厄提翁的妻子，即安德洛玛刻的母亲，后来他得到一大笔赎金，才将她释放回国。可是这位可怜的王后回国后，仍然没有逃脱死亡的悲惨命运，当她坐在纺车前纺纱时被女神阿尔忒弥斯的神箭射中而死。

阿喀琉斯没有从国王身上得到任何战利品，但是他在王宫中搜到不少奇珍异宝。他夺走了国王的骏马佩达索斯。这匹马强壮有力，奔跑速度极快，能与他的神马媲美。他还从国王的武器库中带走了许多珍藏品，其中有一个巨大的铁饼，如果用它来制造农民用的农具，足以让一个农民使用五年之久。

希腊人中另一个英雄忒拉蒙的儿子埃阿斯，他以掠夺城市而闻名。他率领战船一直攻击到色雷斯半岛。这里的国王是波林涅斯托耳，普里阿摩斯把自己宠爱的小儿子波吕多洛斯送到这里，以免他遭到战祸。为报答波林涅斯托耳国王对自己儿子的抚育，普里阿摩斯送给国王许多黄金和珠宝。然而波林涅斯托耳国王不讲信义，当埃阿斯打到城下时，他向希腊人求饶，交出了普里阿摩斯的小儿子波吕多洛斯，并给埃阿斯许多黄金和珠宝。此外，他还用收到的抚育波吕多洛斯的钱和谷物来援助希腊士兵。这样，他彻底地出卖了自己和普里阿摩斯的友谊。

埃阿斯在色雷斯半岛取得胜利后，又继续向夫利基阿海岸进攻。他对忒耳特拉斯的王国进行了猛烈的攻击，他杀死了国王，抢走了他的女儿忒克墨萨——一个高贵而气质出众的女子，埃阿斯欣赏她并且十分宠爱她，将她留在了身边，待她如同妻子一般。

经过了数次征战，阿喀琉斯和埃阿斯终于满载而归。他们率领战船几乎同时到达特洛伊城外的军营，希腊人热烈地欢迎他们，把橄榄枝的花冠戴在两位英雄的头上，以此祝贺他们的凯旋。然后，英雄们聚在一起，开始分配他们掠夺回来的战利品。希腊人把战利品看成是他们的财产。女俘虏们是分配财产时最令人激动的时候，她们的美貌令人称赞。阿喀琉斯理所当然地分到了吕耳纳索斯国王的女儿布里塞伊斯，埃阿斯也得到了忒耳特拉斯国王的女儿忒克墨萨。布里塞伊斯的使女狄俄墨得在被分配时，哀求阿喀琉斯能够收留她，让她留在国王的女儿的身边，因为她们从小一块儿长大，感情深厚，不愿意分离。阿喀琉斯同意了，他留下了布里塞伊斯的使女狄俄墨得。为了表示对统帅阿伽门农的尊重，祭司克律塞斯的女儿克律塞伊斯被赠给阿伽门农，同时，他还得到了大量的金银财宝。当然，为了表示公平，阿喀琉斯把他的一些战利品，无论是女俘还是抢来的财产，都在士兵中平均分配，他的这次分配使得大家都十分满意。

波吕多洛斯

最后，英雄们商量如何处置最特别的战利品国王普里阿摩斯的小儿子波吕多洛斯。他们从不讲信义的波林涅斯托耳国王那得知，这个孩子是国王普里阿摩斯最为宠爱的儿子。经过商量，他们一致决定，派奥德修斯和狄奥墨得斯为使节前往特洛伊，要求以波吕多洛斯来交换海伦。海伦的丈夫墨涅拉奥斯作为第三名使节也一同前往。他们带着年幼的波吕多洛斯来到卫城前，按照国与国之间的交往礼节，他们三人没有被阻拦，顺利地进入城内，受到特洛伊人的接待。

普里阿摩斯和他的儿子们住在高高的卫城上，他们还没有听到使节到来的消息。使节到达特洛伊的城内广场上，墨涅拉奥斯开始了他的演说。这时广场上早已聚集了一群特洛伊民众。他严厉地谴责帕里斯违背民法，抢夺他神圣贵重的所有财物，掳走他的妻子海伦，他讲得声情并茂，充满感情。在场的特洛伊人被深深触动了，他们含着眼泪支持这位受伤的王子，认为他的要求是合理的。

奥德修斯见听众受到鼓动，便加入了演讲："特洛伊明智的人民，你们要知道，希腊人不是那种用武力来解决问题的野蛮人。他们是追求荣誉，拒绝耻辱的民族。我们在决定使用武力之前，为了避免两国不必要的损失，曾经派出过和平使节，试图通过谈判友好地解决我们所遭受的侮辱。谈判失败后，是你们先袭击我们，战争才无可避免地爆发。现在，我要告诉你们的是，你们的盟国和属地都已被我们的军队踏平，相信你们也能感受在多年的围城后所面临的不便。而现在，和平解决的希望仍然把握在你们的手上！只要你们把抢走的人交出来，我们就撤兵，上船，起航，带着我们的船队永远地离开你们的海岸。我们今天不是空手而来，我们给你们的国王带来一件珍贵的礼物，这要比海伦要珍贵得多，你们看，我们已为你们的国王送来他的小儿子波吕多洛斯。他期待着你们和你们的国王的决定，如果你们今天把海伦交出来，那么这个孩子将回到他父亲的身边和他的家人团聚。如果你们仍然拒绝交出海伦，那么你们的城池必将毁灭。想想看吧，特洛伊的人民，请你们和你们的国王慎重考虑，不要让悲剧在你们的国家一幕幕地上演！"

奥德修斯讲完话，全场一片寂静，大家的内心都感到了一种无法释放的沉重，他们仿佛看到特洛伊的未来陷入一片黑暗之中。后来，贤明的老人安忒诺尔打破了安静的气氛，他说："远道而来的希腊朋友，你们曾经是我尊贵的客人！你们所说的这一切，我们都非常明白，我们在心里也都赞同你们的解决办法。但是，与你们希腊人不同，我们生活在一个国王的命令高于一切的国家，我们的法律，我们祖先世世代代留传下来的信仰和规则，都使我们不能违背国王的意志。只有在国王向大家征求意见时，我们才有权利对国事发表看法。即使我们说了话，国王还是可以按照他的意志行事。对此，我将举行长老会议，让你们知道民众中对你们的要求所持的代表性意见，他们会当面对你们说出他们的心里话。"

于是安忒诺尔召开长老会议，大会由他亲自主持，三位使节列席听取意见。令他们感到欣慰的是，特洛伊城的知名人物一致认为帕里斯的行为是令人诅咒的，但是会议上还是遭到了让希腊人非常愤怒的一幕：安提玛科斯在会议上公开地表示，帕里斯抢夺希腊王后的行为并不丑陋，不应该遭到国人唾弃，他认为大家用不着理睬希腊人。这个安提玛科斯曾被帕里斯用许多礼物收买，因此他才在会上竭力阻挠交出海伦，加上他本人喜欢战争，为人居心叵测，他还背着三位希腊使节提出了一个丧心病狂的建议，要把作为使者的这三个最勇敢而又聪明的希腊英雄杀死。他的建议没有被特洛伊人采纳。他又劝说大家把希腊使者拘禁起来，要他们无条件交出波吕多洛斯，否则不予释放，他的建议又被众人拒绝了。安提玛科斯继续公开地侮辱使者，特洛伊人十分生气，终于把他赶出了会场。

安提玛科斯于是愤愤地来到卫城上，把希腊使者到来的消息报告国王。国王和他的儿子们立即召集会议，大家对这事的看法不一，会上还出现了争论。国王最勇敢、正直而又最讲道德的儿子赫克托耳在会上并不赞成交出海伦，虽然他想到兄弟帕里斯的罪行便觉得十分羞愧,但他表达了自己的意见:"她是前来我们宫中寻求保护的人,我们答应了她,还给她和帕里斯建造了一座华丽的宫殿,以此表示我们对他们的信赖和祝福。我们不应该拆散他们的幸福。"年迈的潘托俄斯也被邀请出席会议,他忠诚、高尚,是国王最信任的大臣。他转身望着赫克托耳,诚恳地要求他听从特洛伊长老们会议上的意见,交出引起战争的祸根——海伦。他大声地说:"帕里斯已经拥有了海伦多年!这本身就不符合国际的民法,更何况,希腊人已经用他们的决心和行动向我们表明,我们的灾难即将来临。看吧,与我们结盟的许多城市都被攻占了,它们的毁灭说明了什么?它们的命运就是我们的命运!再想想你的最小的弟弟还在希腊人的手里,如果不把海伦交出去,波吕多洛斯的后果不堪设想!"

赫克托耳回答潘托俄斯说:"现在交出海伦是否显得我们过于胆怯?海伦在宫中住了多年,那时大家明知战争不可避免,却都保持沉默,没有人站出来反对,现在大敌当前,我们又有什么理由驱逐她?"

"我从来没有胆怯,没有沉默,"潘托俄斯回答说,"我的良心是清白的,我曾把父亲的预言告诉过你们,如果不交出这个女人我们的国家将遭到灭亡,今天我再次警告你们,这一切即将发生。即使你们不听我的劝告,我仍然会忠实地在你们身边,保卫特洛伊城和国王!"说完,老人站起身,离开了会场。

最后,按照赫克托耳的建议,他们做出一个折中的决定,仍然不交出海伦,但是把那时从希腊抢来的财物等价偿还。他们还将从国王普里阿摩斯的女儿中挑选一人代替海伦许配给墨涅拉奥斯,她可能是聪明的卡珊德拉,或者是美貌的波吕克塞娜。国王普里阿摩斯还将配给她一份丰厚的嫁妆。希腊使节随后被引见国王和他的儿子,听到这个交换条件时,墨涅拉奥斯当场勃然大怒:"真是无稽之谈!如果我现在从敌人中挑选一个妻子,那我千里迢迢地过来做什么!留着你们野蛮人的女儿吧,把我自己的妻子还给我!"

墨涅拉奥斯的这番愤怒之言引起了在场的特洛伊王室的不满,国王的女婿,克瑞乌萨的丈夫埃涅阿斯气愤地站起身来,他粗暴地对墨涅拉奥斯呵斥道:"假如事情由我和国王来决定,那么你这个可怜的家伙就既不能要回妻子,也别想得到国王的公主。普里阿摩斯的王国里不是没有人!好了,好话都已经说得够多,请你们最好赶紧撤离我们的国土,否则你将见识到特洛伊人的厉害!别以为在我们邻国取得了胜利就可以在这里大呼小叫,我们还有许多强大的同盟军和久经沙场考验的英雄和战士,还有更多的同盟军在等着与你们交火!"

埃涅阿斯的这些话在国王的殿前会议上受到国王其他儿子们的热烈欢呼和拥护。如果不是赫克托耳保护三位希腊使节,他们将受到更多的凌辱。和谈不成,他们带着一腔的怒气离开了，可怜的波吕多洛斯被希腊人捆绑着带回到营地，国王普里阿摩斯只是从很远的地方看到了自己的爱子，心疼不已。

希腊人听说他们的使节在特洛伊受到了侮辱，群情激动，他们在军中大声嚷嚷，一定要洗刷耻辱，让特洛伊人永远后悔今天所做的一切。希腊人军前特别会议没有过多地征求诸位王子的意见，便把无辜的波吕多洛斯带到城墙边，他被奥德修斯用乱石击死。国王普里阿摩斯听到城外一片喧嚷声，同他的儿子们一起登上城头，他们亲眼看到了惨不忍睹的一幕：石块从四面八方朝他们的小王子的头和没遮拦的身上砸去，他死在无数的石头之下。希腊王子们答应把砸烂的尸体交给可怜的普里阿摩斯国王，让他为儿子举行葬礼。国王的仆人们在特洛伊的英雄伊特俄斯的率领下来到城外，他们含着眼泪，悲伤地把孩子的尸体装上灵车，带回去交给他那不幸的父亲。

阿喀琉斯的愤怒

战争进入了第十年，希腊英雄埃阿斯在特洛伊附近多次出征都凯旋。波吕多洛斯之死在两个民族之间激起了更强烈的仇恨。众神也开始介入了人间的这场战争。雅典娜、赫耳墨斯、波塞冬、赫菲斯托斯站在希腊人一边；阿瑞斯和阿佛洛狄忒反对希腊人的残暴，帮助特洛伊人。所以在特洛伊战争的第十年，即最后一年，这一年，《荷马史诗》记录的要比以前多上好几倍。史诗开始叙述的是阿喀琉斯的愤怒以及他的怨恨给希腊人带来的种种苦难。

自从他们的使节从特洛伊回来后，特洛伊人的威胁就使得希腊人不敢懈怠，他们做好准备迎接决战。这时，阿波罗的祭司克律塞斯带着无数的赎金来到军营，他的女儿被阿喀琉斯抢走后又被送给阿伽门农。为了赎回自己的女儿，他手执一根和平的金杖，杖上缠着阿波罗神圣的花冠，他向全军，特别是阿特柔斯的两个儿子和全军的统帅祈求："阿特柔斯儿子们，在场的希腊将士们，愿奥林匹斯的神保佑你们占领特洛伊，平安地回到故乡。请你们出于对阿波罗神的敬畏，接受我带来的赎金，归还我的女儿吧！"

在场的所有士兵们听了他的讲话都发出同意的呼声，表示愿意尊敬祭司，接受丰厚的赎礼；阿伽门农却快快不乐，他不愿意失去美丽的女奴，他气势汹汹地对祭司喝道："别再让我发现你出现在我的船边，你的女儿我不释放，她已经是我的女奴，她将远离祖国，到我的王宫里，在我家绕着纺织机走动，为我铺床叠被，直到老去。你赶快走吧，趁我没有生气，赶紧回家去！"阿伽门农这样说，克律塞斯非常害怕，只得顺从地退了出来，默默地朝呼啸着的大海沿岸走去。他走着走着，嘴里开始念念有词，忽然他举起双手，向阿波罗神祈祷说："银弓之神，伟大的太阳神阿波罗啊，请听我的祈祷，多少年来，我为你建造庙宇，清洁神庙，为你献祭丰美的祭品。如果我曾讨得你的欢心的话，请让我的祈祷变成现实吧！请让希腊人在你的金箭下偿还我的眼泪。"

克律塞斯这样祈祷，阿波罗听到了，并愤怒地离开了奥林匹斯圣山。他背着弯弓和装满箭的箭袋朝希腊人驻扎的军营靠近。他的降临有如黑夜覆盖大地，他随即在希腊人军营的上空射箭，银弓发出了令人心惊胆战的声音，起先他只是射向牛羊骡子一些牲口和狗群，紧接着内心的愤怒使得他把箭射向了人群，被射中的人都患上了瘟疫，一个个悲惨地死去，营地上焚化尸体的柴火昼夜不息。就这样，阿波罗神一连九天都没有停下手中的弯弓，瘟疫随之蔓延了九天。第十天，阿喀琉斯受到赫拉的启示，他召集会议，告诉大家宙斯托梦于他，需要请教先知或者祭司或者释梦者，让他们为大家解释，阿波罗为什么发怒，希望能找出办法，平息阿波罗的怒火，消灭军中的灾难。

随军预言家卡尔卡斯，从人群中站起来说，他能从鸟飞中得到预兆，他知道当前、将来和过去的一切事情。他说，如果他直言，请阿喀琉斯可以保护他，因为他的话将惹得一个人愤怒，这个人有力地统治着整个希腊军队。阿喀琉斯安慰他，让他尽管大胆地说出来。于是卡尔卡斯说："天神并不是因为我们疏忽了许愿或是没有献祭而生气，而是因为阿伽门农不敬重他的祭司，不愿意释放祭司的爱女。现在，我们必须把祭司的女儿还给他，这样才能劝得动阿波罗神，求得他宽恕。否则，致命的瘟疫将继续弥漫。"

阿伽门农听到这话，内心充满愤恨，眼中闪出怒火，他凶狠地对预言家说："你这个不祥的预言家，从来没有对我说过一句好话，你总是喜欢预言坏事。现在又在军队中散播谣言，说阿波罗给我们制造苦难，全是因为我拒绝了克律塞斯赎取女儿。的确，我很想把她留在自己家里，因为我喜欢上了她。但是，我愿意把她交出去，为了全军的安全，为了士兵们不再遭受瘟疫之灾。但交换的条件是我要求有一件礼物，以换取我这失去的荣誉。"阿喀琉斯回答说："阿特柔斯最尊贵的儿子，你怎能这样贪婪，你怎么能向希腊人索取礼物？我们从敌方城市里掠来的战利品早已分配出去，这些战利品怎能从每个人手上再要回来？请你按照天神的意思把祭司的女儿释放，如果宙斯保佑我们攻占了特洛伊城，我们再给你三倍甚至四倍的补偿。"

阿伽门农大声对他说："尽管你非常勇敢，但是别施展心机来骗我，你是想保存自己的战利品，劝我归还战利品吧？要不就是希腊人给我一份合心意、等价的补偿，要不就是埃阿斯、奥德修斯或者你，阿喀琉斯得重新分一份战利品给我，我知道这样做，你们都不会乐意。但这事我们留到以后再考虑，现在当务之急是

荷马史诗《伊利亚特》中的英雄人物阿喀琉斯
在史诗中,阿喀琉斯被描述成"长得何等高大、英武"、"有一位显赫的父亲"、"母亲更是一位不死的女神",这样一位杰出的希腊英雄最终却战死疆场,命运充满了浓厚的悲剧色彩。

准备一条大船和祭品,把克律塞斯的女儿送上船,派一位王子担任队长,我觉得阿喀琉斯你能胜任,就由你亲自押运这只船,前去献祭,祈求太阳神阿波罗息怒。"

阿喀琉斯听到这样的话,对阿伽门农生气地说:"你这个无耻而自私的君王!今后希腊还有谁愿意听从你的命令?我到这里参加战斗,并不是因为特洛伊人得罪了我,他们在我的眼里没有任何的过失。但我愿意跟着你前来,帮助你,为了你的兄弟墨涅拉奥斯报仇。现在你竟然威胁我,想要夺取我们辛苦得来的战利品。我靠着自己的双手承担了大部分激烈而艰巨的战斗任务,但分配战利品时你却比我多得多,你得到的总是最好的一部分。我打得筋疲力尽,却只收获了一小部分的战利品。我现在要回到家乡佛提亚去!我可不想留在这里,为你挣得财产和金钱,还要忍受你的侮辱!"

"要是你想走的话,那就请便!"阿伽门农大声地回答他,"我不求你为我而留在特洛伊。你是众多英雄中我最不喜欢的一个,你好战、喜欢格斗,总是引起争端。现在你带着你的船只和你的部下离开吧!但是我得告诉你,阿波罗从我这里抢走了克律塞斯的女儿,我要亲自去你的营帐里,把美丽的布里塞伊斯带走作为补偿,我要让你知道,我毕竟比你高贵,比你强大,也以此警告大家,违背我的意志没有好处!"

阿伽门农的话激怒了阿喀琉斯,他此时正考虑是拔出剑来杀死这个阿特柔斯的儿子,还是压住怒火,暂且忍耐。他的手正要把利剑拔出鞘的时候,女神雅典娜悄悄地出现在他的身后,按住他的金发,轻声说:"你要镇静,别伸手拔剑,你尽管拿话骂他,咒骂自会应验。你要听话,今后你将得到三倍的赏赐!"

阿喀琉斯听从雅典娜的劝告,顺从地把剑放回剑鞘里,他开始用愤怒和凶恶的语言对阿特柔斯的儿子说道:"你这个卑鄙的人,你从没有胆量和战士们并肩作战,你最擅长的是从一个敢于顶撞你的人手里抢夺他的战利品。你这个无耻的人,这是你最后一次侮辱人,我凭着这根权杖对你发誓:正如这根权杖脱离树干,不能再像树枝发芽抽叶一样,从现在起,你休想再看到我为你在战场拼杀了!总有一天希腊人会怀念阿喀琉斯的,当凶狠的赫克托耳屠杀希腊人时,你将无所适从,你会了解我的厉害,你的心会将被悔恨咬噬,你知道不该冒犯全希腊最神勇的人!"说完,阿喀琉斯把他的权杖扔在地上,坐了下来。阿伽门农依然在对面发怒,温和善良的涅斯托耳好意地劝说双方和解,但是双方都不理睬。最后,阿喀琉斯愤怒地对阿伽门农说:"你想怎么干就怎么干吧,可是不要对我发号施令,别指望我会听命于你。我不会因为那个女子同你或其他英雄争斗,你可以夺取原来属于我的东西。但是你要记住,别想再碰我船上的其他财产,如果你想尝试,那就让大家都看见,你的鲜血将溅到我的矛尖上。"

集会解散后,阿伽门农把克律塞斯的女儿和祭品送上船,挑选了二十名桨手,由奥德修斯担任队长,把祭司的女儿护送回去。然后,这个阿特柔斯的儿子又对他的传令官塔耳堤皮奥斯和欧律巴特斯下命令,要求把勃里塞斯的女儿从阿喀琉斯的帐篷带来。两位传令官心里并不愿意,但却不敢违抗统帅的命令。他们看见阿喀琉斯坐在帐篷前面,可是由于胆怯和敬畏他们不敢说出他们的来意,但阿喀琉斯已经猜到了他们此来的目的,招呼他们说:"宙斯与凡人的传令官,请过来吧,我不会责备你们,这是阿伽门农的过错。帕特洛克罗斯,快把姑娘请出来,交给他们。但是,我要你们在神和众人面前为我作证,如果将来有人需要我的援助而我不答应的话,那就不要责备我,而应怪罪于阿特柔斯的儿子!"

帕特洛克罗斯把姑娘领了出来,她不情愿地跟随两个传令官离开,因为她已经爱上了她那宽厚温良的主人。阿喀琉斯含着眼泪坐在海岸上,望着深蓝色的海水,请求她的母亲忒提斯帮助他。不一会儿,大海深处传来了母亲的声音:"唉,我的孩子,我不该生下你,你的生命是如此短暂,你却还要忍受这么多的苦难和痛苦!我会请求宙斯来帮助你。现在你就留在战船附近,尽管发泄你的愤怒,不要去参加战事。"听完母亲的回话,阿喀琉斯便离开海岸,回到了自己的帐篷。

忒提斯果然来到奥林匹斯圣山为他的儿子讨公道。她看到宙斯坐在高山顶上,忒提斯上前,用左手抱住他的双膝,对他说:"我的父亲,如果我曾经侍奉你,使你高兴的话,那么请答应我的乞求:阿伽门农深深地侮辱了我的儿子,还夺走他的战利品!众神之父,我祈求你,从现在开始,请让特洛伊保持胜利吧,直到希腊人把荣誉重新还给我的儿子为止!"

宙斯坐在那儿一动也不动,沉默许久,但忒提斯越来越紧地抱着他的双膝,并轻柔地催促着他做出决定:"父亲,请答应我的请求吧,或者干脆予以拒绝,这样我知道,你根本不疼爱我!"万神之父终于不满地回答说:"这样做,等于与众神之母赫拉作对,她不会就此罢休的。你赶快离开吧,别让她看到你。我点了头,你应该满意。"说着他垂下眉毛,点了点头,奥林匹斯圣山便震动起来。

忒提斯满意地离开了宙斯，回到大海里。但赫拉早已看见他俩的会面，她对宙斯的立场表示不满，但是宙斯却很平静地对她说："别干涉我的决定，服从我的命令吧。"赫拉对他的话也感到恐惧，不敢反对他的决定。

很快，奥德修斯把姑娘还给祭司克律塞斯。祭司惊喜交加，他郑重地感谢了阿波罗的帮助，并请神答应停止希腊人的灾难。阿波罗接受了他的请求和祈祷，希腊军队中的瘟疫立刻停止，所有的病人也很快康复。

阿伽门农试探军心

宙斯为了实现他对海洋女神忒提斯的诺言，夜夜睡得不踏实，为此，他派遣梦神给阿伽门农送去一个幻梦。全军的统帅正在帐篷里安睡，梦神立即化身为涅斯托耳的模样，他是国王最喜欢、最敬重的长老之一。化身为涅斯托耳的梦神对他这样说："阿特柔斯的儿子啊，你还在睡觉吗？身为全军的统帅，不应该整夜睡眠。我是从宙斯那里前来的信使，宙斯关心你，怜悯你，他命令你立刻集合全希腊军队，因为特洛伊的末日已经到来，今天你就能让特洛伊城毁灭。这是宙斯的意志，他让你把这事放在心上。"

梦神说完后就离开了。阿伽门农醒来后，立即起床。他真的相信当天能够攻下特洛伊城，于是他穿上漂亮合体的新衣服，扎好鞋带，背起宝剑，再抓起他的王杖，大踏步地朝着他们的舰队走去。他命令传令官让所有的希腊人都到会场集合，并通知王子们赶忙到涅斯托耳的船上开会。当大家在船上聚齐后，阿伽门农说："朋友们，我刚刚在梦中得到了神的启示，一位酷似涅斯托耳的人告诉我，说宙斯已决定让特洛伊城毁灭。但是现在，由于阿喀琉斯的愤怒使得军队的斗志非常涣散。今天，我要试探大家，看看能否通过言语劝说大伙上船，共同离开特洛伊海岸。请在座的各位分布在士兵中，努力动员大家留下来参与战斗。"

阿伽门农讲完话后，涅斯托耳站起来对诸位王子说："如果换了另外一个人对我叙述这个梦境，我一定会当面斥责他，不相信他的谎话，并且对他所说的不予理睬。可是今天说这话的是我们希腊人的最高统帅，我们相信他，并坚决按计行事！"

说完，涅斯托耳、阿伽门农和其他王子们来到会场上，士兵们在那已经等候多时，当看到他们的统帅进入会场时，嘈杂喧哗声瞬间安静下来。阿伽门农站在人群中间，开始讲话："亲爱的朋友们，希腊勇敢的战士们！我们受到了可恶的宙斯的欺骗，他曾经郑重地向我许诺过，说我们可以顺利征服特洛伊，而后凯旋，可是现在他却让我陷入重重困境，使我们白白牺牲了这么多战士，现在他要求我们就这样不光彩地返回希腊。如果我们的后代子孙知道，一个强大的希腊在对付一个比它弱小得多的对手而没有取胜，这当然说是一个耻辱。诚然，特洛伊拥有许多强大的同盟军，阻止我们顺利地攻下他们的城池。现在，战争已经进入第九个年头，我们船上的木板开始腐烂，缆绳也在一节节断裂，我们的女人和孩子在家中热切地盼望我们。这时候，最好的办法，就是遵照宙斯的旨意，让我们登船起航，返回希腊！"

阿伽门农的讲话使得士兵们激动起来，人群中一阵骚乱。大家都飞快地向舰船奔去，人们相互鼓励把战船拖入海中，垫在船下的横木被拉开了，军营通向大海的水道被疏通了。

希腊人的这种场面使得奥林匹斯圣山支持希腊人的众神感到不安。赫拉催促雅典娜赶快下山，阻止希腊人奔逃。雅典娜听从她的建议，从奥林匹斯圣山上直接飞降到希腊人的军营中。奥德修斯正安静地站在他的战船前面，满腹心事的样子，雅典娜走近他，现身在他的面前，亲切地说道："你们真的想就此离开吗？难道你们真的愿意把荣誉留给普里阿摩斯，把海伦留给特洛伊人吗？为了海伦，多少希腊人背井离乡。不，你绝不会忍受这样的结局，聪明又高贵的奥德修斯，别再犹豫了！快利用你的智慧和辩才，去阻止他们吧！"

女神的话提醒了奥德修斯，他马上扔下身上的战袍，朝混乱的士兵们走去。每遇到一位英雄或者一位王子，他就开始劝说："别像懦夫一样贪生怕死，你们应该安静下来想想，阿特柔斯的儿子心里到底在想些什么，难道你们不觉得他是在试探希腊人吗？你们应该留下来，并安顿好其他士兵。"当他看到士兵们吵吵嚷嚷时，他便生气地用权杖敲打他们，并且呵斥道："没脑子的家伙，回到原地去！听听别人都在说些什么，不是每一个人都可以当上国王的！宙斯只把权杖交给了一个人，其他人就该听从他的指挥！"

奥德修斯坚定的声音传遍了全军。士兵们纷纷离开了战船，回到了会场上等待统帅的发令。这时，军队中还有一个人在叽里呱啦地说着丧气话，他是特耳西特斯。他还在那吵闹着，他把心中的怨恨都发泄出来，他用鲁莽的话反对和责骂国王和王子们。他是这群希腊人中面貌生得最丑的人：腿向外弯曲，一只脚跛瘸，斜着一只眼，驼着背，脑袋是尖的，还有一头稀松的残发。他特别为阿喀琉斯和奥德修斯所憎恨，因为他总是同他们争吵，这一回他却对着军队的统帅阿伽门农大声骂道："阿特柔斯的儿子啊，你在抱怨些什么呢？"他的声音越来越大："你有什么不满意呢？你的帐篷里不是塞满了金银财宝和美女吗？那是希腊人攻下城池我们首先赠给你的战利品，你在这里养尊处优，多么舒服啊，我们却总是遭受灾难，承受着各种各样的烦恼和苦闷。让我们乘船回去吧！留下他一个人在特洛伊享受战利品，看看我们对他是否有帮助！大家别忘了，他不是侮辱了神勇的阿喀琉斯吗？他夺走了他的战利品！可是这位胆小的珀琉斯的儿子太疏懒，否则，你这个暴君只能最后一次作威作福了！"

奥德修斯听到这些话走上前来，睁着眼睛怒视特耳西特斯，然后拿着权杖打他的后背和肩膀，大声斥责他："胡言乱语的东西，你最好赶快住嘴，要是再被我发现你像现在这样发狂，如果我不捉住你，剥光你的衣服，把你痛打一顿，让你光着身子哭着回到船上去，我就不是人，也不是特勒马科斯的父亲！"特耳西特斯被打得弯曲着身子，肩上的血痕清晰可见。他痛得大喊大叫，急急忙忙地跑掉了。大家在一旁看着笑着，为这个无耻的人受到了应有的惩罚感到高兴。

奥德修斯站起来，拿着手中的权杖来到战士们的面前，雅典娜化身为传令官，她命令大家静下来，然后奥德修斯对他们说："朋友们，再忍耐忍耐吧。你们一定还记得我们离开奥里斯港时所得到的预兆，那时候我们在神圣的祭坛前给天神摆百牲大祭，就好像发生在昨天或前天一样，一条浑身血红鳞片的长蛇从祭坛下爬出来，爬上阔叶树，最高的枝头上有一只鸟窝，八只小鸟挤在鸟巢里，第九只是哺育它们的母鸟。小鸟可怜地哀鸣，被长蛇一一吞食，在长蛇吞食了母鸟和八只小鸟后，派它来的宙斯把它变成了一块石头。当时，我们都感到惊奇不已。预言家卡尔卡斯在大会上这样说的：'你们为什么目瞪口呆地站在那里？难道没有人看出这是宙斯显示给我们的预兆吗？九只鸟表示我们在特洛伊要持续九年，到第十年你们才能攻占这座雄伟的城池。'卡尔卡斯的预言还在耳旁，现在这一切即将应验。战争已经过去九年了，现在是第十个年头，胜利就在眼前，留下来吧，直到我们攻破普里阿摩斯国王的城池！"

听完他的讲话，集合的士兵们人发出一阵欢呼。聪明的涅斯托耳趁机利用会场已经转变的气氛向国王阿伽门农建议说，如果还有人因为思念家乡的缘故不愿坚持下来，就放他上船回家好了。这样的话，就可以确定地知道，战士和统领中谁是英雄，谁是懦夫，而且由此可以知道，阻碍战争进行的到底是神的旨意，还是缺乏作战经验，或者是因为这些将士胆怯愚蠢。国王十分满意，接受了这个建议，说："老人家啊，你不愧是我们中间最聪明的人。如果我们的军营有十个像你这样的人，那么普里阿摩斯的都城早就被攻陷，早就被夷为平地了！我得承认，为了一个女人和阿喀琉斯相争，是我的过错，一定是宙斯给我降下这个苦难，使我陷入这种无益的冲突中。如果我们两人和解，意见一致的话，特洛伊的陷落也就指日可待了。现在大家都去饱餐一顿吧，然后每个人把矛头磨尖，把盾牌理好，让战马吃饱喝足，再备好战车，让我们准备好全力以赴地投入战斗，也许战斗会持续到今天傍晚。如果有人害怕，故意留在船上，那就把他捣烂，喂猪狗鸟兽！"

阿伽门农一说完，战士们都跳起来，大声欢呼。他们急忙奔向自己的战船。

阿伽门农向宙斯祭献了一头公牛，并邀请希腊贵族们与自己共同进餐。当这一切结束后，他吩咐传令官召集士兵们出发作战。统领们率领部队涌向原野，阿特柔斯的儿子在众人中显得超群出众，阿伽门农相貌堂堂，魁梧威武，他的前额和眼神像万神之父的一样威严，宽阔的胸脯如同海神波塞冬那样，他身披战袍铠甲就如同战神阿瑞斯本人。

帕里斯和墨涅拉奥斯的决斗

按照涅斯托耳的建议，希腊人全都按家族和部落编排好，做好了战斗的一切准备。特洛伊人列好队，每队由长官率领，他们鼓噪、呐喊、向前迎战。希腊人也开始向前方迈进。当两支军队就这样相向进军，互相逼近时，帕里斯王子从特洛伊人的队伍中跳了出来，他身披豹皮质地的战袍，背着一把弯弓，佩着一柄宝剑，手中挥舞两支有铜尖的长矛，他向阿耳戈斯当中最英勇的将士挑战，说要单独打一场恶仗。墨涅拉奥斯一看是他，跳下战车，满心欢喜地准备收拾这个头号的敌人。

帕里斯看到墨涅拉奥斯露面时感到非常震惊，他手脚颤抖，脸色苍白，不住地退回到队伍里。赫克托耳看到他的表现，便用羞辱的话激他："不祥的帕里斯，你这个好色狂，诱惑者，你空有一副俊俏的外表，却没有任何力量和勇气，你难道不怕成为希腊人的笑柄吗？你除了拐骗女人的本事，其他一无所长。像你这样的人，即使现在遍体鳞伤地躺在地上挣扎、滚爬，漂亮的卷发上沾满了泥土灰尘，我也不会同情你。"

帕里斯回答说："赫克托耳，你对我的责备一点也不过分，因为你自己拥有坚强的心和超群的胆量。可是你不应该嘲笑神赐予我的容貌，那是别人想得也得不到的厚礼。如果要我战斗，那么请叫特洛伊人和全体希腊人放下武器，为了海伦和她的财富，我愿意同墨涅拉奥斯单独决斗。谁获得胜利，谁就带着海伦和她的财产回去。其余的人都各得其所，我们特洛伊人在这里安居乐业，平平安安地建设特洛伊，而希腊人也可以扬帆起航，回到他们牧马的阿耳戈斯土地中去。"

赫克托耳听到兄弟的话，非常高兴，他从队伍里跳到两军的前线，横着长枪挡住特洛伊人的阵线，将士们都纷纷后退。希腊人看到他时，把箭瞄准他，朝他掷飞镖，投石子。阿伽门农连忙对希腊士兵大喊："阿耳戈斯人，赶快住手，赫克托耳有话要说！"希腊人于是停止射击，双手垂立，原地等待。

赫克托耳大踏步地向前，对大家宣布了兄弟帕里斯的决定。听完他的话，希腊人沉默着，一声不吭。最后，墨涅拉奥斯打破了安静说："现在请听我说，我希望阿耳戈斯人和特洛伊人最终能够和解。你们为了我和帕里斯的争斗受尽了苦难。我与他之间有一个注定要遭受死亡的厄运。让我们俩单独解决这场争斗吧，其余的士兵，无论是希腊人还是特洛伊人，都应该和平地生活。现在让我们祭供天地，立下誓言，然后开始这一场不可避免的决斗！"

双方士兵听了这话都很是喜欢，他们都希望结束这场艰苦、旷日持久的战争。他们把各自的战车停留在原地，自己走出来，把武器放下，堆在地上，彼此靠近，中间留了一片空地。赫克托耳派出两位传令官回到特洛伊城，取来献祭的绵羊，同时请来国王普里阿摩斯。阿伽门农也派塔耳堤皮奥斯回船上牵来一头绵羊。神的使者伊里斯化身为海伦的小姑、普里阿摩斯国王的女儿拉奥狄克，赶到特洛伊城，把消息告诉海伦。海伦正在纺机前，织一件紫色的布料，上面的图案是特洛伊人跟希腊人战斗的情景，那是他们为了她作战遭受的痛苦经历。伊里斯着急地对她说："亲爱的夫人，快出来吧，你将看到一件惊奇的事情，特洛伊人和希腊人刚才还互相敌对，现在却罢兵停战了。他们现在安静倚靠在盾牌上，长矛插在地上。帕里斯和墨涅拉奥斯两人将为你上阵决战，谁取得胜利，谁将把你带回去！"

女神这样说着，海伦的心里开始怀念起她的前夫墨涅拉奥斯，她的父母和她的故乡。她立即戴上白色的面纱，遮住已经湿润模糊的泪眼，带着侍女皮特透斯和克吕墨涅来到城门上面。国王普里阿摩斯和几个德高望重的长老坐在城门上面，他们由于年迈无力参加战斗，可是在国事会议上全是重要的角色。老人们看见海伦走来，立刻为她的天姿国色所折服，他们互相悄悄地耳语着："怪不得希腊人与特洛伊人为这个女人长期遭受苦难，都没有抱怨的意思，她看起来就像一位永生的女神！不过，尽管她如此美丽，还是让她回到希腊人那去，不要成为我们子孙的祸害。"

他们这样说着，国王普里阿摩斯却亲切地招呼海伦："我亲爱的孩子，你过来这里吧，坐到我的身旁来！这里可以看到你的前夫、你的亲戚朋友。在我看来，这场苦难的战争，你是没有责任的。只应归咎于神，是他们让我们打这场战争的。你来告诉我，那个身材魁梧的男子是谁？他长得如此高大健壮，我还从来没有见到过，他应该是一个国王吧？"

海伦礼貌地回答说："在我眼里，你是让人尊敬的君王。我真希望在我跟着你的儿子来到这里，离开亲人、伴侣、爱女和朋友之前，我就遭受不幸死亡的命运。但是这些都没有发生，因此我一天天地淹没在泪水里！你问我的这个问题，我一定告诉你。那个人是阿特柔斯的儿子，权力最大的阿伽门农。他是一个高贵的国王，勇敢的统帅，他是我前夫的兄弟。"

国王看见奥德修斯，又问道："那边的那个人是谁？他比阿特柔斯的儿子矮一个头，但他的肩膀和胸膛却更加宽阔。"

"那人是拉厄耳忒斯的儿子，"海伦回答说，"足智多谋的奥德修斯，他善于使用精明的策略和各种巧妙的伎俩,他生长在怪石嶙峋的伊塔卡岛上。"

普里阿摩斯看见埃阿斯,他又继续问道:"那个巨人是谁呀?他看起来比其他希腊人高大。"

"他是埃阿斯,"海伦回答说,"阿耳戈斯人的顶梁柱。在他附近,站在克里特人队伍中的是伊多墨纽斯,他周围聚集的多数是克里特人的领袖。我认识埃阿斯,因为曾经我们经常招待他。我差不多认识每一位将领,能够说出他们每一个人的名字。但是,为什么没见到我的同胞兄弟卡斯托尔和波吕丢刻斯?难道他们没有来吗?他们是因为害怕关于我的羞耻的舆论吧?"说到这儿,海伦不知道,她的两个哥哥早已不在人世了。

这时候,两位传令官抬着祭品从城里走了出来。祭品是两只绵羊、一袋用山羊皮盛着的美酒和大地的果汁。传令官伊代奥斯端着亮晶晶的酒壶和金杯来到了中心城门,他走到普里阿摩斯面前说:"请起身吧,国王,特洛伊人和希腊人的首领都请你到战场上为他们证实誓言。帕里斯跟墨涅拉奥斯将为海伦单独用长枪决斗。谁获得胜利谁就把海伦和她的财产带回去。其余的人则和平共处,希腊人回他们的国家去,我们也在自己的土地上建设特洛伊。"

国王听了很吃惊,全身都颤抖起来,他马上吩咐随从为他套车。安特诺尔跟他一起上了战车。他们赶着快马驶出城门,来到两军的战场上。国王下了战车,来到两军的中间。阿伽门农和奥德修斯也随即走了过来。传令官把祭品聚在一起,在金碗把美酒兑上净水,然后把圣水撒在两个国王手上。阿特柔斯的儿子从佩在身上的剑鞘里抽出宝剑,割下些羊毛,传令官把羊毛分送给特洛伊人和阿耳戈斯人的英雄将领。阿伽门农举起双手大声地向万神之父宙斯祷告,祈请他为这个盟约作证。然后,他用剑杀死四只绵羊,把祭品放在地上。传令官和将士们一边把酒从酒缸里舀到杯里,向永生的天神祭奠,一边开始祷告祈求,他们口中念念有词:"宙斯,最光荣、最伟大的神啊!永生的众神们,请明鉴,如果我们中间有人违背誓言,那么他和他们的孩子的脑浆将如同这些酒一样流在地上。"祭祀完毕,普里阿摩斯说道:"特洛伊人和希腊人,我要重新回到伊利昂卫城上去,我不忍心看着我的儿子在这里跟墨涅拉奥斯作生死决斗。宙斯和其他的天神知道他们中有一个的死期是预先注定的。"说完后,国王吩咐随从把祭供的绵羊抬上战车,然后登上车,离开战场,返回特洛伊城。

普里阿摩斯之子赫克托耳和奥德修斯首先测量决斗的距离,并抽签决定哪一方先向对方投掷长矛。赫克托耳摇动装有写好名字的签的头盔,写着帕里斯名字的签很快跳了出来。将士们一排排坐下,在他们身边站着的是健跑的骏马,竖着的是精良的武器。两位英雄全副武装,他们走到决斗场上,在那块量好的空地上靠近站立，彼此怒目而视，挥舞手中的长矛。按照抽签结果，帕里斯先投掷长矛，他的矛尖投中墨涅拉奥斯的盾牌，但铜尖未能穿过去，被坚固的盾牌撞弯了。很快墨涅拉奥斯用右手举起长矛冲上去，还一边大声祈祷："宙斯，请让我惩罚侮辱我的帕里斯，让天下人从此以后都不敢以德报怨。"说着，长矛投掷出去，矛尖穿透帕里斯的盾牌，再迅速刺穿他无比精致的胸甲，刺破他精美的衬袍。帕里斯往旁边闪去，躲过了厄运。墨涅拉奥斯拔出宝剑，抢上前去砍中对方的头盔，但铜剑在上面破成三四块，从手里落了下来。

"可恶的宙斯，你为什么不让我取得胜利？我的长矛根本没有击中要害！"墨涅拉奥斯斯仰天大喊，接着朝对手扑了过去，他抓住帕里斯的头盔，转过身拖向希腊人的阵地。若不是女神阿佛洛狄忒前来帮助，暗中割断了皮带，帕里斯一定早被墨涅拉奥斯用颈带勒死了。那样，墨涅拉奥斯一定就扬眉吐气了。墨涅拉奥斯把空空的头盔一甩，又转身冲去，试图用长矛刺死仇人。但是阿佛洛狄忒利用神术，降下一片浓雾，遮住帕里斯，把他带回特洛伊城。她立刻去召唤海伦，海伦身边围绕着一群特洛伊的女人，她们坐在城墙的塔楼里。女神化身为一个抽织羊毛的老妪，她走近海伦，拉了一下海伦的衣角说："快来，帕里斯召唤你回家去。他正在房间里，躺在你们的卧榻上等你。他不像是刚和敌人决斗回来，倒像是去参加完舞会，刚跳完舞蹈的样子。"

阿佛洛狄忒这样说，激起了海伦的情绪，她连忙裹上华丽的袍子，在女神的带领下，她悄悄地离开，回到自己的宫殿，看到丈夫正躺在床上。海伦坐下后，对丈夫侧目而视，并且开始谴责他："你就这样回来了吗？我宁愿看到你被墨涅拉奥斯杀死在战场上。你从前总是夸口说，论力量、手臂、枪法，你都比墨涅拉奥斯强得多！去吧，再去向他挑战！哦，不，我还是要你留在这里，就此罢休吧，不要再去同他单独交手了，免得你很快就在他的矛尖下丧命。"

◀ 帕里斯和海伦
帕里斯本应该懂得拐走海伦会给自己的祖国特洛伊带来灭国的灾难，但他不以为然，最终成为特洛伊的罪人。

"我亲爱的妻子，请不要用辱骂谴责我的心灵，"

帕里斯回答说："这一回墨涅拉奥斯有女神雅典娜的帮助，他才能战胜我。下一回是我战胜他，因为我们也有神帮助。你过来，让我们忘掉决斗的不快吧，上去睡觉，享受爱情！"阿佛洛狄忒拨动了海伦的心弦，使她对丈夫产生了无限的情意，她谅解了他，跟随着丈夫睡去了。

战场上，墨涅拉奥斯像野兽一样在人群中寻找失踪了的帕里斯。可是，特洛伊人和希腊人都不知道他到哪里去了。他们都希望帕里斯能够出现，因为立下誓言的帕里斯现在被他们全体所憎恨。最后，阿伽门农大声宣布："特洛伊人和你们的盟友，请听我说，胜利已经归属墨涅拉奥斯。现在请你们交出海伦和她的财宝，并给我们合适的补偿。"

阿耳戈斯人听了这个建议都欢呼起来。但特洛伊人却沉默着。

潘达洛斯射伤墨涅拉奥斯

众神坐在奥林匹斯圣山上召开大会。青春女神赫柏不停地给他们斟酒，众神举起金杯一饮而尽，他们俯视着特洛伊城，这时宙斯故意用嘲弄的语言刺激赫拉，他对她说："女神之中有两位是帮助墨涅拉奥斯的，那就是你和雅典娜。而爱情之神显然是袒护帕里斯的，她保护他，眼看他就要死在墨涅拉奥斯的手下，她救了他一命。胜利实际上是属于墨涅拉奥斯的。现在让我们考虑事情应该怎样发展。我们是继续挑起凶恶的战斗还是让双方友好地相处？如果你们大家喜欢和睦相处的话，就让普里阿摩斯的都城继续存在，墨涅拉奥斯带着他的妻子回去。"他说完，坐在身旁的赫拉和雅典娜非常不高兴，雅典娜生她父亲的气，满腔愤怒，但她不敢说话。赫拉倒是很平静地对宙斯说："你说的什么话？你想让我们白白辛劳一场，那我可不会同意！"宙斯听了，非常不悦，他答道："普里阿摩斯和他的子民们怎么得罪你了？你要千方百计地置他们于死地！好吧，你想怎样做便怎样做，尽管我心里不乐意，我也绝不阻拦你。但是日后我若想劫掠你所保护的城市的话，你可别阻碍我。要知道，普里阿摩斯和他的子民们对我很恭敬，我的祭坛里从没有缺少过献祭。"赫拉答道："今后你要怎样做我都同意，现在你赶快命令你的女儿雅典娜到特洛伊战场上去，怂恿特洛伊人违反他们的誓言，侮辱正在庆祝胜利的希腊人。"

雅典娜听从他父亲的吩咐，立即从奥林匹斯山下降，来到战场，混进特洛伊人中，变成安特诺尔的儿子拉奥多科斯。她找到了吕卡翁的儿子潘达洛斯。他是个优秀强大的人，雅典娜觉得他非常适合完成宙斯交给的任务，他是特洛伊人的盟友，率领士兵从吕喀亚前来参战。女神靠近他说："潘达洛斯，你愿意听从我的话吗？现在正是你建功立业，让特洛伊人永远感谢你的时候，特别是帕里斯，他一定会对你感恩戴德的。现在你只要放胆向墨涅拉奥斯射出致命的一箭，那么你将得到众人的尊敬。"女神的话说得愚蠢的潘达洛斯竟然动了心。他拿起他的弯弓，从箭袋里抽出一支新的羽箭，并把锋利的箭杆搭在弦上，只听见嗖的一声，那尖锐的箭头朝对方飞去，但女神雅典娜却把箭杆引向墨涅拉奥斯腰带的黄金扣环和胸甲形成双重护卫的地方，尖锐的箭头正好落在扣好的腰带上，箭矢迅速穿过那条精制的腰带，透过胸甲，擦伤了表面肌肉，鲜血立即从伤口中涌了出来。

阿伽门农和将士们看到鲜血从墨涅拉奥斯的伤口中涓涓流出，惊恐地围着他，神武的墨涅拉奥斯也吓得发抖。但他看到只是擦破了表皮，于是安定下来。阿伽门农拉住兄弟的手说："特洛伊人践踏了他们的誓言，射中你，盟誓、羊血、纯酒的祭奠和我们信赖的双方的握手都没有诚信可言，他们差点要了你的命，如果我失去了你，我将多么悲痛啊！"

墨涅拉奥斯安慰他的兄弟阿伽门农："放心吧，锋利的箭头并没有击中我的要害，它被我的腰带、里面的围裙和布带挡住了。"

阿伽门农立即派传令官去找最高明的医师马卡昂来诊视。很快马卡昂就赶来了。他立刻从墨涅拉奥斯的腰带上把箭头取出，然后解开腰带、里面的围裙和布带，并把英雄的铠甲脱下。当他看见那锐利的箭头刺入伤口时，他就把血吸出来，熟练地敷上止痛的药膏。

当医生和英雄们正在为受伤的墨涅拉奥斯忙碌的时候，手持盾牌的特洛伊士兵已经冲了过来，希腊人急忙拿起武器准备战斗。阿伽门农把战车交给欧律墨冬，自己则徒步往前行走，检阅战士的行列，他要跟士兵们一起步行作战。他一边检阅部队，一边用言语鼓励希腊人勇敢作战，这使得希腊人士气大振。

阿耳戈斯人在首领的带领下有序地冲上战场，大家默默无声。特洛伊人中喧哗叫嚷声不断，队伍中响起了不同民族的不同语言。众神的叫战声也混杂其间，战神阿瑞斯鼓励特洛伊人，站在他们这一边，雅典娜则煽动希腊人复仇的怒火，两军即将浴血奋战。

两军血战

不久，两军进入短兵相接的战斗：盾牌碰撞，长矛交错，人喊马嘶，锣鼓声声，杀声此起彼伏。血腥的战斗使得双方都有许多英雄死于战场上。

特洛伊人埃锡波罗斯一马当先，杀入敌人重围，不料被涅斯托耳的儿子安提罗科斯用长矛刺中前额，倒在地上，成为第一个壮烈阵亡的特洛伊英雄。希腊王子埃勒弗诺阿急忙上去抓住阵亡人的一只脚，想把他拖过来，以便剥下他的盔甲。

正当埃勒弗诺阿弯腰的时候，特洛伊人阿革诺耳看见，他赶上去刺中埃勒弗诺阿腰部，埃勒弗诺阿顿时倒在血泊中，死了。

双方开始了激烈的鏖战。埃阿斯遇到冲上来的西莫伊西俄斯，挥起长矛，给了他猛烈的当胸一刺，矛尖从前胸刺进，枪尖斜着从他的肩膀上穿了出来。西莫伊西俄斯跟跟跄跄，倒在地上。埃阿斯扑上去，剥下他的盔甲。特洛伊人安提福斯见状顺手掷出了一枪。埃阿斯及时躲过，枪尖却击中了他身旁的琉科斯。琉科斯是奥德修斯的好朋友，一位勇猛的战将。

奥德修斯见到好友的死，十分悲愤。他仔细地观察周围的战事，掷出他的标枪，在场的特洛伊人见状回头就跑，安提福斯也躲闪在一边。标枪击中了国王普里阿摩斯的私生子特摩科翁，枪尖穿透了他两旁的太阳穴。他轰然一声，倒在地上死了。特洛伊的前锋吓得连忙后撤。赫克托耳也身不由己地往后撤退。希腊人大声欢呼，把阵亡士兵的尸体拖到一旁，进入特洛伊人的阵地。

阿波罗看到这个场面非常恼怒，他鼓励特洛伊人前进："特洛伊人，你们不能够轻易地放弃阵地！他们既不是铁铸也不是石制的。要知道，他们中最勇敢的英雄阿喀琉斯都没有参加作战，那还有什么可畏惧的？"雅典娜则在另一边鼓励阿耳戈斯人奋勇冲击。双方的英雄们死伤无数。

雅典娜大显神通，她给堤丢斯的儿子狄奥墨得斯注入神奇的力量和勇气，让他在希腊人中显得卓尔不群，他可以趁此建功立业。她使他的盔甲和盾牌发出不灭的火光，有如仲夏的星辰在长河的水中沐浴后显得格外明亮。女神把他送到乱哄哄的敌阵中。特洛伊人中有一个富裕而勇敢的人，名叫达瑞斯，他是火神赫菲斯托斯的祭司。达瑞斯的两个儿子菲匀斯和伊代奥斯被父亲送上了战场，两人精通各种战斗艺术，驾着战车直接冲向了徒步前行的狄奥墨得斯。菲匀斯首先朝他投掷铜枪，枪尖从狄奥墨得斯的左肩上飞过，没有命中。轮到狄奥墨得斯了，他向对手掷去一枪，枪刺中菲匀斯的胸口，使菲匀斯从战车上翻身落地。伊代奥斯看到这个情景，他立即跳下战车逃跑，他吓得不敢从兄弟的尸体上跨过。若不是火神赫菲斯托斯及时赶到，把他笼罩在黑暗中，救了他一命，不然他的父亲达瑞斯将陷入悲伤的极点。所有特洛伊人此时都看到，精通战术的达瑞斯的两个儿子，一个死在车旁，一个逃跑，大家都吓得胆战心惊。

这时候，雅典娜握住战神阿瑞斯的手，对他说："阿瑞斯，我们最好暂时别去插手特洛伊人和希腊人的战事，先看看我们的父亲希望把光荣赐给哪一方。我们先且后退，避免他发怒。"阿瑞斯同意了，和她离开了战场。现在看起来，双方似乎脱离了神的操纵，但雅典娜留了心眼，她的魔力使得狄奥墨得斯还带着神力。现在战争的形势是这样的：阿耳戈斯人的威力迫使特洛伊人退却。阿伽门农首先把奥狄奥斯打下车，他一枪刺中了对手的两肩间的背部，枪尖穿过胸膛，他砰然倒下。伊多墨纽斯用长枪刺死菲斯托斯。墨涅拉奥斯杀死了打猎能手斯卡曼德里奥斯，击倒了心灵手巧的斐瑞克洛斯。还有许多特洛伊人死在了希腊人的长矛铜枪之下。狄奥墨得斯冲过平原，击溃他面前的特洛伊军队。潘达洛斯见状，趁他不备，立刻拉起了弓，瞄准他一箭射去，射中他的右肩，鲜血染红了他的铠甲。潘达洛斯大声地欢呼，鼓励他的士兵们说："前进吧，特洛伊人，快策马前进，振作起来！阿耳戈斯人最勇猛的战士已经中箭，他肯定无法忍受那凶猛的箭头，他马上就会倒下！"

但是狄奥墨得斯并没有受到致命伤，他稍稍后退，对驾车的斯特涅洛斯说："亲爱的，快下车，把锋利的箭矢从我的肩上拔出来。"斯特涅洛斯照他的吩咐做了，鲜血溅到衬袍上面。狄奥墨得斯向雅典娜祷告说："宙斯的蓝眼睛女儿，请听我祈祷，在过去的战争中你曾善意地站在我父亲的这一边，现在请你也对我同样友好，保护我！保佑我的长矛能杀死这个人，让他再也见不到阳光！"

雅典娜听到他的祈求，给他的四肢增添了力量，他突然感到身子变得轻松自如，伤口也不再疼痛，雅典娜站在他的旁边对他说："狄奥墨得斯，放开胆量去作战吧！我已经把你父亲勇往直前的勇气植入你的胸中；我已拂去了罩在你眼前的浓雾，现在你在战场上能够看出谁是天神，谁是凡人。如果有神来攻击你，你就大胆地跟他一起去战斗！但阿佛洛狄忒除外，如果她靠近你，你就毫不留情地刺伤她！"

狄奥墨得斯

雅典娜说完这些话就离开了。狄奥墨得斯现在增加了三倍的勇气和力量，他像猛狮一样在特洛伊人中间奋勇拼杀。他用铜枪击中阿斯堤诺俄斯，又用大剑砍中牧者许佩戎。他又杀死了欧律达马斯的两个儿子，打死了弗诺普斯的两个儿子。接着他又把普里阿摩斯的两个儿子克洛弥奥斯和埃肯蒙打下战车，剥夺他们的盔甲，把缴获的战车交给手下的士兵，由他们送上战船。

普里阿摩斯国王的女婿埃涅阿斯眼看着狄奥墨得斯把特洛伊人打杀得七零八落，便冒着四处乱窜的标枪找到潘达洛斯那儿，大声对他说："潘达洛斯，你的弯弓、羽箭、荣誉到哪里去了？这地方没有人能同你比赛，你曾夸下海口没有人能够比你更强。你看到那个人了吗？他是这样强大，他杀害了这么多特洛伊人，他不会是哪位对特洛伊人怀恨在心的神吧？莫非他是对祭礼不满，发怒来报复人间？"潘达洛斯回答说："埃涅阿斯，我看那人最像堤丢斯的儿子狄奥墨得斯，我看出了他的盾牌、盔顶，看见了他的大马。我还以为已将他射死了。他这样狂暴勇猛，一定有一个神在保护他,而且仍然在帮助他!我真不走运,我已经射中了两个希腊首领,可是都没有能够把他们射死,他们反而变得更加强大。大概我是在一个不吉利的时辰带着弓箭来到特洛伊城前的。"

"不要这样说,"埃涅阿斯安慰他说,"快上我的战车,现在我们赶快行动。"潘达洛斯跳上车,站在埃涅阿斯身旁,两个人驾着快马,飞快地驰向狄奥墨得斯。狄奥墨得斯的朋友斯特涅洛斯看到他们过来了,便朝他的朋友大喊:"我看见两个强大的敌人要同你作战,他们都有巨大的战斗力,其中一个是精通弓箭术的潘达洛斯,另一个则是阿佛洛狄忒的儿子埃涅阿斯。我们还是先躲开吧,不要和他们正面作战,免得丧失了自己的性命。"

强大的狄奥墨得斯瞥了他的伙伴一眼,回答说:"不要对我说逃跑的话,临阵脱逃或者退缩不前不是我的性格。就让我徒步去面对他们吧!雅典娜不允许我临阵脱逃。如果我杀死了他们,你就随后过来,把埃涅阿斯的两匹快马牵着送回船去。他的马匹是太阳下最好的马匹。"他俩正在交谈,潘达洛斯的长枪已朝狄奥墨得斯掷过来,长枪穿过他的盾牌,却被他的铠甲挡了回去。"你的长枪投偏了没中,我看你们俩是不见冥王不掉泪。"狄奥墨得斯说着投出了手中的长枪,雅典娜引导枪尖击中潘达洛斯的鼻子,穿过白色的牙齿,把整个颌骨刺穿了。潘达洛斯从车上摔倒在地,他的马也惊逃而去。埃涅阿斯提着盾牌,举着长枪跳下战车,他像头勇猛的雄狮站在自己伙伴的身边,随时准备杀死任何敢于碰他朋友的敌人。狄奥墨得斯从地上抓起一块巨石,那是两个强壮的人怎么也搬不动的石头,而他却高高举起,猛击埃涅阿斯的髋骨。埃涅阿斯痛得失去知觉,跌倒在地,不省人事。如果不是女神阿佛洛狄忒爱子心切,她立即抱住儿子,用发亮的袍子把他裹住抵挡标枪,那他一定被阿耳戈斯人给打死了。斯特涅洛斯记住了狄奥墨得斯的叮嘱,他缴下了埃涅阿斯的两匹战马,把它们赶到希腊人战船那,然后又驾着战车找到狄奥墨得斯。狄奥墨得斯认出了女神阿佛洛狄忒,他知道她不是擅长战争的女英雄,于是他在浩荡的人群中追上了带着儿子的女神。他用锐利的长枪刺伤了女神纤细的手掌,刺破了她手上的嫩肉。受了伤的阿佛洛狄忒痛得大叫一声,她的儿子滚落到地上。阿波罗见状,赶紧把埃涅阿斯抱在怀里,用云朵把他罩住,免得阿耳戈斯人趁机刺伤他,夺取他的性命。狄奥墨得斯大声地对爱情女神喊道:"宙斯的女儿,赶快退出战斗和冲突吧,我认为胆小懦弱的你即使在远处,听见战争的名称,你也会吓得发抖。"女神听后怒气冲冲地离开了。她发现她的兄弟战神阿瑞斯正坐在战场的左边,她请求自己的兄弟把两匹好马借给她:"亲爱的兄弟,把你的马车借给我,我好回到奥林匹斯圣山去,我的手受了伤,疼痛难忍,是狄奥墨得斯那个凡人伤害了我,我相信他还要同我们的父亲宙斯作战的。"

阿瑞斯把战车借给她。阿佛洛狄忒驾着快马风驰电掣地回到奥林匹斯圣山，她哭着扑进了母亲狄奥涅的怀里。母亲用轻柔的言语抚慰女儿，并领她来见父亲。宙斯含着微笑对她说："我的孩子，战争的事情不由你司掌，你还是去专门管理婚礼事务吧，这些事由活跃的雅典娜和阿瑞斯去关心。"雅典娜和赫拉却在一旁嘲笑地看着她，用讥讽的口气说道："可能是哪个漂亮而不忠的希腊女人把阿佛洛忒狄吸引到特洛伊去了，是在抚摸海伦的衣裳时，你的纤纤玉手一不小心被别针划破了吧？"

众神在天上这样交谈，而人间的战场上，战斗则愈演愈烈。狄奥墨得斯朝着埃涅阿斯扑了上去，尽管他知道阿波罗为那人伸开手臂，但他不畏惧，他依然想杀死埃涅阿斯。他三次猛扑都无济于事，三次都被愤怒的阿波罗神用盾牌挡回去。当他第四次扑过去时，阿波罗发出可怕的吼声："你考虑考虑，你这个凡人，不要放肆地和神对抗！"

听到这话，狄奥墨得斯后退下来，避免阿波罗更强烈地发怒。阿波罗带着埃涅阿斯离开了混乱的战场，回到他在特洛伊的神庙，把埃涅阿斯交给他的母亲勒托和射猎女神阿尔忒弥斯照料。阿波罗并没有忘记在埃涅阿斯刚才倒下的地方制造一个埃涅阿斯模样的假人。假人形象极其逼真，使得特洛伊人和希腊人都在为那个假人进行激烈争夺。然后，阿波罗提醒战神阿瑞斯，把胆敢与神作对的无耻之徒，堤丢斯的儿子，从战场上清除出去。战神变成色雷斯人的领袖阿卡马斯混在特洛伊队伍中，来到普里阿摩斯的儿子们跟前，吩咐他们说："王子啊，你们想让那个希腊人杀戮到何时呢？是否要等他打到特洛伊的城下？你们不知道埃涅阿斯已经躺下了吗？来吧，让我们从敌人的手中救出我们的英勇的伙伴！"

阿瑞斯的话激励了特洛伊人，他们重新鼓起力量和振作起精神。吕喀亚国王萨耳佩冬跑去找赫克托耳，谴责他说："赫克托耳，你的勇气跑到哪儿去了？你曾夸海口说：'即使没有军队和盟友，你和几个兄弟就能守住特洛伊城。'但我现在看不见他们中的任何一个。他们个个像狗见了狮子一样退缩畏怯，倒是我们这些同盟军不得不单独作战。"

赫克托耳被这番话刺伤了。他立即全身披挂从车上跳到地上，挥舞着长矛，穿过各处的军队，鼓励士兵们战斗。他的鼓动奏效了，特洛伊人即刻转向敌人冲去。与此同时，阿波罗也让埃涅阿斯恢复了健康和力量，把他送上战场。战士们看见他完好无损、健康无比地回到队伍中都非常高兴，但是谁也没有多加询问，因为战事正在激烈地进行中。

阿耳戈斯人由狄奥墨得斯、两个埃阿斯和奥德修斯率领着，严阵以待，他们面对特洛伊的力量和攻势并不畏惧。阿伽门农第一个朝着飞奔而来的特洛伊人投去一枪，击中埃涅阿斯的朋友，冲在最前面的得伊科翁。他是一个总在前线奋勇拼杀的英雄。这时埃涅阿斯挥起强有力的手杀死了阿耳戈斯人的两个英勇的战士，即克瑞同和奥尔西洛科斯，他们是富翁狄奥克勒斯的儿子。墨涅拉奥斯看见他们倒地，十分愤怒，他挥动长矛，勇猛地投入战斗。战神阿瑞斯怂恿墨涅拉奥斯前进，有意使他死在埃涅阿斯的手下。涅斯托耳的儿子安提罗科斯担心国王遭受不幸，当两个英雄开始厮杀时，他急忙奔到墨涅拉奥斯的身边。埃涅阿斯虽然勇猛，但是看到对方又多了一个帮手，还是没有冒昧上前。墨涅拉奥斯和安提罗科斯抢出了两位战友的尸体，交给了自己人，然后他们又返回阵前继续作战。他们杀死了战神般英勇的皮莱墨涅斯，并把他的战马赶进特洛伊人的阵里。

赫克托耳看见他们率领着特洛伊强大的队伍冲了过来，战神阿瑞斯和女神埃倪奥与他一道作战。狄奥墨得斯看到战神走来，大吃一惊，他对士兵们说道："朋友们，我们一向称赞赫克托耳是位勇敢的战士，原来他的身边总有一位神在保护他。你们看，战神阿瑞斯正站在他身旁，我们最好往后退，不要贸然地同天神作战。"正说着，特洛伊人已经逼近。赫克托耳杀死了同驾一辆车的两个精通战术的希腊人。忒拉蒙的儿子埃阿斯赶过来，为他们报仇。他用长矛击中了特洛伊人的一个盟友安菲奥斯，使他砰然摔在地上。特洛伊人向他扔出锐利的长枪，阻止他剥取阵亡人的铠甲。

在战场的另一部分，不可抗拒的命运驱使着赫拉克勒斯的儿子特勒帕勒摩斯去对付吕喀亚人萨耳佩冬。还没有靠近，他就开始向对手大声大骂："你这个不懂战斗的胆小鬼跑来做什么，居然敢谎称是宙斯的儿子，可知道强大的赫拉克勒斯乃是我的父亲！你是一个胆小的人，即使你今天领着强大的队伍，也要倒在我的脚下！"萨耳佩冬愤怒地说："如果你认为我还未取得过应有的战斗荣誉的话，那么今天你的命运已经注定，你的死将赠给我荣誉！"说完话，两支长枪几乎同时从两人的手里投出。萨耳佩冬击中过分傲慢的对方的喉咙，使他倒在地上死了。同时对方也刺中萨耳佩冬的左腿，枪尖擦伤了骨头，但他的父亲宙斯不愿意他死，因此，他的朋友们急忙抬着他离开战场。他们是这样的忙乱，以至于没有人想到要把萨耳佩冬的腿上的标枪拔出来。

奥德修斯在作战中看见特勒帕勒摩斯和萨耳佩冬对阵的局面，所以当萨耳佩冬被抬出去时，奥德修斯连忙追赶上去。赫克托耳急忙赶来保护萨耳佩冬，宙斯之子萨耳佩冬心里高兴，但是他显得特别虚弱，他对赫克托耳说道："别让我躺在这里，成为阿耳戈斯人的俘虏，保护我，即使我不能回家看到我的妻儿，也要死在我们的城市里。"赫克托耳没有回答，他只是驱逐萨耳佩冬周围的希腊人。萨耳佩冬的朋友把他抬到一棵高大的橡树下面。他的朋友佩拉贡从他的腿上拔出标枪。萨耳佩冬很快昏迷过去。不久，他又开始呼吸，苏醒过来，一阵凉爽的北风轻轻地吹到他的身上，又使他恢复了精神。

现在，身披铜甲的阿瑞斯和赫克托耳并肩作战，他们一共杀死了希腊的六位英雄，他们勇猛的威力使得希腊人渐渐后退，一直退到他们的战船上。

赫拉从高高的奥林匹斯圣山上，看到特洛伊人在阿瑞斯的帮助下杀死许多希腊人，立即吩咐雅典娜下去阻止阿瑞斯。雅典娜于是把战车装扮一新，车轮是青铜铸的，外面包着不可磨损的黄金，两边转动的车轮是白银的，轭具也是黄金的，闪闪发光。赫拉过去给她的战马套上笼头。雅典娜穿上父亲的铠甲，头上戴着金盔，手持盾牌。她纵身登上发亮的战车，握住结实的长枪，坐在了银椅上。赫拉在她旁边用鞭子轻轻打马，马飞奔而去。由时光女神掌管的天宫大门自动打开，于是两位女神很快驶出了天门。她们看到宙斯坐在奥林匹斯圣山的山顶上。赫拉立即勒住马缰，停下来对他说："你怎么不为阿瑞斯的暴行所恼怒？他违背天命，屠杀希腊人，他很鲁莽，难控制，令我难以忍受。是阿佛洛狄忒和阿波罗唆使战神作恶，现在请你允许我去收拾他，让他赶快离开战场！"

"你可以去试试，"宙斯回答她，"让雅典娜和他对阵，她知道如何与他作战。"赫拉听后十分满意，她举起鞭子策马飞奔，上面是繁星密布的天空，下面是高山和大地，最后她们把马停在特洛伊的土地和西摩埃斯与斯卡曼德罗斯河汇合的地方。

两个女神迅速地来到战场，她们急着前去帮助阿耳戈斯战士。她们看到无数战士正站在狄奥墨得斯的身边。赫拉变作斯腾托尔，走近他们，用相当于五十个人吼叫的声音大声喊道："阿耳戈斯人不感到害臊吗？难道只有阿喀琉斯和你们一起战斗时，你们才能战胜敌人吗？"她这样说，激起了士兵们的力量和精神。雅典娜找到狄奥墨得斯，他正靠在战车旁边，让风吹凉被潘达洛斯用箭射中的伤口。他的圆盾的宽肩带下汗水不断流淌，使他感到非常苦闷。他两手软弱无力，懒得把肩带下的血迹擦干。雅典娜抓住马轭，对他这样说："看来，堤丢斯的儿子一点儿也不像他本人。堤丢斯虽然身材矮小，但比任何人都勇敢。例如他有一次作为阿耳戈斯人使节，独自到忒拜城，置身于卡德墨亚人当中，本来我让他安静地在厅里参加宴会，可是他却无比勇敢地邀请卡德墨亚的青年同他比武。我帮助了他，使得他场场比赛都获得胜利。我现在站在你身边，也同样愿意给予你保护和援助，可是你的状态我搞不清楚，是激烈的战斗使得你手脚疲劳还是令人寒心的恐惧把你缠住？在我看来，你已不像是勇猛的堤丢斯的儿子。"狄奥墨得斯听到她的话，回答说："我知道是你，宙斯的女儿，我愿意告诉你全部实情：我并没有被令人丧胆的恐惧或者劳累所缠住，我依然记得你曾经告诫过我，不要同别的天神迎面交战，除了阿佛洛狄忒以外。但是现在战场上的局面全都由战神阿瑞斯控制，我毫无办法，只好命令阿耳戈斯人全部后退到这个地方。"雅典娜听了他的话回答说："狄奥墨得斯呀，我喜爱的英雄，从现在起，你不要惧怕阿瑞斯或其他别的天神，我会来帮助你。你尽管驾驭你的马向着阿瑞斯猛冲过去，我会是你的坚强后盾。"

说完，雅典娜朝狄奥墨得斯的御者斯特涅洛斯打了个手势，她取代了御者的位置坐上了战车，和狄奥墨得斯一块儿抓住缰绳，扬起马鞭，驾着战车朝战神阿瑞斯迅速冲过去。阿瑞斯刚刚战胜了魁梧的埃托利亚人佩里法斯，看到狄奥墨得斯站在战车上向他冲了过来，女神雅典娜把自己掩在看不透的浓雾里。阿瑞斯随即丢开佩里法斯，向堤丢斯的儿子冲去。阿瑞斯用铜枪投向对方马的缰绳的上方，急于要夺去狄奥墨得斯的性命。但是雅典娜在暗处抓住铜枪，把它推向上空，它改变了方向。狄奥墨得斯向阿瑞斯投去铜枪，雅典娜使他的长矛飞向阿瑞斯的下腹部，正是他捆着腰带的下方。战神大吼一声，好似千万个战士在激烈的战斗中大声齐吼，希腊人和特洛伊人听得毛骨悚然。狄奥墨得斯看到披铜甲的阿瑞斯驾着云团升入辽阔的天空。战神很快到达神界，回到奥林匹斯圣山，他坐在父亲宙斯身旁，把伤口指给父亲看。他痛哭流涕，向父亲抱怨道："父亲呀，你看见这粗暴的行为不感到气愤吗？你的女儿雅典娜总是爱捣乱和撒野，你从来不约束她的任何行为。你看，她先是刺伤了阿佛洛狄忒的手腕，现在又帮助那个凡人刺伤我的腹部。"宙斯没有安慰他的儿子，反而生气地说道："我的孩子，别再抱怨了！在奥林匹斯圣山的神里，我最不喜欢的就是你了。你总是喜欢吵架、战争和斗殴。你的狂暴和执拗的性情更像你的母亲赫拉。不过，我还是不忍心看见你忍受创伤的痛苦。神医埃昂会给你疗伤的。"

阿瑞斯停止战争后，其他的神也回到奥林匹斯圣山，特洛伊人和阿耳戈斯人的战斗便自行发展。忒拉蒙的儿子埃阿斯首先突破特洛伊人的阵线，他打到了色雷斯人中最出色的战士阿卡玛斯。接着，狄奥墨得斯也剥夺了阿克绪罗斯和他的副将的性命；三位善战的特洛伊人死在墨喀斯透斯的儿子欧律阿罗斯的手下；奥德修斯用铜枪刺中了特洛伊英雄庇底狄斯；透克洛斯杀死了阿瑞塔翁；阿布勒洛斯被安提罗科斯用铜枪杀死；埃拉托斯被阿伽门农杀死；勒伊托斯生擒逃跑的费拉科斯。阿德瑞斯托斯在回城途中，受惊的马被柳树缠住，他也就被迫滚下战车，被墨涅拉奥斯活捉。他随即抱住墨涅拉奥斯的双膝，向他告饶哀求："放我一条生路吧，阿特柔斯的儿子，我的父亲很富有，他一定会给你大量的珠宝和黄金，以此作为我的赎金！"墨涅拉奥斯听了他的话几乎心动了，正要把他交给战友时，阿伽门农迎面跑来斥责说："墨涅拉奥斯，你怎么可以对敌人发慈悲？特洛伊人没有一个能逃脱死亡，连母亲肚里的胎儿也逃脱不了！"墨涅拉奥斯听到这话，便用手推开阿德瑞斯托斯，阿伽门农立刻用长矛把他刺死在地。阿耳戈斯人蜂拥而上，涅斯托耳在后面大声呼喊："朋友们，别在后面逗留抢夺财物，获取战利品。我们要先杀敌人，等有时间再慢慢地收取战利品。"

特洛伊人几乎大败，大家都退回城里。若不是普里阿摩斯的儿子，最高明的占卜师赫勒诺斯对赫克托耳和埃涅阿斯说："埃涅阿斯，还有你赫克托耳，你们肩负着特洛伊人的希望，你们要稳住阵脚，到各处把逃跑的人都拦在城门口，阻止他们溃逃，这样我们才能恢复战斗力，战胜阿耳戈斯人。赫克托耳，请你现在到特洛伊城去，告诉我们的母亲，请她动员城里的贵妇人到雅典娜的神庙去，把最美丽贵重的那件衣服献在女神的膝上，向她许愿，答应给她祭供十二头肥壮的牛犊，请女神对特洛伊的妇女和孩子大发慈悲。请她把野蛮的杀手，可怕的狄奥墨得斯清除出去。"听完他弟弟的讲话，赫克托耳急忙赶回特洛伊城去。

格劳科斯和狄奥墨得斯

在战场上，吕喀亚人柏勒洛丰的孙子格劳科斯和堤丢斯的儿子狄奥墨得斯在两军的阵地上碰见，准备厮杀。当他们互相走近时，狄奥墨得斯先问道："这位英雄，你是谁？我在战场上从来没有见过你。但是你现在却以超群的胆量来抵挡我的长矛。我警告你，只有那些不幸的人才敢碰我的长矛。如果你是化身为人的神，我可不愿意跟你作战。因为我害怕神发怒，我不愿与永生的神作对。如果你是一个凡人，那就走近来吧，过来领受死亡。"

希波洛库斯的儿子听了这话，回答说："狄奥墨得斯，为什么要问我的家世？如同林中树叶的枯荣，人类世代如此。秋风将树叶吹落到地上，春天来临，树枝又会重新发芽！你实在想知道，就听着吧，我的祖先是埃洛斯，是赫楞的儿子。埃洛斯生了足智多谋的西绪福斯，西绪福斯生下格劳库斯，格劳库斯的儿子是具有男子气概的柏勒洛丰，柏勒洛丰的儿子是希波洛库斯，我正是希波洛库斯的儿子，格劳科斯。我的父亲派我前来特洛伊，是他让我成为最勇敢最杰出的人，为我的祖先争光。"

格劳科斯说完，只见狄奥墨得斯把枪插在土地上，用温和的声音说道："你我原是世交，我们的祖辈就是朋友。我的祖父奥纽斯曾在厅堂里接待过你的祖父柏勒洛丰，留他住了二十天。他们还互相赠送宾主间的漂亮礼物，我的祖父赠给你的祖父一条紫色腰带，你的祖父回赠了一只双耳金杯。这只金杯现在还保存在我的家中。因此，如果到阿耳戈斯去，你是我的客人；我在吕喀亚就是你的宾客。让我们在战场上不要彼此动武。让我们互相交换武器吧，好使别人知道，我们是如何尊重我们先祖的友情。"他们这样说，两人跳下车来握手，立誓友好。宙斯使得格劳科斯失去理智，他用自己的金铠甲同狄奥墨得斯交换青铜甲，就好像用一百条牛交换九条牛一样。

赫克托耳在特洛伊城

当赫克托耳抵达斯开亚城门，走到宙斯的山毛榉下时，特洛伊的妇孺老弱将他团团围住，不安地向他打听丈夫、儿子、兄弟以及亲友的消息。他无法一一给予答复，只是建议她们向神祇请求保佑。很多人都从他那里听出了可怕的消息，哀伤地垂下了头。现在他来到父亲的王宫。这是一座华丽的建筑，四周都围有粗大石柱的宽敞厅堂，里面是五十间用光滑的大理石建成的宫室，一间连着一间。这里是王子及其妻子居住的地方。在内廷的另一侧是十二间相连的大理石宫室，这里是国王的女儿女婿们居住的地方。宫殿由高大的城墙围绕，构成一座坚固的宫堡。赫克托耳在这里遇到了他慈祥的母亲赫卡柏。她正要到她最喜爱也是最漂亮的女儿拉俄狄克那儿去。年迈的王后急切地朝儿子走过来，握住他的手，忧愁而关爱地问他："你何以离开那血腥的战场归来？想必是希腊人加紧围攻我们，你回来了一定要去祈求宙斯。我去给你带上陈酿的美酒，你好向万神之父宙斯和其他的神祇献上，然后你自己也可以喝一口提提精神！"赫克托耳回答王后说："亲爱的母亲，我不要酒，以免我失去力量。我也不想用一双不洁之手为万神之父行灌礼。母亲，我请求你，带着特洛伊最高贵的女人们手持熏香到雅典娜神庙，把最华贵的衣服献给她，并献祭十二头肥壮的母牛，祈求她保佑我们。我要去喊我的兄弟帕里斯上战场参加战斗。愿大地把他吞没，我绝不怜悯他，因为他生来是要使我们全城毁灭。"

母亲照儿子吩咐的去做了。她进入内室，取出她最华美的衣服，那正是帕里斯带海伦回来时从西顿带来的。她选出最绚丽一件，然后由一群

战前的特洛伊城

密西亚海湾是莫伊斯河和斯康曼特尔河的入海口，久而久之形成了一个平原，这里住着土著人克里特人，这个地区的牧民也被称为特拉人。高大威严的特洛伊城是在太阳神阿波罗和海神波塞冬的参与和带领下修建起来的。特洛伊人民对此赞不绝口。

高贵的女人陪同登上雅典娜的神庙。安忒诺尔的妻子，即雅典娜在特洛伊的女祭司特阿诺给她们打开女神的圣殿。女人们围着雅典娜的神像，举起双手向她祈祷。特阿诺从王后手里接过那件衣服，献于神像的膝前，并对宙斯的女儿恳求说："雅典娜，城市的保护神，最庄严而强有力的女神，请折断狄奥墨得斯的矛，让他栽倒在我们的城门下吧！请保佑我们的城市、女人和孩子吧！我们怀着这样的希望，向你献祭十二头肥牛。"然而雅典娜拒绝了他们的祈求。

赫克托耳已经来到帕里斯的宫殿，它紧挨着国王和赫克托耳的宫殿。赫克托耳手执一支长矛，矛长丈余。青铜矛头和矛杆以一枚金环箍住。他看到兄弟帕里斯正在内室检查武器，修理他的硬弓。海伦则坐在一群侍女中间，操持着日常的家事。赫克托耳带着嘲讽的眼神看着帕里斯，同时大声斥责："你坐在这里闷闷不乐实在是不对。因为你的缘故，士兵们都在城外浴血作战。起来，在城市还没有被敌人攻破并烧毁之前，你要和我们一起来保卫它！"

帕里斯回答他说："你说得不是没有道理，可我坐在这里是因为内心感到悲伤。刚才海伦鼓励我，要我重上战场。我正准备披上战袍，你先去吧，我随后就到！"赫克托耳沉默不语。海伦面有愧色，她说："噢，我是个不祥之人，是我带来了巨大灾难！我宁愿在跟帕里斯来到这里之前就葬身大海！现在兵临城下，我多么希望我的丈夫能够勇敢一些，多么希望他正视自己所受的羞辱和谴责。可是他没有骨气，他的懦弱一定会带来可怕的后果。而你，赫克托耳，进来吧，先休息一下，我知道你正顶着巨大压力！"

"不，海伦，"赫克托耳回答说："我不能休息。惨烈的战争正驱使我回到特洛伊人中去。你要劝说帕里斯，让他尽快随我同去参加战斗。现在我还得赶回宫去，看看我的妻子儿子和仆人。"说着，赫克托耳便转身离去。但他没有在房里看到妻子。女仆告诉他："当她听说特洛伊人遭到打击，希腊人夺得胜利时，她就着魔般地离开了宫殿，想爬到城楼上去。女佣抱着孩子，只好跟随她而去了。"

赫克托耳飞速跑到特洛伊大街上。当他到达斯开亚城门时，他的妻子安德洛玛刻，底比斯国王厄厄提翁的女儿，迎面朝他跑来。跟在她后面的女佣怀中抱着幼小的阿斯提阿那克斯。父亲默默地看着可爱的儿子，脸上慈爱的笑容几乎不为人所察觉。安德洛玛刻双眼满含泪水向他走来，温柔地握住丈夫的手说："不幸的人，你的勇敢肯定会使你丧命。你难道忍心不顾你的幼小的儿子，也不可怜你的妻子让她成为一个不幸的寡妇吗？阿喀琉斯杀害了我的父亲，我的母亲死于阿尔忒弥斯的箭下，我的七个兄弟也全被阿喀琉斯杀死。除你以外，赫克托耳，我什么亲人也没有了。对我来说，你就是我的父亲、母亲和兄弟。因此，我请求你留在塔楼上吧！命令军队开往那片长满无花果树的小山丘，那的城墙没人防守，很容易被敌人攻破。最勇敢的亚各斯人已经向那里发动三次攻击了。或许是预言家给了他们启示，也可能是他们自己发现了这里守卫薄弱。"

赫克托耳亲切地看着他的妻子，说："这也是我所担心的，但是亲爱的，如果我只是这样远远地待在这儿观望，那么我会在特洛伊的男女老少面前感到羞愧。我的内心一直驱使自己到最激烈的前线去战斗。虽然我已经预感特洛伊城总有一天将会毁灭，普里阿摩斯和他的人民也将会遭殃。但更使我难过的不是特洛伊城的毁灭，也不是我的父母兄弟将要遭受的苦难。而是想到希腊人将你掠去，让你在亚各斯那边纺纱织布或者挑水浇灌，遭受强迫劳役之苦。当你伤心落泪的时候，有人一定会指着你说道：'看，这就是赫克托耳的妻子，他曾经是特洛伊人中最英勇的英雄。可是他的妻子现在却在遭受着奴役。'当你悲痛欲绝的时候，呼唤着我却得不到我的回应。唉，想到这些，我宁愿现在就死去！"

沉寂片刻后他伸手抚抱儿子，但孩子却哭着把脸埋进女仆的胸前，十分害怕父亲头上的铁盔和飘动的马鬃盔饰。父亲微笑地看着孩子和母亲，迅速脱下寒气凛然的头盔，把它搁在地上，然后吻着可爱的儿子，抱着儿子摇晃。他仰望苍天，向诸神祈祷："宙斯和诸位神！让我的儿子跟我一样，成为特洛伊人的榜样吧！让他强大无比，统领特洛伊，使得人们终有一天会说：'他比他的父亲更勇敢！让他的母亲也为他感到高兴！'"说着，他把儿子放在妻子的手上，妻子抱住孩子，含着眼泪微笑。赫克托耳抚摸着妻子的双颊，说："可怜的妻子，不要悲伤！没有人敢于违背神意将我杀死，但是任何人都难以逃脱自己的命运！"说完这番话，赫克托耳戴上头盔就离开了。安德洛玛刻朝宫中走去，不禁悲怆地哭了起来。

帕里斯也带着铮亮的武器从城里穿过，他赶上了哥哥赫克托耳，看到哥哥正在跟他的妻子安德洛玛刻告别。"我磨磨蹭蹭把你耽搁了，"帕里斯大声地说，"我来迟了，不是吗？"赫克托耳却亲切地回答说："好兄弟，不用饶有兴致地跟我讲客套，你总算自愿回来了。特洛伊人为你受尽了苦。当我听到他们鄙夷地议论你时，我就深感痛心。好吧，这件事我们以后再说吧。等到我们把希腊人赶出特洛伊，把盏共饮，庆祝胜利时我们再来谈论这件事！"

赫克托耳和埃阿斯决战

赫克托耳匆匆忙忙地和帕里斯一道出城，兄弟两人都急于要参加战斗。帕里斯杀死墨涅斯提奥斯；赫克托耳用锋利的长矛击中埃伊奥纽斯的脖子。女神雅典娜从奥林匹斯圣山上看到赫克托耳兄弟两人在激烈的战斗中杀死了很多阿耳戈斯人，便匆匆降到特洛伊城。阿波罗在城上望见，便去迎接她，他希望特洛伊人获胜。他们姐弟在一棵橡树旁边相逢，阿波罗首先开口说："伟大的宙斯的女儿，什么风把你从奥林匹斯圣山上吹下来了？你就这么不怜悯特洛伊人被杀死，而要让阿耳戈斯人胜利？让今天的战斗停止吧。如果你一定要让特洛伊城遭到毁灭，那就让他们下次再打吧！"

雅典娜回答说："好的，就这样办，我正是怀着这种想法从奥林匹斯圣山上来到他们中间的。可你要怎样制止战争？"

"我们要使强有力的赫克托耳更加勇敢，"阿波罗说，"让他向阿耳戈斯人挑战，要求和他一样勇敢的阿耳戈斯人单独战斗，这样阿耳戈斯人一定会感到气愤，那么大范围的战争就能够阻止了。"他这样说，雅典娜听从。

预言家赫勒诺斯听到两位神的谈话，急忙找到赫克托耳，对他说："智慧的普里阿摩斯的儿子，请听从我的建议吧！你去要求特洛伊人和希腊人停战，你自己向阿耳戈斯人提出挑战。你这样做不会遭遇不幸，因为我听到神的声音，你命中注定还不会死。"

赫克托耳听了非常高兴，他走到两军的阵前，握着长枪的中部，让特洛伊士兵停止前进。阿伽门农也命令希腊人停止前进。阿耳戈斯人浩荡的队伍就站在平原中，大家吵吵嚷嚷。雅典娜和阿波罗化身为两头苍鹰，双双栖息在宙斯的高大橡树上看着这里纷乱的场面。最后大家都安静下来，赫克托耳开始说话："特洛伊和希腊的士兵们，请听我发自内心的建议！我们不久前缔结的盟誓没有获得宙斯的赞同，他给我们双方的军队制造灾难，其结果非常明显，或是你们征服特洛伊，或者是让你们连同战船被我们彻底打败。全希腊最勇敢的英雄们就在你们的兵营里，谁有胆量跟我单独作战，请他站出来。我请宙斯在这里为我们作证：如果我的对手用铜剑把我杀死，便让他剥夺我的铠甲，还有我的武器作为战利品，但须把我的身体交给我的家庭，让特洛伊人和他们的妻子给我举行葬礼。但是如果阿波罗赋予我荣誉，让对手死在我的矛下，我将把他的盔甲剥下来挂在特洛伊的阿波罗神庙里。当然，你们可以把死者运回战船，让你们的人为他隆重安葬！"

阿耳戈斯人都默不作声。因为拒绝挑战是耻辱，可是接受挑战又感到恐惧。他们正在为难时，墨涅拉奥斯站了起来，他谴责自己的同胞说："你们这些爱夸口的人啊，临阵的时候都像妇女似的，根本不是男子汉。如果没有一个人接受赫克托耳的挑战，这将是我们多么大的耻辱！我愿意接受他的挑战，让诸神决定命运吧！"说着他披起漂亮的铠甲，但如果不是希腊的几个王子及时把他拖回的话，这次他必死在赫克托耳的手下。阿伽门农握住他的手说："墨涅拉奥斯，你是疯了吗？你怎么这样愚蠢。不要因为气愤而接受挑战。要知道，别的人都害怕他而发抖，甚至阿喀琉斯在战场上见到他也不敢鲁莽从事，他比你强得多！请你三思而后行！"

墨涅拉奥斯听从了他的话，安静地坐了下来。然后涅斯托耳站起来对他的军队说了一番谴责的话，告诉他们当年他和阿尔卡狄亚人埃柔塔利昂决战的故事。"如果我还年轻，"他在结束时说，"还跟当年一样强壮有力，赫克托耳马上就会遇到作战的对手！"

老人这样谴责他们，有九个王子站起来，头一个起身的是阿伽门农，后面是狄奥墨得斯，然后是两个埃阿斯，接下去是伊多墨纽斯以及他的伙伴迈里俄纳斯、欧律皮罗斯、托阿斯和奥德修斯。他们纷纷表示要和赫克托耳作战。"抓阄决定吧，"涅斯托耳说，"无论谁，抓到阄，他如能战胜赫克托耳，全希腊人都会为他感到自豪和高兴。"于是，他们每一个人都在阄上做了记号，将它们放到阿伽门农的头盔里。士兵们一起祈祷。涅斯托耳摇了摇头盔，忒拉蒙的儿子埃阿斯的阄跳了出来，传令官把阄穿过人群，给各位英雄看。埃阿斯高兴地大喊起来："朋友们，这只阄正是我的。我心里很高兴，因为我认为我将战胜赫克托耳。大家过来，在我穿上作战的铠甲时，请为我向宙斯祈祷吧！"

埃阿斯这样说，希腊人都为他向宙斯祈求："爱达山的主宰宙斯神啊，请赐给埃阿斯以胜利，使他获得荣誉。你若是也宠爱赫克托耳，那就赐他们同样的力量和光荣吧！"这时候，埃阿斯已经穿上金光闪闪的铠甲，大步跨行，手里挥舞着粗大的长矛，有如魁梧的战神出去参加战斗一样，严肃的脸面上还露出笑容。阿耳戈斯人看到他威武的形象都很高兴，而特洛伊的士兵却感到害怕，连威风凛凛的赫克托耳也感到胸中的心在加快悸动。但他不能后退，因为这场决斗是他挑起来的。

埃阿斯把盾牌举在胸前，靠近赫克托耳，威胁他说："赫克托耳，这下你该清楚地知道，阿耳戈斯人除阿喀琉斯外还有很多的英雄。好吧，让我们开始吧！你先动刀枪吧！"

赫克托耳回答说："威武的忒拉蒙的儿子，你可不要把我当作一个不懂战事的孩子进行挑逗，要知道我身经百战，精通战术。你是一位勇敢的好汉，我不会偷偷地对你进攻，我要当着你的面用我的长矛刺中你。"说着，他快速地投出他的长矛，长矛击中埃阿斯的盾牌，矛尖穿透了六层牛皮，在第七层停了下来。这时埃阿斯忒动手了，他投掷他的长矛，也击中了赫克托耳的盾牌，又迅速穿过对方制作极其精致的铠甲。赫克托耳立刻将身子一闪，躲过被刺死的厄运。现在双方持矛来回刺杀，都急不可待地朝对方刺去。赫克托耳瞄准埃阿斯的盾牌中心刺去，但没能刺破，枪尖被扭弯。埃阿斯向他刺去，铜枪刺透了对方的盾牌，划破了他的脖子，黑色的血立刻流了出来。赫克托耳往后退了两步，伸手抓起一块大石头，击中埃阿斯的盾牌，发出当的一声巨响。埃阿斯从地上捡起一块更大的石头，用力朝赫克托耳掷去，这块石头打瘪赫克托耳的盾牌，砸伤了他的膝盖。赫克托耳不由得仰面躺在地上，被压在盾牌下面，隐身在他旁边的阿波罗赶忙把他扶起来。两个人又冲向对方，挥剑砍杀。这时，双方的传令官都匆忙走上前来，特洛伊人的传令官是伊特俄斯，希腊人的传令官是塔耳堤皮奥斯。他们在两位激烈交战的英雄中举起了神圣的节杖，伊特俄斯大喊一声："别再打斗了！你们两个都是勇敢的人，都为宙斯所喜爱，这是我们大家都看到的！现在夜幕已经降临，最好听从黑夜的安排。"

"这话和你的同胞说去吧！"埃阿斯说道，"是他向我们最勇敢的人提出挑战的。他若同意停战，那么我也同意！"

赫克托耳对埃阿斯说道："埃阿斯，是神赋予你强壮的身体、力量和聪明才智。现在让我们停止今天的战斗和厮杀，日后再决斗，直到神为我们评判，把胜利的荣誉赐给你或是我为止！你过来，让我们互相赠送礼物作为纪念吧，让特洛伊人和希腊人将来有理由说：'他们曾经在战斗时拼个你死我活，分手时却是友情深厚！'"说着，赫克托耳把银柄宝剑连同剑鞘和精心剪裁的佩带赠给对方，埃阿斯解下他的紫色腰带送给赫克托耳。最后双方各自分手，回到各自的阵营中去。

两军休战

阿耳戈斯人们来到他们的最高统帅阿伽门农的帐篷里。他们向宙斯祭供了一头五岁的肥壮公牛。欢宴时，又把最好的里脊肉赠给了胜利者埃阿斯。在他们酒醉饭饱后，老人涅斯托耳提出明智的建议，他建议大家明天休战，这样可以收集战场上阵亡的阿耳戈斯人，并把死者运到战船旁边火化，等以后返回国家的时候再把骨灰交给死者的子女。大家对他的提议都十分赞同。

与此同时，特洛伊人也在卫城上的王宫里举行会议，聪明的安忒诺尔首先站起来说："特洛伊人的朋友和同盟军，请听我发自内心的建议，让我们把海伦和她的财产交给阿特柔斯的儿子们，由他们带走。潘达洛斯破坏了神圣的盟誓，我们已经失信于人，即使继续进行战斗，这对于我们的人民没有好处。"

帕里斯听后立即站起来说："安忒诺尔啊，你的话我听了非常不高兴。如果你是认真地构思这番话的，那恐怕是神明让你失去了理智。我现在当着所有的特洛伊人表态，我绝不把妻子海伦交出去。但是我从希腊带回的财产可以退给他们。我还愿意从自己的财产中再给他们添上一份！"

年迈的国王普里阿摩斯在儿子讲话后站起来用温和的口气对大家说："特洛伊人的朋友和同盟军，你们现在去享用晚餐吧，请放松心情，好好休息。黎明时分，我将派使者伊特俄斯到希腊人的船上去，问他们是否愿意跟我们休战一天，让我们火化死者，然后再重新打仗，直到天神为我们裁判，把胜利的荣誉赐给他们或是我们。"

大家都听取了国王的意见，各自回到军营中吃饭。第二天清晨，使者伊特俄斯来到希腊人面前，传达帕里斯和普里阿摩斯的建议，希腊人的英雄们听完他的话，沉默许久。最后，狄奥墨得斯站起来说："阿耳戈斯人们不需要接受帕里斯的任何财宝，稍微用脑子想一想，便可以知道特洛伊人已经感到灭亡的威胁！"他的发言得到大家的欢呼和认可。阿伽门农对伊特俄斯说："你已亲耳听到希腊人对帕里斯的建议的答复。对于普里阿摩斯的建议，我们并不拒绝给你们时间去火化死者。让宙斯为我们发出的保证作见证！"说着，他向上天举起了权杖。

伊特俄斯回到特洛伊城。特洛伊人和同盟军正坐在会场上，等待他的返回。他传达了对方的答复，然后全城的人都行动起来，有的人去运尸体，有的人去拾木柴。希腊人的军营里也同样地忙碌着。在阳光的普照下，敌对双方的人又重新正面相遇，他们各自从对方的阵地中寻找同伴的尸体。特洛伊人含着眼泪替他们的阵亡将士清洗肢体上的血污，默默地把尸体抬上车，送上火葬堆顶上；希腊人也满腹悲痛操办着同样的事，直到太阳西沉，火葬堆的焰火熄灭时，他们才回到自己的营帐。

黎明还未降临，夜色依然迷蒙。阿耳戈斯人聚集起一队精选的人马。他们在火葬堆旁边造一个坟墓，在那里建筑壁垒和一些高耸的望楼，用它们来保护自己，保护希腊人的船队。而城墙的外面他们又建造了一扇结实的大门，给车子的通行留下一条出入的道路。然后他们又在墙外挖出一条又宽又深的壕沟，壕沟里面都是木桩。

他们这样辛苦地忙碌着，宙斯和其他的神明在天上看着十分赞赏，海神波塞冬首先发言："宙斯啊，这些阿耳戈斯人建造围墙，挖造壕沟是为了保护他们的船只吧？可是他们却不向我们献祭以求我们的保护。"宙斯听了说道："你说得有道理，等到他们返回故土的时候，你去把壁垒摧毁，把它们全部冲进海里。"他们这样交谈着，阿耳戈斯人已经完成了这一浩大的工程。他们开始宰杀公牛，享用晚餐，伊阿宋和许珀茜伯勒的儿子奥宇纳奥斯从雷姆诺斯岛用大船运来许多名酒浆，然后希腊人开怀畅饮，通宵达旦地享受和狂欢。

特洛伊人和他们的盟友也想趁着休战的间隙略微放松一下心情，可是宙斯却不让他们好好放松，一个晚上都是隆隆的雷鸣声。恐惧爬上每一个特洛伊人的心头，他们即使举杯时也不敢把酒往嘴边送。最后他们只得上床睡觉。

特洛伊人的胜利

第二天清晨,宙斯召集众神到圣山开会,他用洪亮而有力的声音说道:"诸位天神,你们听着,你们当中的任何一位天神都不要试图想帮助特洛伊人或者希腊人。你们都要服从,如果有谁敢违抗的话,我就把他扔入幽暗的塔耳塔洛斯深坑,那地方的深度有如天地间的距离。如果你们怀疑我是否能够做到,那么你们可以试一试:你,你们用一根金链从天上吊下去,然后一齐用力拉,看看是否能把我从天上拖到地上。如果我真想往上面拉的话,我会把你们连同大地、海洋全都拉上来,然后用链条系在奥林匹斯圣山上,把所有的东西吊在天空中间。"

◥ 众神聚会 意大利 贝利尼

画面表现了在森林里众天神饮酒相会的快乐场面。在树林里,许多酒神、乐师和男人女人在一起:有的跳舞、有的喝酒、有的早已酩酊大醉。

众神听了宙斯的话都非常吃惊,大家不敢吭声。后来雅典娜站起来对宙斯说道:"克洛诺斯的儿子,我们这些神的父亲啊,我们都知道你力大无敌,威力无比。但是我们可怜那些希腊人,他们将遭受巨大的灾难。我们愿意听从你的吩咐,不参加战斗,但是我们要向阿耳戈斯人提出有益的劝告,这样他们也不至于遭到毁灭的危险。"宙斯神听了女儿的这番话,微微笑了笑,然后说:"我的好女儿,你很了解我。"

说完,宙斯很快乘着他的御用金车,驶往爱达山去了,那里有他的圣地和祭坛。他坐在高高的顶峰上面,威严地遥望特洛伊城和希腊人的营地。阿耳戈斯人在营帐里匆匆吃过早饭,然后披上铠甲,准备赴战。特洛伊那边,虽然人数不如对方多,可是他们每一个人都在积极备战,他们清楚知道战斗直接关系着整个特洛伊的安危。很快,城门大开,他们的军队呐喊着冲了出来。清晨血战开始,一直到太阳照到头顶,双方还是分不出胜负,只听见战场上混杂着受伤者的呻吟声、胜利者的热烈呼声和战场无止境的喧嚣嘈杂杀戮声。宙斯将两方死亡的筹码放在一架黄金的天秤的两端,他提起秤杆,希腊人的这一边沉了下去,而特洛伊人的命运却高高地向天空升起。

宙斯立即从爱达山上鸣放响雷,他把一道闪电送到了希腊人的军队中间,以此表示他内心的想法。希腊人都看到了宙斯降下的凶兆，恐惧笼罩在军中上下。伊多墨纽斯、阿伽门农、两个埃阿斯都坚守不住阵地了，他们连连后退，只有年迈的涅斯托耳仍在前线，是因为帕里斯一箭射中他的马的头部，被射中要害的马因此倒地翻滚起来，其他的马也被搅乱。正当涅斯托耳果断地用剑割断马的缆绳时，赫克托耳的快马已经逼近到他的眼前。眼看老人就要丧失性命，狄奥墨得斯看见了，他大声劝阻奥德修斯不要逃跑，要为老人打退凶狠的敌人赫克托耳。但是奥德修斯没有听见，他朝着希腊人的军营奔去。狄奥墨得斯于是迅速来到涅斯托耳的马前，对他说："老人家，不要担心，快先登上我的战车吧！"狄奥墨得斯一边说一边将涅斯托耳的马交给他的侍从，然后把老人抱上了自己的战车，并朝赫克托耳驶去。趁赫克托耳没来得及动手之前，狄奥墨得斯向对方投掷长矛，没有打中赫克托耳，却击中御者埃尼奥佩斯的胸膛。看到自己的朋友死在身边，赫克托耳心情十分悲痛，并让他躺在那里，重新唤来另一个勇敢的御者，继续朝狄奥墨得斯冲了过去。

宙斯看见，双方即将展开生死搏斗，如果赫克托耳死在对方手里的话，特洛伊城将没有保卫者，希腊人就会在当天攻破特洛伊，宙斯连忙阻止狄奥墨得斯的行动。他迅速地把闪电扔到狄奥墨得斯的马车前，熊熊燃烧的火焰使得驾车的涅斯托耳松开手中的缰绳。他心里害怕，大声地对狄奥墨得斯说："快跑吧！宙斯今天并不想让你取得胜利。我们不要和宙斯一直作对！"

狄奥墨得斯回答说："老人家，你的话是对的。可我一想到赫克托耳将会在特洛伊人的大会上吹嘘：'堤丢斯的儿子在我的面前吓得转身就逃。'我的心里就非常气恼！"

涅斯托耳回答说："哎呀，死到临头，你还有空想这些东西！不管赫克托耳如何嘲笑你，特洛伊的人们是不会相信的，因为他们无数的朋友和丈夫死在你的手下。"他一边说，一边穿过混乱的军队，掉转马头逃跑。赫克托耳立即追了上来在后面他大声吼道："堤丢斯的儿子，亏你们希腊人是那样地敬重你，可是现在他们将会瞧不起你，因为今天的你多么像一个软弱的妇人！你不再是攻占特洛伊并把我们妇女用船运走的希腊英雄中的任何一位。"

听到这种挑衅的言语，狄奥墨得斯犹豫着，是否要掉转马头，与赫克托耳决一死战。宙斯此时从爱达山上连鸣三次响雷。狄奥墨得斯心里明白，这一次胜利并不属于他，于是他赶紧逃跑，相反地，赫克托耳受到宙斯的鼓舞，斗志昂扬。他一边策马扬鞭，一边大声吼道："特洛伊人、吕咯亚人还有其他的同盟军们，让我们再勇敢些吧！我看出宙斯神的意思了，他有意要让我们取得胜利，让希腊人遭受灾难。他们建造那些壁垒围墙根本就不可能挡住我们的进攻。我们很快就会到达他们的战船那儿，然后让我们放火烧了他们的船只，再杀死他们！"然后他策马扬鞭，朝狄奥墨得斯的方向紧紧追去。

赫拉在天上看到这个局面，万分焦急。她坐立不安，她对希腊人的保护神海神波塞冬说道："哎呀，你怎么一点也不同情那些正在遭受苦难的阿耳戈斯人呢？他们曾经那样虔诚地给你献祭，你也一心希望他们获胜。现在让我们去帮助希腊人，把特洛伊人赶回去。我们要阻挠宙斯的意志，让他独自坐在爱达山上苦闷去吧！"但是波塞冬听了却非常不愿意，他不敢违抗他强大的兄长的意志，他不安地回答说："赫拉啊，你说的是什么话？我可不愿意看见我们全体的天神和宙斯对抗，他比我们强大得多。"

于是赫拉自己鼓励阿伽门农把惊慌失措的希腊人重新集合起来，稳住阵脚，同心抗敌。赫克托耳本来想放火焚烧希腊人的营帐和战船。阿伽门农站在奥德修斯的大船上，那是营地的中间部分，在那里呼喊，声音很快就能传到两头。阿伽门农披着紫色的战袍站在甲板上对所有处在慌乱中的希腊人大声喊道："阿耳戈斯人的勇气到哪儿去了？你们曾经在大块吃肉、大碗喝酒的时候，说过多少豪言壮语，说你们一人能够抵挡几十个甚至几百个特洛伊人。现在的情形呢？我们居然对付不了赫克托耳一个人？他马上就要焚烧我们的战船。啊，宙斯啊，你不能这样对待我，别让我毁了全体希腊人而成为千古罪人！"说到这里，阿伽门农声泪俱下。万神之父怜悯阿伽门农，于是他放出一只雄鹰，最可靠的预兆鸟，爪下抓着一只幼鹿，将它扔在宙斯的祭坛前。

希腊人看到宙斯赐予的吉兆，又鼓起勇气，朝蜂拥而至的特洛伊人扑去。勇猛的狄奥墨得斯首先从队伍里跳出来，冲在前面，他给了迎面上来的特洛伊人一枪，枪杆刺中想转身逃跑的阿革拉俄斯的后背。阿伽门农和墨涅拉奥斯、两位埃阿斯、伊多墨纽斯、迈里俄纳斯和欧律皮罗斯也跟了上来。透克洛斯第九个作战，他拉开他的弓，站在大埃阿斯的盾牌的后面，他的箭射死了一个又一个特洛伊人，他在射倒了八个人后，又朝赫克托耳拉紧弓弦，希望射中他心目中的头号敌人。可是箭没有中的，却射中了普里阿摩斯的私生子戈尔古提昂的胸膛。透克洛斯对着赫克托耳又放出另一支箭，这回阿波罗让箭偏离了目标，但是箭头击中了驾车的御者阿尔茜泼托勒摩斯。赫克托耳强忍着失去朋友的悲痛，让他躺在车上，又叫来第三个人为他驾车。他发怒得大声呼喊，随手抓起一块大石头，直接投向透克洛斯。透克洛斯还没来得及弯弓射箭，就先被赫克托耳的大石头击中了锁骨。他的手一下子麻了，不能动弹，整个人顺势就摔倒在地上。埃阿斯连忙用盾牌掩护兄弟，直到墨基斯透斯和阿拉斯托尔过来支援，才把呻吟不已的透克洛斯抬离了战场，送上希腊人的战船。

宙斯又鼓起特洛伊人的勇气，他们把希腊人赶到很深的壕沟前面，赫克托耳冲在最前面，犹如猎犬追赶猎物一样疯狂地追击着希腊人。在追击的过程中，赫克托耳杀死了落在后面的阿耳戈斯人，眼看着希腊人就要被特洛伊人逼得走投无路了，他们每一个人互相呼唤着，举起手来，向天神祈求保护。赫拉听见了他们的祈求，怜悯着他们，于是她对雅典娜说："阿耳戈斯人正在危难之中，难道我们要坐视不管吗？那个疯狂的赫克托耳正在追杀着他们。"

"但愿他丧失力量和性命，能够死在希腊人的手下。我的父亲太残忍了，"雅典娜回答赫拉说，"他不记得我曾多次拯救他的儿子赫拉克勒斯。现在宙斯却不愿意站在我这边，而是成全了忒提斯的心愿。忒提斯用她的温柔手段赢得了父亲的信任。但总有一天，这一切会改变的。你帮我的马套上笼头，我去劝说父亲改变主意！"

赫拉执着鞭子策马飞奔，时光女神看守的天门轰然打开。宙斯远远地望见她俩朝自己的方向飞奔过来，大发雷霆，他便命令伊里斯去阻挡两个女神的车，不让她们进入奥林匹斯圣山的大门，并让伊里斯警告她们，同万神之父作对是没有好处的。她们从伊里斯那得到宙斯愤怒的信息便不再坚持，而是掉转马头，回到了住所。随即宙斯驾着御用金车回到圣山，召开众神举行集会。赫拉和雅典娜离开宙斯坐下，不愿意同他讲话，倒是宙斯先对她们说道："雅典娜和赫拉，你们为什么这样忧愁？我知道你们对特洛伊人怀有很深的怨恨，但是现在我还是决定让特洛伊人取胜，我的命令不可违抗。你们和其他的神都不能使我改变主意。没有我的旨意，你们最好不要擅自帮助希腊人，否则，我将用雷电击打你们，到那时，你们就知道后果是多么严重。"雅典娜和赫拉听了心里很不痛快，雅典娜在那儿沉默不语，尽管她的内心充满愤恨。赫拉控制不住自己胸中的愤怒，说道："克洛诺斯的儿子，你说的话我们都听得很清楚。我们服从你的命令，不会参战，只给阿耳戈斯人有益的忠告，使他们不至于全部遭受毁灭。"但是宙斯回答说："赫拉啊，明天你将会看见，特洛伊人将取得更大的胜利。强大的赫克托耳不会停止战斗，直到希腊人在绝望的边缘，重新请出饱受屈辱的阿喀琉斯，这就是我的安排！"赫拉听了，没有回答。

晚上，光荣的赫克托耳把特洛伊人集合起来，他这样说道："要不是黑暗降临，我们说不定已经把敌人彻底歼灭了！现在，让我们顺从黑夜的安排，把我们的马从车前解下来，扔一些草料给它们。我们也开始准备晚餐，派一些人回城把牛羊、面包和葡萄酒拿来，我们在四周燃起篝火，明亮的火焰能擦亮我们的眼睛，以防止那些希腊人逃跑。我们自己则尽情享用晚餐，并且包扎伤口。等到黎明破晓时，我们再披上铠甲，继续投入战斗。我要看一看究竟是狄奥墨得斯把我从船边赶到城边，还是我用铜枪把他杀死，夺走他的盔甲和武器。"赫克托耳的讲话获得了特洛伊人的齐声欢呼。于是他们把那些流汗的马从车前解下来，用皮带拴住，然后从各处找来柴薪，燃起篝火，大家在明亮的焰火前尽情地吃喝。他们的马匹也在一旁啃着大麦和黑麦，等待着黎明的到来。

希腊人去见阿喀琉斯

在希腊人的军营里，将士们还没有从刚才溃逃的惊惶中恢复过来，这时统帅阿伽门农召集诸位王子举行会议，大家坐在会场上，满腹愁肠。军队的最高统帅阿伽门农站起来，神情沉痛地说："诸位朋友和战士，伟大的宙斯是很残忍的，他曾经给了我一个吉兆，即答应我先征服特洛伊人再胜利返乡。可是现在他却让我一次次地陷于灾难之中，让我损失了那么多勇敢的将士。我们虽然已经占领了许多城池，而且还将攻陷更多的城市，可是宙斯的权力至高无上，没有他的同意，我们不可能征服特洛伊。因此，让我们一起坐上我们的战船返回我们亲爱的祖国吧！"

他这样说，大家都默不作声，大家都陷入沮丧的情绪当中。最后，狄奥墨得斯打破寂静，说："阿特柔斯的儿子，你怎么能这样灰心丧气呢？你曾经当着希腊人的面责备我没有战斗精神，缺乏勇气和胆量！现在我看到的却是，宙斯给了你权力，使你受到众人的尊敬。可是却没有给你胆量！难道你真的认为希腊的英雄们像你想象的那样软弱无能吗？如果你急于逃跑回家，那么你就回去吧！前面就是回去的路，你的船随时可以出发。但我们其他人却愿意留下来，直到我们毁灭特洛伊为止。即使你们全都走掉了，我和斯忒涅罗斯将一直战斗到把特洛伊攻下来为止，我相信我们将有天神相助！"

狄奥墨得斯的讲话赢得了在场所有英雄的齐声喝彩。涅斯托耳说："堤丢斯的儿子，虽然你的年纪和我最小的儿子相仿，但你说的话是如此谨慎和理智，完全是成年人的口吻。阿伽门农，你举办个宴会吧，让你的帐篷里堆满美酒佳肴，留少数守卫的士兵在墙边放哨，全体阿耳戈斯人碰杯，你可以听到大家提出的各种建议。"

于是，阿伽门农在帐篷里举行了宴会，阿耳戈斯人们全都到齐。大家都尽情享用摆在面前的合乎口味的食品。等到酒足饭饱后，涅斯托耳又提议说："阿伽门农啊，你是我们军队的最高统帅，宙斯把权力赐予你，希望你能做出英明的决策。我们尊重你，服从你，可是那一天你却违反了我们的心愿，我曾经再三劝阻你你都不愿意听从。你不该从阿喀琉斯的营帐里抢去了他心爱的女奴。现在让我们思考这件事吧，我们必须用合心意的礼物和温和的话语把这位受委屈的人请回军中。"

阿伽门农回答说："我承认这是我的过错。我想挽救我曾经犯下的错误，我愿意给受了侮辱的人赔偿礼物。我当着你们大家的面，准备赔偿阿喀琉斯十泰伦特黄金，七只铜三脚祭鼎，二十口大锅，十二匹良马。我还要给他七位我亲手挑选的漂亮姑娘。并且，我归还美丽的布里塞伊斯。我发誓，我从没有碰过布里塞伊斯。如果众神让我们征服了特洛伊，等到分配战利品时，我愿亲手给他的战船装满大量的青铜和黄金。此外，他可以在特洛伊挑选美貌仅次于海伦的二十个美丽女子。等我们回到我们的故乡阿耳戈斯，如果他愿意，他可以成为我的女婿。我会待他如同待我的幼子俄瑞斯忒斯一样。他不需要送聘礼，我将把七座人烟稠密的城市作为女儿的陪嫁。只要他息怒，这一切都会成为事实。"

"阿伽门农，你赔偿给阿喀琉斯的礼物足够多了，"涅斯托耳说，"我们立即挑选最合适的人去见他。福尼克斯为首，然后是大埃阿斯，足智多谋的奥德修斯，传令官荷迪奥斯和欧律巴特斯也随同前往。"

举行完隆重的灌礼，涅斯托耳提名的代表们离开会场，沿着大海的岸边前行，到达米尔弥冬人的营帐。他们看到阿喀琉斯正在弹奏雅致的弦琴，那架琴美观精致，琴上装饰着银制的琴马，他正在和着琴音歌唱古时英雄的事迹。帕特洛克罗斯坐在他的对面，静静地看着他唱着。当他们走到阿喀琉斯面前时，阿喀琉斯吃惊地站了起来，帕特洛克罗斯也立即起身。阿喀琉斯握住福尼克斯和奥德修斯的手，大声说："欢迎你们。好久不见了，你们是朋友，尽管我生希腊人的气，但你们仍是我亲爱的阿耳戈斯人。"

阿喀琉斯把他们请进了房间，并吩咐帕特洛克罗斯端来一大罐的葡萄酒。他把一只山羊和一只绵羊背，还有猪的里脊肉用铁叉放在铁架上烧烤。然后大家开怀畅饮，大吃大喝。这时埃阿斯向福尼克斯使了一下眼色，奥德修斯却抢先在前，他斟满一杯葡萄酒，举杯向阿喀琉斯致意说："向你表示慰问，珀琉斯的儿子，你的餐食丰盛极了，可是我们的心思都不在这里。我们来，是因为我们遭遇了巨大的不幸，我们是否能战胜一切，渡过难关，全在于你是否愿意援助我们了。特洛伊人和他们的盟友已经逼近我们的堡垒和船只。赫克托耳仗着宙斯的信任威胁说要烧毁我们的船只。在这紧要关头，大家都希望你能够拯救希腊人于水深火热之中。请别再赌气了，阿喀琉斯，你的父亲珀琉斯在你出征前也叮嘱过你，要控制骄傲的情绪，温和友善地待人。"接着，奥德修斯又一一列举了阿伽门农承诺给他的珍贵的礼物。

可是，阿喀琉斯却回答说："尊贵的拉厄耳忒斯的儿子，我不得不把心中的实话讲出来，在我看来，阿伽门农就如同地狱的大门一样可恨。无论是他还是其他希腊人都不能劝说我回心转意，重新回到他们的队伍里。阿伽门农何时尊重过我的荣誉？只是为了替阿特柔斯的儿子夺回一个女人，我背井离乡、披肝沥胆、流血流汗地在战场上拼杀，难道只有阿特柔斯的儿子才爱他的妻子？更可恨的是，我在前线夺来的战利品大部分都献给了待在后方的阿伽门农。可他自己占有了大部分的战利品还不满足，还夺走了我最心爱的女人。我现在一点也不想和赫克托耳作战，明天，我会向宙斯和全体天神献祭。然后我将乘船航行在赫勒持滂海湾的海面上，我希望三天以后就能回到富饶的佛提亚。阿伽门农已欺骗了我、冒犯了我。他不会再有机会欺骗我了！你们回去吧，把我的意思告诉他吧。可是我希望福尼克斯留下来，我们一起回到祖辈们生活过的地方去吧！"

福尼克斯也劝不动他的老朋友回心转意。最后，埃阿斯站起来，说："奥德修斯，我们走吧！我们这次来没有完成使命。阿喀琉斯的心已经变得很高傲，即使是朋友们的友情也感动不了这冷漠无情的人！"奥德修斯也站起身来，他们先向众神行了祭祀礼后，然后和同传令官一同离开了阿喀琉斯的营帐，只有福尼克斯留了下来。

❀ 双方互派探子打探军情

代表团回到阿伽门农的帐篷里。奥德修斯传达了阿喀琉斯的意思，阿伽门农和其他王子们听了以后都沉默着，十分难过。最后，狄奥墨得斯打破寂静，说道："阿喀琉斯本来就是一个高傲的人物，我们去请求他更激起了他高傲的心情。现在我们先不要管他，让他自己决定去留。总有一天，他会受到心灵的驱使，回来作战的！现在我们大家要做的是养精蓄锐，准备明天的战斗！"他这样说，大家都表示赞同，纷纷回到自己的营帐睡觉去了。唯有军队的统帅一整夜都没能进入甜蜜的梦乡，因为他心里还记挂着军中的许多事务。他思来想去，还是觉得首先应该找到一个权宜之计，使全体的希腊人免却目前的灾难。于是阿伽门农来到涅斯托耳的住处，他看到老人还躺在床上，身边放着作战的全副装备。老人从睡梦中惊醒，他对阿特柔斯的儿子喝道："你是谁？黑夜里大家都在睡觉，你却孤身一人潜入我的营帐？你是在寻找走失的骡子还是在寻找朋友？你说，你到底想干什么？"

"是我，涅斯托耳，"国王小声地回答，"我是阿伽门农。宙斯使我遭受无尽的折磨，只要一想到阿耳戈斯人，我的心神就难以平静。我怎么也无法睡着。你如果愿意，让我们去看看巡视的哨兵，他们是否都醒着，因为我们不知道敌人会不会趁着夜色进行偷袭。"涅斯托耳匆忙穿上羊毛内衣，披上紫金外套，抓起长矛，与国王在战船各处巡视。他们先叫醒了奥德修斯，听到召唤他立刻背上盾牌跟在他们后面；涅斯托耳又来到狄奥墨得斯的营帐里，把他推醒。"不知疲倦的老人，你不睡吗？"狄奥墨得斯睡眼惺忪地说，"不是有许多比你年轻的人在军中巡逻并负责叫醒大家吗？"

"你说得有道理，"涅斯托耳回答说，"我有足够的人可供差遣，再加上我的儿子们，他们都可以胜任这项工作。但是现在我们处在最困难的时候，我的心指使我亲自出来。生死关头了，你还是先起来吧，帮我们把埃阿斯和梅革斯唤醒。"狄奥墨得斯立刻起来，披上狮皮，找来了两位英雄。他们一齐去查看巡逻的哨兵，看到他们中没有一个在睡觉，他们都全副武装地在各自的岗位上，随时准备战斗。

几乎所有的英雄们都从睡梦中被叫醒了，大家聚在一起开会。涅斯托耳首先发言："朋友们，我有个建议，不知我们当中是否有人愿意冒险，趁着夜色偷偷地潜入特洛伊人的营地，或者抓一个散兵，或者听到他们的谈话，探明一点消息，看看他们是想留在这里战斗，还是回城去驻守。若是这位英雄能够平安回来，我们将给他重赏！"狄奥墨得斯当即站起来，自告奋勇去执行任务。他说："要是有人愿意和我同去的话，也许会更有信心，凡事都有人可以商量。"他这样说完，许多英雄都愿意和他同去。他们是两位埃阿斯、迈里俄纳斯、安提罗科斯、墨涅拉奥斯和奥德修斯。狄奥墨得斯说："如果允许我挑选的话，我选择奥德修斯去，他是那样的机灵和勇敢。要是他和我同去，即使上刀山下火海，我们也能平安返回。"

"别在大家的面前嘲笑我或夸奖我了，"奥德修斯说，"咱们赶紧出发吧，头顶上的星星告诉我，黑夜只剩下三分之一了。"

两个人赶紧披上铠甲，狄奥墨得斯把自己的剑和盾都留在营内，从英雄特拉叙墨得斯那借来他没有任何装饰的双刃剑，护脑袋用的便盔牛皮帽。迈里俄纳斯则交给奥德修斯弯弓、箭、短剑和镶有野猪獠牙的皮制头盔。两人武装完毕，便离开了希腊军营。雅典娜在他们右边放出一只苍鹭，两人看见吉兆非常高兴，他们祈求女神保护他们今夜有所收获。

正当希腊英雄计划侦察特洛伊人军情的时候，特洛伊人也没有安然入梦。赫克托耳在全军召集了会议，在会上做出了同样的决定。他答应给有胆量侦察敌情的人奖励一辆战车和两匹最名贵的骏马，那些是从希腊人那儿缴获的战利品。特洛伊人中有一位名叫多隆的，他是传令官欧墨得斯的儿子。他虽然其貌不扬，但是却对这个使命有着十足的兴趣和把握。他信誓旦旦地向特洛伊人和赫克托耳保证，能够直达敌方军营，带回情报。于是他即刻背上弯弓，披上灰狼皮，戴上貂皮帽，拿着长矛出发了。他正好朝两位希腊英雄的方向走来。奥德修斯远远地看见有人匆匆走来，便悄悄地告诉同伴："狄奥墨得斯，有人从特洛伊营房走出来，他可能是想来侦查我们的情况，也可能是想剥取战场上死者的铠甲。我们不妨先让他过来，然后走到他的后面把他擒住。要是他跑得比我们快，你就举起你的长矛逼他往我们军营的方向奔跑，不让他回到特洛伊的军营中。"

他们这样说完，便悄悄地躲在一旁，多隆毫无察觉地从他们身旁走过。当他走过一段路后,听到后面有声音,便停住脚步,暗自猜想,可能是赫克托耳有什么新的吩咐。当迎面走来的两个人越来越近的时候,他认出他们是敌人,吃了一惊,立即撒腿逃跑。他俩也紧紧追在后面,就好像两只精于追击的猎狗在袭击一只野兔一样。这时,女神雅典娜把力量赐给堤丢斯的儿子,强大的狄奥墨得斯一边追赶一边大喊:"站住,否则我就投掷长矛了。"说完便掷出长矛,并且故意掷偏,矛尖从逃跑者的右肩擦过,插入他面前的土里。多隆停了下来,站在那里,浑身发抖,面色苍白。希腊人抓住他的胳膊,不让多隆继续逃跑,只见多隆含泪哀求道:"饶了我吧!我家里很富有,我可以给你们黄金,你们要多少我就给多少。"

"别害怕,"足智多谋的奥德修斯说,"你只要老实地回答我们一个问题就好,深更半夜的,你一个人在这里干嘛?"多隆的双腿在不停地颤抖,他哆哆嗦嗦说出了一切。奥德修斯听后微微一笑,说:"你的胃口倒是不错,竟想得到珀琉斯儿子的骏马!要知道,除了阿喀琉斯外,没有人能够驾驭它们。现在你再老实告诉我你在哪里离开赫克托耳的?他的武器在哪里?还有他的马匹在哪里?特洛伊人如何安排守夜和休息的?他们做出了怎样的决定,是继续留在这里还是在战胜了希腊人后回城去?"多隆对他的问题一一回答:"我会把一切的情况完完全全地告诉你。赫克托耳和王子们在伊罗斯坟墓旁聚集开会。士兵们点燃篝火互相提醒防范敌人的偷袭,但是却没有特别派人加以巡逻查看。盟军们则在睡梦中,没有人在守卫。"奥德修斯继续问道:"他们怎样宿营,是混住在一块儿还是分开的?"多隆答道:"分开住的。一些盟军宿营在海边,另一些则靠近廷布瑞那一块地方。你们要进入特洛伊人的军营,首先遇到的是色雷斯人。他们的国王是阿埃俄纽斯的儿子瑞索斯,瑞索斯的马高大而雄壮,鬃毛洁白如雪,奔跑起来速度如飞。他的战车用金银装饰,他自己的铠甲也是黄金制成,就像神用的一样。你们可以把我送上你们的战船,或者将我捆着留在这里。你们放心前去,自己去证明我说的是否全都属实。"

狄奥墨得斯脸色阴沉地对他说:"别打主意想从我这儿逃跑。要是我放了你,今后你还是要和我们面对面作战,不如现在先死在我的刀下,你就再无机会危害到希腊人啦。"多隆听到这话,连忙伸出他的手试图摸对方的下巴求饶,但堤丢斯的儿子却毫不犹豫地挥剑砍下了他的脑袋。两位英雄取下了他头上的貂皮帽,剥下他身上的狼皮,拿起弯弓和长矛,然后把这些战利品挂在树上,并收集了一堆芦苇和一些树枝,作为归途的标志。后来,他们朝前走去,很快来到正在熟睡的色雷斯人的地方。他们每人身旁都有一辆双马战车,他们的盔甲武器都整齐地放在地上。瑞索斯睡在中间,他的马匹立在身旁,拴在战车的栏杆上。"这就是我们要找的人,色雷斯的国王瑞索斯,"奥德修斯小声地对同伴说,"现在我们马上动手,你去解下马匹,要不你去杀人,我去抢那些马。"此时雅典娜又把力量赐给了狄奥墨得斯,他疯狂地挥剑砍杀,一口气杀死了十二名色雷斯人。聪明的奥德修斯为了不让马受惊,连忙拖开尸体,给马匹让出通道。这时,狄奥墨得斯挥剑杀死了第十三个人,夺走了正在酣睡的国王瑞索斯的性命。奥德修斯解下车旁的马匹,拉着缰绳,把它们赶出那个混乱的地方,然后给同伴悄悄地打了一声呼哨,狄奥墨得斯正在考虑,是拖着车辕把战车拉出来,还是直接把它扛走,或是再砍杀一些色雷斯人?当他还在犹豫不决的时候,女神雅典娜出现了,她警告他是时候赶快离开了,以免遇上醒着的特洛伊人。于是狄奥墨得斯急忙跳上马背,和奥德修斯一同飞快地奔回自己的营地。

阿波罗远远地看到雅典娜紧跟着狄奥墨得斯,非常气愤。他来到特洛伊人的中间,唤醒瑞索斯的亲戚希波科昂。希波科昂惊醒后发现国王拴马的地方空空荡荡,马匹全都不见,他们的人全都倒在血泊中,他不由得失声痛哭。特洛伊人闻讯纷纷赶来,看到眼前骇人的一幕,所有的人都十分恐惧。

两个希腊英雄已经到了刚才杀死多隆的地方。狄奥墨得斯跳下马,把路旁的盔甲拾起来交到奥德修斯手里,然后又飞身上马。不一会儿,他们就回到战船旁边。涅斯托耳第一个听到马蹄声,他还没有来得及仔细揣测,到底是谁的马匹,两位英雄已经走到他的跟前。人群中顿时欢呼雀跃,大家围着他们热烈欢迎。他们讲述了一路的冒险经历。然后,奥德修斯赶着马走进堤丢斯的儿子的营帐,将缴获的那两匹马拴在放着麦料的马槽边。奥德修斯把沾满多隆血迹的铠甲放在船后,准备用来向雅典娜献祭。最后,两位英雄在海水中洗去身上的汗水和血迹,再到浴室里仔细淋浴,并在身体上涂上一层厚厚的橄榄油。洗完澡后,他们才端起美酒,尽情地享用早餐。

◥ "雅典的王冠"帕特农神庙
希腊神殿基本上都是一室建筑,供奉一神的雕像,并非让信徒聚集膜拜的地方。神殿保护神像,并给它一个宏伟的环境。帕特农神庙中供奉的是雅典的保护神雅典娜。

希腊人第二次溃败

清晨,希腊人的最高统帅阿伽门农命令士兵们整装出发,自己也穿上漂亮的铠甲。他首先给小腿穿上精美的铠甲,然后再把胸甲牢牢地固定在胸前。这胸甲闪闪发光,是由十道蓝色铜片、十二道金片、二十道锡片组成的。保护脖子的金甲像三条游蛇,这是塞浦路斯国王基尼拉斯赠送的礼物。然后他把宝剑背到肩上,装饰剑柄的金钉闪闪发光,宝剑收在银制的剑鞘里,系在肩上的金带里。他拿着一面精制的盾牌,上面的装饰可怕而又华丽。上有十道青铜圈,二十个锡钉,盾牌中心呈深蓝色,绘有可怕的默杜萨的脑袋,面目可憎,眼神凶狠。盾带饰有三头褐色的长龙。他头上戴一顶四角战盔,盔顶饰有马鬃,鬃饰威严地抖动着。最后他拿起两支锋利无比的长枪,大步地走上战场。

赫拉和雅典娜看见这威武的国王,立刻抛出响雷,向他表示敬意。与此同时,步兵们也前往战壕整齐列队,他们的战车紧跟在后。士兵们全都精神抖擞,发出一阵阵响亮的呐喊声。

特洛伊人也已聚集在平原的高地上。他们的首领是赫克托耳、波吕达玛斯、埃涅阿斯,后面还有安忒诺尔的三个儿子波吕波斯、阿革诺耳和阿卡玛斯。赫克托耳如同黑夜中一颗闪闪发亮的巨星,他时而出现在队伍的最前面,时而又到队伍的后方指挥战斗。

特洛伊人与阿耳戈斯人互相靠近。他们面对面地开始了最凶狠的厮杀,双方狂勇如同一只只饿狼。希腊人首先突破了对方的阵地。阿伽门农身先士卒,用长枪杀死了比爱诺耳王子和他的御者,接着用锋利的枪尖杀死奥伊琉斯,并取下他的铠甲。希腊人在统帅的带领下深入敌方的阵线。紧跟着,阿伽门农又杀死了普里阿摩斯的两个儿子伊索斯和安提福斯。然后他再进攻安提玛科斯的两个儿子。安提玛科斯曾接受帕里斯的大量礼物,不同意把海伦归还给墨涅拉奥斯,并在特洛伊民会上劝民众杀死作为使节的墨涅拉奥斯。当兄弟俩敌不过阿伽门农的攻击时,他们立即跪在阿伽门农的膝前请求以无数的赎金换取他们的性命,阿伽门农毫不犹豫地拒绝了他们的哀求,并大声喝道:"现在你们该用性命来抵偿你们父亲的罪行!"兄弟俩就这样丧失了性命。强大的阿伽门农一直在战场奋勇拼杀,同时也激励了阿耳戈斯人。有如猛烈的旋风刮过茂密的丛林,一棵棵树木被连根拔起,特洛伊人的脑袋就这样在阿特柔斯的儿子手下纷纷落地。

在激烈的鏖战中,宙斯亲自保护赫克托耳,使他远离密集的长枪、箭矢、流血和战斗的喧嚣。特洛伊人逃过先祖伊罗斯的坟墓,朝着城市的方向奔去。可是阿伽门农大声呐喊紧紧追赶。当特洛伊人跑到四开埃城门橡树旁,他们停住脚步,在那里等候落后的战友。但阿特柔斯的儿子却丝毫也没有放慢他的脚步,他一边追击一边不断地扑杀跑在最后面的特洛伊人。当阿伽门农准备向城市和那高耸的城墙进攻的时候,宙斯迅速从天而降,派神的使者伊里斯去见赫克托耳,吩咐他躲避阿伽门农的冲杀,而让手下勇敢的战士继续作战,直到阿伽门农受伤为止。到那时,宙斯将给他力量,引导他取得胜利。赫克托耳遵从了神的吩咐,他挥舞着投枪在军队里到处奔跑,不断地鼓励士兵们勇敢地作战。

特洛伊人又重新激起强烈的斗志,他们掉转身来与希腊人正面对抗。阿加门农仍然是第一个向前冲,首先遭到抵抗的安忒诺尔的儿子伊斐达玛斯。他从小在肥沃富饶的色雷斯长大,新婚不久他就率领十二条战船前来参战。阿伽门农扔出的投枪没有刺中他,而伊斐达玛斯的枪尖刺在阿伽门农的腰带上扭弯了。阿伽门农一把抓住对方的枪杆,朝他的脖子挥去一剑,伊斐达玛斯随即倒地。他剥下伊斐达玛斯精美的铠甲,提着它们回到阿耳戈斯人中。安忒诺尔的大儿子科昂目睹了这可怕的场面,强忍悲痛奔过来,他站在阿伽门农的斜对面,给了对方一枪,刺中了阿伽门农的手臂肘部正中。阿伽门农感到一阵剧烈的疼痛,但没有停止厮杀,趁着科昂把倒地的兄弟拖走的空当,给了他一枪,砍下了他的首级,科昂倒在兄弟的尸体上死去。

阿伽门农不顾伤口的热血直溢,继续作战。直到伤口的鲜血不再外流,伤口干结后,他才感到难以忍受的剧烈疼痛。阿伽门农只得跳上战车,命令御者驶向营地。

赫克托耳一看到阿伽门农退出战斗,想起宙斯的命令,便对特洛伊人大声呼喊:"特洛伊人,还有我们的同盟军,振作起来吧!希腊人中最骁勇的人离开了,宙斯将使我们取得胜利。前进,冲进希腊人的队伍,杀啊!"他一边喊,一边斗志昂扬地向前冲去,有如一股猛烈的风暴掀起巨浪搅乱了昏沉的大海。很快,他杀死了希腊人中的九个王子和许多士兵。希腊人被赫克托耳逼回到他们的战船附近。这时,奥德修斯对狄奥墨得斯说:"难道这就是我们的结局吗?不,让我们一起抵抗,来吧,站在我的身边,我们宁死也不让赫克托耳占领我们的战船!"狄奥墨得斯点点头,用投枪刺中特洛伊人廷布拉奥斯的胸口,廷布拉奥斯从战车上滚到地上死了。他的御者摩利昂则被奥德修斯杀死。他们继续到激战的人群中去,反击特洛伊人,使溃逃的希腊人得到了片刻的喘息。在爱达山上观战的宙斯让双方战斗基本保持均衡,两方就这样杀得难分胜负。赫克托耳终于从战斗的队伍里认出了这两个骁勇的英雄,于是率领他的军队朝他们冲了过来。

狄奥墨得斯看到了,内心一惊,立即对奥德修斯喊道:"强大的赫克托耳过来了,让我们对抗他!"他投出投枪,击中赫克托耳的头盔,但没有触到皮肉。赫克托耳立即后退,他用手撑住身体,只觉得眼前一阵发黑。直到堤丢斯的儿子狄奥墨得斯赶上前来，赫克托耳才清醒过来，他迅速跳上战车，在士兵们的保护下，奔回自己的营地。狄奥墨得斯非常恼怒，他朝着赫克托耳逃跑的方向大喊："你这个胆小的家伙，又让你逃过死亡！现在让我们去对付其他敌人，谁遇见我算谁倒霉！"说着就把另一个特洛伊人打倒在地，准备剥走他的盔甲。

正在这时，隐藏在伊洛斯墓地碑石后面的帕里斯对准他，张开弓，射出一箭，击中蹲在地上的英雄的右脚，箭头穿过脚掌，刺在脚骨上。帕里斯非常得意，从隐蔽处跳了出来，嘲笑那个受了伤的敌人。狄奥墨得斯回过头来毫无惧色，看到射箭的是帕里斯，大声骂道："原来是你这个讨女人喜欢的家伙。若你敢持刀枪正面和我交手，我看你的弓箭也帮不上任何的忙。现在你偷偷摸摸地射伤了我的脚跟，有什么可得意的。这对我来说就像被小孩碰了一下，根本算不了什么！"这时，奥德修斯正好赶来，他站到受伤的狄奥墨得斯后面，帮他从脚上拔出那支箭。狄奥墨得斯忍受着剧烈的疼痛挣扎着身子爬上战车，命令自己的御者驾车回到希腊人的船队。

现在，只有奥德修斯一位英雄孤军奋战了。他对自己的处境有些恐惧，但是他不愿意就此撤退，觉得在敌人的面前逃跑是奇耻大辱。正当他思考的时候，持盾牌的特洛伊人纷纷向他冲来，把他紧紧地围住。他感到自己像一头被围困的野猪，周围是一群强壮的猎人和不断紧逼的猎犬。他盯着冲来的敌人，奋力反击，很快杀死了面前的五个特洛伊人。第六个迎战的战士是索科斯，他看见他的同胞兄弟被奥德修斯杀死，大声叫道："狡猾的奥德修斯，今天就是你的末日！"

说完，索科斯一枪刺穿了奥德修斯的盾牌。那支有力的长枪穿过盾牌，穿透了他的护身胸甲，刺伤了他的肋骨。但雅典娜急忙前来保护，没有再让奥德修斯受到重伤。奥德修斯知道自己没有受到致命伤害，便稍稍后退，然后用矛出其不意地向往后逃跑的对方掷去，长矛刺中敌人的后背中央，一直穿过胸膛。索科斯砰然倒地死了。这时，奥德修斯才从自己的伤口和盾牌上用力地拔出索科斯刺中的那支长枪，鲜血顿时喷薄而出，奥德修斯一阵软瘫，倒在地上。特洛伊人看到他倒了下来，立即互相激励，冲了过来。奥德修斯急忙起身后退，向同伴大声呼救。

墨涅拉奥斯最先听到他的三声呼救声，连忙对身旁的埃阿斯说："我听见了勇敢的奥德修斯的呼救声，让我们赶紧冲入敌阵，把他救出来吧！"说完两人迅速在混乱的局面中找到受伤的奥德修斯，看到他正艰难地用长枪抵挡步步逼近的特洛伊人。埃阿斯赶紧举起盾牌，站到他的前面，特洛伊人害怕得慌忙逃散。墨涅拉奥斯挽住奥德修斯的手，穿过人群，扶他上了战车。而英勇的埃阿斯则扑向特洛伊人，杀死了特洛伊人无数的战马和将士。

赫克托耳不知道这里的局面已经陷入混乱。他在战场的左侧，在斯卡曼德罗斯河的河岸边厮杀,赫克托耳在这里勇猛地挥枪使剑砍杀紧随着英雄涅斯托耳和伊多墨纽斯的许多阿耳戈斯士兵,他冲了上去,砍倒了许多士兵。阿耳戈斯人后退,他们仍旧冲在前线,顽强抵抗。这时,帕里斯射出的一支三棱箭,射中丹内阿军队中最有名的医生马卡昂的右肩,阿耳戈斯人入了巨大的恐慌之中。伊多墨纽斯立即大叫:"涅斯托耳,快把马卡昂扶上车!让我们赶紧回到营地。要知道,一个既能治疗箭伤,又能医治疑难杂症的医生抵得上许多人!"涅斯托耳连忙将负伤的马卡昂扶上战车,挥鞭催马急速朝战船的方向奔去。

赫克托耳的御者看见战场的右侧已陷入混乱,连忙提醒赫克托耳,他说:"赫克托耳,我们在战场的最边缘同阿耳戈斯人厮杀,却没注意到其他的特洛伊人和他们的车马已经陷入混乱,埃阿斯在那里追赶着他们,让我们把战车赶向那里。"说完,他们急忙驾着战车疾驰赶去。赫克托耳冲进混乱的战阵,不停地向敌人刺杀。他用长矛、利剑和石块攻击其他的阿耳戈斯人,但他没有同埃阿斯正面交锋,因为宙斯警告过他。同时,万神之父也让埃阿斯的心里产生恐惧,当他看到赫克托耳逼近,便背起盾牌,朝希腊人的战船方向撤去。

特洛伊人看见埃阿斯逃跑,便纷纷追赶,并且不断投掷长矛击打他。埃阿斯心里不甘就这样撤离了战场,他又回转身来,回击特洛伊人的攻击。埃阿斯一边抵抗击打一边缓慢后撤,当他来到通向战船的小路上,他停了下来,在路口抗击涌来的特洛伊人。这时,欧律皮罗斯看见埃阿斯正以一人之力对抗着千军万马,便冲上前去站到他的身旁,和他并肩作战。欧律皮罗斯一边向敌军投掷长矛,一边大声地鼓动阿耳戈斯人护英勇的埃阿斯。就这样,埃阿斯在同伴的中间,勇猛地继续作战。

涅斯托耳带着受伤的马卡昂回到战船营,阿喀琉斯站在战船的高处,观看希腊人的艰苦战斗和悲惨后退。他老远就认出了涅斯托耳,于是他把帕特洛克罗斯叫到跟前,说:"我的朋友,请你过去问一下涅斯托耳,他从战场上带回的伤员是谁?看背影好像是高明的医生马卡昂,我没仔细看清楚,因为他的马车从我面前疾驰飞过。现在,我的心里开始对希腊人产生了怜悯之情。"

帕特洛克罗斯听从吩咐,来到阿耳戈斯人中间。老人一见他出现在门边,连忙从凳子上站起来,拉着他的手让他快快进屋。帕特洛克罗斯说:"老人家,你真热情,但是我没有时间就座。我那可敬可畏的朋友阿喀琉斯派我来打听,他想知道你带回的受伤者是谁。现在我看到了,他正是希腊人高明的医生马卡昂。我现在就回去禀报我的朋友,你知道他是个急性子!"

涅斯托耳感慨地说:"阿喀琉斯现在为什么又这么关心阿耳戈斯人?我们都以为他对全军受到的灾难无动于衷。实际上最杰出的英雄都已经受伤躺在船里。

狄奥墨得斯了箭伤；奥德修斯和阿伽门农受了枪伤；欧律皮罗斯的一条腿也受了箭伤；而这位我刚刚带回来的神医马卡昂也受了箭伤。阿喀琉斯的确也算得上英雄好汉，可他却是无情无义的！难道他想等到我们的船只被大火烧毁，等到希腊人一个又一个地死在敌人的手里才甘心吗？我多么希望自己现在还是那样的年轻和强壮！如同当年我作为一位胜利者住在珀琉斯的家中，他很赞赏我的英勇威猛。我还记得，阿喀琉斯的父亲和你的父亲都曾反复叮咛你们要帮助阿伽门农取得胜利的那个情景。那个时候，当你俩在向宙斯献祭时，我和奥德修斯过来劝你们和我们出征，阿喀琉斯的父亲嘱咐儿子作战要奋勇争先。而你呢，你的父亲反复叮嘱你，要年长的你做他的朋友，给他及时的忠告和明智的建议。你向阿喀琉斯重提这些话吧！或许他会听从你。"

涅斯托耳的这番话打动了帕特洛克罗斯，他即刻跑回去见阿喀琉斯。回去的路上，他经过奥德修斯的战船，遇到受伤的欧律皮罗斯，看见他艰难地一瘸一拐地走在路上，伤口的血还在流淌。欧律皮罗斯恳请学过调制药膏的帕特洛克罗斯为他医治箭伤。帕特洛克罗斯很同情他，扶着他走进营帐，让他躺在牛皮褥子上，然后用快刀剔出锋利的箭矢，用温水洗去他腿上的黑血，然后把苦涩的药草捣碎，敷在他的伤口上，直到血液慢慢地结成血痂。终于欧律皮罗斯不再承受巨大的伤痛。

特洛伊人冲向希腊人的壁垒

当帕特洛克罗斯在医治受伤的欧律皮罗斯时，希腊人为保护战船而修筑的战壕和毗连的壁垒眼看就难以支撑。那是因为他们没有给神奉献丰富的祭品，请求神明保护他们的战船和设施。壁垒的建造不符合天神的意志，因此未能永久地留存在世上。波塞冬和阿波罗将一齐用山洪和海水来冲毁阿耳戈斯人的建筑。当然，这一切等到特洛伊城陷落后才发生。

现在壁垒的周围正在进行恶战，阿耳戈斯人怕强大的赫克托耳，于是纷纷胆战心惊地挤在战船上藏身。赫克托耳如同一

◣ 陶绘上的战斗场面
充满神话意义的战斗场面，常是艺匠着力表现的题材。

头雄狮奔了过来，不断鼓励士兵们越过战壕。可是战马却在战壕前停住脚步，因为壕沟挖得又宽又深，里面无数尖锐的木桩林立，战马到了沟边都放声嘶鸣，止住脚步。阿耳戈斯人当初设立它们，就是为了防范特洛伊人的进攻。波吕达玛斯看清了这里的情形，便和赫克托耳商议："我们强迫马匹越过战壕不是办法，因为越过这战壕太困难，这里的地形太险恶，不适合马匹前进。更何况，战车也无法过壕，还是让驾车的御者们留在壕边看守战车，我们披甲持矛，在你的率领下越过战壕，冲向敌人的围墙。"

赫克托耳同意他的想法。于是将士们都从战车上跳下来。他们的御者把战车停在壕边，保持严整的队形，他们分成五队。第一队由赫克托耳和波吕达玛斯率领，这一队人数最多，人员最精良；第二队由帕里斯、阿尔卡托奥斯率领；赫勒诺斯和得伊福玻斯指挥第三队；第四队由埃涅阿斯率领；第五队是各路同盟军队，由萨耳佩冬和格劳库斯率领。在所有的英雄中只有阿西奥斯不赞成把战车交给御者看管，他自己驾着马车驶向阿耳戈斯人，朝左面的那条通道转去，那是希腊人自己赶着车马回营的通道。阿西奥斯看到这里大门没有关闭，那是守卫的希腊人特意为最后逃回来的士兵留着的，他便驱车催马冲了过去，许多特洛伊的士兵跟在他的后面，大声呐喊着冲了进去。他们以为找到了歼灭希腊人的捷径。没想到，两个勇敢的看守挡住了他们的去路，他们是勒昂透斯和佩里托奥斯的儿子波吕波特斯，他们就像两头被袭击的凶猛野猪一样，朝涌来的特洛伊人扑过去。雨点般的石块也从壁垒上的希腊人手中落下来。

当阿西奥斯和他的士兵们在这里进行恶战的时候，其他的特洛伊人则步行通过战壕，在各营门勇猛攻击，壁垒周围的希腊人转向保护战船而顽强战斗，那些站在他们这边的神十分担心地从奥林匹斯圣山上俯视着。赫克托耳和波吕达玛斯率领的队伍，人数最多最精良，可是他们这时却在战壕前踌躇不前，这是因为他们看到了不吉利的预兆：一只雄鹰从左侧飞临上空，鹰爪下逮住一条赤色的巨蛇，它拼命挣扎，对着紧抓不舍的老鹰的胸口咬了一口，雄鹰疼痛难忍，把蛇抛下，大喊一声，飞走了。这条巨蛇正好落在特洛伊人的中间，他们看着蛇在地上挣扎，惊恐不已，认为这是宙斯的旨意。

波吕达玛斯对赫克托耳说："我觉得我们现在不可轻举妄动，我们不要和阿耳戈斯人争夺船舶，我担心我们也会像征兆所显示的：雄鹰没能抓住巨蛇，反而被咬伤。我们即使攻破壁垒和城门，也得牺牲许多士兵，而且不一定能够攻占敌人的战船。我们最好还是收兵后退吧！"赫克托耳怒视着他，说道："你说的话太打击我们的信心了。你要我相信那空中飞翔的鸟儿，它们是飞向左边还是右边，飞向朝霞还是黄昏，跟我有什么关系？我只相信宙斯的意志！最好的征兆只有一个，那就是为国家而战！我不知道你竟然如此害怕战斗和厮杀，你的心怎么这样不坚定？你最好听着，如果你想临阵脱逃或者巧言惑众，吓唬其他士兵的话，你将在我的投枪下丧命！"赫克托耳说完就率领部队向前冲杀，其他人也呐喊着跟随上去。宙斯从爱达山上朝希腊人吹去猛烈的大风，一时间尘土飞扬，希腊人的斗志也因此受到打击。而特洛伊人则深信神的佑护和自己的力量，他们开始冲击阿耳戈斯人高大的垒墙。

特洛伊人一心想推倒整个垒墙，他们先拔壕边的木桩，那是垒墙的地基部分，阿耳戈斯人让他们的战士手执盾牌排成人墙，坚定地站在垒墙旁边，并用投枪和石块投向冲过来的敌人。两个希腊人在垒墙上巡视和呐喊，激励阿耳戈斯人继续作战。如果不是宙斯激励他的儿子萨耳佩冬扑向敌人的话，特洛伊人和赫克托耳恐怕一直冲不破这道坚固的防线。宙斯的儿子萨耳佩冬举着盾牌，挥舞长枪，如一头饿狮扑向羊群那般勇猛。他对格劳库斯说："亲爱的朋友，我们现在应该站在吕喀亚人的最前列，坚定地投身于艰苦的战斗中毫不畏惧，好让我们在吕喀亚人中能享受到尊敬，并享受荣誉席位、美味佳肴和金杯美酒。来吧！为了荣誉，让我们上前，今天要么我们亲自获得荣誉，要么让其他人在我们的身后歌颂荣誉！"

说完，两个人率领着吕喀亚人一起冲上前线。墨涅斯透斯站在壁垒上方，看到吕喀亚人凶猛地朝他这边冲过来非常害怕，他扫视周围，希望能有援兵把他们解救出困境。他一眼看见两个埃阿斯在远处，立即派传令官托奥特斯请他们过来救援。大埃阿斯和透克洛斯、背着弓箭的潘狄昂沿着内墙急忙赶来。只见墨涅斯透斯的队伍正经受吕喀亚人的猛烈攻击，他们正在攀爬壁垒。埃阿斯从壁垒上拆下一块尖利的巨石把萨耳佩冬的朋友埃皮克勒埃斯砸死。透克洛斯看见格劳科斯暴露在外，就用箭射中他，使他退出了战斗。格劳科斯悄悄地离开了壁垒，免得让希腊人看见并嘲笑他。萨耳佩冬看到他的朋友离开了战场，感到很失望，他用长矛刺死了特斯托耳的儿子阿尔克马昂，然后用双手使劲摇晃墙垛，正面壁墙被他推倒，为特洛伊的部队开辟了前进的通道。埃阿斯和透克洛斯一起向萨耳佩冬冲来，透洛克斯一箭射中他系在胸前的悬挂盾牌的皮带，但宙斯不想让儿子就这样死在希腊人手下，他保护着儿子。萨耳佩冬因此稍稍后退，但他仍在呼喊吕喀亚人："吕喀亚人，你们要鼓起勇气！无论我如何拼命地投入战斗，单凭我一个人的力量是无法摧毁敌人防线的！让我们齐心合力，共同抗击敌人！"

吕喀亚人受到首领的鼓舞，紧紧地聚在他们国王的周围，对壁垒发起了更猛烈的攻击。阿耳戈斯人也集合兵力，顽强抵抗，双方士兵隔着一堵围墙展开了猛烈的激战。

吕喀亚人虽然骁勇，但是仍然没有攻破敌人的壁垒，打开通向船舶的道路。阿耳戈斯人也没有足够的力量把他们的对手从围墙前面赶走。战斗进行了很长时间，还是无法分出胜负。宙斯终于又把更大的荣誉赐给赫克托耳，他让赫克托耳首先冲进希腊人的壁垒，其他的战士则带着锋利的长矛攀登望楼。赫克托耳随手抓起一块巨石带在身上，那块巨石即使两个十分强壮的战士也难以搬得动，但是神让它减轻了重量。赫克托耳看到眼前的垒门十分坚固，两扇高大的门紧紧闭着，里面有门闩将大门拴定，于是他便把手上的巨石猛烈地朝门中央砸去，结果门闩被砸断了，城门轰然倒下。赫克托耳走进城门，特洛伊人跟在后面，越过壁垒，还有许多特洛伊人翻过围墙。特洛伊人呐喊着冲进了围墙，希腊人乱成一片，惊慌地朝战船奔逃。

为战船而战

宙斯让特洛伊人取得重大进展的同时，却把希腊人继续留在灾难中。宙斯坐在爱达山上，冷漠地看着希腊人的处境，然后把视线转向色雷斯人的国土，仔细地观察起来。而此时，海神波塞冬也不甘寂寞，他坐在树林茂密的萨莫特拉克岛的山顶上，看着眼皮底下的特洛伊人和阿耳戈斯人。突然，他惊恐地看到希腊人的防线被特洛伊人突破了。他站起身来，离开怪石嶙峋的山顶，迈开使山林震动的脚步，四步就来到爱琴海的岸边，那里的海底深处耸立着的是他那金碧辉煌的著名宫殿。他披上黄金铠甲，抓起金鞭，跳上他那配着金鬃毛的铜蹄马战车，催马破浪地前进。海怪们认出了他们的主人，全都跳出洞穴欢迎他，海水自动分开，战马飞驰而过，他的青铜车轴甚至没有被一滴海水沾湿。波塞冬到了位于忒涅多斯岛和印布洛斯岛之间的山洞里，这儿离阿耳戈斯人很近，他在这儿卸下马匹，用金链锁住马脚，喂他们长生不老的饲料。然后他迅速进入激烈的战场，看见特洛伊人紧紧地团结在赫克托耳的四周，斗志昂扬，他们现在正准备夺取希腊人的战船。

波塞冬混进希腊人的中间，他化身成预言家卡尔卡斯的模样。他先是朝着两个精力旺盛的埃阿斯喊道："你们两位英雄，如果你们能够保持现有的勇猛状态，我相信凭借你们的力量能够拯救希腊人。我不担心特洛伊人在其他地方的进攻，那里团结一致的希腊人能够防守得住。但我不放心这里，因为猛烈如火的赫克托耳在这里指挥作战。但愿有一位神祇赋予你们坚定的心志，激励自己和他人英勇作战。"随后海神用手杖敲了敲他们，使得他们的四肢变得轻松灵活。他自己则像展翅翱翔的雄鹰一样腾空飞去，消失在他们的视线。

奥伊琉斯的儿子小埃阿斯最先认出了波塞冬，他对他的同名兄弟说道："埃阿斯，刚才那人不是预言家卡尔卡斯，他是波塞冬，我从后面他离去时的脚步和膝盖认出的。我现在感觉心里有团烈火在燃烧，我渴望着与敌人进行决战！"忒拉蒙的儿子大埃阿斯回答说："我也一样！现在我紧握长矛的双手也在剧烈发抖，身上的力气正在膨胀，双腿似乎就要飞翔。我渴望与赫克托耳单独较量！"

这期间，波塞冬又去激励那些躺在战船上垂头丧气、疲惫不堪的英雄。他首先上前鼓励透克洛斯和勒伊托斯，还有勇敢的托阿斯、迈里俄纳斯、安提洛克斯。他说出激情洋溢的话来鼓励他们："耻辱啊！你们这些战士啊，我原以为你们会奋力保卫船舶，可现在你们却迟迟不敢向前！倘若你们回避这场险恶的战争，你们很快就将被特洛伊人征服。可悲啊，我从前想都没有想过，特洛伊人胆敢出现在我们的船只面前。他们从前是不敢正视我们的力量的。为什么他们现在敢远离城市，来到船边战斗？那是因为我们的统帅犯了过错，我们的将领过于懈怠！现在让我们大家都纠正错误，重新接受挑战吧。让大家的心灵都充满惭愧和羞耻吧，激烈的战斗已经展开，强大的赫克托耳已经杀到船边！"

海神波塞冬的一番劝说让所有的勇士重新振奋，他们立刻团结在两个埃阿斯的周围，他们沉着而坚定等待着赫克托耳和特洛伊人。长矛接着长矛，盾牌连着盾牌，战盔靠着战盔，战士们肩并肩。盔上的羽饰飘动，互相触碰着，士兵们井然有序地站成一列，严阵以待。特洛伊人在赫克托耳的率领下，呐喊声震天动地，阿耳戈斯人对着冲上来的特洛伊队伍用手中的长矛和利剑坚决抵御。而面对这样坚定的敌军和这样密集的阵势，特洛伊人不得不停下来调整攻势。"特洛伊人和吕喀亚人，挺住啊！"赫克托耳在后面大声呼喊，"那些列成队伍的希腊人不会坚持多久的。他们必定在我的长矛面前退却。因为雷霆之神一直在支持我们！"他掷地有声的号召激励着每一位特洛伊士兵。

普里阿摩斯的儿子得伊福玻斯用盾牌掩护着，大步地走在队伍中间，迈里俄纳斯举起长矛瞄准他，击中了得伊福玻斯的盾牌，但没能刺穿盾牌，矛尖折断了。迈里俄纳斯很恼火，当即跑回船去，去取一支更结实的长矛。

战斗仍在继续，呐喊声此起彼伏。透克洛斯首先打倒普里阿摩斯私生女墨得西卡斯特的丈夫，英布里奥斯。这是一位很受特洛伊人敬重的英雄，当他一得知希腊人战船逼近特洛伊的消息便立刻率领军队来到特洛伊。在英布里奥斯被杀死后，透克洛斯立刻上前剥去他的铠甲，赫克托耳看到了，即刻向透克洛斯投去锐利的长枪，他及时发现，侥幸地躲过了那支长枪，但枪却射中了波塞冬的孙子安菲马库斯。赫克托耳随即冲过去，摘取死者头上的那顶战盔。这时埃阿斯向他掷出了投枪，可是枪没有中的，但它却迫使赫克托耳放弃了剥夺头盔的举动，向后退去。安菲马库斯被两位希腊战士抬回到希腊阵营中。与此同时，英布里奥斯也被两个埃阿斯抬回去，他们剥夺了这位特洛伊英雄的铠甲，并且砍下了死者的脑袋，以此表明对赫克托耳和特洛伊人的愤恨。还没有参战的波塞冬看到安菲玛库斯的死，无比愤怒。原来，波塞冬与厄利斯王后摩利奥纳生下双生子欧律托斯和克雷阿托尔，克雷阿托尔的儿子就是安菲玛库斯。波塞冬立即赶到阿耳戈斯人那儿，煽动希腊人作战的情绪。在这儿，波塞冬看到伊多墨纽斯背着一个受伤的战士送到医生那里治疗，正当他准备返回战场的时候，海神波塞冬化身为托阿斯的样子上前和他搭话："克里特人的国王啊，为什么阿耳戈斯人被严重削弱了？是不是有人因为胆怯懦弱而退缩不前了？"

伊多墨纽斯立即反驳说道："不是这样的！在我看来，阿耳戈斯人全都是骁勇善战的英雄好汉，没有人因为恐惧而逃避残酷的战争。是因为强大的雷霆之神宙斯喜欢这样，他在惩罚阿耳戈斯人。虽然我们无法抗拒他的意志，但我们仍然应该振作精神，奋勇杀敌！"波塞冬回答道："愿那些畏惧战争的人永远不能从特洛伊回到家乡！你快回营帐取回武器，让我们一起回到战场与敌人厮杀！"天神说完，便往战场奔去了。

伊多墨纽斯从营房里拿出两支长矛走了出来，恰好遇见了匆匆赶路的迈里俄纳斯。当他得知迈里俄纳斯的长矛刚才被得伊福玻斯的盾牌撞断后，对他说："我的帐篷里有二十支我所缴获的长矛，它们靠在墙边上，你别大老远地赶回去了，到我那挑选一根最好的吧！"迈里俄纳斯听后，立即从伊多墨纽斯的营帐选了一根结实的长矛，然后两人一起奔赴战场。迈里俄纳斯询问身边的同伴："伊多墨纽斯，你想从哪里进攻敌人？是战线的右侧，还是中央，或者是左侧？在我看来，那里的希腊人最需要援助。"克里特人的首领伊多墨纽斯回答道："战线的中央部分有两个埃阿斯守卫，还有擅长射箭的能手透克洛斯，我相信他们的力量足够强大。即使赫克托耳非常勇猛，但是没有宙斯的帮助，要焚烧战船不是那么容易的事。强大的埃阿斯是不会轻易让他的愿望得逞的。让我们到战场的左侧去吧！在那里我们将获得应得的荣誉。"说完，他们就穿过阵线，朝战场的左侧跑去。

伊多墨纽斯虽然白发苍苍，可是打仗却丝毫不逊色于年轻的战士。伊多墨纽斯遇到的第一个对手是仰慕卡珊德拉并前来求婚的俄特律墨纽斯。俄特律墨纽斯被一枪投中，伊多墨纽斯不禁高兴地夸口："可怜的新郎官啊，看你还怎么娶普里阿摩斯的女儿？其实，如果你站在我们这边，帮我们征服特洛伊，我们也可以做出承诺，把阿特柔斯之子的最漂亮的女儿嫁给你！现在你跟我一起上船商量婚约吧！"他正在得意地嘲讽，阿西奥斯乘着战车赶来救援。还没等阿西奥斯出手，伊多墨纽斯已经投出他的长矛，一下刺中对方的喉咙，阿西奥斯倒在地上，命丧黄泉。他的御者看到这情景吓得目瞪口呆，竟然忘掉了驱车逃跑。涅斯托耳的儿子安提洛科斯立即举起长矛击中御者的肚皮，他那身铜甲没能护住他的性命，只见他从车上栽倒下来，死了。

阿西奥斯的死让得伊福玻斯非常难过，他走近伊多墨纽斯，向对手掷去投枪，伊多墨纽斯机智地躲过了铜枪，藏身在盾牌后面。投枪从伊多墨纽斯头顶上飞过，击中许普塞诺尔的腹部，被击中者立即瘫倒，得伊福玻斯不禁高兴地夸口说："亲爱的朋友阿西奥斯，我算替你报了仇，你不是一个人孤单地去见冥神哈里斯，我给你送来一个人做伴！"阿耳戈斯人趁他得意的工夫，迅速用盾牌把痛苦呻吟的伤者掩护，把他抬回战船。伊多墨纽斯继续战斗，他希望尽自己的力量让同胞们免受灾难。他杀死宙斯抚育的埃叙埃特斯之子，安喀塞斯的女婿，英雄阿尔卡托奥斯，然后兴奋得大喝一声："得伊福玻斯，你觉得三个换一个怎么样？瞧你刚才那个欣喜若狂的样子。你应该亲自和我交手，我要让你知道我的厉害！"得伊福玻斯听他这样说，便考虑了一会儿，是回去找一个勇敢的帮手，还是就这样单独和他交手？思忖结果认为第一个办法比较合适，于是他便和埃涅阿斯一起向伊多墨纽斯发起进攻。伊多墨纽斯从容地在原地站定等待，同时他也呼叫在附近的伙伴过来援助。阿斯卡拉福斯、阿法柔斯、得伊皮罗斯、迈里俄纳斯和安提洛克斯纷纷过来共同抗击特洛伊强大的对手。埃涅阿斯也叫来同伴共同对付敌人。埃涅阿斯率先向伊多墨纽斯投掷长矛，但没有击中，而是插在土里。伊多墨纽斯却一枪击中奥诺马奥斯的腹部，他倒在地上死了。正当胜利者从死者身上拔出长矛并试图剥夺他的铠甲时，特洛伊人密集的矢石投枪朝他射去，他不得不退后几步。得伊福玻斯愤怒地向他投来长矛，这次也没能击中他，击倒了战神阿瑞斯的儿子阿斯卡拉福斯。战神阿瑞斯当时奉宙斯之命和其他神正禁锢在奥利匹斯圣山上，所以他不知道他的儿子在激战中已被杀死。得伊福玻斯刚从死者的脑袋上取下头盔，迈里俄纳斯就跳上去，击中得伊福玻斯的臂膀，迈里俄纳斯又敏捷地从受伤者的臂膀中拔出投枪，迅速返回自己的队伍中间。波利特斯背着受伤的哥哥得伊福玻斯离开了战场，朝他们的战车走去。

其余的人继续厮杀。埃涅阿斯用投枪杀死了卡勒托尔之子阿法柔斯。安提洛克斯击中托昂。特洛伊人阿达马斯没有击中安提洛克斯，却很快被墨涅拉奥斯杀死。赫勒诺斯用长剑砍中得伊皮罗斯的太阳穴，并劈下了他的头盔。墨涅拉奥斯十分悲痛，用枪掷他，恰好对方也投来一矛，双方都没有击中。但是墨涅拉奥斯的长矛还是刺中了对方的手，赫勒诺斯拖着伤口上的长矛连忙逃回到特洛伊的队伍当中去。他的战友阿革诺尔帮他从手上拔出了那支矛，并扯下随身携带的长带为伤者包扎。

现在佩珊德罗斯的灾难到了。当他和墨涅拉奥斯互相靠近的时候，墨涅拉奥斯向他掷出了投枪,偏向了侧旁。佩珊德罗斯却正好把墨涅拉奥斯的盾牌击中,但矛尖未能戳穿坚固的盾牌。佩珊德罗斯喜上心头,以为投中了目标。墨涅拉奥斯马上拔出宝剑扑上,佩珊德罗斯则从盾下抽出闪亮的战斧,两个人相互砍杀。这个特洛伊人勇猛地击中对方的盔饰,却不幸被对方一剑砍中,晃晃悠悠地摔在地上,奄奄一息。墨涅拉奥斯上前踩住他的胸脯剥他的铠甲,解气地说:"你们这些贪婪的特洛伊人啊,你们的丑行迟早要遭到报应。你们那样羞辱我,抢夺我合法的妻子,还把我的许多财宝掠夺。现在你们又想用一把火抛向我们的战船,杀死我们希腊人。伟大的宙斯神啊,人们都说你智慧超过任何人和神,为什么你如此宠爱这般贪得无厌的家伙?"他一边说着一边剥下死者血淋淋的铠甲,交给自己的战友,他自己则又冲进战场继续鏖战。

现在战争正朝着有利于希腊人的方向发展。赫克托耳不知道阿耳戈斯人左翼屠杀特洛伊人,眼看就要取得胜利。因为海神波塞冬仍在激励和保护着阿耳戈斯人在最初闯入营门的地方砍杀,这里士兵和将士的厮杀最为猛烈。

希腊人在这里的防守阵容最为强大。他们奋力阻挡赫克托耳的进攻,两个埃阿斯也在其中并肩作战。当他们感到疲惫的时候,总会有战友接替他的盾牌,奋勇向前,由此形成持久的保卫战。而洛克里斯人却用弓箭和精制的投石器使得特洛伊人军队溃散,特洛伊人在密集的矢石下丧失了斗志,差点就要撤离希腊人的船只和营地,狠狠地逃回伊利昂。幸亏波吕达玛斯及时赶来,对赫克托耳这样说:"赫克托耳啊,我知道在神明的帮助下,你有着非凡超群的作战能力,可是你不可能拥有所有的智慧。你看,现在战斗已经明显地偏向了希腊人那一边,你应该暂时退出厮杀,召唤高贵的首领们开一个会,让大家共同商议,看我们是继续冲上敌人的战船,还是保存我们的实力先行撤退。我担心,希腊人会报复昨天的仇恨,因为那个最骁勇的战士还在他们的船边,随时等待着我们!"

赫克托耳听从朋友的建议,并请他快去召集最高贵的首领们举行会议,他自己先回到战场布置战斗。他一路走,一路呼喊着特洛伊人和盟军的首领,命令他们迅速到波吕达玛斯那里去集合。后来,他在战场的左翼找到了他的兄弟帕里斯,帕里斯正含着眼泪,在鼓舞战士们作战。赫克托耳走过去,不问青红皂白地对他的兄弟喊道:"不祥的帕里斯,我们的勇士都到哪里去了?你看到得伊福玻斯、赫勒诺斯、阿达玛斯、阿西奥斯,还有奥特里奥纽斯了吗?我们的城市即将毁灭,你也无法逃脱可怕的厄运,你应该继续去战斗!"

帕里斯回答说:"赫克托耳啊,你不能错怪我,虽然从前我的确不止一次地逃避战斗,但是自从你率领军队来到希腊人的战船边,我一直都坚守在这里抗击敌人。你问的这几位勇士,只有得伊福玻斯和赫勒诺斯撤离了战场,但是他们的臂膀都受了伤。其他的战友都已经牺牲了。现在让我跟着你走吧！请相信我的决心和力量！"他这样说，赫克托耳内心的怒气平息了不少。随后，两个人一起来到战斗最激烈的地方。宙斯鼓励着特洛伊人的士气，他们在战场上英勇地砍杀。不久，赫克托耳走到了最前面，他奔跑着对敌人发起一次次的冲击，但是希腊人团结一致，已经不像从前那样害怕他了。勇敢的埃阿斯大胆地向赫克托耳挑战，并断言希腊人将取得最后的胜利，但神勇的赫克托耳却不把他的话放在心上，而是率领着士兵冲向敌人。

波塞冬激励希腊人

战斗在外面进行得如火如荼，喧嚣声传入老人涅斯托耳的耳朵里。此时他正坐在营房里，用酒招待受伤的医生马卡昂。当战斗的呐喊声越来越近的时候，涅斯托耳站起身来，把客人交给女仆赫卡墨得，让她为客人准备温水清洗伤口。他自己则拿起长矛和盾牌走出营帐。他看到战场上十分混乱，壁垒已经被推倒，希腊人正在慌乱地溃逃，而特洛伊人在后面紧紧追赶。老人正在犹豫着，是抓紧时间投入战斗，还是去找统帅阿伽门农共商对策比较合适。这时，阿伽门农和奥德修斯、狄奥墨得斯们从海边的战船上走了过来，他们三人现在都身负重伤。三位将领心情沉重地在观察战斗的形势，当他们看到涅斯托耳时，阿伽门农走过来，无奈地对老人说："涅斯托耳啊，你怎么也打退堂鼓了？现在我已经没有办法了。我们辛辛苦苦挖掘的壕沟和建造的壁垒都不能保护战船，敌人已进入了我们的腹地。宙斯是不会让我们胜利的。与其让我们在这里毁灭，不如先躲避灾难吧！现在听我说，让我们把离海最近的战船拖下水，等待黑夜的降临，如果特洛伊人停止进攻，那么我们再把其他的船都拖下水，起航回我们的故乡去吧！"

一旁的奥德修斯听到这个丧气的话非常生气，他抢先说道："阿特柔斯的儿子，你说的是什么话？你应当去率领一支胆小鬼的军队，而不是统帅我们希腊人的军队！这九年多来我们为特洛伊战争付出了多少？现在却要灰溜溜地离开？你刚才说的话太让我生气！战斗正在进行，你却想把战船拖下海去，好让已经占有优势的特洛伊人更占上风。如果我们真的这么做了，希腊人的士气会受到重大的打击，我们就将俯首称臣了！全军的统帅啊！你的想法实在太愚蠢！"

阿伽门农立即回答说："奥德修斯啊，我很感谢你明智的指责，我并不拒绝倾听别人的建议！但愿有人能够提出更好的建议！"

"最好的办法，"狄奥墨得斯大声说，"让我们回去战斗！即使因为受伤不能亲自投入战斗，但我们作为全军的首领应该自始至终站在那里，激励战士们奋勇向前！"

海神波塞冬早已听到他们的讲话，他化身为一个老兵向他们走过来，握住阿伽门农的手说："统帅阿伽门农啊，不要灰心丧气。那个阿喀琉斯眼睁睁地看着希腊人惨遭杀戮，却不伸手援助，是个没有良心的家伙。不过，神明对你们毫无恶意，放心吧，你们很快就会亲眼看见特洛伊人从我们的船只和营帐前逃跑。"海神说完，便放声大喊奔过平原，他的呐喊声好似千军万马在齐声呼喊，这使得希腊的英雄们又充满了勇气和信心。

赫拉也在奥林匹斯圣山上极目远眺，她看到波塞冬在战场上来回奔跑，心里顿时感到一阵欣喜。可是当她看到宙斯正坐在爱达山上的峰巅时，她的心中又升起一股强烈的怒火。她想用个方法骗骗宙斯，好转移他对战争的注意力。突然，她有了一个好主意。她马上向她的卧室走去，那是儿子赫菲斯托斯特意为她建造的，一把门闩把门扇锁进门框，别的神都无法打开。她走进卧室，开始沐浴，并用神膏在娇美的胴体上浓浓地抹上一层，这神膏散发出馥郁的馨香，只要在宙斯的宫殿里转个身子，馨香立刻会充满整个天地。她开始梳理美丽的金发，用手把它编成闪亮的发辫，从头上动人地垂下。接着她穿上雅典娜给她缝制的精致华丽的锦袍，在胸前簪上黄金扣针，在腰上围了一根熠熠闪光的腰带，耳朵上戴上金灿灿的宝石耳坠。最后她罩上极其轻柔的面纱，穿上一双美丽的绳鞋。她就这样光彩照人地走出了卧室，去寻找爱情女神阿佛洛狄忒。

赫拉温柔地对阿佛洛狄忒说："亲爱的孩子，你能帮我个忙吗？希望你别不高兴地拒绝我，因为我帮助希腊人，而你站在特洛伊人那一边。请把你那条能迷惑天神和人的爱情宝带借我一用吧。我要去大地的尽头那里看望我的养父母俄刻阿诺斯和忒提斯，他们一直生活在争吵中，很久没有享受甜蜜的爱情，我想劝说他们相互谅解，言归于好，因此我很需要你的宝带。"

阿佛洛狄忒没有发现这是一场骗局，毫不犹豫地答应她："母亲，你是万神之父的妻子，拒绝你的请求是不对的。"随即她从腰间解下了那条色彩斑斓、艳丽无比的魔力宝带，"拿去吧！"她说，"贴在你的胸前，你肯定会成功从那返回的。"

神后带着宝物离开了奥林匹斯圣山，前往遥远的利姆诺斯岛，到了睡神居住的地方。她直接走进去，请求睡神在当天夜晚使万神之父进入梦乡。睡神听到这个请求吓了一跳。因为他曾按照赫拉的命令，让宙斯昏睡过一次。当时是大英雄赫拉克勒斯远征特洛伊归来，而他的敌人赫拉却要把他独自遣送到科斯岛去。宙斯醒来后立即大发雷霆，在他的宫殿里把众神到处抛掷，若不是能制服天神和人类的夜神掩护了自己，那宙斯一定不会放过自己的。睡神惊恐地回忆起这一切，然后对赫拉说道："伟大的神后赫拉，我也许能够毫不费劲地让任何一位天神沉沉入睡,但我却不敢走近克罗诺斯之子宙斯。我不想再次惹他发怒。请别让我做我不可能完成的事情。"但赫拉却安慰他说:"别害怕,有我在呢。别想远,你以为宙斯帮助特洛伊人会那么热心,就像爱他儿子赫拉克勒斯那样?你按照我的意思去办就好,我将把美惠三女神中最年轻、最漂亮的那个送给你成婚,她将成为你的妻子,帕西特娅,就是你一直渴慕的那一个。"女神这样说,睡神立即高兴地答应了她的要求,但是他要求女神为她的诺言对着神圣的斯提克斯河水起誓。

等赫拉起完誓,行完一切信誓礼仪后,他们便立即离开利姆诺斯岛,来到宙斯所在的爱达山上。睡神为了躲避宙斯的视线,蹑手蹑脚地爬上一棵松树,然后化为一只小鸟隐蔽在浓荫里。赫拉则风情款款地赶到爱达山顶,宙斯正坐在那儿。当宙斯一见到美艳动人的赫拉时,狂热的情欲立刻笼罩在他的心头。他站起来,热情地招呼妻子:"你这是要去哪里啊?怎么连马匹和金车都没有?"

赫拉听了狡黠地一笑,回答说:"亲爱的,我要去大地的尽头,调解我养父母的争端。他们已经很久没有享受爱情的甜蜜啦。"

宙斯回答说:"你改日再去吧,现在还是让我们在这里尽情享受爱情吧,你今天是这样的娇媚动人!"宙斯这样说,紧紧搂住妻子,完全沉浸在爱情当中。赫拉赶紧示意隐身在松树上的睡神,他立刻会意地点点头,走到宙斯面前,悄悄地阖上了宙斯的眼睑。抵挡不住睡意的宙斯很快把头埋在妻子的怀里,沉沉地睡去。赫拉急忙派睡神做使者到波塞冬那儿,告诉他说:"宙斯在我的迷惑下已经进入梦乡,现在是时候赐给希腊人荣誉了!"

波塞冬听后,更加热切地帮助希腊人,他很快冲到希腊人的阵前,放声大喊:"战士们,难道我们要把胜利拱手让给赫克托耳吗?让他光荣地摧毁我们的战船吗?他是利用阿喀琉斯袖手旁观拒绝参战才这样肆无忌惮地夸下海口。如果我们大家都能振奋精神,并肩作战的话,即使没有阿喀琉斯,我们也能战胜赫克托耳!来吧,让我们鼓起勇气,前进!"大家在他的激励下都振作起来,受了伤的阿伽门农、狄奥

◥ 海神波塞冬
仅次于宙斯的强大掌权者,波塞冬具有强大的力量。通过他的三叉戟,波塞冬能够兴风雨、平波浪。但是人们却赋予了他头脑简单的特点。

墨得斯和奥德修斯都开始重新整理队伍，命令大家束紧铠甲，拿好武器，向前进发。海神波塞冬率领着大家，他手里握着令人胆战心惊、有如闪电的宝剑，所到之处，所向披靡，谁也不敢轻易跟他较量。

但是勇敢的赫克托耳毫无畏惧，他率领特洛伊战士冲进战场，双方开始了新一轮的厮杀。赫克托耳首先向大埃阿斯掷出长矛，那长矛击在大埃阿斯的胸前两根交叉的皮带上，盾牌和他的宝剑带保护了他的身体。失去了武器的赫克托耳只得退回自己的队伍中。他正在后退，埃阿斯迅速捡起一块巨石朝他砸去，没有防备的赫克托耳被击中了，他一下子跌倒在地，盾牌和头盔也掉在地上，身上的铠甲发出刺耳的声响。希腊人大声欢呼起来地冲过来，想把倒地的赫克托耳拖走，并向他掷出密集的长矛，但没有人能伤着特洛伊的最高统帅，因为一个个勇敢的将领过来护卫着他。他们是埃涅阿斯、波吕达玛斯、阿革诺耳、吕喀亚人萨耳佩冬和格劳库斯。他们高举着盾牌，挡住赫克托耳的身体，并用手把他托起，抬上战车，送回特洛伊城。

希腊人看到赫克托耳远离战场，丝毫没有松懈斗志，而是更加勇猛地扑向特洛伊人。埃阿斯在战场上最为英勇，他朝着敌人拼命刺杀，许多特洛伊人不幸丧命于他的长矛之下。虽然希腊人中也有几位英雄阵亡，但此时战场上的优势明显偏向希腊人这一边，特洛伊人被打击得抱头鼠窜，撤回到了他们战车停驻的地方。

赫克托耳放火烧船

特洛伊人逃到他们战车的附近才停下脚步。这时，爱达山顶上的宙斯醒了过来，他从赫拉的怀里抬起了头，清醒后的他很快跳起来站定，一眼就看到了下面战场的景象：特洛伊人在混乱中逃跑，希腊人在后面紧紧追击，波塞冬正在希腊人的队伍中间。他又看见赫克托耳昏沉沉地躺在战车上，喘息着不断地口吐鲜血。人神之父宙斯对赫克托耳充满着怜悯之情。然后他回过头怒视赫拉，责备她：“你这恶毒的女人，又是你使的诡计吧？是你让赫克托耳受伤，让特洛伊人遭受不幸的吧？难道你忘了使阴谋的后果了吗？你可记得当年你被吊在半空中示众的样子，你的双脚缚在铁砧上，双手捆绑的是永远挣脱不断的金链子，奥林匹斯圣山上所有的神都不敢帮助你。现在我重提这件事，是为了让你记住教训，不要随便对我使用阴谋诡计。"

赫拉听了心里害怕，但是她还是辩驳说：“现在我请大地、天空以及那斯提克斯河的流水为我作证，波塞冬并不是因为我的命令才去反对和加害特洛伊人的。出于对阿耳戈斯人的同情，他才去帮助他们的。其实我很希望能劝说他，按照你的命令去行事。"

宙斯听了她的话，微微一笑，他回答说："如果你和我的意见一致，那么波塞冬很快就会按你我的意思改变主意的。如果你刚才的话完全出于真心的话，那就请你回到众神中间去，命令伊里斯和阿波罗立即到我这里来。我会叫伊里斯转告波塞冬立即停止战斗回到宫殿去。我要让阿波罗去激励受伤的赫克托耳，要让他忘记痛苦，重新投入战斗，使阿耳戈斯人恐慌，转身逃窜。这样，他们就不得不请阿喀琉斯出山了。"

赫拉不敢违抗，立即离开爱达山巅，回到奥林匹斯圣山。她走进诸神正在用餐的大厅，神们见天后到来，都站起身来，举起酒杯，向她致意。她接过女神忒弥斯的酒杯，喝了一口，然后告诉他们宙斯的命令，阿波罗和伊里斯急忙领命离去。赫拉的嘴角挂着微笑，但并不高兴地对大家说："我们真糊涂，竟然想对抗宙斯。他根本不会把我们放在心上，因为他坚信自己是众神中权力最广大、力量最高强的那一位。如果他对你们动用武力，最好是忍受。我看阿瑞斯要注意了，他最亲近的儿子阿斯卡拉福斯已经在战斗中被杀死。"她一说完，战神阿瑞斯便暴跳起来，他愤怒地说道："即使宙斯用雷电把我击死，我也要前往战场为我的儿子报仇！"他说完，立即披起闪亮的戎装，准备出发。幸好雅典娜阻拦了他，让他再忍耐一会儿，不然，更可怕和激烈的战争将在宙斯和众神之间爆发。

现在，伊里斯接受任务，迅速地来到战场上找到波塞冬，并传达了宙斯的命令。海神心里很不高兴，他说："他说话未免太狂妄，我和他一样强大，他竟然处处威胁我。当年我们三兄弟抓阄划分权力，我抽中的是掌管蓝色的海洋，哈里斯统治昏冥世界，宙斯则分到广阔的天空，但是大地和奥林匹斯圣山则归我们共同管理！我绝不会按照他的旨意行事的！让他把这些话拿去训示他的儿女吧！"

"我要把你刚才这些强硬的话回复给万神之父吗？或者你想做些改变？"伊里斯试探地问他。

海神波塞冬思考了一会，重又回答他说："谢谢你明智的劝告。虽然我内心很气愤，但我还是决定先对他让步。但我要声明，今天我记住了他的威胁，但日后他若再反对我，反对保护希腊人的奥林匹斯神，并拒绝毁灭特洛伊，而使希腊人得不到他们的荣誉的话，我们之间的怨隙将不可弥合！"说着他离开战场，回到大海深处。

宙斯派他的儿子阿波罗去见赫克托耳，给他灌入巨大的勇气和力量。阿波罗很快找到赫克托耳，只见他已不再躺着，而是坐了起来，恢复了精神。他也不再喘气和流汗了，自从宙斯决定让他苏醒。阿波罗站到他身旁轻声地问他："赫克托耳，你为什么离开军队坐在这里？你遭遇了什么？请告诉我，让我替你伸张正义。"他疲惫地抬起头回答说："你是哪位仁慈的神亲自赶来看望我？你是否听说，正当我在希腊人的船尾进行厮杀的时候，埃阿斯用一块巨石击中我的胸部，阻止我的胜利？我原以为，今天我就将前往冥王哈里斯的宫殿了！"

"请放心吧！"阿波罗回答说，"我会保护你的。我是宙斯的儿子阿波罗，是他派我来帮助你、保护你。就像从前我帮助你那样，我会走在你们的前面，为战车前进开辟道路！现在你立即坐上马车，去激励将士们吧！"

赫克托耳听完阿波罗的话，马上跳起来，迅速地跑去激励特洛伊人的将士们。当希腊人看到赫克托耳重新回到部队，全都惊慌失措。擅长演讲的埃托利亚人托阿斯看到赫克托耳冲在了前面，他马上对大家说："天哪，真是一个奇迹啊！我们都亲眼看到埃阿斯用巨石击倒了赫克托耳，原以为这次他必死无疑，没想到现在他居然又驾着战车冲了过来。一定是哪位神明救了他！你看他现在斗志昂扬的，肯定是宙斯在援助他！现在我提议，让全军部队都退回战船，把最优秀的将士们聚拢到最前线，抵挡赫克托耳和特洛伊人新一轮的攻击。"

英雄们都赞同他的意见，立即到两位埃阿斯、伊多墨纽斯、迈里俄纳斯和透克洛斯的周围，其他的部队则有序地后退到战船上。特洛伊人的队伍开始蜂拥般地冲过来，赫克托耳站在队伍的最前列，率领着士兵们前进。阿波罗则隐身在云雾中，手持可怖的盾牌，为特洛伊人提供最强有力的保障。希腊英雄们严阵以待，震耳欲聋的呐喊声响彻云霄。很快，战场上无数的投枪飞舞，数不清的箭矢脱离弯弓。阿波罗握住盾牌不动，双方的枪矢往来，特洛伊人击中了希腊人的身体，但是希腊人在阿波罗的金盾面前失去了勇气，陷入了恐慌。

现在，阿波罗赐予赫克托耳和特洛伊人巨大的荣誉。赫克托耳先是杀死了波奥提亚人的国王阿尔克西拉奥斯，接着又刺死墨涅斯透斯的好友司级提奥斯；埃涅阿斯杀死雅典人伊阿索斯和埃阿斯的异母兄弟墨冬；波吕达玛斯杀了墨基斯透斯；波里特斯一剑就砍下埃基奥斯的脑袋；克洛尼奥斯在阿革诺耳的长矛下丢了性命。帕里斯从后面击中了正在逃跑的得伊奥克斯的箭头，长矛从后背穿过了胸部。正当特洛伊人忙着剥取死者的铠甲时，阿耳戈斯人逃往壕沟和木桩那里，有些因为恐惧躲在了壁垒后面。赫克托耳依然鼓励特洛伊人继续前进："战士们，放下那些尸体，快去进攻战船！"他一面大声呼喊，一面策马扬鞭朝战船的方向奔去，特洛伊的英雄们纷纷响应，驾着战车跟了上来。

阿波罗冲在最前面，抬起他的神脚踢掉战壕边的沟土，把它踢进战壕，填成一条通道。特洛伊人涌过通道，太阳神又利用他的神力，毫不费力地推倒希腊人的壁垒。希腊人见状，慌乱地四处逃散，他们一直逃到船边才停下脚步，开始高举双手向众神哀求祈祷。涅斯托耳的热切祈求得到了宙斯的同情，他用响雷声回答涅斯托耳。特洛伊人听见雷声，以为是宙斯降下的喜兆，更猛烈地向希腊人冲去。

双方在战船上展开了搏斗。

当希腊人和特洛伊人在壁垒边激战时，帕特洛克罗斯仍然坐在欧律皮洛斯的帐篷里为他治疗伤口。当他看见特洛伊人已经越过壁垒，听到阿耳戈斯人恐怖的喧叫声时，他不禁放声长叹，双手使劲拍打大腿，痛苦地说："欧律皮洛斯，尽管我想继续为你医治伤口，但是现在大战临头，我必须马上回去找阿喀琉斯，希望在神明的保佑下能够劝动他重新投入战斗！"

战船边的厮杀越来越激烈。赫克托耳和埃阿斯为争夺一艘战船而展开了激战。赫克托耳制服不了埃阿斯也就不能放火烧毁战船，埃阿斯也无法击退强大的赫克托耳的进攻。埃阿斯一枪刺中赫克托耳的堂兄弟卡勒托耳，赫克托耳赶紧呼叫将士们过来救援，不让敌人剥夺自己堂兄的盔甲。随即，他愤怒地朝埃阿斯投去了长矛，没有射中，但是刺死了埃阿斯的朋友吕科弗戎。埃阿斯难过极了，赶紧让透克洛斯前来支援。透克洛斯立刻背上满壶的箭矢来到埃阿斯身边，瞄准特洛伊将士不断放箭。他的箭射中波吕达玛斯的御者克勒托斯。波吕达玛斯看见，迅速冲了过去。透克洛斯紧接着又朝赫克托耳射去一箭，但宙斯却让透克洛斯的箭弦绷断，弦掉在地上，弯弓也随之脱了手。透克洛斯发现神有心阻挠，感到十分沮丧。这时埃阿斯劝他放下弓箭，执矛持盾继续作战。透克洛斯听从了他的建议，放下弓箭，拿起精制的盾牌，并在头上戴了一顶坚固的头盔。赫克托耳发现透克洛斯放弃了弓箭，便对战士们大声呼喊："战士们，勇敢前进啊！我亲眼看见雷霆之神使他们最杰出的弓箭手的弓箭失灵，神们现在是站在我们这边的！让我们接受神赐予的荣誉吧！"

埃阿斯也在战场上鼓励着他的战士们："耻辱啊！希腊人，现在就是战死，我们也得保卫战船，驱逐特洛伊人。你们想想吧，如果赫克托耳真的烧毁了战船，你们就只能徒步回家了！我们别无选择，只能拼命苦战！"说完，他挺枪杀死了拉奥达马斯。每当埃阿斯杀死一个特洛伊英雄的时候，赫克托耳也用一个希腊人的死亡为同胞复了仇。

在混战中，墨涅拉奥斯杀死了多洛普斯，希腊人蜂拥而上，剥取他的武器和铠甲。赫克托耳召来他的兄弟和亲戚，鼓励大家全力以赴地投去战斗。希腊的战士们在埃阿斯的鼓励下，用长矛和盾牌筑起了一道护卫铜墙，保卫他们的战船。墨涅拉奥斯鼓励涅斯托耳的儿子安提罗科斯："你是全军最年轻最机灵的战士，也是最勇敢的一位，你若冲上前，杀死一个特洛伊人，那将为全军带来荣耀！"这番话激起年轻人的士气，安提罗科斯果然冲了出去，他观察了战场的形势，然后掷出长矛，特洛伊人见状纷纷躲避，他的长矛击中希克塔昂的儿子墨拉尼波斯。墨拉尼波斯砰然倒地，死了。安提罗科斯立刻跑了上去，想要剥取死者的铠甲。

可是这一切逃不过赫克托耳的眼睛,当他朝年轻的希腊战士跑来的时候,安提罗科斯马上转身逃跑。特洛伊人和赫克托耳呐喊着朝他投枪射箭,他头也不回逃回到自己的队伍中。

特洛伊人像一群嗜血的狮子那样扑向了战船。宙斯决定实现忒提斯的愿望,增强特洛伊人的力量,削弱希腊人的斗志,直到阿喀琉斯被请回队伍当中。宙斯要给赫克托耳荣誉,让他给希腊战船燃起熊熊火焰,而后宙斯再从这个时候改变战局,把溃逃的命运降临在特洛伊人的头上,把胜利重新赐给希腊人。

此时,赫克托耳怒气冲天,举起长矛大肆砍杀,浓密的双眉下闪耀着凶狠的目光,头盔上的羽饰应和着猛烈的战斗也在空中激昂地挥动着。宙斯知道赫克托耳的死期将至,于是最后一次赋予他神力和威严。雅典娜正在一步步地引他走向残酷的厄运。可现在还为时过早,赫克托耳往希腊人最密集的地方冲去。他作战英勇,气势逼人。希腊人排列紧密,阵营看似牢不可破,很快却因惊惧而溃散。

希腊人再次遭受沉重的打击,开始从前排的战船上撤退,但特洛伊人潮涌般地追击。希腊人不得不退出那些船舶,但他们并没有被击垮,恐惧和羞愧使他们聚集在营帐周围。他们相互鼓励,特别是老英雄涅斯托耳,他高声呐喊:"希腊的勇敢战士们,你们要勇敢!请你们想一想你们的妻子儿女还有你们的双亲,我以你们远在故乡的亲人的名义,请求你们坚持住,不要逃跑。"他的请求使士兵们重新积聚作战的勇气。忒拉蒙的儿子埃阿斯不愿意留在士兵们溃逃的地方,他在战船甲板上大步抵挡,他手里挥动的是一根二十二寸长的标枪,从一条船跳到另一条船,他放声呐喊,召唤希腊人为保护他们的战船和营帐继续战斗。赫克托耳也没有待在特洛伊人中间,而是犹如一只老鹰在大海边觅食一样,他朝着一艘战船奔过去。宙斯从他后面推着他,使他首先跃上战船,士兵们随他蜂拥而上。

于是争夺战船的血腥拼杀又将开始。希腊人看着自己的战船就要受到威胁,拼死也要保住自己的战船,而特洛伊人却一心想要把战船付之一炬,彻底烧毁。赫克托耳终于来到了一艘战船的船尾。这是帕洛特西拉俄

死神 奥地利 斯坦梅尔

浑身只有骷髅的死神也长着像天使一样的翅膀,悄悄地从天上降临,宣告这个人生命的结束。

斯当年来特洛伊时乘坐的大船，可惜他自己在这场战争中第一个丧身。战船犹在，可惜不能载他返回故乡了。现在，希腊人和特洛伊人围绕这艘战船展开了凶狠的搏杀。短兵相接中，投枪和弓箭都已派不上用场，双方用锐利的铁钺、斧头和利剑、长矛面对面地砍杀。许多人在血腥的屠杀中丧命，地上血流成河。赫克托耳紧紧守住船尾，他大声地命令特洛伊人："快把火把递给我！今天宙斯将引领我们报仇雪恨！这些船带给我们多少苦难。让我们占领它们，这是宙斯给我们的命令！"

赫克托耳这样说，特洛伊人的进攻更加猛烈，四周的箭矢乱飞，埃阿斯几乎抵挡不住赫克托耳的进攻了，他不得不向后退去，从船舷上退避到舵手的长凳上，但他仍然警觉地站在那里挥舞长矛，抗击举着火把拥来的特洛伊人。与此同时，他向他的同胞大声吼道："战士们，要勇敢啊！让我们保持战斗勇气，勇往直前吧！我们身后没有什么坚固的堡垒可供我们躲避，没有特洛伊城那样的城市供我们藏身，我们没有后退的余地了！现在我们远离故土，征战在敌人的土地上。我们想要得救只能依靠双手拼搏！"他一面呼喊，一面举枪迎击举着火把逼近船只的敌人。不一会儿，他就把十二位特洛伊人杀死在船边。

帕特洛克罗斯之死

当埃阿斯站在船上与敌人进行殊死搏斗的时候，帕特洛克罗斯急忙去找他的朋友阿喀琉斯。他一走进营帐，脸上的热泪便流淌不止，阿喀琉斯看他这样难过，立即问他缘由："你为什么哭泣，亲爱的帕特洛克罗斯，瞧瞧你，哭得像个泪水涟涟的小姑娘。你是不是有事要向我禀报，还是从佛提亚传来了什么坏消息？我知道，你的父亲墨涅提俄奥还健在，我的父亲珀琉斯也健在！或者你是为阿耳戈斯人命运而落泪？他们的悲剧完全是自己造成的。说吧，你有什么心事别闷在心里，赶快告诉我吧！"

帕特洛克罗斯长叹一口气回答道："最勇敢的英雄，很抱歉我控制不了自己的情绪，如你所料，阿耳戈斯人遭受了巨大灾难。我们军中所有最勇敢的将士现在都躺在船舱里，他们不是被长矛击中就是被弓箭射中。狄奥墨得斯中了箭；奥德修斯和阿伽门农都中了枪伤；欧律帕洛斯也被利箭射中了大腿。他们现在都在接受治疗，暂时不能参战了。而是你啊，阿喀琉斯，为什么你还这样执拗。如果你现在不去救助阿耳戈斯人，更待何时？狠心肠的人啊！你不是珀琉斯之子，也不是忒提斯所生，生你的是阴沉的大海或是坚硬的顽石，你的心肠才会这样冷酷无情！如果是什么预言使你心中害怕，是你母亲的话或者哪位神明的命令让你不能参加战斗，那就让我带领米尔弥冬人的部队，立即去战场，也许能够帮助希腊人。把你的铠甲借给我披挂，当我战斗时，特洛伊人可能会把我误认为是你，也许这样能使战争稍微缓冲一下，我希望以此能让阿耳戈斯人得到片刻的喘息机会！"

阿喀琉斯听了这话，愤怒地回答他："你在说什么呢？即使有什么预言，我也不会放在心上的。我根本也没有得到我母亲或者哪位神明的命令。我内心忍受着巨大的痛苦，那是因为有人依仗权势，随意抢走和他平等的人的战利品，剥夺他人的荣誉。不过已经发生的事情就让它过去吧，我从来没有怀恨在心，虽然心中的愤怒永远不会消散，但是内心的怒火，我早就说过，只有等到战争逼近我的战船时，我才愿意采取必要的行动。现在你去穿我的铠甲吧，率领米尔弥冬人前去参战。你尽力去打击特洛伊人，把他们从战船上赶走，不让他们纵火烧船，截断我们的归程。你不要贪恋战争与杀戮，因为神明还是宠爱他们的。一旦解救了船只的危难便返回这里，让其他的人留在战船上厮杀吧！但愿所有的特洛伊人都被杀光，阿耳戈斯人被毁灭，只留下我们两个人，让我们亲自去征服特洛伊城！"

正当他们谈话的时候，战船附近的厮杀越来越激烈，埃阿斯也坚持不住了，敌人密集的箭和长矛频频向他射来，在他的头盔上打出叮叮当当的声响。他那扛着盾牌的左臂已经感到乏力了，埃阿斯气喘吁吁，浑身汗水淋漓，周围险恶的战情根本容不得他有片刻的休息时间。赫克托耳冲向埃阿斯，挥舞锋利的长剑，把他的长矛的矛尖砍落在地上。这时，埃阿斯打了个寒战，他心里很清楚，这是神有意与希腊人作对，要把胜利赐给特洛伊人。他绝望地后退，赫克托耳乘机往船上扔了一个大火把，船只立即燃起了熊熊的烈火。

战船上很快火光冲天，坐在营房里的阿喀琉斯心里感到一阵痛苦。他狠狠地拍了下自己的大腿说："帕特洛克罗斯，你快去吧，我看见战船燃起了战火，不能让敌人夺走我们的战船，把我们的回乡之路切断！你赶快穿上盔甲，我去召集我的士兵！"帕特洛克罗斯听了很高兴，他急忙穿起阿喀琉斯的盔甲。他先给小腿披上盔甲，用银扣给它牢牢扣紧，接着又在胸前系上星光灿烂的护甲，然后他背上铜剑，挎上坚固的盾牌，戴上精制的战盔，最后他抓起了两根结实的长矛。他没有借用阿喀琉斯的长矛，因为他根本举不动它，只有阿喀琉斯才能把它挥动。那只长矛是从佩利昂山巅取来的，是半人半马的肯陶洛斯人喀戎赠给珀琉斯的，后来传到阿喀琉斯手上。现在帕特洛克罗斯吩咐他的朋友和御手奥托墨冬套上两匹神马克珊托斯和巴利奥斯，它们快如闪电，风暴神波达尔格拉当年在环海边的牧地和风草神泽费罗斯生育了它们。奥托墨冬还套上纯种的佩达索斯作骖马，那是阿喀琉斯攻下埃埃提昂城带回来的战利品，它虽然是凡马，却能与神马并驾齐驱。

这时，阿喀琉斯也已经亲自召集由米尔弥冬人组成的一支军队，共有五十条快船，每条船配备五十位强壮的船员。他任命了五个首领作为副将，分别指挥队伍，这五位首领是：墨涅斯提奥斯，他是河神斯佩尔赫奥斯和珀琉斯的美丽的女儿波吕多拉所生的儿子；赫耳墨斯和波吕墨拉的儿子欧多罗斯；迈马洛斯的儿子佩珊德洛斯，他是米尔弥冬人中间作战技巧仅次于帕特洛克罗斯的战士；最后是福尼克斯和拉厄耳忒斯的儿子阿尔克墨冬。

阿喀琉斯让全体战士和首领整好队形，各就各位，他开始发表有力的讲话："米尔弥冬人啊，但愿你们谁也没有忘记，当这段时间你们被留在战船上的时候，你们曾多次愤怒地威胁特洛伊人，也严厉地责备我不应该愤怒。现在，你们渴望的时刻终于到来！勇敢地战斗吧！"说完，他走进营帐，把一只嵌花的精美的箱子打开，里面是母亲忒提斯亲自给他的礼物，有短衫、披风、锦被和其他珍宝。他取出一只精制的双耳酒杯，这只酒杯除他以外无人动用过，他自己也只用它盛酒向众神之父宙斯献祭。现在，他把酒杯冲洗干净，再洗净双手，斟了一杯美酒走到门外，他仰望天空，然后浇酒在地，向宙斯祈祷道："伟大的天神之父宙斯啊，你曾经宽厚地满足了我惩罚阿耳戈斯人。现在请求你再满足我一个心愿：我自己仍将留在船边，但派我的战友率领米尔弥冬人前去作战，雷霆之神宙斯啊，请把荣誉赐给他们，让保佑我的朋友帕特洛克罗斯平安回来！"宙斯听到了他的祈祷，同意了他的第一个请求，却拒绝了另一半。他愿意赐给帕特洛克罗斯荣誉，让他阻挡特洛伊人强势的进攻，但是不同意让他平安归来。阿喀琉斯祈祷完毕，返回营帐，收好酒杯，然后出来观看这场血腥的战斗。

帕特洛克罗斯率领米尔弥冬人进入战场，他自己一马当先，率兵冲入敌阵，和敌人厮杀起来。希腊人以为阿喀琉斯又参战了，情不自禁地欢呼起来。特洛伊人看到令他们闻风丧胆的阿喀琉斯又出现了，仓皇逃命。希腊将领精神为之大振，勇敢地杀向敌人。帕特洛克罗斯对准特洛伊人群最密集的地方，掷出他那闪亮的长矛。派奥尼亚人皮赖克墨斯被刺穿右肩，大叫一声倒在地上，派奥尼亚人纷纷惊恐得四处逃窜。帕特洛克罗斯迅速把敌人从战船边赶走，将火扑灭，那条战船只烧毁了一半。现在轮到特洛伊人大声呼叫惊慌逃跑，他们被希腊人赶到战船间的巷道中，希腊人很快地追了上来，但特洛伊人并没有后退，而是镇定地面对希腊人的攻击。现在，战士对战士，将领对将领，双方展开了肉搏之战。帕特洛克罗斯用长矛击中了阿瑞吕科斯的大腿，矛尖直接穿进去，那人倒在地上，死了。墨涅拉奥斯挥枪击中托阿斯的胸口，他的手脚立刻瘫软，不能动弹。费琉斯的儿子墨革斯动手击中了安菲克罗斯的腿跟，让他迅速地闭上了双眼。涅斯托耳的儿子安菲洛克斯刺中用长矛击中阿廷尼奥斯的臀部，那人立即栽倒在地上。愤怒的马里斯冲过来，为他的兄长报仇，但涅斯托耳的另一个儿子特拉叙墨得斯首先举枪刺中他的肩膀，割断了胳膊，使他倒在地上，再也爬不起来。小埃阿斯上前抓住了在人群中逃跑的克勒奥布罗斯，即刻用利剑砍了他的脖子，一剑断送了他的性命。佩涅勒奥斯和特洛伊英雄吕孔互掷投枪，都没有刺中对方。现在双方又挥剑互砍，吕孔一剑砍中对方盔顶，把剑柄给折断了，佩涅勒奥斯趁机朝对方脖子送上一剑，结果了结了对方的性命。迈里俄纳斯追上了正要登车逃跑的阿卡马斯，用剑砍中他的右肩，他当即栽下车来，死了。伊多墨纽斯用他无情的长矛刺入埃律玛斯的嘴巴，他当场毙命。

　　大埃阿斯一直在寻找机会对赫克托耳投下长矛，但久经沙场的赫克托耳一直用盾牌挡住身体，任呼啸而来的箭矢和投枪弹落在地上。这位英雄已经看出战争的优势明显转向敌人，但他仍坚定地留在战场上，保护和支援他亲密的战友。随着敌人的不断追赶和进攻，特洛伊人纷纷仓皇地往回逃跑，无数的战马飞速奔驰折断了辕杆，许多战车都在碰撞中撞碎，特洛伊人溃不成军，侥幸逃出来的人蜂拥着往特洛伊城奔逃。帕特洛克罗斯看见哪里的人最密集，就呐喊着追向哪里。许多人从车上翻身栽倒在车轮之下，战车也随之被翻倒。帕特洛克罗斯径直越过宽阔的战壕，因为驾驶的是阿喀琉斯的神马。帕特洛克罗斯策马飞奔，一心想要追上赫克托耳。他一路追赶，截住了最近的特洛伊逃兵，迫使他们掉转身奔向船舶方向，不让他们逃往特洛伊城，于是他在战船和壁垒之间开始了血腥的杀戮。吕喀亚人萨耳佩冬看到这情景十分悲痛，他愤怒地对自己的战士说："让我去会会那个家伙，看看他究竟有多大的能耐，竟然杀死我们这么多的战士。"他这样说，全副武装地跳下战车，帕特洛克罗斯看见了，也跳下自己的战车。两人吼叫着互相厮杀。

　　宙斯坐在山上看见了，顿生恻隐之心，他对一旁的妻子赫拉说道："可怜呐，我的儿子命中注定要死在帕特洛克罗斯的手下。现在我的心动摇了，是让他活着走出战场回到吕喀亚去，还是让他被帕特洛克罗斯杀死。"赫拉很不屑地回答道："你在说什么？你想拯救一个注定要死的凡人吗？你这么干吧，其他的神一定不会同意。我劝你不妨考虑一下，如果所有的神都像你一样，把自己的儿子救出战场送回家，那该怎么办？许多神会怨恨你，他们的儿子也参与在这场战争中。如果你那么心疼萨尔佩冬的话，那就让他死在战场上，等到灵魂和生命都离他而去，你再派睡神把他的遗体送往吕喀亚，让他的亲友为他隆重安葬！"宙斯听后，并不反对，他立即向大地洒向一片细雨，以此来祭奠他即将死去的儿子。

　　现在两位勇士互相逼近，距离只有一箭之遥，帕特洛克罗斯首先击中萨耳佩冬的侍从特拉叙墨洛斯。萨耳佩冬随即进攻，掷出的长矛没有刺中帕特洛克罗斯，却刺中了良马佩达索斯的右肩，佩达索斯喘着粗气痛苦地倒在地上死了。旁边的两匹神马受到惊吓，变得狂躁起来，轭具嘎嘎作响，缰绳和倒地的骓马缠在一起，幸亏驾车的奥托墨冬果断地从腰间拔出利剑割断死马的缰绳，那两匹马才恢复正常。

　　萨耳佩冬第二次投枪，长矛从敌人的左肩飞过，仍是没能击中对方。帕特洛克罗斯马上掷出投枪，投中了萨耳佩冬的心脏，他当即倒了下去，痛苦呻吟。直到朋友格劳库斯来到他身边，他用尽最后的力气叮嘱好友一定要坚持战斗，并请战友们抢出他的身体，防止希腊人剥夺他的铠甲。话一说完，他便闭上眼睛离开了人世。

　　格劳库斯十分痛苦，他用手按住胳膊上的伤口，那是透克洛斯在他进攻壁垒时给他一箭留下的伤口。他立即向阿波罗祈祷，请求太阳神治愈他胳膊上的箭伤，使他不至于被重伤所累，无法作战。太阳神听见了他的祈求，立即止住了他伤口的疼痛，给他的心灵灌输了极大的安慰。于是他到各处去召唤特洛伊人的将领，让他们快来为萨耳佩冬战斗，英雄波吕达玛斯、阿革诺耳和埃涅阿斯、赫克托耳都赶过来保护萨耳佩冬的尸体。他们听说这位英雄的死讯都悲痛万分，萨耳佩冬虽说是外族人，却已经成为保卫特洛伊城的最坚固堡垒，他为了保护特洛伊，率领了无数军队，在战场上总是冲在前头。诸将领在赫克托耳的带领下，朝着敌人扑过去。另一方，勇敢的帕特洛克罗斯也激励希腊人奋勇迎战。就这样，特洛伊人、吕喀亚人与米尔弥冬人、阿耳戈斯人围绕着萨耳佩冬的尸体展开了一场凶猛的战斗。

　　宙斯仔细地观看着这场战斗，他给整个战场罩上可怕的昏暗，使得这场围绕他儿子的争夺战更加恐怖。起初，特洛伊人先取得优势，米尔弥冬人埃佩格斯被杀死，这引起了帕特洛克罗斯的极大愤怒，他立即迅猛地穿过阵线冲到了前列，击退了特洛伊人和吕喀亚人的进攻。宙斯始终坐在爱达山峰顶观察战情，现在他思考的是让阿喀琉斯这位高贵的朋友立即死在赫克托耳手下，还是再让他杀死许多特洛伊人立下大功。最后，宙斯还是决定再把特洛伊人和赫克托耳赶到城边，使他们许多人丧失性命。这样的决定使得赫克托耳的心情也变得怯懦起来，他登山逃跑，其他的特洛伊人紧紧跟随，勇敢的吕喀亚人也无心恋战，一起逃跑。希腊人上前剥下了萨耳佩冬的铠甲，宙斯这时吩咐阿波罗把他儿子的尸体带回吕喀亚。于是阿波罗迅速从神山降到战场上，背起萨耳佩冬的尸体，把它带到很远的地方，仔细用河水清洗，然后抹上香膏，穿上不朽的衣袍，最后把它交给睡神和死神这一对孪生兄弟。两兄弟把尸体送回吕喀亚，用故乡的泥土为他安葬。

　　现在，帕特洛克罗斯催促战马和奥托墨冬继续追击逃跑的特洛伊人和吕喀亚人。倘若他记得阿喀琉斯给他的忠告，便可以躲过即将到来的黑色死亡。就这样，他英勇无敌地向前冲去，接连杀死九个特洛伊人。如果不是阿波罗站在坚固的城楼上帮助特洛伊人的话，阿耳戈斯人凭借帕特洛克罗斯的力量就能够攻下特洛伊城了。帕特洛克罗斯三次冲击特洛伊的城墙,三次都被阿波罗阻挡。当他第四次凶猛地发起冲击的时候,阿波罗大声呵斥道:"快退下!帕特洛克罗斯,特洛伊城注定不是毁在你的手下,即便是比你强大的阿喀琉斯也不行!"帕特洛克罗斯听到后只得服从神的命令,后退了一大段距离。

这时,赫克托耳在城门前勒住了马,停下了战车,他正思考着是率领士兵回到战场作战,还是命令所有的部队退回城内。正当他犹豫不决时,阿波罗化身成赫卡柏的兄弟阿西奥斯,走到他的面前说:"赫克托耳,为什么停止战斗?要是我能像你那样强大我一定继续作战!赶快驱着你的马追赶帕特洛克罗斯吧,阿波罗赐给你胜利,说不定你能追上他。"阿波罗说完便回到了战斗中去。赫克托耳立刻吩咐他的御者克布里奥涅斯催马向战场奔去。阿波罗这时已在希腊人的队伍里制造混乱,为赫克托耳和特洛伊人的到来做好准备。赫克托耳并没有停下来刺杀任何阿耳戈斯人,径直朝帕特洛克罗斯追去。

帕特洛克罗斯当即从战车上跳下来,他左手握住长矛,右手从地上抓起一块大石头,朝赫克托耳砸去,石头未能击中目标,却砸到战车的驾驭者克布里奥涅斯头上。赫克托耳跳下车来抢救战友,帕特洛克罗斯也跳下车来,去抢夺战利品——驾驭者的铠甲。这样,两个英雄便面对面地交锋了,他们打得难分难解。其余的特洛伊人和阿耳戈斯人互相搏击厮杀,无数的投枪和箭在战场上飞来飞去。战斗一直到了傍晚,希腊人才占了上风,他们从特洛伊人的枪矢下夺走了克布里奥涅斯的尸体,剥下了他身上的铠甲。

帕特洛克罗斯更加凶猛地冲向特洛伊人,他三次大喊着冲上去,每一次都杀死了九个人。当他第四次冲上去的时候,死神已在身旁悄悄地窥视。关键时刻阿波罗出战了,并裹在一团浓雾里,用手在帕特洛克罗斯的肩和后背上打了一下,打得他两眼昏花,神又击落了帕特洛克罗斯的长矛。与此同时,躲在暗处的欧福尔波斯从背后刺了他一枪,赫克托耳又从正面给了他一剑。就这样,帕特洛克罗斯遭到致命的袭击,倒下了。赫克托耳十分得意地对着倒下的帕特洛克罗斯说道:"你还以为能够摧毁我们的城池,夺走我们的妇女,哈哈,可怜的人啊,现在就是阿喀琉斯也救不了你。"帕特洛克罗斯用他那虚弱的声音回答道:"现在你终于可以幸灾乐祸了,是宙斯和阿波罗把胜利赐给你。如果没有他们,即使是二十个和你一样的士兵来攻击我,也将全部倒在我的长矛之下。是残酷的命运和阿波罗杀死了我,然后是欧福尔波斯,你是第三个。我要告诉你的是,你的死期也不远了,你将死在阿喀琉斯的手下!"说完,帕特洛克罗斯立刻咽气,前往地府见哈里斯去了。

争夺帕特洛克罗斯遗体之战

为争夺帕特洛克罗斯的遗体，特洛伊人欧福尔波斯和希腊人墨涅拉奥斯首先展开了一场你死我活的拼杀。欧福尔波斯大声喊道："你杀死了我的哥哥许普勒诺耳，使他的妻子成了寡妇，我要你血债血偿！"说着便举起他长矛向墨涅拉奥斯刺去，矛头刺在盾牌上立刻就弯了。墨涅拉奥斯也举起他的长矛，一枪刺中敌人的咽喉。欧福尔玻斯没来得及发出最后一声惨叫就倒地死了，墨涅拉奥斯取走他的武器，若不是因为阿波罗嫉妒，死者身上的铠甲也将作为战利品被带走了。因为这时阿波罗化身为喀科涅斯国王门忒斯去找赫克托耳，提醒他不要追赶阿喀琉斯的神马，因为那是不可能获得的。赫克托耳带领着他的人马随即转向欧福尔玻斯的尸体，突然看见墨涅拉奥斯正从欧福尔玻斯的尸体上卸下铠甲，便大喝一声。墨涅拉奥斯知道自己战不过这位特洛伊英雄，就只好丢下尸体和铠甲撤退，火速奔向战场寻找英雄大埃阿斯。

墨涅拉奥斯终于在混乱的战场上找到了大埃阿斯，便急忙喊他，要求他立刻与自己同去夺回帕特洛克罗斯的尸体。当他们赶到尸体那儿时，赫克托耳已经剥下了帕特洛克罗斯的铠甲，正要把尸体的头砍下。但他看见埃阿斯手执七层牛皮的盾牌冲来，便放下尸体，急忙走到特洛伊人的队伍中去，并把帕特洛克罗斯的铠甲交给他的士兵，作为一种炫耀战绩的战利品送回城里。

吕喀亚人的首领格劳库斯沉着脸对赫克托耳说道："人们说你英勇强悍，我看是徒有虚名罢了。无情的人啊，从现在起，你自己考虑该怎样依靠特洛伊人自己的力量保护你们的城市和堡垒吧！不要指望吕喀亚人会和你一起战斗了。他们日以继夜地英勇杀敌，却得不到任何感谢。甚至是我们的国王——作为你的客人和朋友的萨耳佩冬，尽管他生前那样为城市和你本人效力，你却任凭他暴尸城外，我们又怎能指望你保护我们每一个普通的人呢？如果特洛伊人具有为保卫国家而视死如归的勇气，他们就应该把帕特洛克罗斯的尸体拖进特洛伊城里。如果阿开奥斯人想要回帕特洛克罗斯的铠甲，那他们一定愿意把萨耳佩冬的尸体归还给我们！而今天你见了高傲的埃阿斯，竟胆怯地逃了回来。"格劳库斯这么说，是因为他不知道阿波罗已从希腊人手中夺走了萨耳佩冬的尸体，并妥善安葬了。

"格劳库斯，你这样说话未免太过伤人，"赫克托耳回答说，"你以为我害怕埃阿斯吗？我从来没有对哪一次战斗畏惧过。但宙斯的神意远远超过我们凡人的心智。我的朋友，你现在可以走近看看，我是真的如你所说的那样胆小，还是由于我的到场，迫使某个强悍的阿开奥斯人不敢继续保护帕特洛克罗斯的尸体。"说着他就追赶他的战友。不久，他就赶上了运送珀琉斯之子的那件著名铠甲回城里去的那些人。赫克托耳脱下自己的战袍，换上了阿喀琉斯的铠甲，那原本是诸

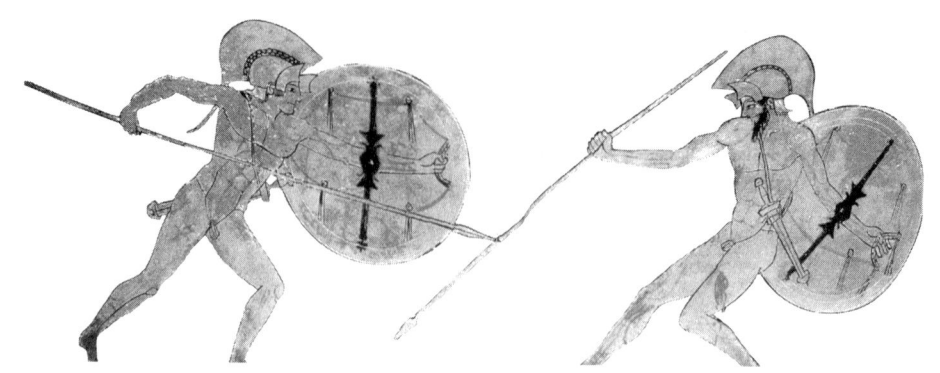

英雄的决斗

阿喀琉斯刺向赫克托耳。赫克托耳是特洛伊英雄,他曾经杀死了阿喀琉斯的挚友帕特洛克罗斯,这引起了阿喀琉斯的极大愤怒,导致了他出战并杀死了赫克托耳,也扭转了特洛伊战争的局势,使之向有利于希腊联军的方向发展。

神在珀琉斯和海洋女神忒提斯结婚时送给阿喀琉斯的礼物。后来老迈的珀琉斯把它传给了儿子阿喀琉斯。

　　世界的主宰宙斯远远地看到赫克托耳穿上了阿喀琉斯的神甲,不禁严肃地摇了摇头,在心里暗自说道:"可怜的人啊,你还不知道自己死期将至。你杀死了人人都望而生畏的阿喀琉斯的最亲密伙伴,粗暴地从他身上剥下了铠甲,现在竟然又把它穿在自己身上。好吧,我会再一次赐予你力量,赐予你最后一次的胜利,但你将再也不能从战场上回去,再也不能看到你的妻子安德洛玛刻。"宙斯心里刚说完这些话,赫克托耳就已经束紧了铠甲。战神阿瑞斯暴烈的勇力充满了他的心灵,使他顿觉斗志昂扬,四肢增添了力量。他大声呼喊着奔向同盟军的战线,于阵前这样激励他的将士:"所有的盟邦和友军,大家注意听。我把你们从自己的城市召集来这儿不是为了充数,我要你们尽心尽力保护特洛伊人的女人和孩子,使她们免遭好战的阿耳戈斯人的杀戮。当然,我的人民会以丰厚的礼物来给你们增添勇气。英勇杀敌吧,要么倒下,要么得到光荣的胜利,这就是战争。如果有谁能战退埃阿斯,并把帕特洛克罗斯的尸体拖进特洛伊,我将与他均分战利品,共享荣誉。"

　　争夺帕特洛克罗斯尸体的战斗又开始了。赫克托耳勇猛异常,特洛伊人齐心协力地扑向阿耳戈斯人,满心希望从埃阿斯手下把尸体抢走。埃阿斯不禁对身边的墨涅拉奥斯说道:"亲爱的朋友,看来我俩也许不能从战场返回我们的家乡了。我现在担心的不是帕特洛克罗斯的尸体了,而是你我二人的脑袋是否还保得住。你看赫克托耳率领的人马已经把我们四面包围。你快向同伴们呼救,或许会有人听到你的喊声。"

　　墨涅拉奥斯立即放声呼喊,让周围的阿耳戈斯人都能听见,他这样喊道:"朋友们啊，阿耳戈斯人的首领和君王们，快过来援助我们吧，帕特洛克罗斯的尸体如果被特洛伊人抢去，我们都将感到耻辱。"第一个听到喊声的是洛克里斯人埃阿斯，即俄琉斯的儿子，他穿过混战的人群迅速跑过来，随后伊多墨纽斯和他的战友迈里俄纳斯以及其他不以数计的战士都纷纷赶过来增援他们的战友。

  希腊人手执长矛，举着盾牌团团围住阵亡的英雄帕特洛克罗斯的尸体。特洛伊人由赫克托耳带领着蜂拥冲来，就好像那决堤的洪水，势不可挡。他们打退了阿耳戈斯人，使对手们丢下尸体纷纷后退。正当他们要动手拖走尸体的时候，埃阿斯迅速冲到前面，一下子把围住尸体的特洛伊人冲散。这时，特洛伊人的同盟军，珀拉斯癸人希珀托乌斯用皮带系住尸体的脚踝准备拖走尸体，他是那样地急切和奋不顾身，却不知道不幸已经降临。大埃阿斯就用长矛戳穿了他的头盔，使他整个人立刻倒地身亡，帕特洛克罗斯的脚也从他的手上迅速滑落到地上。赫克托耳看到埃阿斯，便瞄准他投去一枪，但埃阿斯躲过了，长枪投中了福喀斯人斯刻狄俄斯。弗诺珀斯跳过来保护希珀托乌斯的尸体，却被埃阿斯用长矛刺穿胸甲，一直刺进腹腔，他也倒在地上，死了。特洛伊人和赫克托耳只得连连后退。阿耳戈斯人这时大声欢呼，他们把弗诺珀斯和希珀托乌斯的尸体拖走，并剥下他们的铠甲。

  眼看着希腊人就要凭借自己的力量，违背宙斯的神意，获得胜利。在这关键的时候，阿波罗赶了过来，他变成埃涅阿斯的父亲珀里法斯的模样，然后走到埃涅阿斯的面前，对他说："埃涅阿斯，宙斯很希望你们能够战胜希腊人，但你们自己却胆战心惊地不住后退，不敢战斗。你们应该了解神的意思，勇敢地保卫自己的国家！"埃涅阿斯认出了讲话的是阿波罗，然后他立即转身对赫克托耳喊道："赫克托耳，盟军的首领们，如果我们现在就被希腊人赶回特洛伊，该是多么耻辱啊！刚才阿波罗神已经现身告诉我说宙斯在帮助我们，让我们鼓起勇气，战胜希腊人吧！"接着他又跑到阵前激励所有的特洛伊士兵，然后他冲到了队伍的最前面。特洛伊人在他的激励下，重新回转身来冲向敌人。埃涅阿斯挺枪杀死了雷奥克律托斯。吕科墨得斯为他被杀死的朋友报仇，杀死了对方的珀奥尼亚人阿庇萨翁。阿斯特罗帕奥斯看到自己战友被杀死，也冲过来向希腊人发起攻击。可惜他没法伤到严密的希腊队伍中的任何一人，因为他们此时全部用盾牌把帕特洛克罗斯的尸体紧紧围住。埃阿斯在一旁不断巡视，不准他们离开尸体去攻击敌人。希腊人终于又用长矛保护了帕特洛克罗斯的尸体。

  这儿的激战持续了整整一天，双方围绕尸体不停地战斗，互相杀戮。战场的其他地方战斗也很激烈，双方的战士都疲乏不堪，汗水从他们的头上一直流到大腿、膝盖和脚跟上。为了保卫帕特洛克罗斯的尸体，阿耳戈斯人互相勉励道："绝不能让特洛伊人抢走帕特洛克罗斯的遗体。就算是被大地给吞没，我们也不会丢下尸体空手回到船上。"

"我们即使只剩下一个人，"特洛伊人也在互相打气，他们大声吼道，"也绝不会退出战斗！"

他们正在拼死厮杀的时候，阿喀琉斯的神马却远远在站在一边哭泣，当它们看见自己的御手帕特洛克罗斯被赫克托耳杀死在地上，不由得像人一样地悲泣起来。奥托墨冬不管是用马鞭抽打它们，还是用温和的语气说尽好话，甚至是大声地严厉威胁，都不能使马回到船上去。它们也不愿意回到希腊人中间继续作战。有如一块屹立不动的墓碑，它们就安静地站在战车前，低垂着头，眼里涌出大滴的泪水。宙斯在天上看见它们如此悲伤，不由地摇了摇头，喃喃自语地说道："可怜的马啊，你们本是永生不老的，为什么偏偏被送给凡人珀琉斯呢？难道为了让你们去分担不幸的凡人的苦难？这世上确实没有比人类活得更艰难、更痛苦的造物了。至于赫克托耳，他休想驯服你们，也别想将你们驾在他的车前。我绝不会允许这样做。他得到你们主人的铠甲应该足够满意了。现在我要让你们回到战船去。"

于是，宙斯赋予神马勇气和力量，两匹马立刻抖掉鬃毛上的尘土，拖着战车，飞快地冲进特洛伊人和希腊人作战的地方。奥托墨冬满怀悲痛之情跟着马匹拖着战车前进。他能够轻易地躲过呐喊的特洛伊人的攻击，又重新闯进敌阵，但他在战车上却很难施展本领，他得驾车，没办法同时驾驭快马而又挥动长矛。拉厄耳忒斯的儿子阿尔喀墨冬看到奥托墨冬驾着空车朝混乱的战场冲去，感到很奇怪，对他说："奥托墨冬，你怎么能一人冲进特洛伊人的战线？你的那位同伴已经被杀死了，看吧，赫克托耳还在炫耀从他那剥取来的铠甲。"奥托墨冬回答道："阿尔喀墨冬，除了帕特洛克罗斯，没有人能像你那样驾驭这两匹神马了。如果你愿意的话，请你帮我驾驭它们，我要跳下车来全力作战。"

赫克托耳看到奥托墨冬从座位上站起来，把位置让给另一个人时，便转身对埃涅阿斯说："瞧，阿喀琉斯的神马奔上了战场，可是它们的御手却换成是没有经验的人，让我们去夺取这个战利品！"埃涅阿斯点点头，两个人举着盾牌向前冲去。克洛弥俄斯和阿勒托斯怀着同样的希望也跟了上来。奥托墨冬向宙斯祈祷，宙斯即刻使他心中充满了无限的力量，他对忠实的同伴阿尔喀墨冬说道："紧紧地抓住缰绳，不要让战车离我太远。赫克托耳没有得到阿喀琉斯的这两匹马是不会善罢甘休的。"他接着又召唤其他的英雄："埃阿斯、墨涅拉奥斯，还有其他阿耳戈斯人的首领，你们快过来，让其他的人去保护死者。让我们来粉碎活人的进攻！赫克托耳和埃涅阿斯在追击我们，他们是特洛伊最勇敢的两位英雄！"说着他挥起长矛击中了阿勒托斯的盾牌，盾牌被刺穿了，枪尖一直戳进对方的肚子，阿勒托斯仰面栽倒在地上，死了。赫克托耳将矛朝奥托墨冬掷去，但矛呼啸着从对方的头顶上飞过，插在了土里。双方正要拔剑互相砍杀，这时大小埃阿斯同时赶到，把他们隔开，赫克托耳、埃涅阿斯和克洛弥俄斯见了两位强大的英雄，心里不免害怕，他们只得丢下阿勒托斯的尸体，奔回到帕特洛克罗斯的尸体那里去。敏捷的奥托墨冬立即跑来剥取死者的铠甲，一边还不无欣慰地说道："虽然这个人远远不如帕特洛克罗斯，但杀死他也算得到一点安慰。"

战斗仍在激烈地进行，宙斯却改变了主意，他的心现在转向了希腊人。他派雅典娜女神降临到战场上鼓励希腊人。于是雅典娜化身成年老的福尼克斯，朝墨涅拉奥斯走去。他对墨涅拉奥斯说道："墨涅拉奥斯啊，你若不能保护阿喀琉斯忠实的好友，你将永远承担耻辱和罪名。你自己要坚定，应该身先士卒地作战！"墨涅拉奥斯说道："德高望重的老人福尼克斯啊，但愿雅典娜能给我力量，那样我就能够奋不顾身保护已死的朋友了，要知道，他的死让我十分痛心。"女神听了他的话非常高兴，因为他已经在向自己祈求了，于是她立即给他的两臂和两腿增添了力量，让他的内心充满勇气。他挥舞着长矛，朝帕特洛克罗斯的尸体所在的地方冲去。赫克托耳的战友，厄厄提翁的儿子波得斯见情况不妙，刚要转身逃跑，赫克托耳的矛尖已经穿进了他的身体。

现在阿波罗也到战场上来了，他化身成弗诺珀斯的模样，那是赫克托耳最敬重的客人。阿波罗来到赫克托耳的身旁，激励他说："赫克托耳，如果区区一个墨涅拉奥斯就把你吓退了，那么还有哪个阿耳戈斯人会惧怕你呢？刚才他杀死了你亲密的朋友波得斯，现在又要从你手上夺走帕特洛克罗斯的尸体！"阿波罗的这番话使赫克托耳的内心交织着悲伤和怒气，他迅速冲到阵前，身上的铠甲闪闪发光。这时，万神之父宙斯摇了摇他的神盾，用云彩罩住整个爱达山，并抛出一个雷电，给特洛伊人送去胜利的信号，同时也让希腊人感到惊慌不前。

聪明的埃阿斯和墨涅拉奥斯看到宙斯的雷电，便明白了今天的胜利并不属于希腊人，于是埃阿斯对同伴说道："墨涅拉奥斯啊，你朝四周看看，涅斯托耳的儿子安提罗科斯是否还活着，让他赶快去告诉阿喀琉斯，说他最亲密的朋友帕特洛克罗斯已经被杀死了。"墨涅拉奥斯四处去寻找，终于看见安提罗科斯在战线的左侧激励同伴们作战，赶忙跑过去对他说道："安提罗科斯，难道你还不知道吗？有一个神使阿耳戈斯人遭到灾难，使特洛伊人得到了胜利，希腊人中无比勇敢的英雄帕特洛克罗斯已经阵亡。请你赶快到阿喀琉斯的营房里去，把这个悲痛的消息告诉他，他也许会来抢救已被赫克托耳剥去铠甲的尸体。"

安提罗科斯听到这个噩耗非常惊愕，一下子说不出话来。他呆呆地站在那里好久，双眼噙满泪水。过了好一会儿，他才迅速脱下盔甲，把它交给御手劳杜科斯，自己拔腿朝战船奔去。

墨涅拉奥斯重新赶回来保护帕特洛克罗斯的尸体，来到两个埃阿斯的跟前，他对他们说道："我已经委派安提罗科斯赶去战船那儿，向阿喀琉斯报告这个不幸的消息了。但即使他再痛恨赫克托耳，也不可能毫无装备地前来作战。现在，让我们想个万全的办法，既能把尸体拖走，又能在战斗中躲过袭击和死亡。"大埃阿斯赞同他的意见，对他说："现在你和迈里俄纳斯先把尸体抬出战场，我和埃阿斯在后面保护你们，抵挡特洛伊人和赫克托耳的追击。我们俩不仅同名，还有着同样的勇气。"说完，墨涅拉奥斯和迈里俄纳斯便把尸体扛起来，往战船的方向跑去。虽然特洛伊人在身后蜂拥追击，但只要两个勇猛的埃阿斯转过身来，他们就吓得浑身颤抖，谁也不敢上来争夺尸体。两个人扛着尸体朝战船走去，尽管他们是那样地艰难和疲惫，但他们还是顽强地把尸体运走，其他的希腊人也纷纷从战场上撤回。特洛伊人仍在后面紧紧追击，特别是他们的两位将领赫克托耳和埃涅阿斯。战斗没有停息。

阿喀琉斯的悲痛

安提罗科斯急匆匆地回到战船前来禀报阿喀琉斯，见他正坐在自己的战船前，似乎在思考什么，实际上他对所发生的事情早已有不祥的预感，他一个人忧虑地在那自言自语地说："发生了什么事？为什么希腊人又重新惊慌地朝战船奔回？母亲曾经向我预言过，说米尔弥冬人中最勇敢的英雄将在我仍然活着的时候死在特洛伊人的手下，莫非这不幸发生了？"

这时，安提罗科斯已经来到跟前，他泪流满面地说道："我不知道怎样开口啊，我带来的是可怕的消息。帕特洛克罗斯已经倒下，赫克托耳剥去了他的铠甲，现在双方还在争夺他的尸体。"

阿喀琉斯听到这个不幸的消息，忽然陷进了一片黑暗，他当即用双手抓起了地上发黑的泥土，撒到自己头上、脸上和衣服上。随即他又倒在地上，用双手扯着自己的头发。他感到天旋地转，难以承受，愤愤地捶打自己的胸口。一切全都是因为自己。如果不是因为他的怠慢，一直待在船上，亲如兄长的帕特洛克罗斯何尝会离他而去呢？他大声地咆哮着，痛哭得鲜血都流出了眼眶，大声地诅咒赫克托耳，决定马上奔赴战场，讨回血债。他的将士围住他，劝他谨慎一些。可是，阿喀琉斯根本就听不进去，脑子里只有两个大字："报仇！"被阿喀琉斯和帕特洛克罗斯俘来的女奴们听到响声，都从里面跑出来，当她们听说了所发生的事情的时候，也都捶着胸脯，扑倒在地上放声大哭。安提罗科斯在一旁泪水涟涟，但他还是走上前去抓住阿喀琉斯的双手，他担心阿喀琉斯会突然拔出剑来寻短见。

阿喀琉斯在那悲恸不已，号哭声惊动了在大海深处坐在年迈的外祖父涅柔斯身边的母亲，她情不自禁地痛哭起来。所有涅柔斯的其他的儿女们听到她的哭声，都来到了她的银色洞府，个个悲痛地捶打着胸脯，和她一起悲泣。忒提斯对身旁的姐妹们哭诉着："我好命苦啊！我生了这么一个高贵、勇敢、英俊的强大儿子，我精心地抚育他，亲眼看他坐着希腊人的战船前往特洛伊作战。可是从今往后我便不可能看到他回到他父亲珀琉斯的宫殿了！他活着就要遭到无数的不幸，可我却对他爱莫能助！我现在一定要去看看我的儿子，听他诉说，他到底遇到了什么样的伤心事，哭得这样悲恸？"

忒提斯说完离开洞府，姐妹们流着泪陪着她，大海分开为她们让路，她们来到海岸上，朝正在哭泣的阿喀琉斯走去，母亲充满爱怜地说道："孩子，你为什么要哭泣？是什么痛苦让你这样悲伤？快告诉我，一点也别隐瞒！当初你受到阿伽门农的侮辱，宙斯已经替你讨回公道，希腊人由于没有你的参战，已被特洛伊人打得落花流水了。"

阿喀琉斯长叹一口气说："母亲啊，宙斯神实现了我的请求，可是这些对我又有什么用呢？我最亲爱的伙伴帕特洛克罗斯已被敌人杀死了，赫克托耳还剥下他那副辉煌的铠甲。那是我的铠甲，就是诸神在你结婚时送给父亲珀琉斯的礼物。母亲你为什么不留在深海里和女神们一起生活？要是父亲珀琉斯娶了一个人间的女子就好了，那你就不要为自己的儿子无穷无尽地悲痛了！我再也不能回到我的家乡去了。如果我不能为帕特洛克罗斯报仇，亲手杀死赫克托耳，我的心就永远得不到安宁，我的良心就不容许我活在世上！"

忒提斯流着眼泪回答说："我的孩子，你这样说，死期也即将到来，赫克托耳一死，你注定的死期也将来临。"

阿喀琉斯愤怒地对母亲说道："那就让我立即死吧，既然我未能挽救朋友免遭不幸。他远离家乡来到这里，危难时候我却不在他的身边。现在在我这短暂的生命对希腊人有什么用处呢？我没有能够救助帕特洛克罗斯，没能救助其他的被赫克托耳杀死的人。至于阿伽门农，不管我的内心如何痛苦，过去的事情就过去吧！我现在就去找赫克托耳，我随时愿意迎接死亡。现在我要去争取荣誉，让特洛伊人明白，我已经休息得够久了！母亲啊，不要阻拦我上战场！"

"我的孩子，你的想法很高尚，"忒提斯回答说，"你要去帮助陷入困境的战友们，使他们免遭死亡，但你的那副精美的盔甲已经落在特洛伊人手里。明天早晨日出时分，我将从赫菲斯托斯那里带回他亲手锻造的新铠甲。你得记住，在我回来以前，你千万不可贸然投入战斗！"女神说完，她的姐妹们立即潜回大海里，而她自己则迅速前往奥林匹斯圣山，为自己的爱子锻造新的铠甲。

此时，特洛伊人和阿耳戈斯人仍在抢夺帕特洛克罗斯的尸体。阿耳戈斯人艰难地保护着帕特洛克罗斯的尸体，因为赫克托耳又凶猛地追了上来，他三次都追上了埃阿斯，抓住了尸体的脚，险些把它拖走，但两个埃阿斯力气强大，三次都把他打退了。赫克托耳并不气馁，他或是向前冲杀，或是站住大喊，呼唤同伴们战斗，丝毫没有撤退的意思。两位勇武的埃阿斯想把他从尸体旁赶走，但都没有成功。若不是伊里斯瞒着宙斯和诸神，奉赫拉之命传信阿喀琉斯准备作战，那么赫克托耳将夺得尸体获得胜利。阿喀琉斯问神的使者："我的铠甲在敌人那里，我怎么作战呢？我的母亲也不准许我出去参战，直到为我送来赫菲斯托斯亲手锻造的盔甲。我知道，这里其他人的铠甲都不适合我，除了埃阿斯的那面大圆盾。但我想他自己现在非常需要。"

伊里斯回答说："我们知道你的铠甲在敌人那里，但只要你在战壕那儿露露面，特洛伊人就会被你吓得畏缩不前，这样，疲惫不堪的希腊人便可以稍事休息。"

阿喀琉斯于是站了起来，雅典娜把她的神盾挂在他的肩上，又在他的周围布起一团金雾，使他的身体燃起一片耀眼的光彩。阿喀琉斯走到壁垒前面的战壕边，没有加入阿耳戈斯人，因为他牢记母亲的警告。他站在那里大声呐喊，雅典娜也和着他的声音一齐吼叫，有如阵阵尖锐的号角声远远传播，特洛伊人听到珀琉斯的儿子的吼声，个个心里发颤，连那些战马也都立即掉头转向，似乎感受到了灾难即将降临。御手们个个惊恐不已，当他们看到珀琉斯儿子的头上闪烁着火光。阿喀琉斯三次从战壕边放声大吼，三次使特洛伊人和他们的盟军陷入恐慌。他们中有十二个勇敢的战士在慌乱中栽倒在战车下被车轮碾死。

希腊人终于顺利地把帕特洛克罗斯的尸体抬出战场，放上担架。经过了这番争夺之战，大家都紧紧地围住帕特洛克罗斯的尸体，禁不住泪珠滚滚，阿喀琉斯则一路流淌下悔恨的泪水，当初他用自己的车马送他去战斗，却没能见到他活着回到自己的身边。

阿喀琉斯重新武装

双方军队在艰苦的争夺之战后终于有了片刻的休息。特洛伊人从车上卸下马匹，还没想到吃晚饭，大家就聚集在一起开会协商。会议是站着进行的，没有人敢坐下，因为大家都还心有余悸，阿喀琉斯长时间退出战斗，今天又出现在战场。

这时波吕达玛斯首先发言，他是个明智的人，能洞察过去和未来。他还是赫克托耳的好伙伴，他们俩同年同月同日出生，一个擅长作战，另一个则擅长辩论演讲。他十分诚恳地说道："亲爱的战友们，依今天战争的情形来看，我觉得我们还是在天明前回城去为好。我们离特洛伊城那么远，如果明天清晨阿喀琉斯发现我们还在这儿，他一旦武装起来，和我们战斗几个回合的话，我想，那个时候如果还有人能够逃回城去，那真是十分幸运了。因此我建议所有战士都回到城里过夜，保存实力。那里有望楼，我们可以更好地观测敌情，而高大的城墙和坚固的城门也可以保护我们。明天清晨我们大家再武装整齐，登上望楼，如果他敢离开战船来到城下叫战，我们也能抵挡他！而阿喀琉斯和希腊人往返于城下和船舶之间，即使他们不感到辛苦，他们的高头大马也会感觉到疲惫，他们自然就不敢贸然攻城。"

赫克托耳听了他的发言站起身来，十分愤怒，他这样对波吕达玛斯说道："你的这番话未免太胆怯！你竟然想临阵脱逃，还劝说大家跟着你撤退躲进城里？现在，宙斯保护我们赐给我们荣誉，他一次次地让我们取得了胜利。我们已把阿耳戈斯人打退到战船边了，眼看就要夺取他们的战船。愚蠢的人啊，你出的是什么主意！你的话不会有人相信，我也不允许！现在我命令，大家立即返回自己的队伍饱餐一顿，同时派出士兵整夜放哨，每个人都要保持警觉。如果有人过分担心他的财富，那就请他们把家财拿出来充公，让自己人享受总比让给希腊人要好些。明天清晨我们要个个全副武装，一齐向希腊战船发动猛攻。如果阿喀琉斯真的出现在战前，那到时候我就让他尝尝苦头！我不会临阵退缩，我将坚持作战，我倒是要看看，到底是他厉害还是我厉害！"

赫克托耳的这番话得到了全体特洛伊人的齐声欢呼。人们对赫克托耳狂热自大的意见大加称赞，却对波吕达玛斯明智和冷静的建议不理不睬。随后特洛伊全军围在一起，狼吞虎咽地饱餐了一顿。

希腊人却整夜为帕特洛克罗斯哀悼痛哭。阿喀琉斯一边痛哭一边悲愤地说道："命运之神注定要让我们两个人的鲜血染红在特洛伊的土地上。我不再会返回我的家园，年迈的父亲珀琉斯和母亲忒提斯也不可能在他们的宫殿里迎接我。这里的黄土将会把我埋葬。帕特洛克罗斯啊，既然我将死在你的后面，我将把赫克托耳的铠甲和他的首级送来给你礼葬。我还要在你葬礼前献祭十二个特洛伊的贵族子弟，为你报仇雪恨。亲爱的朋友，现在你暂且在我的船上安息，我将去实践我的诺言。"他说完，便吩咐他的朋友们取来一口大鼎，烧了温水，帮阵亡的英雄洗净身子，给他涂抹香膏，然后，把尸体抬上殡床，从头到脚盖上柔软的麻布，再盖上洁净的罩单。米尔弥冬人和阿喀琉斯整夜都守在帕特洛克罗斯灵前哀悼哭泣。

这期间，忒提斯来到了赫菲斯托斯的宫殿。它像星光一样璀璨，是众神宫中最出色的宫殿，这是跛腿的赫菲斯托斯自己用青铜建造的。忒提斯看见他正在屋子的一角汗流浃背地在忙碌。他铸造了二十只三脚鼎，这些是摆放在他那个精美大厅里的饰品，他要给每只铜鼎的腿都装上黄金的转轮。这样，它们在神明集会时可以自动滚过去，再自动滚回来。这些都是令人称赞的珍品。这些工作已经完成，只待再装上精致的耳柄，他已经准备就绪，准备把耳柄钉在合适的地方。他的妻子，美惠三女神之一的卡里斯见到女神忒提斯来到，立即走出屋来，她拉着忒提斯的手，微笑地说道："尊贵的忒提斯，今天怎么有空驾临我们家？赶紧进屋来坐坐。"她把忒提斯领进屋，请她坐在一张制作精美的银椅子上，下方还配有一条踏脚凳，然后她去叫丈夫过来。

赫菲斯托斯看到客人是海洋女神忒提斯，高兴地说道："我真高兴啊！我所敬重的女神光临我家做客。当年母亲生下我时，看到我是瘸腿，便狠心地把我抛弃。如果不是欧律诺墨和忒提斯把我拾回去，并在海边的石洞里扶养我长大，我可能早就死掉了。我的救命恩人今天居然到我家里来了！亲爱的妻子，你先摆上各种美食好好款待客人，我收拾一下各种工具就过来。"

跛足神赫菲斯托斯满脸都是烟灰，他从铁砧旁站起来，跛着腿走过去把风箱从火炉上移开，再把各种工具细心地收起来放进银箱里，再用海绵擦洗双手、脸面、脖子和胸脯，然后穿上短衫，抓起一根结实的手杖，一瘸一拐地走出锻工场。这时候，一群黄金制作的侍女们迅速向主人跑去，她们是赫菲斯托斯用黄金铸成的。她们不仅具有少女的形象，而且和少女一般聪明灵巧，能做各种各样的家务活。侍女们搀扶着主人走到客人的身旁，赫菲斯托斯坐到一张漂亮的椅子上，然后握着忒提斯的手问道："敬爱的女神，今天怎么会驾临我们家？请告诉我你有什么事情，我一定尽力帮忙，只要我能办得到！"

忒提斯叹了一口气，含着眼泪把事情的原委告诉他。然后说明来意，想请巧手的赫菲斯托斯为注定即将死去的儿子阿喀琉斯赶制一面铜盾、一顶头盔和一副精制的铠甲和胫甲。因为阿喀琉斯的那副神赠送的铠甲，已被特洛伊人夺去。

赫菲斯托斯立即回答说："放心吧，尊贵的女神，用不着为这件事担忧。我马上就动手给你的儿子赶造盔甲。但愿我造的盔甲能够使他免于死亡。"他说完便离开了女神，跛着腿来到风箱前，把风箱安上火炉，使他们重新工作。二十只风箱一起对着熔瓮吹动。现在锅里熔化着金、银、铜、锡，赫菲斯托斯把一块巨大的铁砧牢牢安上基座，左手抓住钳子，右手抓住重锤，开始锻造。他首先锻造出一面五层厚的盾牌，盾面上布满许多匠心独具的装饰，四周是三道银色的亮边。在盾面上他绘制了大地、天空、海洋、太阳、月亮和闪烁的星星。他还绘上两座美丽的城市，一座城市里正在举行婚礼和宴会，人们在火炬的照耀下把新娘从闺房送到街心，青年们在欢乐地唱歌跳舞，还有人用长笛竖琴奏起美妙的乐曲，妇女和孩子们在那愉快地欣赏。那里还有许多公民、传令官和长老在为一起争端而相互争论。另一座城市正遭受着两支军队的围困，城里有妇女、孩子和老人，城外有埋伏的士兵，那里有激烈的战斗场面：有受伤的士兵，有争夺尸体和盔甲的斗争。他又附上田园风光的画面：有农民耕种图，农民在农田里赶着耕牛来回耕地，休息的时候有甜蜜的美酒犒劳；有麦地收割图，割麦人手握锋利的镰刀正在收割，旁边是一束束捆好的麦秆，远处的妇女们在为丈夫准备丰盛的餐肴；还有葡萄收获图，一片藤叶繁茂的葡萄园里，银枝上是一串串用黄金雕镂的深紫色葡萄，周围是青铜的沟渠和锡制的篱笆，只有一条曲折的小道通进葡萄园，人们沿着它把果实采集。无忧无虑的青年男女心情欢畅，用精致的篮筐搬运累累的果实。他们中间有一个抱琴的少年，另一些人围着他载歌载舞。此外，他还刻绘了用金和锡制作的牛群，它们在水声潺潺的溪流边吃草，四个黄金雕刻的牧人和九条猎犬在旁边看守着。两头凶猛的狮子从前侧袭击牛群，抓住一头小牛拖走，牧人催促猎狗追击猛狮，但它们害怕，只在原地吠叫。跛足神还刻绘了一个大牧场，优美的山谷间一群银制的绵羊，还建有茅舍、畜栏和羊圈。又还绘有跳舞场，一群衣着漂亮的青年男女在欢快地跳舞。姑娘们头戴花冠，青年们银色的腰带上挂着佩剑，两位舞蹈者在琴手的伴奏下跳着曼妙的舞步。最后他在盾牌的外围附上了伟大的奥克阿诺斯的巨大威力。

　　赫菲斯托斯造完又大又坚固的盾牌，又为阿喀琉斯制造出一副比火焰还要闪亮的铠甲；再给他造出与头型大小正合适的战盔，顶上有金色的羽饰；最后用柔软的锡制成一副胫甲。当它们全部完工后，赫菲斯托斯把它们交给阿喀琉斯的母亲。她再三表示感谢，并对他的手艺赞叹不已，然后就带走了它们。

　　天刚亮，忒提斯就带着赫菲斯托斯的礼物赶到儿子那里，她看到亲爱的儿子仍守着帕特洛克罗斯的尸体旁边大声号哭，他的许多同伴正围着他。女神走近他们，握住他的手，对他说道："我的儿啊，就让他这样躺着吧，他是按神意被杀死的，让我们化悲痛为力量吧！现在，你且来接受赫菲斯托斯打造的辉煌铠甲，这样精美的铠甲还没有凡人披挂过。"忒提斯把精心打造的战甲放在他的面前，士兵们看到它们，都不敢正面注视，而是向后退缩，因为盔甲打开时发出了巨大的声响。阿喀琉斯含着泪花的双眼看到它们却十分欣喜，他把赫菲斯托斯的杰作一件件仔细地欣赏，喜欢得爱不释手。

　　然后，阿喀琉斯迅速走向海岸，他大声呼叫，召唤所有的阿耳戈斯人，连同那些一直留守船舶、手握舵把掌握航行方向的舵工和那些粮食管理员都赶来了。受伤的狄奥墨得斯和奥德修斯也挂着长矛、一瘸一拐地走了过来。最后到来的是阿伽门农，他也带着被科昂刺中的伤来到会场。

阿喀琉斯和阿伽门农的和解

等到所有的阿耳戈斯人到齐后,阿喀琉斯站起来说道:"阿特柔斯的儿子,我们为了一个女子,心中积聚了那么长时间的怒气,这对你或者对我又有什么好处呢?现在,让我们忘记过去吧,即使心中还有痛苦或者委屈,我也会学着把它克制。现在我已消除心中的怒火,一心只想赶快召集全体希腊人投入战斗!"

希腊人听了他的话,都鼓起雷鸣般的掌声,并且齐声欢呼。大家对阿喀琉斯消除了内心的愤怒,为他愿意重新出战表示出欢喜,大家在会场上互相交头接耳。这时,统帅阿伽门农从座位上站起来,他大声地说道:"请大家安静!现在请听我向阿喀琉斯解释,你们要认真听讲。阿耳戈斯人对阿喀琉斯所做的无礼的事情,其实,并非完全是我的错,那是宙斯、命运女神和复仇女神让我在那天群众大会上丧失了理智,使我抢夺阿喀琉斯的战利品。这段时间以来,我不断地在反思自己的过失。每当赫克托耳冲到阵线上杀害我们希腊人的时候,我怎么也忘不了复仇女神给我造成的蒙蔽。既然我受了蒙骗,被宙斯夺去了心智,我愿意弥补过错,付给你许多战利品,向你赔罪。阿喀琉斯,请你重上战场吧,并激励其他的战士。我随时把礼物准备着,奥德修斯昨天已经帮我清点过了。如果你愿意,请在这里稍等,我的侍从们很快会把礼物送上来。"

阿喀琉斯立即回答说:"尊敬的大统帅阿伽门农,是否把那些礼物给我,这全由你去决定。现在我们应该讨论作战的具体事宜,不要在这里延误战机了,还有许多事情要做!"奥德修斯马上建议说:"阿喀琉斯,请给大家留出一点时间。先让他们到快船边饮酒吃饭,补充能量。这次同敌人作战,说不定会拼杀到太阳下山的时候,没有一些酒饭的补充可不行。至于礼物,阿伽门农可以在这段时间里把它们放到会场上,希腊人可以一睹为快,你也可以先看看你的礼物。最后,他将在大营帐里隆重地设宴款待你。"

◀ 阿伽门农请阿喀琉斯返回战场

阿喀琉斯被阿伽门农当众羞辱后愤而退出战场,导致希腊联军战事不利。阿伽门农不得不亲自登门请求阿喀琉斯返回战场,这时因失意愤怒而纵意琴瑟的阿喀琉斯已无意沙场。图左人物为阿喀琉斯,其右为挚友帕特洛克罗斯,中为奥德修斯,最右为阿伽门农。

"你想得真周到,"阿特柔斯的儿子回答说,"奥德修斯,我把这件事委托给你,请你从全军中挑选一队强壮的青年,把我们昨天答应给阿喀琉斯的礼物从我的船中取出来,还有那些女子。传令官塔耳提皮奥斯,你去预备一头公猪,我们要给宙斯和太阳神献祭。"

阿喀琉斯说:"尊贵的大统帅阿伽门农,我认为你们应该另找时间做这些事情,等我胸中的怒火平息后。被赫克托耳杀死的同伴们现在仍肢体残损地躺在战场上,你们倒还有时间饮酒吃饭?在我还没有给朋友报仇之前,我是绝不会吃任何东西的!"

足智多谋的奥德修斯说道:"希腊人中最勇猛的英雄,你比我强大,作战技术也高于我,可是我自认为在判断力方面比你强些,因为我比你年长,见识也相对宽广。希望你能够听从我的劝告。激烈的战斗很快使人感到疲乏,总不能因为哀悼死者而不进任何食物吧。我们应该埋葬已经阵亡的战士,保持坚强的心灵,凡是能从无情的战斗中活下来的人,更应该合理安排饮食,这样才能保持体力,以便有更充沛的精力与敌人厮杀!"

奥德修斯说完就带领涅斯托耳的儿子们,还有墨革斯、托阿斯、迈里俄纳斯、墨拉尼波斯和吕科墨得斯到阿伽门农的营帐去。他们从那里取来应允给阿喀琉斯的礼物:七只三脚鼎、二十口大锅、十二匹骏马、七个美丽的姑娘,而第八个则是最为美丽的布里塞伊斯。奥得修斯又称取了十泰伦特黄金,走在大家的前面,大家提着礼物跟在后面。他们把取来的礼物放在会场中央。阿伽门农站起来,传令使塔耳提皮奥斯抓住公猪准备献祭。阿伽门农抽出利刀,割下野猪头上的一绺鬃毛,举起双手向宙斯祈祷,所有阿耳戈斯人倾听国王的祈祷。然后割断公猪的喉咙,塔耳提皮奥斯把宰杀的公猪扔进波涛汹涌的大海里,让鱼儿啄食。这时,阿喀琉斯站起来高声说道:"万神之父宙斯啊,你使凡人变得多么糊涂啊!要不是你,阿特柔斯的儿子一定不会激起我的恼怒,他绝不会夺走我的女子!好吧,现在大家去用餐,然后准备战斗。"

集会解散了,战士们纷纷返回自己的船只用餐。米尔弥冬人收起礼物,把它们送到阿喀琉斯的战船。阿耳戈斯人都劝说阿喀琉斯进食保存体力,然而他一再拒绝:"我求你们了,我现在正处于极度悲痛当中,请你们不要劝我解除肉体的饥渴,就让我安静地待在这里吧!"说完这些话,他叫他们离去。阿特柔斯的两个儿子留下,还有奥德修斯、涅斯托耳、伊多墨纽斯和福尼克斯,他们都极力安慰他的痛苦,想要安慰他的心灵,但都无效。阿喀琉斯就是不愿进食任何东西,他只是安静地站在那里,一脸哀伤。宙斯在山上看到,对他表示出怜悯之情,对女儿雅典娜说:"我的女儿,你是忘了阿喀琉斯还是怎么啦?你怎么一点也不关心他现在的处境。他现在独自坐在自己的船前，哀悼自己亲爱的伙伴，其他人都去用餐了，只有他在那里不吃不喝的。去吧，你去给他进补些琼浆玉液和滋补的食物，免得他忍受饥饿。"

宙斯这样说，雅典娜早已想着要这样做。阿耳戈斯人在营中整理行装，女神则秘密地把琼浆玉液和食物灌进阿喀琉斯的腹内，然后她返回父亲的宫殿里。阿耳戈斯人这时涌出他们的战船，无数的战盔在太阳下闪烁着耀眼的光芒，盾和盾，胸甲和胸甲，矛和矛互相碰撞着，整个大地震响着隆隆的脚步声。阿喀琉斯这时也把自己武装，他心里充满着难忍的悲痛和强烈的仇恨，他穿起赫菲斯托斯为他精心打造的戎装。他首先把胫甲套在小腿上，用银质扣环把它牢牢固定。接着再披上坚固的胸甲，背上佩剑，然后拿起金光灿灿的大盾，最后戴上摇曳着闪亮的金丝羽饰的头盔。阿喀琉斯穿好盔甲后来回走动，想看看它们是否合身，四肢是否能够活动自如。他的铠甲轻便得如同鸟的双翼，使他急于想腾空飞翔。阿喀琉斯拿起他父亲珀琉斯那根又重又长又结实的长矛，任何的阿耳戈斯人都举不起它。奥托墨冬和阿尔奇摩斯正在驾马，他们系上精制的马鞍，把嚼环放进马嘴里，再把缰绳向后拉上精美的战车。奥托墨冬跳上车，紧握马鞭，阿喀琉斯也随即跳上车，坐在奥托墨冬的身旁。"两匹神马啊，"他对父亲的战马这样吩咐道，"这次我们要把仗打个痛快，你们得把御者安全载回营帐，切不可像上次那样把帕特洛克罗斯的尸体留下。"他正说着，他的神马克珊托斯低下了头，长长的鬃毛一直披散到地上，女神赫拉赋予它说话的能力："阿喀琉斯，今天我们会把你平安带出平安载回，可是你命定的期限也将临近。帕特洛克罗斯的死亡，并不是因为我们动作缓慢和迟钝，我们可以跟跑得最快的风神比赛。这是神意，是阿波罗神要把胜利赐给赫克托耳，让他在阵前惨遭屠杀。现在命运女神将决定你还是要在一个神和一个人的手下丧命。"复仇女神这时打断了神马的话。阿喀琉斯痛苦地对神马说："克珊托斯，现在我不需要这样的预言！我自己清楚我注定要死在这里，远离故乡和父母。可是，只要我在战场上没有杀死无数的特洛伊人，我绝不会停止战斗！"说完，他高声呐喊，驱动神马飞快地朝战场奔去。

奥林匹斯众神各助一方

宙斯在奥林匹斯圣山上召集众神前来开会。几乎所有的神都赶到了会场。宙斯望着盛况空前的聚会说道："今天把你们召集起来，是为了告诉你们，你们所有的神都可以前往特洛伊或者阿耳戈斯人他们任何一方。"如果神不参战的话，强大的阿喀琉斯就会违背神意，独自率军占领特洛伊城。众神纷纷按着自己的心愿奔向战场：万神之母赫拉、雅典娜、波塞冬、赫耳墨斯和赫菲斯托斯赶到希腊人的战船上；前往特洛伊的是阿瑞斯、阿波罗、阿尔忒弥斯和她的母亲勒托以及被神称为斯卡曼德罗斯的河神克珊托斯、阿佛洛狄忒。

当众神还没有加入双方的队伍之前，希腊人因有勇猛的阿喀琉斯在他们的队伍中，优势明显强过敌人。特洛伊人一看见珀琉斯的儿子，身穿闪亮的铠甲，凶恶的眼神如同战神一般，个个惊恐得四肢发抖。当众神加入双方的队伍中，战斗开始变得扑朔迷离起来，胜利究竟属于何方，似乎还无法预料。雅典娜一会儿站在希腊人壁垒外的壕沟旁大声呐喊，一会儿又沿着大海边来回指挥。在另外一方，阿瑞斯如同黑色风暴，在高高的城墙和西摩埃斯河畔的军队中间来回奔走，指挥和激励特洛伊人。双方的神明就这样激励双方厮杀，他们自己也激起了强烈的战斗欲望。人神之父宙斯从奥林匹斯圣山上鸣放出可怕的雷电，海神波塞冬在下面摇撼着广阔无垠的大地。爱达山的峰脊、特洛伊城、阿耳戈斯人的船舶都震颤不止。冥王哈里斯惊恐不已，唯恐波塞冬把大地震裂，神和凡人会发现地府的秘密。此时，众神参战引起了巨大的轰鸣，他们面对面地交起手来。与海神波塞冬对阵的是手持带翼箭矢的阿波罗；与雅典娜交战的是战神阿瑞斯；金箭女射神阿尔忒弥斯则对付万神之母赫拉；与勒托交锋的是赫耳墨斯；赫菲斯托斯则抗争河神克珊托斯。

神们就这样互相交战起来。而阿喀琉斯却在人群中疯狂地寻找赫克托耳。特洛伊人一见到这位英雄，就四散逃跑，否则，就会变成阿喀琉斯的矛下之鬼。战斗进行不到一刻，特洛伊人便兵败如同山倒，他们的重要将领也多被杀死。阿喀琉斯在敌阵之中，如同虎入羊群，来去自如。他现在并不杀这些败兵，而是来回寻找杀死好友的赫克托耳。阿波罗看到这个局面，立即变成普里阿摩斯的儿子吕卡昂，说服英雄埃涅阿斯去和阿喀琉斯作战，埃涅阿斯在阿波罗的鼓舞下，全副武装地向阿喀琉斯奔去。但狡黠的赫拉在混乱的战场上发现了挤出人群的埃涅阿斯，她立即召集站在希腊人这一边的众神说："波塞冬和雅典娜，你们考虑一下，现在应该怎么办？埃涅阿斯受到阿波罗的怂恿，正穿着闪亮的铠甲朝阿喀琉斯扑了过去。我们应该立即把埃涅阿斯赶走，或者是给阿喀琉斯增添力量，保护他今天不受伤害。今后，他必须服从命运女神给他的一切安排。"

海神波塞冬回答道："赫拉，这样做

奥林匹斯神殿遗址

似乎不太妥当吧？我不认为我们现在就应该合力反对站在另一方的神。我们是神，有着很大的威力。我们还不如现在就离开战场，坐到高处去静静地观战，让凡人自己操心去。如果阿瑞斯或者阿波罗投入战斗，并且阻碍阿喀琉斯施展他的威力，那我们就可以理所当然地参战了！我想那时在我们的强大打击下，他们很快就会退出战场的。"

海神波塞冬说完就率领众神前往赫拉克勒斯的一处圆形小山丘坐下。战场上早已布满了密密麻麻的军队，双方的战车和战马在平原上驰骋着，大地在他们的奔驰的脚步下隆隆震响。两个最杰出的将领从各自的队伍里跳出来，走到两军中间的地面上准备厮杀：一个是安喀塞斯的儿子埃涅阿斯，另一个是珀琉斯的儿子阿喀琉斯。埃涅阿斯首先大步走出来，硕大的头盔在摇晃，上面的羽饰在威武地飘拂着，他把牛皮大盾举在胸前，手里握着投枪。阿喀琉斯有如一头雄狮一般冲上前来，等他走近埃涅阿斯时，大声喝道："埃涅阿斯，你怎敢离开军队来到我的面前？你以为杀死我就能统治特洛伊吗？普里阿摩斯是不会把权力交给你的，他有那么多的儿子怎么也轮不到你！或者是特洛伊人许给你一块最好的土地，只要杀了我，你就可以得到它？我看你今天很难如愿以偿！你应该还记得吧，似乎有这一次，我把你从爱达山顶上赶下来，那时你奔逃得不敢回望，一直逃到吕尔涅索斯城。我在雅典娜和宙斯的帮助下摧毁了这座城市，带走了一大批妇女。如果不是宙斯和其他神帮助你，你是逃不了的。我想这一次他们不会再给你任何援助了！趁现在还没交手，我劝你赶快退回去，不要和我作对！"

埃涅阿斯立即大声反驳道："珀琉斯的儿子，你不要把我看成孩子。你以为几句大话就能吓退我吗？这种嘲笑对方的招数我也用过。你我二人都清楚对方的底细：你是海洋女神忒提斯的儿子，但我要自豪地告诉你，美丽的阿佛洛狄忒是我的母亲！也就是说，宙斯是我的外祖父。废话还是少说吧！让我们互相尝尝对方的铜枪的厉害！"说着他用力掷出他的长矛，矛尖把阿喀琉斯的盾牌震得很响，它穿透两层青铜，到第三层就穿不透了。原来跛足神总共为盾面造了五层，两层青铜在外，两层白锡在里，中间一层是黄金，正是它阻挡了矛尖。阿喀琉斯随即投出他的长矛，矛击中了埃涅阿斯的盾牌，矛头穿过盾牌边缘最薄的部分，埃涅阿斯急忙弯下腰，惊慌地把盾牌举向头顶，长矛越过他，插在他旁边的土里。埃涅阿斯躲过了那支长矛，却吓得呆住了，半天回不过神来。阿喀琉斯挥着利剑大声呐喊着冲了过来，埃涅阿斯情急之中抓起一块重得两个人也难以抱起的巨石，迅速地投掷出去。如果不是波塞冬敏锐地观察到这里的情况，巨石一定击中对方的头盔或者盾牌，而埃涅阿斯也一定死在阿喀琉斯的剑下。

波塞冬对埃涅阿斯的处境产生了同情，他又担心宙斯会降怒于众人，于是他说：

"我可怜那个勇敢的埃涅阿斯,如果只是听信了阿波罗的花言巧语就这样丧命的话未免也太让人遗憾了。他是个无辜的人,他总是向我们祭献令我们满意的礼物。我们应该把他救出死亡,而且他命也不该绝,因为宙斯对他对最宠爱,胜过凡女为他生的其他孩子。普里阿摩斯家族已经失宠于宙斯,但他不愿意彻底毁灭这个家族,伟大的埃涅阿斯从此将统治特洛伊人,并由他的子孙继承下去。"

"随你的便吧!"赫拉说,"他的事由你做主,你想怎样都行,我曾经不止一次庄严地发过誓,永远不帮助特洛伊人改变他们不幸的命运。"

波塞冬立即出发穿过层层战线,来到他们交战的地方。他在阿喀琉斯眼前布下一团迷雾,再从埃涅阿斯身边把那支长矛拔出来,放到阿喀琉斯的脚跟前,最后波塞冬把埃涅阿斯举起来,抛向战场的最边缘。那里是他的同盟军考科涅斯人正准备战斗的地方。海神对他说道:"埃涅阿斯,哪位神使你自不量力,竟使你同强悍的阿喀琉斯作战?他比你强大,也更受众神宠爱。从此以后,你都要回避他,免得提早去哈里斯的居所。在他命定的死亡日期来到时,你便可以大胆地到最前线作战,因为那时没有哪个阿耳戈斯人抵挡得住你的攻击。"

海神说完,离开了埃涅阿斯,并驱散了阿喀琉斯眼前的迷雾。阿喀琉斯立即睁大眼睛,四处观察,看到他的长矛放在自己脚跟前,对手却已经不见,不禁长叹一声,说道:"这真的是一件奇怪的事。我明明已经把长矛投在他的身旁,现在他却消失得不见踪影。他果然受到神明的宠爱,这次权且再让他逃脱吧!"说着他又回到自己的队伍里,沿着阵线去鼓励每一位士兵奋勇作战。在另一边,赫克托耳也在召唤特洛伊人,鼓励他们和阿喀琉斯对阵。双方互相呐喊着冲向对方,激烈的厮杀正在进行。阿波罗悄悄地走近赫克托耳对他说:"赫克托耳,你绝不能同阿喀琉斯拼杀,因为他现在对你充满强烈的愤怒,他一定会用长矛或利剑杀死你的。"赫克托耳听了立即逃回自己的队伍里,心情慌乱。阿喀琉斯冲进特洛伊人的队伍,首先杀死伊菲提昂,他是一支大部队的首领,接着又杀死杰出的战士得摩莱昂。当他看到从战车上跳下来、准备逃跑的希波达马斯,马上用枪刺中他的后背,而后又一枪刺中普里阿摩斯的年龄最小的儿子波吕多罗斯的身体,使他栽倒在地上死了。波吕多罗斯最受父亲普里阿摩斯的宠爱,因为在众多孩子中他的年龄最小,脚步最快捷。当时他炫耀自己拥有最快捷的步伐,硬是要跑来参战,现在就这样丧命于阿喀琉斯的手下。

赫克托耳亲眼看到幼小的弟弟惨死的一幕,胸中愤怒得燃起一团烈火。他不能再袖手旁观了,于是不顾神的警告,立即抓住长矛朝阿喀琉斯扑去。阿喀琉斯一见到他,迅速迎上去说道:"正是这个人,他杀死了我最最亲密的伙伴。现在他终于出现了。赫克托耳,让我们彼此不要再回避,你赶快过来接受死亡吧!"

赫克托耳镇静地说:"我知道你是一个强大的对手,也许我真不如你,但是神也许会帮助我取得胜利。我也并非没有可能一枪杀死你。"他说完就掷出他的长矛。雅典娜站在阿喀琉斯的背后,她对着长矛只是轻轻一吹,那矛便退了回去,落在赫克托耳的脚旁。阿喀琉斯见状呐喊着地冲过来,想要用长矛刺死赫克托耳。阿波罗急忙把赫克托耳推开,又降下一片浓雾把赫克托耳罩住。阿喀琉斯一连三次举枪过去都碰上迷雾,当他发起第四次攻击时,忍不住破口大骂:"你这胆小如鼠的家伙,这次你侥幸逃过死亡,是阿波罗又一次救了你。但如果下次有一位神帮助我,我定会立即取了你的狗命。你等着吧!现在我去找其他人,谁碰上了就算谁倒霉吧!"

说着怒火冲天的阿喀琉斯冲进特洛伊人群,疯狂地杀死了十名英勇的特洛伊人。

阿喀琉斯力战河神克珊托斯

当特洛伊人逃跑到多漩涡的斯卡曼德罗斯河时,在阿喀琉斯的追击下,他们被分成两部分。一部分人朝着特洛伊城的方向逃去,这是希腊人被赫克托耳杀得惊慌而逃的路线。特洛伊人朝城市仓皇逃窜的时候,赫拉降下一片浓雾把他们阻拦。另一部分人被赶下了湍急的河水。河流里拥挤着战马和士兵,人们在河流里挣扎着,有如飞蝗在野火的威胁下振翅飞翔,惊慌失措地逃向了河边。这时阿喀琉斯把长矛靠在岸旁的一棵柽柳树旁,只带一把宝剑,冲上去凶狠地砍杀特洛伊人。被砍伤的人都发出了恐怖的叫声,一会儿的时间,河水被鲜血染成了红色。阿喀琉斯直杀得双臂筋疲力尽,还活抓了十二个年轻的士兵,他打算把这些人抓来献祭给他的朋友帕特洛克罗斯。他把俘虏交给同伴们送回船舶,自己又冲回河里继续砍杀。

这次阿喀琉斯首先碰到普里阿摩斯的儿子吕卡昂,他正好想爬上河岸逃跑。阿喀琉斯看到他,不由得大吃一惊。有一次夜袭普里阿摩斯的果园时,曾把吕卡昂捉住,把他作为俘虏送到人烟稠密的利姆诺斯岛出卖,吕卡昂被国王奥宇纳奥斯买走了。后来,他又被转让给英布罗斯人埃埃提昂。埃埃提昂把他带回阿里斯柏城。有一回,吕卡昂乘人不备逃走了,回到特洛伊城。他同自己的亲友相聚的时光才不过十二天,现在又重新落在阿喀琉斯的手里。阿喀琉斯看到他时,愤怒地自言自语道:"这真是奇迹啊!这个人曾经被我卖到利姆诺斯,居然能逃过成为一名奴隶的命运。难道特洛伊人被我杀死,都会从昏暗的冥界重新返回人世?好吧,你那就让他尝尝我的矛尖的滋味!我也好在心里彻底明白,亲眼看清楚,他是否还会从那边回来!"阿喀琉斯还在思考的时候,吕卡昂惊惶地爬过来抱住他的双膝哀求道:"阿喀琉斯,我求你可怜可怜我吧!你在我父亲果园捉住我的时候,你和我第一个品尝到得墨忒耳的果实,然后你把我卖到利姆诺斯,你得到了一百头牛的回报。这次我会付给你三倍的赎金!我回到家乡才十二天,为什么命运这般残酷。"

阿喀琉斯根本听不进去任何哀求,他冷冷地说道:"你这个蠢材,别跟我提起赎金!帕特洛克罗斯没有死之前,我很愿意饶恕任何特洛伊人,我活捉了许多人都只是把他们卖掉,但现在,交到我手里的任何特洛伊人都难逃一死!特别是普里阿摩斯的儿子。你也得死,帕特洛克罗斯可比你勇敢得多,他不是也被杀死了吗?你知道我也算是一员猛将吧?可是有一天我也要死在敌人的手里!"吕卡昂听到他的话,浑身立即瘫软,他伸开手臂坐到地上不再言语和反抗。阿喀琉斯随手抽出利剑,直接砍死了可怜的吕卡昂,然后拖着他的脚,把尸体扔进湍急的河水里,并且不忘嘲笑一番:"现在你和那些游鱼一起躺着吧,它们会悠闲地吞噬你的嫩肉,即使这条你们经常献祭的河流也救不了你!"

河神克珊托斯听了十分生气,他正思索着如何阻止阿喀琉斯的杀戮,以免除特洛伊人的灾难。但是这时阿喀琉斯又扑向了佩勒贡之子阿斯特罗帕奥斯。佩勒贡是阿克西奥斯河神与佩利波娅所生。河神之子爬上岸,手握两支长矛,逼近阿喀琉斯。阿喀琉斯望着对方大声喝道:"你是谁的儿子,胆敢和我对抗?"佩勒贡的儿子回答道:"我是系源自水流宽阔的阿克西奥斯河神之孙,他生了佩勒贡,我是佩勒贡的儿子。让我们交手吧!"双方互掷投枪的结果是阿斯特罗帕奥斯的两支长矛一支被对方的盾牌挡住,另一支则擦伤对手的右臂膀,使他流出了鲜血。阿喀琉斯的长矛则没有击中对方,而是插入泥土里。阿斯特罗帕奥斯三次试图拔起对手的长矛并将其折断,三次都白费力气。正当他第四次尝试的时候,阿喀琉斯带着利剑冲了过来,一剑结束了他的性命。阿喀琉斯迅速剥下他的铠甲,得意地说道:"即使是河神的家族,也休想与宙斯的后裔对抗。我是埃阿科斯的后裔珀琉斯的儿子,而生养埃阿科斯的正是宙斯。现在你身边这条大河即使想帮助你,也没有胆量和宙斯的后裔作战!"

河神克珊托斯听到这些话,十分气愤,他化身为凡人从漩涡深处走出来对阿喀琉斯大声喝道:"珀琉斯的儿子,你真是残暴的家伙,你简直丧心病狂!现在河道里已经充塞了无数尸体,我已无法让河水顺畅地流入大海了,你赶快给我住手!"

"你是一位神,我愿听从你的吩咐,"阿喀琉斯回答说,"不过,只要特洛伊人没有被赶回城里,只要我还没有跟赫克托耳正面交手,我是不会停止杀戮的。"说着他凶恶地冲向特洛伊人,把他们赶进河里,他自己也跳进河里进行厮杀。这时,急流在阿喀琉斯的周围开始暴涨起来,河水上翻涌着巨浪,猛烈地冲击着阿喀琉斯的盾牌，他被急流冲击得失去重心，赶紧伸手抓住河岸上的一棵榆树，榆树被连根拔起。他赶忙跳出急流，回到岸上，然后在原野上大步前行。河神不甘罢休，咆哮着带着巨浪从后面紧紧追赶，那高高的巨浪追上后就向下铺天盖地压住他的双肩，扑击他的膝盖，任凭他大喊大叫。阿喀琉斯在绝望中仰望上天大声呼喊："万神之父宙斯啊，难道就没有一个神可怜我，把我从这湍急的河流救出？我的母亲欺骗了我，她说我将在特洛伊城下丧命于阿波罗的神箭之下。让赫克托耳杀死我吧，高贵之士死于强者手下！可是现在我却要被一条大河所淹没，如此不光彩地死去！"

此时，波塞冬和雅典娜立即化身为凡人来到他的身旁，握住他的手，安慰他，告诉他命中注定他不会被这条河流所征服。并且给他忠告，无论如何都不要停止战斗，直到把所有的特洛伊人赶进伊利昂城；等杀死了赫克托耳再立即返回船舶。两位天神说完，赋予他神力，帮助他跳出了波涛，落在平地上。可是，河神克珊托斯仍不罢休，他一面翻腾巨浪，一面大声召唤他的兄弟西莫埃斯："快来，亲爱的兄弟，让我们合力制服这个狂徒，否则今天他就要摧毁普里阿摩斯的城池！快来吧，让条条山泉急涌直泻，充满你的河道，让我们掀起层层狂浪，将巨石冲到这里，让他躺在泥土里淹没在水中。"他说完，就咆哮着向阿喀琉斯涌来，巨浪把泡沫、鲜血和尸体搅和在一起，朝阿喀琉斯扑了过来。很快，西莫埃斯的河流也奔涌过来，汹涌的波涛淹没了阿喀琉斯的头顶。

赫拉看到她的宠儿阿喀琉斯就要被彻底淹没了，惊吓得大叫一声。她对儿子赫菲斯托斯说道："亲爱的儿子，有你足以对付克珊托斯。赶快燃起你的熊熊烈火吧！我立即从海上吹来强劲的大风，帮忙煽起大火，把特洛伊人的尸体焚烧殆尽。你现在去燃烧河边的排排树木，把河水烧干，不要再感动于他的威吓或者哀求！直到我发出呼喊，你才能熄灭火焰。"赫菲斯托斯听从她的话，立即燃起了一股火焰，整个战场燃烧起来。火焰焚尽了所有被阿喀琉斯杀死的无数尸体，烤干了整个原野，然后一

◣ 垂死的阿喀琉斯

阿喀琉斯是一个真正的英雄，他明知杀死赫克托耳自身也将遭到神的报复，但他还是舍生取义，为朋友报了仇，至死都保持着大义凛然的风范。

排排的榆树、柳树、柽树也燃烧起来，草丛也被烧得异常旺盛。河中的鳗鱼和别的游鱼都惊恐地鼓着腮帮，在深渊里四处窜游。最后，河流本身也成为一片火海，河神克珊托斯痛苦地哭喊："火神呀，没有哪位神能敌得过你。我不想和你抗争。让我们休战吧！即使阿喀琉斯把特洛伊人全都赶出城来，我又何必帮助他们呢？"他呜咽地这样哀求着，而他的河水已被烧沸滚腾，如同热锅上的油一样被干柴烈焰烧得迅速沸腾。最后，他向赫拉哀求道："赫拉啊，你的儿子赫菲斯托斯为什么在众神中唯独折磨我？我的过错远不及其他所有站在特洛伊人的天神。只要你吩咐，我立即停止战斗，请他也罢手吧！并且我可以发誓我再也不帮助特洛伊人了，即使有一天希腊人放火把整个特洛伊都烧光。"

于是赫拉立即对儿子说："停止吧，赫菲斯托斯，不能因为凡人而使神明受到这么大的委屈。"火神即刻熄灭了他的火焰。河神也退回河床，在远处的西莫埃斯也平静下来。浪涛重新回到河道里淌流。

神与神的战斗

其他的神们这时却爆发起激烈的争斗。他们大喊着扑向对手，大地在脚下沉重地呻吟，辽阔的天空回荡着巨大响声。宙斯站在奥林匹斯圣山山顶听见呐喊，看着诸神相互争斗，高兴得大笑不已。战神阿瑞斯首先开始，他举着长矛扑向雅典娜，并破口大骂："你这爱挑是非的女人！你为什么要挑动神明们争斗？你别忘了当年你怂恿堤丢斯的儿子狄奥墨得斯进攻我，用枪刺伤我的事。这就等于是你亲手刺伤了我一样。这笔债今天总算可以清算一下了！"说着他一面刺中雅典娜的圆盾，女神稍许后退，在地上抓起一块黝黑、硕大、有棱有角的石块朝他砸去，石块投中他的脖子上，阿瑞斯瘫倒在地上，全身铠甲震响，头发上沾满了尘土。

雅典娜哈哈大笑，嘲笑着对阿瑞斯说道："你这个蠢材，竟敢和我比试，你大概不知道我到底比你强大多少吧！现在，你就快要实现母亲赫拉对你的诅咒啦，她因背弃希腊人而帮助特洛伊人对你非常生气，正诅咒你遭殃。"雅典娜说完，把目光移向别处。

阿佛洛狄忒搀扶着战神离开了战场，阿瑞斯痛苦地呻吟着，好半天才恢复过来。赫拉一看到阿佛洛狄忒，便对雅典娜说道："你看到那个好心的阿佛洛狄忒正扶着阿瑞斯离开战场吗？真让人看着不舒服！你快去追赶他们吧！"雅典娜兴冲冲地追了上去，给了阿佛洛狄忒的胸部一拳，阿佛洛狄忒立刻摔了个趔趄，受伤的战神也被拖倒在地。

雅典娜哈哈大笑地在一旁说道："哈哈，倘若所有站在特洛伊人那边的神都像你们这样勇敢，敢于和我对抗的话，那我们早就结束了这场残酷的战争，摧毁了这座坚固的伊利昂都城!"赫拉听到她的话,脸上露出了满意的笑容。

强大的海神波塞冬对阿波罗说:"我们为什么仍然袖手旁观呢?其他的神都已经开始战斗了。如果我们没有比试一下就回奥林匹斯圣山去,那是件羞愧的事。还有,难道你忘记了吗?众神中只有你我二人曾为这个城市吃过苦头。当时按宙斯吩咐,我们和狡猾的拉奥墨冬讲定报酬,为他服苦役一年。他把我们差遣了一年,可到付报酬的时候,拉奥墨冬却不守信用,强行克扣了我们全部的报酬,还威胁要把我们赶走。现在你却向他的人民施加恩惠,不想和我们一起摧毁特洛伊城。"

阿波罗立即回答说:"海神啊,倘若因为凡人的缘故,我就跟你这样一位仁慈而又威严的神动武,那真是没有理智了。我们休战吧!凡人的事让他们自己解决。"阿波罗说完就离开了他,心中觉得不应该和自己的叔父交战。

阿波罗的妹妹、狩猎女神阿尔忒弥斯在一旁责备地说:"阿波罗,你竟然想逃跑,让波塞冬得到所有的荣誉。你背上背的箭是装饰品吗?但愿你今后不要在我和父亲宙斯的面前夸海口,说你有能力和波塞冬单独交手!"她这样说,阿波罗没有回答,赫拉听到了却勃然大怒,立即尖刻地反问她:"你不也是一位弓箭手吗?今天你敢跟我作对吗?如果你愿意,就让我们来比个高低吧!"说完赫拉就一把抓住狩猎女神的两只手腕,扯下她肩上的弓箭,并用它狠狠地打她的面颊。女神被打得不断躲闪,疼痛使得她拼命哭喊着,挣脱着逃跑,顾不着自己的弓和箭。如果不是赫耳墨斯在一旁,阿尔忒弥斯的母亲勒托真会拔刀帮助女儿的。赫耳墨斯看着勒托说:"勒托,我怎么也不会和你作战,因为和雷霆之神的妻子们对抗并非易事。你尽可以对众神随意夸耀,说你战胜了我。"勒托见他说话谦恭有礼,也就消了气。她拾起女儿的弓和箭,便返回奥林匹斯圣山去了。

阿尔忒弥斯正坐在父亲宙斯的膝头上,浑身抽搐着,哭得十分伤心。父亲把女儿搂在怀里,微笑地问道:"我的宝贝女儿,别哭了,快告诉我,哪位神竟敢欺侮你?"

"父亲啊,是你的妻子,"她回答说,"那个狂暴的赫拉伸手打了我。她挑起神之间的争吵和不和。"宙斯听了只是轻轻地抚摸着女儿,说了许多安慰她的话。

这时,阿波罗已经来到特洛伊城,因为他担心阿耳戈斯人的命运,当天就把特洛伊的城墙摧毁。其他的神都回到了奥林匹斯圣山,有的心中充满着愤怒,有的则为胜利感到欢喜,他们都围坐在雷霆之神宙斯的周围。

阿喀琉斯和赫克托耳在特洛伊城前

年老的国王普里阿摩斯站在城墙的望楼里,看到了可怕的阿喀琉斯,还看见特洛伊人在他的追击下仓皇逃跑。国王长叹一声走下望楼,对看守城门的士兵说:

"你们立即打开城门不要离开，让所有逃亡的军队回到城里来。不过要特别留意阿喀琉斯，一旦大军回到城里，立即紧闭城门，不要让那个凶狠的阿喀琉斯冲进城来。"

打开的城门给逃跑的特洛伊人以新的希望，他们风尘仆仆、口干舌燥地从战场一直奔跑到城市和高大的城门下，阿喀琉斯还在后面紧追不舍。阿波罗看到这一切，马上冲出城门，前去帮助那些惊慌失措的特洛伊士兵。阿波罗首先激励安特诺尔的儿子阿革诺尔迎战，他把勇气和力量赐给他，然后用一团浓雾保护他。阿革诺尔看到凶猛的阿喀琉斯杀过来了，心里不免直打退堂鼓，然后他思考了一会儿，自言自语道："不管我如何逃跑，最后还是会落在他的手里。与其逃跑，不如迎战。他也只不过是一个普通的凡人，要是奋勇作战，说不定我的锐利的长矛也能刺伤他的身体。"于是他镇静下来，充满着勇气地等待着阿喀琉斯。

阿革诺尔一手拿住盾牌，一手挥舞着长矛，对走近的阿喀琉斯大声喊道："凶猛的阿喀琉斯啊，你别想着今天就把特洛伊给摧毁，要知道我们城里还有许许多多顶天立地的英雄。他们随时准备为保卫父母、妻子儿女而献出他们的生命！你将在这里领受死亡！"说着他用力掷出他的长矛。击中对方的小腿，可惜被跛足神锻造的胫甲挡了回来。现在轮到阿喀琉斯进攻了，但是阿波罗用一团浓雾把阿革诺尔带走，然后趁机化身为阿革诺尔的模样，把阿喀琉斯引出军队。阿喀琉斯在后面紧紧追击，他穿过了麦地，又追到了斯卡曼德罗斯河，阿波罗就这样诱骗着阿喀琉斯，让他在后面急急追赶。这样，其他的特洛伊人有充分的时间逃回城里。他们争先恐后，潮水般地涌进城里，根本顾不上招呼同伴，直到安全回到城市，他们才放心地坐下来喝水休息。

但希腊人全都锲而不舍地扛着盾牌向城池冲来。恶毒的命运把赫克托耳一个人留在了城外。阿喀琉斯仍在追赶着阿革诺尔，突然，前面的阿革诺尔停了下来，转身对阿喀琉斯说道："阿喀琉斯啊，你为什么追着我不放。你放着那些逃跑的特洛伊人不追，追一个神干吗？你杀不了我，因为命运注定我是不死的。"

阿喀琉斯这才恍然大悟，他无比愤怒地说道："你这个最最恶毒而狡猾的神！是你把我从城墙引到这儿来的。你挽救了那些特洛伊人，你夺走了我取胜的可能。即使这样，你也不用担心受到惩罚。哼！如果有可能，这笔账我一定要会跟你清算！"他说完立即朝城市的方向奔去，他奔跑得那样敏捷有力，就好像竞赛中的战马一样。

年迈的普里阿摩斯在望楼上第一个看到阿喀琉斯奔跑过来，他着急得举起自己的双手捶打着自己的胸部，大声地呼唤还在城外等待阿喀琉斯的儿子："赫克托耳啊，我的孩子，你不要独自在那里等待那个凶残的家伙。你以为单凭你的力量就能胜过他吗？我恳求你，进城吧！我亲眼看到，他已经夺走了我那么多的儿子，他不是把他们卖掉，就是把他们杀死。请你快快进城吧，为了保护特洛伊的男女，为了保全你宝贵的性命。请可怜可怜不幸的我吧，宙斯在折磨一个风烛残年的老人，在他的暮年要亲眼看见一个个儿子惨遭杀戮，女儿们则丧失自由，城池被摧毁，财产被掠夺。这世界上还有比我更悲惨的凡人吗？"

向妻子告别的赫克托耳

老人说完，无助地在那叹气，但这都不能动摇赫克托耳留下的决心。他的母亲赫卡柏这时也伤心得痛哭流涕，她在望楼上大声呼喊："我的孩子啊，请可怜可怜我吧！快退进城来，不要单独和他对抗。阿喀琉斯性情凶残，如果你被他杀死的话，你将被希腊人的猎狗饱餐一顿。"

父母亲的哀求和痛苦的呼唤都没能使赫克托耳回心转意。他仍然站在原地，等待着强大的阿喀琉斯并且很坚定地对自己说道："如果我退进城墙躲避阿喀琉斯的话，波吕达玛斯一定会责备我的。阿喀琉斯重新出现的那个夜晚，他曾经建议我把军队退回城里，可我却没有采纳他的明智的建议，许多人因此丧失了性命。我愧对特洛伊的男子和他们的家人。也许有一天他们会说，因为赫克托耳的过于自信，整个军队损兵折将。所以现在我能选择的就是和那个可怕的阿喀琉斯决一死战！或者我杀死他后胜利回城，或者就是我光荣地战死在城下。难道还有什么其他的办法？我自作主张地和阿喀琉斯讲和，答应把海伦和她的全部财产交还给阿特柔斯的儿子？劝动全体特洛伊人把拥有的一切财富献给希腊人？天哪，我在想什么？我在祈求他的怜悯吗？如果是那样的话，他一定会视我为弱女子，鄙视我、唾弃我！现在还是让我和他痛快地厮杀吧，看看奥林匹斯神究竟让谁获得胜利的荣耀。"

赫克托耳之死

赫克托耳这样思考等待，阿喀琉斯已经来到他的跟前，如同战神一样威武雄壮，戎装在身的阿喀琉斯光辉闪亮，好似那初升的太阳般耀眼。赫克托耳一见他，心中不由自主地恐惧，浑身颤抖，他没来得及多想便转身朝城门奔去。阿喀琉斯见状迅速追赶。赫克托耳沿着特洛伊城墙没命地奔跑，他跑过山丘和树林，一直顺着城墙下面的车道奔跑，到达斯卡曼德罗斯河的源头。这条美丽的河流曾经是特洛伊妇女们洗涤衣裳的好去处，可现在，紧张的气氛弥漫在空气之中。他们俩一个仓皇逃窜一个紧紧追击。他们绕着普里阿摩斯的城墙跑了三圈，奥林匹斯圣山上的神们都紧张地看着这一惊心动魄的场面。

"啊，我看见我们宠爱的人正沿着城墙落荒而逃，"宙斯说，"他曾经向我献祭过无数令我满意的礼物，现在却被敌人紧紧追赶。神啊，给我些建议，是再次拯救赫克托耳的性命呢，还是让他今天就死在阿喀琉斯的手下？"

雅典娜立即回答说："父亲，你又想做什么？难道你想让命运女神判定死期的人免除死亡的命运吗？你自己看着办吧，别指望我们会同意你的做法！"

宙斯回答道："我的孩子，我并没有什么特别的打算。你想怎样做便赶紧行动吧。"雅典娜听后迅速得飞下了奥林匹斯圣山，来到特洛伊的战场上。

他们俩继续在奔跑，一个怎么也逃不脱，一个却怎么也追不上，双方都没有停下。这时，阿喀琉斯示意他的军队，不许他们向赫克托耳投掷长矛，因为他想亲手杀死他的仇人赫克托耳，为自己的好友报仇雪恨。

当他们一逃一追第四次来到斯卡曼德罗斯河边时，宙斯取出他的黄金天平，把两个悲惨的死亡砝码放进秤盘，一个是阿喀琉斯，另一个是赫克托耳。他提起撑杆中央称量，赫克托耳的一边向下倾斜，滑向冥王哈里斯，一旁的阿波罗立刻离开了。

女神雅典娜迅速走到阿喀琉斯身边，对他说："众神的宠儿阿喀琉斯，今天你将战胜赫克托耳获得全胜，现在停止脚步，休息一下，我这就去鼓动他，让他和你一决胜负！"阿喀琉斯听到女神的话，十分欢喜，他立即停止追击，靠在插在地上的长矛旁，休息等待。

雅典娜化身为得伊福玻斯来到赫克托耳的身边，对他说："亲爱的兄弟，让我们停下来，在这里共同反击阿喀琉斯！"赫克托耳看到他的兄弟非常高兴，他回答说："得伊福玻斯，在所有的兄弟中，你和我一向最亲近，现在我又比以前更加喜欢你。当别的兄弟都躲在安全的城墙后面不敢出来时，你却愿意出来支持我帮助我。"于是雅典娜引着英雄朝阿喀琉斯走去。

待他们就要互相逼近的时候，赫克托耳对阿喀琉斯大声说道："珀琉斯的儿子，我不再躲避你了！我的心灵引导着我停下来和你拼个你死我活。但让我们当着神发誓：如果宙斯让我取得胜利，把你杀死，那么我只剥下你的铠甲，把你的尸体交给希腊人。你也要这样对待我。"

"可恶的人，我不会和你订任何条约！"阿喀琉斯恶狠狠地说，"正如狼和绵羊永远不可能协和一致，我们之间也无友情可言。我们之中必须有一个人死去。

鼓起你的全部勇气吧，现在是你展示全部本领的时候。你杀死了我那么多的战士，今天都将血债血还了！"阿喀琉斯说完掷出他的长矛，赫克托耳急忙弯下身子，把它躲过，矛从他的头上飞过，插进泥土里。雅典娜把矛拔出来，还给阿喀琉斯。现在，轮到赫克托耳了，他用力投出他的矛，击中阿喀琉斯的盾牌后被弹落在地上。赫克托耳吃了一惊，回头想向他的兄弟得伊福玻斯要一支长矛，可是他却消失不见了。赫克托耳忽然明白了一切，他知道是神引导他走向死亡，并且知道自己今天逃脱不了死亡的厄运，但他仍然决定勇敢地和阿喀琉斯大战一场，为后代树立英勇的榜样。于是他拔出长剑，朝对手猛扑过去。阿喀琉斯迫不及待地冲上来，他把那副精美的盾牌举在胸前，头盔上带着美丽金丝的羽饰不断摇曳着，有如黑夜中最明亮的星星在闪烁着光芒。他正寻找机会，看向对手身体的哪个部位刺杀最为容易。赫克托耳全身都有从帕特洛克罗斯那儿掠去的盔甲严密保护着，只有连接肩膀和脖子的锁骨旁露出咽喉。阿喀琉斯看清楚后，便用矛刺向赫克托耳的喉咙，但没有戳断气管，赫克托耳还能勉强说话。阿喀琉斯高兴地扬言，要把他的尸体丢给恶狗飞禽，然后为帕特洛克罗斯举行葬礼。赫克托耳用虚弱的声音央求道："阿喀琉斯，不要把我丢给那些恶狗，你将得到许多的金银作为赎金，只要把我的尸体送回特洛伊，让特洛伊人将我安葬！"

阿喀琉斯愤怒地回答道："无论你怎样哀求，我都不可能答应你！你是杀害我朋友的凶手，我早就恨不得将你碎尸万段，为我那死去的朋友报仇。即使普里阿摩斯愿意拿出和你相等重量的黄金，你也免不了喂狗的下场！"

赫克托耳临死前最后呻吟道："我总算看透了你，你是一个铁石心肠的人，我知道不可能说服你。但是请你当心吧，你的凶残本性一定会被神明所痛恨，当帕里斯和阿波罗把你杀死在城门前的时候，你会想起我的话的！"说完这最后的预言，他的灵魂离开了身体前往哈里斯的居所去了。

阿喀琉斯却在一旁叫道："你只管去死吧！我的死亡我自己领受，任由宙斯和众神的安排。"说完，他从尸体上拔出长矛，搁置一旁，然后再剥下原本属于自己的血淋淋的铠甲。

其他的希腊人纷纷涌上来，四面围住死者，他们惊异地发现赫克托耳身材魁梧，长相俊美，但他们却都拿起长矛往死者的身上戳去，以平复内心长久以来对他的恐惧。阿喀琉斯剥下铠甲后对希腊人说道："朋友们，各位首领和君王们，感谢神明让我在这里打倒了他，他给我们造成的灾难远远超过了其他人。现在让我们一鼓作气，杀向特洛伊城。让我们看看，没有赫克托耳的情况下特洛伊人是主动放弃城池还是要继续作战。不必多说了，帕特洛克罗斯还躺在船上，还没有安葬，阿耳戈斯的战士们，现在让我们高唱凯歌，返回战船，把这个敌人带回去祭奠我的朋友!"

　　说完这些话,这个残忍的人又重新转向赫克托耳的尸体,在两个脚踝和脚跟之间用剑刺穿个洞,用牛皮带穿进去,绑在战车上。然后,他跃上战车,挥鞭策马,拖着尸体向战船飞奔而去。

　　赫克托耳的母亲赫卡柏从城墙上目睹了这一惨状,悲愤地撕下她的面纱,放声痛哭,国王普里阿摩斯也在一旁痛哭流涕。特洛伊人和同盟军的哀号和恐惧的叫喊声充满了整个城市,城墙被震颤得不停抖动。年迈的国王几乎都要冲出去,追赶杀害儿子的凶手。他倒在地上大声地哀号:"赫克托耳啊,你的死让我悲痛欲绝,你应该死在我的怀里啊!"

　　赫克托耳的妻子安德洛玛刻还没有得到噩耗,她正在宫殿里忙着绣一副有各种花卉的紫色帘子。她听见了城里传来一片悲号哭泣的时候,心下一震,书中的梭子滑落到地上。她惊叫起来:"这哭声震天动地,莫非是我的丈夫已被阿喀琉斯杀死?来人哪,快跟我去看看,究竟发生了什么事?"她忐忑不安地冲出家门,来到城墙的望楼,一眼看见城外阿喀琉斯的快马正拖着她丈夫的尸体在野地里飞跑。安德洛玛刻顿时昏厥过去,失去了意识。她的亲属们立即围拢过来,把她扶起。等她醒过来时,悲痛充满了她的整颗心。

❖ 帕特洛克罗斯的葬礼

　　阿耳戈斯人回到战船边,全都散开回去休息。但是阿喀琉斯没有让米尔弥冬人解散,他对他们说:"让我们把车马赶到帕特洛克罗斯的身边,为他举行哀悼仪式吧!等我们举行完仪式,再把马卸下,一起在这里用餐。"他说完,就带头放声痛哭,他们驱赶马匹绕着尸体走了三圈,然后阿喀琉斯对着死者说道:"帕特洛克罗斯,你安息吧!我带着赫克托耳的尸体回来见你了,并且还将在你的火葬堆前杀死十二个特洛伊青年祭奠你,一切都像我所对你承诺的那样。"说完,他把赫克托耳的尸体扔到了帕特洛克罗斯的灵床前。然后战士们脱下铠甲,解下战马,围坐在船边,留守在船舶的战士已经宰杀好了肥美的猪、牛、羊,为战士们准备好了丰盛的丧礼晚宴。阿耳戈斯人硬是拉着阿喀琉斯来到国王阿伽门农的帐篷里,他们烧了一大锅的热水,希望劝动阿喀琉斯能够洗去身上的尘土和血污,但他坚决不肯答应,并且还发誓道:"我对着至高的神宙斯发誓,直到帕特洛克罗斯得以火葬建起坟墓,我才愿意沐浴更衣。现在大家吃些东西吧,明天天一亮,士兵的统帅阿伽门农,请你立即下令大家砍伐树木,为我朋友的火葬做好准备。"首领们都尊重他的意思,他们坐下来饮酒吃肉,享用美餐,然后各自回房休息。珀琉斯的儿子却来到开阔的海滩上躺下,周围是唉声叹气的米尔弥冬人。

奔波了一整天的阿喀琉斯终于沉沉地睡过去了，梦境里可怜的帕特洛克罗斯来到他的面前，对他说："阿喀琉斯啊，你睡了吗？难道你把我忘了？快把我埋葬吧，好让我跨进哈里斯的居所。那里守门的幽灵把我远远地赶开，说我没有火葬，灵魂得不到安宁。阿喀琉斯啊，我还有一个请求，命运女神规定你的死期即将临近。你在给我造坟的时候，也给自己留一个吧，让我们生时同住在宫殿，死后也能葬在同一墓穴！"

阿喀琉斯听后立即回答道："亲爱的朋友，你吩咐的事情我会全部遵行的，你放心吧！"阿喀琉斯说着，向挚友伸出双手，但它却像烟雾一样消逝了。

第二天天刚亮，统帅阿伽门农命令战士们牵着牲口去收集柴薪。他们从爱达山的坡地把最高大的树木砍下来，劈成木柴，用绳索把它们捆绑着，让牲口驮回战船营。他们来到海滨，阿喀琉斯在那选定一块地方为帕特洛克罗斯和他自己建造一座坟墓。当战士们把一捆捆柴薪整齐地放在场地周围，便围聚在一起等待命令。阿喀琉斯命令所有的米尔弥冬人穿上铠甲，套上战车。人们穿好铠甲，武装齐整，将士们坐在战车里，御者陪同在一旁，战车整齐有序地前行。士兵们抬着帕特洛克罗斯的遗体，上面放满了他们从头上剪下的头发。阿喀琉斯托着死者的头部，陪伴忠诚的好友前往哈里斯的住处。

送葬的队伍来到阿喀琉斯选定的坟地，他们放下灵柩，开始垒积大量木柴。珀琉斯的儿子似乎想起了一件事，他离开柴堆，剪下自己的一绺褐色的头发，对着一望无际的大海说道："啊，我的祖国斯佩尔赫奥斯河啊，我的父亲曾经向你祈求，答应等我安全回到家时他要我剪下这绺头发献给你，并在那段归你管辖、设有馨香的祭台的水边，给你献祭五十头公羊。河神啊，你没有满足他的祈求！现在，既然我不可能返回亲爱的故乡，就把这绺头发献给帕特洛克罗斯，让它陪伴我挚爱的朋友吧！"说完，他把一绺头发放到他的朋友的手里，然后所有的士兵们感动得又是一阵哭泣。阿喀琉斯最后走近阿伽门农，对他说："阿特柔斯之子，现在请所有的战士就餐吧。我们这些帕特洛克罗斯最亲密的朋友留下来就好，各位首领也请留下。"

阿伽门农于是下令战士们各自回到战船，只有首领们留了下来。大家把木柴垒成一个长宽各百步长的焚尸堆，然后把尸体抬上堆顶。他们在柴堆前杀死和剥开了许多绵羊和公牛，取出它们的脂肪，把尸体从头到脚裹得严严实实，然后把牲口的尸体放在周围。他们又拿来一罐罐蜂蜜和香膏放在灵柩旁，又牵来四匹活马，并从帕特洛克罗斯生前喂养的九条家犬中宰了两条扔上柴堆。接着他们又砍杀了十二名特洛伊贵族青年。然后用一把火点燃了焚尸堆。

阿喀琉斯在火焰中呼唤着亲爱的朋友："帕特洛克罗斯！愿你能够顺利进入

哈里斯的居所。我履行了曾经向你许诺过的全部誓言。十二名特洛伊贵族青年都已经和你一起火葬。至于那个赫克托耳，我将把他交给狗群。"阿喀琉斯凶狠地说着，但神们却不让他的愿望实现。阿佛洛狄忒日夜守护着赫克托耳的尸体，不让一群饿狗靠近。她又用玫瑰神膏涂抹尸体，使他身上被阿喀琉斯拖出来的伤痕全部消失。阿波罗为他从天上降下一片浓雾，罩住赫克托耳的尸体停放的地方，免得炽热的太阳把尸体烤干。

帕特洛克罗斯的柴堆虽然点着了，但火焰却烧不起来。阿喀琉斯转身向风神波瑞阿斯和泽菲罗斯祈求，并答应给他们献上丰富的祭礼。他用金杯不断祭酒，请求风神把柴堆燃起熊熊大火。伊里斯把这消息传给了风神。他们迅速来到海上，呼啸着掀起层层巨澜。当他们一到达柴堆，便立刻在柴堆四周煽起猛烈的火焰。一整夜，他们都不停地助长火势，让柴火烧得旺盛。阿喀琉斯也整夜不断地浇酒祭祀，一边呼唤着朋友的名字，一边不停地绕着柴堆行走。直到清晨，焚石堆逐渐燃尽，火焰才慢慢熄灭。遵照阿喀琉斯的命令，英雄们用酒浆把焚石堆所有的余烬浇灭，然后收敛卧躺在火葬堆中央的帕特洛克罗斯的骨灰，把他的所有骨灰装进黄金罐，用双层脂肪牢牢封紧，只放在阿喀琉斯的帐篷里。然后，他们用石块和泥土，给死去的帕特洛克罗斯筑起一座大坟。

殡葬之后是为了纪念死去的英雄而举行的赛事。自己不参加比赛的阿喀琉斯让所有的士兵都聚拢过来，坐成一个大圆圈。然后他摆出贵重的奖品激励参赛者，奖品有三脚鼎、炊具、牛、羊、骡子还有妇女和珍贵的金属礼品。比赛的项目包括拳术比赛、徒步赛跑、掷投枪、赛车等。英雄们通过激烈的角逐，带走了各自的奖品，结束了比赛。

普里阿摩斯去见阿喀琉斯

竞赛结束后，士兵们都回去饱餐、酣睡。只有阿喀琉斯整夜辗转反侧不能入睡，他仍在怀念被安葬的朋友。他的心不能安静下来，于是他沿着海岸走去。凌晨时分，他套上战马，把赫克托耳的尸体绑在战车上，拖着它围着帕特洛克罗斯的坟墓奔跑了三圈，随后就把尸体扔在尘土里。阿波罗看到后，赶忙用金色的羊皮把赫克托耳的尸体裹起来，使他的尸体不受损害。奥林匹斯圣山上的神除了赫拉以外，都对阿喀琉斯的残忍做法感到悲愤。宙斯派使者去通告阿喀琉斯的母亲忒提斯，命令她迅速赶到希腊人的营帐，告诉他的儿子阿喀琉斯，诸神，包括宙斯在内，都对他肆意凌辱赫克托耳的尸体，并把它扣留在船旁边感到愤怒，并希望忒提斯能够劝动阿喀琉斯接受普里阿摩斯赎取儿子尸体的礼物。

忒提斯听从命令，来到儿子的帐篷里，在那里看见阿喀琉斯还是一脸惆怅，打不起精神来。于是忒提斯坐在儿子旁边，伸手抚摸他，轻声说道："我的孩子，你整日忧愁叹息，不思饮食，这样的折磨要到什么时候才肯停止？你最好在一个女人的怀抱里享受爱情，因为死亡已经渐渐向你靠近。唉！是宙斯让我来转告你的，他和诸神都很愤怒，因为你虐待赫克托耳的尸体，并且把它扣在船旁，你要接受一笔丰厚的赎金，放他回去。"阿喀琉斯听后回答母亲："那就这样吧，我听从宙斯和诸神的吩咐。谁给我赎金，谁就把尸体领回去。"

这时，宙斯又派出使者伊里斯来到普里阿摩斯国王的城里，传达宙斯的决定。她一到特洛伊城里，便听见举国一片号啕与哭泣的悲痛声音。国王的儿子们在院里围着父亲坐着，衣服都给眼泪打湿了。她悄悄走到国王面前，温和地说道："达耳达诺斯的后代呀，你要镇静，我给你带来了好消息。宙斯怜悯你，他叫我吩咐你去找阿喀琉斯，用丰厚的礼金赎回你的儿子的尸体。你必须单独前往，可以带一名年老的传令官，让他为你赶车，把尸体运回城来。别害怕，宙斯派赫耳墨斯给你引路，他会保护你。"

普里阿摩斯相信女神的话，他吩咐他的儿子们给他备马套车。他自己走进那间用香气扑鼻的柏木建造的屋子，房屋里面储藏着无数的金银珠宝。他把妻子赫卡柏叫来，对她说："刚才宙斯派信使来到我这里，告诉我可以用丰厚的赎金赎回儿子的尸体。现在我的内心有强烈的冲动和愿望前去阿喀琉斯的营帐里取回我们儿子的遗体。你不会反对吧？"赫卡柏听了，尖叫一声，然后回答她的丈夫道："我的国王啊，你从前的聪明才智哪里去了？你怎么可以单独到阿耳戈斯人的舰队中去，去见那个杀死你众多儿子的凶手？要是他看见你，一定会抓住你，杀死你的。他是一个野蛮的、不讲信义的人！他有着一颗铁石心肠！你别妄想他会怜悯你，同情你！我自己宁可我们在厅堂里为赫克托耳哀悼哭泣，也不愿你冒着生命危险去赎回儿子！"

但普里阿摩斯坚定地对妻子说道："不要阻拦我，即使我这一去要死在敌人的战船上，我也心甘情愿，只要我能把最亲爱的儿子抱在怀里，就心满意足了。"说完他打开箱子，挑出十二件锦袍、十二件斗篷、同样数目的毛毯、披衫和衬袍。然后，他又称出十泰伦特的黄金，拿出两个三角鼎，四口大锅以及色雷斯人赠送给他的一只精美的酒杯。普里阿摩斯把那些前来劝阻他的特洛伊人都赶走了出去，并且谴责他们说："你们这些胆小鬼，难道你们都闲得发慌，跑来劝阻我？难道你们觉得宙斯给我的痛苦还不够吗？你们应该知道，最优秀的人死了，其他的人更容易被阿耳戈斯人杀死。"老人是这样愤怒，他拿起王杖驱逐他们，然后吩咐他的其他九个儿子，让他们赶紧备好车马，把所有的东西装上去。儿子们都十分担心父亲的命运，但他们不敢违抗父亲的命令。于是他们把密西亚人送给普里阿摩斯的骡子套上战车，把赎金和礼品一一搬到车上，并为国王备好马，唤来年老的传令官。

王后赫卡柏怀着沉重的心情走到他们的跟前，把装满美酒的金酒杯递给国王，让他在临行前向神举行灌礼。侍女们端着水壶和水盆走过来，国王普里阿摩斯用净水洗了手，再接过金酒杯，站到院子中间祷告，他一边奠酒，一边向宙斯大声祈祷："万神之父宙斯、爱达山的统治者啊，让我在珀琉斯的儿子那受到怜悯吧！请爱达山预兆，让我放心大胆地到希腊人的战船上去！"国王的话刚说完，一头黑鹰从右面的高空向他们飞过来，黑鹰掠过了城市。特洛伊人看到吉兆都感到高兴，心里轻松了不少，年老的国王和大家略作告别后登上战车，离开城市。

傍晚时分，普里阿摩斯和传令官的马车已经驶过古代国王伊罗斯的坟冢，他们便吩咐两辆车停下来歇一会儿，让牲口在河边饮水。这时夜色已经降临，大地苍茫一片，传令官伊特俄斯突然看到有一个人的身影在前面，他赶忙对普里阿摩斯低声说道："主人，你瞧那边有一个人，我担心他要过来谋害我们。让我们赶紧登车逃命吧！"传令官的话使得普里阿摩斯一时六神无主，不知道该怎么办才好。那人却走上前来，原来他不是敌人，正是宙斯派来保护普里阿摩斯的使者赫耳墨斯。普里阿摩斯不认识他，但看他仪表堂堂、谈吐高雅，便问道："高贵的人啊，你是谁，为什么出现在这里？"

"我的父亲是波吕克托耳，"赫耳墨斯回答说，"他是米尔弥冬人，他和你一般年纪，他已经有六个儿子，我是第七个。我和兄弟们抓阄，结果我抓中了，随军航行到这里，我是阿喀琉斯的侍从。"

普里阿摩斯一听说他是阿喀琉斯的侍从，急切地问道："你若是阿喀琉斯的侍从，请你告诉我，我的儿子赫克托耳是否还在战船上，还是已经被扔去喂狗群了？"

赫耳墨斯回答说："放心吧，老人家，他还躺在阿喀琉斯的营帐的旁边，十二天过去了，即使阿喀琉斯每天早晨残忍地拖着他在朋友的坟前转圈，他的尸体依然完好无损，因为神一直在保护他。你看到时一定会感到吃惊的，尸体上没有血迹没有污垢，伤口是愈合的。即使在他死后，神仍然关心和照看他。"

普里阿摩斯听后，松了一口气，高兴地取出那支珍贵的金酒杯："拿上它吧，感谢神的眷顾，由你来保护我的安全。请把我送到你主人的营帐吧！"

赫耳墨斯拒绝收下金杯，他说自己不能够背着阿喀琉斯接受赠礼。不过他立刻跳上车，抓住鞭子和缰绳，很快地驾驶马车来到垒墙和战壕那里。守卫的士兵正在吃晚饭，赫耳墨斯给他们洒上了催眠的液汁，他们很快呼呼大睡。然后他把门闩推开，打开门，把国王和他的御者一同带进去。很快他们便来到阿喀琉斯的营房门前，赫耳墨斯跳下车，把赠送给阿喀琉斯的礼物先送进去，然后他大声地对普里阿摩斯说道："老人家，我是赫耳墨斯，是我的父亲宙斯派我来保护你的。现在我已把你安全送到目的地，我可以离开了。记住，你走进阿喀琉斯的营帐，便抱住他的膝头，以他的母亲、父亲的名义向他恳求，这样能够打动他的心。"说完，赫耳墨斯便消失不见了。

国王跳下战车，让传令官伊特俄斯留在那看守骡子和马，他自己径直走进阿喀琉斯的房里。阿喀琉斯独自一人坐在那里，远处是他的两个同伴奥托墨冬和阿尔基摩斯。阿喀琉斯刚用完晚餐，餐桌还没有收拾。没有一个人注意到高大的普里阿摩斯的到来。他快步地来到阿喀琉斯的面前，抱住他的膝头，亲吻那双杀死他众多儿子的双手，阿喀琉斯和同伴们见到他的举动都非常吃惊。于是普里阿摩斯开口恳求道："阿喀琉斯啊，请想一想你的父亲吧，他和我一般年纪，已到达人生的暮年，也许他也可能受着邻国的威胁和折磨，像我这般孤立无援而又无可奈何，可是他只要一听说你还活在世上，并能够从特洛伊安全返回，他一定会感到很欣慰。可是我呢，我虽然有五十个儿子，可是他们中的大部分都在这场战争中阵亡了。现在，你又夺去了那个唯一能够保护我们、保护城池和人民的儿子赫克托耳。我现在为了他的缘故，带着无数的礼物来到你的营帐里，希望能够把他的尸首赎回去。阿喀琉斯，看在神的份上，请你想一想你的父亲，怜悯我吧！"普里阿摩斯的话激起阿喀琉斯对父亲的怀念之情。他松开老人的手，把老人搀扶了起来，无限同情地说："不幸的人啊，你的内心忍受过怎样的苦难！你独自一人来到阿耳戈斯人中间，来见一个亲手杀死你儿子的人，你一定有着一颗坚强无比的心！你请坐到椅子上来吧，让我们平复内心的忧愁和悲伤，因为悲伤徒劳无用，这些悲惨的命运都是神所分配的，他们自己却生活得无忧无虑。宙斯的大门前放着两只罐子，其中一只装的是灾难和不幸，另一支则装着快乐和幸福。神把两样东西赐给人类，有些人得到两种混合的命运，那么他们的运气便时好时坏；如果得到那只装满灾难的罐子，那么那人的一生便充满磨难，永远在忧愁和痛苦中度过。神对待我的父亲珀琉斯，便是前一种情况。神赐给他权力、财富、甚至还有一个女神做他的妻子。但是神却给了他一个巨大的灾难，那便是让他年轻的儿子早早地接受死亡的厄运。他年事已高，我却要接受命运的安排，不能给他养老。而你呢，老人家，我听说你从前也享受着无尽的幸福，人们说你的财富无人能够匹敌。可是现在，天上的神明却让你的城市遭受战争和杀戮，你的儿子们一个个在你的面前死去。请忍耐忍耐这一切吧，不要过于悲伤，因为无论你怎样哭泣，他们都不会活着回到你的身边。"

普里阿摩斯回答说："宙斯的宠儿呀，只要赫克托耳还躺在你的营房外面，没有得到安葬，我就没有办法坐下。请让我把他赎回吧，收下我献给你的一大笔赎金，并回你的祖国去吧！"

阿喀琉斯听到他最后的一句话皱起了眉头，说："老人家，不要这样刺激我。我已经有意释放赫克托耳。我的母亲作为宙斯的信使来过。普里阿摩斯啊，我明白，一定有一位天神把你引到我的营帐来。否则，一个凡人无论如何有多大的胆量和本事，不敢也无法来到我的营帐。因为他不可能躲过守卫的士兵，也不容易推开拴好的大门。老人家，请不要提过分的要求，惹我生气。那样一来我不愿意听从宙斯的命令。"老人听了十分惊恐，不再言语。阿喀琉斯冲出了帐篷，战士们也跟随他出去。

他们把骡子和马匹解下战车，并让传令官进屋坐下，然后从车上搬下作为赎金的礼物，留下了两件披衫和一件织得很密的战袍，以便把赫克托耳的尸体包裹起来。阿喀琉斯命人清洗赫克托耳的尸体，并涂抹香膏，他不让普里阿摩斯看见儿子，免得他见到了心里悲伤。等到尸首洗干净后，他把它抱起来放在尸架上，他的同伴们和他一起把赫克托耳的尸体抬上战车上。阿喀琉斯又忍不住大哭起来呼唤他朋友的名字："帕特洛克罗斯，如果你在冥间得到消息，说我已经把赫克托耳的尸体还给了他的父亲，请你别生我的气，他带来的赎金很丰厚，这其中也有你的一份！"

阿喀琉斯又走回营房里，对普里阿摩斯说道："老人家，如你所要求，你的儿子已经被我释放了，他现在躺在尸架上，黎明的时候你便能亲眼见到他。现在让我们先吃饭吧！你要哀悼你的儿子，等回到特洛伊城后你再放声痛哭吧！他是值得人们哀悼纪念的。"说着他站起身，走了出去，宰了一只羔羊，他的朋友们熟练地剥下羊皮，把羊肉切成小块，串在铁叉上细心烧烤，然后取下来。他们坐下来进餐，奥托墨冬把面包放在漂亮的篮子里，分给大家，阿喀琉斯分羊肉，大家尽情地喝酒吃肉。普里阿摩斯不禁对阿喀琉斯高贵的仪态感动惊奇，觉得他真像神一样，魁梧又英俊。同时，阿喀琉斯也认为国王相貌威严，谈吐不凡，态度谦和，他也在心中感到惊奇和佩服。晚餐用毕，普里阿摩斯对阿喀琉斯说道："高贵的英雄，请赶快安排我睡觉去吧。自从我的儿子在你手下丧命以后，我还没有合过一次眼，我总是在悲叹我所承受的数不清的苦难。而且，今天也是我第一次喝酒吃肉。"

阿喀琉斯随即吩咐他的同伴和侍女安排一张床，铺上紫色毯子和柔软的被单，再加上保暖的棉被。同时给使者也安排一张床。阿喀琉斯友好地问老人："请告诉我你为高贵的儿子举办葬礼，想花多长时间？这段时间内我自会停止战争，整理军队。"

"如果你允许我为我的儿子举行隆重的葬礼的话，"普里阿摩斯回答说，"那么我需要十二天的时间。你知道，我们都被围困在城里，要到城外很远的山里去砍伐木柴，因此我们得用九天来准备。第十天我们将举行葬礼，摆设丧宴；第十一天我们要为他垒一座坟墓；第十二天，如果避免不了的话，那么我们可重新开战。"

阿喀琉斯回答道："好吧，就照你说的这样办。我将要求军队在这期限内不向你进攻。"说着他用力地握住老人的右手，借以打消他的顾虑，然后让他回去睡觉，自己则在里屋的床上躺下睡了。

当他们都进入梦乡时，赫耳墨斯却在考虑怎样才能悄悄地把特洛伊的国王护送回去，不让守卫的士兵发现。他因此蹑手蹑脚地来到老人的床前对他说："老人家，你在敌人的营房里睡得多安稳呀！可是你有没想到，你用重金赎回了儿子，要是阿伽门农和其他的希腊人知道了这件事，他们会扣留你，并向你的家人索取三倍的赎金！"普里阿摩斯听了十分惊恐，他急忙唤醒一旁的传令官，赫耳墨斯为他们套上车，三个人带着赫克托耳的尸体匆忙赶着车离开了营地。

赫克托耳的遗体在特洛伊城

赫耳墨斯陪着国王一直来到斯卡曼德罗斯河边，他在这里告别了国王，飞回奥林匹斯圣山。老人和传令官继续赶着马朝城里驶去。他们到城里的时候，天刚拂晓，大家还在睡梦之中，只有普里阿摩斯漂亮的女儿卡珊德拉在城楼上远远地望见坐在车上的父亲，他的旁边是传令官。当她看到那个躺在战车上的赫克托耳的尸体时，她不禁尖叫起来，向整座城市大声呼唤："你们快来看啊，特洛伊的男人和女人们，赫克托耳回来了，但回来的是他的尸体！从前，他活着从战场上凯旋的时候，你们都欢呼着向他致意。现在他牺牲了，你们也去迎接他吧！"她这样大声地喊叫，特洛伊的男男女女没有一个留在家里，大家都带着难忍的悲痛涌向城门。赫克托耳的母亲和妻子走在最前面，她们哭泣着冲向装载尸体的战车。大家都围绕在战车的旁边放声痛哭，如果不是老国王要求把儿子先运回家里的话，大家会在城门前痛哭一整天的。

等到赫克托耳的尸体运进国王的宫殿时，人们把它停放在一张装饰华丽的尸床上，四周响起了悲壮的挽歌。死者的妻子、年轻的安德洛玛刻双手抱住丈夫的头，哭得死去活来："亲爱的丈夫啊，你年纪轻轻就丧失了性命，留下我在家里守寡，孩子们都这样年幼无知，我恐怕他们都不能抚育成人了，因为特洛伊很快就要毁灭——因为你，城邦的保护者已经死去。你曾保卫过全城的男女老幼啊！不久，我们都将被当作俘虏押上希腊人的战船，我也不会幸免。而我们可怜的儿子啊，也将去做那无穷无尽的苦力活，并且随时要受到希腊人的侮辱和泄愤，他可能被残忍的希腊人殴打或者干脆扔下楼去，因为他的父亲曾经杀死过无数希腊人的兄弟、父亲，或者儿子。赫克托耳在战场上是从不轻易饶过任何敌人的！啊，赫克托耳啊，你给你的父母亲留下的是无法形容的悲痛，而给我的更是最最沉重的悲痛啊！"她这样哭诉，周围的妇女们全都同声悲恸。

赫克托耳的母亲赫卡柏更是泣不成声："赫克托耳，我最最亲爱的儿子啊，天上的神们是多么喜欢你啊，他们在你惨死后也没有忘掉你。你曾经被残忍的阿喀琉斯拖在地上绕圈，可是，躺在厅堂里的你看起来很安详，好像阿波罗射出的箭无意中射死你那样。"

◆ 安德洛玛刻哀悼赫克托耳　法国　大卫
赫克托耳虽然死在阿喀琉斯的剑下，但他的英名却永远让特洛伊人铭记，本是弟弟帕里斯引来的祸，但他在国家有难时挺身而出，肩负起保卫特洛伊的重任，最终以死殉国。

她这样哭诉，引起了大家的悲哀。海伦第三个大声地哭诉道："赫克托耳，在所有的夫兄中，你是我最敬佩的人。自从帕里斯把我这个不幸的女子带到特洛伊，时光已经整整过去了二十年！我真希望我早就前去哈里斯的居所。这二十年来，我从来没有听到你说过一句脏话，如果有人开口斥责我的话，除了国王普里阿摩斯像我的生父一样保护我，就是你会站出来，用温和的语言劝大家息怒，为我解围。可是现在你死了，我失去了一个兄长和可敬的朋友。在这广阔的特洛伊，再没有别人会对我像你那样友好和善了。"她这样哭诉，周围的人都叹息不已。

普里阿摩斯对着悲伤的人群大声说："特洛伊人啊，你们赶快出城去砍伐火葬用的木材，不用担心阿耳戈斯人会突然袭击你们，因为珀琉斯的儿子已经和我说好，在为赫克托耳准备葬礼的十一天内不会向我们开战。"

特洛伊人听从国王的吩咐，纷纷备马驾车。大家到城前集合起来，一起出发，他们一共花了九天的工夫准备好火葬用的大堆木柴。在第十天的早晨，大家哭声震天，把赫克托耳的尸体送上高高的火葬堆上，点火燃烧。所有的人都聚集在赫克托耳的火葬堆周围，看着它烧成灰烬。然后，他们用酒浇熄了余烬。赫克托耳的兄弟和朋友们含着眼泪从灰烬中拾起他的白骨，放进黄金的坛子里，然后用紫色的布料包起来，埋入坟墓。坟墓周围是大块大块的石头垒起的高高的坟堆。特洛伊人在附近设立了哨兵，防备希腊人突然袭击。葬礼结束后，大家回到城里，在国王的宫殿里举行严肃而又庄严的殡葬宴会。

彭忒西勒亚

赫克托耳的葬礼结束后，特洛伊人又关上城门，紧闭不出。他们仍然沉浸在对已故英雄的哀悼之中，同时，他们也为即将到来的交战感到恐惧不安。这两种情绪交杂在一起，似乎特洛伊城已经毁在征服者的手中，成为一片废墟。

在这悲痛绝望的时候，困在城内的特洛伊人得到了意想不到的援兵。从小亚细亚靠近忒耳莫冬河那边，亚马逊女王彭忒西勒亚率领一群女英雄，前来援救特洛伊人。她是战神阿瑞斯的女儿。她的这番举动一方面是因为对男人间战争和冒险的兴趣，是她们这一族女子的天性；另一方面则是因为她无意中犯下了不可原谅的罪，这使得她自己良心不安，希望能够借此机会卸下心灵的重负。那是一次狩猎中，彭忒西勒亚举枪朝一头梅花鹿掷去，却不小心击中了她自己的妹妹希波吕忒。这个罪过像石头一样压在彭忒西勒亚的心头，而复仇三女神也无时无刻在追逐她，她对她们的任何献祭都无法得到女神的宽恕。彭忒西勒亚希望借助一场众神都喜欢的战争来结束这个折磨，于是她挑选了十二个杰出的女英雄来到特洛伊。这十二个少女虽然楚楚动人，然而在她们的女王彭忒西勒亚的对比下，她们就仿若群星衬托皎月那样，黯然失色。这位女王的容貌和气质远远地超出了那十二位貌美的少女。

当特洛伊人从城墙上，看到披戴着盔甲的绰约多姿而又威武潇洒的女王率领她的女战士奔来时，他们从四面八方汇集过来。当这一小队人马走近时，人们被女王的美貌所深深折服。她集威严与妩媚于一身。嘴边浮现的是甜美迷人的微笑，长长的睫毛下那双明眸就好似黑夜中最亮的星星那样闪闪发亮。她的双颊白里透红，整个面庞呈现的是少女的健康与活力。特洛伊人看到女王，顿时忘记了所有的悲哀，他们现在是这样的兴高采烈。甚至国王普里阿摩斯的愁眉也舒展开来，但眼前的景象却让他想起那些被杀的儿子们，他们也是威风凛凛、神采奕奕的少年啊！

国王把女王领到他的宫殿里，待她如亲生女儿那般。他命人端出最精美的食品隆重款待她，送上了为她挑选出来的许多珍宝，并答应她如果解除了特洛伊的危险，还将送给她更多的礼物。亚马逊女王彭忒西勒亚忽然从她的席位上站起来，立下了一个任何凡人都不敢立下的誓言：她向国王发誓要杀死神一般的阿喀琉斯，她将消灭所有的希腊人，烧毁敌人所有的战船。她这样说，显得十分大胆和无畏。一旁的安德洛玛刻听了她的话，心里不免嘀咕：可怜的孩子啊，你或许还没有想清楚吧？我的丈夫赫克托耳在特洛伊人心中是最勇猛的英雄，可他却战死在珀琉斯儿子的手下！你一个黄毛丫头，不知道这个誓言是多么的可怕！

这时夜幕已经降临，亚马逊的女英雄们饱餐畅饮后，王宫的侍女们为她们准备了舒适的床榻，经历了一天的辛劳奔波，彭忒西勒亚和她的伙伴们很快便进入梦乡。雅典娜却悄悄潜入她的梦境，让她做了一个迈向死亡的梦。她梦见了自己的父亲阿瑞斯催促她尽快同阿喀琉斯进行决战。她对梦中父亲的督促信以为真，竟然高兴得心花怒放。第二天醒来，她以为当天便能实现她立下的誓愿，她跳下床来，兴奋地穿上父亲阿瑞斯送给她的熠熠生辉的铠甲，束紧胫甲和胸甲，系上剑带，那上面挂着一柄装在用白银和象牙制成的剑鞘里的宝剑。随后她又拿起盾牌，戴上有着闪亮的黄金羽饰的头盔。她左手抓着两根长矛，右手握着一把不和女神送给她的双面斧。当她这样全副武装地从国王的宫殿冲出来时，就好像宙斯从奥林匹斯圣山上抛出一道雷电一样闪亮。

彭忒西勒亚兴奋地奔到城墙边，激励特洛伊人奋勇作战。此前不敢面对阿喀琉斯的士兵们现在也纷纷聚集起来，显得斗志昂扬。女王本人则跳上一匹骏马，它可以与风神赛跑，是风神波瑞阿斯的妻子送给她的礼物。她率领特洛伊人冲出战场，而她的女战士们也各自骑马跟随在后。留在宫殿里的国王普里阿摩斯举起双手，向宙斯祈祷："万神之父宙斯啊，请听我的祈求吧。就让阿耳戈斯人今日在阿瑞斯的女儿面前毁灭吧！但请你保佑她平安地返回到我的宫殿里来。这样做是为了你的强大的儿子阿瑞斯的荣誉！也是为了我这个失去了众多儿子、遭受了无数折磨的老人，请保佑我吧，保佑古老的特洛伊城不被毁灭！"他的祈祷刚一结束，从他的左上方就飞来一只苍鹰，鹰爪下抓着一只被撕碎了的鸽子。国王看到这个凶兆，顿时浑身颤抖，胸中的希望全部破灭。

希腊人在他们的战船营看到特洛伊人突然奔了过来，不禁大吃一惊。几天来，他们已经习惯特洛伊人的怯懦了，眼前的景象使得他们立即拿起武器，披挂上阵。战争再次爆发：长矛飞来飞去，矛与盾的撞击发出叮当响声，特洛伊的土地又被鲜血染红。彭忒西勒亚率领她的女战士们在希腊人中英勇拼杀，她杀死了摩利翁和其他七个希腊英雄。当亚马逊的女英雄克罗尼亚砍倒波达尔克斯的朋友墨尼波斯时，强大的波达尔克斯愤怒地用长矛刺中了克罗尼亚的臀部。彭忒西勒亚急忙用剑去砍他的手，但已经来不及了：克罗尼亚倒在尘埃中死了，希腊人解救了他们的同伴。

彭忒西勒亚化悲痛为力量，更加疯狂地砍杀希腊人，凡是她所到之处，希腊人无不闻风丧胆，很快就迫使他们节节败退。取得胜利的女王得意地向他们叫喊："今天我要为普里阿摩斯报仇，让野兽和狗群吞食你们的尸体，我要让你们所有的人回不了家，让你们死无葬身之地！狄奥墨得斯在哪？埃阿斯在哪？还有最强大的阿喀琉斯到哪里去了？他们难道不敢出来会我吗？"她叫喊着并轻蔑地杀入阿耳戈斯人中去。她时而挥动着利剑，时而投掷长矛。普里阿摩斯的儿子们和特洛伊勇敢的士兵们跟在她的后面，一边呐喊着一边英勇地扑向希腊人。希腊人无法抵挡这来势凶猛的攻击，士兵们很快便倒在地下。很快，战场上希腊人尸横遍野，他们不是被特洛伊人的战车碾死，就是被马匹踩死。在势如破竹的战势面前，特洛伊人几乎感到他们将要战胜希腊人了。

这时，战斗的喧嚣声还没有传到强大的埃阿斯那里，众神的宠儿阿喀琉斯也没有得到任何消息。两人都远坐在帕特洛克罗斯的墓旁，他们在怀念死去的朋友。

在女王的带领下，特洛伊人逐渐逼近希腊人的战船营。正当他们准备焚烧战船的时候，忒拉蒙的儿子埃阿斯终于听到激烈的厮杀声，他立刻警觉地对阿喀琉斯说道："阿喀琉斯，我耳边不断传来战斗激烈的喊杀声，让我们赶紧出去看看，别让特洛伊人靠近我们，烧了我们的战船！"他的话提醒了阿喀琉斯，两人急忙穿上闪闪发光的铠甲，拿起武器，朝着厮杀声最激烈的地方奔去。

希腊人在惊慌失措中看到两个英雄冲了过来，顿时增添了勇气。阿喀琉斯和埃阿斯立即投入战斗。埃阿斯很快就用长矛杀死四个特洛伊人。阿喀琉斯过去进攻亚马逊人，一会儿的工夫四个年轻的女战士就死在他的手下。随后两人一起冲进敌人的阵营中，刚才还是密集的特洛伊队伍现在已经被杀得七零八落。

彭忒西勒亚看到这里的情况，愤怒地冲了过来。她首先把她的矛投向了阿喀琉斯，阿喀琉斯举起盾牌挡住，长矛立刻在盾牌前折断，掉在了地上。现在她又举起第二支长矛向埃阿斯投去，并大声地向两位英雄喊道："我要看看你们这两个吹牛大王是怎样丧命的！即使我的第一支矛饶了你们，第二支可不会放过你们。我要让你们知道，一个女人的力量远比你们两个人加在一起还要强大！"她说出来的话让埃阿斯觉得特别可笑，他不想在这里浪费时间，而这位亚马逊女人的第二支矛也仅仅碰到他的胫甲而已，根本没有伤着他的皮肉。埃阿斯于是转身冲向特洛伊人的队伍，把这个女人留给阿喀琉斯去收拾，因为他相信阿喀琉斯一人足以对付她。

彭忒西勒亚看到第二支矛也没有奏效，不禁大声地叹了一口气。阿喀琉斯打量着她并对她喊道："哪里来的，竟然这样自不量力，敢跟世界上最强大的英雄较量？你大概不知道特洛伊最强大的英雄赫克托耳在我的面前都是浑身发颤的吧？今天你竟敢用死来威胁我，你一定是疯了！看看吧，你的末日就要到了。"说完他就掷出他那百发百中、无坚不摧的长矛，长矛深深地刺进女王的右胸上部，鲜血顿时喷薄而出，彭忒西勒亚四肢立刻变得无力，战斧也从手中滑落，眼前变得一片漆黑。可是女王仍然挣扎着爬上了马，眼睛盯住正向他冲过来的阿喀琉斯。在那一瞬间，她激烈地思考着是拔剑抵抗呢，还是向对方求饶？她还没来得及决定，阿喀琉斯的一枪已经投掷过来，她连人带马都被戳倒。彭忒西勒亚就这样倒在地上死了。

特洛伊人看到他们的女英雄死在阿喀琉斯的手下，都感到悲痛不已，他们无心再战，于是纷纷慌乱地朝特洛伊城门的方向跑去，珀琉斯的儿子这时却得意地大喊大叫：“你这可怜的家伙，就躺在这里喂鸟、喂狗吧！是谁叫你来跟我作战的？是普里阿摩斯给了你丰厚的奖赏吧，可你现在得到什么了呢？”说着就把他的长矛从死者的身上拔了出来，然后摘下她的头盔，却一眼看到这个少女的美丽的面孔：尽管此时她的脸上沾满了血迹和尘土，却难以掩盖她那雍容高贵的情态。围在尸体旁边的希腊人也都对她的超凡美丽赞叹不已。阿喀琉斯此时却深感惋惜：他应该活捉这位绝色美女，把她带回佛提亚，让她成为自己的妻子。

围观的希腊人越聚越多，他们瞻仰过女王的绝世容颜后，便动手剥取她的铠甲，只有阿喀琉斯仍旧呆呆地站在那里，目不转睛地看着被自己杀害的女王，陷入深深的悲哀之中，难以自拔。

战神阿瑞斯在天上目睹了这悲惨的一幕，痛心疾首的他立刻像闪电一般迅速地冲下战场，想亲手为女儿报仇雪恨，但是宙斯及时地阻止了他，他只好无可奈何地停在半路上，为女儿的死哀痛不已。

阿特柔斯的儿子们因为怜惜美丽的女王，他们允许把她的尸体交还给国王普里阿摩斯国王。普里阿摩斯于是命人在城前搭起一座高大的火葬堆，将女王的尸体放在上面，在她周围还摆放了许多珍贵的陪葬品。随后他点燃木柴，烈火熊熊地燃烧起来。等到尸体烧成灰烬后，站在周围的特洛伊人用酒浇熄了余烬，他们捡起她骨灰放在一个坛子里，然后大家流着眼泪组成殡葬队，隆重地将它送往城内塔楼附近的拉俄墨冬国王的墓穴。与她葬在一起的还有她的十二个光荣牺牲的亚马逊女战士。

希腊人也掩埋了阵亡的死者，并哀悼他们。

门农

第二天，当太阳冉冉升起，照耀着这座灾难深重的城市时，特洛伊人已经站在城墙上四下瞭望。他们担心强大的胜利者随时会发动进攻，会架起云梯登上特洛伊城墙，把他们的城市毁灭。首领们也早早地聚集在一起开会商量对策。会上，一个名叫堤摩忒斯的老人站起来说：“朋友们！我一直在思考怎样能够使我们摆脱困境，而不至于被敌人彻底毁灭。自从赫克托耳被战无不胜的阿喀琉斯杀死后，我们的状况就每况愈下，我想即使是有神明帮助我们，也许我们也会被敌人打败。看看战神阿瑞斯的女儿亚马逊女王最后不也悲惨地死在阿喀琉斯的手下？起初有多少希腊人畏惧她啊！所以我的建议是，我们是否应该考虑放弃这座注定要灭亡的城市，去寻找另一个更安全的地方，这样使残暴的希腊人无法靠近我们！"

普里阿摩斯听了他的提议后，站起来说道："亲爱的朋友，所有的特洛伊人和同盟军们！我们不应该怯懦地放弃我们可爱的家乡。如果我们重新寻找一个新的居所的话，那就得冒更大的风险。我们必须想方设法在战斗中赢得对手。现在我们还可以等待，埃塞俄比亚国王门农正率领一支强大的队伍来援救我们，他们已经在路上了。我向他们派出使节已经很长时间了。让我们耐心地再等待一段日子吧！即使我们在战斗中光荣死去，也胜似在异乡屈辱地生活！"

门农是普里阿摩斯的侄子，他的父亲提托诺斯是拉俄墨冬的儿子，母亲是黎明女神厄俄斯。

这时波吕达玛斯也站起来发表他的看法："尊敬的国王，如果门农真的会来，我也很期待。可是，我担心的是他和他率领的军队在战争中依然逃不过死亡的厄运，这样我们一样要面临今天的困境。我也坚决不同意离开我们世世代代生活过的国家。最好的办法依然是：我们把海伦以及她从斯巴达带来的一切财富，全都交还给希腊人。交还得越快越好，免得敌人很快便掠夺并焚烧我们的城市，到那时，我们说什么也来不及了！"

所有的特洛伊人在心里都同意这个建议，但是他们都不敢当面反对国王。这时候，海伦的丈夫帕里斯站了起来，他生气地指责波吕达玛斯，说他是懦夫："一个提出这种提议的人在战场上一定是临阵逃跑的那一个。特洛伊人啊，为什么每到最危难的时候，总会有人提出这样的建议。你们想一想吧，这种人的建议也能相信？"

波吕达玛斯心里很清楚，帕里斯宁愿在部队里发生兵变，宁愿自己死掉，也不会放弃海伦。于是，他不再说话，其他人也都沉默不语。大家都在沉默着，没有一个人能想出合适的办法来。突然，外面传来好消息，说门农已经率领部队到达城下了。特洛伊人听后一片欢呼，他们就好像船员在经历暴风雨后赫然看到前方闪烁着灯塔那样兴奋。国王普里阿摩斯更是激动，因为他确信埃塞俄比亚的军队一定能打败敌人，烧毁敌人的战船。

黎明女神厄俄斯的儿子门农和他的军队来到特洛伊后，国王普里阿摩斯设盛宴款待他们，并赠送了许多珍贵的礼品。宾主相谈尤其欢洽，特洛伊人因门农的到来而放松了此前紧张的心情，他们悼念着特洛伊英雄们，并讲述了他们在战场上的英雄事迹。门农也讲述了他从海岸到爱达山，直到特洛伊城所经历的遥远的旅途的见闻，讲述了他们在路上发生的故事。特洛伊的国王听得津津有味，不时地开怀大笑。他热情而友好地握着门农的手说："门农，我多么感谢神让我荣耀地在宫殿里为你接风！你看起来就好像神一般的超凡强大。我确信你一定会帮助我们打败希腊人的！"说完国王举起杯，与新来的同盟军共同干杯。

门农看到国王手中这珍贵的酒杯后赞叹不已，他知道这个宝物出自跛足神赫菲斯托斯之手，它是特洛伊王室的传家宝。门农沉默了半晌，严肃地说道："尊敬的普里阿摩斯国王，我不愿意在宴会上随便做出承诺，一个真正的英雄是要经过战场考验的。现在，请安排我们休息吧，明天我们将以饱满的精神投入这场战斗！"门农说完，站起身来，普里阿摩斯并不强留他的客人，于是所有的埃塞俄比亚人都跟随着退出宴席，到房间里安寝入睡。

夜幕笼罩大地，人们都已沉入酣睡的梦乡。这时，奥林匹斯圣山上的神们还在宙斯的宫殿里聚集着，讨论着特洛伊的战事。伟大的宙斯，这位能预知未来、了解现在的神开口说道："你们大家无论是关心希腊人的还是关心特洛伊人的，其实都是没有必要的。还有无数的战马和男子将会参加双方的战斗中去，也就不可避免地将牺牲在战场上。你们担忧着一些人的生命安危，可是不要幻想着为他们的生命向我求情。命运女神是无情的，对你，我都不例外！"

众神听到宙斯这样的发言，都不敢吭声，他们默默地离开餐桌，回到各自的房中，悲哀地躺在床上，渐渐地进入梦乡。

第二天清晨，黎明女神厄俄斯不情愿地升入天空，她也听到了宙斯的讲话，她知道她的爱子门农将会有怎样的命运。门农很早就醒了，他几乎迫不及待地想为他的朋友打一场决定性的战役。他从床上跳下来，迅速地武装整齐，来到战场上。特洛伊人也身披盔甲，与埃塞俄比亚人组成新的作战队伍，满怀希望地冲出城门，奔向广阔的战场。

当希腊人从远处看到特洛伊人冲来都感到惊讶，于是他们急忙拿起武器，冲出营房。阿喀琉斯站在他们的中间，他骄傲地站在战车上，显得十分自信。特洛伊军队中的门农也同样威风凛凛，士兵们紧紧地围在他的四周，充满着战斗的激情。战斗开始了。两支队伍相撞，好似两大海洋激起了万丈狂澜。长矛呼啸，利剑铿锵，杀声震天。不久，战场上发出一阵阵尖厉的哀号声，特洛伊人一个接一个地倒在阿喀琉斯的长矛之下；许多希腊人也被门农杀死在地。涅斯托耳的两个战友已经死在他的手下，现在门农渐渐朝老人涅斯托耳靠近。看来涅斯托耳也必定要死在门农的手下，因为他的战马刚刚被帕里斯一箭射中，战车已经停住来不及逃命了。门农抓着长矛冲了过来，大惊失色的老人在慌乱中急切地呼唤儿子安提罗科斯，儿子应声飞快地赶起来，挡在父亲的胸前，并把手中的长矛投向那位埃塞俄比亚国王。

门农侧身躲过，但长矛击中他的朋友，波拉索斯的儿子厄索普斯。门农怒不可遏，他立刻抓住长矛扑向安提罗科斯，用长矛刺中他的心脏。安提罗科斯牺牲了自己挽救了父亲的性命。

当希腊人看到这英勇的一幕，都深感悲痛。父亲涅斯托耳更是痛不欲生，因为他亲眼看到儿子因为拯救自己而被敌人杀害。但老人在关键时候保持镇静，他立刻呼唤另一个儿子特拉斯墨得斯前来援救，让他保护兄弟安提罗科斯的尸体。在混战的嘈杂声中听到父亲的呼喊声，特拉斯墨得斯同战友斐瑞斯一道火速奔来，援助他的老父亲。充满自信的门农大胆地向他们靠近，然后机警地躲过他们接二连三投来的长矛，即使有的长矛能击中他的铠甲，但都无法刺进要害部位，因为他的神祇母亲给他的铠甲施加了保护的魔法。这时候门农开始剥取安提罗科斯的铠甲，希腊人眼睁睁地看着他即将动手，却毫无办法。涅斯托耳看到这一切的时候大声悲号起来，他高声地呼唤朋友前来救援，他自己则从战车上跳下来，不顾年老无力的性命，誓死要保卫儿子的尸体。当门农抬起头看见他走近时，忽然主动地站起来，退到一边，神情充满敬畏。"老人家，"他说，"我不能和你作战。刚才在远处，我以为你是一位年轻的战士，所以才向你投掷长矛。现在我看清楚了，您是一位年迈的老人，我不会向你动手的。请赶快离开吧！离开战场，我不忍亲手杀害你！"涅斯托耳听后往后退了几步，留着他的儿子躺在战场上，自己离开了，特拉斯墨得斯和斐瑞斯也跟着他往后退。门农和他的埃塞俄比亚人继续向希腊人发起进攻，他就好像希腊人的克星那样，给一批批希腊人带去了死亡。

涅斯托耳转身走向阿喀琉斯，他说道："希腊人的保护者啊，我的儿子被门农杀死了，现在还躺在那里，门农已经剥下了他的铠甲，夺走了他的武器。可怜的尸体马上就要被野狗吞食。快去帮助他吧！你一定能够保护他的尸体不受损害！"阿喀琉斯听了立即朝门农冲了过去。当门农看到阿喀琉斯向他奔来时，连忙从地上拣起一块石头，朝他砸了过去。但石头碰到阿喀琉斯的盾牌后被弹落下来。阿喀琉斯跳下战车，徒步走向门农，并用长矛刺伤他的肩膀。这个勇猛的埃塞俄比亚人毫不在意肩上的伤势，而是疾步朝阿喀琉斯扑来，用他的长矛奋力地刺中对手的手臂。刹那间，阿喀琉斯手上的鲜血喷了出来。门农这时兴奋喊起来："可怜的家伙，你曾经那么无情地屠杀特洛伊人，现在你遇上的是一位无法战胜的对手。因为我的母亲厄俄斯是奥林匹斯圣山上的女神，她比你整日待在海底的母亲忒提斯要厉害得多！"

阿喀琉斯听了微微一笑，说道："先别高兴得太早，最后的结局会告诉你，我们之中谁的出身更高贵！现在我要为年轻的英雄安提罗科斯向你报仇，就像我为死去的朋友帕特洛克罗斯向赫克托耳报仇一样。"说完他用双手抓起他那支百发百中、无坚不摧的长矛,向门农刺去。两人面对面地厮杀起来。宙斯在这时候让他们变得更强大、更有力,他们在短兵相接中难分胜负,谁也没有伤着对方。他们都在寻找机会,企图在对方的腿部或腹部下手,可是都没有成功。两人的铠甲在搏斗中碰得叮当作响。这时候,其他的士兵们被两人的激战所吸引,都停止了战斗,加入观战的行列。埃塞俄比亚人、特洛伊人和希腊人在一旁为各自的英雄高声呐喊,响声震动天地。奥林匹斯圣山上的神们也都全神贯注地盯着这场鏖战。他们站在各自的立场上为势均力敌的场面感到高兴。可是宙斯却召来两位命运女神,他命令黑暗女神降临于门农,光辉女神则照向阿喀琉斯。诸神一听到这个命令便大呼小叫,他们有的是因为欢喜,而另外的则是悲哀和无奈。

两位英雄此时仍在全力以赴地作战,根本没有想到命运女神已经走近身旁。他们时而用长矛,时而又是利剑,有时候还用石头互相攻击,但他们没有一个退缩害怕,都像磐石一样坚定。双方的士兵受到激励,又开始杀向对方。很快,战场上再次尸横遍野。命运之神终于介入了战斗,阿喀琉斯一枪刺中门农的胸脯,枪尖从后背穿出,门农重重地栽倒在地,死了。

特洛伊人见到他们的英雄倒在地上,一时间军心大乱,所有的人都立刻转身逃跑。阿喀琉斯紧追上去,好似风卷残云一般。失去儿子的厄俄斯在天上唉声叹气,她把自己裹在乌云中,大地顿时变成一片黑暗。她的孩子们:各位风神,遵照她的吩咐,飞向大地,把她儿子的尸体高高卷起,让尸体飞向天空,他的鲜血一滴一滴地从天上流到地上。后来,这些血变成一条红色河流,蜿蜒曲折地流经爱达山麓,河水中是一股刺鼻难闻的腐朽气味。那些不愿意与国王分别的埃塞俄比亚人悲泣着追赶着尸体,一直到国王的尸体消失在前方的时候他们才停下来。风神把门农的尸体带到埃塞波斯河岸旁,河神的美丽的女儿们为他在森林中垒起一座坟墓。从天而降的母亲厄俄斯和另外一些仙女一起,含着泪悲痛地把他安葬。

退回城内的特洛伊人虽然不知道门农的尸体被风吹到哪儿去了,但他们却聚集在一起,沉重地悼念这位英勇的援助者。

据神话传说,门农的战友死后都变为飞鸟,每年都从各地飞来墓地,悲悼他们的国王。门农的母亲恳请宙斯给他赐福,让他具有不朽之身,宙斯答应了。后来,人们在底比斯附近会看到一根巨大的石柱,上面雕刻着一位国王的坐像。石柱在日出前会发出一种奇妙的声音,据说这是门农在欢呼并祝福他的母亲黎明女神的升起。母亲看到自己的儿子以这样的方式活着,悲叹自己儿子的遭遇,忍不住滴下一串串清澈的眼泪。她的泪滴落在花草树林上,形成晶莹的朝露。

阿喀琉斯之死

第二天清晨,安提罗科斯的尸体被他们的同胞抬到战船,安葬在赫勒斯篷托斯海峡的岸边上。白发苍苍的涅斯托耳在众人面前掩饰着自己悲痛万分的心情,但阿喀琉斯的内心却难以平静,朋友的死带给了他巨大的悲愤。天刚破晓,他就扑向特洛伊,特洛伊人虽然害怕凶狠的阿喀琉斯,但依然顽强地从城内冲了出来。很快,双方军队就杀得天昏地暗。阿喀琉斯威风凛凛,杀死了无数的敌人,把特洛伊人一直赶到城门前。他深信自己的力量能够推倒城门,撞断门柱,让希腊人一鼓作气地涌进普里阿摩斯的城门。

奥林匹斯圣山上的阿波罗把这一切看在眼里,他受够了阿喀琉斯的凶残和狂暴。当他看到阿喀琉斯使得特洛伊城前尸横遍野、血流成河的时候,他简直暴跳如雷,直接从神座上跳起来,背上盛满百发百中的神箭的箭袋,向珀琉斯的儿子走去。他走到阿喀琉斯的背后,发出雷鸣般的声音:"快放开特洛伊人!珀琉斯的儿子!你不应该如此疯狂,否则你将死在神的手下。"

阿喀琉斯听出这个神的声音,但他毫不畏惧,他不顾神愤怒的警告,大声地回答道:"难道你要逼迫我同神作战吗?为什么你总是站在特洛伊人的那一边?上一次在我的眼前,你帮助赫克托耳逃脱死亡,我已经很愤怒了。今天我劝你远远地离开,回到神中去,不要插手我和特洛伊的事!否则,哪怕你是神,我的长矛也将刺中你!"说完这些话,他便转身而去,继续追赶敌人。

阿波罗听了这一席话心里很不是滋味,他心想既然你如此藐视神的存在,我就让你知道神的厉害。这样想着阿波罗隐身在一片迷雾里,他拉上弓,朝着珀琉斯的儿子容易受伤的脚踵射去一箭。一阵剧痛立刻袭击了阿喀琉斯,他像一座毁了地基的巨塔那样轰然倒在地上。他躺在地上,用愤怒可怖的声音骂道:"是谁在暗处朝我射出这卑鄙的一箭?有胆量就站出来跟我面对面地较量!我将让你鲜血直流,直接把你送到冥王哈里斯的地府里去!懦夫总是在暗处偷袭勇士!好好听着,你这个胆小鬼!我想起来了,这一定是阿波罗干的。我的母亲忒提斯曾经说过,我将在特洛伊中央城门死于阿波罗的神箭之下,她的预言马上就要应验了。"

阿喀琉斯呻吟不止,但他仍旧坚强地从伤口里拔出箭矢,把它甩得远远的。伤口里黑色的血立刻喷涌出来。阿波罗

◤ 镀金箭筒 古希腊
一个充满魅力、歌颂战争、不畏死亡的民族,其对待战争与死亡的态度,如同对待一件艺术品那样平静。在英雄们死后,这些做工精致的武器,可以赠与朋友,亦可以随葬入坟墓。

把箭拾起来，隐身在云雾中回到奥林匹斯圣山。到山上时，他从云雾中钻出重新混在奥林匹斯的神中。希腊人的支持者赫拉看到他，生气地责备道："阿波罗，你居然能做出这种事情来！你忘了，你曾经也是珀琉斯的婚礼上的座上嘉宾，像其他神那样享受着美味佳肴的同时，为珀琉斯的后代举杯祝福。可是现在，你却明显地袒护特洛伊人，杀死珀琉斯唯一的爱子！你这样做是出于嫉妒！我不知道今后你有何颜面去见涅柔斯的女儿？"

阿波罗一声不吭，他离开众神坐到一旁，低垂着头。诸神中对他的行为有的感到恼怒，有的则在心里觉得安慰。而这时的阿喀琉斯即使受了致命的伤害，却依然充满着战斗的欲望，他浑身的血液就像燃烧般地沸腾着。没有一个特洛伊人敢靠近这个受伤的人。阿喀琉斯从地上一跃而起，他拿着长矛，怒气冲冲地扑向敌人。他刺中了赫克托耳的朋友俄律塔昂，矛尖直接刺入大脑；接着又刺中希波诺斯的眼；刺中阿尔卡托斯的面颊，并不停地砍杀许多特洛伊人。直到他发觉自己肢体在逐渐变冷，他才停住脚步，用长矛支撑着身体。他虽然不能继续追击敌人，但却在原地发出一阵阵可怖的声音。特洛伊人听了吓得没命地奔跑，阿喀琉斯雷鸣般地喊叫道："逃命吧！即使我死了，我的投枪还会追着你们，我的复仇之神仍会惩罚你们！"

特洛伊人听到他的大声吼叫，浑身打战，没有人认为阿喀琉斯已经受到了致命的伤害，直到他的肢体最后僵硬起来，终于栽倒在其他尸体的中间。他的盔甲和武器也随之砰地掉在地上，大地发出沉闷的响声。

帕里斯第一个看见阿喀琉斯倒了下去。他喜出望外地大声呼叫起来，他召唤特洛伊人过来抢夺尸体。很快，原来那些见到阿喀琉斯避之唯恐不及的特洛伊人此时都争先恐后地围拢过来，想要剥取他的铠甲。但英雄埃阿斯却牢牢地守候在阿喀琉斯尸体的周围，他用长矛喝退逼近的人，只要有一个人敢靠近阿喀琉斯，必定遭到他的致命一击。后来，埃阿斯索性主动向敌人发起进攻，吕喀亚人格劳库斯死在他的长矛下，特洛伊的英雄埃涅阿斯也受了伤。

和埃阿斯一同保护阿喀琉斯尸体的还有奥德修斯和其他的阿耳戈斯人。特洛伊人却顽强阿耳戈斯人拼搏着。奥德修斯的右腿在混战中受了伤，鲜血不断地涌出。而这时候帕里斯却用长矛瞄准了埃阿斯，但是埃阿斯机灵地躲过了，用一块巨石砸中了帕里斯的头盔，使他倒在地上，无力继续进攻。帕里斯的朋友们赶紧把奄奄一息的他抬上战车，用赫克托耳的骏马拖着战车把他拉回特洛伊城。

这期间，阿耳戈斯人把阿喀琉斯的尸体从战场抬回战船，阿耳戈斯人全部围在他的周围，放声痛哭。奔跑过来的埃阿斯最是伤心难过，他为失去一个亲密的战友兼表兄弟而痛哭流涕。年迈的福尼克斯紧紧抱住阿喀琉斯的身体，老泪纵横。

他想起了英雄的父亲珀琉斯曾经把孩子交给他教育和抚养的场面，现在父亲和他都活在世上，孩子却离开了人世。阿特柔斯的两个儿子和所有的希腊人都在为他哭泣。悲痛的哭声从战船传到了天际，整个希腊军营都陷入沉痛的悲伤之中。

白发苍苍的涅斯托耳最终劝说大家停止哭泣，他想让伟大的英雄尽快入土为安。于是在他的提醒下，大家用温水把英雄的尸体洗净，给他穿上他母亲忒提斯为他亲手缝制的华丽战袍。然后将他停放在营帐内，准备火葬。这时候雅典娜从奥林匹斯圣山上投下了无比同情的目光，她在他的额上洒下几滴香膏，以避免尸体腐烂或者变形。香膏一洒落在阿喀琉斯的身上，他的身体立刻出现了奇迹，看上去就好像活着的那样，显得神采奕奕。希腊人看到他们的英雄此时面容安详地躺在尸床上，就好像正在平静的睡眠当中，不久就会醒过来，他们为此感到惊异和欣慰。

希腊人哀悼他们的伟大英雄的巨大悲泣声传到了海底，阿喀琉斯的母亲忒提斯和涅柔斯的女儿们都听到了。剧烈的痛苦使得忒提斯禁不住也放声痛哭，整个赫勒斯篷托斯海岸都回荡着她们的哭声，就连海怪也跟着发出悲戚的吼声。就在当夜，忒提斯和涅柔斯的女儿们分开巨浪来到希腊人的战船所在的海岸上，来到阿喀琉斯的尸体旁。忒提斯一把抱住儿子，亲吻着他的嘴唇，不断流淌出来的眼泪把大地都沾湿了。希腊人看到女神和她的儿子团聚，都不忍心打扰，纷纷退了出去。直到女神们离去后，他们才回到阿喀琉斯的尸体旁边。

天刚破晓，希腊人便浩浩荡荡地向爱达山出发，他们从山上运下无数的木柴，把它们高高地垒成一堆。他们在柴堆上放上许多被杀死的人的盔甲和武器、祭奠用的牲口以及黄金和其他贵金属。希腊的英雄们各自割下他们的一绺头发，阿喀琉斯生前最宠爱的侍女布里塞伊斯也剪下自己的一束秀发，作为她给主人的最后礼物。他们还把各种香膏浇在柴堆上，并在上面放上一碗碗的蜂蜜、美酒和香料，然后把英雄的尸体送往柴堆的顶上。最后，所有的希腊人都穿戴齐整，有的骑在马上，有的徒步行走，围着巨大的柴堆绕圈而行。礼毕，他们庄严地点燃柴堆，火苗熊熊燃烧起来，战士们迸发出一片哭号声。遵照宙斯的旨意，风神埃洛斯送来了疾风，把木柴堆煽起了冲天的火焰，直烧得柴火噼啪作响。尸体顷刻间化为灰烬，英雄们用酒浇熄了余烬。朋友们小心翼翼地拾起他的遗骸，装进一只宽大的、镶金嵌银的匣子里，并安葬在海岸最庄严的地方，与他的朋友帕特洛克罗斯的遗骸并排葬在一起。然后他们筑起一座高高的坟墓。

阿喀琉斯的两匹神马挣脱了轭具，它们大概感觉到了主人已经死去，从此以后，谁也无法驯服它们。

大埃阿斯之死

第二天,狄奥墨得斯在希腊人举行的会议上提议,在敌人从阿喀琉斯死后尚未恢复勇气之前,立即出兵把特洛伊攻陷。但是埃阿斯却表示反对,他认为阿喀琉斯尸骨未寒,他的母亲忒提斯仍旧沉浸在无尽的悲痛中,大家应该为阿喀琉斯举行一场隆重的殡葬赛会,以此表示对英雄的怀念。"至于特洛伊人,只要我们大家还活在世上,就不是难事!"埃阿斯的建议得到了大家的认同。狄奥墨得斯也表示了赞同。

海神忒提斯带来了众多精美的奖品,她到现场鼓励英雄们进行比赛。于是,希腊人举行了隆重的殡葬赛会。首先开局的是角力竞赛,埃阿斯和狄奥墨得斯两个英雄一马当先,在角逐中势均力敌,不分胜负。其次是拳术比赛,后来的比赛项目包括跑步、射箭、掷铁饼、跳远、战车竞赛等。赛事紧张激烈,胜利者都得到了丰厚的奖品。

比赛结束后,忒提斯把她儿子的铠甲和武器作为奖品奖给有功的英雄。她蒙着黑色的面纱,无限悲痛地对阿耳戈斯人说:"在为我儿子举行的殡葬赛会上,获胜的阿耳戈斯人都获得了奖品。现在,我想把这套我儿子的装备赠送给那位救出了我儿子的尸体的最勇敢的希腊英雄。这些都是神的赠礼,神自己也很喜欢这些宝贵的礼品。"

这时有两位英雄从队伍中跳出来,他们是拉厄耳忒斯的儿子奥德修斯和忒拉蒙的儿子埃阿斯。埃阿斯奔到这套装备旁边,伸手就要把它们抱在怀里,他连忙请伊多墨纽斯、涅斯托耳和阿伽门农为他的功劳作证。奥德修斯也请他们为自己说话,因为他们是全军中最聪明并且最受尊重的人。年迈而明智的涅斯托耳把另外两位被要求当证人的英雄拉到一旁,面露难色地说道:"我们几个最好还是不要做出任何评论,因为如果两位英雄为争夺这套装备而反目成仇,那么我们就会面临一场巨大的灾难!他们中间无论谁感受到了冷遇,都会委屈地退出战场,我们就会因此而受到不可挽回的损失。我提议,让在营地里众多的特洛伊的俘虏来做评判,让他们来解决埃阿斯和奥德修斯的争论。因为他们没有从两个人中得到任何好处,是不偏不倚,相对公正的。"两人对他的建议表示赞同,于是他们从俘虏群中挑选了几个高贵而正直的特洛伊人作为裁判。

埃阿斯首先站出来说道:"奥德修斯啊,是什么东西蒙蔽了你的眼睛?你竟敢和我相争。你和我相比,就好像狗和狮子那样。难道你忘记了吗?在知道要远征特洛伊的时候,你是多么不情愿啊!你只想做一只缩头乌龟,窝在家里!还有,劝我们把不幸的菲罗克忒忒斯遗弃在雷姆诺斯海岛上的也是你!帕拉墨得斯是被你诬陷的吧?他比你要聪明和强大,却被你用私仇而置于死地。而你现在来和我争夺装备，这让我觉得很可笑。你大概忘了谁在战场上英勇地救了你一命。在那场鏖战中，你被大家所忘记，孤身一人地在那抵抗，如果不是我出手相救，你恐怕早已不在人世！再说争夺阿喀琉斯的尸体的时候，是我把他的尸体和武器扛回来的，你根本没有力气扛动英雄的武器，更不用说扛起他的尸体了！你最好退回去，要知道我不仅武艺比你高强，而且出身也比你高贵，并且还跟阿喀琉斯有亲戚关系！"

  奥德修斯对埃阿斯的话不屑一顾，他用嘲讽的语言说道："我说埃阿斯啊，你的话在我看来都是那么可笑。你责备我胆小怯懦，可是我认为，智慧才是一个人真正强大的力量。正是智慧和聪明教会水手穿过惊涛骇浪，教会人们驯服雄狮、猛豹等各种野兽。在困难中，一个拥有智慧的人比一个只有蛮力的人要有价值。狄奥墨得斯认为我是希腊人最聪明的那个英雄，因此在远征的时候他一定要带上我。是啊，如果不是因为我充满智慧的劝说，珀琉斯的儿子怎么会来到特洛伊征战？而现在，我们却在这里为争夺他的武器而争论不休。假如现在希腊人急切地需要一位新的英雄，听着，埃阿斯，我认为不会是你靠你那个粗壮的胳膊，也不是军中某一个人的诡计可以做到的，只要能言善辩的我才能够把他说动。再说，神除了赋予我聪明智慧外，还给予我坚强的体魄。你说你从敌人手中拯救我这个逃跑的人，这是不属实的，相反，我总是拼杀在最前线，勇敢地进攻敌人，而你自己却总是站在一旁，心里想到的只有自己！"

  他们两个人就这样针锋相对地争吵了好长时间，谁都不愿意退让。最后，奥德修斯的言辞打动了作为裁判的特洛伊人。他们把珀琉斯儿子的全副装备判给奥德修斯所有。

  这个裁决使得埃阿斯异常愤怒，他的内心狂跳不止，血液在血管里沸腾，身上每根筋肉都在颤动。他像一根柱石那样呆立在一边，低垂着头，一动也不动。到最后，他的朋友们好言相劝，才把他拖回战船去。

  夜色笼罩着大海。埃阿斯孤身一人坐在营帐内，不吃不喝，不愿睡觉。最后，他穿上铠甲，手执利剑，心想要不就去杀了奥德修斯以解心头之恨，要不就在希腊人中大开杀戒，然后烧毁战船。如果不是保护奥德修斯、反对埃阿斯的雅典娜让他发疯的话，他一定会在以上三个计划中选择一个付诸实施的。

  痛苦和气愤在埃阿斯那里无法自持，他从营房里跑出，冲进羊群中间，女神使他两眼昏花，让他把羊群当作希腊人的士兵。那些牧羊人看到他这副气恼的样子，都躲进斯卡曼德罗斯河旁的灌木林中。埃阿斯在羊群中，挥舞着利剑，左刺右砍，进行着可怕的屠杀。他一边砍杀一边还嘲笑地说道："你们这些猪狗不如的东西，躺在地上去死吧！你们再也不可能担当任何不公正的裁判了。还有你这昧着良心、胆小如鼠的家伙，你从我手里夺去了阿喀琉斯的武器，现在我看它们都帮不上你了。懦夫需要什么铠甲呢？"说着，他抓住一头大绵羊，拖着它回到自己的营房，找出皮鞭，使劲全力地朝他抽打着。

这时，雅典娜走到他的身后，抚摸着他的脑袋，顿时他就从疯狂中清醒了。可怜的英雄这才看清自己的眼前是一头被打得皮开肉绽的绵羊。他一下子明白过来，他的双手顿时无力地垂了下去，鞭子也随之滑落。埃阿斯筋疲力尽地瘫倒在地，然后无比懊恼地说道："一定是有一个神在憎恨我，才让我发疯发狂，变成这个模样。天哪，永生的神啊，我做错了什么，你们为什么要这样对待我，你们为什么站在狡猾的奥德修斯的那一边啊？现在我怎样面对全体希腊人啊？"

这时候他的妻子忒克墨斯正抱着幼子过来找他，她是夫利基亚国王的女儿，被埃阿斯掳掠过来的战利品。温顺体贴的忒克墨萨看到她的丈夫闷闷不乐，但无从知道到底发生了什么事情，因为他拒绝回答她的任何问题。等他离开营房后，她跟着出来，心中产生了一种不祥的预感。然后她终于在羊群中看到了这场可怕的屠杀，她连忙跑回营房，看到自己的丈夫站在那里，满脸羞愧，垂头丧气。他在绝望中呼喊着兄弟透克洛斯和儿子欧律萨克斯的名字，并希望以一种高贵的死结束自己的性命。忒克墨萨含着泪水上前抱住他的膝盖，恳求他不要抛下她，让她成为敌人的俘虏。她祈求丈夫想一想在萨拉密斯的年迈双亲，并把儿子塞在他的怀里，告诉他，如果幼小的孩子就失去了父亲的疼爱，那他将来会有怎样的命运？

埃阿斯十分感动地抱起孩子，亲吻着他，说道："我的孩子，希望你比父亲能享受更多的幸福，希望你能够像父亲一样勇敢，成为一个真正的英雄！我的兄弟透克洛斯将会把你抚养成人。现在，让我的随从把你送到萨拉密斯我的父母那儿，让他们照顾你，你在那里会过得幸福快乐的。"说着，他把孩子交给随从，并留下遗言请他的同父异母兄弟照看他心爱的妻子忒克墨萨。然后埃阿斯挣脱了妻子的拥抱，抽出他从赫克托耳那儿缴来的利剑，将它用力地插在地上。接着，他举起双手，向上苍祈祷："万神之父宙斯啊，我求你为我做一件好事：在我死后，请让我的兄弟透克洛斯迅速来到我的身边，免得敌人将我的尸体拿去喂狗。而你们，复仇女神，我也恳求你，如同我的惨死一样，让阿特柔斯的儿子也不得好死！来吧，请不要饶恕任何屠杀者，随心所欲地向他们施行报复吧！还有你，太阳神，我请求你，当你的金车经过我的故乡萨拉密斯上空时，请你稍稍停顿一下吧，把我不幸的命运告诉我那年迈的父亲和可怜的母亲。再见了，神圣的阳光！再见了，萨拉密斯！再见了，家乡的原野！再见了，雅典城和故乡的山水！再见了，特洛伊的广阔的原野，在这里我生活了这么多年，经历了多少激烈难忘的战斗！死神，请你降临吧，请给我投来同情的目光！"说完，他拔剑自刎，倒在地上。

希腊人听到埃阿斯自刎而死的消息，都十分震惊。他们成群结队地涌过来，扑倒在地上痛哭。他的兄弟透克洛斯记住他父亲的嘱咐，如果没有埃阿斯他不准单独从特洛伊回来。他看到兄长已死，便也准备拔剑自杀，幸亏旁边的朋友及时夺走了他的利剑，不然他也跟着埃阿斯一起去了。透克洛斯痛苦万分，自杀不成他就扑在兄长的尸体上放声痛哭。哭了好一会儿，他抬起头发现绝望的忒克墨萨僵直地坐在死者的身旁，怀里抱着她和埃阿斯的孩子。透克洛斯停止啜泣，上前去安慰嫂子，并保证说一定会保护她，并像父亲一样抚育兄长的孩子。然后他吩咐随从将母子两人送回萨拉密斯去，而他自己仍留在营中，因为害怕父亲忒拉蒙见不到埃阿斯会对他大发雷霆。

然后，透克洛斯强忍悲痛准备安葬他亲爱的兄长。可是，墨涅拉奥斯却出来阻挡他："你敢去安葬这个人！他的行为比我们的敌人特洛伊人更为恶劣！一个自杀的人不值得隆重安葬。"他俩为埃阿斯是否应该获得安葬发生了争执。这时，阿伽门农走过来，他站在墨涅拉奥斯这边，并在激烈的争论中大声斥责透克洛斯是奴隶的儿子。透克洛斯非常气恼，他提醒他们，不应该忘记埃阿斯在战场上立下的汗马功劳。特别是当特洛伊人在赫克托耳的率领下就要放火烧船的时候，埃阿斯拯救了全军。所有的希腊人应该为埃阿斯的行为进行表彰！可是他所说的通通没有奏效。最后，透克洛斯愤怒地呵斥道："希腊人啊，阿特柔斯的儿子们啊，你们最好清醒一点，你们若是亏待埃阿斯，就等于侮辱他的妻子和孩子以及这些拥戴埃阿斯的弟兄们！我奉劝你们，如果你们坚持己见的话，我恐怕神也不愿意带给你们保护！"

大家争执不下，这时奥德修斯过来了，他对阿伽门农说道："全军的统帅啊，我能以一个忠诚的朋友的身份说出我的真实想法吗？"

"你说吧！"阿伽门农惊奇看着他，"在全军中，我视你为最好的朋友，但说无妨吧！"

"好！"奥德修斯说道，"看在众神的份上，请你们不要使他得不到安葬！不要因为权力在握，就恩怨不分！如果我们怠慢了这样一位高贵的英雄。这不仅仅是亏待他的事情，这也违背了神的意志！"

阿特柔斯的儿子听到这话，惊讶得说不出话来。最后阿伽门农问道："奥德修斯，他不是你的死敌吗？你们刚才还为阿喀琉斯的武器争吵过。难道你要因为他而违背我的意志？"

"他的确是我的仇敌，"奥德修斯回答说，"我确实憎恨他。可是他现在死了，我们应该为失掉一位高贵的英雄而感到悲哀。我也不允许自己把他视作仇敌看待，我同意为他举行隆重的安葬仪式，我愿意和他的兄弟一同完成这神圣的义务。"

透克洛斯原来看到奥德修斯过来时，已经厌恶地待在一旁。但是现在听到他的这番话，便走过去，友好地拉着奥德修斯的手说："高贵的英雄，你是他的最大的仇敌，现在却只有你为他说话！尽管如此，现在我还是不愿意让你触摸他的尸体，因为他的灵魂可能还没有决定与你和解。让我们把仇恨先放在一边吧，现在还有许多事情等着我们去做呢！"说完，他指了指忒克墨萨，她一直悲伤地坐在那里。奥德修斯朝她走去，坚定地对她说："埃阿斯的妻子，你放心吧！你永远都不会成为他人的奴隶。只要透克洛斯和我还活着，你和你的孩子便会得到照顾，得到安全，就好像埃阿斯仍活在你的身旁一样。"

阿特柔斯的两个儿子感到羞愧，他们不再做出反对的意见。于是大家把埃阿斯的遗体抬起，送到战船上，为他洗去身上的泥土和血迹。最后，大家把他放在巨大的柴堆上火化。

预言家的建议

第二天，阿耳戈斯人来参加墨涅拉奥斯的演讲。阿耳戈斯人都到场后，他站起来说："各位高贵的王子们，所有的希腊人，请听我说。当我看到我们的战士在我的面前一个个倒下的时候，我的心都在流血。他们全是因为我而献出了自己宝贵的生命。而现在，我们留下来的人如果继续作战，那么流血还将继续，你们大家可能都回不了家，不能再见到自己的亲人。与其这样，还不如让我们离开这个海岸，离开这个不幸的地方，让活着的人重新返回故乡！既然阿喀琉斯和埃阿斯都已经死去，我们别再指望战争能够获得胜利。至于我，我已经不关心那个不贞的妻子海伦了，我更关心的是大家的安危，就让她留在帕里斯的身边吧！"

墨涅拉奥斯说的这番话，其真实目的只是想试探一下希腊人而已，他的内心实际上比任何人都渴望消灭特洛伊人。狄奥墨得斯没有看出他的用意，他气冲冲地从座位上站起身，对他骂道："太不可理喻了！是什么样的怯懦主宰了你的心胸，你居然说出这样没有骨气的话！希腊人勇敢的子孙们在没有把特洛伊夷为平地之前是绝不会跟你回去的！"

狄奥墨得斯说完话便坐了下来，预言家卡尔卡斯立刻站起来，用一个明智的建议调和他们相反的意见："你们大家应该都还记得，九年前，在我们出发远征这座可恶的城市时，我们把高贵的英雄菲罗克忒忒斯遗弃在荒凉的雷姆诺斯海岛上，因为他那中毒的伤口发出恶臭，他那日夜痛苦的呻吟使我们无法忍受。可是不管怎么说，我们把他丢弃在荒岛上的做法是不仁不义的，是不公平的。在我们的俘虏中，有一个预言家告诉我，我们只有依靠菲罗克忒忒斯和他从朋友赫拉克勒斯那继承百发百中的神箭的帮助，还有阿喀琉斯的儿子皮尔荷斯亲自在场，才能够一举攻陷特洛伊城。这个被俘的特洛伊人之所以愿意告诉我,大概是他觉得这些都不可能实现吧。因此我建议,让我们派出最勇敢的英雄狄奥墨得斯和最能言善辩的英雄奥德修斯到斯库洛斯岛去,阿喀琉斯的儿子皮尔荷斯在那由他的外祖父抚养成人。我们希望通过他来说服菲罗克忒忒斯,让菲罗克忒忒斯带着赫拉克勒斯的神箭重新回到我们的队伍当中。这样,攻陷特洛伊城就指日可待了。"

希腊人听到这个建议大声喝彩,表示赞同。两个英雄即刻乘船离去。这期间,希腊人准备重新投入战斗。特洛伊人也在积极备战,他们现在迎来了忒勒福斯的儿子欧律皮罗斯的援救部队,他率领了许多战士从密西埃赶来,这使得特洛伊人又增添了新的勇气和力量。相反的是,希腊人却丧失了两位最骁勇善战的英雄,所以战斗一开始,他们便遭到了巨大的损失。

涅俄普托勒摩斯

战斗在特洛伊激烈地进行。希腊人狄奥墨得斯和奥德修斯顺利地来到斯库洛斯岛,他们在这里看到皮尔荷斯正在练习弓箭和投枪。皮尔荷斯是阿喀琉斯的小儿子,希腊人后来把他称为涅俄普托勒摩斯,意思是"青年战士"。他从小跟外祖父一起生活,今天正在外祖父的院子里练武。两人在门口观察了好一会儿,然后走近他,令他们感到吃惊的是,眼前的这位少年无论是身材还是容貌,都和他们的故友阿喀琉斯非常相像。皮尔荷斯见到两位陌生的男子,便礼貌地上前问候道:"衷心地欢迎你们,外乡人,你们是谁,从哪里来?"

奥德修斯微笑地回答说:"我们是你父亲阿喀琉斯的朋友。我毫不怀疑,现在和我们说话的是他的儿子,你的身段和面貌同阿喀琉斯是多么相像啊!我是伊塔刻的奥德修斯,拉厄耳忒斯的儿子。这位是狄奥墨得斯,是神堤丢斯的儿子。我们到这里来,是因为希腊的预言家卡尔卡斯预言,如果你参加讨伐特洛伊的战斗,我们就能很快攻陷城池,取得战争的胜利。如果你愿意参战的话,希腊人将赠送给你丰厚的礼品作为报答,而我也十分乐意把奖给我的你父亲的武器送给你。"

皮尔荷斯听到,十分高兴,他说:"如果阿耳戈斯人奉神命来召唤我和你们同行,我们明天就航海出发。现在请你们到我外祖父的宫里先用餐吧!"在国王的宫殿里,他们看到了阿喀琉斯的妻子得伊达弥亚仍旧沉浸在失去丈夫的悲伤之中。她的儿子走上前去告诉她说来了客人,但却没有告知这两位客人造访的真正来意,因为他怕母亲为他担心。两个英雄饱餐后便进屋休息了。阿喀琉斯的妻子得伊达弥亚却彻夜难眠,她想起了正是这两个来客当年劝她丈夫参战,征伐特洛伊,才使得阿喀琉斯丧失了性命,使她变成了寡妇。而他们的再次拜访恐怕是为了同样的目的,她害怕自己的儿子也将卷入战争之中。所以次日天一破晓,她便来到儿子的床边,抱住他的头大声哭泣起来。"我的孩子啊，"她一边哭一边说，"尽管你不愿意对我说，但我已经知道那两个外乡人造访的目的，他们一定是过来叫你前往特洛伊作战的。当年他们也曾造访过你的父亲。听我说，那里有许多英雄，包括你的父亲都已经死去。你这么年轻，根本没有任何战斗的经验，你不能去！听母亲的话，留在家里！我已经失去你的父亲了，我不能再失去我最爱的儿子！"

皮尔荷斯回答说："母亲，先别为还没发生的事情悲伤吧！我们在战场上生死是由命运女神决定的。如果我命中注定要死在战场上，那还有什么比为希腊人的荣誉而战更光荣呢？"

这时，皮尔荷斯的外祖父吕科墨得斯从床上起来，对他说道："你可真像你的父亲啊！可是，即使你能够在特洛伊战场上幸免于死，谁知道你在回国途中会遇到什么灾难，因为在海上航行总会有说不清的危险。"然后他上去亲吻皮尔荷斯，他尊重外孙的意见。皮尔荷斯从泪汪汪的母亲怀里挣脱出来，向母亲和外祖父告别，然后和两位希腊英雄走出门去，他还带走了二十个得伊达弥亚的忠实的仆人。就这样，他们来到海边，登船起程。

海神波塞冬一路护送他们，海面风平浪静，他们的航行一路顺风。拂晓时分，他们看到爱达山的山峰耸立在眼前。他们一行顺利地到达特洛伊城附近的战船边。这时希腊人的战船旁的战斗正厮杀得不可开交，特洛伊人在援军首领欧律皮罗斯的率领下明显地取得了战斗的优势。正当欧律皮罗斯要把战船营的垒墙推翻的时候，眼尖的狄奥墨得斯赶紧奔向战船，并呼唤船上的勇士们和他一起救援。大家火速奔到离海滩最近的奥德修斯的营房里，那里除了他的武器还有许多从敌人那儿缴获的武器。大家各自取用需要的物品。涅俄普托勒摩斯，即皮尔荷斯套上父亲阿喀琉斯的铠甲，神奇的是，这身巨大的铠甲就好像为他定制的一样，他穿上正好合适。然后他拿起长矛，英姿焕发地投入激烈的战斗，跟他到来的人也受到他的鼓励，积极投入战斗。在他们的围攻下，特洛伊人被迫从围墙旁后退，退后到欧律皮罗斯的周围。

涅俄普托勒摩斯在战场上可谓是初生牛犊不怕虎，他箭无虚发，很快，许多特洛伊人就倒在他的手下。在他的强势进攻下，特洛伊人一再溃败，他们甚至绝望地以为英雄阿喀琉斯活过来了。的确，他在战场的身手就好像父亲阿喀琉斯那般勇猛无敌，而他也受到女神雅典娜的关心和保护。尽管箭矢和投枪雨点般地朝他飞来，但都没法给他造成伤害。希腊人看到阿喀琉斯的儿子参战，士气大振，他们一鼓作气，打退了特洛伊人的进攻。太阳下山的时候，欧律皮罗斯和特洛伊的军队不得不撤退回城。

当涅俄普托勒摩斯从恶战中归来正在休息时，老英雄福尼克斯来探望他。福尼克斯是他祖父珀琉斯的朋友，又是皮尔荷斯的父亲阿喀琉斯的教师。当福尼克斯来到这位年轻的英雄面前，他惊奇地发现他和阿喀琉斯长得太相像了。他拥抱起这个少年，亲吻着少年的前额和胸脯，大声地说道："孩子啊，我感到你的父亲又来到了我们的中间。你要帮助希腊人，杀死给我们造成巨大损失的忒勒福斯的儿子，你比他高强，一定能够战胜他！"年轻人谦虚地回答说："谁是最强大的人，战场上才能见分晓！"说完，他回到营房，休息去了。

天刚亮，战斗又重新开始。双方拼杀了很久，每一方都牺牲了许多战士，但战斗还是打得难分难解。这时欧律皮罗斯的一个朋友被打死，他看到朋友死去十分恼怒，于是便冲向敌阵，疯狂地砍杀敌人。涅俄普托勒摩斯连忙站到他的面前，两个人挥舞着长矛，面对面地对抗。"这孩子从哪里冒出来？你是谁的孩子，竟敢和我作战？"欧律皮罗斯大声问道。

涅俄普托勒摩斯回答说："为什么要问我的出身呢，你是敌人又不是朋友。告诉你吧，我的父亲就是声名赫赫的阿喀琉斯。他以前杀了你的父亲，这根长矛是我父亲的武器，现在让你尝尝它的厉害！"说着，挥舞起粗大的长矛。欧律皮罗斯急忙从地上捡起一块巨石，朝他投去，击中他的金盾，但它毫无损伤。他们俩像两头凶猛的野兽互相扭打在一起，他们周围的士兵们也在相互奋力厮杀。长矛互投，盾牌互撞，战场上一片混乱。两个人越战越勇，力量倍增，因为他们都是神的子孙，欧律皮罗斯是赫拉克勒斯的孙子，宙斯的重孙，涅俄普托勒摩斯是女神忒提斯的孙子。最终，涅俄普托勒摩斯找到对方的破绽，用长矛刺中对方的喉咙。黑色的鲜血从伤口喷涌出来，欧律皮罗斯立刻浑身发颤，倒在地上死了。

特洛伊人看到他们的援军首领倒下了，十分难过，这时涅俄普托勒摩斯率领军队冲了过来，特洛伊人纷纷逃窜，就好像牛犊遇上雄狮的追击那样。战神阿瑞斯在奥林匹斯圣山看到，立刻驾着战车，奔到混乱的战场。他隐身在一片浓雾中，大声吼叫，激励特洛伊人抵挡敌人的进攻。可是大家都只听到战神雷鸣般的吼叫，却看不到他的身影，普里阿摩斯的儿子，受人称赞的预言家赫勒诺斯，第一个听出了这是战神阿瑞斯的声音。于是他对同胞大声喊道："大家别害怕，这是我们的朋友，强大的战神阿瑞斯正来到我们的身边与我们

特洛伊城所在安纳托利亚地区的拱门遗址异常坚固，历经风雨而能屹立千年。雅典娜胸像位于拱门中央。

共同作战，难道你们没有听到他的呼唤吗？"特洛伊人大受鼓舞，稳住了阵脚，双方的激战再次爆发。阿瑞斯给特洛伊的队伍注入了巨大的勇气，到最后，希腊人的队伍开始动摇了。不过，涅俄普托勒摩斯没有被战神阿瑞斯吓退，他勇敢地继续战斗，并且杀死一个又一个敌人。阿瑞斯被他的大胆激怒了，准备从云雾里冲出来，现身与他直接单打独斗。这时，希腊人的朋友女神雅典娜赶紧从奥林匹斯圣山上降下，来到战场。她的到来使得大地震颤，使得斯卡曼德罗斯河的河水震荡起伏，她的武器迸射出雷电般的光芒，她的戈耳工盾牌上的蝮蛇喷吐着火焰。女神也隐藏在一片浓云迷雾之中，那发怒的目光也被迷雾所遮蔽。眼看着两位神之间就要开始一场你死我活的决斗时，宙斯发出了一声洪亮的雷声警告他们，他们只得遵从父亲宙斯的旨意。阿瑞斯返回到色雷斯，雅典娜也回到雅典，让希腊人和特洛伊人自己厮杀。特洛伊人终于抵挡不住阿喀琉斯儿子率领的强势进攻，他们退回城内，希腊人直追到城门口。特洛伊人紧闭城门，在城头反击希腊人的激烈进攻。如果不是宙斯遵照命运女神的意思，用浓雾罩住特洛伊城的话，阿耳戈斯人很快就会占领特洛伊城了。聪明的涅斯托耳看到这一切，劝说希腊人撤退回营，先安葬他们的死者。

第二天，希腊人惊讶地发现特洛伊城又清晰地耸立在前方，他们这才明白昨天傍晚的浓雾是宙斯制造的。这一天双方休战。特洛伊人利用这个机会，隆重地安葬密西埃人欧律皮罗斯。涅俄普托勒摩斯也去祭扫父亲的坟墓，他在父亲高耸的坟墓前含着眼泪说道："亲爱的父亲，我来看你了！你不在的日子我是多么想念你！如果你在希腊人中活着那该多好啊！现在，你看不到你的儿子，我也看不到我的父亲！但是，你永远活在我的心里，我们大家永远不会忘记你！"他在父亲的坟前哭诉了许久，很晚才赶回战船上。

第二天，双方又在特洛伊城前展开激烈的战斗，但是希腊人仍然无法顺利攻破城池。预言家卡尔卡斯站出来，告诉大家说："朋友们，相信那个特洛伊预言家的预言吧！现在我们只实现了预言的一部分，并且已经看到阿喀琉斯的儿子带给我们的转机，如果实现预言的另一部分，即让菲罗克忒忒斯和他的百发百中的神箭一起回到我们的中间，那么胜利就不遥远了！"阿耳戈斯人听预言家的劝说，先撤退回战船。

经过商议，希腊人决定派能言善辩的奥德修斯和勇敢的少年英雄涅俄普托勒摩斯前往雷姆诺斯岛，他们即刻登上一艘快船，向目的地进发。

菲罗克忒忒斯在雷姆诺斯岛

奥德修斯和涅俄普托勒摩斯在荒凉的雷姆诺斯岛登陆。九年前，奥德修斯曾经劝说希腊人把英雄菲罗克忒忒斯遗弃在一座有两个出口的山洞里，一个严冬可以御寒，另一个酷夏可以避暑。奥德修斯很快找到这两个山洞，发现这儿的一切还跟从前一样。然而山洞里空无一人，只有一堆树叶压得平平的，像是一张宽大的床榻，看起来有人睡过。旁边还有一只用木头刻制的粗糙的杯子以及一堆木柴，门外的太阳下还晾晒着许多沾有血污的破布，种种迹象表明，菲罗克忒忒斯仍然住在这里。

"乘他不在这儿的时候，让我们想出一个劝说他的好办法，"奥德修斯对阿喀琉斯的小儿子说，"我想，头次见面我最好避开，他肯定非常痛恨我，而且恨得有理！你先单独和他见面，他如果问你是谁，问你从哪里来，你就据实回答，告诉他，你是阿喀琉斯的儿子。然后你得按我说的做，你要告诉他现在你愤怒地离开了希腊人，准备返回家乡，因为希腊人再三请求，把你从斯库洛斯岛请来帮他们攻城，并且答应把你父亲的武器还给你。可是来到特洛伊以后，他们却把武器给了我，给了奥德修斯。这时，你就要在他的面前把我大骂一通，怎么骂都可以。我们不得不用这个计谋，否则我们就争取不到这个人，就不能得到他的神箭。因此，你要按我说的话去做。"

涅俄普托勒摩斯打断他的话，说："拉厄耳忒斯的儿子啊，这样的事我听着就觉得厌恶，而且我也不愿意这样做。我的父亲和我天生都不喜欢玩什么阴谋诡计。我宁愿用武力去抓住这个人，也不愿意使用这种欺骗的手段。再说了，他孤身一人，而且只有一条腿是健全的，他怎么能够胜过我们呢？"

"他那百发百中的神箭就足以战胜我们！"奥德修斯平静地回答说，"我清楚地知道，孩子，你不愿意对人说谎。我年轻的时候也像你一样，手脚灵敏，说话却耿直。可是后来经验告诉我，巧妙的说话方式能够带来事半功倍的效果。你想一想吧，只有靠赫拉克勒斯的神箭才能征服特洛伊城，而你通过这件事情，利用你的聪明才智去赢得对手，那么这就不是说谎话的问题了。"

涅俄普托勒摩斯终于被他年长的朋友说服了，随后奥德修斯躲了起来。过了一会儿，他听见了远处传来了备受折磨的菲罗克忒忒斯的呻吟声。菲罗克忒忒斯远远地看到停泊在海边的船只，就赶忙回到自己的山洞里来，一看见年轻的涅俄普托勒摩斯及其随从，就问道："你们是什么人？到这荒岛来干什么？虽然我认出了你们穿的是希腊人的衣服，但我想还是听听你们说话的口音吧。不要被我这身破破烂烂的外表所吓倒，我是被朋友遗弃在这里，为疾病所苦恼的不幸的人。如果你们有什么要说的，就赶紧开口说话吧！"

涅俄普托勒摩斯按奥德修斯吩咐的那样说了一遍。菲罗克忒忒斯听后高兴得叫了起来："啊，多么久违的家乡话呀！我多长时间没有听到过了！啊，高贵的阿喀琉斯的儿子！见到你就好像见到你的父亲那样！你刚才说什么呢？阿耳戈斯人对待你就像当年对待我一样！当年，就因为我的伤口无法愈合，阿特柔斯的儿子们和奥德修斯乘我躺在海滩上熟睡的空当，就把我遗弃在这里，只给我留下几件可怜的破衣衫和少许的食品，就像对一个乞丐那样。你相信吗？亲爱的孩子，当我醒来的时候，我发现整个荒凉的海岛就只剩下我孤零零的一人，这是怎样的一种恐惧啊！没有医生，没有帮助。我得依靠我的这把硬弓来获取猎物，维持生存。可是打猎是多么费劲的事啊！你看看我，我得跛着腿去打猎，去泉边取水，去林中砍伐木材。我在这儿过着忍饥挨饿的生活，这已经是第十个年头！这一切都是奥德修斯和阿特柔斯的儿子们的罪过，但愿神惩罚他们！"

听到这里，涅俄普托勒摩斯十分感动，可是他想起了奥德修斯对他的警告，于是又强忍住自己内心的感受。他把话题转向希腊人这近十年发生的故事中去，告诉他自己的父亲是怎样战死的，还告诉他许多有关家乡和朋友的轶事，最后说到了希腊人现在的命运，并且说了奥德修斯教给自己的那些谎话。菲罗克忒忒斯听了十分动情，随后他抓住涅俄普托勒摩斯的手，悲痛地哭了起来，说道："亲爱的孩子，我请求你，看在你父母亲的分上，带我走吧。把我从痛苦折磨中拯救出来。我知道我可能会成为你的累赘，但我仍旧恳请你带我走吧！别让我一个人再待在这座可怕的荒岛上。带我回到你的家乡去，从那里到俄塔，到我的父亲居住的地方并不远。"

涅俄普托勒摩斯心情沉重地假意答应了他的请求："只要你愿意，我们立即上船动身。但愿神赐给我们顺风，让我们尽快离开这座荒岛，平安地到达目的地！"菲罗克忒忒斯跛着他的伤腿，霍地跳了起来，高兴地握住年轻人的手。这时候，他们派出去探听消息的那个仆人突然出现，他化装成希腊水手的模样，同来的还有另外一个乔装打扮的水手。他们对涅俄普托勒摩斯讲述了一个捏造的消息，当然这又是奥德修斯的意思。他们说狄奥墨得斯和奥德修斯按照预言家卡尔卡斯的意思，已经出发去寻找一个名叫菲罗克忒忒斯的人，因为根据预言，如果没有菲罗克忒忒斯，特洛伊城就不能攻破。

这个消息使得菲罗克忒忒斯非常担心，他立刻收拾起赫拉克勒斯的神箭，把它交给他完全信任的年轻的英雄涅俄普托勒摩斯保管，随后他们走出洞口。涅俄普托勒摩斯再也不愿意隐瞒实情，他们刚走到海岸边，他便说出了真相："菲罗克忒忒斯，我不应该欺骗你，我来也是为了请你和我一道前往特洛伊，希腊人和阿特柔斯的儿子们正在那里等你！"菲罗克忒忒斯听了十分吃惊，他连忙转身逃跑，一边不忘祈祷，一边在咒骂着。

年轻的英雄还没有来得及表示出他的同情，奥德修斯就从隐蔽的树丛中跳出来，并命令随从们把这位英雄抓起来。菲罗克忒忒斯立即认出了他："哦，天哪，我被出卖了！这就是从前遗弃我的人，现在他居然又来骗走我的弓箭！"然后他又回头对涅俄普托勒摩斯说："好孩子，把我的弓箭还给我！"

奥德修斯大声地说道："绝对不行！即使这个年轻人想这么做也不行！你必须跟我们回去，因为这关系到希腊人的幸福和特洛伊的灭亡！"说着，他把这位倒霉的家伙交给手下人看管，把一声不吭的涅俄普托勒摩斯拉走了。

菲罗克忒忒斯与那些随从在洞口前停了下来，他诅咒这无耻的欺骗，祈求神为他报仇。突然，他看到涅俄普托勒摩斯和奥德修斯争吵着回来了。他远远地就听见年轻人愤怒地大喊："不，我做错了！是我用可耻的诡计欺骗了一个高贵的人！现在我要弥补我的错误，你若违背他的意愿，非要这样绑架他把他带走。那我们就不可避免地要交手了。"年轻的涅俄普托勒摩斯说完，拔出剑来，奥德修斯也拔出了他的剑。菲罗克忒忒斯赶忙上去，扑倒在阿喀琉斯的儿子的脚下，请求他说："请你救我吧，我向你保证，我会用我朋友赫拉克勒斯的神箭保卫你的祖国，使它不受任何人的侵犯！"

"跟我来吧！"涅俄普托勒摩斯一面说，一面从地上扶起可怜的老英雄，"我们今天就回佛提亚，回到我的故乡去。"

这时，蔚蓝的天空突然变成一片漆黑，他们马上抬起了头，菲罗克忒忒斯一眼看到他的老朋友赫拉克勒斯正站在云端，他已经是一位神了。

"你不要走！"赫拉克勒斯在天上用神那响亮的声音大声喊道，"我的朋友菲罗克忒忒斯，听我说，宙斯让我把他的决定告诉你，你必须服从！你知道，我经历许多磨难才成为永生的神；命运女神也同样让你受尽折磨，才会把光荣赐给你。如果你跟这位年轻人前往特洛伊，你的创伤即可愈合。此外，众神选中你去杀死这场灾难的祸首帕里斯。你将攻破特洛伊城，获得最珍贵的战利品，并且带着它们回到你的家乡，与你的父亲帕阿斯重逢。如果你的战利品中还有剩余，就把它献祭给我吧！"菲罗克忒忒斯朝着他的朋友伸出双手，而赫拉克勒斯已经逐渐消逝在远方。"那好吧！"他喊道，"现在就起航出发吧，英雄们，让我们握手吧，阿喀琉斯高贵的儿子。而你，奥德修斯，也一起来吧，因为你的愿望正是神的愿望！"

帕里斯之死

当希腊人看见盼望已久的载着菲罗克忒忒斯的船驶进赫勒持滂的港口时，他们成群结队地欢呼着朝海边奔去。菲罗克忒忒斯伸出他虚弱的双臂，他的两个同伴将他高举着抬到岸边，欢迎他回到希腊人的中间。他费力地跛着腿走近迎接他的阿耳戈斯人。这时，阿耳戈斯人中跳出来一个人，他满怀信心地向这位饱受伤痛折磨的英雄保证说："凭借神的帮助，我很快就能把你的伤口医好。"这位做出承诺的是医生帕达里律奥斯，他是菲罗克忒忒斯的父亲帕阿斯的老朋友。希腊人在医生的指导下为老英雄洗净伤口，然后医生拿来药物，为他涂抹药膏。众神暗暗地让药膏充满神力，一会儿的工夫，伤口就愈合了。这位老英雄马上站了起来，活动四肢，他重新恢复了健康。阿特柔斯的儿子们和在场的希腊人看到这奇迹，全都惊讶不已。菲罗克忒忒斯吃饱喝足后，精神抖擞。阿伽门农来到他的身边，握着他的双手，充满歉意地说道："亲爱的朋友，都是我的错，我不应该把你遗弃在雷姆诺斯岛，但这些都是神的安排。请别生我们的气了，为这些事我们已经遭受了神的惩罚！现在请接受我们的礼物吧，这里是七个特洛伊女人，二十匹骏马，十二只三足鼎。但愿你能喜欢！"

"朋友们，"菲罗克忒忒斯友好地回答说，"我不再生你们的气了，包括你，阿伽门农，也包括其他的任何人！"翌日，特洛伊人在城外安葬他们阵亡的士兵，这时他们看到希腊人又前来挑战。波吕达玛斯看到涌来的希腊人个个精神饱满、全副武装，他马上建议大家先撤到城里防守，可是在场的特洛伊人没有一个人愿意听从他明智的建议。他们在埃涅阿斯的激励下，很快投入了战斗。

双方又展开了一场激战。涅俄普托斯摩斯用他父亲的长矛杀死十二个特洛伊人。勇敢的埃涅阿斯和他的同样勇猛的战友欧律墨涅斯冲进希腊人的队伍，撕开了几个大缺口。帕里斯杀死了墨涅拉奥斯的战友，斯巴达的特摩莱翁。

而此时，来到战场的菲罗克忒忒斯大显身手，他在特洛伊人的队伍中横冲直撞，就好像所向无敌的战神阿瑞斯那样。最后，帕里斯拿着弓箭，大胆地朝他扑了过去，帕里斯很快地射出一箭，但箭镞从菲罗克忒忒斯的身旁越过，射中了他身旁的克勒俄多洛斯的肩膀。克勒俄多洛斯挥起长矛保护自己，同时后退了几步，可是帕里斯紧接着射出了第二支箭，把他射死了。

菲罗克忒忒斯把这一切看在眼里，他拿起自己的弯弓，对着帕里斯愤怒地大声喝道："你这个特洛伊的盗贼，你是一切灾难的罪魁祸首，现在你到了我的手中，末日就到了！"说着，他拉弓搭箭，张满弓弦，嗖的一声，那箭呼啸着过去，射中了目标，但只擦伤了帕里斯的皮肤。帕里斯急忙张开弓，还来不及射出一箭，对方的第二箭又飞了过来，直接射中他的腰部。他浑身战栗，无法继续坚持作战，连忙转身逃走了。

战斗仍在持续。这期间，医生们正在为帕里斯医治创伤。夜幕降临，特洛伊人才退回城内，希腊人也返回战船上。夜里，帕里斯的伤口发作，他痛苦得彻夜难眠。此时那箭镞已经深入到他骨髓，赫拉克勒斯的飞箭浸满了剧毒使得中箭的伤口溃烂发黑。医生们使用了各种办法，但都没有奏效。受伤的帕里斯突然想起一则神谕，说只有他那被遗弃的妻子俄诺涅才能挽救他的性命。从前,当帕里斯还在爱达山上放牧的时候,他曾和妻子俄诺涅度过了一段美好的时光,她曾亲口告诉他这个神谕。

帕里斯虽然不情愿去找前妻帮忙,但是疼痛难熬,他只得让仆人把他抬上爱达山,去请求他的前妻伸以援手。仆人们抬着他爬上山坡,一路上爱达山里传来凶鸟的鸣叫,这不祥的鸟鸣声使他不寒而栗。到了俄诺涅的住地,他立刻扑倒在那被他抛弃的前妻的脚前,大声说道:"尊贵的女人,现在请不要在我最痛苦的时候怨恨我!是残酷的命运女神让我接受海伦,离开你的。现在,我以众神和我们过去的爱情的名义哀求你,请你同情我,用药物医治我的伤,把我从这难熬的疼痛中解脱出来。你曾经预言过,只有你才能救我的性命!"

但是他的苦苦哀求却丝毫不能打动这个被遗弃的女人,她愤恨地说道:"你居然还有脸来见我?我是被你遗弃的女人,你在年轻貌美的海伦那儿是多么快活啊!去吧,到她的脚下恳求她吧,看看她能不能医救你!不要指望你的眼泪和哭诉能够博得我的同情!"她就这样把帕里斯打发回去。她没有想到,事实上她的命运和丈夫的命运是紧密相连的。在仆人的搀扶下,帕里斯绝望地离开了她,还没到达山麓,他就因为箭毒发作而咽下最后一口气。他死了,海伦再也见不到他了。

一位牧人把他惨死的消息告诉了她的母亲赫卡柏,她顿时晕倒在地。普里阿摩斯还不知道这件事,他此时正坐在儿子赫克托耳的坟旁,沉浸在深深的悲愁当中,不知道外面发生了什么事。而海伦此时正好在痛哭,她也不知道自己的丈夫已经死去,她只是在为自己的遭遇而哭泣。

俄诺涅独自待在家里,心里感到深深的后悔。她回忆起帕里斯年轻时候的模样和他们往日的柔情蜜意。她控制不住自己的情绪,放声痛哭,然后她冲了出去,经过一座座山岩,穿过山谷和溪流,整整在山林里奔跑了一整夜,月亮女神阿尔忒弥斯在暗蓝的天上同情地看着她,用月光照着她前行的道路。最后她来到了她的丈夫的火葬堆那里。牧人们对他们的朋友和国王的儿子表示了最后的敬意。俄诺涅看到丈夫的遗体,悲痛得不知所措,她用衣袖蒙住她美丽的面孔,飞快地跳进熊熊燃烧的柴堆里。周围的人还来不及救她,她就被大火吞噬,和她的丈夫一起烧为灰烬。

围攻特洛伊

第二天清晨,希腊人重新聚集到特洛伊城门前,准备攻城。他们兵分几路,每一路攻打一座城门,但特洛伊人在每一座城门和塔楼前都部署了大量兵力,顽强地抵抗敌人。卡帕涅斯的儿子斯忒涅罗斯和狄奥墨得斯率先攻打中心城门,而得伊福玻斯和勇猛的波吕忒斯以及别的英雄们站在高高的城门上,用箭矢和石块抗击希腊人强大的攻城部队。在伊达城门那里,涅俄普托勒摩斯率领他的部队负责进攻,特洛伊英雄赫勒诺斯和阿革诺尔在城墙上激励士兵们奋勇抵抗。最后一个城门,即面向大平原和希腊人战船营的那个,欧律皮罗斯和奥德修斯率军围攻,勇敢的埃涅阿斯站在高高的城墙上指挥士兵投掷石块,不让他们靠近。另外,透克洛斯在西莫伊斯河岸奋勇作战。

　　面对无数从高处掷下的石块,狡黠的奥德修斯突然想出一个主意,他命令战士们把盾牌拼在一起,举在头上,连成一个坚固的盾牌顶盖,士兵们在顶盖的掩护下聚成一群,密集前进。就这样,阿耳戈斯人朝城门迈进,他们在盾牌下听到无数石块、飞箭和投枪撞击盾牌的声音,可是却没有一个人受伤。他们就这样稳步有序地前进,大地在他们的脚下震颤,尘土在他们的头上飞扬。阿特柔斯的儿子们看到这坚固的队形,满心喜悦。他们鼓舞士兵们稳扎稳打地向前推进,并准备用双面斧把城门劈开,眼看奥德修斯的战术就要使他们取得胜利了。但站在特洛伊人这边的神们此时给英雄埃涅阿斯的双臂增添了神力,只要他端起一块巨大的石头朝着盾牌构成的顶盖猛地砸下去,就一定能使盾牌底下的敌人倒下。埃涅阿斯站在城墙上,他的盔甲闪闪发亮。与他并肩作战的是强大的战神阿瑞斯,只不过他隐在云雾中,没有人能看得见他。每当埃涅阿斯投掷石块时,他就利用神力让它准确地击中敌人。希腊人死伤惨重,一片惊慌。埃涅阿斯在城头上大声吼叫,鼓舞士气。城下,涅俄普托勒摩斯也在激励士兵们坚持进攻。血腥的战斗整整进行了一整天,没有停息过片刻。

　　希腊人在另一路攻城比较得心应手。勇敢的洛克里斯的猛将埃阿斯用矛箭把守城的战士一个个射落下来。突然,他的战友和同乡阿尔喀墨冬看到城墙上有一块地方无人镇守,便急忙架起云梯爬上去,阿尔喀墨冬把盾牌顶在头顶上,舍生忘死为他的战友们开辟进城的道路。

　　埃涅阿斯从远处看见了这一切。当阿尔喀墨冬爬完最后一级阶梯,刚刚露出城墙时,一块石头飞过来,击中了他的头颅,他仰面倒下,云梯禁不住重压,砸断了。还没有着地,他就已经死了。

　　菲罗克忒忒斯看到安喀塞斯的儿子像一头猛兽一样沿着城头狂奔怒号,便拉起弯弓向他射出一箭,正中目标,然而只在对方的盾牌上撕下一道口子,却射中了另一个特洛伊人墨蒙。墨蒙从城头上翻身落下。埃涅阿斯这时却朝菲罗克忒忒斯的朋友托克塞克墨斯投去一块巨石,击碎了他的头颅。

　　菲罗克忒忒斯愤怒地抬头看着城楼上的仇敌,大声叫道:"埃涅阿斯,你以为从城楼上往下扔石头,就是世界上最勇敢的人了吗?我告诉你,你的做法就像个虚弱的女人!如果你是英雄,就走出城门来,让我们比试弓箭和长矛。我是帕阿斯的儿子!"

但这位特洛伊的英雄没有时间回答他的话,因为城垣的另一处又在告急,迫切地需要他的援助,他大步地奔了过去。

木马计

希腊人围攻特洛伊城,各种尝试都归于失败。占卜家和预言家卡尔卡斯召集会议,他说:"你们别再花费力气去攻城了,这些方法都不可行。最好是能想出一个计策,来达到目的。听我说,昨天我看到一个预兆:一只雄鹰追逐一只鸽子,鸽子飞进岩缝里躲了起来。雄鹰守候在山岩外面,等了许久,鸽子就是不出来。后来雄鹰躲在附近的灌木丛中,小鸽子便愚蠢地飞了出来,老鹰立即扑向这只鸽子,把它抓住了。我们应该以这只雄鹰为榜样,对特洛伊城不能强攻,而应智取。"

他说完后,英雄们绞尽脑汁,希望想出一个计谋来尽快结束这场可怕的战争,但他们想不出来。可是,一句话惊醒了梦中人。素来以智慧著称的奥德修斯一拍大腿,连声长笑。其他人瞠目结舌,不知道这个家伙这种时候怎么能够笑出来。最后,奥德修斯非常认真地说道:"朋友们,我想到一个绝佳的妙计。让我们造一个巨大的木马,它的马腹里可以装得下足够多的希腊人。其余的人则乘船离开特洛伊海岸,撤退到忒涅多斯岛。在出发前必须把所有留在军营的东西都烧毁。当特洛伊人从城墙上看到这里全部被烧毁的时候,一定会毫不戒备地出城来到这里。然后我们中选出一位特洛伊人不认识的勇敢的士兵,他要冒充逃难者,告诉他们说希腊人为了返乡,要把他杀死献祭神明,但他设法逃脱了。他还要告诉特洛伊人说希腊人造了一个巨大的木马,是用来献给特洛伊人的敌人雅典娜,他自己就是躲在马腹下面,直到希腊人撤退后才偷偷地爬出来的。这位士兵必须把故

◥ 木马计

希腊军队采用了奥德修斯的计策,军士们藏在巨大的木马之中,特洛伊人把木马拖进城,希腊人破马而出,里应外合,攻下了特洛伊城。特洛伊战争中的木马计被广泛传涌,后人通过绘画、建筑等不同的艺术形式对此加以诠释。

事说得真实可信，要说到让特洛伊人不怀疑他，并且对他产生同情为止。这样，他就会被带进城去。在那里，他还要设法说动特洛伊人把木马拖进城内。等到我们的敌人进入梦乡的时候，他再给我们一个约好的暗号，我们就从木马的腹中爬出来，并点燃火把向忒涅多斯岛附近的战士们发出信号。这样，我们就能用剑与火一举摧毁特洛伊城。"

奥德修斯说完了，大家对他的妙计都惊叹不已。预言家卡尔卡斯对这条计策十分欣赏，他让大家安静下倾听宙斯从天上发出的赞同的雷声。但阿喀琉斯的儿子却站起来，提出了异议："卡尔卡斯，奥德修斯，勇敢的战士应该在公开的战场上制服敌人，而不是使用诡计或别的不光明磊落的方法。我希望我们在公开的战斗中向世人证明我们是勇敢无畏的战士！"

他的心灵是那样的坦荡和单纯，就连奥德修斯也不得不佩服他的高尚和正直的品质，但仍然反驳说道："你不愧是高贵的阿喀琉斯的优秀的儿子，你的话表明了你是一位勇敢的英雄。可是，你必须知道，你的父亲，这位半神的英雄凭借武力都没有攻破这座坚固的城堡。世界上的事情并不是只依靠勇敢就能够取得成功的。我们使用的是智慧而不是阴谋，因此，我请求你和诸位英雄，听从卡尔卡斯的建议，按照我的计策行动吧！"

会场上除了菲罗克忒忒斯外，英雄们都赞同拉厄耳忒斯儿子的建议，但他站在涅俄普托勒摩斯的一边，他渴望着战斗，因为他战斗的愿望还未得到满足。最后，他们两个几乎要说服所有的阿耳戈斯人时，天上的宙斯却表示了他的意思，他愤怒地用电闪雷鸣警告两个有勇无谋的家伙，雷声使整个大地都震动了。英雄们终于明白，预言家和奥德修斯的建议是最为明智的，连万神之父都表示出了高度的赞同。涅俄普托勒摩斯和菲罗克忒忒斯也不再反对，而是顺从天意。

所有希腊人都返回战船上，他们想在明天的浩大工程开始之前躺在船上好好休息。午夜时分，雅典娜托梦给希腊英雄厄珀俄斯，吩咐这位心灵手巧的英雄用粗木制造巨马，并答应帮助他，使他尽快完工。厄珀俄斯牢牢地记住了女神的吩咐。

天刚亮，厄珀俄斯就对大家讲起女神托梦的事。大家听后，便即刻前往爱达山砍伐一棵棵高大粗壮的松树，木料很快运到赫勒持滂的海岸爱达山。许多年轻人协助厄珀俄斯完成工作，有的人负责锯木头，有的人则削下枝叶，厄珀俄斯亲自建造巨大的木马。他造了马脚以后削制马腹，并在马腹上方做了拱形的马背，接着又把马胸和马颈做好。在马颈上他还细心地装上了精致的马鬃，马头和马尾上也沾了细密的绒毛。马的两只耳朵是竖起的，圆溜溜的马眼睛炯炯有神。总之，整个马，就像活马那样惟妙惟肖。在雅典娜的帮助下，三天的时间他便完成了任务。全军都为这位艺术家的杰作感到惊叹，他们甚至相信这匹巨大的马会嘶鸣奔跑。

厄珀俄斯朝天空举起双手，在全军士兵的面前祈祷："伟大的女神雅典娜！请听我的祷告，请保佑你的木马，保佑我吧！"所有的希腊人也和他一同祈祷。

这期间，特洛伊人紧闭城门，躲在城内。现在特洛伊的厄运就要到来，奥林匹斯圣山上的众神因此也发生了争吵。他们的意见不合，分为两派，一派保护希腊人，另一派则反对他们。他们降临人间，在斯卡曼德罗斯河上排成阵势，但是凡人都看不见他们。海洋的诸神也同样如此，有的站在这一边，有的站在另一边。五十名海中仙女是涅柔斯和多里斯的女儿，自认为是阿喀琉斯的亲戚，因此坚决站在希腊人这一边。其他的海洋神则站在特洛伊人那边，他们掀起滔天巨浪，向战船和木马打来，如果命运女神允许，他们真想把它们全部摧毁。

神们的战斗开始了。阿瑞斯向雅典娜发起冲击，这对其他的神们是一种信号，即刻神们都互相厮杀起来，各不相让。他们的黄金铠甲碰撞在一起，铿锵作响；他们脚下的大地在震动；他们的喊杀声地动山摇，一直传到地府，塔耳塔洛斯地狱里的提坦神都为之战栗。神们之所以敢这样放肆地对战，是因为这段时间宙斯正好外出，去了俄刻阿诺斯海和忒堤斯岩洞。可宙斯是万神之父，他主宰一切，无论在多么遥远的地方，对特洛伊城发生的一切都了如指掌。宙斯一发现神们在厮杀，便即刻坐上那雷霆战车，催动双翼追风马，让伊里斯策马扬鞭，立刻回到奥林匹斯圣山。他迅速地朝地上的神发出一道闪电。神们大吃一惊，立即停止战斗。正义女神忒弥斯是唯一没有参战的神，她降落到神中，向他们宣布宙斯的决定，如果神们不放下武器停止对抗的话，他将使他们彻底毁灭。神们畏惧万神之父，只好压制住心中的怒火，愤愤不平地撤离了战场。

希腊人的营地里，大家正满怀信心地憧憬着新的战斗，因为木马已经做好，一切都准备就绪。奥德修斯在会议上站起来发言："阿耳戈斯人，现在是真正考验大家的勇气和力量的时候了，因为钻进马腹以后，我们将在那里度过一段没有阳光的日子。可是，请相信我，钻进马腹需要的胆量，绝不亚于在战场上和敌人正面作战！只有最勇敢的人才能做到！其余的人可以先乘船退避到忒涅多斯岛去。我们要在木马附近留一个胆大机灵的人，他要按照我曾经说的那样去做。谁愿意承担这一重任呢？"

大家犹豫不决，没有一个人敢站出来。最后，希腊人西农挺身而出，他说："我愿担任这一任务，让特洛伊人折磨我，让他们把我活活烧死吧，我已下定了决心！"听了他激昂的话，大家都报以热烈的掌声。可是有人在人群中犯嘀咕："这个年轻人是谁啊？我们从来没有听到过他的名字，他也从来没有建立过什么特别的功业。他一定是着了魔，是魔鬼让他做出或者毁灭特洛伊人或者就是毁灭我们的决定。"

涅斯托耳完全不理会这些闲言闲语，他站起身来，鼓励西农说："现在我们需要更大的勇气，因为神已给了我们结束十年战争的方法。现在让我们迅速钻到木马里去吧！我感到自己的体内充满着年轻人的力量，就好像当年我陪伊阿宋乘坐阿耳戈船那样，可惜那时珀利阿斯国王阻止我，不然我一定参加那次远征了。"

老人说着，想第一个通过木门跳进马腹。这时阿喀琉斯的儿子涅俄普托勒摩斯站出来希望老人把这个荣誉让给他，让老人率领其他希腊人到忒涅多斯岛去。涅斯托耳好容易才被说服。于是，涅俄普托勒摩斯全副武装，第一个走进宽敞但是漆黑的马腹，跟在他后面的是墨涅拉奥斯、狄奥墨得斯、斯忒涅罗斯和奥德修斯，尾随而来的是菲罗克忒忒斯、埃阿斯、伊多墨纽斯、迈里俄纳斯、帕达里律奥斯、欧律玛科斯、安提马科斯、阿伽帕诺尔和其他许多英雄。他们紧紧地挤在马腹里。最后，木马的制造者厄珀俄斯也钻了进去，他随手把梯子拉进马腹，而后关上木门，从里面闩上，自己坐在门闩的前面。马腹内一片漆黑，英雄们默默地挤坐着马腹里，不知道等待他们的是什么样的命运。

其余的希腊人听从统帅阿伽门农和涅斯托耳的命令，放火烧毁所有的帐篷和营具，然后登船起航，朝忒涅多斯岛驶去。到达忒涅多斯岛时，他们抛锚停泊，安静地等待着远方传来约定的火光信号。

特洛伊人站在城头，很快发现海岸上烟雾弥漫，当他们仔细观察时，他们发现希腊的战船全都不见了。特洛伊人非常高兴，他们成群结队地向海边奔去，但他们也没有完全放松戒备，仍旧穿着铠甲，拿着长矛，因为他们依然心存恐惧。当他们在敌人扎营的广场上发现了一只巨大的木马时，立刻围上前去，细细地打量着这个硕大无朋的木马，因为它实在是一个令人称赞的杰作。士兵们开始为怎么处置这个木马争论起来，有的人主张把它搬进城去，放在城市的广场上，作为胜利的纪念品。有的人却谨慎地劝告说，把希腊人留下的这件莫名其妙的礼物推入大海，或者干脆用火烧掉。藏匿在马腹里的希腊英雄们听到这话都吓得毛骨悚然。

这时候只见阿波罗的特洛伊祭司拉奥孔从人丛中走出来。还没有走到木马前，他就劝阻大家说："不幸的人哪，哪个魔鬼使你们迷了心窍？难道你们以为希腊人真的已经乘船而去，希腊人留下的这个东西不包藏计谋吗？你们还不了解那个狡猾的奥德修斯的为人吗？这个巨大的木马不是隐藏着某种危险，那它就一定是一个作战机器，埋伏在我们附近的敌人会用它来攻击我们。总之，不管它是什么，你们绝不能相信希腊人！"说着，他从身边的战士的手中取过一根长矛，将它刺入马腹。长矛扎在马腹中刺来刺去，里面传出一阵阵回声，空荡荡的，像是空穴里传出的声音那样。然而特洛伊人已经忘乎所以了，他们的心已经麻痹了。

就在这个时候，几个好奇的牧人在木马的腹下发现了西农，大家把他拖了出来，要把他当成一个战俘，带回去交给普里阿摩斯国王。原先观察木马的特洛伊的战士们都聚拢过来，把注意力转移到这个俘虏身上了。西农精彩地扮演着奥德修斯教给他的角色。他可怜兮兮地站在那里，向上苍伸出双臂，哭泣着喊道："天哪，我该到什么地方去，该怎么乘船回去啊！希腊人将我赶出来，而特洛伊人也一定会杀死我的！"站在他周围的士兵们被他的话感动了。他们走到他的跟前问他是什么人，来自何处。西农于是假装不害怕了，他开始绘声绘色把那套故事娓娓道来。

他说："我是一个希腊人！不知道你们听说过帕拉墨得斯没有？他是一个国王，因为他要退出反对你们国家的战争，奥德修斯便用计策把他杀死了。可怜的人呐，他是被乱石击死的。而我是他的一个亲戚，我跟随他参加了这场战争。他死后，我就无依无靠。我曾经在军队里宣称要向谋害他的人报仇，那个奥德修斯听说后，便迁怒于我。整个战争期间，他一直在迫害我。最后他和那个预言家卡尔卡斯联合起来对付我。我的希腊同胞做出逃回希腊的决定后，一再延迟，直到最后他们终于造了这个木马，可是在他们向阿波罗求得的神谕是一个不祥的预兆。从阿波罗神庙带回的答复是：'你们在出征时曾用一个少女的鲜血献祭给狂风以求得宽恕，现在你们返回时也得牺牲一个希腊人的性命来祈求平安。'所有的人在得知这个消息都十分害怕，最后，卡尔卡斯和奥德修斯选中了我。所有的希腊人都默许了，因为他们全都逃过死亡，可以平安地返乡了。我被装饰成献祭的牺牲，但是我的内心告诉自己不应该就这样白白送命。于是，我趁他们不注意的时候，逃了出来，我在附近幽暗的草丛里躲过了他们的找寻，后来，我又逃到了这个木马的肚子下面。"西农说完，顿了一下，然后他接着又说道："我已经无法回到我的祖国去了。我现在落入你们的手中，你们是仁慈和慷慨地放我一条生路，还是像我的同乡那样要将我处死，现在完全由你们决定了！"

他的这套谎话编得合情合理，特洛伊人听了深受感动，连普里阿摩斯国王也相信这个骗子所说的话。国王安慰了他，并答应他只要他能说出这个木马的用途，就让他留在城里安身。西农听后举起双手，假意祈祷起来："众神在上，请为我作证，现在，我和我的同胞们连在一起的纽带已经断裂，因此我泄露他们的秘密，根本算不上是一种罪过了！在战争期间，阿耳戈斯人的希望寄托在女神雅典娜的援助上。可是，自从她在特洛伊的神像被盗以后，情况就变得糟糕了。你们特洛伊人也许不知道，这是我们狡猾的希腊人干的。女神对他们的行为十分愤怒，她撤回了对阿耳戈斯人的援助。这时预言家卡尔卡斯说，我们必须立即乘船回去，回国去听取神的新的指示。他说，只要神像没有重归原处，我们就无法赢得战争的最后胜利。在预言家的劝告下，希腊人终于下定决心离开这里，返回故乡。临走前他们又按照预言家的建议造了这匹巨大的木马，作为献给女神的礼品，以便使她息怒。卡尔卡斯让人把马身造得特别高大，这样你们特洛伊人就无法把马拖进城门，放在城里。因为如果木马拖进你们的城市,雅典娜就会保护你们而不保护希腊人了。相反,如果你们损坏了这匹木马,这正是阿耳戈斯人所希望的,那么你们一定会遭殃。希腊人早已经打算好,一旦在故乡聆听了神的旨意后迅速返回,攻陷你们的城池!"

他的一番谎话,天衣无缝,国王普里阿摩斯和所有的特洛伊人都信以为真。事

拉奥孔 西班牙 埃尔·格列柯

实上,雅典娜自始至终都关注着她那些马腹中的朋友们的命运。自从拉奥孔发出警告后,他们坐在木马里面,忐忑不安,都为自己的命运感到担心。但奇迹出现了,英雄们从危险中逃脱出来,事情是这样的:

在波塞冬的祭司死后,阿波罗的祭司拉奥孔兼任他的职务,当他在海边给海神献祭一头大公牛时,两条巨大的毒蛇从忒涅多斯岛的方向游来,它们穿过明镜般的海面,一直游向海岸。它们那有着血红的蛇头从水面昂起,蛇身部分在水里蜿蜒游动,激起的水花噼啪作响。它们游上岸后,吞吐着舌头,发出吱吱的叫声,并用火焰般的眼睛环顾四周。围在木马四周的特洛伊人吓得面如土色,纷纷夺路而逃。但这两条蛇迤逦游到海神的祭坛前,拉奥孔和他的两个年轻的儿子正在那里忙着祭供,毒蛇先是缠住这两个孩子的身体,用毒牙狠狠地咬他们柔嫩的肌肉,两个孩子大声呼叫。当他们的父亲拉奥孔抽出宝剑正要过来救援的时候,毒蛇已经缠住他的身子,他试图摆脱两条毒蛇的缠绕,但是毒蛇已经把他的手和脚紧紧地绑住,他根本无法动弹。然后他试图抓住那把砍杀公牛的斧头,却因为垂死的公牛挣扎着从神坛上奔逃出去,把那把斧头甩落在地。可怜的拉奥孔和他的两个儿子就这样被毒蛇活活地咬死。这两条毒蛇一直游到雅典娜的神庙,盘绕着躲在女神的脚下和盾牌的后面。

特洛伊人把这一恐怖事件看作是祭司因怀疑木马而遭到的惩罚。于是一些人急忙跑回城里,在城墙上打开一个大洞,为木马进入城内打开一条通路。另一些人则给木马的脚下装上轮子,还有一些人把粗大的绳子套在木马上的颈子上。最后,他们一起使劲,成功地把木马拖回城堡。年轻的男女们和特洛伊的孩子们都兴高采烈地跟在后面,唱着节日的赞歌。当木马通过城门的高门槛时,四次都被阻挡,

但最终人们不屈不挠地把它拖进去了。颠簸中，马腹里都传出了金属撞击的声音，可是被欢乐冲昏了头脑的特洛伊人根本听不见。他们欢呼着把这匹巨大的木马拖到卫城上。在这种狂欢和欢呼中，只有女预言家，国王聪明的女儿卡珊德拉保持着清醒，她是神赋予具有预言才能的人，她的预言从没有出现过失误。她从天象和自然之物中观察到了许多不祥的征兆，可不幸的是没有人相信她。现在她清楚地感知到危险正在靠近，强烈的预感驱使她冲出了王宫。她披散着头发，眼里冒着灼热的火花，她穿过大街小巷，一路呼喊："特洛伊人啊，你们难道没有看到，我们正在走向哈里斯的地府吗？我们已经站在了死亡的边缘！我看到我们的城市里充满了烈火和鲜血，我看到死神从木马的腹中冲出来！为什么你们还这样执迷不悟地把木马送上我们的卫城？即使我说上千万遍，你们都不愿意相信我。复仇女神因为海伦的罪恶正在向你们复仇，你们已经成了她们的祭品和俘虏了！"

但特洛伊人只是讥笑和嘲弄她，没有人愿意相信她。

特洛伊城的毁灭

这天夜里，特洛伊人举行了宴会和庆祝。他们吹奏笛子，弹着竖琴，欢乐的歌声环绕在城市的上空。大家的心情快乐而放松，一次又一次地斟满美酒，一饮而尽。战士们喝得烂醉如泥，完全没有任何戒备，很快便进入甜蜜的梦乡。跟特洛伊人一起畅饮的西农假装不胜酒力睡着了。深夜，他起了床，偷偷地摸出城门，燃起一支火炬，并高高地举过头顶不断晃动，向忒涅多斯岛发出了约定的信号。随后他熄灭火把，来到木马身旁，轻轻地敲打马腹，按照奥德修斯的吩咐那样做。英雄们听到了声音，所有人都把目光转向奥德修斯，但奥德修斯提醒大家别急躁，要镇静，走出去时不要发出声响。然后他轻轻地拉开门栓，探出脑袋观察周围的情况，看看是否有特洛伊人在守卫。随后，他又蹑手蹑脚地放下厄珀俄斯预先安置好的木梯，走了下来，其他的英雄也跟在他后面一个个地走下来，心儿紧张得怦怦直跳。他们手执宝剑和长矛，分散到城里的每条街道上。在酒醉和昏睡的特洛伊人中展开了一场血腥的屠杀。然后他们再把火把扔进街道旁的房屋。不一会儿，屋顶上燃起了熊熊烈火，火势迅速蔓延，全城成了一片火海。

与此同时，接到西农火把信号的希腊舰队立刻从忒涅多斯岛起程，乘着顺风飞快地驶到赫勒持滂，上了岸。全体战士很快从特洛伊人拆毁城墙让木马通过的缺口里冲进了城里。被占领的特洛伊城此时已是一片废墟，满目疮痍。整座城市充斥着哭喊声和惨叫声，半死的人和受伤的人在死尸中爬行，还能站立的人逃不了多远便被长矛刺进后背倒地死去。狗的吼叫声和垂死者的呻吟声，无助的妇女孩童的啼哭声混杂在一起，凄惨而恐怖。

希腊人也损失惨重。因为尽管大部分特洛伊人手无寸铁，但他们仍然拼死抵抗。一些人扔杯子；另一些人掷桌子；还有的人抓起灶膛里燃烧的柴火朝敌人投去；还有拿叉子和斧子作临时武器的，总之他们拿起手头所能抓到的任何东西，攻击冲来的希腊人。当希腊人终于冲到普里阿摩斯的宫殿时，许多全副武装的特洛伊人潮水般冲出来，双方展开了最后的殊死搏斗。

最后的战役爆发在深夜里，可此时屋顶上蔓延的火焰和希腊人手中的火把，把全城照耀得如同白昼。整座城市变成了最残酷的战场。

涅俄普托勒摩斯把普里阿摩斯视为仇敌，一连杀死他的三个儿子，其中包括那个敢向父亲阿喀琉斯挑战的阿革诺尔。到最后，他冲向威严的普里阿摩斯国王面前，老人此时正在宙斯神坛前祈祷，涅俄普托勒摩斯一见心中大喜，迫不及待地抽出宝剑。普里阿摩斯毫无畏惧地看着他，平静地说道："杀死我吧！勇敢的阿喀琉斯的儿子！我已经受尽了折磨，我亲眼看到我的儿子一个个死在我的面前。我再也不用看到明天的阳光了，再也不用忍受无尽的磨难了！"

涅俄普托勒摩斯回答说："你劝我做的，正是我想做的！"说完，他毫不犹豫地砍下国王的头颅。希腊的战士们对特洛伊人实行了极其残忍的屠杀。他们在王宫内发现了赫克托耳的小儿子阿斯提阿那克斯，他们从他母亲的怀里把他抢去，出于对赫克托耳及其家族的仇恨，把孩子从城楼上摔了下去。孩子的母亲绝望地对疯狂的敌人哭叫："你们为什么不把我也推下去，或者把我扔进烈火之中？自从阿喀琉斯杀死我的丈夫之后，我活着的目的只是为了我们的儿子。你们动手吧，杀死我，把我从这无尽的痛苦中解脱出来。"但是这些疯狂的凶手们把她捆起来后，带到别处去了。

死神到处游荡，只有一所房子的人幸免于难，那里住着特洛伊的老人安忒诺尔。因为墨涅拉奥斯和奥德修斯作为使者来到特洛伊城时，曾经受到他的热情款待和高尚的庇护，所以阿耳戈斯人没有杀害他，还让他保留了所有的财产。

几天前，伟大的英雄埃涅阿斯还在城墙上奋勇地击退了敌人的进攻。可是，当他看到特洛伊城火光冲天，再怎么拼杀也无法击退敌人的时候，他就好像一个经历着暴风雨的水手那样，经历了长时间的搏斗，大船就要沉没，自己只能跳上一只小船自求活命去了。他背起年迈的父亲安喀塞斯，牵住儿子阿斯卡尼俄斯的手，匆忙地逃了出去。在他母亲阿佛洛狄忒的护送下，他和他的父亲儿子所到之处，火焰为之避让，烟雾也随之让道，希腊人射过来的箭和投来的长矛都不能伤到他们，埃涅阿斯一家老小成了少数逃出城市的人。

墨涅拉奥斯在不忠贞的妻子海伦的房前遇到得伊福玻斯，他是普里阿摩斯的儿子。自从赫克托耳死了以后，他成了家族和民族的重要支柱。帕里斯死后，海伦成为他的妻子。当墨涅拉奥斯发现他的时候，他还醉醺醺地从晚宴中回来，跌跌撞撞地穿过宫殿的走廊。当他看到敌人逼近的时候，还踉跄地准备逃走。墨涅拉奥斯追上去，用长矛刺中他的后背。"你就死在我妻子的门前吧！"墨涅拉奥斯大声吼道，"我多么希望能亲手杀死帕里斯！正义女神忒弥斯不会放过任何罪人！"

墨涅拉奥斯把尸体踢到一边，开始在宫中四处搜寻海伦，此时他的内心充满了矛盾的心情。海伦由于害怕前夫发怒而颤抖地躲在房间的一个昏暗角落里，过了好久墨涅拉奥斯才发现她。看到妻子就在眼前时，墨涅拉奥斯受到强烈的嫉妒驱使，恨不得用手中的宝剑把她砍死。但爱情女神阿佛洛狄忒却使她更加妩媚动人，并打落他手中的宝剑，驱散他胸中的怒气，唤起他心中的旧情。一看到她那举世无双的美貌，墨涅拉奥斯便无法再举起他手中的宝剑，他随之也忘记了妻子的一切过错。突然，他又听到身后的希腊人在宫中烧杀抢掠的叫喊声，顿时，羞愧的情绪又占了上风，他又觉得海伦的不贞使他颜面无存。于是他狠狠心，拾起地上的宝剑，重新朝妻子逼近。可是他的内心深处，却不愿意这样做，幸好他的兄弟阿伽门农这时出现了："住手！"然后阿伽门农上前拍着他的肩膀说："放下剑吧，亲爱的墨涅拉奥斯，你不能杀死自己合法的妻子。我们为了她遭受了多少苦难。在这件事上，比起破坏宾主礼仪的帕里斯，海伦的罪过就轻多了。现在帕里斯和他的家族，连同他的人民全都为此受到了应有的惩罚，全都遭到了毁灭！"

墨涅拉奥斯听从了劝告，表面上他似乎不太情愿，但他的内心却十分高兴。后来，他与海伦一同回到斯巴达。等他死后，海伦被驱逐到罗德岛。

当特洛伊城正遭受血腥屠杀的时候，隐身在乌云里的神们为特洛伊城的陷落悲叹不已。只有特洛伊人的死敌赫拉以及阵亡的阿喀琉斯的母亲忒提斯心满意足地大声欢呼。但是，就是雅典娜，虽然特洛伊的毁灭符合她的意愿，可是当她看到她的祭司卡珊德拉的遭遇时也忍不住淌下了眼泪。卡珊德拉躲在雅典娜神庙里，被埃阿斯发现了，只见他一把抓住女祭司卡珊德拉的头发，把她拖出去，使他成为希腊人的俘虏。女神没有援救她的敌人的女儿，可是她的双颊却因愤怒和羞愧而发烧。她生气得使神像都嘎嘎作响起来，神庙下的地基也都震动不已。雅典娜发誓一定要对埃阿斯所犯的亵渎之罪进行报复。后来，卡珊德拉作为俘虏跟随着阿伽门农来到希腊，还没进门，她就嗅到了空气之中的血腥之气，她预言阿伽门农将会被杀，可是却同样地不被阿伽门农相信。作为一个预言家，她的下场是悲惨的。她和阿伽门农一起，被阿伽门农的妻子克吕泰涅斯特拉所杀。后来，在文学作品中，卡珊德拉，被用来称呼这一类人：他预见到未来的灾难，但自己既束手无策，又不能说服旁人采取预防措施。

大火和屠杀持续了很长时间。从特洛伊升起的火柱一直冲向云天，宣告了这座不幸城市的毁灭。

墨涅拉奥斯，海伦和波吕克塞娜

第二天清晨，特洛伊城的全部居民不是被杀死，就是被俘虏。在没有任何抵抗的情况下，阿耳戈斯人开始肆意劫掠这座阿耳戈斯人财宝。然后他们把黄金、白银、琥珀、各式各样的豪华家具、女人、少女和孩子等战利品都搬到船上。在混乱的人群中，墨涅拉奥斯带着海伦离开了还在燃烧着的特洛伊城，他虽然面露羞愧之色，可是心里却为重新占有她而感到满意。走在他身旁的是他的兄弟阿伽门农，带着从埃阿斯的手里抢来的高贵的卡珊德拉。涅俄普托勒摩斯带领的是赫克托耳的妻子安德洛玛刻。王后赫尔柏成了奥德修斯的俘虏，步履艰难地走在路上。无数的特洛伊妇女，年轻的和年老的都跟在后面，一路上悲伤地哭泣着。

只有海伦一人沉默着，她的内心被深深的羞愧所占据。她不敢抬头观望，眼睛紧紧地盯住地面。而她一想到将来的遭遇和命运时，禁不住恐惧得战栗起来，脸色刷白。她用面纱蒙住脸，拉着丈夫的手哆哆嗦嗦地往前移动着脚步。当她出现在战船时，所有的希腊人立即为她的天姿国色所倾倒。他们悄悄地说，为了这个绝色美女，他们跟着墨涅拉奥斯到特洛伊远征经受了十年煎熬和磨难，也是值得的。没有一个人想伤害这个美丽的尤物，他们仍将她留给墨涅拉奥斯，而他的那颗仇恨的心也在女神阿佛洛狄忒的安抚下，早已宽恕了她。

战船上举行了欢乐的宴会，英雄们围在一起，开怀畅饮。席间一位歌手坐在他们的中间，一边弹奏竖琴，一边歌唱大英雄阿喀琉斯的丰功伟绩。直到深夜，欢宴才结束，大家各自回营休息。

当海伦和墨涅拉奥斯单独待在营房里时，她扑倒在丈夫的脚下，抱住他的双膝说："我知道，你有权力惩罚你不忠的妻子！你可以直接把我判为死刑。可是我高贵的夫君啊，请你想一想，我不是自愿离开你的宫殿的。在你离家的日子里，帕里斯用武力威胁我，把我强行带走。我曾经想过自杀，可是周围的女仆却劝阻我，要我想想我们的小女儿赫耳弥俄涅。现在，我跪在你的脚下，告知你我的内心无限后悔，请求你的原谅。现在随你怎么处置我吧！"

墨涅拉奥斯爱怜地把她从地上扶起，回答说："把这些事都忘了吧，海伦，你不用害怕！过去的事就让它过去吧，将来我也不会再提这些事！"接着，他把她拥进怀里，甜蜜地吻着她。

阿喀琉斯的儿子涅俄普托勒摩斯在夜里正睡得香甜，突然，他父亲的灵魂来到他的梦里，吻着他的胸脯、嘴唇和眼睛，说道："亲爱的儿子，别为我的死感到难过。我虽然死了,但现在却跟众神一起生活。今后无论在战斗中还是会议上你都要以父亲为榜样:战斗时必须身先士卒,冲在最前面;在会议上你应该尊重长老,听取他们睿智的发言。你要像你父亲那样争取荣誉,要为得到幸福而高兴,遇上困难也不要忧虑。我的早年过世,你要从这件事上明白,生与死只有一步之遥,而整个人类就如同春天的花卉那样有的繁茂盛开,有的枯萎凋落。最后,请务必转告统帅阿伽门农,让他挑选最珍贵的战利品祭献给我。"

　　阿喀琉斯说完,就离开了涅俄普托勒摩斯。小英雄醒来,心里很高兴,就好像他昨晚和活着的父亲谈了话一样。第二天清晨,希腊人一起床便急匆匆地冲出营地,他们渴望早点回到家乡,这时阿喀琉斯的儿子跑来劝阻大家:"听我说,阿耳戈斯的兄弟们,昨天夜里,我的父亲托梦给我,他要我转告你们:你们应该把特洛伊缴获来的最珍贵的战利品向他献祭,使他的心能够得到慰藉,并也分享到一份光荣。所以你们在没有完成对死者应尽的神圣义务之前,不应该离开海岸。特洛伊的陷落有他一份巨大的功劳,如果不是他战胜了赫克托耳,怎么能取得今天的胜利?"

　　阿耳戈斯人虔诚地决定满足已死的阿喀琉斯的愿望。连海神波塞冬都对珀琉斯的儿子产生了同情之心,他在海上掀起了万丈巨澜,让希腊人想走也走不了了。希腊人看到狂风巨浪,悄悄地交头接耳道:"阿喀琉斯果然是宙斯的后代,你们看,天地自然都支持他的要求!"因此,他们更加愿意听从亡灵的盼咐,大家蜂拥而上,来到高耸在海岸上的英雄的坟前。

　　然而什么才是特洛伊最珍贵的战利品呢?拿什么来献祭他呢?每个人都把自己的珠宝和俘虏陈列出来,但所有的金银珍宝在国王普里阿摩斯的女儿波吕克塞娜的花容月貌面前都显得黯然失色。

　　最后,希腊人得出结论,一致认为,她是战利品中最珍贵的,她最适合成为阿喀琉斯的祭品。姑娘看到大家都把眼光投向她,并没有吓得面如土色。因为她是愿意献祭给阿喀琉斯的,她曾在城头上多次看到阿喀琉斯的英姿,虽然他是人民的大敌,但他那魁梧的身材和超人的胆量给她留下深刻的印象。据说,阿喀琉斯有一次逼近城门,看到城门上站着一位貌美如花的姑娘,内心立即对她产生爱慕之情,以至于当场朝她大喊:"普里阿摩斯的女儿,如果你愿意跟随我,也许我会让你的父亲跟希腊人握手言和呢!"大英雄说完这话,立刻为自己失言感到后悔,可是据说波吕克塞娜把话深深埋入心底。从此以后,她就热烈地爱慕这个特洛伊人的敌人。

　　据后来的一则神话传说,阿喀琉斯和国王普里阿摩斯曾经坐在特洛伊的阿波罗神庙里为和平而谈判。谈判的时候,老国王答应把女儿波吕克塞娜嫁他为妻,可是埋伏在一边的帕里斯,引弓射箭,一箭飞过去,正中阿喀琉斯的致命处——脚踵。

阿喀琉斯大叫一声，当即死去。希腊人知道自己的英雄阿喀琉斯被骗而死，怒火三丈。他们在天神宙斯的神坛前，发下毒誓，如果不把特洛伊掘地三尺，他们绝不回军。就这样，两军之间那一点点的和平契机就丧失了，双方又陷入混战之中。

而现在是另一回事：大家都认为她是献给大英雄的最好的祭品时，姑娘却镇定自若。等到阿喀琉斯的墓前高大的祭坛建好，所有的祭品都已献上，国王的女儿突然从女俘房的队伍里跳出来，从祭坛前的各类器具中抽出一把锋利的尖刀，朝自己的心脏刺去，然后她倒在血泊里。

周围的人看到这惊心动魄的一幕，无不发出恐怖的惊叫声。年老的王后赫卡柏扑倒在女儿的尸体上，悲伤地号啕大哭。

波吕克塞娜倒地死去后，大海重归宁静。涅俄普托勒摩斯满怀同情地走到祭坛前，把姑娘的尸体移开，并吩咐以公主的礼仪将她安葬。

接着，希腊人举行会议。涅斯托耳从人群中站起来，高兴地说："亲爱的同胞们，返乡的时刻终于到来了。海神已经平息了风浪，阿喀琉斯也心满意足地接受了波吕克塞娜的献祭。让我们起程，扬帆入海！"

归途中的灾难

听到涅斯托耳的建议，所有的希腊人都欢呼雀跃。他们已经做好一切准备，所有的战利品都运上了船，俘虏们也被带上了船，大家也随之登上了船。只有预言家卡尔卡斯一个人仍留在岸上，他劝大家不要这么着急出发，因为他预感到希腊人在经过攸俾阿岛的卡法尔山时会遇到灾难。可是归心似箭的希腊人不愿相信他的预言，也不肯听从他的劝告，只有著名的预言家安菲阿拉俄斯的儿子安菲罗科斯上船后又返回了岸上，他父亲的预言天赋又在他的心里萌发，他突然跟卡尔卡斯有着同样的预感，所以他坚定地留了下来。他们不能重返希腊，也是命运女神规定好的，后来他们在小亚细亚的喀里喀亚城和潘费利亚城安家立业。

希腊人把他们两位留在岸上后，就解下系在岸上的缆绳，然后拔锚起航。船上堆满了缴来的武器，桅杆上是鲜花环绕。士兵们给他们的盾牌、长矛和头盔都系上花环，他们为胜利而骄傲自豪。大家站在船头向大海浇下美酒，虔诚地祈求众神保佑他们平安地回到家乡。可是，他们的祈祷还没有到达奥林匹斯圣山，就被急风吹得远远地，飘散在空中。

大海上，英雄们满怀期望和思乡之情，遥望前方；而被俘的特洛伊的妇女和孩子们则恰恰相反，他们心情沉重地频频回望渐渐远去的特洛伊城，那城内还冒着缕缕青烟。姑娘们在胸前交叉起双手，年轻的妇女们则紧紧搂着孩子。卡珊德拉站在她们中间，显得特别高贵。她不像周围那些不住叹息的妇人，她只是站在那里，眼中无泪，现在所发生的一切，正是她曾经预言过并且提醒过大家的。现在的她们是如此痛苦，而从前她们不仅不相信她的预言还嘲笑她。不过，虽然她嘴里说着蔑视她们的话，心里却为特洛伊城的毁灭而流淌着鲜血。

特洛伊城变成一片废墟。残留的老人和受伤的人茫然地在那里转悠，安忒诺尔提议大家一起动手埋葬死者。这项工作进展得非常缓慢，一小部分的幸存者要埋葬无数的死者，这几乎是一件不可能完成的艰巨的任务。他们辛苦地砍了许多木柴，垒了一个巨大的火葬堆，然后把一具具的尸体往上面放，最后点燃柴堆，呜咽着将死者全部火化。

阿耳戈斯人早已经乘船远离了阿耳戈斯人的坟墓和特洛伊海岸。他们驶过了一个又一个的海岛：忒涅多斯岛、克律萨岛、阿波罗神庙、神圣的喀拉岛、勒斯波斯岛和爱达山延伸到海里去的勒克同半岛。希腊人的战船一路顺风顺水地向他们日思夜想的故乡靠近。

如果不是因为雅典娜对洛克里斯人埃阿斯的渎神行为感到恼火的话，胜利的希腊人真可以平安抵达希腊的海岸。现在，当他们的船队来到多风暴的欧俾阿岛时，女神想到了一个报复埃阿斯的办法。她向奥林匹斯圣山上的万神之父控告了埃阿斯在她的神庙里对女祭司卡珊德拉犯下的罪行，并要求他对作恶的人进行惩罚报复。主宰正义的宙斯同意了她的请求，还把库克罗普斯为他新铸的雷电借给她，让她对希腊人所作的恶行进行毁灭性的报复。

雅典娜使奥林匹斯圣山响起了隆隆的雷声，山头上乌云密布。大地和海洋顿时变成漆黑一片，然后，她派使者伊里斯去召唤风神埃洛斯。

伊里斯看到埃洛斯和他的妻子以及十二个孩子，他们听到命令，立刻行动起来。埃洛斯举起巨大的三叉戟，挖开锁闭各种风的岩洞。霎时间，各种狂风从岩洞里飞奔出来，风神命令它们合成一股力大无比的飓风，直接掀起卡法尔山下的海浪。还没有等风神说完，他们就急速地出发了。大海在急风下咆哮奔涌，掀起万丈高的狂浪，阿耳戈斯人看到巨浪袭来，惊恐万分，但他们在灾难面前束手无策，没有人再去划船桨了。船帆被暴风撕成碎片，桅杆也被彻底折断，最后，掌舵者也毫无办法，只能待在一旁坐以待毙。夜幕降临，波塞冬也来帮助雅典娜。雅典娜毫不留情地向希腊人抛去雷霆和闪电。船只被风浪冲击得木板开裂，船身破碎，抱着木片救生的人也被巨浪吞掉。最后，雅典娜用最激烈的闪电轰击埃阿斯的战船，船只顿时变成千万块碎片，空中传来声震如雷的爆裂声，狂浪铺天盖地卷了过来，吞没了粉碎的破船。士兵们全部在水中丧失性命。

埃阿斯有着极强的求生欲望，只见他紧紧地抓住一根木头，顺着波浪漂动着。他利用自己有力的臂膀，和波浪进行最后的搏斗。他时而被巨浪推上峰尖，时而又被送入波谷，但是雷电很快从四面八方向他袭来，头顶上闪击着雷电，四周轰鸣的是巨雷的声音。可埃阿斯在巨浪中还是没有丧失勇气，他抓住一块耸立在波浪里的礁石，紧紧地抱住它，然后得意地夸口说，即使奥林匹斯圣山上的众神联合起来用波浪冲击他，他也能够救出自己。他的这番狂妄的话惹恼了海神波塞冬，他愤怒得把海洋和大地震动起来，卡法尔山的山崖在颤抖着，海岸在他的三叉神戟的撞击下分崩离析。最后，埃阿斯紧紧抓住的山岩被海神连根拔起，他又被抛进海浪里。波塞冬立刻向洛克里斯人埃阿斯投去一块巨大的山丘，终于使得埃阿斯在海陆的夹击下粉身碎骨。

阿耳戈斯人的战船在海上已经被巨浪冲击得破碎了，有的沉没海底。大海咆哮如雷，暴雨滂沱如注，就好像丢卡利翁时代的洪水重新泛滥。

希腊人从前用乱石击死了帕拉墨得斯，现在他们也遭到了无情的报复。这位英雄的父亲瑙普利俄斯国王仍然统治着攸俾阿岛，他看到希腊人在风浪中挣扎，想起了自己惨遭杀害的儿子。多年来，他一直在寻找机会为儿子帕拉墨得斯报仇，现在机会终于来到。国王急切地奔到海滩上，命令随从在卡法尔沿岸最危险的礁石区举起一束束火把，希腊人误解为海岛上的人因为同情他们而向他们发出救援信号，于是他们朝礁石区驶来，许多船只又在这里触礁沉没。

与此同时，海神波塞冬又命令海浪淹没特洛伊城外的希腊人的战船营，摧毁希腊人建立的壕沟和垒墙。不一会儿，希腊人远征胜利的一切标志都被海神破坏殆尽，只剩下特洛伊废墟和几艘载有返回的英雄和被俘的特洛伊妇女的船只。后来这些人又经过长途跋涉和众多的艰难险阻才回到希腊，实际上最后到达家乡的只有极少的英雄：狄奥墨得斯回到亚各斯；涅斯托耳回到皮洛斯；菲罗克忒忒斯回到墨里波阿；涅俄普托勒摩斯回到佛提亚；伊多墨纽斯和迈里俄纳斯回到克里特；透克洛斯因为没能为大埃阿斯报仇，父亲忒拉蒙不允许他在萨拉密斯登陆，他只得在塞浦路斯那里安定下来。

奥德修斯返乡记

求婚人大闹奥德修斯家

希腊人历经艰辛终于攻克了特洛伊城，他们最大心愿的是回到自己的家乡和妻儿团圆，于是整理船队，开始了返乡之旅。那些希腊英雄远涉重洋，回到了家乡，把胜利的消息带给国人，和家人共享天伦之乐。然而，奥德修斯却不幸迷路，困阻在返乡途中。奥德修斯是拉厄耳忒斯的儿子，伊塔刻国国王，他将面临新一轮的磨难。因为奥德修斯曾经刺瞎海神波塞冬的儿子独眼巨人的眼睛，波塞冬怒气难消决定对奥德修斯施以报复。他把奥德修斯抛到一座名为奥古吉埃的孤岛上，岛上绿树成荫，奇石成群。岛上有位仙女名叫卡吕普斯，她看到奥德修斯威武刚毅，心生情愫，于是把奥德修斯带到她的洞穴中。她对奥德修斯倾诉爱意，希望奥德修斯能留在她的身边，如果他答应了她的要求，她将使他永远年轻刚健。但是，奥德修斯惦念家中的妻子：珀涅罗珀。他委婉地拒绝了仙女的好意，表示一定要回到自己的家乡和妻子团聚。这时众神会和在奥林匹斯宙斯的巨大宫殿里决定帮助奥德修斯回家，雅典娜让宙斯派遣信使赫耳墨斯到奥古吉埃岛上，向仙女传达众神的决议。她自己则在脚上系上能帮助她飞越海洋和陆地的精美的绳鞋，手执巨矛，幻化成外乡人来到伊塔刻，一直走到奥德修斯以前的宅院前。

希腊英雄奥德修斯

那些向珀涅罗珀求婚的人聚集在奥德修斯的院子里吃喝玩乐逍遥自在，奥德修斯的儿子忒勒马科斯心中充满了悲伤苦恼，幻想着父亲如果回来一定能够赶走这些狂傲的无理之徒。这时，他看见一个外乡人站在院子门口。其实，这个外乡人就是雅典娜幻化成的，她变成塔福斯人的首领门特斯的模样，好让人难以识别她的真实身份。忒勒马科斯走向前去礼貌地招待了雅典娜，并把她带入厅堂里，让她坐上精美的座椅，并且为她奉献上各式丰盛的菜肴，因为他想从这位外乡人那里获取父亲奥德修斯的消息。这时候求婚者也一同涌入厅堂，他们肆意纵乐、大吵大嚷，并且强迫歌人费弥奥斯为他们歌咏。

这时，忒勒马科斯凑近雅典娜的耳边悄悄说："亲爱的客人，您看，大厅里的这些人只知道挥霍玩乐，白白耗费别人的财产，不顾这座宅子的主人死活，倘若主人有幸回来了，他们肯定会被吓得屁滚尿流地逃走。现在有传闻说奥德修斯会回来，但是这么久过去了，我越来越不相信。您是第一次来，很可能是家父的朋友，因为我父亲奥德修斯的朋友众多，遍布大江南北，你在外行走的时候，可曾听过我父亲的消息呢？"

雅典娜说道："跟你说实话吧，我叫门特斯，是安基阿洛斯的儿子，我统治着喜欢航海的塔福斯人。我们此次前来是为了到特墨塞岛把铜换成闪光的铁。我们的船停泊在离城市很远的瑞特隆港口，背靠着隐蔽的涅伊昂山崖下。我和你父亲是老朋友了，如果你想打听你父亲的消息，我建议你去问问老英雄拉埃尔特斯。他现在住在乡下，清贫困苦，只有一个老妪照顾他的生活起居。我这次前来也是耳闻你父亲已经回来，谁知事情不像传闻中那么顺利，可能是神明阻碍他归返了吧，不过我觉得奥德修斯肯定还没死，只不过可能被一群强盗困在岛上，我现在给你预言，奥德修斯不会在外漂流太久，一定会如愿回到家乡。你和你父亲长得很像啊，一样英俊高大，我还是在你父亲乘船去特洛伊之前和他见过面，此后就一直没有见过了。"

聪慧的忒勒马科斯听完雅典娜的话，说道："客人啊，不瞒你说，我母亲说我是他的儿子，我自己也不清楚，谁能弄得懂自己的出身呢？我曾经为是我那英勇高大的父亲的儿子而感到无比自豪和骄傲，他是多么令人敬仰啊，但我现在却希望我自己只是个凡人的儿子，这个凡人能够自由享用自己财产、颐养天年。这样，我现在就不用那么痛苦了。"

雅典娜看见忒勒马科斯那么沮丧，安慰道："珀涅罗珀生了你这么个好儿子，说明神明们并不想让你的家族被湮灭。你告诉我，这些狂妄之徒聚集在这里干什么？他们为什么要这样荒淫？这是盛宴还是婚宴？"

忒勒马科斯叹了口气，说："我家族以前很是显赫，因为父亲是个很有能力的人，可现在神明们改变了想法，让他杳无音信。如果他和同伴们战死在特洛伊战争中，或是战争之后死在亲人手里，那么人们都会为他制造坟茔，他也会博得功名。但是他的消失现在给我带来了无尽的忧伤，不知他现在是不是还活在世上？我痛苦不仅仅在于我得不到父亲的消息，那些求婚者，你都看见了，是来自杜利基昂、萨墨、扎昆托斯还有伊塔刻的贵族或首领，他们都跑来向我母亲求婚，每天坐在这里吃喝玩乐，我母亲无法拒绝他们的纠缠，也无法将他们赶走，我每天就生活在这种混乱中，我想很快我也会遭遇不幸了！"

"天哪！"雅典娜感到很气愤，"你确实需要奥德修斯回来，帮你教训这些无耻的人！但愿奥德修斯现在就能回来，站在大门边，头戴盔帽，手执长枪，就像我初次见他一样威武。到时候这些求婚者一定会遭殃的！但是这一切都得由神明决定，也许他会平安回来狠狠教训这些人，也许不会。因此我想让你自己想个好方法赶走这些讨厌的人。现在你认真听好我的话：明天，你召集阿开奥斯的英雄们进行商讨，向那些人演讲，劝那些求婚者各自回家。至于你母亲，要是她愿意改嫁的话，那就让她回到她自己的父亲那里，她父亲定会给她准备好丰厚的嫁妆。我还有一个周密的计划，你准备好一条快船，配备二十个桨手，亲自出发去寻找你父亲，你首先去皮洛斯询问涅斯托尔，再去斯巴达找金头发的墨涅拉奥斯，因为他是最迟从特洛伊返回的英雄。如果你听说你父亲还在世上，那么你即使很愁苦但可以再忍耐一年。如果你听说他已经去世，那你就迅速返回故乡，给他建造一个坟茔，把母亲改嫁他人。当你把那些事办完就要好好考虑怎么样杀死这些求婚人，采取计谋或者公开进行随便你，但是你不可以那么稚气了，你难道没有听说奥瑞斯特斯已经赢得了巨大的荣誉，他就是杀死了自己的杀父仇人埃吉斯托斯，你长得那么英俊健壮，你也能像他一样勇敢。我说得已经够多了，同伴们肯定等得不耐烦了，在此告辞，你一定要记得我说过的话。"

忒勒马科斯觉得自己突然茅塞顿开，他感激地对雅典娜说："谢谢您给我的建议，我一定谨记在心，虽然您现在忙着要回去，但是您一路风尘仆仆，不妨休息一下，沐浴更衣，然后再带一些精美的礼物回去。"

"不用了，"雅典娜摇摇头，"我现在急着赶路，至于礼物还是等到我返回的时候再说吧，你也能得到回赠的。"雅典娜说完后，就像飞鸟般骤然飞起，瞬间就不见踪迹，忒勒马科斯觉悟过来，莫非这位外乡人是个神明吗？不过，她的话给了他无尽的力量，他更希望早日见到父亲了。

弹琴的歌人还在客厅为客人弹颂阿开奥斯英雄从特洛伊归来的悲惨的旅程，众人聚精会神地听着。在楼上寝室里坐着的珀涅罗珀听到歌人的声音，缓缓地从房间里走出来，她头上闪亮的头巾遮住脸颊，身后跟着两名侍女，她缓步走下楼梯，站在大厅的立柱旁。珀涅罗珀眼睛湿润了，她对歌人说："费弥奥斯，你知道很多其他感人的歌曲，请任选一支弹唱，不要再唱这一首了，这些悲惨的经历使我深深地想念我的丈夫奥德修斯。"

这时，忒勒马科斯反驳道："母亲，你为什么要阻挡这位歌人唱他愿意唱的歌曲？过错不在歌人而在宙斯，他按照自己的意愿降给凡人幸福或苦难。人们很喜欢这支歌曲，因为它动人心弦。你要坚强一点，不只是奥德修斯现在不知所踪，很多其他随去的同伴都战死在特洛伊战场上。现在你还是回房纺织吧，谈话是男人的事情，这个家庭的权利属于我。"

珀涅罗珀听到儿子说出这样的话感到很惊异：儿子好像长大了，成熟了，不再是那个还喜欢在她面前撒娇任性的小孩子了。一夜之间，他好像就从一个稚气的男孩变成一个成熟的成年男子了。于是虽然她满心困惑，但还是没说什么，率领女仆们一同回到自己房间，一边纺纱一边因为思念丈夫而哭泣。

求婚人还在客厅吵吵嚷嚷，忒勒马科斯大声说道："你们享用这些美食吧，不要再吵了。明天早晨我们去广场开会，我会在会上让你们离开我的家，不要无偿地耗损我家的财产了。如果你们觉得这样你们很快活的话，那就继续吃喝吧，我会祈求神明降祸给你们的。"求婚人听见忒勒马科斯这样严肃的话，觉得很惊异：这个小子以前可从来不敢说出这样斩钉截铁的话来呀。他们放下手中的食物，眼睛直直盯着面前这个还不是那么成熟的小伙子，看情形显然是被激怒了。

"忒勒马科斯，"欧佩特斯的儿子安提诺奥斯站出来叫道，"你这个吹牛大王，愿宙斯不能让你成为伊塔刻的统治者！"

"哦，安提诺奥斯，你不要生气，如果宙斯一定要给予我这种权利，我当然要受领了，当国王并不是什么坏事，会很富有，也会赢得别人的尊重。但在广大的伊塔刻，还有许多王公贵族，他们中的每一位在奥德修斯死后都有可能成为国王。但是我现在是这个家的主人，我有权支配我的家务事。"忒勒马科斯反击道。

这时，波吕博斯的儿子欧律马科斯有了疑惑，他问忒勒马科斯："刚才来的那位客人是谁？看他的样子不像凡人，他是何方神圣，怎么突然没了踪影？他带来了你父亲的消息吗？"

忒勒马科斯没有说出详情，只是说道，"来人是我父亲奥德修斯的老朋友，塔福斯人的首领门特斯。我已经不相信我的父亲能够平安顺利地回到家乡来了，即使有哪位预言者向我做出预言。"

求婚者听完他的话后都咬紧嘴唇默不作声，但是他们谁都不愿意离开或者亲自到珀涅罗珀父亲那里去求婚，整个晚上仍然在奥德修斯家中寻欢作乐。夜深了，他们也就一哄而散。忒勒马科斯也就拖着疲惫的身子回房休息了。老奶妈欧律克勒娅服侍忒勒马科斯安寝，给他整理好床铺，又给他铺上暖和的被子。但是这一夜忒勒马科斯辗转难眠，他不断地想着今天见到的那位自称是门特斯的神奇的人，而且他脑中还不断响起那人对他所说的话。想着想着，他迷迷糊糊地睡着了。

第二天清晨，忒勒马科斯很早就起来了。他背着锋利的双刃剑召集众人来广场开会，他穿戴整齐，目光炯炯有神，等到人来得差不多了，他就坐上父亲的位置。真是仪表堂堂，神采非凡，众人看到后惊叹不已，连长老们都因为尊敬而退让了。首先站出来发言的是英雄艾吉普提奥斯，他是个年迈的老人，深谙世间百态，他哀叹道："伊塔刻人啊，自从奥德修斯乘船离开这里，我们就再也没有集会议事了。今天是谁要召开会议呢？是为了传达给我们敌人来袭的消息还是想发表演说呢？"

忒勒马科斯站起来，答道："老前辈，是我。我如今生活得很痛苦，不知道父亲是不是还活在人间。那些向我求婚的傲慢的家伙一起涌入我家，在那里吃喝玩乐纵情享受，把我家糟蹋得不成样子！我的母亲没有办法赶走这些人，我自己年少软弱，也无力惩治他们。他们没有一丝愧疚之心，也不担心神灵降下灾祸。我以奥林匹斯山上宙斯的名义请求你们帮帮我，让那些人不要再作恶多端，无偿损耗别人的财产，不要再让我忍受痛苦了！难道我父亲曾经做过对不起你们的事情吗？"说完，忒勒马科斯把手中的权杖扔在了地上，忍不住哭泣起来。整个会场顿时陷入了一片沉静，众人面面相觑不知道该说些什么才好。突然，安提诺奥斯站出来，他指着忒勒马科斯说："放肆！狂妄的人！竟然敢这样羞辱我们！求婚人没有错，错在你的母亲，她太狡猾了。已经三年了，哦，不快四年了，她一直在愚弄我们的热情！她对我们许下诺言，给我们希望，但是又在暗处耍心机，她曾说等她把那匹又宽又细密的布织完就改嫁，那匹布是给奥德修斯的父亲拉埃尔特斯织的寿衣，我们答应她了。为老人缝制寿衣这样的理由难道我们能拒绝吗？但婚期也因此一再延迟。谁知她白天织布，晚上又悄悄地把织成的布拆毁了。就这样她隐瞒了三年，等到第四年一个知道内情的女仆向我们告密了，我们才知道事情真相。当我们在她撕毁布匹的当场抓住她时，她不得不在我们眼皮底下把布织好了。谁也没有你母亲那么有心机，恐怕她是世界上最有心机最善计谋的女人了！你让你母亲离开家，嫁给一个她自己看得上她父亲也看得上的人，不要再把我们当猴耍了！否则我们还是要继续留在你家里白吃白喝，绝不会回家，除非她愿意选一个人嫁了。"

忒勒马科斯回答道："安提诺奥斯，我不会把我母亲赶出家门的，我不能对自己的母亲说出那样的话，我会因此受到谴责和复仇女神的报复。如果你们还有一点廉耻之心的话，那就请快点离开我家，如果你们执意不走，宙斯一定会降祸给你们。"

忒勒马科斯这样说的时候，宙斯在天上放出预示：两只苍鹰从山巅上迅捷飞下，借助风的力量展开翅膀飞行，当它们临近会场的人们时便开始盘旋，抖动浓密的羽翼，用爪脚搏击对方的面颊和脖颈，它们的目光中闪烁着死亡的冰冷，然后向右方飞去，飞过人们的屋顶。原来宙斯在奥林匹斯山上能够洞悉人间一切的事物，这次集会他当然也听得十分清楚。人们仰望着这两只雄鹰，感到很震惊，心中充满了疑惑，不知这是什么预示。这时年迈的哈利特尔塞特因为最懂鸟飞翔的秘密，并善于预言未来，于是对大家说："伊塔刻人啊，尤其是那些求婚者，你们很快就要有灾难了。奥德修斯不会永久远离家乡，他会回来，给你们带来杀戮。我们应该尽早想出办法，停止他们为非作歹的行为。我的预言一向很灵验。想当初阿耳戈斯人出发征服伊利昂的时候，奥德修斯和他们同行，我那时候就对他做过预言，他会忍受无数灾难，同伴们全部牺牲，二十年后才能回到家乡，我说的这一切都要实现。"

"哈哈，"欧律马科斯嘲笑道，"可敬的老头儿，你现在还是回家给你孩子做预言去吧，免得他们遭遇不幸。关于刚才的景象，我的预言远远比你灵验，并不是所有鸟儿在太阳光下飞翔就代表了什么征兆。奥德修斯已经死了，你也应该和他一起去死,这样你就不会在这里刺激忒勒马科斯了。现在你听我说,我的话也将成为现实,如果你还仗着你老年人的经验在这里信口雌黄挑动是非激起忒勒马科斯的怒火的话,首先他自己就会遭受更大的不幸,他一定会失败。至于你自己嘛,我们也会惩罚你,要让你承受巨大的痛苦!你还是劝劝忒勒马科斯按照我们的说法做吧,不然我们是绝对不会妥协的。我们不怕任何人,你这样只是在白费唇舌,他家的财产将被继续消耗,如果那女人还拖延阿开奥斯人的求婚的话。"

忒勒马科斯不再请求他们了,准备挑选一条快船和二十个健壮的桨手动身去斯巴达寻找父亲的下落。奥德修斯昔日的友人门托尔站出来指责众人:"伊塔刻人啊,但愿以后的国王都不要像奥德修斯那么亲切和蔼、心怀正义,而是要暴虐无度。奥德修斯曾经像慈父一样对待你们,你们是怎么了?我不想谴责那些求婚人了,我要谴责你们,你们像木头一样坐着,一言不发,不采取任何行动。"

"固执的人!"欧埃诺尔德的儿子勒奥克里托斯反驳道:"你怎么说这样的话唆使人阻碍我们?和众人作对不是什么聪明的行为,即使奥德修斯回来把我们赶出来了,他也不会给妻子带来快乐。因为如果他和众人作对的话,他会死得很惨。现在大家回家去,门托尔和哈里特尔塞斯给忒勒马科斯准备行程吧,谁叫你们是他父亲的同辈朋友呢?不过我估计忒勒马科斯会待在伊塔刻等消息不会自己出去的,因为他只是一个小孩子,一时冲动随口说说也是可以理解的嘛,他还没有那么大的勇气去实践自己的海口呢,哈哈!"他这样说完后就遣散众人回家了。忒勒马科斯显然没能在集会中收到他预期的效果,求婚人又回到奥德修斯家中,继续着他们糜烂奢侈的生活。

❖ 忒勒马科斯去找涅斯托尔

忒勒马科斯独自来到海边,在灰色的大海里把手洗干净,双手合十对雅典娜祈祷。听到他的祈祷,雅典娜幻化成门托尔的模样来到他身边,她说:"忒勒马科斯,你既然是你父亲的儿子,就一定和他一样具有勇敢的精神。那些无耻之徒愚昧昏庸不知道自己要大难临头了,我是你父亲忠实的朋友,会为你准备一条快船,并亲自陪伴你。你现在回家准备食物装进容器,把面粉装进结实的皮囊,我现在就要去各处召集愿意跟随的同伴。"

忒勒马科斯听了雅典娜的话,不再在海边拖延时间,尽管他的内心此刻仍然充满了悲痛感伤。他转身回到自己家中,家中的求婚者看见他落寞的样子不断嘲笑他:"哈哈,忒勒马科斯,你的样子就像霜打的柿子一样,为什么这样萎靡不振啊，为了你夸下海口没法实现吗？不要担心，我们都不会把你的话放在心上的，毕竟你还只是个孩子呢，哈哈哈！"安提诺奥斯傲慢地笑着说道。忒勒马科斯沉默着看了他一眼，什么话都没说，就转进房内去了。望着他远去的背影，求婚者更加肆无忌惮地嘲笑开来。这时，忒勒马科斯走到父亲高大的库房里，那里堆满了奥德修斯平日里收集到的宝贝，有黄金、青铜、铁器，一箱箱衣服和芬芳无比的橄榄油，一只只陶罐装着陈年佳酿，一罐罐麦粉。忒勒马科斯叫奶妈欧律克勒娅给他装满二十坛美酒和二十升大麦面粉，并让她暂时不要告诉母亲珀涅罗珀，直到十一天以后母亲要是问起的话再告诉她，以免她因为自己的离去过度悲伤。奶妈感到惊讶，她说道："孩子，你怎么会有这样的想法，你是奥德修斯唯一的儿子，要是你走了，这些居心不良的人一定会想方设法置你于死地的。我看你父亲回来的几率很小了，你又何必为此独身前往，漂泊在海上，吃那些苦呢？"忒勒马科斯安抚了老奶妈，但是坚持自己的想法，欧律克勒娅只好按照忒勒马科斯的意思帮他准备食物，并答应暂时为他保守秘密。而这时，雅典娜幻化成忒勒马科斯的模样忙着在城里到处奔走，她问候遇到的每一个英雄，要求他们傍晚时分到船边集合，同时她请求弗罗尼奥斯的儿子诺埃蒙借给她快船。然后她回到奥德修斯的府邸又幻化成门托尔的模样告诉忒勒马科斯可以准备出发了。雅典娜在前方引路，忒勒马科斯紧紧跟随着她来到海边，他看到海岸上已经聚集了许多城内的年轻的同伴了。他感到很受鼓舞，没想到居然还有那么多愿意支持他的人呢。随同者们一起将忒勒马科斯准备好的食物搬上快船，然后自己纷纷登船，坐上桨位。忒勒马科斯坐了上去，雅典娜这时也坐了上去，她吹了一口气，赐给他们顺风。忒勒马科斯命令同伴系好蓬缆，扬起风帆，劲风吹拂风帆，船只昂首前行，速度比平常快好几倍。整个夜晚到黎明，船只急速地航行在蔚蓝色的大海上，海面平静，未见任何风浪。

在黎明的曙光中，忒勒马科斯和同伴们终于来到皮洛斯，看见当地居民正在海滩上奉献盛大的祭礼，向海神祈福。他们排成九队，每队五百人，每队之前都摆放着已经宰杀好的九头牛。他们来到港湾，停泊好船只，登上岸滩。忒勒马科斯走下船只，雅典娜嘱咐他不要怯懦胆小，让他直接去找驯马的涅斯托尔打探父亲的下落。忒勒马科斯有点紧张，因为他从来没有向陌生的长者询问过。雅典娜将他引领到皮洛斯人聚集的地方，其他的同伴就留守在船只附近等待消息。涅斯托尔和儿子们也坐在那里，身边围绕一些人准备宴饮。这些人一边烧烤着牛肉一边忙着在黄金杯中斟酒。他们抬头看见有新的客人前来，于是纷纷站起身，一个个向客人握手致敬。他们都是非常好客的善良的人们，还请忒勒马科斯一行人参加宴会呢。涅斯托尔的儿子佩西斯特拉托斯首先走过去和两位客人握手，并让他们坐在铺满柔软羊毛的坐垫上,然后用黄金杯斟满一杯酒,问候雅典娜,说:"尊敬的客人,现在请你向海神波塞冬祭奠,过后再把酒杯交给那个人祭奠,凡人都要受到波塞冬的庇佑,由于您身旁的小伙看起来很年轻,和我年龄相当,因此我把这黄金酒杯首先交给您。"雅典娜接过酒杯,心里很赞赏这位年轻人的礼貌和聪慧,她向波塞冬祭奠完之后就把酒杯给了忒勒马科斯,忒勒马科斯也同样祭奠了海神。这时皮洛斯人烤好了牛肉,从

◀ 迈锡尼时期陶器
这种印有人像、风格简练的陶罐,是古希腊人为颂扬英雄而制作的。图为奥德修斯出征特洛伊前,依依和家人惜别。

叉子上去下,分成许多份,大家一同享用。涅斯托尔开始询问客人的身份以及他们来皮洛斯的原因。雅典娜把勇气灌注到忒勒马科斯心中,于是他充满信心地回答了长者的问题:"敬爱的涅斯托尔,我们从涅伊昂山脚下的伊塔刻来,为了打听我父亲奥德修斯的消息。据说你们曾经共同作战摧毁了特洛伊,我们听说过其他人在特洛伊的消息但唯独不知道我父亲的下落,他究竟是葬身敌手,还是被海上凶险的波涛吞噬?我来这就是请求您告诉我关于他的消息,请您不要心存疑虑,告诉我实情。"

老人知道了客人的来意,思绪把他带到许多年前的硝烟滚滚的特洛伊战争。他开始给客人讲述英雄们大战特洛伊的盛况,滔滔不绝地叙说着起往事。随后,他又讲起了阿伽门农之死和俄瑞斯忒斯复仇的故事,但是他对奥德修斯的情况知之甚少,他建议忒勒马科斯去探访长着金发的墨涅拉斯奥。墨涅拉斯奥刚从遥远的外乡回来,他家住在拉克得蒙,如果忒勒马科斯和同伴们想走陆路的话,他愿意借给他们车辆,并且还让自己的儿子给他们带路。

太阳渐渐西沉,雅典娜听完涅斯托尔的话后,对他说:"尊敬的老人家,您说的一切都很合理,但是现在时间不早了,我们给海神祭奠完之后就要回去睡觉了。"涅斯托尔盛情挽留他们在自己家中安睡,雅典娜委婉地拒绝了,她让忒勒马科斯接受老人家的好意,但是自己要回到港口,告诉同伴们这些情况。明天一大早她还要到考科涅斯人那里去讨债,她请求老人借给忒勒马科斯最健壮的骏马让他顺利去拉克得蒙。

说完后,雅典娜立即离开了,她幻化成一只海鹰展翅翱翔,这一切被人们看到了,大家感到非常震惊。涅斯托尔很激动,他醒悟过来原来她不是一个凡人,

而是一位神明，于是他开始向神明祷告，祷告都传到了雅典娜耳朵里，她听见凡人对她虔诚的尊敬之情感到很满意。随后涅斯托尔带着忒勒马科斯来到自己家中，打开陈年佳酿，给大家享用美酒，宴饮过后又给忒勒马科斯安排了精美的卧床，让自己唯一一个没有婚娶的儿子也是他最喜欢的儿子佩西斯特拉托斯和他睡在一起。

  黎明的曙光出现在天际的时候，涅斯托尔马上从床上起身了，他穿戴整齐后就走出卧室，坐在那光滑的大理石石座上。他的儿子们也纷纷起来，站在他的周围，忒勒马科斯经过一夜睡眠也神采奕奕地出来了。老人让忒勒马科斯在身旁就座，他对儿子和仆人说："我们现在要做的第一件事情就是要祭奠雅典娜，她曾经亲临我们的宴饮现场，你们其中的一个人去牧牛场挑选一头牛，让牧牛人把牛赶到这里来。另一个人赶快去忒勒马科斯的黑壳船那里把他的同伴都叫来，只留下两个人看守。再一个人去请金匠拉埃尔克斯前来给牛角包上黄金。其他的人都留在这里打扫屋子，准备好菜肴。"

  他这样说完，人们就按照他的吩咐去做了。不久，忒勒马科斯的同伴们来了，金匠也来了，雅典娜也来接受祭奠了。金匠用金子包好牛角，阿瑞托斯端来了洁净的洗手水和大麦，特拉叙墨得斯握着锋利的大刀去宰杀牲牛。涅斯托尔洗完手之后。撒下大麦，向雅典娜祈祷。等到特拉叙墨得斯杀完了牛，人们开始解剖牛身，开始烤肉。涅斯托尔最年幼的女儿波吕卡斯特给忒勒马科斯沐浴，之后给他涂抹了一层橄榄油，再给他穿上精美的衣衫。忒勒马科斯神采奕奕地回到老人身边坐下。人们开始吃烤肉，觥筹交错，一派欢乐祥和的景象。席末，涅斯托尔对佩西斯特拉托斯说："我的孩子，你们快准备好骏马，快点起程赶路去吧。这次我派你陪伴这位高贵的客人前去，你一定要好好陪伴着他，在他困难的时候给予他帮助，一路上照顾好他。我的儿子我对你很放心，你们打探到消息后还回到我这里来，到时候我会大摆筵席给你们接风。"佩西斯特拉托斯给两匹骏马套上辕轭，许多女仆把酒和面粉装上车，忒勒马科斯随即登上了其中一辆马车，握着驭车的缰绳，他扬鞭催马，马儿就飞快地跑起来，佩西斯特拉托斯紧随其后，他们挥别了众人。在落日的余晖中，两匹马越跑越快，不一会工夫就把皮洛斯城甩在身后。他们奔跑在长满麦子的平原上，满眼都是金黄的麦穗，唯有两匹马的影子投射到麦地上，从一片到另一片。太阳渐渐西沉，暮色四合，道路也渐渐暗淡下来，四周没有什么声响，只听见得得的马蹄声，还有骑马者奋力的吆喝声。

忒勒马科斯来到了斯巴达

  不久，佩西斯特拉托斯和忒勒马科斯来到了拉克得蒙。他们赶到墨涅拉奥斯家的时候发现他正在为儿女举行盛大的婚宴。女儿嫁给了阿喀琉斯的儿子，女婿是米尔弥冬人的国王。他为女儿准备了无数的马匹车辆作为嫁妆，儿子婚娶的是斯巴达阿勒克托尔的女儿。他们全家人都在一起欢乐宴饮，不断随着音乐翩翩起舞。这时候，墨涅拉奥斯的贴身仆人埃特奥纽斯发现了站在门口的佩西斯特拉托斯和忒勒马科斯。仆人急忙跑回屋里，凑到墨涅拉奥斯的耳边报告：“主人，有两位仪表非凡的客人现在正在门外，是让他们进来呢还是让他们另外去找能接待他们的主人？”

墨涅拉奥斯不满地说：“埃特奥纽斯，你这个傻孩子，想当年我漂泊在外的时候，也曾经受到许多人的盛情款待，才能平安回到家中。现在你去给客人解马，然后好好招待他们。”埃特奥纽斯忙不迭地跑出去把客人的马牵到马棚里，给它们添加粮草，然后把客人带入家中。佩西斯特拉托斯和忒勒马科斯被墨涅拉奥斯豪华的宫殿吸引住了，满眼都是鎏金的雕像和玉白的立柱。墨涅拉奥斯盛情款待了他们，让他们沐浴、用餐。忒勒马科斯低声对朋友佩西斯特拉托斯说道：“你看，到处都是黄金、青铜、玉石和象牙，恐怕宙斯的宫殿也就只能这样奢华了。”墨涅拉奥斯听见他的低语，笑笑说道：“亲爱的孩子，你现在看到我拥有那么多财富，其实我也经过命运的捉弄，饱受了漂泊的痛苦。我在外漂泊八年，见过许多人事，但是我在外的时候兄长被人杀害，妻子又欺诈我，我得到了这些财富却失去了快乐。我倒是宁愿只有现在的三分之一的财产，如果能换回那些勇士在特洛伊战死的生命的话。那些英雄忍受了多少灾难折磨啊，那位神勇的奥德修斯最悲惨，离开他的妻儿外出征战，人们至今不知道他的生死，哎！”

忒勒马科斯听见墨涅拉奥斯说起他的父亲，泪水不禁夺眶而出。墨涅拉奥斯见他这样，心里疑惑，考虑是自己问他还是等客人自己说出实情比较好。正在墨涅拉奥斯疑惑不解的时候，妻子海伦从楼上走了下来。海伦多么美丽啊，她的美简直不能用语言描述，就从那么多英雄勇士为了她一个人丧命就可以看出来她令人销魂的魅力了。她走到丈夫身边轻声地问那两位客人的来历，因为她觉得忒勒马科斯长得很像奥德修斯。"夫人，我其实也那么觉得。"墨涅拉奥斯握着海伦的手说道。佩西斯特拉托斯站了起来，说道："尊敬的主人，实不相瞒，我身边的这位青年正是奥德修斯的儿子，忒勒马科斯。但他认为初来乍到不应该在您面前夸夸其谈，所以没有把身份表明。我父亲涅斯托尔让我们来找您，派我跟随着他。他父亲远出在外，儿子有许多困扰，无人相助，很是辛苦！"

"天哪！原来你真是奥德修斯的儿子！"墨涅拉奥斯欣喜过望，"我曾经对奥德修斯说过如果我们能平安抵达家乡，我一定会请他带着儿女妻子来这里作客，我们老朋友可以常常相聚不要担心分离了，可如今……"墨涅拉奥斯哽咽了，大家都忍不住流下泪来。过了一会，佩西斯特拉托斯劝慰大家不要过度悲伤，气氛才稍微轻松了一些。墨涅拉奥斯对他说："亲爱的朋友，你的举止使你看起来有教养又气度非凡，不愧是涅斯托尔的儿子，真是明智高贵的人啊。现在我们重新用餐吧，等明天我们再细细述说。"这时候海伦想出了一个法子，她把一种能够让人忘掉痛苦的药液滴在众人的酒杯里，喝了这些酒就可以忘掉一切烦闷悲伤。她说道："众人们不要太悲伤，现在开怀畅饮吧，让我来讲一个关于神勇的奥德修斯的故事。在特洛伊的时候他曾经把自己鞭打得遍体鳞伤，穿得破破烂烂像个乞丐，潜伏地方居民地。他的这种打扮骗过了所有人，只有我认出了他，我向他询问，他总是很巧妙地躲避了。直到我发了重誓为他保守秘密，他才告诉我阿开奥斯人的计划。"

墨涅拉奥斯跟着说："亲爱的，你说得很正确，我也曾经见识过许多威猛的英雄，没有哪一个人像奥德修斯一样遭受那么多磨难。他藏在木马里准备去攻克特洛伊城。我记得当时你走在木马边上叫唤我们的名字，我们很想回答你，但是却被奥德修斯阻止了，直到你离开，否则我们将要暴露自己的身份，也将因此丧命。"

"即使聪慧，也没能逃脱悲惨的命运！"忒勒马科斯沉重地说，"不过，敬爱的主人，我们一路上奔波到贵地，不敢浪费一分一秒时间，旅途困顿，现在感觉体力不支了。我看时间也不早了，我请求现在让我们睡觉吧，有什么事情明天再说，可以吗？"墨涅拉奥斯应允了他的请求。他遣散了前来庆贺婚礼的人们，为远道而来的客人准备好了卧榻。于是众人纷纷散去，忒勒马科斯和佩西斯特勒托斯躺在床上很快就陷入了睡梦之中。

第二天，墨涅拉奥斯向忒勒马科斯询问他来这里的原因。忒勒马科斯诚实地回答道："您问到我前来贵地的原因，我不会对您有所隐瞒。昨天因为旅途劳苦没能向您说清楚，今天我全部都告诉您。我来实际上是为了打听我父亲奥德修斯的消息。我不知道他现在是否还在世上，我的家现在简直乱得不成样子了。伊塔刻地区的贵族和其他地方的权贵涌进我家想向我母亲求婚。他们不按照求婚的正常程序走，却霸道地挤在我家白吃白喝，消耗我家的财产。我太年少无力，无法驱赶他们，也没有朋友可供帮助。我每天都盼着父亲能回来，只要他一回来，什么事情都能迎刃而解了，这些人不会那么肆无忌惮，我家也能恢复往日的安宁。您以前在外漂泊的时候有没有见过我的父亲或者听说过关于他的只言片语呢？请您把您知道的一切都告诉我，您的恩情我没齿难忘。"

听完他的述说，墨涅拉奥斯感到很震惊："天哪，一位英雄的家宅居然被一群无耻之徒糟蹋！要是奥德修斯能够回来一定会好好地收拾他们！既然你现在过来问你父亲的情况，我要把我知道的事情都告诉你。"

"当初我也是一心思归，但是神明们因为不满意我的祭祀，把我滞留在埃及对面的法罗斯岛上。整整二十天,我们没法起航,食物也用完了,不知道该怎么办。这时候老海神普罗特斯的女儿埃伊多特娅因为怜悯我,给我想出了一个法子。她告诉我有一位说真话的海中老神名叫普罗特斯经常出没在附近,如果能够抓住他的话,他就会告诉我航行路线和航程。因为他是波塞冬的侍从,知道大海深处所有的秘密。女神还告诉我,当太阳上升到天空中央的时候,普罗特斯会从海中跃起,到他空旷的洞穴中睡觉,他周围会围绕一群海豹,和他一起卧睡。女神让我挑选几个同伴,乔装成海豹,等到他睡着的时候扑过去抓住他。他会变化成各种动物的形状,还会变成游鱼和烈火,一定要死死抓住他。当他开口说话,恢复到睡觉模样的时候才能松手。她这样说完就消失了,我按照她说的去做了,我们披上海豹皮,等候在岸边上,那些豹皮的味道简直难闻死了,幸亏女神给我们涂上了药水,我们才闻不到那令人窒息的臭味。中午时分,海神从海中走上岸来,他来到自己的洞穴中,清点着那里的海豹,然后他在海豹身边躺下来睡着了。我们看准时机大叫一声一起扑了上去,费了九牛二虎之力最后好不容易才把普罗特斯抓住了。我请求老海神告诉我回家的方法,他告诉我说,首先要到埃及河流边给神明虔诚奉献上祭祀。我还向他询问了一些战友的情况,他都一一告诉了我。当我问到奥德修斯的时候,他说,现在奥德修斯被困在一座海岛上,一位名叫卡吕普索的仙女想要他留下来。他没有同伴也没有船只,虽然想回家却没有办法。我听完海神的嘱咐后就回到埃及给神明奉献上丰盛的祭祀品,神明原谅了我,把我护送回家乡,享受天伦之乐。既然你现在来到我家中,那么请你多留一段时间再走,我要为你准备三匹骏马当作礼物送给你。"

忒勒马科斯感激地说:"谢谢您,我很愿意在这里多待一会,但是我的同伴还在皮洛斯等待我的消息。至于骏马,我想还是让它们在这里的平原上奔跑吧,伊塔刻是崎岖不平的海岛,不适合骏马疾驰。"墨涅拉奥斯觉得忒勒马科斯很有礼貌,于是把骏马换成了嵌有黄金边的缸。他们就这样说着话,客人们纷纷来到墨涅拉奥斯的宫殿,带来了羊、美酒和面饼,他们在厅堂里开始准备酒宴了。

求婚人制造可怕的阴谋

那些求婚人在奥德修斯的厅堂前娱乐玩耍,他们在翠绿的草坪上投掷飞枪长矛,显然对忒勒马科斯的事情一无所知,安提诺奥斯和欧律马科斯也坐在草坪上。这时候弗罗尼奥斯的儿子诺埃蒙向他们走过来,问他们:"你们知道忒勒马科斯什么时候从皮洛斯回来啊?他去的时候借走我一条船,我现在需要它渡海去埃利斯,我要在那里挑选十二匹马赫尔、一些骡子回来驯养。"

"什么?"安提诺奥斯觉得很吃惊,因为他没有想到忒勒马科斯会有勇气去皮洛斯，"你老实告诉我，他是什么时候离开这里的？哪些人跟他一起走的？是他挑选的伊塔刻人还是他自己的奴隶？你的黑壳船是被他强迫拿走的还是你自愿借给他的？"

安提诺奥斯问了一大串问题，诺埃蒙只好如实回答："是我自愿借给他的，不然怎么办，看着他这样难过，我怎么能拒绝他呢？跟随他的人都是我们地区的优秀的年轻人，是门托尔或者一位像门托尔的神明带着他们，因为我今天早上还看见门托尔了呢，那时候他早就动身和忒勒马科斯走了，你说奇怪不奇怪？"

说完，诺埃蒙就到他父亲那里去了。安提诺奥斯和欧律马科斯不由怒火中烧，眼睛里冒出仇恨的凶光，他们马上阻止了求婚者的玩乐，大声说道："好啊，忒勒马科斯居然敢自己前往皮洛斯，还挑选了那么多优秀的年轻人跟着他，算他有种！他还是黄毛小子，竟然敢违背我们的意愿，他以后一定会成为我们的祸害！现在你们去准备一条快船和十二个同伴，我要亲自去收拾他，等到他返回的时候，就在伊塔刻和墨萨之间的海峡那里埋伏起来，给他一顿教训！让他寻父不成反倒变成自己去寻死！"众人纷纷表示赞成要他去做这件事，然后他们站起来走进奥德修斯的宅子里。

传令官墨冬听见了求婚者的阴谋，他悄悄跑到珀涅罗珀的房门前想告诉她这个消息，珀涅罗珀看见墨冬，就问道："墨冬，求婚者为什么派你前来？是来吩咐奥德修斯的女仆停止工作，为他们准备菜肴吗？但愿他们永远都不要再来烦我了。奥德修斯以前对你们的父母那么公正亲切，你们怎么可以恩将仇报呢？"

墨冬答道："尊敬的王后，求婚者正在策划一个大阴谋，他们想秘密地杀死忒勒马科斯，等到他从皮洛斯和拉克蒙克回来的时候。"

王后一听，不由地双膝发软，瘫倒在地上，她痛哭起来："传令官，你说什么？忒勒马科斯离开伊塔刻了吗？我的孩子为什么要离开我去冒险啊？"

"也许是哪位神明让他这样做，或者他自己也想这么做吧。"墨冬答道。说完后，他就离开了房间。珀涅罗珀太悲伤了，一直靠在门栏边上哭个不停，所有的女奴看见她这样难过，也跟着抽泣起来。"我的命运怎么那么悲苦啊！先是失去了丈夫，现在又有可能失去亲爱的儿子，你们明明知道他要离去，为什么没有一个人叫醒我，通知我这个消息，把我一个人蒙在鼓里！你们现在快去请老人多利奥斯，我嫁来这里的时候父亲曾经把我托付给他，让他为我掌管果园，快让他去见拉埃尔特斯禀告这一切，也许拉埃尔特斯能有法子制止他们可怕的行动！"

老奶妈欧律克勒娅跪在地上说："尊敬的夫人，您可以用青铜杀死我或者继续留我在家里我都不会再对您有所隐瞒了。忒勒马科斯让我为他准备了食物和酒，告诉我说不要把事情告诉您，除非您自己想起他来或者等到十一天以后再告诉您实情，以免让您过度伤心。哭泣已经使你的容颜有所损伤，他这样做也是不想让你过于担心吧。事已至此，您也不要太激动，请您现在去沐浴更衣，然后同女仆们一起到楼上房间里向雅典娜祈祷，祈求她保佑忒勒马科斯一行人平安返回。我想伟大的神明一定会留下奥德修斯的子嗣来继承这富丽的宫殿和肥沃的土地的。"珀涅罗珀听完她的话稍微感到一点安慰，只好照她说的去做了。她默默向雅典娜祷告，雅典娜也听见了。

这时候，狂妄的求婚者还在大厅里吵吵嚷嚷的，他们相信忒勒马科斯这次一定必死无疑。安提诺奥斯开口对他们说："朋友们，你们不要掉以轻心，还是要小心行事，千万不要把这个消息散布出去，我们现在开始悄悄动身了。"这样说完后，他亲自挑选了一条快船、两个健壮的勇士和各种精良的武器，这十二个勇士把船拖到海水里，然后竖起桅杆，挂好风帆，朝他们的目的地驶进。到了傍晚，他们终于来到那个海峡的港口，把船停泊在那里。

珀涅罗珀忧心忡忡地惦记儿子忒勒马科斯的生死，以至于寝食难安，她一直胡思乱想，心怀恐惧，一直到雅典娜施魔法让她沉沉睡去。雅典娜这时候又想到了一个办法，她幻化成珀涅罗珀的姐妹也就是伊卡里奥斯的女儿伊弗提墨的模样，来到珀涅罗珀的寝室，她停在珀涅罗珀的头上方，对她说："珀涅罗珀，你现在睡着，不要忧伤了，神明会保佑你儿子平安回家，因为神明认为他没有犯任何过错。"珀涅罗珀似醒非醒，她意识恍惚地说："亲爱的好姐妹，你为什么来到这里？你居住的地方离这里那么远，往日从来没有来过呀。你要我不要悲伤，但是我怎么能够不悲伤呢？首先是我那威武的丈夫不知所踪，现在我那年幼的儿子也为了寻找他父亲的消息出门在外，我很担心他会有不测，现在有好多人想要谋害他呀。"伊弗提墨的幻象回答她说："有一位能够保护他的人和他在一起，她就是雅典娜，她见你那么悲伤，就派我来告诉你。"

"那么，请你告诉我奥德修斯的情况，他现在到底是生是死？"珀涅罗珀急迫地追问道。"我不能详细说明你那丈夫的遭遇，也不能告诉你他现在是否还在人世。"幻象摇摇头，说完她就从门框的缝隙中钻出去，消失在风中。珀涅罗珀突然从梦境中惊醒，她抚摸着自己的胸口，仍对刚才的梦境心有余悸，不知道刚才的对话是真还是假。

求婚者这时候也在秘密地行动着。他们停泊在一个叫阿斯特里斯的岛屿的港口上，静静等待忒勒马科斯的归航。

奥德修斯离开仙女卡吕普索

当黎明的曙光从天边升起来，神明们也开始了他们的会议。会议由宙斯主持，他坐在神明中间，威严无比。雅典娜想起了还在磨难中的奥德修斯，于是首先对她父亲说："父亲宙斯和各位神明，请你们听我说。我想以后再没有一个国王能像奥德修斯一样公正严明又像慈父一样对待他的臣民了。可是现在的他正在一座海岛上忍受极大的痛苦。仙女卡吕普索想要把他留在岛屿上，可是奥德修斯一心想返回家乡，他自己没有船只也没有同伴，靠他一个人的力量根本就走不出那座岛屿。更为悲惨的是，现在又有人想趁机把探寻他消息的儿子杀死。"宙斯听了，对女儿说："我的孩子，难道不是你亲自谋划安排让奥德修斯回去报复那些求婚者吗？至于忒勒马科斯，你也同样可以保护他让他不受伤害地回到家中。"说完，他又对儿子赫耳墨斯说："赫耳墨斯，你是信使，你现在去向卡吕普索宣布我的旨意，让她放了奥德修斯，并且把奥德修斯送到淮阿喀亚去，那里的人会敬重他如神明的，他们会赠送给奥德修斯许多青铜、黄金和无数的礼物，并且会给他一艘坚固的船，使他能顺利返回家乡。奥德修斯命中注定会回到家的。"赫耳墨斯按照宙斯的命令去做了，他系上精美的会使他飞翔的鞋绳，手执一根魔杖，这把魔杖会让人马上坠入梦乡，也可以使沉睡的人马上清醒。他来到大海上，又如飞鸟一般穿过重重惊涛，海水沾湿了他的羽翼，经过一番跋涉，终于来到仙女的洞穴门口。洞里的炉灶燃烧着熊熊烈火，雪松和青柏的枯枝燃烧时散发的香味弥漫了整座岛屿。神女这时候一边在欢乐地唱歌，一边用金梭织布。洞穴周围林木茂盛，有赤杨、白杨还有青柏，各种羽翼宽大的鸟在树枝上栖息做巢，有鹞鹰、乌鸦还有海鸥。洞穴的壁岩上长满了葡萄藤，蜿蜒的枝条上结满了累累硕果，清泉绕着洞穴流过，穿过碧绿的草坪向远方逶迤而去，草坪上缀满了紫色的花，蜜蜂、蝴蝶在其中翩翩起舞。赫耳墨斯不由地被这里的美景吸引住了，他停下来驻足欣赏。仙女卡吕普索突然发现了他，她心生疑窦，走过来问道："我敬爱的神明赫耳墨斯，您可是稀客，今天怎么光临我这里？如果您有什么吩咐需要我效劳的话，我定当全力以赴，现在您还是进洞来，让我来尽地主之谊。"赫耳墨斯走到洞中，吃了仙女端上来的水果和茶点，然后对她说："你知道我今天来的原因吗？宙斯派我来到这里，说这里有一位饱受磨难的英雄奥德修斯，他受的磨难远远超过平常人，那些英雄曾经在普里阿摩斯城下战斗

▼ 飞翔的赫耳墨斯

了九年，第十年摧毁了城市，在返航的途中他们得罪了雅典娜，引起雅典娜的愤怒，于是她掀起漫天的风暴，使得这些人中的大部分丧命大海，而他被波澜吹到你的岛屿上。现在宙斯命令你马上放人，奥德修斯注定要回到他自己的家乡。"

仙女听完赫耳墨斯的话后感到内心受到巨大震颤，她大声说道："神明们啊，你们就是喜欢嫉妒，嫉妒我们仙女与凡人结合在一起。想当初黎明女神爱上奥里昂，神明们就派阿尔忒弥斯前去用箭射杀了他；得墨忒耳爱上伊阿里西的时候宙斯也大为震怒，用闪电劈死了他。现在你们又嫉妒我了。当初宙斯发威攻击他的船只，把船只差点劈成碎片，是我把他救上岸来，对他悉心照料。我对他一往情深，愿意为他做任何事情。现在既然是宙斯的命令，我断然不敢违抗，我也无法将他送回家中，我也没有船只，只能给他一些忠告，或许这些忠告能够使他平安地回到家中。"她说着眼睛里噙满了泪水。"那就快去做，不要惹宙斯生气。"赫耳墨斯说完单脚一跃，就飞走了。

卡吕普索悲伤极了，但是却不能违抗宙斯的命令，她来到海边寻找奥德修斯。这些天来奥德修斯每天都坐在海岸上吹风，双眼迷茫地望着大海，心里一直想着家中的情形。卡吕普索虽然对他很好，但是回家才是奥德修斯最大的愿望。她看到他这副模样，走向前去，轻轻拍了拍他的肩膀，告诉他不要悲伤，她现在就让他离去。不过他必须砍一些长长的树枝做成宽大的船筏，然后在上面安上护板。她还许诺给他美食和衣物，使他能顺利回家。奥德修斯听见她这样说，惊讶极了，他一阵惊喜，但是又突然疑虑起来，因为他害怕这是她安排的灾难。知道他的疑虑之后，卡吕普索微笑地握着他的手，说："你真是狡猾，从来不会让自己上当受骗，可是你的担心是没有必要的，我现在就发重誓，这绝对不是什么灾难。我为你考虑这些其实就像为我自己考虑一样，对你，我的心很仁慈。"说完，她把奥德修斯领回洞穴中，给他穿戴整齐，又给他提供了丰盛的菜肴。看见他终于要离开了，卡吕普索留恋地说道："奥德修斯，你现在就要走了，我祝你一路顺风。一路上你将经历很多磨难，或许有一天你会怀念我这个小小的洞穴，虽然你一直对你的妻子念念不忘，但是我不知道我哪里比不上她，是脸蛋还是身材？"奥德修斯答道："尊敬的女神，谢谢你的好意。我妻子珀涅罗珀无论脸蛋和身材都不能和你相比，但是我的信念很坚定，我一定要回去，回到伊塔刻，回到家中。我已经经受了太多的磨难，不再畏惧回去的苦难，多一次这样的苦难对我来说不算什么。"这一晚，奥德修斯和仙女卡吕普索拥卧在洞穴里。第二天清晨，当他们从睡梦中醒来，卡吕普索交给奥德修斯一把符合他掌形的大斧子，让他去砍一些大树的枝干。奥德修斯费了一番工夫砍了二十棵大树的枝干，又把它们削平，然后用钻子钻孔，用木钉把它们连接起来。他花费了不少力气，一直忙活了四天四夜。但奥德修斯的手艺十分精湛，在他的辛苦打磨下，一张结实的木筏终于完成了。第五天，卡吕普索送奥德修斯出海并为他准备了随行的东西，奥德修斯就这样又重新出发了。

仙女卡吕普索吹了一口顺风气，把奥德修斯的船吹入大海中，木筏离岛屿越来越远了。奥德修斯内心一阵激动，他愉快地躺在木筏上，望着碧蓝的天空，靠着星座来调整方向。好在这期间海面上一直风平浪静，风向也使船在既定的轨道上航行着。十七天过去了，在远方的晨雾中隐隐约约透露着淮阿喀亚国土的轮廓，奥德修斯似乎看到了希望，内心激动极了。

可就在这时候海神波塞冬从索吕摩斯山山顶上看见了航行在大海中的奥德修斯，他刚从埃塞俄比亚回来。看到这番情景，波塞冬气不打一处来，心想："好啊，看来那些神明已经对奥德修斯照顾有加了，居然让他离淮阿喀亚那么近了，看来我得发挥我的力量让他吃吃苦头！"于是波塞冬手执三股叉搅动海水。霎时间，大海上惊涛拍岸，洪波涌动，天空立刻阴沉下来，只看见一层层巨浪气势汹汹地掀动起来，巨大的波浪袭向奥德修斯的小木筏。奥德修斯慌了，心想这下一定逃脱不了灾难。正当他这样想着的时候，一个巨浪拍打过来，把木筏冲击得团团转，他被巨浪的冲击力抛出去了，掉进海水里，木筏的桅杆也很快被折断了。奥德修斯艰难地浮出水面，嘴里吐出一口口咸涩的海水，巨大的浪花一个接一个涌来，他都没有办法呼吸了。他拼尽全身力气朝木筏游去，终于艰难地抓住木筏的边缘爬了上去。木筏随着巨浪一上一下地起伏着，波浪还像鞭子一样抽打着这个苦命的人，他拼尽全力抓住手中的木头，因为他知道只要他稍微松懈一点他的命就保不住了。奥德修斯在暴风雨中显得孤独可怜极了。

就在这万分紧急的时刻，卡德摩斯的女儿，长有美丽双足的伊诺看见了奥德修斯。伊诺原来是一个凡人，现在成了海底的神仙。看到奥德修斯无助地漂浮在海上，她心生怜悯，于是化作一只海鸥，飞到奥德修斯跟前，说："不幸的人，为什么海神波塞冬要这样对你？你现在赶快脱掉自己的衣服，离开这座木筏，自己游到淮阿喀亚的土地上去，你一定会成功的。因为神明们在保护你。"然后海鸥给了他一块方巾，让他铺在胸上，这是块神奇的方巾，能够避免灾害。"但是等到你上岸的时候一定要把方巾远远地抛到海水里。"伊诺这样嘱咐道。

伊诺留下一块方巾就飞走了，奥德修斯却疑心这又是哪位想要置他于死地的神明想出来的毒招，于是他拿着手帕不知道该不该用。他决定要是风暴没有把木筏劈碎的话他就继续留在木筏上，要是木筏散开了，他就照那个海鸥的说法去做。就在这时，波塞冬打下一个巨浪，这个巨浪的威力强大，一下子就把木筏击得粉碎，木筏散成一块块木条。奥德修斯机敏地骑上了一根木条，然后马上脱掉衣服，深吸一口气跳入海中，奋力朝前游去。波塞冬看见他这副模样摇了摇头，自言自语说：

"你已经忍受了那么多磨难,现在就这样在海上漂泊吧。"于是他骑上他的长鬃马返回他的寝宫了。雅典娜这时候施展魔法,使所有的狂风、巨浪全部平静下来,只留下北风为奥德修斯吹开波浪,帮助他朝淮阿喀亚游去。

奥德修斯一直在海水里划啊划,脑袋里只有一个念头就是快点划到对岸。他在海中划了两天两夜,有时候累得快要失去信心了。第三天到来的时候,他这才发现海面上已经一片宁静了。他抬起头来,看见淮阿喀亚就在触手可及的地方,他欣喜若狂,使出最后的力气朝前游。但就在他快触及陆地的时候,他听见大海撞击悬崖发出的轰鸣声,巨大的浪涛冲向陆地,登岸的地方既没有港湾也没有避难地,到处都是嶙峋的礁石,奥德修斯不知道该怎么办了。雅典娜给了他智慧,让他趁巨浪拍打过来的时候紧紧抓住悬崖的削壁。可是海水往回退的时候又连带着把奥德修斯往后撕扯,他又被带入海水中。雅典娜又给他另外一个法子,当波浪冲向陆地的时候他注意观察陆地上面是否有一个可以登陆的地方,于是他奋力游到一个闪光的河口,发现一个可以躲命的地方。他祷告神明怜悯他不要再制造巨浪了,河神听到他的祷告,立刻制止了水流的涌动,他得以安然游向河边。

奥德修斯到岸之后,简直累得不成人样了,他筋疲力尽地趴到地上,昏厥过去。等到他稍微恢复了一点体力,他记起伊诺的方巾,于是把方巾远远地抛到海水中归还给她。他从河岸爬到茂密的芦苇丛中,心想如何熬过夜晚。要是留在这里一定会被冷霜冻坏,要是去到前方的树林里,可以取些枯叶遮挡御寒,但是也可能被野兽吃掉。他这样想着,决定进树林看看。突然,他发现了两株枝叶交叉的橄榄树围成一个封闭的灯笼状,雨水阳光都渗透不进来,奥德修斯感到很欣喜,于是收集了一些树叶做铺垫。很快,他就趴在上面,沉沉地睡去了。

瑙西卡

智慧女神雅典娜一直注视着他的行踪,现在又来帮助奥德修斯。晚上,她托梦给淮阿喀亚国王的女儿瑙西卡,告诉她婚期不远了。为了给婚姻大事做一个细心周全的准备,她应该把全家的衣裳洗干净。第二天早上,公主匆匆找到父母,向他们吐露心事。不过,她只字不提婚期,只是说神谕如此。父亲听后欣然同意并吩咐车夫准备车辆。到了河边,公主和随从的姑娘们让车夫把骡子放下来自由吃草,她们自己把衣物抱到河边,欢快地洗着衣裳。公主一边洗衣服,一边四处等待着神谕的奇迹出现。她望穿秋水,还是什么也没有发生。那些衣服很快就洗好了,时候也到了中午,该是吃午饭的时间。姑娘们在草地上摊开桌布,放下了准备好的午餐。少女们吃完午餐之后又开始玩抛球游戏,瑙西卡又带着她们一起跳舞。少女玩乐的声音和午餐的香味传到旁边林子里熟睡的奥德修斯的鼻子里,他被惊醒了。接着他就看见了那些一边玩乐一边嘻嘻哈哈的姑娘们。

奥德修斯摘取一根树枝，用浓密的树叶遮住赤裸的身体，犹如荒野中的狮子一般。然后，他从树丛里慢慢地走出来。少女们一见一个野人赤身露体地跑出来，马上四处奔逃，只有一直希望奇迹发生的瑙西卡留了下来。奥德修斯毕恭毕敬地站在远处，向她述说自己的悲惨遭遇，请求公主能够赐给他食物和衣裳。公主温文有礼，回答道："外乡人，我看你也不像是个坏人，宙斯会按照他的心愿把幸福分配给每一个人，对你也一样。你既然遭受了那么多痛苦，现在来到了这里，就不再缺少食物和衣服了，我是国王的女儿叫瑙西卡。"接着，瑙西卡把受惊的少女们召唤回来。她告诉她们这个男子是个不幸的漂泊人，应该好好招待他。于是侍女们为奥德修斯拿来了食物、衣服还有沐浴用的橄榄油。奥德修斯回避了少女转身来到河边上洗净身上的泥垢和污浊，然后用橄榄油涂抹全身，沐浴之后的他更加威武强健了。他穿好衣服出现在瑙西卡面前时，瑙西卡吃惊地睁大了眼睛。她没有想到刚才那个蓬头垢面脏兮兮的家伙现在变成一个神明一样英俊的男子。奥德修斯身材魁梧，神采奕奕地站在面前，眉宇间洋溢着一股掩饰不住的大丈夫气概。瑙西卡心中暗暗赞赏他，心想要是神明赐给他的夫君也是这样英俊就好了。公主对他不胜爱慕，决定让他坐在回城的车子上，她甚至毫无顾虑地告诉姑娘们，她期望神灵给她的丈夫就是这个样子。她准备把奥德修斯带到城里。她给奥德修斯端来食物，他好久没有吃东西了，于是狼吞虎咽地吃起来，公主对奥德修斯说："我现在要带你进宫去让你看看我的父母亲，也就是淮阿喀亚的国王和王后。路上会经过田野和城镇，你到处都可以看见耕作的人们。我们这样大张旗鼓地经过城市肯定会引起别人的闲言碎语，他们看见你一定会说：'那个英俊的男人和瑙西卡公主是什么关系？是不是她要嫁的人'之类烦人的话。所以当我们经过一座白桦树林的时候，你就下车在那里等待，我父亲的宫殿就在白桦林的里面。在那里，任何路人都能毫不费力地把你领到王宫去。我们就不一同进宫了。你要是进宫的话就迅速进入大厅见我的母亲，她一般都坐在炉灶旁纺羊毛线，你要是能博得我母亲的喜欢，就很快能够得到她的帮助，顺利回家了。"她这样说完后就挥动鞭子驱赶骡子，不一会就来到了那座白桦林。公主放下奥德修斯，和女仆们一同进宫去了，奥德修斯开始向神明祷告，希望能够得到淮阿喀亚国王和王后的垂怜，帮助他回家，雅典娜允诺了他的祷告。

奥德修斯来到淮阿喀亚人的国土

瑙西卡和女伴们回到宫殿中，女仆们纷纷过来帮她拿走洗干净的衣服，老奶妈开始生火为瑙西卡准备晚饭。这时候奥德修斯正向国王的宫殿走去，雅典娜担心淮阿喀亚人欺负奥德修斯，于是就在他周围撒下一片浓雾包围他。正当他要进城时，雅典娜幻化成一个手捧水罐的少女向奥德修斯走来。奥德修斯请求她带他去国王的宫殿。少女答应了，但是她要求奥德修斯默默跟在她身后不要向别人询问什么，因为本地人很不欢迎外地人。雅典娜在前面引路，奥德修斯跟在她后面，他们一路穿过广阔的会场、林立的栅栏、蜿蜒的城墙和停泊的船只，城市的种种壮阔的景象让奥德修斯叹为观止。到了宫殿的门口，雅典娜鼓励奥德修斯让他不要胆怯，径直过去首先找到王后。王后名叫阿瑞塔，平时深受他丈夫阿尔基诺奥斯和人民的尊重。因为她富有智慧并且心地善良，甚至善于调节男人之间的纷争，雅典娜让奥德修斯先取得王后的喜欢。告诉完他这些之后，雅典娜幻化的少女就转身离开了。奥德修斯站在富丽的宫殿门前仰望着这座宫殿，多雄伟气派呀！青铜铸成的宫门就像太阳和月亮一样散发着耀眼的光芒，两边竖立着银质门柱，宫门两侧还有赫菲斯托斯制作的狗，用黄金白银制成，象征着守护宫殿的勇士。向里望去，可以看见宫殿内侧两边的墙壁边上摆放着许多的座椅，上面铺满了女仆们纺织的精美的绸缎，许多王公贵族举行宴会和商议事情的时候就坐在这上面。离宫殿不远的地方有一大片果树林，那里郁郁葱葱地生长着各种各样的果树，有苹果、雪梨、紫葡萄、无花果还有橄榄树，无论春夏秋冬，都有适合季节的水果成熟。在树林边上还有一座皇家葡萄园，仆人们正在辛勤采摘葡萄，或晒干或酿酒，葡萄蔓延着整个田园，花草斑斓生长着。有两条清泉流过，一条流经果园用来灌溉，一条流经宫殿。奥德修斯被眼前的美景吸引住了，他停下脚步慢慢欣赏着这美景，然后他迅速地走进宫殿。

　　这时国王、王后和其他王臣正做着睡觉前的最后一道祭祀，奥德修斯迅速来到阿瑞塔跟前，在她面前跪下，围绕在他身边的浓雾这时候也散去了，他恳求道："阿瑞塔王后，我经受了无数的灾难，现在请求您帮助我赶快回到自己家乡，愿神明保佑您、您的家人！"他说完后就坐到炉灶旁边的灰土里，众人中的老英雄埃克涅奥斯说道："阿尔基诺奥斯，让客人坐在满是灰尘的炉灶边不雅观，请你扶起这位客人，让他坐到银椅子上去，然后再让女仆给他准备晚餐。"国王听从了长者的话款待了奥德修斯，然后遣散了众人。

　　殿内只剩下了奥德修斯和国王、王后。阿瑞塔看见奥德修斯仪表不俗，身上穿着的衣服又都是自己女仆所制作的样式，心里感到疑惑，她问奥德修斯是哪里人，怎么得到这些衣服的，奥德修斯将事情的原委讲述了一遍。国王听完后皱皱眉头说："客人，我女儿对你的做法欠考虑，她应该带你一同进宫来，怎么能把你放在半途？"奥德修斯对国王的谦逊感到很感激，他连连说这是自己的意愿。国王看见奥德修斯秉性纯良，不由地赞赏道："我真是希望能有你这样一位出众的女婿啊，和我女儿的性情相配！你要是愿意的话，我会让你继承我的家业和产业。但是我们不会强迫你的，如果你想回去的话，我们一定助你一臂之力。我们的船只很快速，年轻人也善于航海，他们曾经去过最为遥远的尤卑亚岛，即使是那样遥远的距离他们一天就返回了。"奥德修斯心里默默高兴，并且祈祷国王的诺言会实现。谈完之后，国王安排奥德修斯在宫殿里豪华的床铺上睡觉，自己和王后也随之进入了梦乡。

第二天，国王召集众人来港口附近的广场开会商量奥德修斯回家的事情。雅典娜幻化成国王的传令官，走在大街小巷上传布消息，于是没过多久，广场上就聚满了群众。他们看见奥德修斯不同寻常的外表和气质，纷纷赞叹不已。这时国王开口说道："我们现在要帮助这位可怜的外乡人回到他的家乡，就像我们以前做的那样，现在让我们准备好一条新的黑壳船，再从国人中挑选出五十二个超群的年轻人系好桅杆，贮备好粮食，然后再到我宫殿里去。为了欢迎这位客人的到来，诸位王公们现在就请去我的宫殿参加宴饮，还有把歌人得摩多科斯请来，让他来弹唱弹唱！"

国王和众人回到宫殿，五十二个年轻人照吩咐准备好船只和粮食之后也结对来到国王的宫殿中。这时候宫殿内外聚集了不少人，国王吩咐仆人宰杀了十二头牛、八头白猪和两头羊，开始大办宴席。歌人也被邀请过来为大家弹唱助兴，歌人演唱的是英雄们的业绩，有关于奥德修斯和阿喀琉斯的争吵以及他们如何在祭神的盛宴上起争执等等事情，奥德修斯听见歌人的演唱，不由得想起自己以前的生活，眼泪就不自觉地落下来了。他用手提起那紫色的大袍，遮住自己的脸庞，怕众人发现他在落泪。等到歌人停止歌唱，他也就停止了哭泣。但歌人一开口演唱，他又忍不住泪如泉涌，赶紧用袍子遮住脸。众人都没有发现，只有国王看见了。他心生疑惑，但在那么多人面前他没有询问奥德修斯，而是站起来说："大家如果已经享用好了食物，我们现在就到广场上举行竞技比赛吧。好久没有这样的活动了，现在趁大家高兴，再加上这位客人来到我们这里，让他也看看我们淮阿喀亚人的勇气和能力，好让他回家以后对他的家人和国人诉说。"

大家都纷纷表示赞成，在国王的带领下，众人跟随着他来到广场上。

随行者中有许多高贵的年轻人，他们比赛的第一个项目是赛跑，比谁先到达终点。赛手们一路狂奔，带起了很重的灰尘，最后高贵的课吕托涅奥取得了胜利。接着他们又举行了角力比赛，欧律阿洛斯技压群雄；埃拉特柔斯在掷饼运动中遥遥领先了；拉奥达马斯取得了拳击比赛的冠军。比赛之后，拉奥达马斯问奥德修斯擅长什么竞技，并且想让他一展身手。奥德修斯推辞了，欧律阿洛斯看到他不愿意展示才艺，于是讥讽道："我看你也不像是会技艺的人，你看上去就像一个只会航行在海上的商人头领,一门心思想着自己的财物而不是自己的技艺。"奥德修斯听见他的讽刺,回击道:"你这个年轻人说话太放肆,看来上天只给了你好看的外表,你的内心却很鲁莽无知。我并非不会技艺,但是我现在满心都充满了愁苦,在经过那么多灾难以后,我只想快点回到自己家乡。你刚才的话太伤人,我现在就要向大家证明你说的话完全是一派胡言。"说完,奥德修斯就站起来,弯腰抓起一块石饼投掷出去,石饼急速飞过众人脑袋,在空中划了一条长长的弧线,然后落在很远很远的地方,落地的时候力量如此巨大以至于地面的草皮都给削掉了。大家对奥德修斯的力量惊叹不已。奥德修斯转身对着欧律阿洛斯说:"年轻人,只要你能抛到那个位置,我就再抛一次,一定会比刚才的更远,我愿意接受其他人发出的所有挑战,除了尊敬的国王陛下。因为客人不能和主人角力,这是对主人不尊敬的做法。我对任何人都不拒绝也不轻视,我愿意当面较量。我擅长射箭和投掷长枪,只是跑步可能会差点,因为经过那么些天的漂泊,我现在的体能已经下降好多了。"他这样说完后大家一片沉默,有想出来迎接挑战的但是又担心会被奥德修斯比下去颜面无存,有的人看见刚才奥德修斯投掷铁饼心中已经臣服不已不敢再继续挑战了。国王为了缓和气氛,站出来说道:"客人,刚才那个人说话激怒了你,现在你想表示一下自己的勇力我很能理解,我也相信你的力量无人能敌。我们是朋友,比赛竞技为的是娱乐,增进彼此的了解,不要因为一时情绪激动而产生不高兴的心情,否则这就和咱们今天的目的背道而驰了。不过你要是回到家里,对自己的家人说起我们这儿的人时,一定要告诉他们,我们虽然在拳击和角力方面并不出色,但是我们非常善于奔跑、航海、舞蹈和歌唱。现在请你稍微歇息,欣赏一下我们富有特色的舞蹈吧,把歌人的弦琴拿过来。"

歌人开始弹奏起来,大家踩着节奏舞动起来。他们刚开始的时候踩着节奏快速地移动着自己的舞步,整齐中又有变化;后来随着节奏旋转起来,衣裙美丽的花边在旋转的时候像一朵朵盛开的花朵,动人极了。他们妙曼的舞姿立刻把奥德修斯吸引住了,他心中暗暗称奇。歌人一边弹着琴一边叙说着阿佛洛狄忒背着她的跛足丈夫与阿瑞斯幽会,结果被赫菲斯托斯制造的网给网住,又被她的跛足丈夫当场捉住,带到宙斯的宫殿去庭审的荒唐故事,这一段欢快又滑稽的故事引起了众人的笑声,奥德修斯听了也觉得轻松了许多。他对国王表达了对该国人民舞蹈的欣赏,国王也觉得非常荣幸,高兴之下让全国十三个王公大臣包括他自己,每人赠送给奥德修斯一件披篷、一件衣衫还有一塔兰黄金。

宴席上的故事

大臣们按照国王的吩咐把礼物送到王宫,国王和奥德修斯一起回到了王宫。

奥德修斯沐浴完之后穿上了赠送的衣服，更加英俊逼人了。国王的宫殿里又开始举行宴饮。公主瑙西卡偷偷站在立柱后面目不转睛地看着奥德修斯，她知道他立刻就要回家了，但心中仍然装着对他的喜爱。她向他走过去悄悄说："奥德修斯，要是你回到家乡，请不要忘记我们的邂逅。"奥德修斯深深鞠了一躬，对公主说："我永远不会忘记您对我的帮助。"

国王宣布宴饮开始了，大家就坐在席上，吃着烤肉喝着美酒，听着歌人美妙的弹奏。奥德修斯举起酒杯对歌人说："尊敬的歌人，我敬你这杯酒，你的歌唱非常美妙，你说的阿开奥斯人的故事生动极了，现在你换个题目吧，说说木马的故事和特洛伊战争。"歌人于是调整琴弦，开始唱起阿开奥斯人怎么样集结队伍出发攻打特洛伊，在特洛伊苦战了九年也未能将其拿下，最后阿开奥斯人躲在木马里，好大喜功的特洛伊人以为这是敌人丢弃的战利品把它带进城里。木马中的英雄趁其不备，打开城门，最后终于攻占了特洛伊。他的歌声引起了奥德修斯的回忆，不禁泪流满面，他不想被别人发觉就偷偷地哭泣，但是国王再一次察觉到了。他决定要问个究竟。于是，他对众人说："大臣们、首领们，歌人歌唱那么令人悲痛的音乐，让宴饮也变得沉重起来。我们今天要的是娱乐和欢快，希望这令人悲伤的音乐不会给大家带来悲苦的心情。现在歌人请停止吟唱吧，虽然我们愿意听到关于特洛伊的更多故事，因为战争总是那么激烈又那么吸引人，但是目前最为要紧的恐怕还是享受眼前的美食。请大家不必拘礼，快乐随意地享用美食吧。"接着，他又转向奥德修斯，说："现在，客人，请不要对我隐瞒，告诉我，你在家乡的时候别人怎么称呼你？你的家乡又是在哪里？好让我们知道，能够帮你辨认方向。我们的人很会航海，但是波塞冬对我们的技术感到很生气，因为我们总是能够安全地送客人回家。他发下誓言说是要把我们的航船粉碎在可怕的大海中，不知道他的恐吓能不能成真。你到底游离过什么地方呢？经过什么苦难？你听到特洛伊战争时为什么要伤心地流泪呢？虽然你极力想掩饰过去，但还是被我看见了。要是与特洛伊无关的人虽然听见歌唱或许会觉得心襟荡漾、神往不已，但是你的眼泪却明白地告诉我你与特洛伊战争有着紧密的联系。"

奥德修斯答道："尊敬的国王和大臣们，听见歌人的歌唱我感到万分荣幸！我从来没有听过这么美妙的音乐。一边听着仙乐一边喝着美酒，我觉得这简直是太幸福的事情。现在您问我的情况，而且你的观察力和判断力真是令人感到佩服。是的，我的确和特洛伊战争有紧密的联系，因为我自己就是攻占特洛伊中的一员。听到歌人的歌唱，我不禁想起了那些峥嵘岁月，我们在战场抛头颅、洒热血、共患难的日子，这怎么能不让我流泪呢？我真不知道该从何说起啊，现在思绪一片混乱。但是我还是愿意以诚相告，让你们知道我是什么样的人，曾经有过怎样的遭遇。"

"我名叫奥德修斯,是拉厄耳忒斯的儿子。我住在阳光明媚的伊塔刻,那是个岛国,风景秀丽,气候宜人。伊塔刻地势低矮,右侧就是大海,虽然岛国的地势崎岖,但是很适合人们居住。在我心中,伊塔刻是世界上最美丽的地方,那里有我的家人我的乡亲,任何东西都取代不了他们在我心中的重要地位。"奥德修斯充满自豪地大声说道。

"当年,在阿伽门农的带领下,我参加了特洛伊战争,作为一名战士,我很怀念那些在战场上浴血奋战的岁月,我的勇气、信念都是在战争中成长起来的。我们花费了十年的工夫,终于如愿以偿攻克了特洛伊城。如果说攻克特洛伊在世人想象中是难于上青天的事情的话,但我要说,特洛伊战争之后,我的苦难才刚刚开始。所有从特洛伊返航回家的英雄们都顺利回到了家乡,和自己的妻子儿女共享天伦之乐,继续着他们战前离开时的权力和财富。只有我乘坐的船在海上迷失了方向。神明们似乎要考验我的耐力,给我制造了无数的阻碍。这些苦难是常人难以想象的,现在我把它们讲出来或许还有人不会相信呢。我记得当时我们离开伊利昂,来到伊斯马罗斯,之后又遇到了最可怕的四大族人。"

遭遇喀孔涅斯人,食忘忧果的民族,库克罗普斯人,波吕斐摩斯

"我们攻占了伊斯马罗斯,虏获了许多财物,分完财物之后我要求同伴们立刻离开那地方,但是他们太贪图享受,不听我的建议,仍然聚集在海边宰杀牛羊吃喝玩乐。就在这时,伊斯马罗斯城的喀孔涅斯人逃到邻国去召唤了许多勇士准备反攻。这些勇士善于骑射,人数众多,当他们到来的时候,和我们展开了一场激烈的战争。他们装备精良、训练有素,白天的时候我们还占优势,但到了晚上,他们就把我们打败了,毕竟寡不敌众嘛。我们每条船都有六个同伴丧命,我们只能逃走。那时候我们的心情很复杂,一方面为自己能幸存下来感到万幸,一方面又为死去的同伴悲伤不已。这时候海上刮起了狂风,卷起来巨大的波浪,漫天的巨浪拍打着我们的小船,一道道水花像鞭子一样抽打着我们的身体,简直痛苦极了。我们赶紧放下风帆,靠自己的双手划动双桨,努力使船向陆地方向靠近。我们划啊划,累得连一丝力气都没有了,双手由于长时间浸泡在咸涩的海水中已经肿起来了。那次风暴持续了大概两天,第三天终于平静下来,但是一阵短暂的平静之后,狂风又把船推离开库特拉,让我们在狂啸不止的海上漂流了九天。所幸的是,尽管风浪巨大得令人感到恐惧,却没有一道巨浪彻底将小船击垮,我们能够待在完整的小船里多亏了神明的庇佑啊。第十天,我们终于来到洛托法戈伊人的国土上。这个岛国的人有一个奇怪的癖好,他们平时不吃粗粮或者水果或者肉类,他们吃

的是岛国上特有的一种花。这种花叫什么名我忘了,只记得当时我对此感到惊异不已。我们休息片刻以后,我就派了两个同伴和一个传令官去看看当地人的情况。他们在途中遇见了几个洛托法戈伊人,洛托法戈伊人没有杀害他们,但是给他们吃了一些花吃了之后,同伴就不想回来了。我不顾他们的意愿把他们五花大绑地带回了船,然后赶快离开了那里。那时我才知道这种花能让人忘掉自己的从前,并且留恋花儿出生的地方。接下来,我们又来到了野蛮的库克罗普斯人的居地。你难以想象,像库克罗普斯人那样野蛮难看的人居然会受到天神的保佑长生不死,而且他们居住的地方,所有的作物都无须耕作会自动生长。他们没有法律也从来不举行集会,他们居住在山巅或者山洞里,只照顾自己的妻子儿女,不管其他人怎么样。离库克罗普斯人不远的地方有一个岛屿,岛上到处都是成群的羊群,奇怪的是没有牧人养育他们;岛屿上的一切植物和农作物都自然生长自然收获,也没有人去理它们;岛上土壤非常肥沃,还有天然的可以泊船的港湾,但就是没有人迹。我们乘船来到了这座岛屿上,稍作休息之后就去捕猎动物果腹。不一会工夫就有许多猎物了,岛上的一切都是那么繁盛啊。我们一共有两条船,每条船分得了九头羊。我们就地开始生火烧烤羊肉,船上还有剩下的美酒,都被我们搬出来享用了。在经过海上风暴以后我们还从来没有那么放松快乐地享用过食物呢。落日西沉,我们在暮霭中望见不远处库克罗普斯人的居地雾气缭绕、青峰耸立,显得异常神秘。第二天黎明到来的时候,我就决定亲自带着同伴去他们居住的地方一探究竟。

"我们划船来到那个岛屿,海滨边上有一个巨大的山洞,上面覆盖着厚厚的桂树枝叶,许多羊群在里面睡觉。石洞边上有一座高高的庭院,周围都被坚固的石墙围起来,庭院里面栽满了葱郁的松树和橡树。远远地,只看见一个巨人在放牧羊群,他的样子奇怪的很,看起来不像凡人。我让其他同伴留在船上,自己挑选了十二个同伴和我一同上岛,我随身携带着一皮囊暗红色美酒。虽然我们当时并不怯懦,但是我也预感到,我们要面对的是个非常野蛮、难以对付的人。

"我们来到山洞前,发现里面有一筐筐贮存的奶酪,羊群全都按照大小分圈豢养,互不相混,各种罐子里盛满了新鲜的奶液,气味芬芳。我的同伴们怂恿我搬走奶酪带走羊群,以备航海之用,但是我却没有这样做,因为我想知道主人是不是对我们友善,在确定这些之前随意搬动主人的东西是有违礼节的。

"我们在山洞里燃起篝火,吃着奶酪,等着主人回来。等到傍晚时候,巨人扛着一大捆枯枝回来了。他把柴薪扔在地上,啪地发出一声巨响,山洞里的灰尘也被掀动起来了。巨人的模样吓得我们赶紧退到洞穴的暗处。巨人把公羊赶到洞外的栅栏里圈起来,把母羊留在洞内,然后又抓起一块巨石堵住洞口,那巨石大得惊人。在山洞里面,他开始挤奶了。当他挤完奶以后,生起火堆,就发现了我们。

他用粗犷沙哑的嗓音问我们是谁，没等我们回答他又问我们是不是一群在海上冒险的海盗。听到那么可怕的声音，看见他那张狰狞的脸，我们的心里感到一阵恐慌，但是我壮起胆子答道：'我们是阿开奥斯人，来自特洛伊，是阿伽门农的部下，回家的途中迷路了，机缘巧合之下来到了这里，宙斯保护所有旅人，您若敬畏神明的话，希望您也能给我们提供一些帮助。'巨人大笑了几声，声音使得石壁都震颤不已，'要我敬畏神明？我看你是蠢到家了！我不管宙斯是什么东西，我只按照自己的意愿做事情，我，波吕斐摩斯，比那些神明强大多了！你老实点告诉我，你们的船停泊在哪里？还有没有其他的同伴？'我怕他知道还有同伴在附近，于是骗他说：'海神把我们的船只摧毁了，现在只剩下我们几个。'巨人听完我的话没有回答，他一步一步朝我们走来，他每走一步，整个山洞就颤动一下，好像地震一样。突然他抓住我们两个同伴，像抓起小狗似的撞到壁岩上去，他们鲜血直流，脑浆迸裂。巨人又把他们撕扯成块，张开血盆大口将他们塞进口中。我们目睹了这个惨象，不由地浑身战栗，面如死灰。巨人吃完了人肉，喝了点鲜奶，就躺下去睡觉了，也不理睬我们了。这时候我很想冲上前去用刺刀割破他的胸膛，但是看到洞口那巨大的岩石我们无力推开它，到时候也只能死路一条：被困死在这叫天不应、叫地不灵的山洞里。于是我们决定还是耐着性子等待天明。第二天，巨人又像前一天晚上那样吃掉了两个同伴，然后他移开洞口的巨石，把羊群赶出去放牧，但随后他紧接着又像扣壶盖一样把洞口封住了，我们被困在山洞里不知道该如何是好。这时候我看见羊栏边上一根巨人的橄榄树枝，那树枝十分粗大，我上前去砍断它，招呼同伴们把它削光，再把它的一段削得十分尖锐，简直可以当作一柄利剑使用了。我们几个人抓阄，抓中的人得等到巨人睡觉的时候把尖锐的橄榄树枝刺进巨人的眼中，加上我自己，一共五个人执行这个任务。我们把橄榄枝藏在羊粪下面，等待巨人回来。

"傍晚的时候，巨人果然回来了。巨人像他前几次做的那样，挤完奶之后又吃了我两个同伴。我走向前去，双手捧着一杯斟满酒的杯子，对他说：'巨人你喝

表现奥德修斯智胜独目巨人的壁画

奥德修斯等人在西西里岛靠岸时，出于勇敢和好奇，他来到岛上，结果被这里的霸主独目巨人波吕斐摩斯捕获，奥德修斯设计将巨人独目刺穿得以逃脱。

了这杯酒吧,这是我们给您的礼物,请您怜悯我们这些人,不要再吃我们了,帮我们回家吧。'巨人喝完这杯酒喜欢极了,或许他从来没有喝过这么好的酒呢。他连连向我继续要酒喝,并且询问我的名字,这样,我给他喝了三大杯。酒力开始发作了,巨人开始有点醉了,我告诉他我的名字叫作'无人'。巨人迷迷糊糊地说:'那好,我要吃掉你所有的同伴,只把无人留下!'说完他就晃晃悠悠地倒在了地上,醉醺醺地呕吐出许多碎肉和残酒。我赶紧把削尖的橄榄枝插在炭火里,不一会它就被烧红了,我们几个人围在巨人旁边,猛地一下把树枝插进巨人的眼睛里,然后不停地旋转。巨人的眼睛冒出大股鲜血,灼热的树枝烧出难闻的气味,巨人惨叫一声,吓得我们连连退缩。他疯狂地把树枝从眼睛里拔出来,鲜血溅得满地都是,他双手乱抓,同时发出奇怪的叫声向其他的库克罗普斯人求救。其他的库克罗普斯人纷纷赶来站在洞口问他出了什么事。巨人疼痛难忍,他答道:'无人刺伤了我!'站在洞前的人感到很奇怪,说道:'既然没有人伤害你,那就是宙斯给你降下病痛,你就要向你强大的父亲波塞冬祈祷好让你的病快点好了,我们对于病痛可无能为力呀。'说完他们就纷纷离去了。

"听见他们离开了我心中高兴极了,我用的小计谋终于让他们上当了。独目巨人号叫着推开洞口的石头,坐在洞口不断摸索,想抓住从洞口逃走的我们。但是我们哪会轻易跑到洞口寻死呢?我又想出了一个办法,从巨人睡觉用的铺垫抽出枝条来捆绑住羊群,三只为一组,同伴可以缚在中间那只羊身上,那么左右两侧的羊就可以保护他了。我自己则可以躲在羊肚下面,紧紧抓住羊的绒毛。第二天早上,羊群像往常一样急冲冲地跑出山洞觅食,巨人不断摸着羊群的背部,但是他没有想到我们躲在羊肚子下面呢!我们跟随着羊群走出山洞,远离了可怕的独目巨人。我们把一些强壮的羊赶到我们的小船那里,其他的同伴正在那里等我们呢。我告诉他们巨人把同伴吃掉的事情,他们感到万分伤心,但是我制止了他们悲伤,因为我们必须尽快逃离此地,否则很可能有性命之忧。于是我们马上开始划桨,小船儿渐渐离开这座令人惊恐的岛屿。等到小船离开了一段距离,我大声冲库克罗普斯说:'可恶的巨人,你等着吧,一定会有厄运降临在你身上!'巨人听见我的诅咒更加生气,他拔起一座大山的峰顶朝大海扔过来,大石落在小船不远的地方,激起了巨大的浪花,把船又冲回到原来的港口,我们奋力划船,才把船又开离岛屿,等到稍微安全一点我又想气气巨人,但是被同伴阻止了,因为他们担心巨人发作又扔过来一块巨石,我却很不甘心,于是仍然大声说道:'愚蠢的巨人,要是有人问你的眼睛是被谁刺伤的,你这个笨脑袋一定要记得是伊塔刻的奥德修斯干的,哈哈哈!'巨人叹息道:'天哪,原来这一切早就注定了,很早以前就有位预言者曾经预言了我的命运,说是我会在一个叫作奥德修斯的人手中失去视力，我原本以为是一个健壮勇敢的家伙，谁想到原来这样孱弱、胆小，奥德修斯，你回来吧，我会送给你礼物还会让我的父亲波塞冬送你回家。'我知道这绝对是巨人的诡计，于是说道：'我才不回去呢，我希望你能在我手中丧命，这样即使是你的父亲也没有办法给你治眼睛了。'巨人跪下向他父亲祈祷，让波塞冬阻止我返回家乡，然后又用力将一块巨石扔向我们，差一点就把小船砸坏了，我们躲过巨人的飞石，返回到原来的小岛上。这就是为什么神明给我制造灾难的最重要的原因，因为我刺伤了海神儿子的眼睛啊，父亲为儿子报仇，绝对不肯轻易饶过我。大家回到岛上，简直累得不能动弹了。休息一会之后就躺下睡了，连东西都难以下咽了。第二天我们重新从小岛出发，开始了新的旅途。当时的心情非常复杂，一方面庆幸自己能从厄运中逃生，一方面为被巨人吃掉的同伴而悲伤不已。"

埃洛斯的神奇风袋，莱斯特律戈涅斯人，女仙喀耳刻

奥德修斯继续回忆道："后来，我们来到了艾奥利埃岛，那里的主人是埃洛斯，他是希波塔斯的儿子。岛屿周围是光滑的绝壁，还有坚固的铜墙。埃洛斯和他的十二个儿女住在一起，每天生活得十分和美愉快。我们径直来到他们华丽的宫殿，主人很友善地招待了我们整整一个月。等到我们离去的时候，他又送给我一只用九岁牛的皮制成的口袋，这只神奇的口袋里面装着东西南北四种狂风，因为埃洛斯具有掌管风的力量，他把风装进这个口袋里，然后用光亮的银线把囊口扎紧。他吹出一口气，变化成西风，为我们的船在海上航行助一臂之力，船很快就在风的推力下稳稳地向前行进，后来发生的一切却是始料未及的。我们连续在海上漂流了九天，等第十天似乎可以隐隐约约看到故乡的轮廓时，我实在支撑不住了，渐渐睡着了，因为这些天来我一直都在掌舵。同伴们这时候却开始议论起来，猜测皮囊里装的肯定是金银珠宝之类的礼物，嫉妒心和好奇心让他们决定打开我的皮囊一探究竟。谁知他们一拉开那条银线，袋子里的狂风就呼啸而出，海上立刻卷起了风暴，狂风把小船吹离原来的航道，我们离家乡越来越远，结果又回到了艾奥利埃岛。同伴们傻眼了，我也很沮丧，我狠狠地责备了他们，但是也没有办法补救。我们只好重新上岸，我带了一名传令官和一名同伴一起来到埃洛斯的宫殿里，他正在和自己的家人一起快乐地宴饮着呢，看到我回来了，他感到非常吃惊，连忙问我到底出了什么事情。我只好把事情的原委告诉他并请求他再帮我们一次，他听完之后说："我不能再帮你们了，你们显然是亵渎神明的人，所以才招致神明的惩罚，你们快走吧，我不再留你们了。"听到他的回答我感到很绝望，因为同伴们的过错我们眼看着错过了可以回家的机会，只能继续漂泊在漫无边际的大

海上。没有了顺风,一切都要靠自己的双手,我们就这样一直划啊划,划了六天,第七天来到莱斯特律戈涅斯人居住的高大的城堡特勒皮洛斯。我们把船泊到一个宁静的港口,同伴们把船驶进狭窄的通道里,依次停靠在港口边,只有我把船停在港口外面。我登上一座高峰远眺,没有看见有牛群也没有看见放牧者,只看见远处有袅袅的炊烟不断从地面冒出来,于是我派了两个同伴和一个传令官前去探访当地人。同伴们按照我的指令前去探访,半路上遇见了安提法斯特的女儿前往阿尔塔基埃的清泉汲水。他们向她询问谁是他们的国王,这儿住着什么部族,这个女子引他们到她父亲的宫殿,他们看见王后魁梧得像座大山,令人毛骨悚然。她唤回她父亲安提法斯特,安提法斯特随手抓起一个同伴就把他整个活活吞掉了。其他的同伴吓得撒腿就跑,一直跑到港口我们停泊的小船上。安提法斯特大吼一声,引来了众多族人,他们纷纷跑向港口,从悬崖上往下投掷巨大的石块,还没等到同伴们把船驶离港口,石块就把我们的小船砸得粉碎,有的同伴甚至被活活砸死了。我赶紧抽出锋利的佩剑,砍断系在石岩上的缆绳,催促同伴们赶快逃离。大家奋力游到我的小船上,拼命划桨,小船渐渐离开了,其他的船只全部被毁灭了。

"经过一番磨难,我们来到另外一座海岛上,岛上住着半人半神的女仙,名叫喀耳刻,是死亡女神艾埃特斯的同胞姐妹。好不容易我们把船驶进海岛的港口,连续几天的困乏把我们折磨得快不行了,一到岸上我们就累得躺在地上。第二天天明的时候,我登上一座山峰远眺,看见远处有人劳作也可以隐约听见人声,透过茂密的丛林我还看见一缕缕炊烟从山林中升起。我回去准备告诉同伴,半路上遇见了一头巨鹿,我用矛捕猎了那头鹿,并将它背回港口那里。我们实在饿极了,来不及揣测未来不定的命运,首先把那只鹿宰杀吃了。休息好之后,我召集大家商议计策,我说:'朋友们,昨天我察看了这个岛屿的地形,地势非常平缓,周围是大海环绕,但是有烟从茂密的树林中升起。'同伴们听到我的话,不由得想起前面的安提法斯特和库克罗普斯吃人的可怕回忆,他们已经被吓得身心脆弱了。为了避免全军覆没,我把他们分为两队,一队跟随我,一队跟随欧律洛斯科,两队分别抓阄决定由哪队前去冒险。结果是欧律洛斯科那队抓住了,他们一共二十二个人,一起踏上了探访的路途。我们这些人虽然留下来,但是也为他们提心吊胆。他们简单地装备了一番就开始前去探险了。穿过茂密的森林,他们来到了喀耳刻的宫殿前。喀耳刻的宫殿全部都用光滑的石块制成,周围全都是凶猛的狼和狮子之类的野兽,但是因为女仙给它们施了魔法,它们就不会像原来一样野性又血腥地扑向行人,而是温顺地站在路口摇着尾巴,就像小狗见了主人一样乖巧。

"欧律洛斯科他们站在高大的宫殿前,看见这些猛兽,觉得十分恐惧,虽然它们看起来很温顺。这时,他们听见喀耳刻美妙的歌声从宫殿里传出来,她一边织布一边欢快歌唱。同伴们的首领波利特斯提议前去女仙的宫殿探寻一番,突然,女仙好像听见了他们的话似的,哄的一下就打开了宫殿的大门邀请他们进去,一道金光从门内散发出来,照耀着人的眼睛,使人看不见里面的情形。他们冒冒失失地就进去了,只有欧律洛斯科担心有诈留在外面。喀耳刻盛情款待了他们,甚至搬出最甜美的食物给他们享用,但是她却在酒水里掺了害人的毒药,他们吃了这些东西就把故乡的事情忘得一干二净了。然后喀耳刻手执一把魔杖轻轻地在他们身上一点,刹那间他们就统统变成猪身了,被赶进猪圈里。同伴们挤在臭气冲天的猪圈里,痛苦极了,纷纷流下了悔恨的泪水,但却说不出话来,只能听见它们像猪一样嗷嗷的叫声。站在宫殿外面的欧律洛科斯听见宫殿里传来猪的号叫声,心中暗叫不妙,他立刻转身逃跑,一路跑回我们的小船上。他眼睛里噙满了泪花,我们都不知道发生了什么事情,等到他告诉我们发生的一切,我们简直惊呆了,不敢相信自己的耳朵。欧律洛斯科跪下来,向我请求道:'请不要再让我回去了,我知道你自己不可能把那些同伴救出来,让我们赶快离开这座可怕的海岛吧,这样兴许能够保存性命。'我长叹一口气,觉得自己有责任也有义务将同伴们救出来,哪怕只有一线生机。于是我让欧律洛斯特留在小船上,我亲自前往女仙的宫殿。我披荆斩棘,走在通往女仙宫殿的路上,突然有一个年轻人站在我面前,他就是神使赫耳墨斯幻化而成的。他握着我的手说:'不幸的人啊,你一个人在这里干什么,你的同伴们已经被喀耳刻变成猪了,你想前去搭救他们吗?我看凭你一个人的力量难以实现啊。不过我可以帮助你。我给你这神奇的药草。'他一边说一边递给我一些草药,说:'我告诉你,喀耳刻会给你食物和美酒,她会在这些东西里下毒,但是我这些药草可以解毒。等到她用魔杖驱赶你的时候,你要以最快的速度向她猛扑过去假装要将她杀死,但是你不能真的杀死她,否则你就救不了你的同伴了。她会害怕你的威力,同时也会邀请你和她同床共枕,这时候你就要答应她的邀请,好让她释放你的同伴,但是在这之前你一定要她向神明起誓,不会再加害于你。'我看着手中的这些药草,它们的根部都是深黑色,乳白的花瓣却鲜嫩动人。难道这些看起来不同寻常的花草真的能破解喀耳刻的毒药吗?说完年轻人就消失了,我继续在丛林中迈着步子,一边思考着他对我说的话。不一会就来到了喀耳刻的宫殿,我轻轻呼唤,女仙照样把门打开邀请我进去,于是我小心翼翼地进去了。果然,进去之后,她盛情款待我,给我端来了各种美食,我先偷偷地把草药吞下,然后再吃这些东西,女仙的毒药没有起任何作用,女仙恼羞成怒,抓起她的魔杖想将我也变成一头猪,我迅速冲上前去,从小腿右侧抽出一支锋利的小刀,抵住她的咽喉。她不敢动弹了,跪下来哭泣着说:'你是何方神圣,居然吃了我的毒药没有任何反应,没有一个人能够抵抗这毒药的力量,你难道就是赫耳墨斯说的奥德修斯？他曾经告诉过我说一个名叫奥德修斯的非凡英雄会路过这里。如果是这样的话，请你收起你的小刀，让我们成为朋友吧，我很敬仰你，让我们今晚好好在一起休息吧。'我对她说：'喀耳刻，我怎么能和你好好休息，我的同伴都被你变成猪，现在在猪圈里大声号叫，要是你对我再动什么歪点子，加害于我呢？我怎么能放心和你一起休息，除非你向神明发誓。'女仙马上举起手，庄重地对神明起誓，那天晚上在她的床榻上我们在一起休息了一晚上。

"她的侍女在屋子里来来去去地忙碌着，不断端来可口的美食，还有擦拭双手的帕子，还当然少不了令人心醉的美酒，但是看到这些东西我全然没有兴趣享用，女仙看见我闷闷不乐的样子，走向前来对我说：'奥德修斯，你为什么愁眉不展？难道你心里还有什么担心的吗？我刚才已经起誓了，你不要再忧虑了。'我回答她：'有谁会自己独自享用美食而忘了同伴们悲惨的遭遇呢？如果你真的想让我高兴，那你就带我去看看我那些同伴吧。'喀耳刻听见我这样说，带着我穿过大厅，来到猪圈前，她挥动手中的魔杖，赶出那些已经是猪身的同伴，然后用药物涂抹在它们身上。很快地，猪毛渐渐褪去，那些猪很快就变成人形。同伴们看到了我不由得悲喜交集，他们全都围过来握住我的手，一边悲伤又欣喜地哭泣，连站在一边的女仙也好像被感动了。她走过来让我现在马上去海边把小船拉到陆地上来，把重要财物和工具存放进山洞，然后再返回宫殿。于是我赶紧来到海边，留守在小船上等待我消息的同伴看见我回来了，不禁热泪盈眶，情绪激动，他们纷纷问起其他同伴的情况。我一时间也没有办法说得很清楚，就叫他们首先把小船拉到陆地上，然后把财物放进山洞，再一起去喀耳刻的宫殿。同伴们听取了我的指令，唯独欧律洛科斯不赞成，他说：'同伴们，你们这是自寻死路，你们去那女仙的宫殿，一定会被她变成猪，或者狼、狮子之类的东西，帮她照看居地，难道你们忘了吗，上次在库克罗普斯人那里，正是因为奥德修斯冒失带领大家，所以害得许多伙伴丧生。'

"听见他这样说，我简直愤怒极了，恨不得杀了他，但是同伴制

◁ 奥德修斯与喀耳刻

喀耳刻是希腊神话中最著名的女巫，是太阳神和珀耳塞的女儿。她能够把人变成动物，把白天变成黑夜。她本打算用对待奥德修斯手下的办法（把他们变成猪）来对付奥德修斯，可最后却被奥德修斯所制服。

止住我，说：'那就让他独自留在小船上，我们跟随你过去。'于是我们一起走了，但是欧律洛科斯并没有独自留在小船里，而是跟在我们的后面缓缓走着。过了一会，我们来到了女仙的住宅，看见那些同伴们已经穿好华丽的衣服，坐在大厅里享用美酒美食，神情欢乐。他们看到我们，就像久别重逢的老友一般不禁感慨万千，叹息不已。女仙对我们说：'伊塔刻的英雄们，我知道大家受了很多苦，但是现在大家不要过分悲伤以免伤害身体，还是忘掉不愉快的回忆，尽情享用美食好好休息一下吧。'我们听从她的话，坐在大厅里放松地吃喝，随性享乐。喀耳刻对我们很好，就这样我们在她的宫殿里整整待了一年。

"第二年，同伴中有人劝说我考虑回家的事情，他的这番劝说引起了我的思考，我也开始渐渐怀念家乡了。晚上在女仙的床榻上，我轻声地对她说：'喀耳刻，现在你要履行你的诺言帮助我们回家，我现在很思念家乡，同伴也是，他们常常在我面前哭泣，因为他们非常想念家人。'女仙答道：'你们也不必勉强滞留在我这里，但是在你回家以前，要完成一次旅行。这是我对你的建议，你要前往冥界哈里斯，也就是冥后珀尔塞福涅的居所，在那里你去找盲预言者提瑞西阿斯的亡灵，他还是和生前一样充满了智慧。'听见她这样说，我觉得危机重重，没有凡人能够去冥界，我自己一个人怎么能够完成任务呢？女仙看见我满面愁容，继续说道：'你不要担心没有人指引你，北风会吹拂你的船只前行，在你乘船经过奥克阿诺斯以后，可以看见平坦的海岸还有冥后的圣林，那里种满了高大的白杨和柳树。这时候也能看见火河和哀河在那里一起注入冥界的深渊。两条河中间有一块巨大的岩石，你去岩石上挖一个洞，然后在洞旁给所有的亡灵举行祭奠，首先用掺蜜的牛奶，再用美酒和净水，最后撒上洁白的大麦粉。你要向亡灵祷告，要是你能顺利回到家乡，你就要宰杀一头未生育的母牛焚献给他们，另外允诺给提瑞西阿斯献上一只全黑的公羊。做完祷告以后，要祭献上一头公羊和一头黑色的母羊，把羊头转向昏暗的地方，自己则要转过身面对冥河的水流。这时无数死者的亡灵会来到你跟前，你要抽出锋利的剑，坐在旁边不能让魂灵接近牲口的血液，一直等到你询问过提瑞西阿斯，他随后会马上到来。他会告诉你回乡的方向、道路和距离。'

"她说完后，给我穿上宽大的罩衫和衬衣，自己披上精美的披篷，腰上系上闪闪发亮的腰带，头上扎了一块丝巾。我走到同伴们的寝室把出发的消息告诉了他们。他们纷纷收拾好行装，但是有一位名叫埃尔佩诺尔的年轻人醉酒后独自睡在屋顶上，当他在睡梦中听见我们整装待发的声音不由得心中着急，连忙从屋顶上跑下来而忘了爬楼梯，于是他从屋顶上摔下来，脊柱都摔断了，就一命呜呼了。我告诉同伴他去世的消息后，同伴们觉得很震惊，一方面为他的粗心失去性命感到遗憾，一方面觉得这是在航行前不祥的征兆，他们害怕前去性命堪忧。但是没有任何办法，我们只能来到大海边准备起程，这时候喀耳刻送来一只公羊和一只黑色的母羊，还为我们准备了一些祭祀需要用到的物品，随后她吹了一口北风，小船在北风的推力下很快就航进大海深处。尽管我们忧心忡忡，内心沉重，但是小船似乎什么也没感觉到，还是那么轻快地向前行进着。"

游历阴间

奥德修斯喝了些水继续说道："大风推动着我们的小船在宽广的大海上航行整整一天，到了傍晚时分，太阳西沉，周围渐渐昏暗下来。我们终于来到幽深的奥克阿诺斯边沿。那里住着基墨里奥伊人，他们从来都是生活在黑暗之中，阳光永远照不到这块昏暗的土地。我们将船停靠在岸边，沿着岸边走去，不一会就来到女仙喀耳刻给我们指明的地方。我抽出锋利的佩剑，在岩石上挖了一个大洞，按照女仙的说法，一次祭献上掺蜜的牛奶、净水和甜酒，然后再撒上一层大麦粉。我向亡灵祷告，希望他们能够保佑我们返回家乡。之后，佩里墨得斯和欧律洛科斯抓住牲羊，我用佩剑宰杀了羊，乌黑的热血股股地流出来，闻到鲜血的气味，那些亡灵纷纷出现了，其中有新婚的女子、未婚的少年、年长的老人，各自有着悲惨的身世经历。他们齐声呼号，发出令人恐怖的声音，我吓得脸色惨白，但是我赶紧命令我的同伴们焚烧羊只，向神明祷告，自己则手执锋利的佩剑坐在一边不让亡灵靠近流血的牲羊。

"我首先看到了埃尔佩诺尔的灵魂，他的遗体还未被埋葬，存放在喀耳刻的宫殿里。我看见他不由得伤心落下泪来。我说：'埃尔佩诺尔，没想到你的灵魂比我们的船更快，早就来到了冥界。'他摇摇头，说：'奥德修斯，我命中注定难逃此劫，醉酒之后忘了身处何方，居然从屋顶上摔下来了。真是倒霉鬼一个啊。现在我看到你了，我请求你，回家以后，一定不要忘记我。帮我把尸身埋葬吧，记得把我的铠甲焚化，在灰暗的大海边给我造一个坟墓，然后把我最后用过的划桨插在我的坟头，因为那是我们大家友谊和真情的见证。'听到他这样说，我马上答应了。第二个过来的灵魂是我故去的母亲的灵魂。她叫安提克勒娅，是奥托吕科斯的女儿。我看见她的模样忍不住热泪盈眶，因为我以为她一直健在，没想到她已经去世了，我竟然会在冥界见到她的灵魂。但是我还是没有让她靠近牲羊，只远远地看着她憔悴的模样。直到提瑞西阿斯的灵魂出现了。他手执沉重的金杖，对我说：'奥德修斯，你为什么来到这幽暗的地方，请你离开这里，让我们吮吸鲜血，好给你做预言。'我赶紧让开，让他去吸地上的鲜血，之后，他对我说：'奥德修斯，你渴望回到家乡，但是神明会让这旅行变得艰难，尤其是海神波塞冬，他对你的愤怒看来不会消掉，因为你刺伤了他的孩子独目巨人。但是只要你们能够忍受住重重磨难，你们会如愿以偿回到故乡的。你们的船会穿过灰色的大海，来到特里那基亚海岛上，那里遍地都是肥壮的牛羊，那是归太阳神所有。如果你们不伤害也不掠夺牛羊的话，可以保住平安，但是如果你们这样做了，灾难就会降临在你们身上。虽然你自己可以脱离灾难，但是却只能孤身一人，乘坐他人的船只，到家后还要遭受那些狂妄无礼的人带来的羞辱。等你到家后你会对那些向你妻子求婚的恶人施以报复，把他们杀死。到了那个时候，你就要远游了，直到你找到一个部族，那里的人从未见过大海，也不知道什么叫作食盐，甚至从未见过船桨。当你在路途中遇见一个行人，他把你宽阔的肩头称为扬谷的大铲，那时你要把船桨插在地上，向海神波塞冬祭献美好的祭品，一只公羊、一头公牛和一只公猪，然后再返回家举行盛大的祭祀仪式，依次向神明酬谢。这时候死亡也会慢慢从海上降临于你，让你在安宁中享受晚年，你的人民也会受到神明的护佑，我说的一定会实现。'

"听完他的话，我连连点头，然后又问他：'尊敬的预言者，我刚才看见我母亲的亡灵在这里，但是她不开口和我说话也不看我，这是为什么呢？'提瑞西阿斯说：'不管是哪个灵魂，要是你让她接近鲜血，她就会告诉你实情，否则她不会对你说实话的。'说完，他就消失了，飞到他在冥界的住处。于是我让母亲的灵魂吸了鲜血，她立刻就认出了我，哭泣着对我说：'孩子，你怎么来这个地方？你怎么能穿过奥克阿诺斯湍急的激流呢？你是直接从特洛伊和同伴们来到这里还是没有回到家乡和妻儿见面呢？'

"我回答母亲说：'母亲，我不得已才来到这里，我们来这里是来见提瑞西阿斯的亡灵，让他给我们做预言。自从特洛伊战争以后，我还没有能回到家乡，一直在外面漂泊流浪。现在请你告诉我，你是得了什么病而去世的？请告诉我父亲还有我儿子的情况，他们是保留住了我的王位还是被别人夺走？妻子是同儿子在一起保护着家产还是改嫁给他人，以为我不再回来？'

"我的母亲回答说，我的妻子仍然对我忠实，她每天都承受着煎熬，我的王权也没有被人夺取，我的父亲仍然住在原来的庄园里从来不进城，他不用床铺也不盖袍毡，和仆人们住在一起，全身褴褛。每当夏季或者收获的季节来临的时候，他就躺在葡萄藤落下的厚厚的叶子上，为思念我而伤心不已，希望我能在他有生之年顺利回家。不是什么疾病让她失去性命，是因为太思念我，太想看见我，渐渐地在思念中消耗了体力。

"我渴望再次拥抱我那慈爱的母亲，于是伸出手去拥抱她，谁知我试了三次她都从我手中滑脱过去，我心中感到万分痛苦：'我的母亲啊，你为什么不让我抱抱你？'母亲回答说：'孩子，死去的人是没有肌肉骨骼的，你所看见的我只是一个虚幻的影子，像梦一样飘忽不定，你是难以抓住的。不要悲伤，虽然我不能抱着你，但是我永远爱着你。现在你赶快返回人间，把这些牢记在心里。'

"这时候走过来一群妇女的灵魂，她们都是王公贵族的妻子或女儿。首先见到的是高贵的提罗。她是克瑞透斯的妻子，非常喜爱埃尼泊斯河，那是一条美丽的河，她常常去河边游玩。有一天，海神波塞冬幻化成河神埃尼泊斯，他卷起紫色的巨浪包围住女子和自己，然后和她在爱情的滋润下缠绵合欢。由此提罗怀了身孕，生出佩利阿斯和涅琉斯，两个人后来成为宙斯的勇士。同时，她还为自己的丈夫克瑞透斯生下几个儿子。

"第二个见到的是阿索波斯的女儿安提奥佩。据说她和宙斯生下一对孪生儿子，他们后来占据了特拜城池。第三个是安菲特律翁的妻子阿尔克墨涅，她与宙斯生下了强壮威猛的赫拉克勒斯。我还见到了墨伽拉，安菲特律翁儿子的妻子。还有俄狄浦斯的母亲美丽的伊俄卡斯特，她在不知情的情况下犯下罪恶，和自己的儿子结婚，儿子弑父娶母。知道真相后这位美丽的母亲自缢了，儿子虽然还统治着特拜城，但是却忍受着由复仇女神制造的重重灾难。我现在没法具体一一讲述完这些故事，因为天色已经不早了，该是睡觉的时候了。我看我或者去小船同伴那里或者就留在这里，回家的事情拜托你们和神明的保佑了。"

奥德修斯这样说完，大家都听得如痴如醉，久久难以从他的故事中醒过来。王后阿瑞塔说道："这位客人的经历、智慧、勇气令你们有什么想法呢？我们钦慕他、敬重他，让我们给他一些礼物表示我们的尊敬吧。"国王也同意王后的提议。"尊敬的国王陛下、王后，你们的心意我我很感激，谢谢你们的赏识和帮助。"奥德修斯说道。

"奥德修斯，我们知道你不是那种油腔滑调的坏人，你很正直，你的经历全部都是真实的。你的故事令我们感动，因为你的真诚打动了我们。现在还不是睡觉的时候，请你说说你的勇敢的同伴们的故事，他们和你一起去伊利昂，在那里英勇战死。我想听听他们的事迹。"

"既然如此，我很愿意再为大家讲一讲。"奥德修斯继续说他在阴间的情形。

"之后我又看到了阿伽门农的灵魂，他吸了牺血之后马上认出了我。他放声大哭，泪流不止，向我伸出双手，但是灵魂和血肉之躯是不能拥抱的，我看到他的样子，心中感到很怜悯，对他说：'人间王者，阿伽门农，你遭遇了什么悲惨痛苦？是波塞冬制造风暴让你在激怒的大海里丧命？还是被敌人杀死？还是为了保卫妻儿和城市战死呢？'"

"'奥德修斯，波塞冬没有给我带来灾难，也不是敌人将我杀害，是埃癸斯托斯和我那可恶的妻子串通把我杀害，我随去的同伴也在他们的计谋中丧生。你虽然见过不少惨烈的战斗场面，但是如果你亲眼看见我们那天被他们残忍杀害，想必也受不了。妻子克吕泰涅斯特拉因为嫉妒我俘获带回家的女奴卡珊德拉，活活地把她杀死，女仆发出凄惨的叫声，至今我还记得。接着他们又策划险恶的计谋将我杀害。他们趁我不注意的时候把剑刺进我和同伴的胸膛，我只记得当时整个大厅里都淌满了鲜血。没有哪个女人比她更歹毒、更残忍。她和情夫犯下如此滔天罪孽，一定会触怒神明，也会玷污自己和后世的名誉。'阿伽门农说道。

"'天哪，宙斯总是利用女人降祸于我们，先是因为海伦才有了特洛伊战争，现在又是你的妻子把你凶残地杀害。'我对他的遭遇感到同情。'奥德修斯，你和我不一样，你不会被你的妻子杀害，因为你妻子是个非常善良的人。我记得我们出征前她的怀里还抱着你出生不久的孩子呢，现在你的孩子应该长大了吧，可惜我在生前连自己的孩子都没看见就死了，我现在很想念他，你可曾听说过他的消息呢？他是在否还活在这个世界上？'我并不知道阿伽门农孩子的情况，只能摇摇头低头不语，阿伽门农看见我这样显得更为伤感了。这时候阿喀琉斯的灵魂也来了，他看上去和生前一样威武强大。他认出了我于是问道：'你在这里干什么？'我回答说：'我是来见提瑞西阿斯的亡灵，让他给我们做预言的。我从特洛伊战争结束以来还没有回到家中，我得罪了神明，他抛下众多灾难，使我不能回到自己家中。我想从预言中找到回家的路。阿喀琉斯，我真羡慕你，你生前那么神勇，让所有人折服，死后又在冥界统治众亡灵。即使你去世了，但是为了那么多的荣耀也不应该感到遗憾了。'阿喀琉斯询问了我他儿子还有父亲的消息，我不知道他父亲的消息，只能对他说了他儿子涅奥普托勒摩斯的事情，他儿子非常勇敢，在众多的战争中表现得异常从容镇定，我盛赞了他的儿子，并对阿喀琉斯表示了钦羡之情。阿喀琉斯听见我赞扬他儿子不由得心生喜悦，心满意足地沿着翠绿的草地离去了。随后我又看见埃阿斯的灵魂，他显然还在为阿喀琉斯铠甲的事情而生我的气呢，想当初我和埃阿斯比赛，获胜的一方就能得到阿喀琉斯的铠甲。结果我赢了。'埃阿斯，难道直到现在你还生我的闷气吗？你去世造成的损失对阿开奥斯人来说是不可估量的，人们就像悲悼阿喀琉斯的死一样难以接受你死去的现实。你过来我们说说话好吗？'可是即使如此他也不愿意搭理我，而是随着其他亡灵一同隐去了……我本来还可以看见更多英雄的亡灵，一睹他们的风采，但是又担心会出什么乱子，只好命令同伴们返回船上，准备起程，这时候又有一阵顺风吹拂过来，小船很快离开了那块令人恐怖的阴霾之地。"

遇见塞壬女仙，怪物斯策拉和卡律布狄斯，太阳神的牛群

"等我们重新到达艾艾岛，我派遣同伴们从喀耳刻的宫殿里搬出埃尔佩诺尔的遗体到海滨，随后为他建造了一座坟墓，在他的坟头插上一把曾经用过的船桨。喀耳刻知道我们返回的消息后，带着女仆和精美的食物来到海边给我们送行。大家就地休息下来，喀耳刻连忙抓住我的手，将我拉到一边悄悄对我说：'现在你听我说，你首先将会遇见半人半妖的塞壬女神们，她们会迷惑所有经过她们那里的人，要是有人经不住诱惑停下来听取她们美妙的歌声的话，那么他将永远不能返回家乡了。塞壬们会把他迷住，她们身边到处堆满了死人的骨头和皱巴巴的人皮。你要用蜂蜡把同伴们的耳朵堵住，这样他们就听不见了，但是如果你自己想听听塞壬们的歌声的话，就要叫同伴把你的手脚绑在桅杆上，不能解开，这样即使你会被美妙的歌声吸引但也不能去到塞壬们身边。在航行的过程中你们还会看见有两条道路，但是我不能告诉你要走哪条，需要你自己用心判断。一条通往险峻的悬崖，那里巨浪不断拍打着崖壁溅起漫天的水花，即使连最勇敢的飞鸟也无法飞过，任何凡人的船经过那里都会被摔成碎片。另外一条通往两座悬崖，其中的一座尖峰直插云霄，崖壁光滑，任何人都无法爬上去。悬崖中央有一个洞穴，里面住着可怕的怪物斯策拉，它们叫声恐怖，长着十二只脚，长长垂下来，伸着六个脖颈，每条脖颈上都长着一个非常难看可怕的头，尖锐的牙齿整整有三排，要是有人经过它则会被它吃掉。如果你们的小船经过那里，一定要小心这个怪物。另一面的悬崖比较低矮，悬崖顶上有棵高大无比的无花果树。悬崖底下有个怪物卡律布狄斯，它每天三次吞吐海水，你们不可以在它吞吐海水的时候经过那里，否则就会被它吃进肚子里去了，还是先把船航从斯策拉那边的悬崖急速地穿过，即使你们丧失了六个同伴也胜过你们全军覆没。

"我担心地说道：'那么，女仙，你告诉我，我有没有办法既躲过卡律布狄斯，又能避免同伴被斯策拉抓去？'

"她摇摇头说道：'你真是大胆啊，你无法和不死的怪物作战，只有想办法躲避，或许你还可以召唤斯策拉的母亲，她会阻止斯策拉进攻你。然后你会到达海岛特里那基亚，那里放牧着许多肥壮的牛群，它们永远不会生育但也不会死亡，属于太阳神阿波罗所有，由他的两个女儿法埃图萨和兰佩提娅放牧。要是你不伤害或掠夺这些牛群的话就可以顺利返回伊塔刻，但是你要是敢打这些牛群的主意，即使你能逃脱苦难，你的所有同伴将会丧命。'

"她说完后就带着女仆离去了，我目送她离去之后，和同伴们鼓起勇气重新出发了。在船上，我告诉了同伴们女仙曾经告诉我的话，不知不觉之间，我们来到了塞壬的领地。奔流不息的海浪这时候整个都平静下来，我知道要有情况出现了，

于是立刻将蜂蜡切成小块分给同伴,他们把耳朵塞住,这样就听不见声音了。我又吩咐他们把我捆绑在小船的桅杆上。我听见了塞壬们美妙的歌声,简直太美妙了,就像仙乐一样令人着迷,她们边唱边说:'英勇的奥德修斯,强壮的阿开奥斯人,快停下,停下来欣赏我们美妙的声音,每一条从这里经过的船都要停下来听我们歌唱。听完我们歌唱后你的见识更加渊博,我们知道人世间发生的所有一切,快停下来吧。'

◆陶瓶画

此图是根据荷马史诗《奥德赛》故事情节绘制的陶瓶画。在回家途中,为了抵御鸟形的塞壬神甜美歌喉的诱惑,以免走向覆灭,奥德修斯用蜡将水手们的耳朵堵上,并把自己绑到船的桅杆上。

"我真想停下来听她们唱歌啊,理智在这时已经完全不起作用了,于是我向同伴示意让他们给我松绑,同伴们没有这样做反而把我绑得更紧了。直到小船渐渐远去再也听不见她们的声音,我才恢复了理智。我让同伴们把我从桅杆上解下来。

"很快,我们就遇到了漫天的迷雾和狂乱的波浪,小船在海面上颠簸起伏,同伴们这时候感到恐惧,手中的船桨纷纷掉进水中。我鼓励他们让他们不要失去勇气,但是没有告诉他们关于怪物斯策拉的事情,担心他们知道以后更惊恐。我忘记了喀耳刻的嘱咐,她让我不要武装自己,我却穿上了坚固的铠甲站在船头,找寻怪物斯策拉的影子。我们行驶在两座悬崖狭窄的过道中,一边是斯策拉,一边是卡律布狄斯。卡律布狄斯张开血盆大口吞吐着浑浊的海水,当他把海水吸进腹中,海底裸露出了黑色的岩石和泥沙,响声巨大,震耳欲聋。我们注视着这可怕的景象,没想到斯策拉从那边的洞穴中飞来伸出利爪一下子就抓走了我们六个同伴,他们在空中不断叫喊让我们救他们,声音惨烈痛苦。但是我却一点办法也没有,只能活活看着同伴们丧生在怪物的手中,那惨痛的景象我这辈子都难忘。

"我们连哭泣的时间都没有,只能抓紧时间快速划过,终于避开了可怕的斯策拉和卡律布狄斯,来到了太阳神的岛屿上。果然,远远地,我们就看见了许多成群的肥壮的牛,我记起了喀耳刻的叮嘱,对同伴说:'喀耳刻曾经严厉警告我,说要躲过这座岛屿,从它身边航过。'同伴们中的欧律洛科斯却恶狠狠地说:'奥德修斯,你真勇敢,身体好像不会疲惫,你难道没有看见同伴们吗,他们已经累得手脚发抖了,在这座岛屿面前你却不让他们上岸休息休息,却要在黑暗来临的时候还要在海上航行。还是让我们好好休息一晚,等休息够了明天再走也不迟。'

他这样一说，同伴们都表示赞成，但是我却谨记女仙的教导，说道：'欧律洛科斯，现在只有我一个人说不让你们到岛上去，这样显得也未免过于苛刻。但是你们要对我发誓，看见了羊群或者牛群一定不要杀害它们，你们只准吃喀耳刻送给我们的食物。'他们按照我的要求纷纷起誓，于是我们来到了岛上。

"整整一个月，海上一直吹着南风，我们的小船无法航行，只能空坐在岛屿上等待风向转变。喀耳刻准备的食物也慢慢吃没了，我们只好去捕食一些海鱼和飞鸟充饥。某一天我独自走在海边，找到一个避风的地方，向神明祈求转变风向，神明却给我带来了沉重的睡眠，我感到一阵晕眩，倒在海边睡着了。没想到，这时候欧律洛科斯对同伴说：'同伴们啊，我们现在饥肠辘辘的，那边有那么多肥牛，我们抓几只过来解馋吧。如果我们能过回到家乡，我将立即给阿波罗建一个豪华的神殿，为他献上祭奠。如果神明们想要毁坏我们的船只，注定给我们这样的命运，我也愿意这样做，也不愿意待在这岛上被活活饿死，没有在战场上战死却成了饿死鬼，简直太窝囊啦！'

"他说完后其他的同伴纷纷表示同意，他们抓来几头黑牛，简短地做了祷告之后就把它们宰杀了。他们生起火来，把大块的牛肉切碎放在火上烤，很久没有闻到肉香，同伴们都垂涎三尺了。这时候我从睡梦中醒来，海风吹来阵阵肉香，我心里突然有种不祥的预感，等我跑回船边一看，果然！他们正吃着烤好的牛肉呢！这可怎么办呀，我看着围在一起烧烤的同伴，心中又急又气。就在这个时候，放牧女神兰佩提娅发现有人宰杀牛群，于是迅速报告给太阳神阿波罗，太阳神震怒了，他对宙斯说：'那些小子狂妄极了，居然敢宰杀我心爱的牛，那些牛对我有多么重要！你要是不让他们付出相应的代价，那我就要沉入冥界照耀那里的亡灵而不再照耀人间，为凡世带来光明！'宙斯意识到事情的严重性，连忙安抚他：'你还是照耀尘世吧，我会立即抛出闪电霹雳让它把他们的船劈成碎片！这下你总可以满意了吧。'

"我大声指责着正在吃肉的同伴，但是也想不出任何可以补救的办法，强烈的不祥的预感让我感到隐隐的恐惧，但是又说不清到底是什么。突然，那些已经被烤熟的牛肉和尚未烤熟的牛肉一起动起来，还发出巨大的吼叫声。他们害怕极了，赶紧扔掉手中的牛肉。我知道这是神明让不祥的预兆显灵了，我担心还会有什么不测要发生，于是赶紧召集同伴逃离此岛。

"我们乘船来到大海上，渐渐看不到任何陆地的轮廓。突然，天边飘来一块巨大的乌云，天空霎时变得漆黑一片、伸手不见五指。强劲的西风卷起巨浪拍打在小船上，桅杆不一会儿就被吹倒了，它倒在船尾，砸碎了一位同伴的脑袋，那个倒霉的人当时就翻身跌入海水中。这时，宙斯又抛出闪电霹雳，空气中到处弥漫着硫磺的味道，闪电把小船劈成碎块，同伴们都被扔进大海里。他们在波涛中挣扎翻滚，渐渐地失去求生的力量，漂浮在海面上不动弹了。我紧紧将缆绳把船梁和倒下的桅杆绑在一起，拼命抓住可以依附的东西，丝毫不敢大意，任凭风浪袭击。破损的小船随着风暴在海上起伏着，整整过了一夜，那一夜我觉得比我任何时候经过的一夜都要漫长。第二天，我发现自己又来到了斯策拉和卡律布狄斯居住的地方。可怕的卡律布狄斯正在吞吐海水，我的小船也在强大的吸引力下被他吸走，我急中生智，纵身一跃，抓住洞穴旁边的一棵无花果树枝，等到卡律布狄斯重新把海水吐出来，我发现了小船，然后又跳进小船里，用手当桨迅速地拨开海水，幸亏当时怪物斯策拉没有发现我，不然我一定不会幸免于难。从此之后，我又在海上漂泊了九天，粒米未进。直到第十天，神明安排我到奥古吉埃岛，那是仙女卡吕普索的居住地，她热情地招待了我。但是这些我昨天已经对你和你夫人说过，现在就不再重复了。"

奥德修斯告别淮阿喀亚人

奥德修斯说完他的故事之后，在座的人都沉默不语，他们沉浸在故事的惊险情节中久久不能回到现实中来。国王开口说道："奥德修斯，你既然经过那么多险难才能够来到我们这里，我们也感到很荣幸能接待你。现在我向在座的每位提议，我们大家一起送给奥德修斯一只大鼎和一口大锅作为赠礼，为了表达我们对于像你这样的英雄的敬意，好吗？"大家纷纷表示同意他的建议。

第二天，大臣们涌进国王的宫殿为奥德修斯送行，同时也带来了许多精美的礼物还有昨晚许诺的大鼎和大锅。送行之前照例需要举行祭祀，少不了又是一番宴饮和玩乐。奥德修斯归心似箭，总是抬头看看太阳，希望时间能走得更快些。在席间，他举起酒杯对大家说："淮阿喀亚人，友善的朋友，国王陛下，衷心感谢你们的善良好意。祝你们能永远幸福安康，免除任何不幸灾难。"说完，他又转向王后："尊敬的王后陛下，我祝愿你永远年轻幸福，我这就要起程了，祝愿你的孩子和家人永远健康快乐。"

说完，奥德修斯就走出宫殿，国王命令传令官跟随他，王后也吩咐女仆们为奥德修斯提去准备好的礼物，有精美的衣服、食物，还有美酒。

他们一行来到大海边，放好行李，在船上铺好褥子让奥德修斯能够安稳地睡觉。随行的船手都是经过挑选的年轻人，他们按照次序坐在黑壳船上，伴随着奥德修斯一起开始了回家的旅途。淮阿喀人的确善于航海，黑壳船航行在大海之中犹如骏马奔跑在平原上一样迅疾。一路上乘风破浪，毫无阻碍，就算最善于飞翔的雄鹰也难以追上它的速度。奥德修斯满怀幸福地平稳地躺在船上，渐渐地跌入梦境，在梦中他回到了家乡，正如接下去他要经历的一样。

踏上故土

奥德修斯在睡梦中甜蜜地睡着，船手们丝毫不敢懈怠，奋力划着船，过了许久，当天空升起明亮的启明星时，他们终于来到了伊塔刻。港口两侧有突出的两扇悬崖当作护翼，小船可以不受浪涛的袭击安全驶进港口。悬崖顶上有棵枝叶繁茂的橄榄树，附近有一个洞穴，那是山林女神们居住的地方。她们整天在那里纺纱织线，还不时举行一些娱乐活动，真是一个世外桃源啊，连蜜蜂都环绕在她们身边作窝休息。悬崖上倾泻下来两处水泉，一条流向北方，凡人可以进出；一条通往南方，供神明往来，凡人不可进入。船手们等船泊上岸后，迅速地将还在睡梦中的奥德修斯搬离黑壳船，再把财物放置在他身边。为了不让陌生人劫走，他们把他和物品隐藏在远离道路的橄榄树下。这样安排妥当以后，船手们立即返回淮阿喀亚了。

海神波塞冬知道了奥德修斯已经返回家乡，虽然自己已经给了他足够多的磨难，但是看到他现在能这样舒适平安地回到家乡，而且随身还带着这么多财物，不由地心生怨气。他找到宙斯抱怨说，是因为宙斯违背他的意愿才能够让奥德修斯回到家乡，他发誓要让返回的淮阿喀亚人葬身大海，才能解除他心中的怨气。宙斯劝慰波塞冬道："亲爱的朋友，我们没有轻慢你，也不是无视你的意愿，与其把他们劈死在海上，还不如等到他们快回到家的时候，把他们的船只变成石头，然后再把他们的城市用山峦围困住，一泄你心头的怨气，你看怎么样呢？"

波塞冬觉得宙斯说的有些道理，于是趁着船手们快回到城邦，而城中的人们也可以看见他们归来的样子的时候，波塞冬张开大手把船变成一块黑色石头，快速行驶的船突然之间不动了，像生了根似的。原本聚集在城墙边准备欢迎勇士回来的人们看见了，他们不明就里，纷纷议论起来。国王知道了这样的情形，叹息道："天哪，我父王曾经做过的预言现在正在应验，他说波塞冬不喜欢我们，因为我们常常帮助迷路的客人重返家乡。他还说，要有一队船员会在送完客人的返还途中被击毁，我们的城市也会被山峦包围。现在这一切都在应验，我们要赶快向神明祈祷，但愿他们能垂怜我们，不再惩罚我们。"于是淮阿喀亚人纷纷准备好祭品围住波塞冬的祭坛，跪下求拜。

远在伊塔刻的奥德修斯正在睡梦中醒来，尽管他已经身处故乡，但是却不能识别出来，因为他离开家太久了。无论是茂密的树林、蜿蜒的港口还是耸立的山峦都让这位旧日的国王感到陌生，他马上站起身来，左看看右瞧瞧，揉了揉自己的眼睛，然后重重地拍了一下胸膛，悲怆地大声哭泣起来："天哪，我这是又到了什么荒蛮的地方？神明又将带给我什么样的灾难？我还不如留在淮阿喀亚人的城市中呢，现在迷路了，身边又有这么多财物，要我怎么处置啊？国王曾许诺要把我送到美丽的伊塔刻，但是他们却把我扔在这个地方让我求天不应叫地不灵，这可如何是好？"他一面说，一面查看着他的财物，发现属于他的宝物一件都没有少，于是心里稍微平静了一会，但是仍为他的处境叹息不已。这时候雅典娜幻化成一个牧羊少年，走到他身边，她身穿着双层披篷，手握标枪，英姿飒爽。奥德修斯看见少年，马上拦住他问："朋友，你是我在此地遇见的第一个人，请问这是什么地方，什么种族在这里居住？这是一座海岛还是一片海滩而已？"

"外地人，看来你真是远道而来，连这里都不知道。它可不是无名小地，它的威名传遍东西各方。这里道路崎岖不适合骑马，土地不算贫瘠，地域也不算辽阔；但是这里盛产麦类，也盛产葡萄，有广阔的牧场，放牧着成群的牛羊，还有繁茂的森林、清澈的流泉。外地人，此地叫作伊塔刻，想必你以前也听说过。"雅典娜装作本地人对奥德修斯说。"你不像是本地人，你来自哪里？来伊塔刻干什么呢？"雅典娜继续问道。

奥德修斯听到故乡的名字，简直不能相信自己的耳朵，他感到震惊无比，但是当着陌生人的面，他还是很快就稳定下内心的激动。为了提防着可能会有的险情，他假意说到："我以前在克里特岛的时候听说过伊塔刻，没想到现在自己到了这里。我之所以来

奥德修斯与先知提瑞西阿斯
奥德修斯由喀耳刻指点，前往冥府向先知提瑞西阿斯询问归家的旅途，在他的提示下，奥德修斯得以返乡。

这里，还带着那么多的宝物，是为了逃避敌人的追杀，我杀了伊多墨纽斯的儿子奥尔西洛科斯，因为他一心想要抢夺我从特洛伊带回来的战利品，为了那些财富我付出了多大的心血呀！我把他干掉以后，知道他的父亲以及他家族的人一定不会放过我，只有逃跑才能免除更大的灾祸，于是我请求到克里特岛做生意的腓尼基人，让他们带我离开这里。他们欣然答应了。没有想到的是，我们在海上遇见了前所未见的暴风，暴风把我们的小船吹离了航道，虽然我们尽力划船但还是阻挡不了风力，结果我们就被吹到了这片土地上。当时的我们又累又饿疲倦极了，一到岸上就昏睡过去。腓尼基人早早地醒来，看见我还是昏睡，就把我和我的东西给留下，自己却驾着船离开了。现在我一个人在这里，人不生地不熟的，简直不知道如何是好了。"

等他说完之后，雅典娜微笑着抚摸着他的头说："你真是聪明又狡猾，即使回到了你的故乡也不忘改掉这些习性。你想骗我吗，真亏了你这么快就想出那么一大堆故事。但是这些伎俩正是我钟爱你的原因，你在凡人之间最善谋略也最善言辞，我在神明中间也一样，所以说我们是同类。一路上我一直保护着你不让你被灾难毁灭，可你从来没有把我识别出来。我就是雅典娜，智慧女神，宙斯的爱女。我这次前来，是想告诉你你将来的命运。"

奥德修斯马上虔诚地跪下来，对女神表示感谢："女神啊，您变化多样，我是个粗鄙的凡人，怎么能将您识别呢？一路上承蒙您的关照我才能从重重险境中逃生，我永生不忘您的恩德。可是，这回您真的不是在骗我吧，这就是我梦寐以求的伊塔刻？"

女神郑重地点点头，她驱散开先前围绕在奥德修斯周围的一圈迷雾，让他得以看清周围的一切。"你看，"女神对他说，"这不就是你熟悉的家乡吗？你总是这样疑虑重重、小心谨慎地行事。要是其他人回到自己家乡一定首先询问自己的亲人，一心想立刻得到他们的消息，可你现在却还总是疑心。你的妻子现在还在家中，每天流泪不止，身边被一圈求婚者包围着，毫无办法。我知道因为你刺杀了波塞冬儿子的眼睛所以他对你怨气十足，他一心阻挠你回到家乡，即使如此，我却一直支持你回家，从来没有对此感到怀疑。波塞冬是我的叔父，所以我只能暗中帮助你。你看见那棵橄榄树没有，那里有一个洞穴，是神女们曾经嬉戏的地方，现在最好把你的财物放进洞穴里面，以免暴露你的身份。"奥德修斯赶紧跪下亲吻着故土，不断地像众神明祷告着，随后他按照女神的吩咐将财物搬进洞里，雅典娜站在他身旁，运用法力搬来一块巨石将洞口堵住。

"现在，我要告诉你一些重要的事，"雅典娜对奥德修斯低语道，"自从你离开后，你家里就乱得不成样子了。常年不见你的踪迹，大家都以为你已丧生。那些无耻的求婚者因为贪图你的财富和你妻子的美貌，纷纷涌进你的宫殿向她求婚，最可恶的是他们每天都待在你的家里大吃大喝，即不按照正常程序提出彩礼，也不愿意离开。你的妻子和儿子为此饱受痛苦，没有人站出来帮助他们。不过你妻子是个很守妇道的人，对你一直忠心耿耿，丝毫没有为之所动。倒是苦了你的孩子忒勒马科斯，他那么年少就要承担一个成年人应该承担的压力和痛苦。"奥德修斯知道后，气得咬牙切齿，他恨不得立刻冲回家去把那些狂妄的人统统杀掉，但是他还孤身一人，需要别人帮助，于是他对雅典娜说道："敬爱的女神，请您帮助我，赐给我力量，只要和你在一起，我甚至能一下子干掉三百个人！不过既然您知道我的行踪，为什么不告诉我的家人我还活在世上，反而让他们饱受这种痛苦呢？特别是我儿子，不知道他现在愁苦成什么样子呢！"

雅典娜说："你不要着急，你儿子没出什么事，不过他为了打探你的消息，去了拉克得蒙寻找墨涅拉奥斯。我一路上也护佑着他，使他免受灾难。的确有居心不良的求婚者想要谋害他的性命，但是我看他们不会得逞的。现在我告诉你应该做的事：不能暴露自己的身份。我要把你彻底变成另外一个人，你的皮肤将变得像老年人一样干皱，身材佝偻，衣服也会变得褴褛不堪。你要寻找机会除掉那些恶人，但现在还不是最佳时机，因此你要先学会隐姓埋名。然后你自己去找牧猪人，他对你忠心不二，你向他打探消息。我马上去斯巴达，召唤回你的儿子。"

雅典娜说完，用手中的金杖一点，奥德修斯马上从一个健壮的男人变成一个干瘪瘪的小老头了，头发灰白，牙齿脱落，眼睛浑浊，简直和以前的他判若两人。然后她自己飞向空中，前往盛产美女的斯巴达找奥德修斯的儿子忒勒马科斯去了。

暗中会见牧猪人

奥德修斯走过一段崎岖的道路，穿过浓密的树林，来到牧猪人的家。他站在屋子前，看见庭院宽大，周围都用高大的石块砌成护栏，最外面栽种着坚实的橡树树枝，整个庭院被开辟为养猪场，细细一数，刚好十二个猪圈。肥胖的猪都在猪圈里吃食或睡觉，它们被牧猪人精心照料，长得很好。猪圈旁边睡着四只凶猛的看门犬，一个慈祥的老人坐在看门犬边上缝制他破烂的布鞋，没有发现奥德修斯的到来。

突然其中一只看门犬惊醒了，他嗅出陌生人的味道，不停地吠叫起来。其他的三只也马上站起来，扑向站在屋外的奥德修斯。老人立刻喝止住他们，他看到门口站着一位白发苍苍样子颓唐的老人，于是前来细细询问。

"尊敬的客人，我的狗惊吓到了您，真是抱歉。我刚才在缝补我的鞋子没有看见您的到来，我现在满脑子都在想着我那可怜的主人。哎，算了，还是请先进屋，让我好好招待一下你吧。"于是，牧猪人把奥德修斯搀扶进他的小屋子。他在地上铺了一层毛茸茸的山羊皮，让奥德修斯坐上去。然后他走到屋外，宰杀了一只猪，把它烧烤好，端给奥德修斯吃。奥德修斯对牧猪人的礼待感到很高兴，他说："老人家，您那么善良，宙斯一定会保佑您所有的愿望都实现的。"

"哎！别说所有了，只要实现一个，让我的主人平安回家，我就心满意足了！"牧猪人叹息道。"你主人出了什么事吗？你总是提到他。"奥德修斯假装追问道。

"客人，你或许从远方来，不知道我家里的情况，"牧猪人开始絮絮叨叨谈了起来，"要说我对你礼待，这样简单的礼待不算什么，我的主人也曾那样礼待我，我至今仍对他充满感激之情。主人对我关怀备至，从不把我当作下等人，给我房子住，给我东西吃，还给我报酬。可惜我再也碰不上这样好的主人了，他多年前去特洛伊作战，没有战死的英雄们都已经回家，唯独他一点消息也没有，急死人了。虽然你是外乡人，对您说主人家里的消息似乎不大妥当，但是那群可恶的求婚人实在欺人太甚了！我不得不说说。自从我主人没了音信，大家纷纷传言说他已经命丧黄泉。他妻子珀涅罗珀每天伤心欲绝，躲在房子里边纺织边流泪。他年幼的儿子为了找寻父亲的下落每天忧愁烦恼。一群狂妄的人觊觎女主人的美貌和主人丰厚的家产，纷纷涌进主人家里向她求婚，却既不按照约定的习俗送来彩礼，也不离开主人家，成天无赖一样坐在大厅里吃吃喝喝，耗费我主人的财产。喏，就说这些猪吧，每天都要给他们送去一头精壮的公猪供他们享乐，猪圈里的猪一天少一只呢。"

奥德修斯一边听着牧猪人的唠叨，一边不动声色地吃着猪肉，问道："你主人是什么人？拥有这么多财富？你告诉我他的名字，说不定我曾经听说过他呢。"

"哎，外乡人，不是我不相信你，只是这种事以前发生过太多次。好多人为了得到女主人的赏赐，明明不知道主人的消息，却骗人说知道，假装胡诌乱说一通，就是为了骗取女主人许诺过的衣袍。我想我那可怜的主人一定是不在这世上了，不知道他现在是埋葬在泥土里，还是暴尸荒野被乌鸦啄食，还是浸泡在苦涩的海水中，灵魂得不到安宁？他一定是死了，只留下那么多悲哀让我们承受，哎，我再也找不到这样好的主人。即使如此，我还是称他为主人，不管是生是死！"牧猪人说到这不由得鼻子发酸，他伸伸衣袖揩掉眼角的泪珠。

奥德修斯站起身来，郑重其事地对他说："我发誓，你主人必定会回来。那些编造谎言的人，想必很贫困，我虽然也清贫，但是我绝对不会为了所谓的衣袍而说谎话，我可以发誓。你等着看吧，等到你主人真的回家了，你的女主人不要忘记曾经许诺的赏赐就够了。不出今年，奥德修斯一定会回到他的宫殿，报复那些可恶的求婚者，这是我的预言。"

牧猪人摇摇头说："哎，主人不会回来了，作这些预言又有什么用呢？还是请坐下来继续喝酒吧，每当有人这么信誓旦旦地对我说，我就感到很伤心。不仅如此，女主人和小主人也很伤心呢，因为这些话从来没有应验。哎，外乡人，还是告诉我你是从哪里来，是什么部族的人，怎么会来到伊塔刻呢？"

奥德修斯沉思了一会，心想现在还不能暴露身份，他沉思了一两秒钟，然后说道："我来自辽阔广袤的克里特岛，家父正是克里特岛的国王卡斯托尔，尽管我的母亲是一位身份卑微的女仆，但是我的父亲却非常喜爱我。我父亲去世后，我们几个兄弟分了他的财产，由于我卑微的出身我和母亲只分的一小部分财产，后来我也娶了一房妻子。我平时不爱干农活或者操持一些琐碎的家务事，却很喜欢划船，参加激烈的斗争，在战场上冲锋陷阵，只有在那种充满了挑战的事情中我才能发挥我的能量。在阿开奥斯人进攻特洛伊之前，我已经九次率领同伴们攻打外敌，抢夺了许多战利品，这样我的财富渐渐多了起来，成为克里特岛声名显赫的大家族。后来在国人的委任下，我和杰出的伊多墨纽斯两人率领族人和阿开奥斯人一起前往伊利昂。我们在那里战斗了整整十年啊，最终结局是我们赢得了战争，第十年的时候我们返回家乡。我在家待了不到一年，还没有好好享受妻子的温柔和儿女们的天伦之乐就再一次离开家去往埃及。我带领了许多勇士，一行走得十分顺利。等我们来到了埃及河边，我派遣一些人前去打探情形，谁知他们自恃神勇，一踏上埃及的国土就开始肆无忌惮地抢夺人们的粮食和牲口，还有一些人掠夺了妇女和孩童，惨叫声霎时传遍了整个国家。国王在城里集结了精壮的队伍，他们穿戴齐整，骑着骠骑开始进攻我们。我们势单力薄难以抵挡他们人数众多的反攻，我的同伴们纷纷死在他们的青铜长矛下。眼看我自己也将被杀死，我立刻脱下头盔丢掉手中的武器，奔跑到领军的国王面前，跪在他面前求饶。国王看起来是个心慈的人，在我不断的忏悔下他原谅了我，把我带回了他的宫殿。

"我在埃及住了七年。在这七年中我和那里的人们建立了友好的关系，其实他们都是善良淳朴的人，渐渐地，他们原谅了我犯的过错，把我当作朋友，也给了我许多礼物。我把这些礼物全部收藏起来，心想有一天把它们带回家去。第八年的时候我认识了一个骗子，他是腓尼基人，他把我骗到腓尼基，于是我又来到了腓尼基。在他那里待了一年之后，他又借口去利比亚运货，让我一同前往，但是实际上是想把我给半途卖了。我们一行驶过汪洋的大海，快经过克里特岛时我惊讶地发现原来我的岛国在宙斯的威怒下被海水吞噬，已经看不到一片陆地的影子了。宙斯还给正在航行的我们降下灾难，他掀起来狂风暴雨，我们的小船在风暴的打击下很快就支撑不住了，同伴们纷纷给抛进水中，不久就被淹死。可能是宙斯怜悯我，就在我也要被抛进大海的一刻，船上的桅杆倒下来，正好在我身边，我趴在粗大的桅杆上漂浮起来。船已经被暴风雨击打成碎片了，我也看不到一个同伴了。我抱着那根桅杆在海上漂流了九天，第十天的时候来到了特斯普罗托伊人的国土上。特斯普罗托伊的王子首先遇见了我，他见我筋疲力尽、狼狈不堪，于是把我带到他家中。他父亲盛情款待了我，赐给我外衣还有衬衫等礼物。就是在那里，我听到了关于你主人奥德修斯的消息。"

牧猪人听到这里，急切地问道："你听到了我主人什么消息？"

"不要着急，你听我慢慢说。我从特斯普罗托伊国王那里听到你主人的消息，他说奥德修斯返回家的时候经过他那里。当时他身上带着许多财物，有黄金、青铜，还有精美的铁器，随后他去了多多那，那里有棵代表神意的高大的橡树，他去向橡树求问神的旨意。国王已经答应给奥德修斯帮助，为他准备了一些船只还有随行的人员。并且国王也答应送我返回家乡，还派了一些船手护送我。但是那些人心怀不轨，半路中打起我财物的主意，他们夺去我的东西，还把我的衣服也夺走，然后把我捆绑在船上。等到他们在一旁大吃大喝放松警惕的时候，我悄悄解开绳索，跳进海中，躲进岸边的灌木丛里，他们发现我逃走后怕惹祸上身就没有仔细寻找，急忙划着船离开了。现在你看到我这副狼狈的模样，就是拜他们所赐。"

牧猪人听得很认真，他说："客人，你经历了那么多灾难才来到伊塔刻，真是不容易呀。但是你提到我主人的消息，我仍然不能相信。从前有一个埃托利亚人来到我们家，声称他曾经在克里特见过我主人在修船，他还说主人最迟会在夏秋之际回家。我都这样一把年纪了，他还骗我。外乡人，你也不用拿善意的谎言哄我开心，但这样的怜悯不能真正带给我安慰，因为我已经失望太多次了。"

"要怎么做才能让你相信呢？"奥德修斯知道牧猪人已经丧失了信心，只好发誓道："我向宙斯和各位神明发誓，要是你主人真能回家来，你要遵守诺言给我一件大袍。若是你主人没有回来，那你可以让那些奴隶把我从悬崖上扔下去，以此警醒那些用谎言取悦你们的人。"

"哎，那我可真是要名垂千古了，先热情招待一个外乡人然后又把他杀死。还是别说这样的誓言了吧，我其他的同伴为那些求婚者送猪去了，差不多回来了，等他们回来后我们一起吃饭，早点休息，你也累了。"

正说着，牧猪人的同伴们回来了，他们宰杀了一只猪作为晚餐，盛情款待了奥德修斯。牧猪人把烧烤好的猪肉平均地分配给每一个人，并给每一个人斟满美酒。奥德修斯受到礼待，心中十分高兴。这时候窗外乌云密布，开始下起大雨来，狂风夹带着雨丝吹进屋内，让人感到一阵凉意。奥德修斯想考验一下牧猪人的忠心，看他能否脱下自己的大袍或者叫其他同伴让出衣袍给自己御寒，于是他站起来大声说道："同伴们，趁大家现在这会高兴，我来讲一个故事给大家助助兴。当年我们奋战在特洛伊城墙下的时候，躲藏在城墙外边的芦苇荡里，那时候奥德修斯也是首领之一。我记得当时天气寒冷，冰雪纷飞，我们穿得很少不足以抵抗寒冷，大家都冷得直哆嗦，牙齿不住地打战，脸都变成酱紫色的了。子夜时分，我终于冻得扛不住了，就用手肘碰了碰在身边的奥德修斯说：'奥德修斯我快要冻死了，今晚可能性命不保。'奥德修斯听完后想出了一个计谋，他对匍匐在他周围的同伴说：'我梦见了一个神奇的梦，这梦预示我们在这场战争中还需要更多帮助，可是主将阿伽门农在离我们很远的船舶上，你们谁上去告诉阿伽门农让他给我们增加支援。'安德赖蒙的儿子托阿斯听完后自告奋勇去告诉阿伽门农，他脱掉紫色战袍，向船舶游去。我披上他的衣服，不一会就暖和多了。那一晚多亏了奥德修斯帮助，我才能挨过那么折磨人的寒冷，要不然等不到我们进攻我估计就会冻死了。我心里始终记着奥德修斯的恩情,对他本人我深感敬重。真希望现在还能遇到这样的好人,你看我现在衣衫破损,简直不能见人。"

牧猪人听出了他的言外之意,于是说道:"客人,你说我主人曾经为了不让你受冻想出了那么好的计策,我是完全相信的,因为我的主人本身就是一个既聪明又有善心的人。你的故事的道理我明白,我们这里的人也不会让一个需要帮助的人感到困窘的,但是我们这里没有多余的衣袍,因为每个人只有一件,可能等少爷回来以后他会另外给你一件衣服。"说完,他在地上给奥德修斯铺上一层厚厚的羊毛让他好好安睡,接着又给他盖上了一件自己的衣服,以免他着凉。

奥德修斯和其他年轻人睡下了,只有牧猪人担心在屋外的猪,为了照看它们,他提起一根木棒,穿着厚厚的衣袍走出门外,在一个凹形的岩石下躺下了。奥德修斯看见牧猪人对他的家产如此忠心,感到非常欣慰又感动,于是也欣慰地睡着了。

忒勒马科斯回家了

雅典娜来到拉克得蒙,她径直走进墨涅拉奥斯家的寝室里寻找忒勒马科斯,她要告诉忒勒马科斯关于奥德修斯的消息,以便让他赶紧回家。只见忒勒马科斯和涅斯托尔的儿子佩西斯特拉托斯睡在一起,佩西斯特拉托斯已经进入梦乡沉沉地睡着,但是忒勒马科斯却辗转反侧难以入眠,原来他还在思念父亲。雅典娜轻轻走到他身边,拍了拍他肩膀,忒勒马科斯看见女神不由得吓了一跳,雅典娜附耳轻声说道:"忒勒马科斯,你离家太久了。家里那群可恶的求婚者还在你家中继续消耗你家的财产,他们越来越缺少节制,你母亲一人在家仍然每天意志消沉,以泪洗面。要是你还不回去,我担心会有求婚者把她骗去,因为她似乎心力交瘁支撑不了多久了。另外我还要告诉你,有一伙求婚者图谋不轨埋伏在萨墨附近的海峡里想要给你制造灾难,你记得要绕开这些海峡走其他的路。等你到达伊塔刻的陆地上,为了隐藏身份,不要和同伴们一起回到王宫,应该独自去找你父亲的牧猪人。他一直对你父亲忠心耿耿,不会对你有二心。你找到牧猪人以后,让他去给你母亲珀涅罗珀报告你已安全回来的消息。"雅典娜说完后就化作一个幻影消失了,过了好一会忒勒马科斯才缓过神来。他

 迈锡尼文物
发现于斯巴达附近的金杯,堪称迈锡尼时期的艺术精品。

用脚碰了碰正在熟睡的佩西斯特拉托斯，对他说道："佩西斯特拉托斯，快醒醒吧，我们现在马上起程回家。"佩西斯特拉托斯睡眼惺忪地回答道："忒勒马科斯，就算要回家也不是在深夜吧，等到黎明再说，说不定墨涅拉奥斯还要送给我们一些礼物呢。"忒勒马科斯听见他这样说也觉得有道理，于是又躺下去迷迷糊糊睡着了。

第二天天微微亮，忒勒马科斯就醒了，他来到墨涅拉奥斯面前，向他诉说回家的心愿，墨涅拉奥斯自然十分挽留，但是看到忒勒马科斯意愿坚决只好答应让他走。随后，他吩咐仆人们准备丰盛的饭菜款待客人，自己则带着妻子海伦和仆人墨伽彭特斯来到地下藏宝库为客人们挑选礼物。他挑选了一只双耳杯，吩咐仆人墨伽彭特斯拿了一个银质调缸，海伦选了一件宽大的柔软的大袍。他们回到大厅里把礼物赠送给忒勒马科斯。过后，墨涅拉奥斯宣布宴饮开始了。

女仆们首先端来了干净的洗手水给每位客人洗手，然后在每位就餐者面前摆上精美的食物，墨伽彭斯特负责为大家切肉，墨涅拉奥斯站起来为大家斟酒。大家被友好的气氛感染着，觉得轻松愉快，这时候歌人也弹起琴来，阵阵音乐动人心弦。

宴饮结束后，墨涅拉奥斯端起黄金酒杯给忒勒马科斯送上临别的赠言和祝福，他说道："忒勒马科斯，我知道你一心想快点回家，你的心情我能理解，因此也不能过分强留。现在我将我家中最为珍贵的礼物赠送给你。这只黄金杯周围是用黄金制成，杯底是银质的，它是由神匠赫菲斯托斯制作的，西顿国王费狄摩斯将它赠送给我。现在我把它转赠给你，用来表达我对你心意。"忒勒马科斯双手接过了黄金杯，他对国王的馈赠感到非常感激。海伦这时候也走了过来，她拿着那件精美的大袍子，对忒勒马科斯说道："亲爱的孩子，这是我亲手缝制的衣服，我想把它送给你未来的妻子，你带回家去给你母亲收藏着，祝愿你早日回到自己家乡，享受美丽人生时光。"忒勒马科斯也恭敬地接受了她的礼物。就在这时，突然，只看见远远的一只巨大的雄鹰抓住一只白鹅从天际飞过，越飞越近，擦过人们的头顶，然后又急速地飞走了。众人感到惊愕，佩西斯特拉托斯问道："墨涅拉奥斯，这是什么现象？请您为我们解释。"墨涅拉奥斯沉思了一番，然后回答道："照我看来，这是神明给的预言。你们看这只鹰从他的居住地飞来，抓走了这只鹅，预示着你父亲经历了重重磨难回到家乡，或许他已经回到了家乡，正在整治那一群求婚者呢！"

忒勒马科斯听见他的预言感到十分高兴，于是他和佩西斯特拉托斯辞别了墨涅拉奥斯和善良的人民，奔向皮洛斯。

经过一段长长的旅程，他们终于来到了皮洛斯，马上就要在港口泊船了。忒勒马科斯为了赶着回家，不想再去打扰涅斯托尔，因为他知道老人非常热情好客，如果知道他回来了一定设法挽留。于是他对佩西斯特拉托斯说："好兄弟，我就不在港口上岸了，你知道我内心很着急要回家，要是你那热情好客的父亲知道我们回来了一定要来迎接还要盛情款待我，我的心早已经飞回到伊塔刻，不能再逗留。请你向你父亲传达我的问候，这一路多亏了你们，你们对我的恩情我永生难忘。"佩西斯特拉托斯知道忒勒马科斯回家心切，只好说道："那你们就赶紧走吧，不要让回来的消息传到我父亲的耳朵里，你知道我父亲也是个非常固执看重情谊的老人，他要是知道你来了，非得留你住个十天半个月的呢。要是知道你经过却不停留他肯定会很生气的。你还是快点走吧，我不告诉他你来过这里。"说完后他独自上岸了，和忒勒马科斯一行人告别以后，他骑着高大的骏马，扬鞭一挥就回到城堡里去了。

忒勒马科斯和同伴们登上一艘黑壳船，准备返回伊塔刻。在这之前，为了讨个吉利，他们在船尾举行了一个小型的祈祷，祈求神明的保佑。这时，走过来一个流浪人，名叫特奥克吕墨诺斯，他是预言者，是富有的墨兰波斯家族的后裔，因为家世动荡，不得已流浪到皮洛斯城。他看见忒勒马科斯，马上走过去问道："你是从哪里来的？家住何方？"忒勒马科斯回答："我是奥德修斯的儿子忒勒马科斯，我和同伴们在这里是为了找寻漂流在外的父亲的消息，他已多年没有回家。"

"我也是个流浪人，"特奥克吕墨诺斯恳求道，"我曾经杀了人，为了躲避敌人报复才漂流在此地，如果能得到您的怜悯，带我一起离开这里，我将感激不尽。"忒勒马科斯答应了这人的要求，让他坐上船去，然后命令同伴们开船。他们升起巨大的桅杆，张开白色的帆布，雅典娜吹来一阵顺风，黑壳船很快就起程了。

第二天清晨，忒勒马科斯一行来到伊塔刻港口，刚上岸，忒勒马科斯就对同伴说："你们先去城里，我要到乡下去监视那些下人干活，晚上再进城。"说完就要走，特奥克吕墨诺斯拉着忒勒马科斯说："我现在该怎么办，应该去哪里呢？这里我谁都不认识呀。"忒勒马科斯记起这位预言者，说道："本来应该邀请你去我家的，但是我家现在挤满了人，我自己又不回去，母亲也不好出来会客，我看你还是去找欧律马科斯吧，这人是伊塔刻的权贵，家世十分显赫。"话音刚落，只见天空中一只鹰抓住一只鸽子从右边飞过，鸽子羽毛纷纷落下，特奥克吕墨诺斯擅作预言，他明白这是什么喻义，马上对忒勒马科斯说："鸟儿右飞，它的意思就是没人能够比得过你，我知道了，在伊塔刻没有人会比你家更富有。"忒勒马科斯听见吉祥的预言感到高兴，于是对他说："但愿你的话能成真，如果应验，我必定要赏赐你许多礼物。这样，你跟随我的忠实的同伴佩奥赖斯回家吧，他的家人一定会好生招待你的。"说完他就穿起绳鞋，手拿长矛，独自向田庄走去。

同伴们按照他的吩咐把船停靠在港口，然后进城了。剩下的同伴把船停泊在港口，就一并走向城堡中。特奥克吕墨诺斯尾随佩奥赖斯到他家休息，佩奥赖斯的家人十分好客，热情地款待了这位流浪的预言家。

奥德修斯和牧猪人的谈话

傍晚时分，乡村的田园静谧美丽，劳作了一天的人们陆陆续续走回家中休息，落日的余晖将天空染成紫红色，炊烟袅袅升起，不时可以听见一两声犬吠。几位牧猪人放牧了一天回到家中休息，奥德修斯和他们一起吃了晚饭。饭后奥德修斯想考验牧猪人对他的看法，于是试探地说道："亲爱的朋友，我明天打算去城里。这些天打扰各位，给大家添了许多麻烦，你们的情谊我无以为报，要是还继续留在这里对你们是负担。我进城去乞讨，看有没有好心人能赏口饭吃。或许我也可以到奥德修斯家去，那里有那么多求婚者，肯定需要服侍他们的仆人，我去给他们当仆人，也能挣口饭吃，好过每天待在这里闲混。"牧猪人感到很吃惊，他说道："你怎么可能有这种想法呢？我们并不觉得你是负担。要是你去城里乞讨，不知道会不会遇见像我主人那样心肠好的人给你饭吃。要是你去伺候那些求婚者，那就更别提了，你不知道他们是多难伺候的主子。他们气焰嚣张，动不动就乱发脾气，而且能够服侍他们的下人都是面容娇好、穿着体面的人。他们不会要你的，你还是待在我们这里，等少爷回来了，可能会赐给你一些东西好让你过活。"

奥德修斯试探出牧猪人并没有嫌弃的意思感到很高兴，他说："谢谢你，朋友！在我危难时不惜伸手相助，神明一定会保佑像你这样善良的好人。"过了一会，他又想打听自己父母的具体消息，于是问道："不知道奥德修斯离家之后，他的父母怎么样了，日子肯定不好过吧？"

"哎，别提了，两位老人真可怜！"牧猪人感叹道："主人的老父亲拉厄耳忒斯还活着，每天都病快快的一点精神也没有，他的老伴却因为过度思念儿子死去了。拉厄耳忒斯每天意志消沉，只求速死呢。说起主人的母亲，她平时待我很好，就像对待自己的亲生孩子一样，让我有吃有喝的。虽然我没有自己的亲人在身边，但是从她身上得到的温暖足以让我幸福地生活了。"

"对了，你从来没有告诉我你的身世，你总说你孤身一人没有亲人。你以前一定不是当地人吧，是你原来所在的城市被人攻破了呢，还是你被人拐卖到这里来的？我看你心底善良，谈吐不凡，不像是一般的贫民。"奥德修斯问起牧猪人的家世，牧猪人慢慢地呷了一口酒，往事一幕幕浮现在脑海，他轻轻叹了一口气说道："客人，你今天这样一问，的确勾起了我许多回忆。现在就我们两个人在这里，也不妨说说彼此的故事让对方知道。你知道一个叫做叙里埃的海岛吧？那里人民善良，物产丰富，气候宜人，统治海岛的是我的父亲他叫克特西奥斯。我父亲是个威严的国王，在他的统治下整个国家平安繁荣，百姓们都很敬重他。我家有一个长得很美丽的女奴，她在小时候就被一群海岛拐卖到叙里埃岛，我父亲花了很多钱将她买来，自我出生后她就一直负责照看我。有一天，一群做生意的腓尼基骗子来到海岛，他们发现了在港口洗衣服的美丽的女奴，这一群浪子勾引她，骗她说可以把她带回家去，于是女奴鬼迷心窍和他们一起计谋着从我家偷一点贵重物品出来，然后一同出逃。等他们计划好以后，女奴返回家中继续劳作不动声色。腓尼基人将他们的货物卖给当地老百姓，东西卖得差不多的时候，他们派一个同伙来到我家中假装兜售一根粗大的金链子。家人很少看见这么罕见的粗金链，他们的注意力纷纷被链子吸引了。女奴认识那个骗子，于是她赶紧溜进屋内，偷走了三只银酒杯，然后还一把把我抱在怀里逃出宫门，因为她觉得在路上可以卖掉我赚个好价钱。海边的腓尼基人和她接应后马上就离开了叙里埃岛。从此我就离开了家乡，可怜我那时候年幼根本不知道发生了什么事情，只得被他们摆布。我们在大海上连续航行了六天六夜，第七天，那个女奴突然暴病而死。我想是宙斯派了阿尔忒弥斯用利剑将她射死，这种心肠歹毒的女人注定要遭遇悲惨的事情。腓尼基人也不是什么好人，他们看她死了就把她的尸体抛进大海里。不知道又在海上漂了多久，终于来到伊塔刻。就是在这里，奥德修斯的父亲把我买下当仆人，这样我就在伊塔刻住下来了，娶妻生子，过生活。"说完后他又喝了一口酒。

奥德修斯安慰道："牧猪人，听完你艰险的身世真是让我感到触动啊，没想到你自己也有那么悲惨的故事。但是好在你遇上了一个好主人，他对你很好，你能在这里平安幸福地过日子，这就比什么都重要了不是吗？不像我，一生经历了无数的漂泊，没有一个地方能让我安定下来，能够找到一个安身的地方多好啊。"

"对啊，遇上奥德修斯一家是我这辈子最幸福的事，所以也没有什么好抱怨的了，上天总是公平的。"牧猪人说道。他们就这么絮絮叨叨聊着天，觥筹交错中时间不知不觉地就过去了，一天快要过去，黑夜来临了。

忒勒马科斯回到伊塔刻

那天清晨，当忒勒马科斯走向牧猪人的小屋的时候，牧猪人派遣其他的伙伴出去放牧，自己和幻化成老人的奥德修斯留在家中做早饭。忒勒马科斯来到门前，四只大犬发觉了这个陌生人，于是就一起冲着他狂吠起来。牧猪人在屋内听见狗叫，心中感到不妙，难道又有什么人来到此处？于是他赶紧跑出去查看。他一看到忒勒马科斯就认出这是久别未见的少爷，激动地话也说不出来，手中的盆碗也掉落在地上。他快步冲过去，紧紧握着少爷的手，轻轻抚摸着忒勒马科斯的脸颊，不由得泪流如注，就像一位年迈的父亲看见自己的亲生儿子回来一样，他颤抖着声音说道："忒勒马科斯，你终于回来了！我们大家想你想得好苦呀！自从你离开这里去找寻你父亲的消息，我们就一直为你担心，害怕你遭受什么不测，现在你果然平安地回来了！神明保佑。亲爱的孩子，你平时一直都待在城里不来乡下，你快进屋让我好好瞧瞧你！"于是他赶紧把忒勒马科斯带进小屋里。忒勒马科斯边走边说："牧猪人，我这次前来是想在你这先打听打听我母亲的消息，她是孤身一人还是已经嫁给他人了？"

"你母亲还是孤身一人，整日以泪洗面呢。"牧猪人回答他。

忒勒马科斯和牧猪人一同走进小屋，屋内的奥德修斯看见儿子忒勒马科斯，不由一阵激动，但是他极力克制不显露出真实情感。他站起身来，想给忒勒马科斯让座位，被忒勒马科斯制止了，儿子善待客人的举止让奥德修斯感到很欣慰。牧猪人另外铺上了一层羊毛和树叶，忒勒马科斯就坐在奥德修斯旁边。牧猪人又端来烤熟的肉和美酒款待少爷。忒勒马科斯问道："这位客人，似乎没有见过，是来自何方？家住何处？为什么来到伊塔刻？"牧猪人答道："他来自辽阔的克里特，也是个命苦的人，曾经漂流过很多地方，现在来到您的田庄，他向您请求帮助，您看您要怎么援助他呢？"

忒勒马科斯犯难了，他对牧猪人说："本来我应该给予他帮助，但是我现在没有办法，为了不暴露自己的行踪我都不能回家，那群恶人还在家中作威作福，我一个人势单力薄根本就对付不了他们。这样吧，我给他一件衣服，他身上穿着破烂的衣服根本不能御寒挡风，然后再给他一双坚固的草鞋，让他能够去到想去的地方。如果你愿意的话你也可以留他在田庄里和你一起照看这些猪，我会定时给你们送来一些食物，但是我不能现在把他带回家。"

牧猪人点点头，奥德修斯站起来说道："你们家中这些求婚者真是胆大妄为，就是我这个旁观的客人都不能忍耐他们这些无耻行径了。如果你能将我带到你家中，我一定拼了老命狠狠教训他们！你怎么也没有一个帮手帮助你，难道你兄弟他们都坐视不管吗？虽说我已经这么大年纪了，只要你用得上我，我一定会把他们打得屁滚尿流。"

忒勒马科斯礼貌地笑笑说道："老人家谢谢你的好心。不是亲人不愿意帮助，无奈那些求婚者都是伊塔刻的权贵，手中掌有大权，势力雄厚，他们联合起来力量强大，没人会为了我得罪他们的。我母亲每天把自己锁在房里哭泣，然而也没有办法拒绝求婚者，我是家中独子，清除这些恶棍的任务只能由我完成。但是我现在一个人力量太小了，哎！牧猪人，你还是赶紧进城去告诉我母亲说我已经回来了，为了不暴露身份只得隐蔽在田庄里，你叫她放心。你要小心谨慎地做事，不要让其他人知道这个消息，这位客人我相信你是牧猪人的朋友，也请你替我保密，要是泄密的话我不会以朋友的情谊对待你，或许你还会因此丧命。"

"一定。"奥德修斯沉稳地答道。牧猪人赶紧穿上外出的草鞋准备进城，他问道："除了告诉你母亲以外，还要告诉你祖父吗？自从你去皮洛斯，他每天更是意志消沉茶饭不思，思念主人和你。"

"还是不要告诉他了吧，我怕知道的人太多走漏风声，你只要去告诉我母亲就行。"忒勒马科斯回答。

牧猪人穿上他的皮大衣，手拿一根长矛，告别了忒勒马科斯和幻化成老人的奥德修斯，赶紧前往城里通风报信了。

父子相认

雅典娜认为该是时候让奥德修斯父子两人相认了，于是她幻化成一位优雅的妇女来到牧猪人的小屋。四只大犬看见雅典娜都不敢发出叫声，反而跑到墙根下瑟缩地躺下来。雅典娜站在庄园门口张望，奥德修斯不一会就发现了她。雅典娜只让奥德修斯能够看见她。奥德修斯知晓女神的用意，偷偷离开忒勒马科斯来到女神旁边。雅典娜说道："奥德修斯，现在是你父子两人相认的时刻了，你们相认之后可以一起进城对付那些求婚者，我也会在暗处帮助你们。"于是她挥动手中的金杖点触奥德修斯，突然间，奥德修斯恢复了原来的相貌，一个干瘪虚弱的老头子不见了，出现在女神面前的是英俊威武、魁梧高大的奥德修斯，原来身上破旧的衣服也变成了精美的大袍，灰白的毛发全部变成浓密的黑色，皮肤和肌肉也像从前一样健康充满活力。雅典娜等待奥德修斯变为原型后就飞走了。奥德修斯返回牧猪人的小屋。忒勒马科斯简直不能认识他了："你是谁？"他问道。奥德修斯沉默不语："你是原来的客人？这附近除了我们几个人没有其他人了，其他牧猪人都已经外出放牧了。"奥德修斯还是一句话都不说。忒勒马科斯意识到站在他面前的可能是善于变化的神明，于是他赶紧跪下来："您肯定是神明，请原谅我的冒犯，我会给您奉献上祭祀的。"

奥德修斯不禁泪流满面，他走向前去扶起忒勒马科斯说道："我不是什么神明，你好好看看我，我是你那历经艰险的父亲，奥德修斯啊。"

"不可能，您不可能是我父亲！"忒勒马科斯连连摇头，"可是凡人不可能在那么短暂的时间从老人变化成年轻人，你肯定就是某位神明。"

"儿子啊，你不要再怀疑了！你仔细看看我吧，我不是神明，我就是你的父亲，我回来了，我回到伊塔刻了！我也是那个衣衫褴褛的老人，那是雅典娜为了保护我才把我变成那样的，刚才她为我解除了魔法，我就恢复到原样了。"

"真的是你，父亲！"忒勒马科斯扑进奥德修斯的胸膛，号啕地哭泣起来，奥德修斯抱着忒勒马科斯，也忍不住泪流如注，他们太久没有见面了，久别重逢心情实在复杂极了。不知哭了多久，一直到忒勒马科斯快将眼泪流尽了，他终于抬起头来对奥德修斯说："父亲你是怎么来到伊塔刻的，你应该是航海过来的吧？"

"是淮阿喀亚人送我来这里的，淮阿喀亚的国王还送给我许多礼物，有黄金、青铜，还有美丽的衣衫，都被我藏在港口附近的一个大山洞里了，这一切全赖雅典娜的帮助。现在我们要做的是想办法制服那些求婚者，你告诉我他们一共有多少人？我好好计划一下，看到底是我们两个单独行动，还是要找其他的帮手？"

"父亲，我们要对付的敌人不是一两个，他们势力太大，人数众多，我们两个人恐怕难以招架，他们有来自杜利基昂的五十二个勇士和随身六个侍从，从萨摩来的二十四个首领，从扎昆托斯来的二十个青年，还有伊塔刻本岛的十二个贵族，另外还有歌人。要是我们直接冲进去的话，恐怕形势对我们不利。"

"要是有神灵相助呢，这样你还感到不可能吗？雅典娜许诺过，她会在暗中帮助我们的。"奥德修斯说道。

"要是有神明帮助，那我们的胜算将会很大。"忒勒马科斯说。

"你明天返回家里和那些求婚者待在一起，要装作什么都不知道的样子。我将化妆为一个捡破烂的老人和牧猪人一起来到家中，我会假装向那些求婚者乞讨，如果他们对我颐指气使、态度傲慢的话，你千万不能动声色，要等待好时机才能下手。到时候，我会对你使眼色，你看到我的眼色就去把咱们家中大厅里的所有武器统统搬走。要是那些求婚者怀疑起你，你就要说是为了让那些武器不在空气中生锈，同时也为了避免大家酒后动武的冲动，所以要将它们好好保存到地下室里，你只给我们自己留下两把长枪和两块牛皮盾牌。等到时机一到，我们就一起冲上前去手刃他们，雅典娜会在暗中保佑我们的。不过你一定要记得，在事情完成之前你不能和任何人说起我们的行动，切记！这个行动只能我们两个人知道。另外，我还要去调查一下那些家奴，看他们对我们是否还忠心。"奥德修斯悄悄靠近忒勒马科斯的耳边说。

忒勒马科斯反对道："父亲，您说的计划我不会

斯巴达战士

斯巴达战士作战勇猛、斗志昂扬，常常在战役中以少胜多，取得最后的胜利。奥德修斯在与家里的这些"求婚者"作战时，也显现出了他的勇猛与足智多谋。

告诉第三个人，这件事情的重要性我知道得很清楚，我现在已经长大成年了，您不必为此担忧。但是我认为，这是我们两个人的行动，所以一定要集中力量去做。现在您不适合去调查家奴的用心，因为这样的话要耗费很多时间，那些求婚者还会继续消耗我们的家产，对我们不利。我们时间宝贵，应该先考虑如何惩治他们才对。"

奥德修斯听完忒勒马科斯的话后觉得很欣慰，他觉得儿子真的长大了，想法也非常缜密，于是他同意了儿子的建议。就这样，父子两人一直在牧猪人的小屋子内小声而谨慎地讨论着他们的复仇计划，之后他们又相互讲述着离别以后各自遇到的故事。奥德修斯出征和遇险的故事让儿子感到无比自豪骄傲，儿子对家中情形的描述也点燃了奥德修斯心中的怒火。他们就一直这样说着话，仿佛这是一个虚幻的梦，要是停下不说话的话梦境就要破碎一样。奥德修斯和儿子在常年的分别中曾经做过许多关于久别重逢的梦，每次醒来脸上都挂着令人感到心酸的泪珠，但在那天，眼泪不会再悬挂在相思人的脸上了，这是真正相逢的时刻，并非一个虚幻的梦。

动乱

与忒勒马科斯一同从皮洛斯回来的同伴这时在干什么呢？他们按照忒勒马科斯的盼咐，一起将珍贵的礼物提到克吕提奥斯家里，然后打发了一个使者前往奥德修斯的府邸向珀涅罗珀禀告消息。使者在途中遇到了同样来禀告消息的牧猪人，于是和他一起走进宫殿。

使者走进宫殿以后，发现大厅里坐满了正在享乐的求婚者，他跪在珀涅罗珀面前说道："王后陛下，您的亲爱的儿子已经安全返回了。"牧猪人也对她说了忒勒马科斯告知他的话。珀涅罗珀听到后不禁面露喜色，一颗久悬的心终于放下来了。她赏赐了使者。牧猪人和使者很快就退出了宫殿。

求婚者们的脸色可有点难看了。他们沉默地放下手中的美食，离开宫殿，走到门外的墙根下小声商量对策。欧律马科斯开口说道："真想不到忒勒马科斯这小子命这么大！我们得赶紧派人把那些还在那埋伏的人给招回来，以免给他们当场抓住留下把柄啊。"他话音未落，安非诺摩斯就看见远远的有一群人垂头丧气地走回来，他立刻辨认出是正是那群准备袭击忒勒马科斯的人，于是他哈哈大笑道："你们不用派人去了，喏，他们不是已经回来了吗？哈哈！"众人将眼光朝向安非诺摩斯手指的方向，果不其然是他们。安提诺奥斯召集了这些船员，然后又叫上几个主要的头领聚集在一起商议，不让其他人参加。他说道："伙伴们，我们的计划失败了，埋伏的人非但没有把忒勒马科斯杀死，还让他在天神的保佑下顺利踏上伊塔刻的土地。如果他活着回来一定会大肆宣扬我们的计划，争取众人的同情。如果民众听从了他的话就会站在他那边反对我们的，到时候再去办可就没那么容易了。说不定我们还要受到他们的迫害，遭到流放什么的呢。忒勒马科斯很聪明，也有计谋，我怕我们对付不了他，现在只有两条路可走：一条是我们在他回来之前就把他抓住，然后平分掉他家的财产；第二条是我们不要再在他家待下去了，要是你们谁想要娶珀涅罗珀的话，就回家自己准备彩礼来迎娶她。"

大家对他的建议不置可否，都低了头沉默不语，心地善良的安非诺摩斯说道："我说，我们不能这样对待忒勒马科斯。我们已经在他家吃吃喝喝了那么久，现在却要恩将仇报，这是上天不允许的。我们应该尊重神明的意见，看他要怎么对待忒勒马科斯，然后再采取行动。"大家都认为他的话有道理。

这时候，传令官悄悄将他们的议论禀告给正在楼上屋内的珀涅罗珀。珀涅罗珀知道后火冒三丈、气愤不已，她带着两名侍女急速地从楼上冲下来，走出屋外，来到墙根下。她用头巾遮住自己的双颊，看见安提诺奥斯站在人群中央，她指着他的鼻子说："安提诺奥斯，你这个丧心病狂的没有良心的家伙！难道你忘记了往事吗？想当初，你父亲逃难来到我们这里？要不是奥德修斯帮助你们家，你们家现在恐怕早就沦为乞丐了，还会有现在的财富吗？你现在非但不求报恩，还在奥德修斯家中白吃白喝，甚至还要策划歹毒的阴谋谋害我儿子，我儿子哪点对不起你，使你非得采取这样卑劣的行动？你当着大家的面给我说清楚！"

安提诺奥斯的脸红一阵白一阵，欧律马科斯站出来打圆场，他说道："珀涅罗珀，你不要那么激动，放心吧，在座的各位没有人会对忒勒马科斯怎样的，我们都把他当作我们的好朋友呢！哈哈，要是我发现有人要对忒勒马科斯有什么歹意的话，我第一个会给他颜色瞧瞧的。奥德修斯曾经把我当作好朋友，就是宴饮的时候也亲自给我烤肉和美酒，我怎么会做对不起他家人的事情呢？"

珀涅罗珀看见欧律马科斯那张奸诈阴险的脸不知道该如何戳穿他，她明明知道他说的全都是冠冕堂皇的谎话，于是她转身走进大厅，回到房间里哭泣不断。

牧猪人傍晚时分就回到了自己家中，聪明的雅典娜在他回家之前就把奥德修斯变回老人的样子。奥德修斯和忒勒马科斯准备了晚饭，善良的牧猪人也没有看出任何破绽。忒勒马科斯吃饭的时候问起牧猪人城里的情况："欧迈俄斯，你到城里有没有看到那群准备袭击我的人？"

"这个倒没有，"牧猪人答道，"我这趟前去向你母亲禀告消息，走得很匆忙，在路上碰到了和你一起从皮洛斯的伙伴向王后报告消息。不过，当我在回家的途中、站在高山上的时候，远远地看见港口那里站有一群黑压压的人，不知道那些人是否就是你说的那些人。"忒勒马科斯听后，得意地笑笑，什么也没说，只对奥德修斯使了个眼色。饭后他们和往常一样说着话，就进入梦乡了。

忒勒马科斯、奥德修斯和欧迈俄斯来到城里

第二天清晨，天微微亮的时候，忒勒马科斯早早就起床了，因为他要按照昨天和父亲讨论好的计划行事。他穿好衣服，系好鞋带，手拿了一把长矛准备进城去。他吩咐牧猪人道："老人家，我现在要回城去给母亲禀告消息，即使她已经得到了我的消息，但是还没有亲眼见过我，我想她一定还在楼上以泪洗面呢。至于这位客人还是劳烦您照顾，按照礼俗应该由我把他带回家去给他提供一些食物，但是我现在要处理的事情太多，家中还有那么多求婚者要我对付。你把他带到城里去让他去乞讨吧，我看城里或许有人很有同情心，会给他面包和喝的东西的。"牧猪人听着他的话不住地点着头。说完后忒勒马科斯就告别牧猪人和幻化成老人的奥德修斯，前往自家府邸了。

不一会，他就来到了住处。远远地，他就听见从屋内传来的喧闹嘈杂的音乐声和吵闹声，他知道还是那群可恶的求婚者在放纵呢。他把长矛藏在屋前石柱旁边，然后跨步走了进去。

正在干活的奶妈最先看见了她，她吓了一大跳，手中的碗也掉在地上。"忒勒马科斯！我的孩子！你终于回来了！"她大叫了起来。其他仆人纷纷奔涌过来围住忒勒马科斯，仔细地看着他的脸庞，跪下来亲吻着他的双手。老奶妈也忍不住自己的眼泪，一直哽咽不断。求婚者也慢慢靠拢了，他们和颜悦色地对忒勒马科斯打招呼，表面上看起来和善极了，实际上内心充满了嫉恨。珀涅罗珀知道消息后连衣服都没换就直接奔下楼来，她紧紧抓住儿子的手臂，激动不已，泪流不止，她说道："忒勒马科斯，你终于回来了，你知道我受了多少苦啊！我以为我们再也没法见面了，你以后不要再做瞒着我的事了……你去了皮洛斯打探你父亲的消息，有没有什么收获？"忒勒马科斯抱着哭泣的珀涅罗珀，好生安抚了她，然后让她准备举行虔诚的祈祷，对神明的帮助表示感谢。珀涅罗珀这才换上干净的衣服，带领家奴做了诚挚的祷告。

这时忒勒马科斯说道："母亲，我要去迎接一位一同和我航行的客人，我曾经将他安置在佩赖奥斯家中，但是我答应他，等我回家就接他到自己家里，这是礼貌的做法。"珀涅罗珀应允了。忒勒马科斯转身走了出去，拿起他藏在石柱旁的长矛。等他走到广场的时候，恰好碰见了正前往奥德修斯家中的佩赖奥斯和那位客人。原来佩赖奥斯是来让忒勒马科斯派人把存放在他家的礼物拿回去的。忒勒马科斯担心暂时无法将求婚者制服，只能暂缓转移礼物，他把他们带回自己家中休息。

珀涅罗珀热情招呼了忒勒马科斯的客人，先给他们安排好舒适的沐浴，给他们穿上最好的柔软的衣衫，然后又吩咐仆人准备好上乘的精美的食物招待客人。她安置客人坐在铺满羊毛的柔软的座椅上，又吩咐女仆端来洗手水给他们洗手。忒勒马科斯和同伴们一起吃着食物，一边谈起航行的种种事情。珀涅罗珀站在他们身后，想知道点奥德修斯的事情，但是他们始终没有谈到。于是她说道："忒勒马科斯，我看我还是回房哭泣去吧，你不会告诉我你知道的关于你父亲的情况的，不是吗？"

"母亲，我会把我知道的都告诉您，您不要心急。我们首先去了皮洛斯见到涅斯托尔，他和他的家人都热情地招待了我。当我问起父亲的消息时，他说他也没有听到确切消息，但是他让我去找金发的墨涅拉奥斯，并叫他儿子陪我一起去斯巴达。他送给我们骏马，我们乘上它们，不费多大力气就来到了斯巴达。等我们来到斯巴达见到墨涅拉奥斯时，才找到一点线索，他告诉我们说，他曾经听到海神说我父亲被一位叫作卡吕普索的神女囚禁在一座海岛上，没有助手也没有船只，根本没有办法逃脱。墨涅拉奥斯很同情我的遭遇，他对家中求婚者的做法感到气愤不已，也尽其所能地盛情地招待了我，因为他非常仰慕父亲的为人。在他那里我也见到了美丽的海伦，希腊人和特洛伊人曾经为她付出了多大的代价啊！她的美貌的确能让所有人为之倾倒。墨涅拉奥斯送给我很多礼物，有一只黄金双耳杯，还有海伦也赠给我她亲手缝制的精美的衣服。但是我急于回来通报消息，于是第二天我就急匆匆地回家了，神明们也给我送来顺风，航行一直都很顺利。那些礼物我暂时存放在佩赖奥斯家中，为了不让求婚者发现。"

预言者特奥克吕墨诺斯接着忒勒马科斯说道："尊敬的王后，忒勒马科斯不知道全部的详情，请您听我说，就让宙斯和奥德修斯家中的炉灶作证，我预言，奥德修斯已经平安回家，正在寻找各种罪恶，不过多久就会给这些野蛮贪婪的求婚者致命一击的。我曾经在海上看见鸟儿做出的预示，当时我就跟忒勒马科斯说过类似的话。"珀涅罗珀听完后心情很激动，她高兴地对客人说："友善的客人，要是事情能够如你所说的话那就太好了，到时候我一定给你许多赠礼，因为你能给人带来好运。"

那些求婚者有的照样在草坪上玩乐，有的人在大厅里继续吃吃喝喝。忒勒马科斯和朋友们以及他的母亲一起说着话，顾不到这群恶棍。同时，奥德修斯和牧猪人准备好一切，开始前往城里了。奥德修斯衣着褴褛，背着一口破口袋，手拿一根木棍，一步一步地朝前走去，牧猪人跟在他后面。他们走路速度缓慢，走了好久才来到一道清澈的水泉旁边。这是凡人打水的地方，也是为神女举行祭祀的地方。迎面走来牧羊人墨兰透斯，他看不起穿着破烂的奥德修斯，于是讥诮地辱骂道："牧猪人，你想把这个又脏又讨厌的老头带到哪里去呀？这种人只知道站在别人门前乞讨剩饭，根本不会想要自己去劳动，你要是把他交给我呀，我会把他带到田庄，让他割割草、挤挤奶之类的，说不定他那瘦腿会变得粗一点，但是他现在可能懒坏了，根本就不想回去干活了。你看看那令人恶心的小木棍似的腿吧，简直一阵风就能把他吹倒的样子。我敢保证，要是他去到奥德修斯家，那些求婚者一定会扔给他无数张板凳，这些板凳不把他脑袋摔烂也要把他的肋骨摔断的，哈哈哈哈！"他说完后就伸腿踢了奥德修斯一脚，奥德修斯踉跄了一下但是没有倒地。他咬紧牙根，心想不知道是不是该马上冲上前去杀了他，但是很快他遏制住了怒火，没有采取行动。牧猪人气坏了，他严厉地斥责眼前这个无赖，然后转过身来对着泉水跪下，说道："泉水女神们，奥德修斯曾经给你们祭祀过，我希望你们能保佑他回来，回来惩治这个目中无人的小人！他每天都游手好闲在城里游来荡去一件正经事不做，反而让牧羊人摧残羊群。"

"你这只狗！"墨兰透斯狠狠骂道，"竟敢口出狂言！总有一天我会把他从伊塔刻弄走，然后再换来一大把钱，至于你的主人奥德修斯他这辈子就甭想回来了！他儿子也一样，愿阿波罗今天就杀死他，或者求婚者把他杀死！"他骂骂咧咧地从两人面前大摇大摆地走过，一路走到奥德修斯的府邸和求婚者厮混在一起。求婚者很宠爱他，因为他们都是臭味相投的人，他们邀请他参加宴饮，给他食物和美酒。

不久，奥德修斯和牧猪人也来到了宫殿外面。奥德修斯抓住牧猪人的手说："老人家，这必定是奥德修斯的家了，你看这建筑多面雄伟壮观！这大理石的门柱，还有那些雄伟的雕塑栩栩如生，只有你那令人尊敬的主人才配住这样华丽的宫殿吧。我听见里面飘来阵阵仙乐，想必是那些求婚者正在找乐子吧。还有那些肉香，你闻到了吗？"

"你猜得没错，这就是我主人的家，你看是我们一起进去还是先由我进去探探风声？把你留在门外，我害怕还有人会给你侮辱。"牧猪人说道。"那倒不怕，我已经经历了那么多苦难，多一次侮辱算不了什么，我的心足够坚强面对这些困难。还是先由你进去看看情况吧。"奥德修斯对牧猪人说。这时候一只趴在不远处的老狗抬起头来，它看起来苍老极了，全身的皮毛都脱落得疏疏落落，眼睛浑浊极了。原来它是奥德修斯先前豢养的一只小狗，它灵敏地认出了眼前站着的老人就是奥德修斯，虽然奥德修斯此刻变得谁也认不出来了。它向奥德修斯走去，摇着尾巴，垂着耳朵，它全身长满虱子，颤颤巍巍，神情悲凉，走到奥德修斯脚下的时候，它就缓慢地趴下来，伸出舌头温顺地舔舐着奥德修斯的双脚。奥德修斯跪下来轻抚着它的头，强忍住内心的悲伤对牧猪人说："这只狗看起来是纯种狗，现在怎么老成这个样子了，看起来真是可怜啊。"

"它是我主人的爱犬，"牧猪人答道，"它年少的时候很勇猛矫健，主人每次外出打猎都要带上它，因为它的嗅觉灵敏奔跑速度很快，你现在看到它这副模样完全想象不到它年轻时候的样子。主人在家时对它宠爱有加，但是现在主人生死未卜，家里的仆人就不好好照看它了，任由它自生自灭，你看它身上长了那么多虱子，年龄增大又生了病，想必活不了多久了啊。"说完，牧猪人告别了奥德修斯独自走进宫殿打探消息。那只狗看见了主人奥德修斯，似乎已经完成什么重大心愿似的，舔舐了一阵之后就宁静地死去了。奥德修斯轻抚着他，眼泪在眼眶中打转，这只狗曾经给他带来多少快乐啊，即使至死仍然对他忠心耿耿。死去的狗的眼圈周围似乎也有泪痕，不知道灵魂升天的它此刻是流着欣慰的泪呢，还是悲伤的眼泪？

奥德修斯成了乞丐

牧猪人走进宫殿的时候，忒勒马科斯首先发现了他，他招呼牧猪人来到身旁，牧猪人搬了把椅子坐在忒勒马科斯的餐桌边，侍者也为他端来了一份菜肴。奥德修斯不久也进来了，他拄着拐杖，走路一跛一跛的，他靠在门柱上，观察着里面的求婚者。忒勒马科斯吩咐下人端来一份菜肴，让牧猪人给奥德修斯送过去。"牧猪人，你现在将这份食物送给靠着门柱的客人，告诉他进来向每位求婚者行乞，乞丐不应该缺少乞讨的勇气。"

牧猪人按照忒勒马科斯的吩咐做了，奥德修斯伸手接过食物，他盘腿坐在地上开始大口大口地吃起来，屋内的求婚者也在进行宴饮，只听见一片喧闹声夹杂着缕缕歌人的歌声。这时雅典娜来到奥德修斯身旁，鼓励他前去向每个人乞讨，好知道哪些人心存善意，哪些人狂妄贪婪，好根据他们的表现决定最后对他们采取什么样的态度。于是奥德修斯按照女神的嘱咐走进大厅，他伸出手来，向每个求婚者乞讨。有些人怜悯他给他点吃的东西，询问他是哪里人，从什么地方来的。牧羊人墨兰透斯喊道："我知道他！他是牧猪人带到这里来的！"安提诺奥斯大为恼火，他斥责牧猪人道："牧猪人！你这个卑贱的奴才！你为什么把他带进宫殿？难道这种到处游荡的行尸走肉我们这里还不够多吗？都是一些败类！你难道担心你主人家的东西太多，所以叫他来分享分享不成？"

"您虽然身份显贵，但是说话却有点不讲道理，谁会把外乡客人随便带来呢？除非他是怀有某种技艺，像预言者、医生、木工或是歌人，谁会把一个乞丐带来给自己找麻烦呢？您总是对我没有好气，不过也没关系，只要珀涅罗珀和忒勒马科斯能够看到我的忠心和为人就好了。"牧猪人回答道。

忒勒马科斯悄悄对牧猪人说:"欧迈俄斯,你不要多说了,安提诺奥斯总是很喜欢恶毒地激怒别人,一贯尖酸刻薄。"他转身对安提诺奥斯说道:"安提诺奥斯,你刚才有如父亲一般为我考虑我家的财产,但是你没有必要那么做,因为这并非你自己的财产。我看是你心中没有想去施舍的愿望,所以才不给那个乞丐食物,现在你给他一点食物吧。"

安提诺奥斯觉得忒勒马科斯在找茬,气愤地说道:"好啊忒勒马科斯,你真是狗咬吕洞宾不识好人心呀!你这是说的什么话!要是每个求婚者都这样给他吃的,那他乞讨一次就可以三个月不用出门了!"说完他就气鼓鼓地坐下,把脚放在凳子上,做出一副宁死也不施舍的姿态。其他许多求婚者纷纷给奥德修斯一些施舍,唯有他不愿意付出哪怕一点点。奥德修斯走向前来对他说:"朋友,我看你出身显贵,不像是吝啬的人,请你也给我点吧。要是您能慷慨一点,我一定会在以后的流浪中为你传播美名。想当初我也曾经拥有那么多财富,但是我对每个流浪人都大方,要不是在埃及的时候我的同伴太过贪婪,宙斯也不会给我们降下没顶之灾,我如今也不会流浪到贵地。"

"什么臭乞丐!你给我站远点!是哪个瘟神把你送到这里来的?身上脏兮兮的,臭味难闻。你这个无耻的人要是还敢来烦我的话,不要怪我不客气!哼!"安提诺奥斯又暴躁起来。奥德修斯说道:"您的外表和您的内心真是不相匹配,真是遗憾。"安提诺奥斯听见奥德修斯这样说自己,气不打一处来,他抓起搁脚凳砸向奥德修斯,奥德修斯岿然不动,看见他这一击没有将奥德修斯击倒,很恼怒。奥德修斯放下背包,对全体求婚者说道:"各位在座的人们,要是有一个人为了保护他自己的财产遭受殴打那是理所应该的,但是我挨打却是因为这该死的肚皮,这是最没有尊严的。要是天上神明和世上善良的人们对流浪者和乞讨者还有一点怜悯之心的话,现在我也不至于这样狼狈。安提诺奥斯你要为自己没有理智、缺乏善心的行为付出相应的代价。"安提诺奥斯大声吼道:"你这个混蛋!要是你还在那里胡说八道,我就要把你扔出去,或者叫人把你的皮给扒下来!"其他的求婚者这时也看不过去了,其中一个人站起来对安提诺奥斯说:"算了吧,安提诺奥斯,不要这样对待他了。要是他是个神明怎么办呀?神明老是幻化成凡人的模样呢。"安提诺奥斯却不以为意,仍然气冲冲的。站在一边的忒勒马科斯看见父亲受辱气得牙痒痒,他紧紧地攥紧拳头。

在楼上的珀涅罗珀知道有人在大厅里欺负一个乞讨者,她觉得很可怜,于是让牧猪人把乞丐带到她面前来,因为她认为此人流浪过许多地方,或许听说过奥德修斯的消息。"是啊王后,要是那些求婚者能够安静下来听他叙说他的身世,一定会被他的叙说吸引住的,他说的话就想歌人的歌声一样动人。他曾经在我家住了三天，和我说了许多话，他家住在克里特岛，他父亲曾经和奥德修斯是世交，经历了许多苦难他才来到这里。他曾告诉我说他听说奥德修斯就在不远的地方，在特斯普罗托伊人住的地方，还带了许多财宝准备回家呢。"

"那么你赶紧去请他来见我！"珀涅罗珀更加心急要见到那个乞丐了。这时忒勒马科斯打了一个喷嚏，珀涅罗珀笑着说："你听见了没？忒勒马科斯打喷嚏了，这说明这里的求婚者全部都要遭殃。要是那个乞丐说的话是真的，到时候我会赏赐给他许多美丽的衣衫和精美的食物的。"

牧猪人走近奥德修斯告诉他王后召见他，但是奥德修斯说道："老人家，你去告诉王后我愿意把我所知道的一切都告诉她，但是现在不行，我没想到这些求婚者这样穷凶极恶，简直把我吓坏了。我刚才没有做什么坏事，那个人就无理地攻击了我。还是等到太阳西沉再让她询问我吧，那时候有充裕的时间，那些人想必也离开了，我一定详细告诉王后她想知道的一切。"牧猪人将奥德修斯的意思转告给王后，珀涅罗珀觉得乞丐的想法很对，她说："此人思考问题很缜密，还是等到晚上吧，这样我们也能单独好好谈谈。"

牧猪人回到大厅里，悄悄来到忒勒马科斯身边对他耳语道："孩子我要回去照看我的猪了，你要留神照顾好自己，小心那些心怀叵测的人再有什么阴谋。"牧猪人告别了忒勒马科斯，匆匆回家了，他说明天他还会再来，会带来宴会需要宰杀的猪。大厅里的人还在继续唱歌吃喝，直到夜色渐渐深沉起来。

奥德修斯和乞丐伊洛斯角力

这时候，宫殿门口来了一位当地的乞丐名叫伊洛斯。他到处乞讨，长着一个大肚皮，身材尽管很魁梧，但是没有一点力气，也没有勇气，只是每天用巧嘴璜舌骗人们的施舍。伊洛斯来到门口看见奥德修斯也在那里乞讨，不由地内心嫌恶他，想把他赶走，于是走过去大声斥责奥德修斯说："老头，你给我滚开！这儿是我乞讨的地盘，难道你不知道吗！要是你不知好歹赖着不走的话，当心我亲自动手把你拖出去了！"

奥德修斯居然被一个乞丐冒犯，他心中满怀怒气，于是他回击道："真是怪事，我也没有得罪你，你为何对我如此无理？我看这里人多，应该容得下我们两人一起乞讨，你嫉妒我所以要把我赶走。你不要欺人太甚，小心我也会采取报复手段。虽然我是个老人，但要把我惹怒了，叫你吃不完兜着走！"

"这个脏鬼居然像个老太婆一样对我啰啰唆唆的，看我不一拳打过去让你找不到门牙，让你鲜血流尽，要是你还敢说废话的话！我倒要看看一个没有力气的老人怎么打赢年轻人！"伊洛斯说着假装撸起袖子，但是却并不敢真的动手。他们就这样站在门口你一句我一句地针锋相对起来，话越说越激烈，似乎马上就要动起手来了。他们的吵闹声引起了求婚者的兴趣，求婚者为了看热闹纷纷走向前来围住他们俩。

安提诺奥斯为了故意挑起争端，于是大声说道："大家请安静，现在请听我说一句，里面的炉火上正在烤着肥美的羊肉，要是他们两人中谁战胜了对方，那我们就请胜利者吃那些烤好的羊肉，还将邀请他和我们一起宴饮，这样他就不用乞讨了。你们说好不好？"大家纷纷表示赞成。奥德修斯说道："朋友们，一个孤立无援的老年人怎么能和一个年轻人战斗，除非你们中的人要发誓不会为了帮助伊洛斯对我动手。"忒勒马科斯马上站出来声援道："外地人，你只管放心去战斗。至于其他的人你不要担心，我是这里的主人，会为你主持公道，安提诺奥斯和欧律马科斯都是当地有身份的人，相信他们也会为你作证的。"

于是奥德修斯脱下外套，然后用外套束住腰间，露出两条健壮有力的大腿、宽阔的胸部和粗壮的双臂。求婚者看见了不禁傻了眼，大家议论纷纷、惊异不已。有人悄悄说道："看他那长满肌肉的大腿，伊洛斯这下可糟了，我看他会丧命在这个乞丐手下。"

伊洛斯看见奥德修斯的肌肉，听见众人的议论，不由心里一阵慌乱，他开始浑身发抖，哆哆嗦嗦的，一直冒冷汗。安提诺奥斯看出伊洛斯胆怯了，蔑视地说："伊洛斯，你这个好吹牛皮的家伙，没有一点勇气！你还是个年轻人呢，怎么会惧怕老年人呢？我警告你，要是你战输了我会把你装进黑壳船，送你到传说中的国王埃克托斯那里，他的残忍性情相信你也听说过，他会用铜刀割掉你的耳朵、鼻子，扔给狗吃。"他这样说伊洛斯就更加六神无主了，他抖得越来越厉害，人们把他推到场地中央，他还是一直抖个不停。奥德修斯心想应该给这个狂妄胆小的鼠辈重重一击还是轻轻对付他一下就算了，最后他决定轻轻地教训他一下，以免暴露自己的身份。战斗开始了，伊洛斯一拳抡过去打在奥德修斯的右肩上，奥德修斯一

❦ 希腊武士像
古希腊人崇拜英雄。在《荷马史诗》中描绘了三个出色而又完全不同的英雄：大力士赫拉克勒斯，为希腊全岛所崇拜；忒修斯、奥德修斯，属于机智多谋的勇士，是雅典人喜欢的类型，同时他们也受到雅典娜的青睐。

把掐住伊洛斯的脖子，力气之大足以把他的脖子折断。鲜血从伊洛斯的嘴里喷出来，伊洛斯呻吟着躺倒在地上直蹬脚，脸上的青筋都暴起来了。奥德修斯没有将他弄死，于是松开手，把他拖到墙角下，扔给他一根木棍，说道："你就坐在这里赶赶野猪野狗之类的吧，你自己是个乞讨者，本来就已经很可怜，以后不要对其他乞丐那么凶狠，与人为善对你有什么损失呢？"

他说完后就回到大厅里，求婚者跟在他身后也进了屋，求婚者对他的表现惊叹不已，个个给他投去敬佩的目光。安提诺奥斯不能违背刚才说过的话，只把烤好的羊肉端到他面前，对他表示祝贺。奥德修斯对他说道："安提诺奥斯，我看你是个聪明人，我以前耳闻过你那令人尊敬的父亲尼索斯，他那么富有却心地善良。你怎么和他一点都不像呢？我奉劝你，在神明看来，人类都是很不幸的生物，因为他永远不知道何时会有灾难降临在他身上。想我当年也曾凭借自己的财富和地位干过许多荒唐事，现在，想来后悔极了。一个人做什么事都要有分寸，万事不可过火。现在我看这些求婚者每天聚集在别人家里无端消耗别人的财产，显然已经过分了。我认为这家的主人不久就会回来，到时候这里的每个求婚者都逃脱不了厄运。"说完，奥德修斯端起酒杯，仰头喝下一大杯酒。安提诺奥斯听了奥德修斯的一番话后，有一种不祥的预感涌上他的心头，他若有所思地默默想了好一会，然后神情沮丧，垂下脑袋，重新坐回自己的位子，但是完全没有了刚才的那股气焰嚣张的模样。众人不知他们即将要到来的悲惨命运，仍然在纵情欢乐，安提诺奥斯心里则乱成一团麻了。

珀涅罗珀面对肆无忌惮的求婚人

雅典娜把勇气注进珀涅罗珀的心中，让她出现在求婚者面前，展现自己优美的体态和姣好面容，重新引起他们的心动，同时也使得丈夫和儿子对她的忠诚更加敬重。于是她把想法告诉了女管家，女管家很赞同她的想法，说道："去吧孩子，你可以按照你心想的去做，但是在你下去以前一定要先沐浴一番，你看你现在脸上还挂着泪痕，常年的哭泣让你的容貌也不比以前了。"

"我知道你这是关心我，但是不要强迫我去做我不感兴趣的事了，自从奥德修斯离家，我就没有任何兴趣打扮自己了，你还是去叫两位侍女过来陪我一同下去吧。"

女管家走出房间，雅典娜马上催眠了珀涅罗珀，她用神液涂抹在珀涅罗珀的脸上，顿时王后的脸变得柔滑光盈，似乎回到了年轻时代的模样，女神还施魔法使得王后的身材变得更加苗条优雅，皮肤变得像象牙一样充满白皙的光泽。不一会儿，珀涅罗珀就像穿越时空隧道一样变成一个年轻貌美的女子，但是正在沉睡中的她什么都不知道。

　　侍女在女管家的带领下来到珀涅罗珀房内，她们看见正在熟睡中的王后，也为她的美貌感到惊异。她们叫醒王后，珀涅罗珀在她们的陪同下来到楼下。她头上戴着轻薄的纱巾，遮住脸颊，一双深邃的眼睛楚楚动人。那些求婚者看见美丽的王后不禁垂涎三尺，都想占有她，珀涅罗珀径直到她儿子忒勒马科斯身边，悄声斥责道："忒勒马科斯，你现在在做什么傻事，你现在的身份和外貌和你的举止不相匹配，你小时候这样也就罢了，现在已经是个成年人了这些事应该知道怎么处理才对。你竟然让一个外乡人在咱们家遭受这样的凌辱，不讲究礼俗，这会让你在人民心中失去威信和尊严。"

　　忒勒马科斯站起身来，恭敬地回答："亲爱的母亲，您教训得对。我现在已经长大成人，会分清事理。但是我不能把所有事情都考虑得那么周全，那些求婚者都坐在我身边给我制造障碍，我需要提防他们，身边也缺少一个可以帮助我的人。刚才发生的那场争斗，外乡人把伊洛斯打败了。我向天神宙斯祈祷，但愿现在聚集在这里的求婚者也能被这样子打败，把他们打得抱头鼠窜，就像现在瘫软在墙根下的伊洛斯一样四肢无力。"母子之间正在交谈，欧律马科斯狡诈地前来献媚，他说道："美貌的王后，要是全体阿开奥斯人能够一睹您的芳容，明天来这的求婚者就会把门槛都给踏破了！您实在是太美了，出类拔萃，无可挑剔，惊艳绝伦啊！"珀涅罗珀回答道："神明们已经使我的容貌失去了往日的吸引力，自从我的丈夫奥德修斯前去特洛伊，我就没有一天不在泪水中度过，忧伤和泪水摧毁了我的容颜。想当初他离开家的时候就曾经嘱咐过我说，这次去特洛伊必定凶多吉少，因为特洛伊人也非常善于战争，要是万一他不能回来，战死沙场的话，他希望我能够抚养孩子长大，给父母尽孝。等到孩子长大，我就可以另外寻找一个可靠的人嫁了。我看他说的话如今已经快要应验了。忒勒马科斯也已经长大了，可是求婚者没有按照习俗办事，他们应该送上自己珍贵的聘礼，再由女方选择，而不是这样无理取闹，在别人家制造混乱，无度享乐。"听到她的话，奥德修斯内心喜悦，因为他知道珀涅罗珀内心真实的想法，她这样做主要是想向求婚者索取礼物，而不是真的要把自己嫁出去。"你说得对，但是如果我们把礼物给你送过来，你不能拒绝，只是我们不会去庄园或其他地方，除非你最后选择和其中一个人结婚。"安提诺奥斯说道。事情已经到了这一步，大家都赞同安提诺奥斯的话，于是纷纷派遣家奴从自己家中带来礼物。安提诺奥斯的是一件精美的衣衫，上面缀满了十二颗黄金衣扣；欧律马科斯的是一条精美的项链，用黄金和琥珀做成，晶莹剔透；欧律达马斯的是一对耳环，分别缀着三颗暗红色的珠宝，耀眼动人；佩珊德罗斯的也是一条精美的项链；其他求婚者也带了他们珍贵的礼物。珀涅罗珀吩咐仆人把礼物收拾好，答应会尽快在礼物的赠送者中选择一位，然后在侍女们的簇拥下，珀涅罗珀转身回到房间里休息去了。

奥德修斯受到讥讽

求婚者继续在大厅里莺歌燕舞寻欢作乐。夜色更深了，仆人立刻在大厅里点燃起三个火钵，里面燃烧着刚砍下来的柴薪。熊熊火光照亮了整个大厅，女仆们轮番照看火钵。奥德修斯对女仆说道："既然主人不在家，那么你们可以进房去陪伴你们的女主人珀涅罗珀，我听说她每天不是哭泣就是待在房里纺纱，你们可以帮她梳理羊毛、整理线团之类的。这些火钵就由我来帮你们照看吧，添加柴火这样的事我还可以做得来。"

女仆们听见他这样说，不禁相视一笑，其中一个女仆墨兰托讥诮地说道："你这个不知好歹的外乡人，真是没有理智，你不去外面住反而要赖在这里不走，这不是无赖又是什么呢？莫非你是因为战胜了伊洛斯所以就得意忘形不知道自己是谁了？这里也是你配待的地方吗？当心有人比伊洛斯强壮，把你这个糟老头扔出去呢，哈哈！"

"你这个奴才！我要去告诉忒勒马科斯你说的混账话，让他把你剁成肉酱！"奥德修斯简直怒不可遏。他没想到现在居然连卑贱的女仆都敢欺凌他了。奥德修斯的话吓坏了这些胆小的奴仆，她们纷纷退下，害怕他说的话应验。奥德修斯重新坐下，心里细细思考着复仇计划。

雅典娜鼓动其他的求婚者继续讥讽奥德修斯，以引起他内心的愤怒。欧律马科斯首先开口说道："求婚者们大家听我说，我看这个外乡人来到这里肯定是有神明帮助，你看他脑袋上发出火炬一样的光芒，哈哈，还是因为他头顶一根毛没长，光秃秃的呢？"接着他又转向奥德修斯说道："外乡人要是我愿意雇你给我干活，你愿不愿意呢？你可以给我砌墙或者给我栽点树什么的。如果你不去干活，你永远只会干坏事，而不想通过劳动来喂饱你那永远都喂不饱的肚子！"

奥德修斯回答道："欧律马科斯，我干活的能力不比任何人差。要是咱们俩比赛割草、赶牛、喂草料这样的农活，我肯定做得比你要快、要好；要是宙斯现在就发动一场战争，你给我一根长矛和一块盾牌，我也会冲锋在最前面。到那时你大概不会讥笑我的肚皮了。你这个人看起来威武不凡，但内心却如此歹毒，要是奥德修斯回来，恐怕你很难逃脱他的惩罚。"

"你这个无理的家伙！在我们这些高贵的人面前口出狂言，难道就是因为你一时侥幸打败了那个可怜的乞丐，你就可以目中无人吗？"欧律马科斯快气疯了，于是顺手就抓起一把凳子朝奥德修斯扔过去，奥德修斯侧身一躲，凳子砸在了司酒人的手上。司酒人惨叫一声，手中的酒杯摔倒在地上裂成碎片。大厅里瞬间乱哄哄的，大家纷纷议论起来，有人说道："这个外乡人真是该死，他一来，我们这里就乱了套。我们的宴饮全都给这个人给搅黄了！"忒勒马科斯制止住他们插话道："大家都喝醉了，不能控制自己的情绪了，宴饮也已经差不多了，大家还是早点回去休息。"他说完后求婚者站着不动，他们想制造更大的混乱。这时安提诺奥斯站出来说道："他说的有道理，我看我们还是回去，不要再生事端了。"他这样一说，其他求婚者也不想再多说什么，只得忍耐住心中的不满，祭祀完众神之后就纷纷回家安寝了。

家人团聚

　　求婚者陆陆续续回家了，这时候奥德修斯凑近忒勒马科斯耳边说："忒勒马科斯，我们必须把这些大厅里的武器搬走，如果有人问起原因，你就告诉他们说是因为武器长期暴露在空气中已经锈迹斑斑，另外还为了避免求婚者酒后不清醒，一时冲动起争端。"忒勒马科斯按照奥德修斯的吩咐去做，他命令奶妈说："好奶妈，你让仆人们回到屋内去，我和这位客人要把这些武器搬到库房里去，它们长年累月地放在这里已经锈迹斑斑了。"

　　"好孩子，你真是长大懂事了，已经能够悉心照看自己家中的财物了，但是要是我们都走了谁来给你掌灯呢？"奶妈问道。"这位客人可以帮我，他既然在我家吃饭就应该干活。"忒勒马科斯这样回答。奶妈听见他这样说也就不说什么了，带领着各位仆人离开了大厅。

　　忒勒马科斯和奥德修斯开始动手搬走那些武器，有长矛、盾牌、头盔、刀枪之类的。雅典娜在暗中为他们点燃火炬。搬完之后，奥德修斯让忒勒马科斯回房休息，自己则在大厅里等待珀涅罗珀的到来，因为她早说过要询问他关于丈夫的消息。

　　珀涅罗珀在侍女们的簇拥下走了进来，她美貌依旧，就像天神中的阿佛洛狄忒一样超凡脱俗。她稳稳地坐在用象牙和白银镶制的椅子上，侍女们清理求婚者们留下来的残物，有的侍女则给火钵添加新的柴薪以使它燃烧得更旺。这时女仆墨兰托又看见了奥德修斯站在那里，于是她破口大骂道："你这个讨厌的人，为什么老是在这里？难道你要找机会偷看美丽的妇女不成？你快点离开这里，否则会让你尝到火棍的滋味！"王后听见侍女无理的辱骂不由恼怒了，她严厉地斥责了墨兰托，并让她赶快离开大厅，然后吩咐奶妈搬来一张铺满柔软的羊皮椅子给外乡人当座椅。珀涅罗珀对奥德修斯说："外乡人，你来自哪里？"

　　"王后，您可以问我其他的事情，但是不要问我的家乡在哪里，这样会让我想起难过的往事，我也不想在别人家里泪流满面，这样或许会招致更多的讥讽。"奥德修斯回答道。

"自从我丈夫奥德修斯离家以后，我因为每日思念他泪流不止，现在容貌也完全失去了先前的鲜丽，时间过了这么久，我丈夫没有任何音信，那些来自各个地方的求婚者涌进我家消耗我家的财产，逼迫我重新出嫁。"珀涅罗珀接着把她在神明的启示下编造的纺织布匹拖延时间最后被求婚者戳穿的故事讲给奥德修斯听。"我不得不在他们的压迫下把那布织完，现在我没有借口拖延婚姻了，父母也催促我改嫁，我儿子忒勒马科斯也已经长大成人，但是他对那些求婚者却无能为力。我很爱我的丈夫，我不愿意嫁给任何求婚者，但是我却没有办法结束这混乱不堪的局面，真令人痛苦啊。现在我已经将我自己的实情告诉你了，你应该可以告诉我你的家乡在哪里吧？你总不会是从岩石里或树里蹦出来的吧？"

奥德修斯听见她这样说，只好又将他对牧猪人说过的克里特岛的故事重新说了一遍，他说得如此逼真，珀涅罗珀完全相信了。听到他曾经招待过奥德修斯的经历时，珀涅罗珀禁不住流下思念的眼泪。奥德修斯看见妻子哭泣，心中很怜爱，但是他克制住感情的冲动，不显露出来。王后问道："你刚才说道你曾经见过我丈夫，那么你给我讲讲，你当时见到他的时候他穿的是什么衣服，他的状态怎么样呢？"

"时间已经太久了，我难以记得那么清楚，但是还是凭着那么一点印象说说看吧。当时他好像穿着一件紫色的羊绒大袍，上面有一个黄金扣针，黄金扣针上有一只小狗咬住一只花鹿的图形。在我们那里的时候我还记得他穿了一件轻薄的衣衫，轻得好像没有穿衣服一样，不知道这些衣服是不是他从家里带来的。"

珀涅罗珀大哭起来，她哽咽地说："外乡人，他身上穿的这两件衣服都是我给他缝制的，那个黄金扣针也是我亲自给他戴上去的。现在我完全相信你的话了。"

奥德修斯安抚了珀涅罗珀一番，然后又告诉了她一些似真似假的故事。他说他曾经到过特斯普罗托伊人的地方，那里的国王告诉他奥德修斯积累了巨大的财富，都是一路上积攒下来的。那时候，奥德修斯前往多多那向神明祷告，因此两人没有碰面，但是国王向他展示了奥德修斯的财物，真的令人目眩神迷。接着他十分肯定地说奥德修斯就在附近不远的地方，回家指日可待，请王后不必过分伤感。

珀涅罗珀的情绪稳定下来，她听到他的话之后垂下了头，说道："客人，真希望你说的这些都能实现，但是现在我心里的预感告诉我，奥德修斯不会回来。现在我吩咐仆人们给你沐浴更衣，再为你准备好睡眠的床铺吧，你不应该老是这样衣衫褴褛，让人嘲笑！"

"王后，我已经厌倦了精致的床铺被盖，我经历了那么多苦难，早已经习惯了简陋的生活。要是你的宫殿里有一位和我一样经历过生活艰辛的仆人能给我洗脚的话，我想我不会拒绝。"奥德修斯回答。

珀涅罗珀想起老仆人欧律克勒娅，她曾经哺育过奥德修斯，并叫来她为奥德修斯洗脚。

老仆人很快就给客人端来干净的洗脚水，她跪下来替奥德修斯洗脚，边洗边哭泣道："客人，你真是可怜，你的命运如此坎坷，但是你

◤奥德修斯　法国　布格罗
英雄奥德修斯冒险偷偷回家，被老仆人欧律克勒娅认出，她无比激动。

的心灵却那么虔诚。你现在还远离家乡在外地流浪，我那主人奥德修斯又何尝不是和你一样呢？说不定他和你一样走到某个地方，然后被人嘲弄，就像你今天遭遇过的一样。你为了避免仆人的嘲弄，叫我这个明白事理的老人给洗脚，我也很愿意，因为我理解你历经艰辛的心情。可是，我怎么觉得你的体形和声音与我那主人奥德修斯那么相似呀。"

"但凡见过我们俩的人都说我们挺相像的。"奥德修斯敷衍道。洗完脚后，奥德修斯马上站在暗处，因为他突然记起他脚背上有一道很深的疤痕，那是以前打野猪的时候被野猪的獠牙咬下的痕迹，他害怕奶妈看见暴露身份于是赶紧掩饰起来，但是奶妈已经看到了那块伤疤，她紧紧抓住奥德修斯的脚，眼泪流了出来，她站起身来抚摸着奥德修斯的脸颊说："孩子，我知道你回来了，我一摸到那块伤疤就知道你回来了。"奥德修斯赶紧将手捂住奶妈的嘴，悄悄说："奶妈，你不要声张。我历经艰险，用了二十年才回到这里。尽管你现在认出了我，但是请你不要告诉任何人，因为我还有重要的任务要做，在这任务完成以前不能暴露身份。要是你说出去的话，即使你是我亲爱的奶妈我也不会放过你的。"

"你在说什么呀我的孩子，你应该知道我不是那种不明事理的人，我会守口如瓶的。等你完成了你的任务，我还会告诉你家中哪些奴仆对你忠心，哪些对有二心。"奶妈这样说道，然后她端起洗脚水离开了。珀涅罗珀对奥德修斯说："外乡人，我还有一件小事想要询问你。这些天我做了几个梦，我不知道这些梦到底是什么意思。我现在的处境令我左右为难，或许这些梦能给我带来提示。有一个是这样的：二十只白鹅先在湖面上戏水，而后走到陆地上啄食谷粒，这时从高山上飞来一只目光锐利的老鹰，它折断白鹅的脖颈，然后飞向幽邃的天空。我在梦中为那些死去的白鹅痛苦不已，这时那只鹰却飞回来了，飞到我家的横梁上，它

开口说话了：'你不要伤心，这是美好的预言。那些白鹅是那些求婚者，我是刚才的老鹰也就是你的丈夫，现在我回到家给他们致命一击。'说完后我就醒了，我连忙出去看家中的白鹅，它们在草地上悠闲地吃着谷粒呢。"奥德修斯说道："既然奥德修斯本人已经做出阐释，那么这个梦就是如他所说的一样，求婚者必遭不幸。"

"客人啊，梦境总是缥缈晦涩，梦境有一半是真实的，但却也有一半不真实。我认为我的梦境却是不真实的，奥德修斯不会回来了。等到明天，我将要展开竞赛，那些大厅里摆放的十二把铁斧，以前奥德修斯在的时候能一箭把它们全部射穿。要是明天哪位阿开奥斯人能够将它们射穿的话，我就会嫁给他，离开这里。虽然我会常常怀念奥德修斯和我的儿子忒勒马科斯，但这是唯一能够解决现在混乱的方法。"

"请您明天一定举行比赛，我相信奥德修斯在求婚者拉开他们弓弦的时候就会回来。"奥德修斯斩钉截铁地说道。

❀ 黎明前的夜晚

奥德修斯就在廊屋里休息，他摊开一张牛皮，再铺上一层羊毛，就这样躺下去。奴仆们纷纷走出大厅，和还没有离开的几个求婚者嬉笑鬼混，浪声笑语传到奥德修斯的耳边。他怒不可遏，心想是不是应该马上将这些没有良心的奴才杀死，但是他最终还是忍住了，但是却在地板上辗转反侧，怎么都睡不着，心里细细想着复仇计划。这时雅典娜幻化成一个妇人模样来到他身边，对他说："奥德修斯你怎么还不睡觉？你现在在自己家里，就和自己的妻子儿子在一个地方呀。这不是你梦寐以求的吗？"

"是啊女神，你说得没错，但是我心里一直在思考怎么样制服那些人多势众的求婚者，我孤身一人，怕到时候势单力薄。"

"可怜的家伙，你怎么那么没有信心呢？谁说只有你一个人，我会在暗中保佑你，即使有五十对阿开奥斯人向你发出进攻也不会把你怎么样的，你就放心吧，不要焦虑了，心情焦虑影响睡眠，你明天还有重要任务呢。"说完，雅典娜就给奥德修斯催眠了，之后自己飞向宇际，奥德修斯渐渐进入了梦乡。

快天亮的时候，珀涅罗珀才好不容易进入梦乡，但是她做了一个梦，惊吓得她很快从梦中醒来。原来她梦见奥德修斯睡在她身边如同他出征前一样，因为强烈的思念，珀涅罗珀哭了起来。她的哭声被奥德修斯听见了，他也醒来了，他爬起来向神明祈祷道："如果神明垂怜，让今天的一切都顺利进行的话，请给我两个预示。"宙斯听见祷告，从高高的云层中间抛下一个响雷，旁边磨坊的女奴也跪下来向神明祈祷今天是为求婚者最后一次磨面粉。奥德修斯得到了两个预示感到很放心。女仆们在火钵里点燃柴薪，新的一天到来了，她们也开始忙碌起来。忒勒马科斯也起来了，他大步来到大厅里，问奶妈道："我母亲有没有善待那位客人，母亲有时候做事很任性，有时候善待他人，有时候又很疏忽。"

"放心吧少爷！王后对他可好了，给他最好的食物还有精致的椅子，但是他自己拒绝了太多奢华的东西，硬要自己睡在廊屋里，也不用铺好的床铺，他说他已经习惯了简陋。"忒勒马科斯听完后就跑到广场去参加比赛大会，一群家犬跟在他后面。老奶妈召集家中的仆人开始清扫准备，有的被派去劈木柴，有的被派去提水。牧猪人这时也赶来了三只肥猪供大家享用，牧羊人墨兰提奥斯也来到奥德修斯府邸，他带来了一些上等肥羊，当他看见奥德修斯的时候，情不自禁地又开始冷嘲热讽起来："外乡人，你还在这里干什么呀？怎么那么讨人厌，今天人家要举行宴饮，你是专门等在这里乞讨的吧，哈哈！"奥德修斯听完后默默不语，心里却在安排他的计划。

牧牛人也把一头健壮的肥牛赶来，他看见奥德修斯说道："外乡人，我看见你不禁想起我那可怜的主人奥德修斯。在我小的时候，他就把我派到克法勒涅斯那里照看牛群，现在那里的牛群多得数不胜数，可是我那主人却信息全无，说不定他这时也像你一样流落在某个城市，遭人唾弃。我忍受不了辛苦照看的牛被那些无耻的求婚者吞食，想要另外寻找新的主人，离开此地。但是我思念着奥德修斯，希望能够再见到他，他要是回来，这些坏蛋肯定会吓得屁滚尿流！"

"牧牛人，你心地很善良，你相信吧，还没有等到你离开此地，奥德修斯就会回来，给那些人制造灾难！"奥德修斯狠狠地说。

"愿宙斯让你的话应验。"牧牛人答道。

奥德修斯再次受辱

求婚者在奥德修斯家中继续宴饮作乐，他们宰杀绵羊和肥牛，并将肉穿在钢叉上在火上烤制。仆人们抬来陈年的美酒，对它们倒进每个求婚者的酒杯中，精美的食物也端上来了，求婚者们开始大吃大喝起来。忒勒马科斯走到奥德修斯身边，在他面前摆上一张小餐桌，然后吩咐仆人端来一份同样精美的食物，故意大声地说："您在这里坐下，和这大厅里的人一起享用这些食物，任何在这里的人都不能嘲讽你或者对你动手，因为我是这里的主人，在座的求婚者你们要控制好自己的情绪，不要再生事端。"

大家感到惊愕，不曾想到年少的忒勒马科斯会说出这样的话来，安提诺奥斯咬紧牙狠狠说："让我们大家听忒勒马科斯的话吧，虽然他的话中充满了威胁的意味。"忒勒马科斯没有理睬他。

雅典娜不想让矛盾就此缓和，她让求婚者持续激起奥德修斯的愤怒。这时一个名叫克特西波斯的人慢悠悠地走过来，他开口大声说："各位，这位外乡人已经得到了他应该得到的那份食物，现在让我送上我的馈赠。"话音未落，他就抓起一个巨大的牛蹄扔向奥德修斯，奥德修斯侧身一躲，牛蹄重重地甩在墙壁上。忒勒马科斯站起斥责道："克特西波斯，快结束你愚蠢的行为！没有击中这位外乡人算是你的幸运，要是你击中了，我马上就会用长矛结束你的性命！你别以为我还是什么都不懂的小孩子，要是你再胆敢心怀恶意挑起争端，冒犯我的客人和我的话，我会让你死得很惨！"

忒勒马科斯的话让全场人都沉默了，阿革拉奥斯说道："朋友们，他说的话有道理，我们少安勿躁，不要引起纷争了。以现在的情况来看的话，奥德修斯没有办法回来了，你应该劝你母亲改嫁给我们其中的一位，这样就可以避免更多的纷争。"

"我没有想要拖延我母亲的婚姻，我也希望她能够嫁给一个好男人，既然我父亲不会回来的话。可是我不能强迫我母亲干任何事，她要怎么做还是按照她的心愿来。"忒勒马科斯回答。雅典娜在暗中施行魔法，她让在座的每个求婚者开始哈哈大笑起来，大家笑得前仰后合，眼泪都流下来了。预言者特奥克吕墨诺斯说道："天哪，这是怎么一回事？我似乎看见了黑暗将遮住你们的脸颊，到处都是呻吟声，鲜血流得满地都是，到处涌动着层层迷雾，整个大厅变得昏暗恐怖。"欧律马科斯听见他说的话后很不高兴，他让忒勒马科斯派人将这个不吉利的预言家赶出门去。特奥克吕墨诺斯反抗道："欧律马科斯不用你找人把我送回家，我自己有脚也有眼睛，但是你不相信我说的话，你就等着看吧，奥德修斯会回来给你们带来灭顶之灾的。"说完他就离开奥德修斯的家，重新回到佩赖奥斯的家中去了，其他求婚者还在雅典娜的魔法下笑个不停。一个胆大的年轻人喊道："忒勒马科斯，你收留了这样一个什么都不会的废物，引起这么多争吵，现在又有一个疯子一样的人在这里做什么预言。我看他们全都神经不正常，赶紧把他们装上船运到西西里人那里去卖个好价钱吧。"忒勒马科斯瞥了他一眼，什么话都没说，只是静静等待着父亲的命令。

射箭比赛

珀涅罗珀觉得是时候举行比赛了。她在房间里取出一把钥匙，和侍女们一起来到奥德修斯的库房，里面珍藏着许多珍宝和武器。她打开库房的门，爬上台板，伸手拿起挂在墙壁上的弯弓和箭壶。之后她来到求婚者所在的大厅，高声宣布："各位求婚者，现在我有重要的事情宣布。自从我丈夫去了特洛伊，你们就一直聚集在我家大吃大喝，这并不合理。你们声称说要娶我为妻，但是迟迟不见你们送上珍贵的聘礼，现在你们给我送来了礼物，事情到了这一步，应该找到最终的解决办法了。今天我把奥德修斯曾经用过的弯弓带来，谁要是能一箭把十二只铁斧射穿的话，我就嫁给谁。"她说完就把弯弓交给牧猪人，让他给各位求婚者，牧猪人和牧牛人看见主人先前常用的弯弓不由得回忆起主人来，两人流下眼泪。安提诺奥斯看见了又在旁边冷嘲热讽。

忒勒马科斯说道："各位，我母亲的姿容你们都知道了，就让我们开始射箭比赛吧。正如她所说，获胜者将赢得她，我也不妨参加。如果我能射穿那十二道铁斧的话，那就说明我有能力继承父亲的家产，母亲即使再嫁我也不用过分伤感了。"然后他脱掉紫色大袍，在地上挖出一道深沟，然后把那十二道铁斧依次插进沟里，接着他走到门槛那里，在那里试拉弓弦。他射了三次，力气都太小了，弓弦安不上去。第四次他使尽力气眼看马上就要装上去了，奥德修斯示意制止住他，于是他停住，大声说道："天啊，我居然装不上弓弦！看来我还是太年轻无力了，在座的各位你们谁要试一下，你们看起来都比我强盛有力啊。"说完他把弓箭放下，回到自己的座位上。安提诺奥斯对大家说："我们不妨从左到右开始吧，首先从司酒人斟酒的地方开始。"

勒奥得斯首先站了起来，他也是一位预言家，他平时就不是很满意求婚者的行动，往往坐得很远。他走到门槛前使劲拉弓弦，但还是没能将它拉开。他叹了口气说道："朋友们，我没有办法将它拉开，让其他人去尝试吧，这把弓箭将要许多人为它付出生命，其实死去比失望地活着更有意思些。你们一天天聚集在这里，心里满怀希望能够娶到珀涅罗珀，但是等你们拉开弓箭你们就会醒悟过来，早知道就应该把聘礼送给其他美好的姑娘，那样就可以幸福一生，快乐一生了。"安提诺奥斯不满意他说的话，反驳道："你说的是什么话！难道就因为你没有把它拉开，其他人就要为此丧命吗？会有人拉开它的。"于是他吩咐手下人拿来油脂，生起火堆，把油脂涂抹在弓箭上，然后将它放在火上烤，希望能够让它变得松软些。下人们按照吩咐生起了火，端来了油脂，求婚者把弓箭放在火上烤，但是还是没有人能够将它拉开。最后只剩下安提诺奥斯和欧律马科斯两人没有试过了，他们到底有没有将弓箭拉开呢？

❁ 真相

牧猪人、牧牛人和奥德修斯一起走出宫殿，他们站在门外，奥德修斯首先开口说道："牧猪人和牧牛人，有句话我不知道当讲不当讲。如果你们的主人奥德修斯突然回家出现在你们面前,你们是站在他这边,还是站在求婚者那边呢?"牧猪人和牧牛人纷纷表示他们对奥德修斯的忠心,奥德修斯才又重新开口道:"实话跟你们说吧,我就是奥德修斯。我历经了千难万险,经过了二十年才回到伊塔刻。我知道整个家中的仆人,只有你们两个是真心实意想让我回来。如果神明保佑我能制服那些求婚者,我到时候自然会赏赐你们衣服和宅院,把你们当兄弟看待。你们走近来,我要给你们看一个东西。"说完他撸起自己的衣服,露出他脚上的被野猪咬过的伤痕。"这就是我以前打猎时被猪咬下的伤痕,你们应该都知道。整个疤痕现在都没有消退,也许它能证明我的身份。"

牧猪人和牧牛人面面相觑,呆了好几秒钟,等他们反应过来的时候,他们才相信站在他们面前的就是主人奥德修斯。他们抱住主人不断地亲吻他,哭得泪流不止。奥德修斯制止住他们的哭泣,悄声说道:"你们快别哭了,小心被人看见。现在我需要你们的帮助,那些求婚者绝对不会把那把弓箭交给我,牧猪人我想让你把弓箭拿给我。另外,你还要把厅堂的门窗都关好,不让在里面干活的仆人进来,无论他们在里面听见了什么声音。牧牛人,我也需要你把外院的大门拴上,让人们不能从里面逃出来。我先进去,你们稍晚就跟进来。"

于是奥德修斯走进屋内,牧猪人和牧牛人等了一会也进去了。欧律马科斯已经把弓箭烤了好几回了,但是他还是没有办法将它拉开,他沮丧极了,叹了口气说:"哎!我不是为我自己叹息,我为在座的每位痛惜,我们那么多人居然没有一个人能够将它拉开!"安提诺奥斯安慰道:"你别沮丧了,还是让我们先吃点东西吧。拉了那么久,肚子早就饿了。等我们吃饱之后,向神明祭祀,等明天再来拉,说不定到时候就会拉开了。"

奥德修斯这时站出来说道:"安提诺奥斯,你的话有道理,但是现在请让我也试一试吧,把那弓箭给我。"

"什么?!"安提诺奥斯简直不敢相信自己的耳朵:"你是喝醉酒说胡话吧?你实在太贪婪无厌了,就你这个乞丐能够坐在这里听我们谈话就已经是天大的荣幸,还想试什么弓箭?要是你还敢胆大妄为的话我就要把你装进黑壳船,把你送到残忍的国王埃克托斯那里去了,让他也割掉你的鼻子!"

此时珀涅罗珀说话了:"安提诺奥斯,你情绪不要那么激动,你是怕这个客人万一拉开弓箭就要把我娶回家吧,我看他自己未必有这想法,所以你们还是不要愤怒,坐下来安静吃点东西喝点酒吧。"

"哦,珀涅罗珀,我相信你也不会跟他走的,我们担心的不是这个,我们担心的是人们的议论。如果真有那么一天,别人会说这么多英俊有为的年轻人没有将弓拉开,居然败给了一个老人,我们会感到羞耻的。"欧律马科斯补充道。"这些无谓的议论你们又何必在意呢？不妨让他试一试，要是他能将弓拉开，我就会赏赐给他精美的衣衫，还有一根长矛、一把双刃剑以及一双坚固的草鞋，让他走到他愿意去的地方。"珀涅罗珀说道。

"母亲，你还是上楼回房去吧。弓箭比赛是男人之间的事情，你不宜参加。再说了，我是这屋子的主人，由谁来射箭应该由我说了算。"忒勒马科斯说道。珀涅罗珀听见儿子这样说，不禁感到很惊异，但是又不好反抗，只得回到自己房间里去纺纱。

牧猪人捡起弓箭想要交给奥德修斯，求婚者看见了，其中一个人叫道："可恶的牧猪人，你那双肮脏的手要把弓箭拿到哪里去！你要是再敢往前走一步我就要把你的脑浆摔出来！"牧猪人听见了心里十分害怕，他站住不敢动了，忒勒马科斯喊道："牧猪人，你不能听从每个人的话，赶快把弓送给你要送给的人，但愿我有强健的力气，能给辱没我父亲的人带来灾难！"求婚者听见忒勒马科斯说出这样的话，觉得他太幼稚无知了，于是大家大笑起来。牧猪人赶紧把弓箭放在奥德修斯手中，然后又督促奶妈把大厅里的窗户紧紧关闭，牧牛人这时候也走过去把外面的大门关得紧紧的。

奥德修斯拿着弓仔细查看，看它的牛角是否已经被虫蚀空了，他把弓箭翻转过来，轻易给它装上弦，动作之快让在座的每位求婚者惊叹不已。然后他伸开右手拉了一下弓弦，弓弦发出美妙的声音，他拿起一支箭矢，稳稳地射了出去，箭矢穿过铁斧的洞孔，连续十二个，一个都没落下。众人一片哗然。奥德修斯对忒勒马科斯说："主人，看来我还有点力气，不像那些求婚者说的那样无能。现在是晚餐时间，趁天色尚早，还是请歌人和琴人弹奏起来给大家助助兴吧。"说完他对忒勒马科斯蹙蹙眉，忒勒马科斯知道这是暗号，于是他拿上一把锋利的佩剑，手中握着长矛，站在奥德修斯身旁。

复仇开始了

奥德修斯脱掉衣服，手中握着硬弓和装满箭矢的箭袋，站到门槛旁边。他向求婚人大声地说道："刚才那场比赛已经分出胜负了，现在我要完成一个没有人能完成的任务！"说着他拉起弓，搭上箭，瞄准正在举杯喝酒的安提诺奥斯射去，正中他的咽喉，箭头从颈后穿出。安提诺奥斯口中和鼻中喷出了淋漓的鲜血，他倒下去的时候把桌子也推翻在地上，桌上的碗碟食物撒了一地。求婚人见他倒下了，立刻变得慌乱起来。他们都从椅子上跳起来，跑到墙边找武器，可是矛和盾都不见了。于是他们破口大骂："该死的外乡人，你射杀人会给你带来不幸，你知道你杀死的是此地最为高贵的安提诺奥斯吗？你活不了多久了！"他们这样说，还以为奥德修斯是偶然间不小心射中了安提诺奥斯。他们不知道他们都面临着同样的命运。奥德修斯怒视他们大声吼道:"你们以为我永远不会从特洛伊回来了!你们挥霍我的财产,诱骗我的女仆,并在我活着时就来向我的妻子求婚。你们既不怕天神给你们带来惩罚,也不怕后世如何谴责你们,现在你们的死期已经到了!"

求婚人听了面色惨白,纷纷乱跑寻找出路。只有欧律马科斯仗着胆子说:"如果你真是奥德修斯,那你谴责我们是理所应该的,因为我们聚集在你家消耗你的财产。可是这些罪恶的罪魁祸首安提诺奥斯已经死在你的箭下了,是他唆使我们干了这些事,他其实并不是真心想向你妻子求婚,而是想当代替你做伊塔刻的国王。因此他设下埋伏想杀害忒勒马科斯。现在他罪有应得,请您宽恕他的手下人,我们可以用土地作为赔偿,按照我们在你家消耗的财产来算,并且我们每人都给你补偿二十头肥牛,还会送给你黄金和青铜。"

"欧律马科斯,即使你们把所有财产全部给我,另外再赠送给我许多财富我也不会停止杀戮。你们现在只有两条路可以走,一条是逃跑,一条是接受我的挑战和我战斗。你们在座的每一个人休想从这里逃脱灾难!"奥德修斯大声吼道。

求婚人吓得心惊胆战,双脚发软。欧律马科斯回过头来对大家说:"朋友们,这个人看来不会善罢甘休,我们要齐心协力,大家拔出剑来,用桌子挡住他的箭。我们一起冲过去把他推出门槛,然后我们去城里召唤援手。"他一面说一面抽出宝剑。他大喊一声冲上前去,还没等到他冲到奥德修斯身边,奥德修斯的飞箭已射穿了他的胸部,他手中的剑掉落在地上,欧律马科斯往前一栽扑倒在地上。他痛苦地在地上翻滚,双脚在地上乱蹬,挣扎了一会就没有动静了。安菲诺摩斯挥剑向奥德修斯扑去,忒勒马科斯却在他身后拿起长矛向他刺去,刺穿他的胸部,他扑倒在地。忒勒马科斯不敢拔出长矛,担心在他弯腰的时候会有人攻击,于是他快速跑到父亲身边,对奥德修斯说:"父亲我要去取盾牌、长枪和头盔,还要给牧猪人和牧牛人一些装备。"

"快去快回。"奥德修斯说道。于是忒勒马科斯急忙跑进武器库,取来四块盾牌、八根长矛和四顶有马鬃盔饰的铜质头盔。他们四个人一起装备起来,穿好盔甲戴上头盔,四个人站在一起,准备并肩作战。

奥德修斯百发百中、箭无虚发,他射出的利箭让求婚者一个个扑倒在地上,等箭射完了,他就把弯弓靠在门柱子上。他用盾护着身体,戴上头盔,又拿起两个装有铜尖的长矛准备刺杀敌人。大厅门槛的旁边有一道侧门,奥德修斯吩咐牧猪人欧迈俄斯看守着门。阿革拉俄斯发现了侧门就跑过来对同伴们喊道:"朋友们,我们应该从侧门逃跑到城里喊些援兵过来!"站在一边的牧羊人墨兰透斯却说道:"侧门离奥德修斯站的地方太近了,再说侧门很小,只要有一个人挡住那门我们就休想通过。还是让我去奥德修斯的库房取些武器来，他们不可能把武器放在其他地方的。"说着他就潜入奥德修斯的库房。不一会，他就搬来十二面盾牌、十二顶头盔和十二支长矛。他把它们交给求婚者，求婚者纷纷武装起来。奥德修斯看到对手们手拿长枪，不禁大吃一惊，他对忒勒马科斯说："忒勒马科斯，看来家里有个女仆或者墨兰透斯就是叛徒，他给我们带来了麻烦。"

◥ 陶绘战斗图景
迈锡尼时期的艺匠在这只器皿上用重彩浓墨精心描绘出了古代勇士的英姿。

"父亲，这是我的过失，刚才我忙着取武器，回来的时候忘记把库房的门给关上。牧猪人，你赶快去把库房的门锁紧，然后看是哪个女奴干的坏事，我看这事像是墨兰透斯干的。"忒勒马科斯着急地说道。这时墨兰透斯又跑到库房里找武器，被牧猪人看见了，他问道："要是我们在库房里找到了墨兰透斯，是直接把他杀了还是把他带到这里来？"

"你同牧牛人一起去，把他抓住，把他的双手和双脚反绑起来，在后背上插上一块木板，然后吊在库房的横梁上，把他活活吊死。"忒勒马科斯这样说。

两个牧人遵命而去。他们来到库房前果然看见墨兰透斯在鬼鬼祟祟拿武器，当他拿了许多武器准备走出门来的时候，两个人扑上去把他的头发揪住，然后把他按在地上，用绳子把他的手脚反捆起来，再把一根长绳把他吊在横梁上。"墨兰透斯，这下你可以好好睡一觉了，这个床榻看起来舒服极了。"牧猪人讥笑道。随后他和牧牛人就关上门，回到奥德修斯的身边。

这时雅典娜幻化成门托尔的模样站在大厅里，奥德修斯认出这是女神，于是请求道："门托尔，请你帮助我，念在我们的旧情上。"求婚人看到门托尔也纷纷对他喊叫。阿革拉俄斯怒冲冲地吼道："门托尔，你不要上奥德修斯的当来对抗我们。否则，在我们杀死他们父子之后我们一定也会杀死你，还要收掉你全部的财产，你的儿子和妻子都不准再留在伊塔刻！"雅典娜听了很生气，她激怒奥德修斯说："奥德修斯，你曾经为了一个海伦在特洛伊苦战九年，杀死了无数的敌人，现在你回到自己家中竟然失掉了勇气一样，这些个求婚者就让你束手无策了吗？你现在站在我身边，看我门托尔怎么对付他们。"雅典娜说出这样的话其实是想激发奥德修斯的勇气，她自己并不想参与战争。说完话之后，她变作一只小鸟蹲在横梁上。"门托尔走掉了，"阿革拉俄斯对朋友们说，"你们不要被他的话吓住了。现在只剩下他们四个人，你们不要把长矛同时掷出去，我、欧律诺摩斯、安非墨冬、得摩普托勒摩斯、珊佩德罗斯还有波吕博斯我们六个人把我们的长矛集中起来刺向奥德修斯，如果他倒下去，其他人便容易对付了！"可是，雅典娜却让他们的长矛掷偏了。一根击中了门柱，一根击中门扇，一根击中墙壁。奥德修斯对他的同伴们大声喊道："伙伴们，现在我们一起投掷长矛！"于是四个人一起把长矛掷出去，没有一根偏离目标。奥德修斯击中了得摩普托勒摩斯，忒勒马科斯击中了欧律诺摩斯，牧猪人击中阿革拉俄斯，牧牛人击中了珊佩德罗斯。这时更多的求婚者投来长矛，但是雅典娜都让他们的长矛偏离了方向，安非墨冬的长矛刺伤了忒勒马科斯的手腕，擦破了一点皮，奥德修斯的长矛击中了欧律达马斯，牧猪人击中了波吕博斯。求婚者和他们四个展开了激烈的混战，打闹声、摔倒声和呻吟声充满了整个大厅。雅典娜这时站在横梁上，亮出了她那致命的神盾，求婚者看见了吓得面目惨白，四处逃窜。雅典娜的助阵使得奥德修斯这边的人勇气倍增，他们到处砍杀求婚者，鲜血像小河一样流过。求婚者气势渐渐弱下来，勒奥得斯跑过来跪在奥德修斯的脚下，抱住他的双膝，苦苦哀求："可怜我吧！我在你家没有做过坏事，我还常常劝阻他们不要那样做，但他们不听我的。我只是个预言者，要是这样也被杀死，那就太不公平了！"

"如果你真的是他们中的预言者，那么你向神明祈祷的时候也只会祈求让我不回家来，然后让你娶得我的妻子对吧！现在你也难逃劫难！"说着，他挥舞利剑砍掉勒奥得斯的头，头颅滚落在地上，不一会就血肉模糊了。

歌手费弥奥斯吓得惊慌失措，他双手捧着弦琴站在侧门旁边，但是却不知道该从侧门穿出去逃命，还是该抱住奥德修斯的双膝求他饶命。最后，他还是觉得直接去求奥德修斯合适些，于是他放下弦琴，跪在奥德修斯的面前恳求道："奥德修斯，请你开恩原谅我。要是你把一个能够歌颂神明和凡人的歌者杀死，你自己也会遭难的，我并非心甘情愿在这里歌唱，是那些求婚者强迫我这样干的，你儿子忒勒马科斯可以替我作证。"忒勒马科斯向奥德修斯跑来，大声说道："父亲请住手，请不要杀害这个无辜的人，还有传令官墨冬，他们都是心地善良的人，在我小的时候他们尽心照顾过我。"这时墨冬正裹着一张黑色牛皮躲在椅子下。他听到忒勒马科斯的话连忙钻出来，跪在忒勒马科斯的面前，抱住他的膝盖请求饶命。看到他这副惊慌失措的样子，奥德修斯也不禁笑起来，他说："放心吧，忒勒马科斯救了你们，我不杀你们了，好让你们心里明白做好事远比做恶事要有好结果，你们也可以向人们传颂这事，现在你们离开这里，让我们把我们该算的账算清。"于是两个人连忙逃出大厅，躲在宙斯祭坛的旁边四处张望大厅里的杀戮，吓得一句话都不敢多说了。

惩罚不忠的女仆们

奥德修斯砍杀了一阵,看看四周是否还有存活着的求婚者,他们都横七竖八地躺满一地,鲜血流得像小河一样,他们瘫倒在地上就像从海里被捕捞到沙滩上的小鱼儿一样。奥德修斯吩咐他的儿子把老奶妈叫来。奶妈进了大厅,看到主人站在尸体中间满身血污就像一头威猛的雄狮一样,满地的鲜血和呻吟还有奥德修斯的胜利让她感到又恐惧又高兴。奥德修斯对她说道,"奶妈,现在我惩治了这些求婚者,你应该感到高兴,但不要欢呼出来,因为在死人面前欢呼是不合时宜的。他们作恶多端,现在也得到了他们应该得到的结果。现在请你对我说明家中女仆的情况,哪些人是不忠的,哪些人是忠诚的。"

"我一定如实禀告,您的家中一共有五十个女仆。"欧律克勒娅回答说,"我平日教导她们做各种手工活,也教导她们遵守仆人的规定,但她们中有十二人背叛了你。她们既不尊重我,也不尊重珀涅罗珀。现在请让我叫醒熟睡的女主人,把这好消息告诉她吧!"

"暂时别去惊动她。"奥德修斯说,"快去把十二个不忠诚的女仆带到这儿来。"

欧律克勒娅穿过厅堂去召集女仆,奥德修斯对儿子和牧猪人还有牧牛人说道:"把这些死尸搬出去,等那些女仆来了,让她们收拾这些桌椅,还有鲜血遍布的地面。等她们做完这一切,你们就把她们带到墙院那里,用利剑将她们全部杀死,谁让她们平日和这些该死的求婚者秘密偷欢!"

女仆们吓得挤作一团,泪流不止。在奥德修斯的监督下,她们把死者抬出去,然后把桌椅擦干净,用海绵把地上的血迹清除掉。等她们打扫干净之后,她们被牧猪人和牧牛人带到厨墙院边上。这时忒勒马科斯这样说道:"这些女仆实在太可恶了!我可不能让她们死得那么轻松,她们平时和求婚者暗送秋波,蔑视我和我母亲!"

说完,他把一根粗绳子系在大门的横梁上,然后用绳索套住她们的脖子,吊在粗绳上。就这样,她们瞪着双腿痛苦地挣扎了一会儿,便咽了气。最后,他们把歹毒的牧羊人墨兰透斯抓过来,用铜器割掉他的双耳和鼻子,又割下他的双手和双脚。直到这一刻,复仇终于完成了。做完了这些,他们洗净了双手,然后奥德修斯吩咐欧律克勒娅,让她取些硫磺生起火炉把整个大厅给熏一遍,然后再去叫醒珀涅罗珀。但她想先给主人送来外袍和衬衣,奥德修斯却要她快去做刚才吩咐的事。

欧律克勒娅把大厅熏了一遍后,又召来所有忠诚的女仆。她们手举着燃烧的火把看见主人重新回家来,不禁流下欢乐的泪水,她们拥抱着主人,亲吻他的双手和双肩,奥德修斯也感动得流下了眼泪。

爱情的甜蜜

老奶妈充满喜悦地爬上楼梯想要把这激动人心的消息告诉女主人,她站在珀涅罗珀的床前,女主人还在熟睡呢,她摇醒珀涅罗珀兴奋地说道:"快起来吧,我的孩子!你快下楼去看看是谁来了!奥德修斯回来了,他已经惩治了所有求婚者,你梦寐以求的那一刻到来了!"

"老奶妈,你在说些什么东西。"珀涅罗珀揉揉自己的眼睛说道,"难道你变糊涂了吗?我心里一片苦涩你不是不知道,刚才正好进入了一场美梦,要不是你的打扰,我现在还在幸福地做梦呢。你出去吧不要再来打扰我了,否则我就要责怪你了。"

"好孩子!我没有糊涂也不是骗你,奥德修斯真的回来了,他就是那个化装成乞丐的人。忒勒马科斯其实早就知道他的底细,但是为了找着好机会报复求婚者,他们一直隐瞒着他的身份呢。"老奶妈急忙说道。

"真的吗真的吗?"珀涅罗珀兴奋得跳了起来,"你快告诉我实情,到底是怎么回事,他是怎么处置这些求婚者的?"

"我没有看见,因为我们都被锁在大厅后面的房子里,门扇都被关上,只听见大厅里不断传来呻吟声。直到后来忒勒马科斯把我叫到大厅,我才看到奥德修斯站在许多死尸中间,浑身沾满了血迹,他威猛无比就像一头雄狮一样!现在所有的死尸都被搬出大厅,奥德修斯吩咐我生起炉子把大厅熏一下,又叫我来把你叫下去。你快穿上衣服下去吧,他在下面等你呢。"

珀涅罗珀似乎仍然不敢相信这是真的,她呆呆地站着不动,老奶妈急了,她说道:"傻孩子你怎么了,你总是这样悲观又很喜欢多疑。实话告诉你吧,我曾经为那个乞丐洗脚的时候发现他脚上的一道疤痕,就是以前他出去打猎时被野猪咬的,你也知道那回事。但是当时他不让我说出来,怕暴露身份。现在你总该相信了吧。"

珀涅罗珀急忙冲下楼去,她看见一个威猛的男人站在大厅中间,但是她始终不敢走向前去,怕是幻梦一场,她远远地站着,凝视着奥德修斯。

"母亲,你怎么了,你心肠变硬了吗?这是父亲啊,你看见他怎么不上前去拥抱他亲吻他呢?"忒勒马科斯不理解母亲的行为。"我的孩子,我内心巨大的激动使我什么话都说不出来了。我甚至都不敢正视他的眼睛,因为我担心这又是一场梦境!要是他真的是我丈夫,我想我有办法和他相认,他身上有一个标记只有我们两个人知道。"

奥德修斯对忒勒马科斯说:"就让你母亲这样远远看着我吧,我想给她的冲击太大了,她一时无法接受。我们也要好好想想办法怎么处理后事。我们杀了那么多人,这些人还全都是本地的权贵,我们要好好商量一下。我看你们先去好好沐浴一番，让仆人也穿好衣服，叫歌人弹奏起乐器，假装我们在举行婚礼什么的，不能让求婚者被杀的消息传出去，我们要离开这里前往田庄，在那里再好好想办法。"

于是仆人们按照他的吩咐去做，奥德修斯和珀涅罗珀在仆人的侍奉下好好沐浴了一番。出来后，奥德修斯穿上宽大柔软的衣袍，珀涅罗珀的面容焕发出美丽的魔力，奥德修斯端详着她的脸说道："你真是个怪人啊，没有哪个女人像你那样美丽，也没有哪个女人像你一样心肠硬。二十年没看到自己的丈夫，如今看见了怎么还是不愿意靠近我？"

珀涅罗珀试探道："我不是怪人，也不是铁石心肠，我还记得你当初出征时的模样。老奶妈，你现在去布置一下他的婚床，在我的床边上，记得铺上柔软的羊毛。"

"谁动了我的婚床！没有人能够移动我的婚床，那张床是我亲自制作，它的主要部分是由一棵橄榄树做成的，我们的卧室就是布置在那棵橄榄树上的呀，我在上面镶满了黄金象牙，怎么可能被人搬走呢！"奥德修斯生气地说道。

珀涅罗珀听见他这样说，马上松软下来，她抱住奥德修斯的脖子狂吻不止。"奥德修斯你不要生气，我刚才不敢靠近你是我心里警惕着，怕是有坏人用什么骗术来让我上当。上天嫉妒我们的婚姻，让我们在一起甜蜜缠绵的时光走得那么快！刚才你对我说了我们的婚床，那就是我们两人知道的标记。现在我完全相信了你就是我的奥德修斯了！"

父亲拉厄耳忒斯

第二天奥德修斯打算前往田庄，临行前他对珀涅罗珀说："我们历经艰险才得以重聚，现在还有一些重要的事情需要我们共同承担。家里的财产还需要你的照看，我们杀了人要暂时避一避风口。我打算去田庄，一方面看看我那老父亲，一方面在森林里祈求神明的启示。等太阳升起的时候，求婚者被杀的消息肯定会传遍全城，你和侍女们要待在楼上，不见任何人也不回答任何人提出的问题。"他说完后戴上头盔穿上战服，召唤装备好了的同伴牧猪人、牧牛人，还有儿子忒勒马科斯。雅典娜这时降下一团浓雾把他们团团围住，带领他们走出城堡。

他们一行来到了奥德修斯父亲拉厄耳忒斯的庄园，老人一手建造了这个庄园，周围全都是低矮的田舍，干活的奴隶平时就住在棚舍里。奥德修斯对儿子说："你们先去挑选一头猪当作午餐，我要去看看我的老父亲是否还认得我。"忒勒马科斯带着两个仆人按照奥德修斯的吩咐去做了，奥德修斯自己来到一个茂密的葡萄架边，看见老仆人多利奥斯在修剪枝叶采摘葡萄，他请求老仆人给他带路去找寻老父亲。在多利奥斯的带领下，奥德修斯来到一片结满果实的果园。他看见父亲穿着劳动的衣服，双手戴着护套，跪在土上为一棵小果树苗培土呢。奥德修斯看见正在辛苦劳作的父亲不禁热泪盈眶，他忍耐住激动，走向前去想要试探一下父亲。于是他问道："老人家，我看你是一个管理果园的好手，你看你的果园里梨树、橄榄树、无花果树都长得葱葱郁郁、生气勃勃的，但是您自己为什么穿着这样破旧的衣服呢？看您的容貌实在不像一般的仆人，倒像一位高贵的主人。老年人应该好好地安度晚年，舒舒服服享受人生了。我是从外地来的，在经过贵地的途中知道此地是伊塔刻。我以前在家的时候曾经款待过一个客人，他自称也来自伊塔刻，拉厄耳忒斯是他的父亲。我曾经送给他一大堆精美的礼物，有黄精衣衫也有青铜，现在我想向您打听一下这个人。不知道您有没有耳闻？"

老人听见自己的名字，又听到儿子的消息不禁老泪纵横，他说道："客人，你说的这个人我知道，他就是我的儿子。二十年前他前去参加特洛伊战争，一去不回，音信全无。作为家人，我们每天都生活在痛苦的思念里。你刚才说过，你在家的时候曾经招待过他，请你细细对我说明当时的情况。"

奥德修斯继续试探他："老人家，我来自阿吕巴斯。在海上航行的时候神明将我的船只吹到伊塔刻，我和奥德修斯相遇已经五年了，他在我家中短暂停留然后又离开了。不过您不要过度担心，他走的时候有飞鸟显示出吉兆，我看他现在平安着呢。"老人听见儿子的消息，不禁一阵伤心，他抓起脚边的黑土，将它们抛洒开去，一边大声哭泣着。奥德修斯看见父亲伤心，再也不忍心继续隐瞒了，于是他跑过去抱住父亲说道："父亲啊，我就是你那不孝的儿子奥德修斯！历经二十年我终于回到家中，我已经把那些该死的求婚者全都杀死了，现在来这里看望你。"

"不不不，你不可能是我的儿子，我不相信！"巨大的冲击让老人无法相信眼前的事实。

"父亲你看，"奥德修斯掀开他的衣服露出他脚上的伤疤，"这道伤疤你总记得吧，当时你和母亲派我去外祖父那里，经过林子的时候被野猪咬伤，留下了这个疤痕。如果你还不相信，我还可以说出这个果园的果树，在我小的时候，你就拉着我的手教给我果树名称，我记得当时你说了十三棵梨树、十棵苹果树和四十棵无花果树，你当时还说要给我种五十棵葡萄树。"

老人听见奥德修斯的话，双脚瘫软下来，他跪在地上伸手拥抱奥德修斯，因为过度冲击，老人昏厥过去了。等到他苏醒过来，他对奥德修斯说："儿子，我担心你杀死求婚者的消息现在已经传遍整个伊塔刻，所有伊塔刻人也许要拿你的生命来偿命。"奥德修斯劝慰了一下父亲，把他背回庄园里休息。两个仆人和忒勒马科斯已经宰杀好肥猪准备了午餐。

奥德修斯胜利了

奥德修斯在父亲家中和仆人们一起欢快地吃完午餐,奥德修斯命令多利奥斯前去打探是否有人前来追杀。多利奥斯马上来到门前查看,远远地,他看见有一群人朝庄园走来,他赶紧向奥德修斯报告。"动作倒是挺快的,让我们赶紧武装起来准备投入战斗吧!"奥德修斯说道。

于是主仆几个人都穿上坚固的铠甲,戴上青铜头盔,手拿长矛和厚盾,他们跟在奥德修斯后面,走出房门。这时雅典娜幻化成门托尔的模样出现在奥德修斯面前,奥德修斯看见了信心倍增,他对忒勒马科斯说道:"好儿子,今天是个重要的日子,你要全力投入战斗赢得荣誉,不要辱没你祖先的威名!"忒勒马科斯点点头,心里非常渴望投入战斗。拉厄耳忒斯高兴地说道:"今天实在令人兴奋,我、儿子和孙子三代将为我们的荣誉而战,同上战场!真是大快人心呀!"

雅典娜对老人说道:"您应该在战争前抛出您的长矛,然后向宙斯和他的女儿雅典娜祷告。"于是老人将手中的长矛用力甩出去,长矛把队伍中站在最前面的欧律佩斯的头盔刺中了,他的头盔滚落在地上,自己也被这猝不及防的攻击吓住了,扑通一声摔倒在地上。奥德修斯大叫着带领仆人和家人冲进敌人的队伍中,他们挥动着利剑到处砍杀。宁静的庄园顿时响起了一阵阵兵器打斗的声音和人的惨叫声。

他们杀死了许多人,雅典娜这时候站出来阻止了他们的砍杀,她大声叫道:"住手!全体伊塔刻人!不要再白白浪费自己的生命了!再斗下去对谁都没好处!"人们听见雅典娜的声音,吓得面色惨白,他们手中的武器纷纷掉落在地上,看着死去的同伴,他们全都失去了勇气,夺路而逃。杀红了眼睛的奥德修斯一路狂追过去,就像老鹰抓捕小鸡一样。宙斯看见了这一幕,他抛下霹雳闪电,警告奥德修斯适可而止,雅典娜拉住奥德修斯对他说道:"奥德修斯,住手吧,你不见宙斯已经降下那么多霹雳闪电警告你吗?不要再争着分出什么胜负,再打下去只能两败俱伤,况且要是一意孤行,宙斯也会震怒的。"

奥德修斯听见女神这样说,只好停止了追捕,他扔掉了手中的武器。忒勒马科斯和其他仆人也纷纷丢掉了手中的利剑长矛。在雅典娜的主持下,双方都缔结了神圣的盟约,奥德修斯重新成为伊塔刻的国王,成为伊塔刻人民的守护者,人民永远爱戴尊敬着犹如神明的凡人。在大家的簇拥下,奥德修斯和家人又回到了城堡中,珀涅罗珀穿戴好节日的盛装,带领着家中仆人前来迎接主人的归来。

于是,奥德修斯一家重新生活在一起。奥德修斯再也没有离开过家,他一直生活到高龄才去世,享受了幸福安宁的晚年,就像冥界的预言者曾经做过的预言一样。